Pour Tom

Je remercie mes éditeurs Simon Taylor et Anne Lesley Groell pour la pertinence et la bienveillance de leur travail à mon égard. Ma gratitude va également à mon agent John Richard Parker pour toute son aide et son soutien.

KHITARI
Lac Taïgal
TIELEN NORD
Mer de Saltyk
Narvazh
Swanholm
Tielborg
Haeven
Fleuve Nieva
Mirom
TIELEN
DÉTROIT
MUSCOBAR
Vermeille
SMARNA
Gower '02

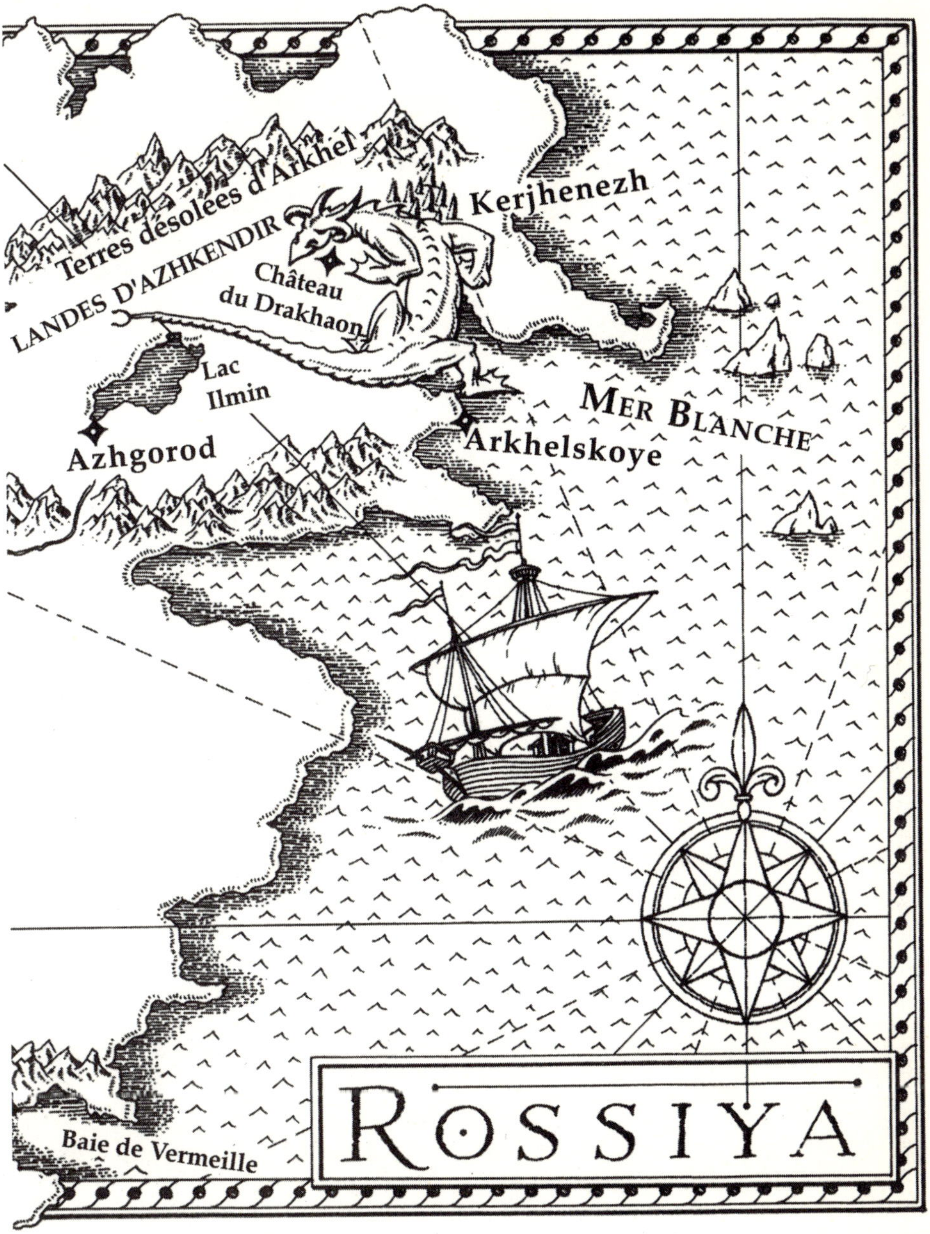
Terres désolées d'Arkhel
LANDES D'AZHKENDIR
Kerjhenezh
Château du Drakhaon
Lac Ilmin
Azhgorod
Arkhelskoye
MER BLANCHE
Baie de Vermeille
ROSSIYA

www.bragelonne.fr

Sarah Ash

Seigneur des neiges et des ombres

Les Larmes d'Artamon - livre premier

Traduit de l'anglais (Grande-Bretagne) par Michèle Zachayus

Bragelonne

Collection dirigée par Stéphane Marsan et Alain Névant

Titre original : *Lord of Snow & Shadows - Book One of The Tears of Artamon*

ISBN : 2-915549-56-7

Bragelonne
35, rue de la Bienfaisance - 75008 Paris

E-mail : info@bragelonne.fr
Site Internet : http://www.bragelonne.fr

Les chants des fantômes de l'hiver

PROLOGUE

Le seigneur du clan agonise. Son regard vagabond devient vitreux. Il prend son fidèle second par le bras.

— Tout se termine enfin..., mon vieil ami...

La main du moribond retombe. Sa tête grisonnante roule sur le côté. Tournés vers le plafond, ses yeux ouverts sur l'éternité sont redevenus limpides, comme libérés d'un voile noir évaporé.

En larmes, le fidèle compagnon voit...

... Une ombre, de la noirceur d'un nuage d'orage, monter lentement du corps inerte de son maître. Elle s'élève, planant au-dessus du cadavre... Un grand serpent-démon ailé, terrible et puissant, domine la scène.

— *Drakhaoul*..., chuchote le vieux combattant, pris d'une terreur mêlée de respect.

Les guerriers et les serviteurs du clan observent un profond silence. Certains d'entre eux, apeurés, ont enfoui leur visage entre leurs mains.

— Guide-moi, Drakhaoul ! s'écrie le vieux soldat. Montre-moi où on peut le trouver ! Et je te suivrai, où que tu m'entraînes... Conduis-moi auprès de notre nouveau seigneur Drakhaon...

Chapitre premier

— Désirez-vous que je m'asseye là, maître Andar ?

Gavril Andar, qui déballait ses peintures à l'huile, releva la tête et découvrit Altessa Astasia Orlov sur le pas de la porte. S'étant préparée pour la séance de pose, la jeune fille portait une robe en mousseline unie, d'un bleu pâle. Elle avait noué sa belle chevelure noir de jais avec un ruban de même couleur.

Gavril jeta un coup d'œil dans le couloir.

— Où est votre gouvernante, Altessa ?

— Eupraxia ? Elle doit encore dormir, après tout le punch qu'elle a bu hier soir, à la réception… (Astasia éclata de rire.) Vous voulez dire… Est-ce bien séant que je sois seule avec vous, sans chaperon ? Nous sommes en Smarna, maître Andar ! En villégiature, on a certainement le droit d'oublier un peu le strict protocole de la cour du Muscobar, qu'en dites-vous ?

Enchanté par le rire contagieux d'Astasia Orlov, Gavril se surprit à sourire.

— Étais-je tournée de ce côté ? Ou de celui-ci ? (Elle changea de position sur son siège.) Je ne m'en souviens plus…

Gavril s'avança vers elle.

— Votre tête était légèrement plus inclinée sur la gauche.

— Comme ceci ? Vous devrez m'aider, j'en ai peur.

En douceur, il lui infléchit le menton selon le bon angle, faussant du même coup l'axe de ses épaules. Soucieux d'y remédier, il modifia encore la pose de son modèle, conscient qu'elle ne le quittait pas des yeux. Il sentit son souffle chaud et doux sur son visage et rougit. Si quelqu'un survenait et les surprenait dans cette posture compromettante…

— Et mes cheveux ?

Gavril consulta ses croquis.

— Vous n'aviez pas de ruban. Laissez-les flotter sur vos épaules.

— Mais si je les dénoue, je perdrai la pose, souligna Astasia avec un petit sourire grave – et bizarrement provoquant.

En défaisant l'attache, il sentit la caresse des boucles aux reflets acajou, aussi soyeuses que les crins de ses brosses d'aquarelle.

— Devrai-je garder la pose encore longtemps ?

— Assez, oui…

Concentré sur sa palette, il procédait à ses mélanges de couleurs. L'éclat velouté et pourtant lumineux de ce regard… Comment lui rendre justice sur la toile ? C'était presque le pourpre intense des pétales de la pensée…

— Pour peu que la conversation soit distrayante, je peux rester assise des heures entières. Hier, vous ne tarissiez pas au sujet de Vermeille… C'était très divertissant. Mais pas un mot à propos de *vous*. Parlez-moi de Gavril Andar.

— J'espérais plutôt que vous me raconteriez en détail la soirée que la grande-duchesse a donnée hier…

— La réception de maman ? (Les joues pâles de la jeune fille se teintèrent d'un rose délicat. Gavril se demanda aussitôt si elle avait rencontré quelqu'un de… spécial, la veille.) Eh bien, mon frère Andrei a effrontément conté fleurette aux jolies dames qui étaient à la soirée – surtout à celles qui sont mariées. Il est sans vergogne !

— Votre fiancé était à la réception ? risqua Gavril.

— Par le ciel, *non !* s'écria Astasia, la prunelle embrasée.

Pour susciter une réaction aussi vive, il avait dû toucher une corde sensible.

— Navré, Altessa. Mais puisqu'on m'a engagé pour un portrait de fiançailles, j'ai pensé…

— C'est tout à fait compréhensible. Sauf que pour l'instant, je ne suis pas fiancée. Votre portrait servira à vendre mes charmes au plus offrant. (Elle ne cachait pas son amertume.) Papa voit déjà dans cet engagement une façon de démêler un imbroglio diplomatique… Il cherche un allié riche et puissant.

Gavril ne fit pas mystère de sa perplexité.

— Vous n'êtes pas au courant ? Eugène de Tielen a envahi le Khitari. Et ses navires de guerre bloquent le Détroit. Pour le Muscobar, la situation paraît… difficile. Voilà pourquoi papa est resté à Mirom.

— Je n'en avais pas la moindre idée…

En Smarnan typique, Gavril s'intéressait fort peu à la politique internationale. La Smarna était une enclave ensoleillée prisée par l'aristocratie des contrées du nord, un royaume trop modeste et insignifiant pour prétendre tenir un rôle majeur sur la scène mondiale.

— Et naturellement, mes sentiments n'ont aucune importance, oh, non !

Toute bonne humeur envolée, Astasia se sentait malheureuse à la perspective de ce mariage de raison.

Elle jeta des coups d'œil nerveux autour d'elle.

— Surtout, pas un mot de tout ceci… Papa serait fort courroucé s'il apprenait mon indiscrétion.

— Les portraitistes sont tenus à la plus grande discrétion.

— J'ai l'impression que je pourrais facilement me confier à vous.

— Vraiment ?

Il rougit encore malgré lui.

Sous l'éclat envoûtant du regard d'Astasia, il connut le délicieux frisson du danger. Sa mère l'avait pourtant prévenu :

« Ne t'implique jamais ! »

Le gouffre qui séparait la fille d'un grand-duc d'un jeune artiste désargenté était tel que Gavril ne devrait jamais voir autre chose en elle qu'une riche cliente…

Astasia se remit à deviser gaiement, affectant le ton badin qu'elle avait adopté dès la première séance.

— Voyons, mes cavaliers d'hier soir… Il y avait pour commencer le lieutenant Valery Vassian, le fils du Premier ministre. S'il porte beau, le pauvre garçon aurait en revanche besoin de leçons de danse ! (Elle pouffa de façon charmante.) Mes orteils en sont encore tout meurtris ! Ensuite, il y a eu le neveu du comte Velemir, Pavel. Il revenait d'une mission diplomatique dont il ne pouvait rien révéler… Je le soupçonne d'être un des agents secrets de papa ! Et je doute de pouvoir épouser un espion. Comment, dans la bouche d'un tel homme, démêler le vrai du faux ?

Tandis qu'elle continuait sur sa lancée, Gavril peignait comme il ne l'avait encore jamais fait. La fraîcheur d'âme de son modèle, son naturel bouleversant l'inspiraient et le ravissaient. Quand elle tourna les yeux vers la fenêtre aux rideaux de gaze caressés par la brise qui donnait sur la mer, il vit un voile de tristesse assombrir son regard.

— Ah, je m'ankylose !

— Faisons une pause, dans ce cas.

Il abandonna son pinceau.

Elle se leva et le rejoignit devant le chevalet.

— Eh bien ? fit-il, plus sèchement qu'il ne l'aurait voulu.

— Je crois que votre portrait est flatteur, maître Andar, répondit Astasia après quelques instants. Je me suis toujours considérée comme le pâle reflet de maman… Elle est si belle ! Mais vous, vous m'avez rendue presque jolie.

— Mais vous l'êtes ! protestait-il quand la double porte s'ouvrit pour livrer passage à une femme corpulente et pressée.

— Altessa ! Depuis quand êtes-vous seule avec… cet homme ?

Hors d'haleine, la gouvernante balbutiait.

— Oh, ne soyez pas vieux jeu, Eupraxia.

— Si la grande-duchesse en avait vent…

— Mais elle n'en saura rien, pas vrai, Praxia ?

Enjôleuse, Astasia enlaça son ample tour de taille.

— Et si des privautés inconvenantes avaient eu lieu…

— Vous lisez trop de romans à l'eau de rose, la taquina Astasia.

— Maître Andar, la séance de pose a assez duré pour aujourd'hui. Quand nous avons passé cet accord, on m'a dit que votre mère Elysia accepterait notre commande. Ainsi, je ne m'attendais pas à voir arriver un *jeune homme*. Sinon, je me serais clairement élevée contre…

— Certes, certes, l'interrompit Astasia. Mais maître Andar est si talentueux. Regardez plutôt, Praxia. Vous voyez ? N'est-ce pas en bonne voie ?

De mauvaise grâce, Eupraxia reconnut les qualités picturales d'une œuvre plus vraie que nature.

— Donc, nous vous attendrons demain matin à la même heure, maître Andar ? conclut Astasia avec un si charmant sourire que Gavril ne put qu'acquiescer.

Il se retourna vers sa toile, envoûté par la fraîcheur du parfum de jacinthe et ce sourire ravageur...

Gavril peignit jusqu'à ce que la lumière baisse. Sous l'incandescence du soleil couchant, les brumes bleutées de la mer se teintaient de lilas. Tout à son travail, le jeune homme prit subitement conscience que les muscles de son dos protestaient. Son bras et son épaule aussi le lançaient. Il recula pour mieux évaluer son travail, posant un regard critique sur le portrait en cours. Oui, il avait bel et bien capturé un peu de cette mélancolie fugace, chez la jeune fille. Même si ce n'était pas encore aussi parfait qu'il l'aurait souhaité...

Dans la chaleur moite de cette nuit d'été, des accords de musique planaient. Des attelages vinrent se ranger devant le perron de la résidence, dans le crissement du gravillon sous leurs roues. Gavril prit un carré de tissu pour nettoyer son pinceau, puis il remballa ses peintures.

Le long des terrasses, des lanternes scintillaient comme autant de joyaux. Les premiers invités arrivaient... Les dames portaient des robes pailletées en mousseline jaune primevère, corail ou turquoise. Des rivières de diamants et des saphirs étincelaient sur leur gorge. Les hommes étaient en uniforme galonné de brocart d'or et aux boutons en laiton. La nuit ruisselait de l'éclat des chandelles dorées, dans le doux brouhaha des conversations. Les mélodies avaient la légèreté de l'écume dans la baie.

Il était temps de partir. Pourtant, Gavril ne pouvait s'y résoudre – pas avant d'avoir revu Astasia une dernière fois...

Resplendissants dans leur livrée ducale bleue, des serviteurs zélés faisaient circuler des bols dorés de punch, des plateaux argentés de petits fours et des plats cristallins de baies saupoudrées de sucre glace.

Les danseurs passèrent sur la terrasse. Gavril déambula dans les jardins pour les voir, s'accoudant à une balustrade. Les belles pelouses plongées dans l'obscurité conduisaient jusqu'à la grève, en contrebas. La douceur du soir invitait à savourer le vin pétillant, propice à une effervescence grisante... Des phalènes papillotaient autour des lanternes aux flammes vacillantes.

Personne ne chercha à arrêter le peintre. Nul ne parut s'aviser qu'il n'était ni en uniforme militaire, ni en tenue de gala.

Alors, il la vit... Une main délicate posée sur le bras d'Andrei, son frère aîné, Astasia observait avec gravité les figures entraînantes des danseurs. Dans sa robe d'organdi blanc ornée de rubans de soie verte, elle rappelait à Gavril une immortelle des neiges, dont la fraîcheur et la pureté tranchaient sur les tenues voyantes des invités.

Soudain, il s'aperçut qu'elle l'avait vu et le fixait avec tant d'intensité qu'il en frémit.

Elle s'écarta d'Andrei en brassant fébrilement l'air tiède avec son éventail en plumes blanches. Alors qu'elle se rapprochait de lui, Gavril surprit des bribes de conversation. Souriante, elle secouait la tête tandis que des jeunes gens attentionnés lui proposaient au passage des glaces, des sorbets ou du punch.

— Il fait si chaud… de l'air frais… plus tard, peut-être…

Gavril la vit descendre la volée de marches en marbre en direction des pelouses, et la suivit.

— Altessa…, lança-t-il à voix basse.

Elle se tourna vers lui.

— Gavril…

L'entendre prononcer ainsi son prénom, au mépris des convenances qui voulaient qu'elle s'en tienne à « maître Andar », fit battre le cœur du jeune homme. Quelle merveilleuse intimité, soudain, comme s'ils appartenaient au même monde et qu'il puisse espérer – contre toute espérance – qu'un peintre sans le sou serait…

— Croyez-vous au destin, Gavril ? chuchota-t-elle. Comme si notre rencontre était écrite. Comme si nous étions voués à être ensemble…

Les accords d'une valse filtraient de la salle de bal.

— Écoutez, ajouta la jeune fille. *Nuits blanches*, mon air favori…

Avant de comprendre ce qu'il faisait, Gavril avait attiré à lui Astasia, qui se blottit entre ses bras, la tête toute proche de la sienne. Ils dansèrent au clair de lune, sur la pelouse perlée de rosée.

Mû par un élan irrésistible, il se pencha pour embrasser sa cavalière. Sa bouche était chaude, mais elle avait les lèvres aussi fraîches que son parfum de jacinthe, ses épaules nues avaient un grain velouté…

Soudain, elle frémit entre ses bras.

— Qu'y a-t-il ?

Astasia leva les yeux vers le ciel.

— Vous ne sentez pas ? Un orage couve, dirait-on… Là-bas, à l'horizon… Regardez !

Gavril regarda par-delà la baie. La lune s'était voilée, comme parcourue d'une traîne éthérée de nuages fins, et les étoiles paraissaient moins scintillantes.

— Étrange…, dit-il.

Gavril connaissait bien les caprices de la baie. Et un orage d'été ne s'annonçait pas ainsi.

Une brise jouait avec les pins maritimes et les cèdres. On aurait dit que les nuages noirs filaient trop vite pour être poussés par le vent, courant presque de leur propre chef…

Un sentiment d'épouvante gagna le jeune homme.

— Vous devriez rentrer, dit-il soudain.

— Altessa !

Le couple se retourna – trop tard.

Sabre au clair, les gardes Orlov, Andrei à leur tête, traversaient les pelouses au pas de charge.

— Arrêtez cet intrus !

Deux soldats musclés bondirent pour plaquer Gavril au sol.

— Ça va, Tasia ? lança Andrei. Il ne t'a pas blessée ?

— Je vais parfaitement bien ! s'insurgea Astasia. Il est ici sur mon invitation. Laissez-le !

Gavril se débattit entre les deux gardes qui le maintenaient à terre. Se rapprochant, Andrei lui releva le menton de la pointe acérée de son sabre et fronça les sourcils.

— Voyez-vous ça, le portraitiste… (Il rengaina sa lame.) Tasia, petite sotte ! Quitte à vouloir répandre un doux parfum de scandale, jette plutôt ton dévolu sur un galant de ta classe ! (Il se tourna vers les soldats.) Fichez-le dehors. Quant à toi, peintre, ne t'avise pas de revenir ici – ou même de demander tes gages. La commande est annulée.

— Non ! s'écria Astasia. Tout est ma faute…

Gavril fut remis debout sans ménagement. Toutes ses tentatives pour se libérer demeurèrent vaines. Les gardes l'entraînèrent vers l'allée gravillonnée.

— Mère est dans tous ses états, renchérit Andrei. Elle croit déjà que tu as été ravie – ou molestée – par quelque paysan smarnan.

— Gavril, je suis tellement désolée… ! s'exclama la jeune fille, bouleversée.

— Viens, Tasia.

Andrei ramena sa sœur vers la fête.

Aux grilles de la résidence, les soldats poussèrent leur prisonnier qui tomba sur le gravier.

Meurtri, le jeune homme se releva en époussetant ses habits. Et vit les lourdes grilles en fer forgé claquer à son nez et entendit la clé tourner dans la serrure.

— Eh ! Et mes peintures ? cria-t-il en empoignant les barreaux pour les secouer.

Un garde revint sur ses pas. Gavril se retrouva face au canon pointé d'une carabine.

— File ! grogna l'homme avec un fort accent smarnan.

Une colère noire envahit Gavril. Rien ne changerait donc jamais ? Serait-il toujours l'exclu, le peintre désargenté condamné à rester aux portes de l'opulence ?

Le soldat leva le chien avec un cliquetis de mauvais augure.

— Ça va, ça va, je m'en vais !

Gavril lâcha la grille et s'écarta.

Plongée dans l'obscurité, la piste qui serpentait à flanc de falaise, coupant à travers les pinèdes et les broussailles jusqu'à la plage, loin en contrebas, était assez large pour laisser passer les attelages des invités des Orlov – et assez sombre au goût du jeune homme éconduit. Humilié, plein de fiel, il se détourna et s'éloigna.

Comment diable expliquerait-il à sa mère qu'il venait de gâcher sa première commande prestigieuse ?

Sur la grève déserte régnait un silence à peine troublé par le murmure des vaguelettes. L'ombre nuageuse qui avait voilé l'astre de la nuit s'était levée. Les eaux de la baie de Vermeille scintillaient au clair de lune.

Gavril déambula le long de la plage. C'était une nuit magique, l'écrin parfait des amants…

Se retournant, il contempla la villa Orlov. Perchée sur les hauteurs, elle brillait de tous ses feux. La lumière des torches et des lanternes en embrasait les stucs blancs. On y danserait jusqu'à l'aube.

Dans quels bras valsait-*elle* maintenant ? Ceux du jeune officier emprunté qui lui écrasait les orteils ? Ou bien l'avait-on renvoyée dans sa chambre, en punition ? Pensait-elle à lui en ce moment ? Une fois de retour à Mirom, si loin de Vermeille, se souviendrait-elle de son nom ? Se rappellerait-elle leur valse langoureuse au clair de lune ? Ou n'en retiendrait-elle que la vague souvenance d'une tocade d'été ?

Un ressentiment amer le brûla avec la violence d'une flamme. Il valait bien l'aristocratie de Mirom – non, il valait mieux que ça ! Comment osait-on l'humilier de la sorte ?

— Astasia !

Son cri de rage couvrit le ressac.

Les ténèbres engloutirent soudain la plage. En levant les yeux, Gavril vit qu'un voile avait de nouveau obscurci les étoiles. Le vent courait sur la crête des vagues…

Contrairement à ce que le jeune homme avait d'abord cru, un orage couvait bel et bien.

Gavril hâta le pas en direction de la villa Andar, son foyer, à l'opposé de la baie.

Mais la noirceur semblait l'avoir pris en chasse, filant plus vite que n'importe quel nuage poussé par le vent. On aurait dit un faucon tournoyant au-dessus de sa proie…

Glaciale comme une fièvre maligne, l'épouvante l'envahit. Il s'empressa d'escalader le sentier sablonneux, trébuchant sur des racines d'arbres et de mûriers sauvages. Hors d'haleine, trempé de sueur, il atteignit la roseraie que sa mère aimait tant…

… Et au-dessus de la villa planait le nuage, noir comme du charbon. Dans la nuit, le phénomène semblait avaler la lumière des étoiles.

Au nom du Tout-Puissant, de quoi pouvait-il s'agir ? Et pourquoi le traquait-on ainsi ?

Gavril traversa la pelouse à toute vitesse, comme si sa vie en dépendait. Il se jeta sur la porte de service que sa mère laissait toujours ouverte pour lui.

Une fois dans la maison, il s'adossa au battant et reprit son souffle. Puis il plaça les lourdes barres avant de tourner la clef dans la serrure.

Maintenant qu'il était en sécurité chez lui, tout l'épisode lui parut non seulement bizarre mais absurde. Un tour de son imagination, voilà tout… L'esprit enflammé par la colère et le désir, il avait cru voir dans de simples brumes océanes quelque chose de sinistre…

Quel imbécile j'ai été...

Soucieux de ne pas troubler le repos d'Elysia ou celui de la gouvernante, Palmyre, il se dirigea vers l'escalier sur la pointe des pieds. Pourtant, le sentiment d'effroi le tenaillait toujours, comme si l'étrange brume noire venait d'engloutir la villa et de moucher les étoiles...

Une fois dans sa chambre, épuisé, il s'écroula sur son lit et ferma les yeux.

L'air si doux se refroidit soudain.

Gavril rouvrit un œil.

La cheminée ! Il n'avait pas pensé à l'obstruer ! Et voilà que les ténèbres envahirent la chambre par grosses volutes avant de se rétracter, tels les grands anneaux d'un serpent-démon. Le phénomène vaporeux se ramassa au pied du lit, prêt à engloutir sa proie dans sa gueule béante d'une noirceur infinie...

Poussant un cri, Gavril tenta de s'y soustraire en roulant de côté... et se retrouva noyé dans les brumes de l'ombre mystérieuse.

Comme arrachée de son corps qui gisait sur le lit, sa propre conscience fut projetée loin de la chaude nuit smarnane dans un tourbillon chaotique de nuages et d'étoiles...

Un hall éclairé par des torches... L'air enfumé empeste la poix brûlée et, pire, le sang versé, le vomi ainsi que, brute et âcre, une puanteur de nature chimique qui pique les yeux et brûle la gorge.

Les fumées se dissipent. Gavril découvre une silhouette sur le sol de la chambre. Péniblement, elle se traîne vers la porte... Un fluide sombre macule les dalles dans son sillage...

Simple observateur réduit à l'impuissance, Gavril assiste à l'agonie du vieil homme.

— *Pourquoi ? Pourquoi m'avez-vous entraîné ici ?*

— *Regarde !*

L'ordre rauque a retenti dans l'esprit du jeune homme – qui se trouve soudain face à un autre personnage aux cheveux blonds, fou de terreur et d'exaltation... Campé devant sa victime, il tient un sabre souillé de sang et un gobelet incrusté de pierres précieuses.

— Voilà pour ma mère ! s'écrie-t-il en vidant le gobelet sur le mourant. (Sa voix bouleversée vibre tellement de haine et d'un chagrin si amer que, dans l'air méphitique des lieux, Gavril peut presque y goûter.) Et voilà pour mes sœurs !

Les mains levées, les doigts crispés comme des serres, sa victime convulse... Au paroxysme des spasmes, une colonne de fumée crépitante, couleur cobalt, s'élève de son corps et monte vers les chevrons. Des flammes jaillissent de la colonne tourbillonnante. En hurlant, le jeune homme blond tombe à genoux. Son bras, ainsi que la main avec laquelle il tenait le gobelet s'embrasent. Des flammes bleues les consument.

Il jette le gobelet à la tête de son ennemi.

— Et voilà pour mon père ! hurle-t-il.

La colonne s'effiloche en fumerolles. Le vieillard s'effondre, ses dernières forces épuisées.

— Qui t'a laissé entrer ? chuchote-t-il, mourant.

Gavril reconnaît ce timbre de voix. Il vient d'en entendre l'ultime écho résonner sous son crâne.

— *Qui m'a trahi ?*

Plié en deux, son bras brûlé serré contre sa poitrine, le jeune tueur est trop terrassé par la douleur pour pouvoir répondre.

— *Assez !*

Gavril tente de se fermer à cette volonté qui lui est étrangère, de repousser la terreur et la souffrance.

On tambourine aux portes. On exige à grands cris leur ouverture.

Le jeune homme blond se remet sur ses pieds tant bien que mal. Dans son regard, Gavril lit une peur sans nom – et de la révulsion. Toute trace d'exaltation a disparu. D'évidence, c'était la première fois qu'il versait le sang.

— Par ici !

Il y a quelqu'un d'autre dans la pièce... Une voix basse et pressante, sortant de la fumée qui envahit la chambre... Celle d'un complice.

Le meurtrier n'est pas seul.

Aux portes, les tambourinements impérieux redoublent de violence. Gavril entend le bois craquer.

— Vite !

Le jeune homme s'écarte de sa victime, dérapant sur les traînées de sang.

Gavril tente de découvrir le visage du complice – et ne voit qu'un panneau de bois coulisser dans le mur.

Sous les bourrades d'hommes en armes, la porte verrouillée vole en éclats.

— *Trop tard...*, ironise le mourant dans un dernier souffle.

Rapidement, Gavril voit sa vision se fragmenter et se fausser avant de s'estomper comme brume au vent.

— *Gavril...*

Un ultime appel, vibrant de désespoir, l'atteint encore :

— *Souviens-toi...*

Le jeune homme rouvrit les yeux sur une aube terne. Paralysé d'horreur après une telle vision, il resta les yeux dans le vague. Il aurait voulu n'y voir « qu'un rêve ». Mais comment ? C'était bien trop réel...

« Souviens-toi... »

Le contrecoup le rendit nauséeux. Il se leva en titubant et passa dans la pièce contiguë pour vomir de la bile.

Soudain, le fracas encore distant d'une cavalcade frappa ses oreilles.

Les yeux embués de larmes, Gavril se redressa. Andrei Orlov et ses officiers partaient donc si tôt à la chasse ? Et si Astasia était avec son frère...

Il se passa la tête sous l'eau froide, encaissant le choc de son mieux.

Les cavaliers si matinaux remontaient au galop la route de la baie, en direction des falaises. Ils arrivaient par ici…

Gavril entendit des cris, des voix d'hommes s'interpellant… Intrigué, il se redressa, et entendit toquer à la porte.

Qui cela pouvait-il être et que voulait-on ?

Le crâne en feu, il descendit dans le vestibule. Les coups redoublèrent. Bâillant et se frottant des paupières lourdes de sommeil, la gouvernante traversait le hall…

Gavril entendit sa mère crier :

— Palmyre, n'ouvre pas !

Mais celle-ci avait déjà retiré les barres… Des hommes entrèrent. De haute taille, arborant les tatouages d'un clan et des cicatrices rituelles, ils portaient leurs longues chevelures tressées.

— Non ! cria Elysia, du haut de l'escalier.

Bouche bée, Gavril s'immobilisa.

Des voleurs ? Venus les dépouiller de leurs maigres biens ?

Le premier des intrus se jeta aux pieds du jeune homme abasourdi.

— Drakhaon… (Le timbre de voix grave de l'inconnu était chargé d'émotion.) J'apporte de mauvaises nouvelles… Votre père… (Des larmes sillonnaient le visage buriné de l'homme.) Votre père est mort.

— Mon père ? répéta Gavril, perdu.

À leur tour, les autres barbares tombèrent à genoux devant lui.

Il se retourna vers Elysia qui, pâle et silencieuse, s'était immobilisée au pied de l'escalier.

— Mère ?

— Ainsi donc…, dit-elle d'une voix atone, Volkh n'est plus…

— Mère, qui est ce Volkh ? Et qui sont ces hommes ?

— Seigneur Drakhaon… (Sous ses anneaux et ses tatouages tribaux, le premier barbare à s'être agenouillé était un vieillard aux cheveux gris comme le fer.) Nous sommes venus vous chercher pour vous ramener chez vous…

Il parlait la langue commune, mais avec un accent si prononcé que Gavril se demanda s'il avait bien compris.

— Chez moi ? répéta-t-il, de plus en plus déconcerté. Mais je suis ici chez moi !

— Pas en Smarna, seigneur. En Azhkendir, où sont vos racines et votre légitime héritage.

— L'Azhkendir ? Voyons, il y a forcément méprise ! La Smarna est ma patrie…

— Il n'y a aucune méprise. (Sans la moindre honte, le vieux guerrier ne cherchait nullement à retenir les larmes qui roulaient sur ses joues fripées.) Ne vous souvenez-vous pas de moi, seigneur ? Kostya, le bogatyr Kostya Torzianin, le bras droit de votre père ?

Le jeune peintre secoua la tête. Les événements se bousculaient. Peut-être rêvait-il encore…

Rêver…

Pris de vertige, Gavril se retrouva soudain plongé dans le cauchemar dans lequel un homme assassiné luttait jusqu'à son dernier souffle…

— Comment mon père est-il mort ? s'entendit-il demander d'une voix froide et distante.

L'expression de Kostya s'assombrit encore. À travers les larmes du bogatyr, Gavril vit briller une lueur de désespoir mêlée d'une haine implacable.

— J'ai failli à tous mes devoirs, seigneur, en tombant dans un piège… Je n'étais pas aux côtés de votre père pour le défendre quand il le fallait… Je ne pourrai jamais me le pardonner. Dire que je respire encore alors que mon seigneur et maître est mort !

— Mais comment ? Comment a-t-il péri ?

— Il… (Accablé par la honte, le vieil homme put à peine répondre.) On l'a trahi. Trahi et… assassiné.

Chapitre 2

— Pourquoi, mère ? Pourquoi ne m'as-tu rien dit ?

Le dos tourné à son fils, les mains sur le rebord de la fenêtre, Elysia Andar contemplait les eaux bleues de la baie. Elle était tellement immobile qu'on eût facilement pu la prendre pour une des statues de marbre pâle qui ornaient les jardins paysagers de sa villa, en contrebas.

Hésitant, Gavril avança d'un pas. Elysia refusait toujours de se retourner. Il aurait pu comprendre une effusion de larmes… Mais cette terrible colère rentrée, chez sa mère, était quelque chose de nouveau pour lui. Il ne savait comment aborder le problème. Et ressentait confusément de la culpabilité.

Des mouettes blanches traversèrent à tire-d'aile les carrés bleus que découpaient sur le ciel les fenêtres ouvertes de la villa, leurs criaillements se répercutant d'un bout à l'autre de la baie. Le parfum entêtant des lauriers-roses planait dans l'atmosphère radieuse. À l'endroit le plus lumineux de la pièce, une toile inachevée trônait sur un chevalet. De légères fragrances de peinture à l'huile en train de sécher flattaient les narines du jeune homme. C'était la quintessence même de ses souvenirs d'enfance. Le soleil ardent de la Smarna, le doux ressac des eaux bleues, les fredonnements de sa mère en train de peindre…

Et maintenant pourtant, il avait l'impression de tout redécouvrir déformé – sinon perverti – par le petit bout de la lorgnette…

— Mère ? dit-il, conciliant, en se rapprochant.

Il hésita à la prendre par les épaules. Il aurait tant voulu trouver quelque réconfort dans ce simple contact. Mais il n'osait pas…

— Mère, *je t'en prie !*

À sa grande honte, il entendit sa voix se fêler. Il s'efforça de ne pas perdre devant elle la maîtrise de ses nerfs. Il devait rester fort, fût-ce au nom d'un semblant de normalité dans le chaos où sa vie avait sombré.

— J'ai besoin de savoir.

Il l'entendit soupirer, d'un soupir aussi doux que le chuchotement des vagues sur la plage de sable fin de la baie.

— La Smarna est ma patrie. N'est-ce pas ?

— *Ma* patrie, rectifia Elysia, l'air sombre.

— Mais j'ai grandi ici… (D'un geste ample, Gavril désigna la villa et ses jardins.) Je ne me souviens de rien d'autre. Aujourd'hui, on vient me dire que je serais en réalité originaire d'Azhkendir et que je dois te quitter, abandonner mon œuvre inachevée… On m'explique que j'ai hérité de ce titre, Drakhaon, alors que j'ignore parfaitement de quoi il s'agit !

Lentement, Elysia se retourna. Elle pleurait en silence ; les larmes ruisselaient sur sa peau au teint de pêche.

— J'allais tout te révéler, répondit-elle avec raideur, à ton prochain anniversaire, à ta majorité… Mais les événements m'ont prise de court.

— Est-ce vrai ? l'implora Gavril. Était-ce mon père ?

— Oui, admit-elle, le regard hanté.

Il avait toujours chéri l'image maternelle, la sérénité faite femme… Elysia était d'un naturel aussi ensoleillé que la baie de Vermeille. Or, l'irruption de Kostya Torzianin dans cette existence paisible avait tout balayé. Celle que Gavril avait maintenant devant lui, qui triturait distraitement sa coiffe en dentelle, était une version subvertie de la mère qu'il avait cru si bien connaître. Il ne se rappelait pas lui avoir déjà vu une expression aussi troublée – ou vulnérable…

— Pourquoi m'as-tu menti ?

Lui causer de la peine lui serrait le cœur. Mais n'était-il pas en droit d'apprendre la vérité sur ses origines ?

— Pourquoi m'as-tu dit que tu ignorais où il était ?

— Tu es encore si jeune, Gavril… Parfois, un pieux mensonge vaut mieux que la vérité.

— La vérité étant… ?

— … Que je devais t'éloigner de lui.

Toujours ces fragments d'information, énigmatiques en diable.

— Mais pourquoi ? *Pourquoi ?*

Elysia parut se reprendre. Elle se campa devant la table où trônait un carafon de karvi en verre taillé, la liqueur orange parfumée au cumin des prés qu'elle offrait habituellement aux visiteurs. Elle s'en servit un verre qu'elle sirota en frissonnant, comme pour apaiser des nerfs à fleur de peau. Était-ce à ce point difficile d'avouer la vérité à son fils ? Son père avait-il été un tel monstre ?

Gavril redoutait ce qu'il allait entendre.

Son verre de karvi à la main, Elysia s'assit sur un divan tendu de soie.

— Que t'a dit ce vieil homme ?

— Kostya ?

Gavril fit la grimace. L'intraitable bogatyr n'avait cessé de lui rebattre les oreilles… Kostya avait juré à son seigneur mourant qu'il protégerait son fils en toutes circonstances, fût-ce au prix de sa vie, et qu'il le ramènerait en Azhkendir… Voyant cela, Palmyre avait volé au secours du jeune homme ; les guerriers déjeunaient maintenant à la cuisine, arrosant leur repas d'un tonnelet de la meilleure bière du cellier.

— Il n'a qu'une idée en tête, que je plie bagage et que je parte pour l'Azhkendir… (Gavril plissa le nez.) Les druzhina sentent toujours à ce point ?

— Tous ont besoin d'un bon bain… Et de vêtements propres. Mais ainsi vivent les druzhina du Drakhaon, comme tu le découvriras bientôt si tu repars avec eux. Ils ne sont pas comme nous. Ils règlent leur existence sur les lois claniques d'antan. As-tu vu les tatouages de Kostya ? (Elysia eut une moue désapprobatrice.) Barbares ! Ne les laisse pas t'infliger une seule marque clanique !

Gavril s'assit en face d'elle.

— Mais… et mon père ?

— Ton père…

Elysia but une gorgée de karvi, en faisant rouler le verre entre ses paumes. Puis elle se pencha, reprenant la parole d'une voix basse et vibrante :

— J'ai fait la connaissance de ton père alors qu'il était venu ici poser pour son portrait. Il a d'abord eu un grand choc, imagine, en découvrant que l'artiste en question était une femme… Moi ! Ensuite, nous avons appris à nous connaître. À l'époque, c'était un beau jeune homme, impétueux et manquant singulièrement de poli à l'aune des critères de la bonne société smarnane… Mais je ne l'en appréciais que plus pour ça ! Il avait une sorte de… sincérité brute. Et sa fougue m'attirait. Comparés à lui, les jeunes prétendants de mon entourage me semblaient bien falots. Hélas, l'amour m'avait rendue aveugle… Je ne voyais plus les imperfections ou les défauts de ton père, Gavril. Son impulsivité cachait un terrible caractère enclin à la destruction, et cela m'échappait. L'esprit intrépide dont j'étais tombée amoureuse celait dans ses sombres replis de nets penchants pour la cruauté et la barbarie.

Gavril l'écoutait – sans comprendre.

— Il… t'a maltraitée ? Blessée ?

Elysia vida son verre en réprimant mal un frisson.

— J'essaie juste de te dire que ton père avait changé. Pas d'un coup, non. Ce fut insidieux, un peu comme si un lent poison avait coulé dans ses veines… Ou peut-être qu'il a toujours été ainsi et qu'il s'était présenté sous son meilleur jour simplement pour me séduire. Ou alors, des forces maléfiques sont à l'œuvre en Azhkendir, tapies dans ces hivers interminables et ces forêts touffues qui plongent les gens dans une folie pernicieuse… Je l'ignore, Gavril. Je ne sais qu'une seule chose : ce n'était pas un endroit pour qu'un petit garçon, mon fils, y grandisse…

— Alors tu l'as *quitté* ?

— Je me suis enfuie avec toi, oui. Volkh a lancé Kostya et ses hommes à nos trousses. Ils nous ont rattrapés dans la forêt puis nous ont ramenés.

Le regard absent, elle se détourna. Gavril se représenta la scène… Une jeune mère terrifiée et son bébé, cernés par des guerriers tatoués, vêtus de peaux de bête…

— Que t'a-t-il fait ? chuchota-t-il.

— D'abord, il m'a gardée prisonnière dans ma chambre. Et puis, une nuit… il est revenu vers moi et j'ai vu dans ses yeux l'ombre de l'homme que j'avais jadis aimé… Il m'a prévenue : des événements terribles allaient se produire, contre lesquels il ne pourrait quasiment rien. Il voulait que je reparte tout de suite avec toi. Avant qu'il change. Avant qu'il soit trop tard...

— Et il t'a laissée partir loin de lui ?

En pleurs, Elysia hocha la tête.

— « *Avant qu'il change* » ? Comment ça ?

— Quelques jours plus tard, alors que je venais de franchir la frontière, une guerre clanique a éclaté en Azhkendir. J'ai réussi à rallier la Smarna. Pour toute possession, j'avais les vêtements que je portais et quelques piécettes dans mon escarcelle... Mais ensuite, une très belle somme d'argent a commencé à être versée à ton nom, et des instructions me parvenaient anonymement...

— Donc, personne ne savait ?

— Tout s'est accompli sous des identités d'emprunt. Ton père s'était fait beaucoup trop d'ennemis. Si on avait découvert qu'il avait un fils...

— Était-il... ? (Gavril hésita à poser la question qui le taraudait.) Était-ce vraiment un monstre ?

Alors, Elysia regarda son fils dans les yeux. Et il eut l'impression d'être poignardé au cœur avec un pic à glace.

— Oui.

La pièce ensoleillée parut s'obscurcir d'un coup, comme si un gros nuage voilait le soleil.

— Qu'a-t-il fait ?

— Si tu veux vraiment le savoir, à toi de le découvrir. Je t'en prie, plus de questions. Rien que d'y penser, ça me rend malade... Parfois, je me demande... Si je n'avais pas fui, qui sait, peut-être aurais-je pu empêcher tout cela... (Le son de sa voix couvrant à peine le murmure de la mer, elle détourna le regard.) Ou peut-être au contraire que rien ni personne n'aurait pu détourner Volkh de son destin... Encore maintenant, peu avant l'aube, je me réveille et je m'interroge... Ai-je contribué à faire de lui le tyran qu'il était devenu ?

Gavril resta sans réaction.

Tyran... Barbare... Monstre... Voulait-il vraiment en savoir plus sur cet homme qu'on disait être son père ?

— On m'a appelé « Drakhaon ». Qu'est-ce que cela veut dire ? Tu as pourtant déclaré que mon père se nommait Volkh.

De nouveau, Elysia frissonna. *Drakhaon*... Elle prit les mains du jeune homme dans les siennes et les examina attentivement, comme si elle y cherchait quelque chose.

— Mère ?

— Tu n'as pas à aller en Azhkendir si tu ne le veux pas, Gavril. (Elle referma sur les siens ses doigts fins tachés de peinture.) Tu peux toujours renoncer à ton héritage. Qu'ils se trouvent donc un autre Drakhaon !

— Il n'y a pas d'autre héritier ! (Campé sur le seuil de la porte, Kostya était rouge de colère.) Pas tant que le fils de mon défunt seigneur vit et respire ! Il *est* le Drakhaon. Par droit de naissance, par droit du sang...

— Depuis quand nous espionnez-vous ? (Ses yeux marron lançant des éclairs d'indignation, Elysia prit le bogatyr à partie.) Cela ne vous regarde pas, c'est une affaire entre mon fils et moi !

Kostya l'ignora.

— Seigneur, j'ai fait à votre père un serment solennel. J'ai juré de ramener son fils à la maison pour qu'il y embrasse son héritage.

— Oh, et qu'est-ce qui compte le plus ? rétorqua Elysia. Votre parole ou l'avenir de mon fils ?

— Ne vous est-il pas venu à l'esprit, Drakhys, que les deux étaient inextricablement liés ? Comment le jeune seigneur Gavril... ?

— Comment m'avez-vous appelée ? coupa Elysia d'une voix dure et tendue.

— Drakhys. C'est votre titre. En tant qu'épouse du seigneur Volkh...

— Son épouse ? s'esclaffa-t-elle.

Le rire maternel avait toujours rappelé à Gavril un roucoulement de colombe. Mais là, ce ricanement moqueur et sans joie le troubla.

— Et mes rivales ? Même en Smarna, les nouvelles vont vite, Kostya.

— Il y a eu d'autres femmes, c'est exact, répondit le guerrier, guindé. Mais pas d'autres héritiers. Vous seule comptiez aux yeux de notre défunt seigneur. Votre départ l'a laissé inconsolable...

— J'aimerais tant vous croire, Kostya...

Elysia se détourna. Le soleil ruisselait sur sa chevelure où la brise jouait, la tissant d'or patiné. Gavril ressentit soudain une grande crainte pour elle.

— J'aimerais tant vous croire...

Le sommeil fuyait le jeune homme. Le clair de lune baignait sa chambre, conférant un joli nacré aux draps froissés. Pour peu que Gavril ferme l'œil, il redeviendrait le jouet du cauchemar, dans ce hall enfumé, souillé du sang versé...

Il n'avait soufflé mot de sa vision à personne. Par le passé, des rêves fiévreux et des cauchemars d'enfant l'avaient réveillé en sursaut, l'incitant à appeler sa mère à grands cris... Mais il n'y avait rien eu d'aussi vivace et terrible que ça. Cette voix, la présence énigmatique dans la pièce... Tout avait paru si réel...

Assassiné, selon Kostya...

Son père avait péri assassiné.

Je ne crois pas aux fantômes.

Et pourtant, un savant de l'université de Mirom n'avait-il pas récemment déclaré qu'à l'instant où la mort frappe, une forme d'énergie peut s'imprimer dans l'atmosphère, intense au point d'être scientifiquement mesurée ? Son équipe de chercheurs et lui avaient passé une soirée à en débattre avec passion autour de plusieurs bouteilles de vin rouge, dans une de leurs tavernes favorites, du côté du port.

Gavril repoussa ses draps trempés de sueur et sortit sur le balcon. La lune en fin de course planait sur la ligne d'horizon. Elle nappait les eaux noires d'un scintillement opalescent. Les senteurs entêtantes de l'été – frangipanier et jasmin – montaient des jardins escarpés en contrebas, embaumant l'air.

C'était son foyer.

Un foyer qu'il devait maintenant quitter pour s'aventurer au nord, dans les contrées hivernales d'Azhkendir… Laisser son œuvre inachevée… Laisser inachevé le portrait d'Astasia…

Jusqu'à présent, aux yeux d'une telle femme, il avait fait figure de simple serviteur, un homme du commun. Et voilà qu'il se découvrait de nobles ascendances – fût-il le nouveau seigneur d'une terre appauvrie, un royaume de neiges et d'ombres… À présent, il était l'égal d'Astasia. Mais pour recevoir son héritage, il devait partir loin d'elle et des plaisirs ensoleillés de Vermeille… Et quand il reviendrait, elle serait fiancée à Eugène de Tielen.

Le souvenir d'une mélodie s'insinua dans son esprit. Les accords mélancoliques de *Nuits blanches*, sur lesquels ils avaient dansé la veille…

Il devait faire sienne la jeune fille. Il passerait devant les gardes qui l'avaient si brutalement traité et exigerait une entrevue avec la grande-duchesse Sofia. Et si l'un de ces arrogants aristocrates de Mirom prétendait l'arrêter, il le repousserait en lâchant avec morgue : « Avez-vous idée de qui je suis vraiment ? »

Enjambant la balustrade d'un bond, il franchit au pas de course les jardins plongés dans la pénombre en direction de la plage.

Une plage déserte baignée d'un éclat lunaire… Alors que Gavril foulait le sable nacré, seuls le ressac et le chuintement de son passage troublaient la quiétude nocturne.

Seigneur Gavril, Drakhaon d'Azhkendir…

Comme il se délecterait de la confusion de ces êtres hautains, quand il leur révélerait sa véritable identité !

Soudain, il jeta un coup d'œil par-dessus son épaule. Le suivait-on ? Qui ?

La plage était déserte.

Gavril longea la courbure de la baie, s'orientant vers le cap. Nichée au milieu des pins, la villa Orlov scintillait au clair de lune.

— Astasia…

Le jeune homme chuchota le nom de sa douce amie dans la nuit.

Du coin de l'œil, il surprit un mouvement. L'instinct le fit pivoter, poings serrés, prêt à en découdre.

— Vous marchez vite, seigneur…

Bras croisés, Torzianin se dressait devant lui.

— Kostya ! (Sous le coup de la peur et de la colère, le cœur du jeune homme s'emballa.) Depuis quand me suivez-vous ?

— Bonnes réactions aussi… (Était-ce son imagination ou le vieil homme souriait-il ?) Décidément, nous ferons un bogatyr de vous.

— Un quoi ?

— Un bogatyr. Un noble guerrier, comme votre père.

— Je vous l'ai dit, je suis un peintre, pas un soldat. (Comment faire entendre raison à Kostya ?) Et vous le voyez, je suis parfaitement capable de me défendre tout seul. Nul besoin de gardes du corps.

Le Barbare haussa les épaules.

— Gavril Andar, peut-être pas. Mais vous voilà Gavril *Nagarian*, seigneur Drakhaon… Et le Drakhaon a beaucoup d'ennemis.

Des ennemis… Gavril sentit son malaise croître. Son propre père venait de périr assassiné. Volkh s'était-il fait des adversaires implacables au point de porter leur vendetta bien au-delà des frontières d'Azhkendir ? De quel legs sanglant Gavril héritait-il avec son titre étrange ?

— Une longue route nous attend, seigneur. Le vent et la marée nous pousseront vers l'Azhkendir.

— Nous ? (Exaspéré, le jeune homme jeta au bogatyr :) Je ne serai pas du voyage !

— Mais vous êtes le Drakhaon.

— Et j'ai à faire ici, en Smarna. J'irai en Azhkendir quand je le déciderai.

Le vieux guerrier hoqueta comme si Gavril venait de le poignarder.

— Vous ne comprenez donc pas, mon garçon ? (Au clair de lune, son regard prenait un éclat étrange.) Vous devez venir tout de suite. Vous n'avez aucune idée de votre héritage ? Elle ne vous a rien dit ?

Se détournant, Gavril reprit sa marche le long de la plage en lançant par-dessus son épaule :

— Je vous souhaite la bonne nuit, Kostya.

Le silence… à peine troublé par le murmure des vagues sur le sable argenté et par sa respiration heurtée… Les poings serrés, Gavril était d'humeur à boxer le nez de quiconque prétendrait encore l'arrêter.

Un coup violent s'abattit sur son crâne, et il fut plongé dans le néant à une vitesse folle. Une infime partie de son esprit eut juste le temps de se demander « pourquoi ? » et s'effondra.

Ce fut comme si on venait de priver la lune de tout éclat, le laissant s'évanouir dans une nuit sans étoiles.

Chapitre 3

Une lanterne oscillait au-dessus de Gavril. La suivre du regard suffit à lui donner le tournis en lui blessant les yeux. Chaque trait de lumière lui faisait l'effet d'une lame de couteau émoussée. Il baissa les paupières, priant pour que la douleur s'estompe.

— Là, mon garçon… C'est mieux.

On lui parlait… Au gré des oscillations de la lanterne, la voix désincarnée paraissait tour à tour se rapprocher et s'éloigner. Les syllabes se répercutèrent longuement sous le crâne de Gavril, à la façon de coups de marteau sur une enclume. Il n'aurait rien tant voulu que replonger dans le néant miséricordieux dont on venait de l'arracher.

Peu à peu, il prit conscience des sons qui l'entouraient. Le craquement régulier du bois, le clapotis des vagues, tout près… La lanterne balançait toujours follement, en rythme avec les grincements du bois.

— Où… ?

Ce chuchotement l'épuisa.

La silhouette déformée d'un homme apparut dans son champ de vision, l'écrasant de toute sa noirceur, à l'instar d'une créature des ténèbres.

— Vous avez soif ? Là… buvez un peu.

On lui souleva la tête pour presser sur ses lèvres une coupe d'eau. Une eau additionnée d'un spiritueux au goût amer. Gavril manqua s'étrangler. Il tenta d'ajuster sa vision pour identifier l'homme qui avait émergé des ombres.

— Assez…

Il détourna la tête. Si seulement la brume qui enveloppait son esprit pouvait se lever… S'il retrouvait des idées claires, il comprendrait mieux ce qu'il faisait là… sur un bateau… *en mer.*

— Enlevé… j'ai été enlevé ! (Gavril se redressa brusquement, menaçant la silhouette d'un poing indigné.) Espèce de… sale *pirate* !

Comme la tête lui tournait, il retomba sans force sur son matelas.

— Ne vous agitez pas, seigneur, dit le ravisseur d'une voix tendue.

Gavril crut enfin identifier l'homme, à son timbre de voix et à ses tresses grisonnantes.

— Kostya ? Où… suis-je ?

La mémoire lui revenait par fragments. Il longeait la plage, la lune scintillait sur les eaux lisses et…

— Nous avons quitté la baie de Vermeille hier soir. Dans deux jours, nous devrions atteindre la mer Blanche et débarquer à Arkhelskoye.

De colère, Gavril eut la voix coupée. Il avait été enlevé non par des corsaires mais par les hommes de son propre père !

— Je vous avais pourtant bien spécifié que je ne viendrais pas avec vous, dit-il enfin. Et vous m'avez enlevé !

— Oui, seigneur.

— Vous m'avez frappé par-derrière ! (Un mal de tête sourd le tenaillait, menaçant comme un roulement de tonnerre lointain.) Vous avez failli me fracasser le crâne !

Kostya haussa les épaules, nullement contrit.

— Pourquoi ? cracha Gavril. Qu'est-ce qui vous donnait le droit de m'enlever contre mon gré ?

— Vous êtes notre Drakhaon, que vous le vouliez ou non, répondit le vieux guerrier.

— Et ma mère ? (Gavril se représenta Elysia seule, fouillant frénétiquement la villa, les jardins, la plage déserte, appelant en vain son enfant.) Vous n'avez certainement pas pensé à la prévenir de vos plans ? Vous est-il seulement venu à l'esprit qu'elle pourrait être plongée dans la détresse en constatant la disparition de son fils unique ?

Kostya haussa de nouveau les épaules.

— Vous lui enverrez une lettre d'Arkhelskoye.

Les mouvements de balancier de la lanterne donnaient le mal de mer au jeune homme. Il ferma vainement les yeux. Sous ses paupières, il voyait encore des traînées de feu.

— Et combien de temps resterai-je votre prisonnier ? s'entendit-il demander d'une voix infiniment distante.

Le tumulte des grosses vagues du large lui semblait de plus en plus fort. Et la réponse de Kostya lui parvint de très loin, tel le cri d'un triton solitaire par-delà des mers brumeuses :

— Vous êtes notre Drakhaon, seigneur. Pas notre prisonnier.

— Il me semble que c'est… du pareil au même…, souffla Gavril d'une voix pâteuse.

Il se sentait très las. Dans sa bouche sèche, l'étrange arrière-goût de l'eau conservait une pointe d'amertume. Drogué… On l'avait drogué ! Il tenta une dernière fois de se redresser, les mains tendues en un geste de colère impuissante. Le rugissement des lames écrêtées de brume battait à ses tempes… Il retomba à la renverse, aspiré par les abysses infiniment noirs d'une mer sans nom.

Les accords délirants d'une valse tourbillonnent dans les rêves de Gavril.

Nuits blanches…

Il est dans la salle de bal de la villa Orlov.

Des ombres évoluent avec légèreté. Les visages sont couverts par des loups grotesques figurant des oiseaux de proie au bec crochu, ornés de plumes, ou des gargouilles grimaçantes. Empoussiérées et moisies, les tapisseries ont connu des jours meilleurs. Les candélabres aux chandelles crachotantes sont festonnés de toiles d'araignée où s'agglutinent les grains de poussière. Et, au rythme enlevé de la valse, les couples continuent de tourbillonner follement dans la salle aux miroirs…

— Astasia ! crie le rêveur en la cherchant des yeux.

Bousculant les danseurs, il passe de couple en couple, dans une quête inlassable.

— Gavril ?

Il l'aperçoit alors, à l'autre bout de la salle, pâle dans sa robe blanche, les bras tendus dans sa direction…

Il s'élance vers elle… et les couples aux loups grimaçants se retournent contre lui, le happent et le pincent cruellement de leurs doigts gantés de blanc.

— Au secours, Gavril !

Astasia, entraînée dans les ténèbres…

La musique se fracture en fragments discordants, explosant avec la violence d'un miroir qui vole en éclats…

Gavril rouvrit les yeux. La senteur âcre du goudron, le grincement des gréements, le claquement des paquets de mer contre la coque, le roulis incessant… Tout lui confirmait qu'il était effectivement prisonnier à bord d'un vaisseau azhkendi, s'éloignant d'heure en heure d'Astasia…

Une lumière blanche frappa les pupilles de Gavril. Une lumière hivernale, pâle et froide… Titubant, le jeune homme monta sur le pont et sentit Kostya le rattraper par un coude pour l'aider à garder l'équilibre.

— Un pas à la fois, seigneur. Doucement…

— Quel est… cet endroit ?

Gavril couvrit d'une main ses yeux devenus trop sensibles. Il se sentait aussi faible que lorsqu'ayant contracté une amygdalite purulente, il avait erré des jours durant en proie à une forte fièvre. La maladie l'avait à l'époque beaucoup amaigri, le laissant aussi chancelant et mal assuré sur ses jambes qu'un poulain nouveau-né. Mais il avait alors eu droit à de fortes doses de médicaments, non aux sédatifs puissants que Kostya avait dû utiliser pour le mettre à sa merci.

Le navire glissait lentement en direction de la banquise, soumis à un doux tangage sur des eaux d'une pâleur laiteuse. Soucieux de se rétablir, Gavril s'agrippa au bastingage.

— La mer Blanche, chuchota-t-il.

Le bras de mer qui s'étirait sous une nappe de brouillard, à l'horizon, scintillait d'un dur éclat diamantin. Même l'air miroitait sous l'effet de ces températures glaciales.

— Nous avons croisé les derniers bateaux de commerce en provenance d'Arkhelskoye, répondit Kostya dans un petit souffle vaporeux. Autour de nous, les eaux sont rapidement prises par les glaces. (Appuyé au bastingage, il fronça les sourcils.) C'est trop précoce… Un esprit-démon doit être à l'œuvre… De la glace se forme en haute mer alors que dans les landes, les baies sont encore rouges.

— Un esprit-démon ? répéta Gavril, incrédule.

Une vieille superstition du folklore azhkendi, supposa-t-il.

Kostya lui jeta un long regard.

— Ne vous a-t-elle donc rien appris sur votre héritage ?

— Donc, nous sommes encerclés…

— À moins que mon seigneur ne souhaite déployer ses ailes et retourner en Smarna en volant…

Kostya haussa les épaules.

Gavril prit une inspiration… et le regretta instantanément. L'air sec et gelé lui brûla la langue. Le choc le réduisit au silence.

Il était piégé. Piégé dans une pauvre contrée barbare, loin de toute planche de salut… Et si les derniers vaisseaux avaient disparu au loin, par quel moyen pourrait-il transmettre un message en Smarna – ou à Astasia ?

Il fut pris de tremblements incoercibles.

— Vous devez avoir froid, seigneur.

Kostya lui drapa autour des épaules un lourd manteau, une fourrure empestant le civet rance.

— Quand nous toucherons terre, seigneur, il y aura une petite cérémonie en votre honneur. Vous devrez prouver à votre peuple que vous êtes bien le fils du seigneur Volkh. C'est la coutume, en Azhkendir.

— Que je le prouve ?

L'effet des sédatifs se faisait encore sentir ou le froid lui engourdissait le cerveau, car il n'avait pas la moindre idée de ce dont Kostya parlait.

— Alors, c'est vrai… Votre mère ne vous a rien dit. Rien du tout !

— Qu'aurait-elle dû me dire ? répliqua Gavril en pivotant vers le vieil homme. (Comment Kostya osait-il insulter Elysia ?) Que mon père n'a jamais essayé de nous retrouver après notre départ d'Azhkendir ? Qu'il l'a laissée élever son fils sans donner la moindre nouvelle ?

— Vous n'avez reçu aucune de ses lettres ? demanda Kostya.

Une pointe d'amertume perçait dans sa voix morne.

— Des lettres ! se récria le jeune homme, dérouté. Il m'a écrit ?

— Elle a dû toutes les détruire… Ah ! (Comme pour tenter de remettre de l'ordre dans ses idées, Kostya se massa le front.) Donc, vous ne savez vraiment rien de votre héritage…

— Rien ! confirma Gavril, exaspéré.

Troublé, il se demandait quelle terrible vérité le vieux guerrier répugnait tant à lui avouer…

« Barbares », avait dit Elysia en pleurant. *« Cruel »*…

— Je savais que vous laisser partir était une erreur. J'ai tenté de raisonner votre père, mais son amour pour votre mère l'aveuglait. Il refusait de la retenir contre son gré. Il a toujours eu l'intention de venir pour vos vingt et un ans et de vous parler de vos pouvoirs. Mais il était dit que ça n'arriverait jamais…

— Mes pouvoirs ? Lesquels ?

— Vous l'apprendre ne devrait pas m'incomber. (Des larmes contenues brillèrent dans les yeux du vieil homme.) Ç'aurait dû se passer entre le père et le fils. Ce n'est pas bien…

— Mon père est mort. Il n'y a personne d'autre !

Kostya déglutit avec peine.

— Vous êtes Drakhaon. Le sang qui coule dans vos veines n'est pas celui du commun des mortels.

— Voilà cent fois au moins que vous me le répétez d'une façon ou d'une autre ! Qu'est-ce qu'un Drakhaon, à la fin ?

— Regardez…

Bras tendu, Kostya désigna la grand-voile de l'embarcation. Sur la toile blanche, un symbole peint en noir et argent, aussi froid et cruel que l'hiver, captait la lumière du soleil matinal et scintillait sous ses feux. Gavril vit alors qu'il s'agissait d'une grande créature ailée. Elle semblait voler à mesure que le vent gonflait la voile.

— Un… *dragon* ? souffla le jeune homme, pétrifié. Mais enfin… Ce ne peut être qu'une façon de parler, un titre, un…

— Vous êtes un Drakhaon, seigneur, insista Kostya.

— Mais comment mon père aurait-il pu être à la fois un homme et un… un…

Gavril ne put continuer, tant le concept lui paraissait ridicule. Les dragons peuplaient les contes et légendes pour enfants. Inutile de les chercher ailleurs…

— Un Drakhaon n'est pas un simple dragon, seigneur. Plus exactement, il s'agit d'un guerrier-dragon. Un être humain capable d'anéantir ses ennemis d'un souffle, et d'insuffler à son clan le pouvoir de son sang embrasé…

Gavril éclata de rire.

— Non… Non !

— J'étais présent quand votre père a survolé la forteresse Arkhel et incendié de son souffle le clan entier. Le ciel nocturne s'est enflammé… et nos ennemis ont tous péri sur place.

— Vous avez vu ce que mon père voulait que vous voyiez… Un trucage ingénieux, disons. Une illusion d'optique, réalisée avec un peu de poudre à canon et de fumées toxiques…

Le visage de Kostya se ferma.

— Je sais ce que j'ai vu.

— Mais regardez-moi ! Je suis un homme ordinaire, au même titre que n'importe qui d'autre ! Où sont mes ailes, mes serres et mes naseaux crachant le feu ?

Gavril fut pris d'un rire dur et inextinguible, frisant l'hystérie.

Kostya lui saisit les mains pour les lui placer devant les yeux, ongles pointés.

— Regardez plutôt ces taches bleues sur vos ongles… Vous voyez ? C'est un des premiers symptômes.

— De vieilles taches de peinture, rien de plus. Je suis peintre, vous vous souvenez ? Du moins je l'étais, jusqu'à ce que vous m'enleviez.

— Vous pensez à de vulgaires taches de peinture ? Ce n'est que le début !

— Vous voudriez me faire croire que si vous n'étiez pas venu me prévenir, j'aurais fini par me réveiller un matin couvert d'écailles, crachant le feu et lacérant mes draps ?

— Ce n'est pas ainsi que ça se passe, répondit sèchement Kostya.

Le rire du jeune homme mourut. Calmé, comme si le vieil homme venait de l'asperger d'eau froide, Gavril baissa les yeux sur ses mains.

— Alors, comment ça arrive au juste ?

Kostya secoua la tête.

— Vous ne m'avez toujours pas compris ? Le Drakhaoul vous a revendiqué comme sien. Que ça vous plaise ou non, vous serez Drakhaon jusqu'à votre dernier jour. Le sang de votre père coule dans vos veines. Et c'est bien la preuve du sang que votre peuple exigera lorsque nous accosterons.

— Quelle est cette coutume barbare ? s'exclama Gavril en s'écartant vivement du vieil homme.

L'avait-on kidnappé pour le sacrifier ?

— Si vous aviez grandi en Azhkendir, seigneur, vous ne trouveriez rien d'anormal à ça. Mais vous ignorez tout de nos us et coutumes, tout de notre histoire… La vôtre.

— La preuve du sang, Kostya ? Le mien ? (La colère le gagnait de nouveau.) Que peut-on prouver en me faisant saigner ?

— Il s'agit de la reconduction d'un antique contrat entre le Drakhaon et son clan. L'établissement d'une confiance mutuelle… En outre, votre sang renferme des pouvoirs, seigneur Gavril.

Sans voix, le jeune homme tourna le dos au bogatyr, et contempla la banquise qui s'étendait à perte de vue. Une mer blanche, un ciel blanc… L'indignation de Gavril céda la place à un désespoir sans bornes. Il n'était pas simplement le prisonnier de ces Barbares, avec leurs folles croyances en d'hypothétiques dragons, mais également le captif de son propre droit de naissance, condamné par le sang qui coulait dans ses veines à un avenir plus noir que tout ce qu'il aurait pu imaginer…

L'embarcation du Drakhaon vint se ranger le long de l'embarcadère ; Gavril s'agrippa au bastingage. Tandis que les bordées de la coque raclaient contre la pierre, les marins bondirent à terre, des cordages serrés dans leurs poings pour arrimer le navire.

Arkhelskoye ? Un lieu de désolation, qui tenait davantage de l'agglomérat d'entrepôts, de dépendances en bois et de postes de douane désertés que d'un port florissant. Dans la tour maritime, la cloche sonna, troublant le calme polaire. Et brusquement, l'embarcadère grouilla de monde. Gavril cilla. D'où tous ces gens avaient-ils surgi ? Les femmes avaient la tête entourée de châles de laine. Des matelots à la barbe fournie piétinaient la neige, et des guerriers vêtus de fourrures se rassemblaient.

— Ils viennent vous saluer et vous souhaiter la bienvenue, dit Kostya en poussant Gavril en direction du quai.

Ils remontèrent la jetée. La neige épaisse crissait sous leurs bottes.

La foule observait le nouveau venu dans un grand silence. Lourd d'attentes tacites. Gavril n'entendait plus que le sifflement d'un petit vent mordant… et les craquements des glaciers, au loin.

Kostya se retourna vers le jeune homme. Il avait tiré de sous son ceinturon un couteau à lame courbe. Aussi translucide et coupante que du givre, la lumière blanche dansa sur le fil acéré.

— Dois-je vraiment en passer par là ? protesta Gavril, les dents serrées.

L'immobilité de la foule aux aguets le troublait. Tous ces regards pesaient sur lui. Que s'attendait-on donc à voir ?

— Vous êtes bien droitier ? demanda Kostya en lui saisissant la main gauche, paume tournée vers le ciel.

Avant que Gavril puisse se dégager, il avait entaillé la paume sur toute sa longueur. La coupure fut aussi douloureuse que le vent mordant.

Trop surpris pour crier, le jeune homme ouvrit des yeux ronds.

Du sang noir perlait de l'incision. Kostya avait-il enduit la lame d'une substance chimique quelconque pour altérer ainsi son fluide vital ? Le sang n'était-il pas rouge et non noir ? Celui-là en tout cas était trop sombre pour être d'origine humaine… Malgré la douleur et l'outrage, l'instinct artistique de Gavril tenta d'en définir précisément la couleur. Ça tenait plus du pourpre porphyre que de l'écarlate. À la réflexion d'ailleurs, c'était plus proche de l'indigo que du pourpre…

Avec un grognement de satisfaction, Kostya leva la paume de Gavril, l'exhibant à la foule. Du sang goutta sur la neige, provoquant un léger grésillement. Comme s'il brûlait tout sur son passage en s'écoulant dans les entrailles de la terre… Des taches d'encre semblèrent maculer la neige.

La foule s'arracha enfin à son silence avec des chuchotements d'excitation et des exclamations sourdes. Les témoins du phénomène se donnaient des coups de coude en s'interpellant.

— Répétez ces paroles après moi, seigneur, lui murmura Kostya à l'oreille. Avec mon sang…

Presque tétanisé par la colère, le jeune homme s'exécuta cependant.

— Avec mon sang…

— … Moi, Gavril Nagarian, revendique mon héritage et mon droit de naissance comme seigneur d'Azhkendir…

Froide comme le souffle du vent sur ses joues, la coupure à sa main lui faisait mal.

— … Moi, Gavril Nagarian, revendique mon héritage et mon droit de naissance comme seigneur d'Azhkendir…

Il leva alors les yeux vers les druzhina, autour de lui… Il lui sembla voir luire dans leurs regards la faim dévorante d'une meute de prédateurs affamés cernant leur proie, avides de curée…

Alors, des clameurs montèrent :

— Drakhaon !

Le cercle se referma sur Gavril. On se bousculait pour le toucher… Bras entrecroisés, les druzhina firent aussitôt un bouclier de leur corps à leur jeune seigneur, formant une haie d'honneur musclée. Kostya prit Gavril par le coude pour l'entraîner en direction des chevaux harnachés et sellés, qui baissaient la tête pour se protéger des assauts du vent. Les oreilles tintant des clameurs et des cris, Gavril était comme étourdi par un tourbillon de visages habités par la passion et de mains tendues…

Alors que Kostya l'aidait à se hisser sur le dos d'un robuste hongre noir, le jeune homme jeta un coup d'œil par-dessus son épaule. Le long de l'embarcadère, c'était encore la bousculade… Les gens cherchaient à se rapprocher de l'endroit où il s'était tenu, piétinant et dérapant sur la neige verglacée. Morose, il comprit qu'ils se battaient en fait pour récupérer un peu de la neige précieuse où son sang était tombé… Son sang ! Quelle superstition primitive poussait ces hommes et ces femmes à placer une telle foi dans le fluide vital de leur seigneur élu ?

Incrédule, il baissa les yeux sur sa paume entaillée. Déjà, le sérum coagulait au contact de l'air glacial. Et à la lumière polaire, en préciser la couleur devenait ardu.

— Laissez-moi vous panser la main, seigneur, dit Kostya en joignant le geste à la parole.

En un clin d'œil, il eut placé un linge propre.

Gavril le foudroya du regard.

— Pourquoi ne m'avez-vous pas prévenu ?

Le vieux guerrier ignora la question et lui tendit une paire de gants en cuir bordés de fourrure.

— Vos gants, seigneur Gavril. Vous en aurez besoin. Une longue chevauchée nous attend.

Il leva une main impérieuse, faisant signe aux druzhina d'enfourcher leurs chevaux.

Alors que les guerriers s'exécutaient en poussant des clameurs sauvages d'exultation, il y eut un autre mouvement de foule. Kostya saisit les rênes de la monture de Gavril. Les sabots de l'animal martelèrent la neige compacte, faisant trembler les rondins des maisons en bois alentour.

Les guerriers s'élancèrent. Entraîné, Gavril fut de nouveau entouré d'innombrables visages exprimant tous la ferveur. Mais un seul retint son attention. L'éclat d'une chevelure blonde, des yeux noirs dans un visage pâle à l'expression singulièrement intense – et indéchiffrable. Un instant, les interjections et le fracas des sabots des chevaux parurent être refoulés à l'arrière-plan.

Un jeune homme, proie vivante de la douleur et de l'horreur…

Gavril pivota sur sa selle, scrutant les gens qui le suivaient. Mais le singulier visage aux yeux noirs s'était fondu dans la foule des citadins qui ralentissaient. Seuls certains, plus énergiques que d'autres, continuaient à poursuivre les cavaliers en agitant les bras et en acclamant leur nouveau seigneur…

Les cavaliers traversaient les landes depuis deux jours maintenant, en direction du nord. Depuis qu'ils avaient débarqué au port d'Arkhelskoye, ils n'en déviaient pas. Loin du morne littoral pris dans les glaces, à l'intérieur des terres, la neige n'avait pas encore enseveli sous son manteau blanc les landes colonisées par les fougères brunes.

D'abord transi de désespoir, Gavril n'avait rien remarqué, hormis le froid vif et la désolation du paysage. Recroquevillé sous son épais manteau bordé de fourrure, il chevauchait dans un état second, comme hébété. Il rentrait la tête dans les épaules pour se protéger des bouffées d'air glacial.

Mais, alors que les derniers effets du sédatif se dissipaient, il se surprit à revenir sans cesse à l'épisode d'Arkhelskoye. Il croyait ressentir de nouveau la morsure de la lame sur sa paume, il revoyait son sang grésiller sur la neige, en un goutte à goutte noir comme la suie… Sous ses gants de monte en cuir, la coupure le lançait chaque fois qu'il maniait les rênes de son cheval.

Une ruse astucieuse pour impressionner les foules, c'est certain… Maintenant qu'il pouvait revenir avec objectivité sur la scène, Gavril en convenait volontiers. Kostya avait dû enduire la lame d'une teinture secrète pour changer la couleur du sang versé. C'était peut-être même un effet secondaire du sédatif. Quant aux histoires de dragon et de vol… Le jeune homme était certain qu'il s'agissait d'une simple métaphore. À l'instar des princes-guerriers d'antan surnommés qui « l'Ours », qui « le Faucon », les seigneurs d'Azhkendir avaient dû mériter le titre de « Drakhaon » du fait de leurs prouesses et de leur férocité au combat.

Gavril jeta des coups d'œil inquiets aux druzhina qui l'entouraient. Leur silence taciturne constituait moins une épreuve qu'un soulagement. Il n'était pas d'humeur à faire la conversation. Ils pouvaient toujours se présenter comme ses gardes du corps, de fait, il était leur prisonnier. En outre, il n'oubliait pas leur regard, lorsque Kostya avait exhibé sa main ensanglantée aux citadins d'Arkhelskoye… Cet étrange regard de faim et de terreur mêlées… Qu'avait donc son sang de si particulier pour que ces gens le convoitent et le redoutent à ce point ?

Une bourrasque balaya les landes teintées de pourpre, et Gavril frissonna. À des jours de distance des plages gorgées de soleil de la Smarna… se réchaufferait-il jamais ?

À l'horizon se découpaient les cimes déchiquetées que Kostya appelait les Kharzhgylls. À l'occasion d'un de ses rares élans de communication, le bogatyr avait dit à Gavril qu'ils se rendaient au château de Volkh, situé à l'orée de l'immense forêt de Kerjhenezh. Sur la lande, les seuls arbres que rencontraient les cavaliers étaient disséminés et étiques. Mais maintenant, les arbrisseaux pliés par les vents cédaient de plus en plus la place à des bosquets, puis à des buissons.

Cette nuit-là, les compagnons bivouaquèrent dans une clairière sablonneuse. Les druzhina firent du feu à l'aide de brindilles et de pommes de pin. Ils avaient presque épuisé leurs provisions. À peine restait-il quelques miches de pain noir rassis, des bandes de poisson séché et de l'eau dans les outres. Quand Gavril suggéra de s'arrêter dans une ferme ou un village pour acheter des vivres, Kostya se retourna en dardant sur lui un regard si curieux que le jeune homme n'osa pas insister.

Tandis que les chevaux étaient conduits à un cours d'eau proche pour s'abreuver, Kostya envoya dans les bois les benjamins du groupe en quête de champignons, d'herbes et de baies. Gavril pourrait bientôt amollir sa part de pain dur dans un savoureux brouet de poisson salé.

Trop épuisé pour avoir encore l'énergie d'être en colère contre ses ravisseurs, il contemplait les flammes. Après de longues heures passées à chevaucher, tout son corps était endolori. Le jeune homme avait l'impression de pouvoir sentir tous ses muscles, dans ses cuisses et ses mollets. Il n'aspirait plus qu'à un bon bain chaud. À se détendre dans une étuve…

Kostya versa quelques cuillerées de brouet dans un bol qu'il tendit à son jeune seigneur. Humant la senteur alléchante des herbes sauvages, Gavril réalisa d'un coup à quel point il était affamé.

Les druzhina mangèrent en silence, vidant leur écuelle avec des grognements de satisfaction avant de balayer du dos de la main les restes de brouet qui maculaient leurs moustaches.

Gavril les observait avec une sorte de dégoût fasciné. Était-ce là ce que son père avait été ? Un être somme toute assez fruste, sans manières, taciturne et… couturé de cicatrices ? Que lui avait donc trouvé Elysia pour quitter sa patrie, la Smarna, son foyer, sa famille et aller s'exiler dans ces contrées désolées ?

Gavril sauça le fond de son bol avec un bout de pain.

Repenser à la Smarna lui rappela Astasia. Les larmes aux yeux, il eut une vision brouillée de la clairière. Contrairement aux promesses de Kostya, on ne lui avait même pas laissé une chance d'envoyer un message depuis Arkhelskoye. Resterait-il coincé là jusqu'à la fonte des neiges ? Alors, Astasia serait mariée et hors de sa portée pour toujours… Furieux, le jeune homme refoula ses larmes. À quoi bon pleurer ? Il devait préparer son évasion.

Kostya s'accroupit au coin du feu, étirant ses mains noueuses et tavelées au-dessus des flammes pour les réchauffer.

— Demain, nous atteindrons le château de votre père. Et votre héritage vous reviendra de droit, seigneur.

L'estomac rempli, Gavril commençait à retrouver des idées claires.

— Cette initiation… De quoi s'agit-il au juste ? Une autre saignée ? De nouveaux tours de passe-passe ?

Kostya lui lança un long regard scrutateur. Gavril se fit soudain l'effet d'un jeune bleu dont le panache de façade a vite fait de s'effriter…

— C'est une cérémonie, ou disons un contrat, entre le Drakhaon et ses druzhina, répondit enfin Kostya. Pensez-vous que des vétérans comme eux seraient impressionnés par de vulgaires effets d'optique ?

— Si j'accepte de me prêter à cette cérémonie, répondit Gavril avec lassitude, je veux ma liberté en échange. Je veux être libre d'aller et venir à ma guise. Et de retourner en Smarna.

— Ce serait imprudent en pareilles circonstances, seigneur.

— Imprudent ? Mon père n'a-t-il pas rencontré ma mère à l'étranger ?

— Votre père n'avait aucune vengeance à assouvir quand il a rencontré votre mère.

Ce fut au tour de Gavril de poser un regard inquisiteur sur son interlocuteur.

— Vengeance ? Quelle vengeance ?

Kostya livra une poignée de pommes de pin aux flammes mourantes.

— En Azhkendir, quand le seigneur d'un clan meurt déshonoré, assassiné dans son lit ou sous son propre toit, son clan a le devoir sacré de retrouver les assassins et de les châtier. La vengeance lui appartient.

— La vengeance ? répéta Gavril.

Il redoutait déjà ce qu'il allait entendre.

— Si le meurtre reste impuni, l'esprit du seigneur assassiné ne connaîtra jamais la paix. Ses terres péricliteront. Les moissons pourriront sur pied. Et les hivers n'en finiront jamais.

Les pommes de pin craquèrent et grésillèrent, des gouttes de résine cristallisée s'embrasant en flammèches. Elles exhalèrent la douce amertume de l'encens dans la nuit.

— Et par droit du sang, l'honneur de la vengeance revient au fils aîné du seigneur du clan.

— Vous voulez dire, moi ? Je dois tuer le meurtrier de mon père ? (Une colère froide le saisit, sans exutoire possible.) C'était donc ça ! Vous m'avez enlevé pour que je perpétue vos vendettas barbares !

Bleutées et crépitantes, des volutes de fumée traversèrent le champ de vision de Gavril... *Le visage ensanglanté d'un jeune homme se tourne vers lui, les yeux assombris par la douleur et l'horreur...*

Gavril sentit le vieillard l'empoigner par l'épaule pour l'aider à garder l'équilibre.

— Ça va, seigneur ?

Gavril secoua la tête, tentant de recouvrer une vision claire. La seule fumée qu'il voyait maintenant était celle des flammes, terne et grise.

— Mais... nul ne connaît l'identité de l'assassin. Vous-même, vous l'avez admis.

Au milieu de la foule d'Arkhelskoye, des yeux noirs rivés sur lui, à l'expression indéchiffrable et d'une singulière intensité...

— Nous forcerons les langues à se délier, jura Kostya en tournant la tête de côté pour cracher dans la poussière. Tôt ou tard, les gens parlent.

Cette âcre odeur de produits chimiques, le flacon, le cri frémissant de son père : « Qui vous a laissé entrer ? »

— Aucun tueur ne vous approchera, seigneur. Vous serez très bien protégé au château du Drakhaon.

Bien protégé ?

Le panneau secret coulissant, la voix qui chuchote : « Venez par ici… »

Gavril enlaça ses genoux repliés. Les druzhina avaient beau protester de leur loyauté envers leur seigneur Drakhaon, au château, quelqu'un avait bel et bien trahi Volkh… Quelqu'un qui vouait une haine féroce aux Nagarian.

Quelqu'un qui l'attendait de pied ferme.

Chapitre 4

La benjamine des servantes du château du Drakhaon – et la plus insignifiante de toutes – se hâtait le long d'un couloir peint, sans regarder où elle allait. Les bras chargés d'une pile de linge propre, Sosia l'intendante venait à sa rencontre. Kiukiu s'arrêta brutalement – trop tard pour éviter la collision. Les draps, les taies d'oreiller et les serviettes volèrent par terre.

— Petite maladroite !

Kiukiu tenta vainement d'éviter une gifle retentissante. Elle en eut la joue tout endolorie.

— Navrée, tante Sosia.

S'agenouillant, elle aida l'intendante à ramasser le linge de chambre.

— Quand notre nouveau maître sera entre nos murs, tu devras faire attention, ma petite. Mieux vaut que tu te cantonnes aux cuisines, hors de nos jambes. Il ne voudra pas…

Une cloche sonna. Sosia leva les yeux.

— Que veut-elle maintenant ?

La cloche continua de sonner. Un son aigu, à l'insistance irritante… La cloche de Lilias. Kiukiu fit la grimace. La belle Lilias, indolente et enceinte jusqu'aux dents… Elle refusait de quitter ses appartements. À toute heure du jour et de la nuit, elle exigeait qu'on soit aux petits soins pour elle… Les claques de Sosia faisaient mal, mais au moins sa colère retombait vite. Lilias, elle, n'oubliait jamais une transgression, aussi minime fût-elle.

Sosia fourra les draps froissés dans les bras de Kiukiu.

— Après ce qui est arrivé la dernière fois, je ne peux décemment pas te renvoyer près d'elle, pas vrai ? Où est passée sa vaurienne de femme de chambre ?

La cloche sonnait toujours, impérieuse.

— Tu devras t'occuper de la literie du seigneur Gavril. (Se redressant, Sosia lissa les plis de ses jupons gris.) Je serai avec dame Lilias. Oh, et ne touche à rien, surtout. Contente-toi de faire le lit. Va.

Depuis qu'elle était en âge d'assurer le service, Kiukiu avait pour fonctions attitrées le nettoyage des foyers et le chauffage des chambres du château. Jour après jour, elle rapportait des dépendances les lourds seaux de charbon et les bûches, elle balayait et raclait les cendres des foyers, frottait les chenets en fer… Mais être autorisée à pénétrer dans la chambre du Drakhaon était un honneur, fût-ce pour s'y acquitter des tâches les plus ingrates – un fait que Sosia ne lui laissait jamais oublier, la souffletant et la battant souvent. Mais au moins, grâce à cet insigne honneur, Kiukiu pouvait revoir le portrait…

Elle déambula dans la pièce, passant un chiffon à poussière sur le bois sombre et ouvragé du lit orné de tentures de brocart, sur le grand coffre d'ébène à incrustations d'ivoire, sur les coffrets enchâssés de dragons sculptés, tout en angles, en crêtes et en ailes, jusqu'à…

… Jusqu'à ce que Kiukiu soit devant le portrait. L'encadrement, tout simple, était si peu ostentatoire qu'on aurait pu passer devant sans y prêter attention, n'était la qualité de l'œuvre. Qui qu'ait été l'artiste peintre, il avait admirablement su capter l'intensité ineffable de l'instant présent, la grâce d'une âme… Au point que, chaque fois que Kiukiu posait les yeux dessus, elle avait l'impression d'être devant une fenêtre ouvrant sur un autre monde.

Le portrait figurait un garçon de neuf ou dix ans, légèrement tourné de profil, comme pour répondre à un appel. Sa chevelure flottant au vent était d'un châtain sombre parsemé de pointes dorées. Derrière lui, on apercevait une balustrade blanche et, au-delà, le bleu scintillant de la mer. Les traits hâlés de l'enfant étaient réguliers et fermement dessinés. Il avait une expression grave – en partie démentie par la façon dont l'artiste avait peint ses yeux et par la commissure de ses lèvres légèrement relevée. Une gravité de circonstance donc, à l'occasion de la séance de pose. Mais le sourire n'était pas loin.

Quant à ce regard… Chaque fois qu'elle s'écartait, Kiukiu avait l'impression d'être suivie par ces yeux. Des yeux bleus comme l'océan derrière l'enfant, protégés par de longs cils ourlés et des arcades sourcilières prononcées. Des yeux pétillant de vie… Au point que Kiukiu en hoqueta plus d'une fois de saisissement.

Quand elle était seule, elle parlait au petit garçon. À qui aurait-elle pu se confier, de toute façon ? Sosia avait trop à faire pour se préoccuper des états d'âme de la benjamine des servantes – la dernière des dernières. Et Lilias avait spontanément pris Kiukiu en grippe. Sa dame d'atour, Dysis, traitait la jeune fille par le mépris. Ninusha et Ilsi, les autres bonnes, passaient leur temps à fricoter avec les gardes du corps du seigneur Volkh, gloussant de leurs petits secrets d'alcôve…

Alors, Kiukiu se confiait au fils du Drakhaon… Elle savait qu'il s'agissait de Gavril, sur ce portrait. On avait éloigné le noble rejeton avant qu'éclatent les guerres claniques – quelques mois avant sa propre naissance. Il devait donc avoir environ vingt ans, puisqu'elle, Kiukiu, en avait dix-huit, compta-t-elle sur ses doigts.

— Pourquoi n'êtes-vous jamais revenu chez vous, seigneur Gavril ? murmura-t-elle en époussetant le cadre. Jusqu'à maintenant ?

L'océan peint ruisselait de soleil, tant le bleu était profond et beau. Kiukiu n'avait jamais vu la mer, mais s'il existait quoi que ce fût d'aussi bleu, elle ne voudrait jamais s'en éloigner, elle non plus… Pour peu qu'on fixât le tableau assez longtemps, on avait l'impression de voir danser les vagues…

Se détournant, Kiukiu revint à l'enfant.

— On dit que votre mère vous a empêché de revenir…

Le garçon la fixait de ses yeux bleu océan, sans répondre.

— À cause de ce que le seigneur Volkh lui avait fait…

La voix de Kiukiu était à peine audible. Mort ou pas, le Drakhaon lui inspirait toujours les plus vives craintes. Même s'il avait connu une fin horrible, brûlé par un poison chimique et poignardé jusqu'à ce que son sang imbibe les lattes du plancher…

Elle frémit. Mieux valait ne plus y penser.

— Ce lit est fait, Kiukiu ?

Lui parvenant du couloir, la voix stridente de Sosia fit sursauter la jeune fille.

— Presque ! mentit-elle en secouant les plis des draps blancs.

L'air frais de la chambre se chargea des fragrances citronnées de l'été tandis qu'elle étalait la housse puis les draps sur le matelas, les bordant soigneusement. Puis elle tapota l'édredon en plume d'oie pour lui donner du gonflant, et arrangea les oreillers.

Derrière le lit à ciel de brocart, une petite porte ouvrait sur la garde-robe et le cabinet d'aisance du Drakhaon.

Mieux valait laisser à disposition des serviettes propres…

Kiukiu se faufila dans la pièce exiguë. Une imposante armoire en bois sombre abritait les costumes du Drakhaon. À côté, la vaisselle réservée aux ablutions paraissait minuscule. Que deviendraient toutes ces belles chemises en lin fin, ces vestons d'hiver en cuir noir bordés de fourrure et ornés d'agrafes métalliques, ces manteaux de riche brocart bordés du plus soyeux des velours ?

Les vêtements du mort…

Le nouveau seigneur n'accepterait jamais de s'en parer, et tant pis pour ces beaux tissus de prix…

Kiukiu disposa soigneusement les serviettes près du broc d'eau et se redressa, croisant son reflet dans le miroir en pied doré. Remisée derrière l'armoire, la partie supérieure de la psyché était encore drapée de noir en signe de deuil – une coutume funèbre d'Azhkendir.

La jeune fille connaissait bien les vieilles histoires qui circulaient au coin du feu le soir, dans les cuisines. Des récits superstitieux à propos des âmes des disparus… À en croire les conteurs, les âmes en peine utilisent l'ombre du reflet des vivants, dans les miroirs et les vitres, pour revenir les hanter.

Mais Volkh reposait dans le mausolée des Nagarian, honoré de tous les rites funéraires réservés au Drakhaon d'Azhkendir. Et Gavril, son fils, arriverait le soir même.

Kiukiu débarrassa la psyché du drap mortuaire, qu'elle plia en quatre. Elle jeta un coup d'œil à son reflet et, au cas où Sosia surviendrait et la surprendrait en train de se pavaner devant le grand miroir, elle épousseta rapidement la glace.

Ressemblait-elle vraiment à sa mère, Afimia, morte depuis longtemps ? Chaque fois qu'elle posait la question à Sosia, celle-ci hochait la tête en laissant échapper de petites remarques, du genre : « Naturellement, la pauvre Fimia avait des cheveux beaucoup plus blonds que les tiens… »

Mais tout ce que Kiukiu voyait dans le miroir, c'était un visage dénué de charme. Des pommettes prononcées, un front assez large, de longs cheveux dont la teinte se rapprochait plus de la blondeur des blés que de celle de l'orge, nattés sous un fichu de lin blanc. Et la jeune fille avait beau frotter ses taches de rousseur avec des décoctions à base de plantes, elles ne partaient pas, saupoudrant sa peau brunie par le soleil comme autant de grains de pollen dorés. Aucune dame de qualité n'a de taches de rousseur. La peau de Lilias avait la pâleur translucide des fleurs d'amandier, exempte de tout défaut. Même à un stade avancé de sa grossesse, elle conservait une complexion à la blancheur enviable. Ses magnifiques cheveux châtains étaient magnifiquement lustrés – *Encore heureux !* ricana Kiukiu avec mépris, après les cent coups de brosse que Dysis devait administrer chaque jour à la chevelure de sa maîtresse.

La pièce réservée à la garde-robe était d'aspect moins austère, sans être pour autant un lieu adapté pour un jeune homme. Même Volkh y avait passé peu de temps, travaillant de préférence tard la nuit dans son étude de la tour Kalika. D'après Kostya, le Drakhaon aimait étudier les étoiles du haut du toit de sa tour. Le docteur Kazimir et lui s'y retrouvaient souvent pour cartographier les constellations à l'aide des télescopes du savant.

Mais tout cela était du passé. Depuis, il y avait eu leur querelle, prélude à de terribles événements…

Un étrange courant d'air froid fit frissonner la jeune fille, qui se frotta les bras. Elle avait soudain la chair de poule.

Elle eut l'impression qu'il y avait quelqu'un derrière elle… Pourtant, elle n'avait pas entendu la porte s'ouvrir, ni de pas s'approcher…

— Qui est là ? demanda Kiukiu d'une voix tendue.

— *Kiukirilya…*

— Ilsi ? Ninusha ? Si c'est une farce…

La pièce s'assombrit nettement, comme si un brouillard hivernal venu des landes s'était infiltré dans les lieux. L'air humide et froid évoquait les rigueurs de l'hiver et la noirceur du désespoir.

— *Retourne-toi, Kiukirilya…*

L'ordre éclata sous son crâne, aussi lugubre que le glas du monastère de Saint-Sergius, résonnant dans tout l'Azhkendir à la mémoire du défunt seigneur.

— Non, protesta Kiukiu d'une toute petite voix.

— *Aide-moi, Kiukirilya…*

Lentement et à contrecœur, la servante obéit. Le miroir était devenu un portail béant sur des abîmes enfumés d'où s'échappaient des filaments plus froids que les frimas hivernaux. Au centre du portail se tenait un guerrier de grande taille, les mains tendues par-delà les tourbillons de brume… Les terribles brûlures dues au poison le défiguraient et des taches noirâtres marquaient les plaies par lesquelles la vie s'était écoulée en même temps que son sang…

— Seigneur Volkh ? murmura la jeune fille terrifiée.

Elle parlait aux morts !

— *Mon fils Gavril… Je dois parler à mon fils…*

Les mots roulèrent sous le crâne de Kiukiu, aussi aigus que des engelures. Comment pouvait-elle entendre si clairement le revenant par-dessus le rugissement de l'abîme ?

— *Fais-moi traverser, Kiukirilya…*

— Moi… ? (Elle eut l'impression que son cœur s'arrêtait de battre.) Pourquoi moi ?

— *Parce que tu as le don…* (Le spectre avait les yeux bleus, d'un bleu aussi soutenu que les scintillements stellaires par une nuit hivernale.) *Tu as le pouvoir de me faire traverser…*

— Je… ne peux pas, seigneur Drakhaon…

Elle aurait voulu reculer, mais le regard du spectre la paralysait. De quel don parlait-il ? Elle n'avait rien de spécial ! Elle n'était qu'une petite servante… Elle tenta de lui fermer son esprit, de s'arracher à la fascination morbide de ce regard mort et pourtant attirant…

— Je… J'ignore comment !

— *Pour mon fils… Je dois le prévenir. Avant qu'il soit trop tard…*

— Prévenir le seigneur Gavril ? Est-il en danger ?

Les histoires de fantômes qu'on s'échangeait au coin du feu les soirs d'hiver lui revenaient en mémoire. Elles mettaient toutes en garde contre quelque chose qu'on n'était pas censé faire ni dire en présence d'un revenant… Mais la brume glaciale semblait s'être infiltrée dans la tête de la jeune fille, l'emplissant d'ombres fuyantes et de fumée…

— *Kiukiu, utilise ton don…*

Il lui tendit une main aussi frêle qu'une feuille squelettique noircie par le gel scintillant…

— *Aide-moi…*

Elle tendit un bras vers lui. Mais que faisait-elle là ? Au fond de son esprit, une petite voix lui cria d'arrêter avant qu'il soit trop tard…

Elle se tenait dans une plaine nue et désertique. Des nuages d'orage roulaient dans le ciel. Au loin, de mornes contreforts se découpaient, des éboulis grisâtres, un lieu sinistre…

— Où m'avez-vous amenée ? cria-t-elle.

Le vent hurlant couvrit son exclamation. Une grêle de poussière la gifla au visage.

— Quel est cet horrible endroit ?

— *Regarde…*

À travers ses larmes, elle discerna de vagues mouvements, dans la plaine. Des formes humaines… Certaines rampaient laborieusement, d'autres, vaincues par l'épuisement, s'étaient effondrées et ne bougeaient plus, à demi enfouies sous la poussière, telles des statues de lave pétrifiée…

La pitié et l'horreur serrèrent le cœur de la jeune fille. Mais elle le savait, elle devait fuir avant de finir, elle aussi, ensevelie vivante sous ces montagnes de poussière… Elle se força à se détourner, cherchant à rallier le lointain chatoiement de lumière.

— *Ne me condamne pas à passer l'éternité ici…*

Le revenant ne lui avait pas lâché la main, la serrant au contraire avec l'énergie du désespoir.

— *Fais-moi traverser, Kiukirilya…*

— Je ne peux pas ! Je n'ose pas…

Ils tombèrent dans un puits sans fond, à travers une turbulence de nuages d'orage, de bises hurlantes…

De tout son être, Kiukiu combattait l'attraction des ténèbres. Elle aurait voulu s'arracher à l'emprise du revenant, mais lui refusait obstinément de la lâcher.

Dans le lointain brillait le miroir-portail, aux contours auréolés de poussière cosmique…

Kiukiu lutta pour regagner la lumière, en dépit de l'ombre qui se cramponnait à elle. La jeune fille avait l'impression de nager à contre-courant dans les eaux lourdes et froides du lac Argent, en pleine forêt, battant des jambes pour échapper aux courants traîtres…

Encore un effort et elle crèverait la surface…

Soudain, elle se retrouva dans la garde-robe du seigneur défunt, où elle s'écroula. Son crâne cogna durement contre le sol, et tout explosa en éclats de douleur…

— Kiukiu… Kiukiu !

Quelqu'un la secouait, aggravant son mal de tête.

— Arrêtez…

Levant les yeux, elle vit Sosia, les sourcils froncés, penchée sur elle.

La jeune fille tenta de se redresser.

— Que s'est-il passé ?

Son mal de tête empira. Elle avait l'impression d'avoir le crâne pris dans un étau. Ses tempes bourdonnaient. Elle referma les yeux.

— Qu'est-il arrivé ? Je venais voir pourquoi tu n'étais pas aux cuisines et je te trouve là, étendue sur le sol sans connaissance, à côté du miroir brisé ! Alors, tu vas me dire ce qui s'est produit, ma fille ! Tu as tes règles ?

— Non, ma tante !

— Regarde-moi ce travail ! Il y a des éclats de verre partout… Encore une chance que tu ne te sois pas coupée…

Kiukiu cilla. Des débris de verre jonchaient le sol et parsemaient ses jupons.

— Tu devras réparer les dégâts et rembourser la casse, Kiukiu. Les miroirs ne sont pas bon marché !

— Je… suis désolée…

— Tu as mangé ? Pas question que mes filles tombent d'inanition ! Pas aujourd'hui, en tout cas, alors que le seigneur Gavril est attendu ! Tu as un méchant coup à la tête. Va te passer un peu d'hamamélis dessus avant que ça te fasse une bosse de la grosseur d'un œuf ! (Sosia lui tendit la main pour l'aider à se relever.) Au moins, tu as eu la bonne idée de t'évanouir après avoir fait le lit…

Kiukiu jeta des regards circonspects autour d'elle. Que s'était-il passé ? Avait-elle fait traverser le miroir à l'ombre ? La pièce avait-elle changé, d'une façon ou d'une autre ? Elle paraissait plus froide – de cette froideur surnaturelle qui donne la chair de poule. N'y avait-il pas une légère odeur de… poussière tombale… dans l'air ?

Pourtant, tout semblait normal. À part le miroir brisé.

— Va chercher ton ramasse-poussière et balaie-moi tout ça !

Ç'avait dû être un tour de son imagination, une illusion vivace issue de son coup à la tête…

— Et ne traîne pas, Kiukiu ! ajouta Sosia sèchement. Il y a du pain sur la planche.

— J'y vais…

Kiukiu hésita. Puis elle étendit le drap mortuaire sur les débris du miroir. Au cas où…

— Qu'est-ce qui t'arrive, Kiukiu ? (Ilsi leva le regard des herbes qu'elle hachait menu, pour échanger un coup d'œil avec Ninusha.) Tu as perdu ta langue ?

Les joues rouges, penchée au-dessus de la grande marmite fumante de soupe de betteraves qu'elle remuait, Kiukiu pressentit les mauvaises intentions d'Ilsi. Ninusha et elle prenaient un malin plaisir à la provoquer tant qu'elles pouvaient. C'était leur principale source d'amusement. Depuis l'enfance, Kiukiu endurait leurs mauvais tours avec stoïcisme. Pour ce qui était des jeux ou du choix de ses amis, elle restait invariablement sur la touche… Petite, elle avait souvent pleuré, accablée par les taquineries vicieuses et les brocards méprisants. Elle avait toujours été la petite dernière dont personne, parmi les autres enfants, ne voulait s'encombrer. Elle avait beau supplier qu'on la laisse participer ou se joindre à eux…

— Je suis lasse, répondit-elle en ajoutant du jus de citron à la soupe rouge.

Elle espérait que ces deux-là lui ficheraient la paix. Elle avait encore mal à la tête.

— Sosia a toujours sa nièce à la bonne, persifla Ninusha.

Parler de Kiukiu comme si elle n'était pas là constituait un autre des tourments enfantins repris à l'âge adulte.

— La laisser préparer la chambre à coucher du seigneur Gavril… Quel honneur !

— On dit qu'il n'a guère plus de vingt ans et qu'il porte beau, minauda Ilsi en faisant voleter ses boucles blondes d'un geste charmant.

— Tu te crois de taille à rivaliser avec dame Lilias ? s'exclama Ninusha, amusée. Quelles sont les chances pour qu'elle lance des œillades incendiaires au seigneur Gavril le jour même de son arrivée, à ton avis ?

Ilsi gloussa en versant les herbes hachées dans le bol de feuilles de salade.

— Lilias ? En ce moment, elle est aussi grasse qu'une truie sur le point de cochonner ! Il ne lui accordera pas un regard.

— Et ça la fera enrager ! exulta Ninusha en riant franchement.

— Ninusha ! la rabroua Sosia en arrivant avec un plateau qu'elle posa brutalement sur le plan de travail. Qu'est-ce qui t'a pris de saupoudrer de cannelle le plat de sutlage de dame Lilias ? Tu sais très bien qu'elle n'en supporte ni le goût ni l'odeur ! Tu rêvassais ou quoi ? Maintenant, elle est d'une humeur de chien, et c'est moi qui prends !

La fautive haussa les épaules.

— J'ai dû oublier... Tout le monde aime saupoudrer son sutlage de cannelle. Pourquoi faut-il toujours qu'*elle* se distingue ?

— Les femmes enceintes font des caprices, rappela Ilsi, c'est bien connu. Quand elle me portait dans son ventre, maman ne supportait pas d'être dans la même pièce qu'une personne qui venait de manger de l'ail... Alors que moi, j'adore l'ail !

— Eh bien, tu devras refaire du sutlage.

— Les femmes enceintes et leurs stupides manies ! Voilà la quatrième assiette qu'elle s'envoie gloutonnement ! Elle va devenir sutlage elle-même à force de s'en empiffrer ! Blanchâtre et gluante...

— Après l'accouchement, elle restera peut-être grosse, dit Ilsi avec un petit sourire narquois. À se tourner les pouces toute la journée, en nous faisant obéir au doigt et à l'œil... Pour qui se prend-elle ? Il ne l'a jamais épousée. C'est juste sa putain !

— Ilsi ! rugit Sosia en frappant la table du poing. (Les pots et les marmites tressautèrent.) Ça suffit ! Pas de bavardages dans ma cuisine. Vous êtes là pour travailler, pas pour jacasser.

Du coin de l'œil, Kiukiu vit Ilsi faire la grimace derrière Sosia.

— Voilà l'entremets au lait de dame Lilias, annonça Ninusha en versant du sutlage froid dans un bol propre et en posant sèchement le tout sur un petit plateau laqué.

— N'oublie pas les pistaches émondées, lança Sosia sans lever le nez de son gâteau roulé.

Kiukiu couvait du regard le bol sale, avec son fond de cannelle en poudre... Dire que ce serait jeté, quel gâchis ! Elle raffolait du goût crémeux de ce riz au lait et de la douceur de la précieuse eau de rose dont Sosia l'aromatisait... Si elle en prélevait une cuillère ou deux en douce, personne n'y trouverait à redire, sûrement...

— À propos de goinfres, dit Ilsi d'un ton revanchard, regardez donc Kiukiu... Prise le museau dans l'auge !

Penaude, celle-ci déglutit avec peine sa bouchée de riz au lait, s'essuyant la bouche du dos de la main comme pour effacer toute trace de son méfait.

— Tu connais les règles, Kiukiu, renchérit Sosia en agitant son rouleau à pâtisserie vers la mécréante. Aucune servante ne doit manger les restes de la table du seigneur Drakhaon avant que les hommes aient l'estomac rempli. As-tu idée de ce que coûte l'eau de rose en ce moment ? Ou les pistaches ? Ou les citrons ?

— Pas de souper pour toi ce soir, Kiukiu, souffla Ilsi.

— Je pourrais faire de l'eau de rose ! protesta la jeune fille. Ça ne doit pas être sorcier !

— Ne change pas de sujet, la rabroua Sosia. D'ailleurs, où trouverais-tu des pétales de rose ? Et à quand remonte la dernière floraison des rosiers sans qu'il gèle au château du Drakhaon ?

— Ça avait l'air si bon..., dit Kiukiu, contrite. Et j'avais tellement faim !

— *Tellement* faim ! la singea Ninusha.

Sosia leva une main enfarinée pour ramener le silence.

— Écoutez ! Des chevaux...

Heureuse de cette distraction, Kiukiu courut à la fenêtre, ouvrit le volet et jeta un coup d'œil dans la cour sombre.

Des torches brillèrent. Sous le porche, les ombres que projetaient les guerriers à cheval s'allongeaient.

— Les druzhina ! s'écria-t-elle, tout excitée. Le seigneur Gavril arrive !

— Hors d'ici !

Ilsi et Ninusha la bousculèrent pour scruter à leur tour la cour.

— Petite sotte ! ajouta Ilsi. C'est juste l'avant-garde. Il ne doit pas y avoir plus d'une vingtaine de cavaliers... Regarde, Ninusha, voilà Michailo ! Michailo ! Quelles nouvelles de la Smarna ?

Hissée sur la pointe des pieds derrière ses deux aînées, Kiukiu vit le jeune homme sauter de cheval et leur faire signe.

— Le seigneur Gavril sera là dans l'heure. Dites-le à Sosia.

— Tu as bonne mine, Michailo, minauda Ilsi.

— Je suis affamé ! s'écria le jeune guerrier en riant. Dites-le aussi à Sosia !

— Tu entends, Sosia ? transmit Ilsi. D'ici une heure !

— Ilsi, mets ce plat de carpe au four, ordonna Sosia en s'essuyant les mains sur son tablier. Surveille la cuisson et ne le laisse surtout pas brûler. Ninusha, finis cette tourte. Et Kiukiu, avant que dame Lilias recommence à sonner, porte-lui cette coupe.

— *Moi ?* s'écria la jeune fille, horrifiée.

— Donne-la à Dysis. Dame Lilias n'a pas besoin de savoir qui l'a apportée.

— Et fais attention à ne pas en renverser ! se moqua Ilsi.

Troublée, Kiukiu prit le plateau et se dirigea vers les appartements de la dame. Les couloirs aux lambris sombres et les grands halls du château, silencieux depuis des semaines, étaient maintenant remplis de monde. Des guerriers arpentaient les marches polies de l'escalier d'honneur, faisant résonner l'air de leurs cris et du claquement de leurs bottes. Seuls les membres les plus dignes des druzhina étaient autorisés à pénétrer dans cette aile-ci. Volkh en personne sélectionnait les sentinelles d'élite. Mais depuis que le Drakhaon… Kiukiu frémit, osant à peine *penser* le mot. Depuis sa… mort, les vieux gardes n'étaient plus. Soumis d'abord à la question par le bogatyr Kostya, puis brutalement exécutés. Sans pitié.

Si l'un d'eux avait fait partie d'une conspiration, il n'avait pas parlé. Tous étaient allés à la mort les dents serrées – à peine les avaient-ils desserrées sur l'échafaud afin de reconnaître qu'ils méritaient leur sort pour n'avoir pas su protéger leur seigneur et maître au moment crucial. Son meurtre les déshonorait. Et que valaient des druzhina déshonorés ?

Les yeux baissés, elle se hâta de traverser le hall bondé en prenant garde de ne pas trébucher, de peur de renverser le sutlage sucré. L'odeur âcre et animale des hommes couvrait celle de la cire d'abeille qu'elle avait passée sur les lambris. Une intrusion tout aussi alarmante que grisante… Même si, la jeune fille le savait, personne ne lui prêterait attention. Qu'était-elle après tout, sinon cette petite boulotte mal fagotée de Kiukiu, et non la langoureuse Ninusha, la frivole Ilsi ou même Dysis, avec son charmant accent de Mirom et ses manières raffinées…

Bien avant d'atteindre les appartements de Lilias, elle entendit sonner la cloche d'argent… Le Drakhaon avait octroyé à sa maîtresse de beaux appartements au premier étage, donnant sur les jardins négligés du château et sur les lointaines montagnes, à l'horizon.

Kiukiu arriva devant l'antichambre.

Pourvu que ce soit Dysis qui ouvre…, pria-t-elle avant de toquer.

Derrière la lourde porte, elle crut entendre des récriminations stridentes.

Elle frappa plus fort.

Un bruit de vaisselle cassée…

La jeune fille s'écarta. Elle ferait peut-être mieux de revenir plus tard.

La porte s'entrouvrit. Au grand soulagement de Kiukiu, le visage de Dysis s'encadra dans l'entrebâillement. Elle avait le visage rouge et sa petite coiffe en dentelle, d'habitude impeccablement arrangée sur une chevelure tirée à quatre épingles, était toute de travers, avec des mèches châtain foncé s'en échappant…

— Le sutlage de dame Lilias, souffla Kiukiu en tendant le plateau. Sans cannelle…

— C'est donc vrai ? lança Dysis. Le nouveau seigneur Drakhaon est là ?

— Dans une heure, d'après Michailo…

La jolie bouche de Dysis se tordit en une grimace. Elle prit le plateau des mains de Kiukiu et referma avant que celle-ci puisse ajouter un mot.

Alors qu'elle faisait demi-tour pour retourner aux cuisines, elle entendit un cri étouffé, suivi d'un bruit de porcelaine brisée.

En frissonnant, elle s'éloigna sur la pointe des pieds. Quel gâchis, tout ce riz au lait réduit à une bouillie gluante répandue sur le sol. La pauvre Dysis aurait bien du mal à nettoyer…

La *pauvre* Dysis ? Se surprenant elle-même, Kiukiu s'arrêta. Quelle mouche la piquait de prendre subitement Dysis en pitié ? Elle lui avait toujours envié ses manières élégantes de Muscobiote, son joli minois, son efficacité et son apparence soignée. Quelle importance que Lilias fût impossible à satisfaire ? Tout l'honneur qu'il y avait à servir la maîtresse du Drakhaon devait sûrement en valoir la peine. Les vêtements délaissés par la dame, à eux seuls, valaient le coup. Les gants de soie, les cotillons en dentelle, les robes portées une ou deux fois, puis rejetées ! Kiukiu baissa un regard chagriné sur la robe rapiécée et tachée qui lui venait de Sosia et qui, à force d'être lavée, avait viré du brun à une nuance indéterminée de gris… Elle possédait une autre robe, aux raccommodages plus discrets, qu'elle gardait pour les « grandes occasions ». Une robe qui avait jadis été d'un bleu ciel rappelant la fleur de lin…

— Kiukiu ! Que fiches-tu là à bayer aux corneilles ? (Plantée dans le hall, Sosia la foudroyait du regard.) Retourne en vitesse aux cuisines arroser le rôti de sa graisse. Le seigneur Gavril n'appréciera pas un plat de cuir bouilli !

— J'ai fait dresser des tables dans la salle des banquets, dit Sosia d'une voix éraillée à force de crier ses instructions. Kiukiu, va vérifier qu'Oleg a bien tiré dix cruches de bière d'orge, comme je le lui ai demandé. Assure-toi qu'il ne traîne plus dans le cellier, occupé à goûter au nouveau tonneau ! Qu'il monte plutôt ici chasser les toiles d'araignée !

En soupirant, la jeune fille ouvrit la porte du cellier et entendit sa tante ajouter :

— Ninusha et Ilsi, vous ferez le service.

Ninusha et Ilsi.

Pas Kiukiu.

— Sosia, je ne peux pas aider ? demanda-t-elle d'une voix plaintive.

Sa tante soupira.

— Que fiches-tu encore là ? Va retrouver Oleg. Et non, pas question que tu serves à table. Tu sais très bien pourquoi.

Parce que je suis trop maladroite ! songea la jeune fille, irritée.

Elle entreprit la descente périlleuse des marches humides conduisant au sous-sol. Une corde crasseuse tenait lieu de main courante.

Au pied de l'escalier en pierre, une lanterne jetait un chiche éclairage sur des lieux empestant la bière rance. Il y régnait une atmosphère froide et humide.

— Oleg ? lança-t-elle dans l'obscurité, d'une voix incertaine.

Des toiles d'araignée festonnaient les pierres. C'était l'antre d'arachnides gros comme le poing… Kiukiu en avait déjà vu.

Au détour de l'arche cintrée, elle vit les fûts massifs en chêne. D'un côté s'alignaient les barils de bière, de l'autre, dans des tonneaux plus petits, le vin capiteux importé des vignes gorgées de soleil de la Smarna.

Oleg, le sommelier du Drakhaon, tournait le dos à la nouvelle venue, effectivement occupé à goûter la bière.

D'évidence, il ne l'avait pas entendue l'appeler.

— Oleg ! répéta Kiukiu.

Il se retourna en sursautant. De la mousse de bière perlait sur ses moustaches grises.

Il lui lança un sourire égrillard.

— Kiukiu… Tu ne diras rien à Sosia, pas vrai ?

— Elle veut dix grosses bouteilles ventrues dans le petit hall.

— Quelle esclavagiste, cette femme ! Dix, rien que ça ! Viens donc prêter main forte à ton vieil oncle Oleg, petite. Voilà une brave fille…

À contrecœur, Kiukiu approcha. Se retrouver seule avec cet homme dans le cellier, là où personne ne l'entendrait, la rendait très nerveuse. Se faire peloter par ce vieux bouc ne lui souriait nullement. En outre, il l'agaçait à lui donner du « vieil oncle Oleg »… Il ne lui était en rien apparenté.

— Mon dos me joue des tours, petite, lève donc cette bouteille pour moi.

Sentir sur elle son haleine lourde de bière et rance comme l'atmosphère du lieu confiné lui fit plisser le nez de dégoût. Elle se baissa pour ramasser la bouteille pleine et eut aussitôt les mains du type plaquées sur ses fesses. Inspirant profondément, elle recula de manière à lui écraser un pied. De la bière coula sur la paille.

— Ouille ! Qu'est-ce qui te prend ?

— Bas les pattes ! siffla Kiukiu entre ses dents en continuant de reculer. Ne me touchez plus jamais !

— Je chassais une araignée ! Une grosse…

— Dites donc ça à Sosia !

— Il reste neuf bouteilles à…

— Vous les porterez vous-même.

Titubant sous le poids de celle qu'elle avait prise, la jeune fille s'apprêtait à remonter l'escalier, les jupons serrés dans une main.

— Sale pute sans cœur ! marmonna Oleg – assez fort pour qu'elle l'entende. Comme sa mère, celle-ci ! Dure et froide envers les honnêtes hommes… (Vacillant sous l'effet de la boisson, il entreprit de gravir les marches derrière elle.) Par contre, avec n'importe quel guerrier d'Arkhel, cette salope s'empresse d'ouvrir largement les cuisses !

— Qu'avez-vous dit ?

Kiukiu se retourna lentement, les yeux baissés sur lui.

— Tu m'as entendu ! cracha-t-il, vindicatif. Ta mère Afimia, la pute d'Arkhel !

— Elle a été *violée !* explosa la jeune fille. On ne lui a pas laissé le choix !

Soudain, les vexations accumulées durant la journée furent plus qu'elle n'en pouvait supporter. Elle vida la bouteille sur la tête d'Oleg. Bouche bée, il resta sans réaction sous le flot de bière. Puis son braillement outragé se répercuta dans tout le cellier. Tournant les talons, la jeune fille s'enfuit en sanglotant. Elle passa en trombe devant Ninusha et Ilsi, ouvrit à la volée la porte donnant sur la cour et disparut dans la nuit.

Recroquevillée dans l'angle le plus reculé et le plus sombre des écuries, Kiukiu mordait son tablier à pleines dents pour étouffer les violents sanglots qui la secouaient tout entière.

Elle n'en pouvait plus d'une telle vie, au château du Drakhaon. Faire les frais des plaisanteries méchantes de Ninusha et d'Ilsi, être tripotée par de vieux boucs comme Oleg et houspillée par Sosia… Dans tout le château, pas un seul qui se soucie d'elle et auprès de qui elle puisse quêter aide et réconfort… Aux yeux de tous, elle restait une souillon, une gêne, un vulgaire souffre-douleur…

Toute sa vie, on lui avait seriné qu'elle devait être reconnaissante à Sosia de prendre soin d'elle, depuis la mort d'Afimia, et qu'une existence de servitude était un moindre mal pour une pauvre bâtarde, le misérable rejeton d'un clan ennemi…

Une fille comme elle ne pourrait jamais espérer mieux.

Eh bien, pourtant, elle osait aspirer à mieux que ça ! L'existence, sûrement, ne se limitait pas aux besognes fastidieuses et ingrates des cuisines et à la plonge… Elle fuirait cette vie d'esclave. Elle refusait de rester pour continuer à être maltraitée.

La nuit froide fut soudain éclaboussée par la lumière des torches. Kiukiu entendit les grilles s'ouvrir en grinçant et les sabots des chevaux claquer sur le pavé. Chassant ses larmes, elle sentit la morsure de la bise sur ses joues maculées de pleurs.

Fuir sans même apercevoir le seigneur Gavril, au moins une fois ?

Elle se glissa à l'entrée de l'écurie, sondant la nuit. L'esprit en ébullition, ses misères oubliées, elle chercha à reconnaître, parmi les hommes qui mettaient pied à terre, le garçon du portrait devenu adulte. Dans la pénombre, les ombres et la lumière des flammes dansaient en tremblotant… Peut-être était-il déjà entré dans le château…

Soudain, elle le vit.

Au milieu des guerriers en mouvement et des chevaux qui encensaient, lui seul restait immobile, jetant des regards à la ronde. Indéchiffrable, il observait tout, visiblement sur ses gardes.

Par Saint-Sergius, chuchota Kiukiu dans le secret de son cœur, *il est aussi beau que je l'avais espéré… Comment des yeux peuvent-ils être si bleus ? Le seigneur Volkh a-t-il jamais été aussi beau ? Ce doit être le sang chaud de sa mère, une Smarnane… À la lumière des torches, sa peau semble coulée dans l'or… le baiser du soleil de l'été, pas la brûlure du vent hivernal ou le cruel éblouissement des neiges éternelles…*

À ses côtés se tenait le bogatyr Kostya, protecteur dans toute son attitude. Il lui fit signe de monter l'escalier du perron. Dans l'obscurité ambiante, le seigneur ne verrait pas que les marches se fendillaient sous l'effet du gel, que les fougères et l'usure du temps attaquaient la pierre grise…

À quoi pense-t-il ? se demanda Kiukiu.

Sabre au clair, les druzhina formaient une haie d'honneur à leur nouveau seigneur.

Lentement, Gavril gravit les marches.

Il était si jeune quand on l'emmena loin d'ici... Se souvient-il de ces lieux ? De son père ?

Kiukiu frissonna.

Qu'avait dit Kostya à Gavril à propos du Drakhaon, son père ? Se doutait-il... ?

Les lourdes portes du château se refermèrent sur le jeune homme. Les druzhina passèrent aux écuries pour étriller leurs chevaux. Kiukiu se faufila dans la cour.

L'air était vif. Les pavés se couvraient déjà d'une pellicule de glace. Les bras frileusement serrés contre elle, la jeune fille frémit en allongeant le pas.

L'hiver arrivait... Si elle fuguait maintenant, elle finirait gelée au fond d'un ravin. Mieux valait endurer les colères de Sosia une nuit encore. Elle le supporterait de bon cœur pourvu qu'elle puisse revoir le seigneur Gavril, au moins une fois.

Chapitre 5

Des plats inconnus défilaient devant lui. Une soupe rouge fumante, où surnageait un nuage de crème aigrelette, de la carpe froide en gelée, du saumon cuit dans une croûte fine aux herbes aromatiques avec du riz en accompagnement…

Mais Gavril était trop las pour prendre plus d'une bouchée de chaque mets. Il mâchait lentement, mécaniquement, ayant à peine le goût de ce qu'il mangeait. Il n'aspirait qu'à une chose : échapper aux regards scrutateurs des gens de la maisonnée paternelle… Et il rêvait d'un bon bain chaud.

— Après un si long voyage, le seigneur Gavril est fatigué, dit Kostya. Seigneur, permettez-moi de vous mener à votre chambre.

Aucun espoir d'évasion, même maintenant… Depuis leur arrivée, Kostya ne l'avait pas quitté des yeux un seul instant.

Alors qu'ils atteignaient le palier, Gavril vit que deux druzhina avaient pris position devant une porte sculptée en bois sombre, au bout d'un couloir. À la vue de leur seigneur, les guerriers se frappèrent le torse du poing avant de pousser le battant.

— Donc, je suis toujours votre prisonnier, lâcha Gavril, amer.

— C'est pour votre propre sécurité, seigneur, assura Kostya. Notre négligence nous a déjà coûté notre Drakhaon. Pas question de refaire la même erreur !

Gavril entra, et il entendit la porte se refermer derrière lui, puis la clé tourner dans la serrure…

Inutile d'espérer un bain ce soir. Il devrait dormir dans son jus, crasseux et puant. Affalé au bord du lit, il entreprit d'ôter ses bottes de monte. Le nez plissé de dégoût, il constata que ses chaussettes, raides de saleté et de sueur, lui collaient presque aux pieds.

Il s'étendit sur le lit aux brocarts sombres…, aussi sombres que son désespoir. Claquemuré, comme un criminel qu'on jette dans les basses geôles…

— Dans la chambre à coucher de mon père, souffla-t-il d'une voix douce.

La pièce conservait peu de traces du passage du précédent occupant.

Comme partout dans le château, les tapisseries représentaient des scènes de vénerie. Les draps, propres et frais, sentaient bon les herbes séchées de l'été. Un petit feu crépitait dans le foyer, chassant la froidure de la chambre. Pour tout ce que le seigneur Volkh Nagarian y avait laissé comme empreinte, ç'aurait pu être la chambre à coucher de n'importe quel propriétaire terrien…

Les paupières lourdes de sommeil, le jeune homme aperçut un portrait au mur, sur lequel dansaient les reflets des flammes.

La curiosité prit le pas sur la lassitude. Gavril s'arracha au confort du lit pour inspecter le tableau – et se retrouva face à lui-même, enfant, âgé de dix ou onze ans. Et cette qualité picturale, ces couleurs éclatantes…

Il reconnut tout de suite la patte de sa mère.

L'avait-elle peint parce que son mari l'avait demandé ? Ou pour adresser au seigneur Volkh un message poignant : « N'oublie pas que tu as un fils qui grandit vite… » ?

Toutes ces années, Gavril avait cru que son père se désintéressait totalement de lui. Il s'était même demandé s'il n'avait pas abandonné sa mère à cause de lui. D'après Elysia, certains hommes étaient ainsi, passant à leur conquête suivante dès que les exigences de la vie de famille commençaient à les étouffer…

Maintenant, il découvrait que son père avait gardé son portrait ici, dans sa chambre à coucher. C'était la première chose que Volkh voyait le matin, au réveil, et la dernière le soir, lorsqu'il fermait les yeux pour dormir.

Des larmes brûlantes gonflèrent les paupières du jeune homme.

— Père…, chuchota-t-il.

S'il avait espéré retrouver des liens avec ce parent dont il ne gardait aucun souvenir, il devait s'avouer déçu. Il n'y avait rien d'autre ici que le vide et l'absence.

Il devait s'évader. Dès qu'il ferait jour, il commencerait à échafauder des plans, à observer, à épier la moindre faille dans les défenses que Kostya avait érigées « dans son propre intérêt ».

Lentement, Gavril défit les boutons de sa veste, l'enleva et la laissa tomber sur le parquet, sans plus s'en soucier. Puis il moucha la lampe à huile et retourna au lit. Les ombres virevoltantes se dissipèrent quand les braises tombèrent en cendres. Le jeune homme dormait.

Les fenêtres à vitraux en losange de la chambre à coucher du Drakhaon donnaient non sur les cours intérieures du château, mais sur des landes et des forêts à perte de vue. À l'horizon, des nuages fuyants couronnaient à demi des sommets déchiquetés. Gavril crut voir miroiter au soleil de nouvelles coulées de neige.

Il ouvrit une fenêtre et savoura la caresse d'un air vivifiant, chargé de la sève aromatique des jeunes pins.

Pas moyen de fuir par-là… Ce côté du château surplombait le vide. Gavril se souvint d'histoires à propos de prisonniers nouant leurs draps pour improviser un moyen d'évasion. Il pourrait peut-être atteindre le sol, mais à l'entrée de la cour, au pied des murailles, des sentinelles patrouillaient. Et il ne fausserait jamais compagnie à son propre garde du corps.

On frappa à la porte.

— Seigneur ? Êtes-vous réveillé ?

Le bogatyr Kostya avait une voix de stentor assez puissante pour porter sur un champ de parade. Gavril referma la fenêtre en hâte.

On tourna la clé dans la serrure. Des servantes entrèrent en s'inclinant et en murmurant un salut. L'une portait un bol d'eau chaude, l'autre un plateau de nourriture.

— Le seigneur Volkh a toujours pris son premier repas ici, annonça Kostya, pendant que nous discutions du programme du jour.

Gavril baissa les yeux sur le plateau : de la bouillie d'avoine, une chope d'étain remplie d'une bière forte et épicée, une miche de pain bis accompagnée d'une tranche d'un fromage jaune à forte senteur et à croûte épaisse. Des nourritures de soldat… Lui, Gavril, était accoutumé aux croissants et aux bols de chocolat chaud, avec parfois un abricot ou deux fraîchement cueillis dans les jardins de la villa… Son estomac ne s'était toujours pas remis de la cuisine exotique servie la veille. Il se détourna du plateau.

— Hier soir, ajouta Kostya, j'ai prévenu Azhgorod de votre arrivée. Les juristes sont en route pour donner lecture du testament de votre père. Dès que vous serez prêt, seigneur, vous devrez autoriser la réouverture du grand hall.

Les murs du couloir conduisant au grand hall d'honneur se paraient de tapisseries de chasse. Des scènes sanglantes… Les cerfs, les ours et les loups massacrés peuplaient ces œuvres.

Kostya s'arrêta devant un passage à colonnade. Des planches de bois clouées en travers des portes barraient le chemin. Deux druzhina montaient la garde.

— Ouvrez, ordonna Kostya.

Les guerriers échangèrent un regard – Gavril les vit pour la première fois hésiter à obéir – puis jouèrent de la hache pour briser les planches. Les portes craquèrent.

— Les volets ! commanda Kostya.

Gavril se sentait de plus en plus mal à l'aise. L'appréhension revenait au galop, telle une fièvre maligne… Loin de vouloir franchir ce seuil, il n'avait au contraire qu'une envie : tourner les talons et s'enfuir en quête de la lumière revigorante de ce jour d'automne, dehors…

— Venez, seigneur, dit Kostya.

Aucune torche n'éclairait les lieux d'une flamme grésillant pour repousser les ombres. Sous ses pieds pourtant, Gavril vit les dalles à motifs ocre et noir qui, dans sa vision, étaient tachées de sang.

Il se tenait tout près de l'endroit où on avait laissé son père pour mort.

S'il fermait les yeux, il reverrait cet éclair lumineux qui lui avait vrillé les orbites, il sentirait de nouveau cette odeur terrible de chair brûlée et le dernier souffle de celui que toute vie abandonnait…

« Souviens-toi... »

Gavril rouvrit les yeux. Se découpant dans la lumière du jour, une ombre aux contours tremblotants se dessinait, de haute taille et large d'épaules.

Le fond de l'air était très froid. Y planait une odeur de feuilles pourrissant et de terre gelée.

— *Gavril...*

— Père ? chuchota le jeune homme.

— *Mon fils...*

La voix du revenant frémit sous son crâne. Chaque syllabe lui fit l'effet d'un pic à glace. Le spectre s'effondra sur le sol, dans l'attitude disgracieuse de la mort, et le sang noir qui coulait de sa bouche ouverte fit une tache sombre sur les dalles...

Une deuxième ombre monta de la poitrine du mourant à la façon de volutes de fumée et domina Gavril en bloquant la lumière du jour. C'était l'ombre d'un grand serpent-démon aux ailes déployées, plus noir qu'un nuage d'orage...

Nauséeux, Gavril tituba...

On le rattrapa par les épaules.

— Doucement, mon garçon, lui chuchota Kostya à l'oreille.

Gavril cilla.

Il n'y a rien là... Regarde.

À la lumière diurne, il vit que les dalles avaient été lessivées à grande eau. Pétrifiés, Kostya et le jeune garde qui avait ouvert avaient les yeux écarquillés.

— C'est là qu'il est mort, n'est-ce pas ? demanda Gavril d'une voix mal assurée.

— De l'eau-de-vie pour notre seigneur ! rugit Kostya, en se ressaisissant. Vite, Michailo !

Le jeune garde sortit au pas de course, puis revint avec une flasque métallique, que Kostya tendit à Gavril.

— Buvez.

Le jeune homme porta la flasque à ses lèvres et avala une gorgée. L'eau-de-vie lui brûla la gorge. Un feu purificateur... Toussant, larmoyant, il rendit le flacon à Kostya, qui prit une longue rasade avant de la rendre au garde.

— C'est très mauvais, marmonna le vieux Barbare.

Gavril ne l'avait encore jamais connu aussi déconcerté.

— Vous l'avez vu, vous aussi ?

— J'ai vu ce que j'ai vu. Et toi, Michailo ?

Le jeune homme sursauta. Sous ses joues halées de soleil, il pâlit.

— J'ai vu mon seigneur Volkh comme il était de son vivant. Que Sergius le Bienheureux me préserve d'une telle apparition à l'avenir ! Les morts ne devraient pas côtoyer les vivants...

— Le fantôme de mon père ? dit Gavril d'une voix douce.

Il ne croyait pas aux fantômes. Mais dans cette pièce... quel autre nom donner à ce qui y rôdait ?

— Quand un esprit en peine est rappelé dans notre monde, dit Kostya, le persuader d'en repartir s'avère très difficile.

— Et qui aurait pu l'invoquer ? demanda Michailo.

— Je le découvrirai, jura Kostya, l'air sombre.

Gavril en revenait toujours aux motifs caractéristiques qui ornaient les dalles, le serpent noir aux ailes déployées sur champ sable et ocre... Comment avait-il pu en rêver aussi distinctement ? Et les panneaux peints, les poutres, les frises aux entrelacs végétaux où nichaient des oiseaux de bois au bec peint de couleurs vives ?

Pourquoi ? demanda Gavril *in petto* à son père mort. *Pourquoi m'imposer ce fardeau ? Je n'ai pas demandé à être ton fils ! Ni à devenir le seigneur d'Azhkendir... Pourquoi devrais-je hériter de tes querelles, de tes haines et de tes vendettas ?*

Le mur du fond était couvert de boucliers ovales à pointe, tous ornés du motif peint noir et argent que Gavril avait remarqué pour la première fois sur la grand-voile du navire de ses ravisseurs : le serpent ailé. Sous la rangée de boucliers était accroché un portrait à l'encadrement doré recouvert d'un drap funèbre et couronné de brindilles séchées de romarin et de rue. Pas de fleurs pour le défunt seigneur d'un clan. Seules ses armes, briquées et astiquées, étaient disposées en un fervent hommage.

Kostya poussa doucement Gavril devant le tableau en deuil.

— Découvrez-le.

Le jeune homme repoussa le drap noir et, la gorge desséchée par l'appréhension, leva les yeux.

Le portrait représentait un adulte dans la fleur de l'âge, aux cheveux et aux sourcils sombres, aux yeux du même bleu intense que les siens... Mais la comparaison s'arrêtait là. Les longs cheveux bouclés du Drakhaon et sa barbe étaient d'un noir si soutenu que l'artiste y avait ajouté de délicates touches de bleu cobalt – une astuce picturale que Gavril avait apprise de sa mère. Mais ce n'était pas là l'œuvre d'Elysia... Dans ce portrait du seigneur Volkh Nagarian, tout respirait la puissance et la domination. Le regard hautain, le maintien assuré, la bouche au pli sévère, la vêture d'un noir très sobre... Les seules concessions à l'ornementation étaient une chevalière montée d'une pierre bleue, à la main gauche gantée, et un blason brodé représentant un serpent ailé cousu de fils d'argent et de saphir, à la manche gauche du veston. Il portait une toque bordée de fourrure noire. Derrière son sujet, l'artiste peintre avait représenté en détail un paysage hivernal de forêts et de montagnes enneigées s'étendant à perte de vue, histoire de sous-entendre l'immensité des domaines du Drakhaon – trop vastes pour être peints.

— Ce n'est pas l'œuvre de ma mère, dit Gavril, qui ne parvenait pas à en détacher les yeux. Qu'est devenu le portrait qu'elle avait fait ?

Kostya eut un petit haussement d'épaules.

— Dans un grenier, un cellier quelconque... Il y a eu une époque où votre père ne supportait plus la moindre chose susceptible de la lui rappeler...

— Il n'existe pas de portraits plus récents ?

Kostya ne répondit pas. Pivotant vers lui, Gavril constata que le vieil homme cherchait ses mots.

— Eh bien ?

— Le seigneur Volkh ne voulait plus entendre parler de portraits.

— Pourquoi ? demanda Gavril, étonné. Y avait-il à cela une raison particulière ? Vous avez parlé d'une guerre clanique dévastatrice… Aurait-il eu des cicatrices au visage à la suite d'un combat ? Était-il défiguré ?

— Il n'était plus… le même, biaisa Kostya. Ça l'avait altéré.

— Comment ça ?

— Seigneur, beaucoup de gens attendent votre bon plaisir. Plus tard, nous aurons tout le temps de reparler de votre père.

Un changement brutal de sujet… Devant l'expression butée de son interlocuteur, Gavril comprit qu'il était inutile d'insister. Pour l'instant, Kostya n'en dirait pas davantage.

— En effet, vous avez raison, bogatyr. Seigneur Gavril, j'attendais impatiemment de faire votre connaissance…

Une douce voix féminine, onctueuse comme du miel de lavande…

Le jeune homme sursauta.

— Qui vous a laissée entrer ? grommela Kostya, bougon.

Tout ce que vit d'abord Gavril, ce fut des iris vert feuille ensorceleurs et une magnifique chevelure châtaine. Puis la femme fit un pas dans la lumière, et il vit qu'elle était à un stade avancé de sa grossesse.

Elle sourit.

— Vous ne nous présentez pas, Kostya ?

Celui-ci se racla la gorge.

— Seigneur, voici Lilias Arbelian.

La main tendue, Gavril avança. À sa grande surprise, Lilias mit un genou en terre et, au lieu de lui serrer la main, y déposa un baiser de ses lèvres chaudes.

— Je vous en prie… Vous n'avez pas à…

Gêné, Gavril l'aida à se relever.

— Vous êtes donc son fils, dit-elle en le dévisageant. L'enfant d'Elysia…

Sans se départir de son sourire, elle eut soudain les larmes aux yeux. Quand elle se redressa, il remarqua qu'elle portait un ruban noir de deuil noué autour de son cou de cygne à la blancheur de porcelaine. Qui était-elle ? Quelle place avait-elle dans la maisonnée ? Gavril quêta du regard des éclaircissements auprès de Kostya… Mais celui-ci s'était détourné, avec une raideur toute méprisante.

— Vous… avez l'avantage sur moi, ma dame, bégaya le jeune homme.

— Oh, Kostya, réprimanda Lilias d'une voix douce, auriez-vous oublié de parler de moi au seigneur Gavril ? J'étais la maîtresse de votre père, messire.

— Sa putain, oui ! maugréa Kostya dans ses moustaches.

Bouche bée, Gavril la dévisagea. Il aurait dû s'en douter. Qui s'attendrait à ce que le seigneur d'un clan demeure célibataire pendant de nombreuses années ? Si seulement Kostya l'avait prévenu...

— Votre long périple a dû être épuisant, seigneur, enchaîna Lilias. De Mirom à l'Azhkendir, mon premier voyage a pris huit jours. Et quels horribles orages ! J'étais exténuée...

— Ne devriez-vous pas vous reposer ? l'interrompit Kostya.

— Quelle tendre sollicitude ! Je suis touchée, bogatyr, ajouta Lilias de sa voix mielleuse. Je venais simplement prier le seigneur Gavril de se joindre à moi pour une tasse de thé. Nous devrions apprendre à mieux nous connaître, n'est-ce pas ? Nous avons tant à nous dire !

— Merci, répondit Gavril, circonspect.

— Demain après-midi, donc ? Vers quatre heures ?

— Quatre heures, s'entendit confirmer le jeune homme – alors que, les sourcils froncés, Kostya secouait la tête.

— J'ai hâte d'y être, seigneur. Comme il me tarde de tout savoir sur vous !

Relevant ses jupes d'une main, Lilias fit la révérence avant de prendre congé.

— Donc, vous n'avez rien remarqué d'insolite, Lilias ? lança Kostya.

Elle s'immobilisa.

— Qu'aurais-je dû remarquer ?

— Le seigneur Volkh...

Le sourire serein de la jeune femme s'évanouit.

— Cessez donc vos petits jeux, Kostya. Et dites ce que vous avez à dire.

— Je veux dire, rugit presque le vieil homme, que son fantôme est apparu ici, aujourd'hui ! Là même où il a expiré ! À moins d'un mètre d'où vous êtes...

Gavril vit Lilias écarter d'une délicate chiquenaude le bas de ses jupes de l'endroit que Kostya désignait.

— En quoi cela devrait-il m'inquiéter ? (Elle le défia du regard.) Je ne crois pas aux fantômes.

Se détournant, elle sortit du grand hall avec panache.

Kostya marmonna dans ses moustaches.

— Pourquoi ne m'avez-vous rien dit ? demanda Gavril. Elle porte l'enfant de mon père, pas vrai ?

Autres marmonnements inintelligibles.

— Kostya ! Je veux la vérité !

Le vieil homme secoua la tête.

— La vérité ? Avec Lilias, bien malin qui la connaît, la vérité ! Mais je vous le demande, seigneur, a-t-elle l'air d'une veuve éplorée ? D'une femme en deuil ? Oh, la nuit du meurtre, question de faire un boucan de tous les diables, de hurler et de se plaindre sur tous les tons comme une pauvre folle, elle s'est posée là, croyez-moi ! Mais, peu après, elle n'a rien eu de plus pressé que de quitter ses vêtements de deuil !

— Et si son bébé est un garçon ? Ne sera-t-il pas un rival pour la succession ?

— Mâle ou femelle, aucune importance. C'est vous que votre père a désigné comme son successeur légitime. Lilias peut dire tout ce qu'elle voudra, il n'a jamais fait d'elle son épouse. En vertu des lois antiques d'Azhkendir, vous êtes son fils unique. Il n'a jamais divorcé de votre mère.

Gavril commençait à avoir mal à la tête. Tant de questions laissées en suspens à la mort de Volkh…

— En fin d'après-midi, je lui transmettrai vos regrets, ajouta Kostya.

— Annuler notre rendez-vous serait discourtois, tout de même ?

— Vous avez bien mieux à faire dans l'immédiat, seigneur ! Ce n'est qu'une femme après tout ! Ça lui apprendra à rester à sa place.

Sosia apparut.

— Seigneur Gavril, les juristes d'Azhgorod sont là !

— N'était-ce rien qu'un rêve ? se demanda Kiukiu dans un murmure, tout en rassemblant les braises froides du foyer de la chambre seigneuriale.

Au rez-de-chaussée, le nouveau Drakhaon était occupé à rouvrir le grand hall. Elle devait se hâter d'allumer le feu avant qu'il revienne.

Elle avait mal dormi, se tournant et se retournant toute la nuit sur son petit lit. Chaque fois qu'elle fermait les yeux, elle revoyait la plaine désolée et les âmes en peine errant sans but dans d'éternels tourbillons de poussière. Sa tête lui faisait encore mal dès qu'on y touchait, mais l'hamamélis de Sosia avait au moins apaisé les tiraillements dus à l'hématome. Comment un simple coup au crâne avait-il pu engendrer des visions aussi terrifiantes ?

Reprenant sa petite brosse, Kiukiu entreprit de chasser les cendres du foyer. Des cendres aussi grises que les nuages de poussière de cette plaine battue par les vents…

Il a dit que j'avais un don. Celui d'entendre la voix des morts ?

Elle lâcha sa brosse en sursautant et jeta des regards coupables à la ronde, espérant que personne ne l'avait entendue. La pensée n'avait rien d'apaisant.

Si j'ai ce don, dans ce cas, pourquoi n'ai-je jamais vu de fantômes auparavant ?

Tenant sa pelle pleine de cendres, la jeune fille se releva. Elle devait se munir d'amadou et de charbon pour allumer le feu.

Soudain, elle vit que la porte de la pièce attenante était entrebâillée.

Si j'ai vraiment fait traverser le miroir au fantôme du seigneur Volkh, pourquoi personne d'autre ne l'a-t-il vu ?

Elle hésita. Aller jeter un coup d'œil était tentant. Ça prendrait une minute à peine. Il lui fallait juste se convaincre d'une chose : son imagination lui avait joué des tours…

Elle entra sur la pointe des pieds. Et vit que Sosia avait lavé, repassé et plié les tenues de voyage du seigneur Gavril. Le parfum du meilleur savon de Sosia embaumait. Par rapport à la veille, la pièce avait déjà changé du tout au tout.

Pensive, Kiukiu palpa l'encadrement du miroir brisé. Hier encore, c'était le passage vers l'Autre Monde. Et aujourd'hui, le voilà redevenu un simple châssis en bois…

Si elle avait vraiment ramené un spectre de l'Autre Monde, il n'était plus prisonnier de ces quatre murs… Et, avec le miroir brisé, comment pourrait-elle le renvoyer d'où il venait ?

Quand Kiukiu entra dans la cuisine, les serviteurs tenaient un conciliabule à mi-voix. Des préparations pâtissières attendaient sur le plan de travail et des quartiers de pomme pelée brunissaient à vue d'œil. Plus personne ne mettait la main à la pâte.

— Michailo a vu le seigneur Volkh.

Kiukiu s'immobilisa sur le pas de la porte.

— Où ça ? Où l'a-t-il vu ?

— Dans le hall… Là où le seigneur Volkh… *vous savez bien !*

— Et comment être sûr que Michailo n'avait pas forcé sur la bouteille ?

— Le bogatyr l'a vu aussi.

Kiukiu se sentit mal. Ainsi donc, elle n'avait pas rêvé… Elle avait bel et bien ramené de l'Autre Monde l'âme en peine du seigneur Volkh !

— Mais pourquoi le bogatyr pense-t-il que l'un d'entre nous l'aurait invoqué ? demanda Ilsi de sa voix aiguë – même lorsqu'elle chuchotait, elle avait un timbre de voix haut perché. Qui pourrait accomplir une telle chose ?

Si Kiukiu entrait en catimini, personne ne la remarquerait, avec un peu de chance…

Dès que sa nièce s'y risqua, Sosia la repéra aussitôt.

— Kiukiu !

La jeune fille s'immobilisa, sans oser lever les yeux.

— Oui, ma tante ? dit-elle d'une petite voix.

— Le bogatyr a deux mots à te dire.

— À *moi ?* s'étrangla Kiukiu en se recroquevillant. Pourquoi moi ?

— Tu as encore été une vilaine fille, hein ? chantonna Ilsi, pleine de fiel. (Ninusha se mit à rire.) Dans ce cas, le bogatyr devra te punir !

Kiukiu frissonna. Kostya la terrifiait. Elle se souvenait des cris et des plaintes de souffrance des hommes qu'il avait soumis à la question… Les cruels druzhina savaient infliger la douleur de mille et une façons.

— Viens avec moi, ma fille, ordonna Sosia en l'agrippant par le poignet. Et pose ce seau à charbon.

— Je ne veux pas ! gémit Kiukiu en tentant vainement de se libérer. (Sa tante avait une poigne de fer.) Je n'ai rien fait de mal !

Les lèvres pincées, Sosia l'entraîna vers les quartiers du bogatyr Kostya.

Il les attendait. Dès qu'ils eurent introduit les deux femmes, il ordonna aux gardes :

— Ne laissez entrer personne d'autre. Je ne veux pas être dérangé.

Un petit gémissement effrayé échappa à Kiukiu. L'homme paraissait si féroce, si implacable… C'était la première fois qu'elle « comparaissait » ainsi devant lui. En principe, Sosia veillait à la discipline, distribuant claques et punitions au petit personnel du rez-de-chaussée.

— Quelqu'un a invoqué le spectre du seigneur Volkh. Était-ce toi ?

Les jambes de Kiukiu tremblèrent.

— Moi ? Pourquoi moi ?

Kostya lança un coup d'œil accusateur à Sosia.

— Elle sait ?

— Comment saurait-elle ? répliqua Sosia avec dédain. Elle ne sait rien. Toutes ces années, j'ai tenu ma langue, ainsi que vous me l'aviez fait promettre.

Le regard de Kiukiu, perplexe, vola de l'un à l'autre. Qu'était-elle supposée ne pas savoir ?

— Regardez-la, c'est une simplette ! Elle n'a pas la moindre idée de ce dont vous parlez… (Derrière le sourire que Sosia lui décocha, Kiukiu perçut une grande tension.) Un esprit simple, mais très loyal, pas vrai, petite ?

— Eh bien, Kiukiu ? renchérit Kostya, le regard perçant.

La peur coupa la voix à la jeune fille.

— Je veux une réponse franche et directe ! aboya le vieil homme.

— Je ne ferai jamais rien qui nuise au seigneur Gavril ! s'écria-t-elle. Jamais !

Il y eut un silence. Kiukiu lutta pour refouler ses sanglots. Si elle pleurait maintenant, le bogatyr y verrait probablement un aveu de culpabilité.

— Très bien. Mais si je découvre que tu m'as menti, ça bardera pour toi ! On se comprend, ma fille ?

Elle acquiesça.

— Bien. Hors de ma vue !

Une fois dans le couloir, Kiukiu s'abandonna aux larmes. Stupides et vaines… Elle mordit son tablier à pleines dents pour étouffer ses sanglots, enrageant d'être si faible et si impressionnable.

— Sèche tes pleurs, ordonna Sosia. On a du pain sur la planche.

Kiukiu hocha la tête, écrasant ses larmes du dos de sa main. Puis elle hâta le pas aux côtés de sa tante.

— Que voulait-il dire par : *« Elle sait ? »* ? Qu'est-ce que je devrais savoir ?

— Rien dont tu aies à te soucier.

— Et pourquoi est-ce si terrible que le fantôme soit là ? Peut-être désire-t-il simplement que justice soit faite. Peut-être…

Stoppant net, Sosia se retourna pour agiter un index menaçant sous le nez de Kiukiu.

— Maintenant, tu vas m'écouter ! Depuis la mort du seigneur Volkh, ça jacasse à tout va dans les cuisines et en dépit du bon sens ! Si tu veux garder ta place dans cette maison, tu ferais mieux de ravaler tes questions idiotes !

Oris Avorian, le représentant légal en chef, se leva, exhiba à la vue de tous le rouleau testamentaire et en brisa le cachet de cire noire.

Le hall d'honneur était bondé. Les druzhina à la mine sévère, les domestiques et les servantes s'y pressaient, anxieux d'entendre les dernières volontés de leur défunt seigneur.

Gavril siégeait au centre de l'estrade, flanqué de Kostya et de Lilias, qui avait revêtu pour l'occasion une tenue de deuil. La dame d'atour, Dysis, se tenait derrière le fauteuil de sa maîtresse, les yeux modestement baissés.

Maintenant que l'instant était venu, Gavril se sentait glacé. Il avait hâte d'en finir.

— « Testament de Volkh Nagarian. Drakhaon et seigneur légitime d'Azhkendir, moi, Volkh Nagarian, sain de corps et d'esprit… »

Gavril laissa son regard vagabonder sur l'assemblée silencieuse, dévisageant ceux qui appartenaient à la maisonnée de son père…

— « Par droit de naissance, je transmets mes terres, mes richesses et tous mes titres à mon fils unique et héritier, Gavril Andar. »

Pas le moindre murmure de dissension n'accueillit la lecture du testament. Pourtant, Gavril sentit la tension monter en flèche dans le hall.

— « Au bogatyr Kostya, mon fidèle lieutenant, conseiller et ami, je lègue mon sabre de combat. »

Il y eut un reniflement étouffé. D'un coup d'œil, Gavril vit que Kostya avait sorti un mouchoir et se mouchait bruyamment.

— « Tous les druzhina, des plus humbles garçons d'écurie jusqu'au maître palefrenier recevront une poignée de pièces d'or correspondant au nombre d'années passées à mon service, en reconnaissance de la loyauté et de la valeur de chacun. »

Cette fois, des murmures s'élevèrent. Gavril vit les hommes se tourner les uns vers les autres en comptant sur leurs doigts et en hochant la tête.

— « À mon fils unique et héritier, Gavril Andar, je lègue également une cassette, qui sera ouverte par lui et par lui seul. Son contenu ne sera jamais révélé à âme qui vive. »

La cassette en question trônait au centre de la table. L'œuvre d'un artisan, d'une singulière simplicité… Taillée dans du bois à la patine terne et renforcée aux angles par du fer usiné, elle avait l'air parfaitement ordinaire – si son contenu ne l'était pas. Et, pourtant, Gavril ne parvenait pas à en détacher les yeux. Alors que le juriste continuait sa lecture sur un ton monocorde, il la fixait en se demandant quel secret elle pouvait bien protéger, de nature si intime que nul autre que lui ne devait le découvrir.

— « Quant à ma charmante compagne, Lilias Arbelian, je lui lègue une pension annuelle de cinq cents pièces d'or, à vie. Si elle le souhaite, elle pourra continuer d'occuper l'aile ouest. Ou, si elle préfère, elle demandera à mon fils Gavril de l'établir dans mon manoir de la cité d'Azhgorod. »

— Eh bien ? lança une voix tendue dans le silence. C'est tout ?

Arraché à sa rêverie, Gavril vit que Lilias était blanche comme un linge.

— Ainsi s'achève le testament, dit l'homme de loi d'une voix posée, traitant par le mépris l'intervention de la maîtresse en titre.

Le front plissé, elle se pencha au-dessus de la table.

— Pas de codicille ? Pas de modifications ? Vous êtes *certain* ?

— Parfaitement, oui, répondit froidement le juriste en roulant le parchemin.

— Alors, je déclare que ce document n'est pas valable ! (Levant une main impérieuse, elle se tourna vers l'assistance.) Il m'a dit qu'il avait changé son testament ! Quand il a su que j'étais enceinte de ses œuvres… Il me l'a dit !

Sa voix se fêla.

— Le seigneur Volkh vous a fait un legs très généreux, répondit froidement Avorian. Veuillez ne pas vous mettre dans tous vos états. Pensez à l'enfant.

— Je n'en resterai pas là ! menaça Lilias. J'en informerai mes avocats, à Mirom. Et je m'opposerai à ce testament. Venez, Dysis.

Elle quitta la salle à grandes enjambées, sa servante sur les talons.

Dès que les portes se furent refermées sur elles deux, tout le monde se mit à parler en même temps.

— Cette femme n'attire que les ennuis, commenta Kostya. Envoyez-la sans tarder à Azhgorod, seigneur Gavril, avant qu'elle nous complique encore les choses.

— Pourquoi était-elle si convaincue que mon père avait changé son testament en sa faveur ?

Le comportement de Lilias le rendait perplexe. Un moment, elle était tout miel et raffinement à la mode de Mirom, et le suivant, elle se comportait en intrigante calculatrice et cupide…

— Se pourrait-il qu'elle ait raison et qu'il existe un autre testament ?

— Tout est possible, conclut Kostya, morose.

La lecture des dernières volontés du défunt fut suivie par un dîner tout aussi interminable que celui de la veille. Gavril n'avait que peu d'appétit pour la nourriture riche en graisses que Sosia avait préparée. Il émiettait distraitement un morceau de pain tout en écartant d'un geste les plats qu'on lui présentait, de la soupe de palourdes, des volailles, de la carpe en gelée… Une seule question hantait toutes ses pensées : quels secrets son père avait-il confiés à la cassette en bois ?

Enfin, les juristes se retirèrent dans leurs appartements. Une main posée sur la cassette, Gavril se leva avec l'espoir de trouver à son tour refuge dans ses appartements et de découvrir la nature du legs paternel. Mais Kostya lui saisit si fermement le bras qu'il ne put se dégager.

— Lecture a été faite du testament, seigneur. Il reste une dernière formalité.

Une dernière formalité… Cette journée n'en finirait donc jamais ?

Dans le hall d'honneur, les flammes des torches jetaient des ombres intrigantes sur les visages tatoués et couturés de cicatrices des druzhina rassemblés.

— Il y a une dette d'honneur à payer, continua Kostya. En vertu des lois antiques de notre clan, vous devez maintenant débusquer l'assassin et venger votre père. (Il leva le sabre étincelant de Volkh, le présentant garde la première à son interlocuteur.) Sang pour sang.

— Sang pour sang, répétèrent les guerriers en un murmure.

Gavril prit la lourde arme incurvée.

— Je ne suis pas un homme de combat, protesta-t-il, mais un artiste. Je ne saurais même pas par où commencer.

Il lâcha sur la table la lame, qui résonna sourdement.

Les murmures s'accrurent.

— Vous osez profaner la mémoire de votre père ici même, où il a rendu son dernier soupir ? s'écria un des guerriers.

Gavril reconnut à ses cheveux blonds le garde Michailo, qui avait aussi été témoin de l'apparition du fantôme.

Kostya pivota vivement dans sa direction.

— Silence ! Est-ce la faute du seigneur Gavril s'il n'a pas reçu un entraînement de guerrier ? Le sang de son père coule dans ses veines. Ça ne suffit pas ?

— Prouvez-le ! lança un autre druzhina.

— Donnez-nous des preuves ! renchérit Michailo. Drakhaon ! *Drakhaon !*

L'un après l'autre, les druzhina se mirent à scander ce nom jusqu'à ce que le hall entier résonne de leurs cris, de leurs piétinements et du claquement métallique des sabres contre les boucliers et les bottes.

— Je traînerai le meurtrier de mon père en justice, afin qu'il soit jugé selon les règles ! tonna Gavril. Mais je refuse de me prêter à ces vendettas d'un autre âge qui…

Des hurlements indignés couvrirent ses dernières paroles.

— *Assez !*

Kostya agrippa le jeune homme par l'épaule. Une poigne certes rassurante, mais… qui l'immobilisait aussi. Gavril réalisa que, s'il avait voulu fuir, il ne l'aurait pas pu.

— Drakhaon ! scandaient les druzhina en chœur.

— La preuve du sang, seigneur, dit Kostya. (Il se retourna vers les guerriers.) Un siège pour notre seigneur Drakhaon !

Tandis que Gavril se voyait contraint de s'asseoir sur le trône sculpté de son défunt père, Kostya tira son couteau au clair. Le jeune homme voulut se relever – en pure perte. Kostya l'en empêcha.

— Qu'allez-vous faire ? siffla Gavril entre ses dents.

— Quelques gouttes de votre sang en échange de la loyauté de toute une vie… Est-ce trop demander ?

— C'est barbare !

— Sang pour sang, répéta Kostya. L'antique contrat passé entre le Drakhaon et ses druzhina… Un jour viendra, seigneur, où vous vous féliciterez de vous être plié à ce rituel.

Comme dans un rêve placé sous le signe de la confusion, Gavril vit la lame étincelante passer sur son poignet et le sang en perler goutte à goutte. Sous l'étrange et délicate douleur marquée par des pulsations, il vit aussi une fine vapeur bleutée monter du sang noir qui était le sien, comme si le précieux fluide dégageait sa propre chaleur.

Tombé à genoux, Michailo pressa contre ses lèvres la petite plaie suintante de son nouveau seigneur.

Stupéfait, Gavril regarda le guerrier qui après cela recula, la bouche maculée de *son* sang et une main sur le cœur en signe d'allégeance.

Les uns après les autres, les druzhina s'agenouillèrent pour embrasser la coupure au poignet du jeune homme. Et, à chaque baiser de sang, Gavril sentait, dans le tréfonds de son être, enfler un murmure, jusqu'à ce qu'il ait la force d'un orage d'automne sur la côte Vermeille.

Pris de bouffées de chaleur et affaibli par l'hémorragie, Gavril eut l'impression de sombrer dans des eaux mortelles. La lumière rouge des torches diminuait…

Allait-on le laisser mourir exsangue ?

Habile et vif, Kostya pressa un tampon sur les lèvres de la plaie, la refermant efficacement.

— J'entends des voix, souffla Gavril. Dans ma tête…

— Le pacte rituel qui lie le Drakhaon à ses druzhina… Vous l'avez scellé avec votre sang. (Kostya préleva à son ceinturon un trousseau rouillé de clés délicatement ouvragées.) Voici les clés du château du Drakhaon. Prenez-les, elles vous reviennent de droit. Vous êtes dorénavant libre d'aller et venir à votre guise.

Chapitre 6

— Il n'y a rien à redire, dame Andar, trancha la grande-duchesse Sofia. Votre fils Gavril était engagé pour peindre un portrait de ma fille, pas pour la séduire !

D'une main alanguie, elle brassait l'air de son éventail en dentelle et ivoire. Toutes les fenêtres étaient ouvertes ; la brise agitait les jalousies à lames mobiles habillées de mousseline, et tout semblait s'étioler dans la fournaise des dernières chaleurs de l'été, à Vermeille.

— Vous me voyez surprise devant votre audace à venir plaider sa cause jusqu'ici !

Le regard presque vitreux après tant de nuits blanches, Elysia Andar avait du mal à garder les idées claires.

— Votre Grâce, mon fils a disparu.

— Disparu ? (La grande-duchesse fronça les sourcils.) Que voulez-vous dire, précisément ?

— Mon fils n'est jamais parti de la maison sans me dire où il allait. (Elysia luttait pour conserver une voix calme et posée.) Je… redoute un enlèvement.

La duchesse s'éventa avec un tout petit peu plus de vigueur.

— Votre fils, enlevé ? Y a-t-il eu demande de rançon ?

— Non.

— Alors d'où vous vient cette certitude ?

Elysia soupira. L'histoire était si longue et compliquée que la grande-duchesse n'aurait jamais la patience de l'écouter jusqu'au bout.

— Votre Grâce, souffrez que je termine le portrait de votre fille. Je n'ai jamais déçu un client. C'est une question de fierté professionnelle.

— Je ne veux pas que ce portrait soit bâclé ! s'insurgea Sofia. Il s'agit d'impressionner favorablement le futur époux de ma fille !

— Ai-je jamais déçu Votre Grâce par le passé ?

— Je suppose que vous voudrez vos gages sans attendre afin de payer la rançon de votre fils ?

Elysia se sentit rougir. La grande-duchesse paraissait prendre un malin plaisir à lui rappeler son statut inférieur. Des années passées à se plier aux exigences de clients difficiles ne lui avaient toujours pas appris à surmonter ces humiliations.

— Je désirerais une forme différente de paiement.

— Oh ? fit Sofia, suspicieuse.

— J'aimerais présenter au grand-duc une requête au sujet de mon fils.

— Le grand-duc n'a que faire de ce genre de problèmes. La milice locale suffira.

La chaleur étouffante commençait à affecter Elysia, qui s'arma de courage. Elle allait devoir révéler la vérité.

— Mais quand il apprendra qui est mon fils…

— Un peintre, dame Andar ! Probablement occupé en ce moment même à assouvir ses appétits de jeune homme auprès de donzelles de petite vertu, et voilà tout !

— Des donzelles de petite vertu ? (Un garçon aux cheveux noirs venait de faire son apparition.) Ma gent féminine préférée !

La grande-duchesse replia son éventail avec un claquement sec et le brandit dans la direction de…

— Andrei ! Faut-il que tu sois si vulgaire ?

Elysia se sentit vaciller au bord d'un désespoir sans bornes. La semaine passée, Palmyre et elle avaient écumé en vain les tavernes et les ateliers de Vermeille. Nul ne savait où se trouvait Gavril. La seule explication possible ? La disparition soudaine de Kostya, des druzhina et de l'embarcation d'Azhkendir… Il y avait forcément un rapport.

— En outre, ajouta la grande-duchesse, nous ferons voile pour Mirom à la fin de la semaine. Comme je vous le disais, il y a les fiançailles d'Astasia à préparer. Et cette chaleur devient trop oppressante à supporter…

— Pauvre maman, lâcha Andrei en s'emparant de l'éventail pour lui faire de l'air.

— Dans ce cas, laissez-moi vous accompagner, dit Elysia de façon impulsive.

— Pourquoi ? Je vous le répète, cela n'intéressera en rien mon époux.

— Mon fils est l'héritier d'Azhkendir, précisa Elysia.

— L'Azhkendir ? répéta Andrei. (La mère et le fils échangèrent un regard.) Mais qu'est devenu le seigneur Volkh ?

— La nouvelle n'a-t-elle pas atteint le Muscobar ? Le seigneur Volkh est mort.

— Et comment pouvez-vous être aussi bien informée des affaires politiques de cette contrée reculée de barbares ? demanda la grande-duchesse. L'an dernier, quand nous avons reçu le seigneur Volkh à notre cour, il n'a mentionné ni épouse ni fils.

Elysia refusa de se laisser intimider par l'attitude hautaine de son interlocutrice.

— J'étais sa femme. Nous nous sommes séparés alors que Gavril était encore petit. Depuis lors, j'ai toujours mené à Vermeille une existence simple et tranquille.

Andrei s'esclaffa.

— Gavril le peintre ? Attendez un peu que j'aille dire ça à Tasia ! Son artiste aux magnifiques yeux bleus… et que la Garde blanche a jeté dehors le soir du bal ! Un seigneur !

— À supposer que vos prétentions extravagantes soient fondées, je ne comprends toujours pas en quoi le grand-duc pourrait vous aider, ajouta Sofia.

— Un peu d'imagination, maman. Si je disparaissais demain, que ferais-tu ?

— Mon cher, je laisserais le problème à ton père.

Tout amusement envolé, Andrei redevint grave et incisif :

— Alors que nous venons de signer un accord avec l'Azhkendir ? Cette contrée est tout ce qui nous sépare du Tielen. Si le fils de dame Andar a été enlevé par des fanatiques politiques – ou par les agents du prince Eugène – le Muscobar pourrait se retrouver dans une situation très difficile.

— Je n'ai pas la moindre idée de ce dont tu parles, Andrei, déclara la grande-duchesse, perplexe.

Traversant le salon, Andrei vint se camper devant Elysia et lui prit les mains.

— Venez avec nous à Mirom, dame Andar. Je préviendrai père de la situation.

Debout devant le portrait inachevé de Gavril, Elysia admirait la meilleure œuvre qu'il ait jamais produite. Techniquement, c'était superbe. Mais il avait aussi su s'affranchir de la technique pure pour fixer sur la toile une tristesse fugace, chez son modèle, qui avait de quoi émouvoir. Elysia en eut les larmes aux yeux, et les contours de la peinture se brouillèrent.

Toute la semaine, elle avait refoulé ses pleurs, se consacrant corps et âme à la recherche de son fils. Une quête inlassable, des interrogatoires continuels… Assise sur son balcon, à contempler les eaux où se miraient les étoiles de la baie, elle avait enchaîné les nuits blanches, se rongeant les sangs et se perdant en conjectures.

Partir sans laisser de message ne ressemblait vraiment pas à Gavril. Il avait souvent quitté Vermeille pour aller pêcher en solitaire ou faire du cabotage avec ses amis étudiants. Jusqu'à ce jour, elle n'avait jamais craint pour sa sécurité.

Fixant le portrait d'Astasia à travers ses larmes, elle s'avisa qu'elle ignorait ce qui l'effrayait le plus : l'idée que les ennemis de Volkh aient pu kidnapper son fils ou celle que les druzhina veuillent l'introniser Drakhaon ? Convertir un garçon aimant et charmant en tyran implacable, à l'exemple de son défunt père ?

— Dame Andar ?

S'essuyant hâtivement les yeux, Elysia se retourna. Une jeune fille aux cheveux noirs se tenait sur le seuil de la porte.

— Vous devez être Altessa Astasia.

— Je… Navrée pour votre fils… Andrei vient juste de me prévenir.

Elysia hocha la tête. Elle se trompait peut-être, mais à en juger par la pâleur d'Astasia, elle aussi venait de pleurer. Était-ce pour cela que le portrait de Gavril était si inspiré ? La grande-duchesse avait-elle été dans le vrai ? Entre le peintre et son modèle, les relations avaient-elles pris un tour aussi intime ?

— Je terminerai votre portrait. Sa Grâce m'a précisé que ce serait un cadeau de fiançailles.

Un petit soupir amer échappa à Astasia.

Elysia ouvrit sa palette de couleurs.

— Bien. Si nous commencions ?

— Vous partez si vite ? s'écria Palmyre. Et pour voyager seule ?

Elysia leva les yeux de ses bagages.

— Chère Palmyre, accompagner la famille régnante du Muscobar n'est pas ce que j'appellerais « voyager seule ».

— Mais dans cette grande ville battue par les vents, vous ne pourrez compter que sur vous-même !

Ces derniers jours avaient été aussi éprouvants pour Palmyre que pour sa maîtresse. Naguère souriante et de belle humeur, elle accusait maintenant une grande fatigue.

Elysia lui serra les mains.

— J'ai besoin que tu restes et que tu veilles sur ma maison. Au cas où il reviendrait. Ce n'est pas impossible. En mon absence, je veux que quelqu'un soit là pour lui.

À son tour, Palmyre serra chaleureusement les mains de sa maîtresse.

— Vous êtes si courageuse ! Comptez sur moi, je veillerai au grain. Ne vous inquiétez pas, tout se passera bien. Bon, avez-vous empaqueté votre châle, celui ajouré en laine ? Les nuits sont froides, à Mirom.

Elysia se tourna vers sa malle.

— Oui, oui… Où ai-je fourré cette brosse à cheveux ?

Il restait une heure avant que le *barouche* commandé par Elysia vienne la prendre pour l'emmener à la villa Orlov. Elle entra dans la chambre de Gavril. Tout était en l'état, comme il l'avait laissé, les habits jetés avec insouciance sur le plancher, les couvertures du lit froissées… Des croquis inachevés jonchaient le bureau, à côté de crayons, de fusains et de pastels.

Il ne serait jamais parti sans son carnet à croquis et sans ses crayons. Depuis son enfance, ils ne le quittaient pas. Dessinateur impulsif, il avait toujours un crayon à la main pour noircir le moindre bout de papier à sa portée.

Agenouillée, Elysia tria les vêtements éparpillés. Jusqu'à présent, elle s'était refusée à y toucher, afin de préserver l'illusion que Gavril venait juste de quitter la pièce et allait revenir d'une minute à l'autre…

Elle se surprit à presser contre sa joue une chemise froissée.

Le col était taché et les poignets effilochés.

— Où es-tu, Gavril ? chuchota-t-elle.

Dès que son *barouche* atteignit l'enceinte de la villa Orlov, Elysia se trouva plongée dans le chaos et la confusion. Des serviteurs et des soldats arpentaient les lieux, portant des bagages d'un attelage à l'autre.

Elysia mit pied à terre et jeta des regards perplexes à la ronde.

— Dame Andar !

Un jeune officier à l'uniforme d'une blancheur immaculée accourait. Lorsqu'il l'eut rejointe, elle le remit enfin : Andrei Orlov, ses boucles rebelles matées par de la pommade et son heaume à aigrette tenu réglementairement sous le bras.

— Que se passe-t-il, Altessa ?

— J'ai peur que vous ne tombiez mal, dame Andar. Nous avons dû changer nos plans. Nous rallierons le Muscobar par voie de terre.

— Oh ?

Était-ce une bonne ou une mauvaise nouvelle ?

— Vous avez peut-être appris que la flotte du prince Eugène est en manœuvre dans le Détroit ? Il y a eu un léger malentendu au sujet des territoires de pêche au hareng.

Comme il savait s'y prendre pour rassurer son monde... Elysia était accoutumée aux mensonges dorés de la diplomatie.

— Bref, nos accords font l'objet d'une petite dispute. Je suis certain que tout rentrera bientôt dans l'ordre.

Elysia hocha la tête. Dans le Détroit, les navires du Tielen et du Muscobar étaient en ce moment même occupés à se canonner et à se couler par le fond...

— Tout cela est trop bête ! ajouta la grande-duchesse en apparaissant sur les marches du perron, au bras d'Astasia. Et dire que pour ces vétilles, nous sommes contraints de nous serrer dans des carrosses ! Par cette chaleur !

— Peu importe, maman, dit Astasia. Tu détestes la mer, tu le sais.

— Mais quelle humiliation ! se lamenta la grande-duchesse. Être obligé de modifier ses plans à cause de *bancs de harengs* ! Et, Andrei, voilà que tu m'annonces que tu rejoins notre flotte ? Comment peux-tu avoir le cœur à bouleverser autant ta pauvre mère ?

— Je dois accomplir mon devoir, maman ! répondit gaiement le jeune homme.

— Ce n'est pas un jeu ! Tu pourrais y laisser la vie !

La grande-duchesse se tapota les yeux avec un exquis mouchoir bordé de dentelle.

— Il y a toujours eu un Orlov dans la marine, maman. En outre, l'uniforme de vice-amiral impressionne toutes les filles !

Décochant un sourire espiègle à Sofia, Andrei enfourcha prestement sa monture.

— Si nous pouvions arranger ton union avec le prince Eugène, Astasia, murmura la grande-duchesse, et mettre un terme à ces désagréments...

La jeune fille fit la grimace dans le dos de sa mère.

Tirés par des équipages de six chevaux ornés de plumes blanches, des attelages dorés brinquebalaient le long des routes empierrées, à travers champs et oliveraies. Sous l'escorte de la Garde blanche, les harnais tintinnabulaient, les heaumes et les plastrons étincelaient au soleil.

Il faisait chaud et très sec. Apathique, Astasia regardait distraitement par la portière les fermiers suer sang et eau en procédant aux dernières récoltes de la saison. À mesure que la route gravissait lentement les contreforts, aux champs de blé brûlés par le soleil et aux oliveraies succédaient les vignobles. La poussière qui volait asséchait la bouche et la gorge de la jeune fille, lui piquant les yeux.

La procession ducale avait été plongée dans la confusion : selon l'étiquette, où fallait-il asseoir Elysia ? En tant qu'artiste peintre, sa place était avec le train des domestiques. En sa qualité d'épouse du défunt Drakhaon, en revanche, elle était à peine de moins haute lignée que la grande-duchesse elle-même. Pour finir, Elysia avait pris place dans le deuxième carrosse, en compagnie d'Astasia, de la gouvernante Eupraxia et de la vénérable comtesse Ilyanova, sourde comme un pot.

— Regardez, Tasia, voilà votre frère ! s'exclama Eupraxia pour la troisième fois en désignant le fringant cavalier. Oh hé, Andrei ! Il nous salue ! Il est beau comme un dieu dans son uniforme !

— Je ne vois pas pourquoi il peut monter à cheval et pas moi, maugréa Astasia.

— Ma chère, ce ne serait pas convenable, répondit Eupraxia.

Souffrant de la chaleur écrasante, elle se tamponnait les tempes et le cou à l'aide d'un mouchoir imbibé d'une eau florale à la douce senteur écœurante.

— Convenable ! la singea Astasia, dégoûtée. Un mot que je place dans la même colonne que « devoir filial » et « obligation » !

Espérant qu'Eupraxia ne chercherait pas à l'entraîner dans cette conversation, Elysia tourna la tête vers la portière.

— Surtout le genre de devoir filial qui m'obligerait à épouser un raseur pompeux comme Tielen !

— En voilà des façons de parler de son futur époux ! Et en présence de la comtesse Ilyanova par-dessus le marché !

— Elle n'entend rien ! répliqua Astasia. Pas vrai, comtesse ?

— Quelle chaleur étouffante, ma chère, répondit Ilyanova en souriant.

— Pourquoi maman a-t-elle suggéré le prince Eugène ? Il a déjà précipité une épouse au tombeau !

— La pauvre femme est morte en couches ! protesta Eupraxia.

— Et il doit avoir la trentaine bien sonnée… L'âge mûr. Je parie qu'il a un début de calvitie et une bonne bedaine de propriétaire à l'heure qu'il est ! (Quêtant le soutien d'Elysia, Astasia se tourna vers elle.) Chère dame Andar, ne pourriez-vous m'enlaidir affreusement en faisant mon portrait ? M'accabler d'un strabisme divergent, d'une bosse de douairière et d'une denture mal alignée ?

Elysia ne put réprimer un sourire.

— Avez-vous déjà été présentée au prince Eugène ?

— Oui, il y a de cela trois ou quatre ans.

— Il se demanderait alors comment toutes ces disgrâces physiques ont pu vous échoir en si peu de temps.

— Mais supposons que mère persuade père d'approcher le prince Eugène ? Pourquoi devrais-je être un pion dans ce jeu de stratégie ?

— Remettre en cause les décisions de vos parents ne vous appartient pas, Tasia, la réprimanda sévèrement Eupraxia.

Les roues du carrosse heurtant une bosse du chemin défoncé, ces dames furent déportées brusquement sur le côté.

Astasia se redressa.

— Et à ce qu'on dit, au Tielen, les invasions de moustiques sont une véritable plaie, l'été ! Le prince n'a-t-il pourtant pas fait assécher les marécages pour construire son palais à Swanholm ? Des centaines d'ouvriers n'ont-ils pas péri, victimes des fièvres malignes ? Comment pourrais-je vivre dans une contrée frappée par autant de drames ?

Les yeux clos, Eupraxia feignit d'être profondément endormie. Elysia se demanda si la gouvernante avait fréquemment recours à ce stratagème grossier pour éviter les questions gênantes d'Astasia.

La jeune fille soupira.

— Dame Andar, reprit-elle après un silence de quelques minutes, croyez-vous vraiment qu'on ait enlevé votre fils ?

— J'ignore ce qu'il faut croire, répondit Elysia, surprise par ce changement abrupt de conversation. J'espère seulement que le grand-duc usera de son influence pour le sauver.

Astasia fixait sur elle un regard intense.

— Mais vous pensez qu'il vit toujours ?

— Mon mari avait beaucoup d'ennemis qui souhaitaient sa mort. Gavril…

Sa voix la trahit.

Astasia posa une main compatissante sur le bras d'Elysia.

— Très chère, vous me voyez navrée de mon manque cruel de tact.

Choquée, Elysia vit que les yeux de la jeune fille brillaient de larmes contenues. Pour elle, ça ne faisait plus l'ombre d'un doute : Astasia Orlov nourrissait des sentiments sincères à l'égard de Gavril.

D'une voix basse chargée d'émotion, la jeune fille reprit :

— Je vous promets de convaincre père de faire tout ce qui sera en son pouvoir pour assurer la sécurité de votre fils.

En se mordillant les lèvres, Elysia hocha la tête.

S'il n'est pas déjà trop tard, lui murmura une petite voix à l'oreille.

Chapitre 7

Gavril prit la petite clé qu'Avorian lui avait remise, la tourna dans la serrure et souleva le couvercle de la cassette paternelle.

Aucun éclat d'or ou de joyaux ne s'offrit à lui. Un papier soigneusement plié, cacheté et entouré d'un ruban de soie s'y trouvait.

Une fois le sceau rompu et le document déplié, le jeune homme vit que le texte n'avait pas été méticuleusement rédigé par un clerc anonyme, mais écrit d'une main pressée, à grands traits hâtifs et désordonnés, difficiles à déchiffrer, comme sous le coup d'une hâte désespérée.

« À mon fils unique, Gavril.

« Si je suis mort quand tu liras ces lignes, Gavril, c'est que tu subis déjà ta métamorphose de Drakhaon. Regarde tes ongles. Distingues-tu les petites stries bleues qui s'accentuent, au-delà de la chair vive ? »

Gavril baissa les yeux, posa la lettre sur le lit et leva les mains vers la lumière de la lampe à huile, scrutant ses ongles. Les fines zébrures sur lesquelles Kostya avait attiré son attention se remarquaient à peine, après le bout des doigts. Mais… des stries ?

Gavril reprit la lettre.

« Regarde attentivement dans le miroir. Tes sourcils… Se sont-ils épaissis ? Certains poils sont-ils plus bleus que noirs ? Analyse tes humeurs de ces semaines passées. As-tu perdu ton sang-froid ? As-tu été sujet à des accès de colère irrationnels ? De sombres rêves n'ont-ils pas déjà commencé à te tourmenter ? Et tout cela est irréversible. »

Gavril aurait voulu cesser là sa lecture. Mais il ne parvenait pas à détacher les yeux de la lettre. Tout en continuant, il crut de nouveau entendre la voix rauque qui avait marqué sa vision sanguinaire, glaçante comme une nuit d'hiver :

« Tu peux voir dans les récits de mon peuple de simples contes à dormir debout… Des ailes noires qui battent dans la nuit, le brouillard qui nappe les terres d'Arkhel, le brouillard étincelant comme une poignée d'étoiles et les victimes de ces vapeurs méphitiques, hommes et bêtes, réduites à des enveloppes toutes fripées… Mais c'est là le don et la malédiction des Drakhaons que d'engendrer des forces aussi dévastatrices.

Mon peuple te craindra autant qu'il te respectera pour le sang ardent des Nagarian qui court dans tes veines et pour le Drakhaoul qui hante les replis de ton âme…

» Ce qu'on passera sous silence, c'est le prix terrible à payer. Chaque fois que tu laisseras le champ libre au Drakhaoul qui est en toi, tu perdras un peu plus de ton humanité. Des poisons seront progressivement libérés dans ta circulation sanguine. Ils te changeront corps et âme.

» T'a-t-on conté la légende des épouses des Drakhaons ? Aussi monstrueux que cela puisse te paraître, il y a un fond de vérité à cette histoire. Car la seule façon de garder figure humaine est d'ingérer du sang frais. C'est là le tribut traditionnel du Drakhaon. Le sang des innocents… Au début, Gavril, j'avoue qu'on m'a contraint à sacrifier à cette tradition… Ensuite, écœuré par ces pratiques inhumaines, j'ai refusé de continuer.

» Peu importent les pressions et les manœuvres persuasives auxquelles mon peuple peut recourir à ton égard, tu dois lutter de toutes tes forces contre le besoin d'utiliser tes pouvoirs.

» J'ai capturé un chantre des fantômes, un Guslyar de la maison Arkhel, avec l'espoir de l'amener à exorciser la créature. Mais, aveuglé par la loyauté qui le liait à son clan, il a refusé de se plier à ma volonté. Et son obstination lui a coûté très cher.

» J'ai passé ces dernières années à chercher un traitement. Une façon d'enrayer la dégénérescence cruelle qui me mine – et qui a rongé mon père et mon grand-père – avant de perdre mes derniers lambeaux d'humanité… Je désirais te léguer, mon fils, un espoir que les choses puissent enfin changer pour toi et pour tes enfants.

» À cette fin, j'ai fait venir en Azhkendir Altan Kazimir, un éminent savant réputé à Mirom pour ses méthodes peu orthodoxes. À lui et à lui seul, j'ai confié le secret de mes pouvoirs – et mon point faible. En conjuguant nos efforts, nous cherchons à déterminer si les effets dégénératifs du sang de notre lignée peuvent être enrayés, ou au moins réprimés.

» Personne d'autre ne doit savoir, jamais. J'ai donc pris la précaution – et le docteur Kazimir avec moi – de coder les résultats de ses expériences et de ses observations. Une fois son œuvre achevée, les résultats et le code seront remis à mon conseiller, Oris Avorian, puis conservés à l'abri avec ma lettre dans cette cassette. »

Des codes ? Gavril leva le document vers la lumière de la lampe, cherchant des lignes cachées qui ressembleraient de près ou de loin à des formules scientifiques. Mais à part l'écriture de son père, il n'y avait rien.

Dans la tour aux vitraux en forme de losange et à motifs de guirlandes de lierre et de roses sauvages, les lueurs de l'aube, émeraude et rouge sang, caressaient le bois poli du plancher.

— Nous sommes dans la tour Kalika, annonça Kostya en y introduisant Gavril. Votre père aimait s'y enfermer pour travailler au calme. Nous avons tout laissé en l'état depuis… cette nuit-là.

Dans un angle du bureau, des piles de papiers s'accumulaient. Une carte y était étalée, près de crayons, de règles et d'un encrier ouvert. Comme si Volkh venait de sortir et allait revenir d'un instant à l'autre…

Campé devant le bureau paternel, Gavril feuilleta d'une main fébrile les documents amoncelés avec l'espoir de tomber sur le code. Il découvrit seulement des ramettes entières de documents officiels.

Où son père avait-il pu le laisser, sinon dans cette étude ?

Il y avait aussi de vieux volumes aux pages jaunies. Gavril en prit un au hasard, pour voir si des bouts de papier n'en tomberaient pas : *Sur des mers inconnues, récit par un marin d'un périlleux voyage d'exploration.* Un autre s'intitulait : *Voyages aux îles occidentales,* et un troisième, avec un ruban rouge en guise de marque-page : *Ty Nagar, la terre du dieu-serpent.*

— Que faisait mon père en ces lieux ? demanda Gavril distraitement. Mettait-il sur pied une expédition ?

— Peut-être.

Le jeune homme se pencha.

— Et ça, c'est quoi ? Une carte céleste des constellations ?

La calligraphie en était soignée, adroite et complexe. Des encres de différentes couleurs désignaient les constellations et les planètes. Volkh avait donc entrepris d'établir une carte détaillée du ciel d'Azhkendir ? Cet étalage d'érudition paraissait étrangement jurer avec Volkh Nagarian, le chef de guerre barbare…

— Pourquoi mon père dessinait-il cette carte ?

Kostya haussa les épaules.

— Ce qu'il faisait ici le regardait. Encore que ces temps derniers, le docteur Kazimir et lui aimaient observer les étoiles du haut de la tour… Les télescopes s'y trouvent toujours, installés derrière les créneaux.

Kazimir… le savant mentionné dans la lettre.

— Je ne crois pas avoir déjà fait sa connaissance, lâcha Gavril, le plus innocemment possible.

Le visage de Kostya se ferma.

— Nous le cherchons toujours. Dieu sait pourquoi votre père l'avait fait venir de Mirom jusqu'ici ! Il jouissait d'une réputation de grand érudit. Bah ! Un ivrogne, oui ! Et un sacré coureur de jupons…

— Et dans quel domaine le docteur Kazimir était-il expert ?

Autre haussement d'épaules de Kostya.

— Question de soulever des odeurs et des fumées infectes, il s'y entendait ! L'aile est puait parfois comme des latrines. Et je ne vous parle pas du boucan… Des sifflements, des claquements… Comme s'il avait déchaîné tous les démons de l'enfer !

— L'aile est ? Personne ne me l'a fait visiter.

— Depuis le dernier raid lancé contre Arkhel, elle reste déserte. Voilà pourquoi votre père en avait donné la jouissance au docteur Kazimir. Il pouvait y travailler sans craindre d'être dérangé.

— Mais qu'y faisait-il ?

— Il me suffisait que mon seigneur ait jugé bon de l'employer. Je n'ai jamais remis en cause ses motivations. Je sais seulement qu'à l'arrivée de Kazimir, les choses sont allées de mal en pis.

— Lesquelles ?

Gavril était las des faux-fuyants et des allusions du bogatyr.

— L'humeur du seigneur Volkh, tout d'abord. Il a commencé par se cloîtrer pendant de longues heures avec Kazimir, en n'admettant personne d'autre. Puis, un jour, tout a basculé. Il y a eu une dispute épouvantable. Il a intimé l'ordre à Kazimir de déguerpir avant qu'il lui lâche les chiens aux trousses. Avant qu'il l'étrangle de ses propres mains.

— Et Kazimir est parti ?

— Quelle certitude en avons-nous ?

— Vous pensez qu'il pourrait encore se terrer ici, en Azhkendir ? Pourquoi ferait-il ça ?

— Elle a des amis. Des alliés.

— Elle ? Lilias ? Ils se sont querellés à propos de cette femme ?

— On a vu Kazimir sortir de sa chambre à coucher... Elle a farouchement nié, bien entendu. Mais à partir du moment où mon seigneur l'avait découvert...

Gavril hocha la tête. L'allégation tacite de Kostya ne lui avait pas échappé. Qui était le père de l'enfant que portait Lilias ? Volkh ? Ou Kazimir l'introuvable ?

— Donc, le docteur est suspecté du meurtre ?

— Il avait de bons motifs.

— Quel âge a-t-il, ce Kazimir ? demanda Gavril, feignant le détachement.

— Entre trente et quarante ans, je dirais, répondit Kostya, le front plissé. Difficile de se prononcer avec ces satanés érudits... Jouer les rats de bibliothèque à longueur de temps leur donne un teint maladif.

Plus un jeune homme, donc... Certainement pas l'inconnu aux cheveux blonds de sa vision, au regard brûlant de haine et de terreur mêlées... Un complice, néanmoins. Peut-être...

— A-t-on fouillé ses appartements ?

— C'est même le premier réflexe qu'on ait eu. Aucune trace, aucun indice, naturellement. Nous avons aussi fouillé les *siens*. Elle n'était pas ravie.

— Montrez-moi le toit.

Dès que Kostya lui eut tourné le dos, Gavril escamota prestement du papier, de l'encre et un crayon. Il aurait au moins la possibilité d'écrire une lettre.

Un petit passage cintré donnait sur un escalier en colimaçon. Kostya prévint le jeune homme : les marches étroites étaient inégales et usées. Pour éviter de glisser, on n'avait pas d'autre recours que de se pencher vers le mur.

Quand, arrivé en haut, le vieil homme ouvrit la trappe, un courant d'air froid cingla Gavril au visage. Reprenant haleine, il se risqua au-dehors et ce qu'il découvrit le fit hoqueter.

Ils se trouvaient sur le toit de la plus haute des tours du château et, s'étendant à perte de vue en contrebas, l'Azhkendir s'offrait aux regards.

— Les terres de votre père, seigneur Gavril, commenta Kostya. Elles sont maintenant vôtres.

Posté derrière un merlon, Gavril s'accouda aux vieilles pierres inégales et contempla son héritage.

— Tout ça ?

Des étendues sauvages… Des montagnes et des landes, des forêts et des collines rocheuses, comptant peu d'habitations humaines. Les nuages poussés par le vent sillonnaient un ciel menaçant.

Gavril se sentit envahi par un sentiment de désolation froid comme le vent et gris comme ce ciel monochrome. Comment pouvait-il envisager de vivre ici ? Où étaient les vives couleurs des paysages de la Smarna, les jeux de lumière sur la mer ? Pour un peintre, recenser les tons bruns des saillies minérales ou des éboulis montagneux présentait un certain défi technique. Ou même la verdeur des forêts… Mais ce lugubre climat hivernal lui répugnait.

Je ne ressens aucune attirance pour ces lieux. Je ne suis pas à ma place ici. Le sang du Sud de ma mère coule trop dans mes veines… Oh, que je me languis de la chaleur du soleil !

Étincelant à la lumière blafarde de saison, quatre télescopes au métal terni avaient été placés à chaque coin de la tour. Volkh, seigneur de guerre et astronome amateur… Ça n'avait pas de sens.

— Parlez-moi encore de mon père… Et des guerres claniques.

Le dos tourné à Gavril, Kostya contemplait les montagnes, dans le lointain.

— L'Azhkendir a toujours été en proie aux dissensions. Quand le seigneur Volkh est devenu Drakhaon, seul le clan Arkhel s'est opposé à son investiture. Et, retranché dans sa forteresse montagnarde, le seigneur Stavyor Arkhel était invincible. Vous voyez ce mont fourchu, là-bas, sur la droite ? Là se dressait la forteresse Arkhel. Et l'Azhkendir se divisait en factions : Arkhel contre Nagarian. La guerre civile…

— N'y avait-il aucun espoir de négociations ? Ou de traité de paix ?

Les sourcils froncés, Kostya se tourna vers le jeune homme.

— Il vous reste beaucoup à apprendre sur l'Azhkendir. Ce n'est pas ainsi qu'on règle les différends. Lors du raid perpétré contre l'aile est, votre grand-mère, Drakhys Marya, trouva la mort. À l'époque, votre père était encore un enfant. Il a été sauvé de justesse. Comment aurait-il pu pardonner à Stavyor Arkhel le meurtre de sa mère ?

— Il a donc contre-attaqué ?

— Des années plus tard, oui. En tant que Drakhaon, il avait… (comme s'il cherchait ses mots, Kostya hésita) un singulier avantage. Il ne montra aucune pitié. Stavyor, sa famille et ses partisans, tous furent exterminés.

— Sa famille ? Mon père a condamné à mort les enfants de Stavyor ?

— Si Stavyor Arkhel avait été victorieux, croyez-vous qu'il vous aurait épargnés, votre mère et vous ? répliqua sèchement Kostya. Oui, tous furent tués et la forteresse réduite en cendres.

Les échos de la voix du jeune homme inconnu, lourde d'émotion résonnèrent aux oreilles de Gavril… Campé devant sa victime mourante, il sanglotait en prononçant ces paroles de haine et d'exaltation :

« Voilà pour ma mère… mes sœurs… mon père ! »

— Stavyor Arkhel avait-il un fils ? chuchota Gavril. Du même âge que moi, à un an ou deux près ?

— Jaromir, répondit Kostya. Il a été tué avec ses sœurs.

Gavril surprit, au fond des yeux du vieil homme, une lueur cruelle et féroce. Il avait dû être aux côtés de Volkh lors du massacre. Ses mains étaient donc aussi couvertes du sang de ces enfants.

Et soudain, les paroles entendues en songe prirent tout leur sens, le frappant avec la force écrasante de la foudre en hiver.

Le fils de Stavyor, Jaromir, n'était pas mort. Puisque lui, Gavril, l'avait « vu » tuer Volkh.

Chapitre 8

Des cygnes sauvages survolaient les eaux brumeuses du lac d'agrément. Le prince Eugène de Tielen tira sur les rênes de sa jument isabelle, Cinnamor. Depuis l'éminence verdoyante qui dominait le palais de Swanholm, il contempla son œuvre. Les feuilles de bouleau, avant de venir tapisser les pelouses givrées de leur couleur vieil or, planaient comme autant de papillons jaunes. L'atmosphère piquante du petit matin charriait des odeurs d'humus et de fumée de bois.

Pour son nouveau palais, Eugène avait fait venir des architectes de Bel'Esstar, qui avaient conçu cet impressionnant édifice de pierre blanche, de marbre et de verre. Simple et pourtant magnifique dans cet écrin paysager… Là où s'était jadis dressé le pavillon de chasse favori de son père, niché dans son vallon de bouleaux et d'aulnes, s'élevait maintenant une élégante demeure pourvue de ses cuisines, de ses communs et des casernes de la garde royale. En cet instant même, des ouvriers s'affairaient encore dans l'aile est, les colonnades incurvées constituant le pendant de l'aile ouest achevée. Seul l'écho des coups de marteau troublait le silence paisible du parc.

Un palais digne d'un rêveur persuadé que réunir en un puissant empire les principautés divisées de Rossiya était sa destinée…

Un palais digne d'un empereur…

Mais l'achèvement imminent des travaux rappelait trop à Eugène une absence douloureuse dans sa vie. Ensemble, ils avaient dressé des plans, établi des épures, débattu des détails… Le dallage noir et blanc du vestibule était son idée. Il avait préféré rejeter les suggestions trop fantaisistes des architectes. Et il aurait dû être là maintenant pour voir les ouvriers terminer leur ouvrage, après des années de dur labeur. Il aurait dû arpenter les parquets polis, admirer les tentures de brocart or, émeraude et ivoire – des teintes qu'il avait choisies pour refléter les feuillages et l'écorce des bouleaux du parc. Mais ses propres démons l'avaient tellement tourmenté que même les plaisirs et les joies du palais Swanholm n'arrivaient plus à le détourner de sa soif de vengeance. Un matin, des nouvelles lui étaient parvenues d'une source insolite. Alors, Eugène n'avait rien pu faire pour le retenir à Swanholm… Depuis son départ, malgré le réseau étendu d'espions à la solde du prince, en dépit des enquêtes subtiles conduites auprès des ambassadeurs étrangers ou même du procédé le plus ingénieux de clairvoyance mis au point par le mage Linnaius, on avait perdu sa trace.

Après tout, songea Eugène, tout le monde l'avait abandonné… Tous ceux auxquels il s'était attaché. On ne pouvait pas planifier sa vie en comptant sur la constance ou l'affection de ses amis, de ses épouses, de ses maîtresses…

Le soleil automnal brilla plus intensément, inondant les jardins arboricoles d'or pâle.

Des éclats de rire enfantins, joyeux et insouciants troublèrent la rêverie du prince. Sur le gazon, en contrebas, sa fille Karila jouait au chat et à la souris avec sa nourrice Marta. Un ballon doré volait dans les airs.

Malgré sa jambe tordue, la frêle fillette s'en sortait assez bien. Mais les médecins avaient prévenu son père que, si elle survivait à l'enfance, elle resterait infirme à vie.

Si seulement il pouvait jouer avec Karila avec autant de légèreté et d'insouciance que Marta… Mais il devait garder ses distances. Apprendre à mieux la connaître et à l'aimer reviendrait à tenter de nouveau le destin. Chaque fois qu'ils se retrouvaient et qu'elle se blottissait contre lui, il apercevait ce spectre malin, derrière elle, guettant le moment propice pour la lui arracher comme il lui avait arraché sa mère…

— Papa ! Papa !

L'enfant agita les bras vers lui. Le soleil jouait sur ses boucles aussi blondes que du pollen – la même couleur de cheveux que ceux de sa mère. Il lui fit signe. Bras tendus, elle voulut courir vers lui et, trahie par son infirmité, s'écroula.

Cinnamor lança un hennissement nerveux.

— Qu'y a-t-il, ma belle ?

Eugène lui flatta l'encolure pour la rassurer, mais elle ne réagit pas, roulant des yeux et secouant le museau.

Il regarda plus attentivement… et en crut à peine ses yeux. Des brumes environnantes venait de surgir un loup, qui trottinait dans la direction de Karila… Une grande bête au pelage strié de jaune soufre.

Il ne s'agissait pas d'un loup ordinaire mais d'un maraudeur.

Avec un hennissement de terreur, Cinnamor se cabra, ses antérieurs battant l'air.

Eugène pressa les flancs de sa monture pour dévaler la colline.

En contrebas, il vit Marta courir vers Karila et la serrer dans ses bras.

S'il lui est arrivé quelque chose… !

Eugène s'apprêta à dégainer ses pistolets de chasse. Incapable de soutenir longtemps la charge folle, Cinnamor ralentissait, de l'écume jaillissant de ses babines.

En soulevant de grandes mottes de terre et d'herbe, la jument s'arrêta.

La gueule pleine de bave, prêt à sauter sur Karila et Marta, le maraudeur se ramassa sur lui-même.

Brandissant son pistolet, Eugène visa et tira. La balle toucha la bête à la tempe à l'instant même où elle bondissait, la plaquant au sol. Après d'ultimes convulsions, le prédateur foudroyé s'immobilisa dans une mare de sang et de cellules grises.

Avec un cri perçant, Karila enfouit le visage contre l'épaule de Marta.

Eugène bondit à terre et courut vers sa fille. La soulevant dans ses bras, il la sentit s'agripper à lui, comme pour ne plus jamais le lâcher.

— Tout va bien maintenant, Kari, ma chérie, lui chuchota-t-il.

Elle avait les vêtements humides de rosée.

Alertés par le tir, les membres de la garde royale accoururent à leur tour.

— Tout va bien, Votre Altesse ? cria un jeune lieutenant inquiet.

Un soldat ramassa les rênes de Cinnamor et lui parla doucement à l'oreille, afin de la calmer.

— Marta, ramenez la petite à l'intérieur et passez-lui des vêtements secs, ordonna Eugène en lui confiant l'enfant.

Marta fixait la dépouille du maraudeur.

— Qu'était-ce donc, Votre Altesse ? Un… loup-garou ?

Eugène baissa les yeux. Dans la mort, le maraudeur avait repris forme humaine, le crâne fracassé par la balle.

— Ma fille va s'enrhumer, répliqua-t-il sèchement. Ramenez-la au chaud.

Son fusil à pierre amorcé à la main, le gardien des maraudeurs arriva au pas de course.

La mine sévère, Eugène désigna le corps disloqué, gisant sur l'herbe.

— Pourquoi en avez-vous laissé un s'échapper ? Il a attaqué ma fille ! J'exige des explications.

Son aide de camp sur les talons, le général Anckstrom, le chef d'état-major, accourut en criant :

— Votre Altesse, des nouvelles d'Azhkendir !

L'Azhkendir…

Eugène en fut tout remué. Il se fit violence pour ne pas trahir ses sentiments devant ses hommes.

— Si nous rentrions ?

Son étude, une pièce austère, était meublée comme pour une campagne militaire, avec les couleurs du régiment, des cartes et des armes. La seule concession à l'ornementation était les couronnes dorées insérées dans les moulages en plâtre du plafond.

Eugène et Anckstrom s'attablèrent, tandis que l'aide de camp restait au garde-à-vous devant les portes.

— Le mage Linnaius avait raison, dit Anckstrom, Volkh est mort.

— Mort ? (Eugène frappa la table du poing, faisant trembler les encriers en argent.) Comment ?

— Assassiné, répondit Anckstrom de but en blanc.

— Et le tueur ?

— En fuite.

— Dieu merci, Dieu merci…

Eugène respirait mieux. Le secret tourment qui l'avait rongé ces dernières semaines s'atténua quelque peu.

— Et y a-t-il des prétendants à la succession ? ajouta-t-il d'une voix tendue.

— Ah ! Là, l'affaire se complique énormément.

Eugène leva un sourcil inquisiteur. Anckstrom fit signe à son aide de camp.

— Que personne ne nous dérange.

L'homme s'inclina et quitta l'étude. Quand les portes furent refermées, Anckstrom se tourna vers le prince.

— Le fils de Volkh est vivant. Si nos informations sont exactes, il a été intronisé Drakhaon.

Ce matin-là, toutes les pièces du puzzle stratégique complexe élaboré par Eugène étaient en place. Et il voyait maintenant son précieux échafaudage s'écrouler… Tout reposait sur l'Azhkendir.

— Pourquoi n'avons-nous rien su de ce fils ?

Anckstrom fixait le parquet briqué.

— Hum… Nos agents ne voyaient pas en lui une menace.

— Vous voulez dire qu'ils ignoraient tout de son existence.

— Ce n'est qu'un garçon. Apparemment, sa mère en a fait un peintre, comme elle. On peut difficilement rêver personnage moins adapté pour régner sur l'Azhkendir…

— Et Jaromir ? lança Eugène d'une voix rauque. Qu'est-il devenu ? Il s'est jeté dans la gueule du dragon…

À la pensée de son jeune protégé piégé en Azhkendir, consumé par les feux du Drakhaon, agonisant seul…

Les mains croisées dans le dos, Eugène se détourna du général, en butte à la violence inhabituelle de ses émotions.

Sur le mur opposé, deux portraits se côtoyaient. Le premier représentait sa femme, Margret. Margret, morte à vingt ans en donnant naissance à la pauvre Karila infirme… Margret, douce et souriante pour l'éternité, dans une robe d'été à rayures, des marguerites fichées dans sa chevelure d'un blond éclatant. La toile ne livrait aucun indice du destin cruel réservé à la belle et qui l'arracherait aux bras aimants de son époux.

Le second était le portrait d'un jeune homme aux cheveux d'un blond foncé, sanglé dans l'uniforme gris et bleu des Dragons royaux. Son regard halluciné laissait deviner toutes les horreurs auxquelles un garçon de son âge n'aurait jamais dû être confronté.

— Oh, Jaro, Jaro…, murmura Eugène. Pourquoi t'ai-je laissé partir ?

— Il connaissait les risques, répondit Anckstrom sans prendre de gants. Il a choisi de s'en aller. Rien de ce que vous auriez pu dire ne l'aurait retenu ici. Quand notre source nous a livré ces informations-là, il a su que l'heure était venue pour lui d'agir.

Écoutant d'une oreille distraite, Eugène hocha la tête.

Les sourcils froncés, le front plissé sous la concentration, Anckstrom étudiait une carte du continent.

— Donc, nous annulons l'invasion prévue ?

— Non. (En Eugène, le stratège refit surface.) Nous allons anéantir ce jeune Drakhaon – et mettre Jaromir à sa place. Qui se dressera entre le Muscobar et nous, ensuite ? Mais nous devrons agir vite ou l'hiver compromettra tous nos plans.

— Alors, vous risqueriez une confrontation directe ? demanda Anckstrom, toujours soucieux.

— Que venez-vous de me dire à l'instant ? *« Ce n'est qu'un garçon. »* Dans ce cas, il ne dispose pas encore de tous ses pouvoirs. Et nos maraudeurs font amplement le poids face à ses druzhina.

— Mais les maraudeurs restent imprévisibles. On ne peut pas s'y fier ! Regardez ce qui vient d'arriver…

— C'était une erreur regrettable. (Anckstrom ne se déridant pas, Eugène ajouta :) Qu'on envoie le message suivant à tous nos régiments déployés le long des frontières de l'Azhkendir : « Tenez-vous prêts. » Quant aux maraudeurs, je vais consulter Linnaius.

Le mage Kaspar Linnaius, alchimiste de la cour et artificier royal, avait récemment pris ses quartiers près de la bibliothèque de l'aile ouest. Le père d'Eugène, Karl le Navigateur, avait attiré l'érudit au Tielen, le débauchant du collège de thaumaturgie, en Francia, en lui promettant l'octroi de laboratoires d'alchimie, une haute position à la cour et – plus important encore peut-être – aucune interférence d'où qu'elle vienne… Il y avait une hostilité croissante envers les alchimistes de Francia et, peu après l'exil de Linnaius au Tielen, une flambée de bigoterie avait conduit à la fermeture du collège et à la comparution de ses maîtres devant des tribunaux ecclésiastiques, avant qu'on les exécute pour hérésie. Une attitude plus éclairée prévalait sous les climats plus froids du Tielen. Depuis longtemps, les princes de ce pays encourageaient les arts et les sciences à part égale.

Depuis six mois, Linnaius travaillait avec Eugène à une expérience militaire unique, qui concernait les maraudeurs. Le mage tenait ce savoir d'un chaman tribal et l'utilisait pour métamorphoser des guerriers originaires des steppes du nord du Tielen.

Pour créer les maraudeurs, Linnaius avait commencé par faire le tour des prisons-casernes et des geôles, réunissant des condamnés jeunes et en pleine forme. Entre la potence et les expériences du mage, pas un n'avait hésité. Tous s'étaient empressés de tenter l'aventure.

Au début, les maraudeurs avaient été confortablement logés dans les nouvelles casernes du palais. Bien nourris et habillés de frais, ils se soumettaient quotidiennement aux procédures thaumaturgiques de leur maître. Assez vite, deux d'entre eux avaient néanmoins rompu leur contrat et avaient été abattus en tentant de fuir par le parc avec une sacoche d'argenterie volée.

Ensuite, plus personne ne s'était rebellé. Mais, dernièrement, les maraudeurs avaient changé... Ils se montraient irascibles, comme si la nature animale de leur métamorphose annoncée prenait le pas sur leur humanité. Le prince s'était vu contraint de les isoler et de les parquer.

En gravissant le bel escalier de pierre qui conduisait aux appartements du mage, Eugène avait l'esprit en ébullition. Venaient-ils de créer des monstres échappant à tout contrôle, trop sauvages pour obéir ? Il redoutait maintenant que l'expérience se solde par un échec cuisant et qu'il faille les tuer jusqu'au dernier.

Arrivé sur le palier, Eugène vit la porte s'ouvrir sans un bruit et le mage apparaître sur le seuil. Il avait noué ses longues mèches blanches avec un ruban de soie noire.

Le prince s'était presque accoutumé à cette capacité singulière à anticiper ses visites. La porte se referma sur Linnaius.

— Vous m'aviez assuré, mage, que les maraudeurs vous obéissaient. Et qu'ils étaient fin prêts au service actif. Maintenant...

— Maintenant, un autre vient de se soustraire à notre autorité, acquiesça Linnaius.

— Se soustraire à notre autorité ? Il a attaqué Karila ! (Eugène était toujours sous le choc et encore plus perturbé par sa propre réaction.) Comment les envoyer en Azhkendir s'ils n'exécutent pas nos ordres ?

Linnaius accola ses doigts et prit une voix douce et mystique, aussi terne que des cendres voletant au vent.

— Donc, vous comptez toujours infiltrer l'Azhkendir...

— Il y a un nouveau Drakhaon en place.

— Ah...

Eugène se demanda s'il faisait bien de placer sa confiance en Linnaius – quels que fussent par ailleurs ses pouvoirs réels. Le vieil homme commençait-il à perdre ses facultés ? Nul ne connaissait son âge exact. Élancé, mince et rasé de près, il avait la peau du visage tirée au point que les os saillaient dessous, comme si les nombreuses années consacrées à l'étude rigoureuse des sciences de la magie l'avaient décharné.

— Et nous sommes sans nouvelles de Jaromir.

— Jaromir...

Un voile fin comme de la soie d'araignée couvrit les yeux du mage, faisant frémir Eugène. Dès que Linnaius se retirait en lui-même, c'était symptomatique. L'expérience avait enseigné la patience au prince.

En cillant, Linnaius revint au présent. Il se leva et invita Eugène à passer dans le laboratoire. Il fit une pause sur le pas de la porte en claquant des doigts. Le prince sentit plutôt qu'il ne vit l'air onduler tandis qu'une barrière invisible se levait. Franchir le seuil lui hérissa les cheveux sur la nuque – une sensation déconcertante – comme si des doigts invisibles venaient de l'effleurer.

D'une propreté et d'une netteté scrupuleuses, le laboratoire alignait des flacons et des pots en verre sur ses nombreuses étagères.

— Il vit toujours ?

Linnaius prit une clé en or, qui était pendue à son cou, pour déverrouiller un petit cabinet d'ébène. Et ce fut comme si des nuages voilaient soudain le soleil. Une légère vibration monta des entrailles noires du cabinet, où luisait une lumière lugubre.

Prenant soin de ne pas en dévoiler inopinément le contenu, le mage en préleva le contenu d'une minuscule pipette en verre, en forme de fleur de lotus, qu'il tint entre ses doigts fins. Une faible lueur en émanait – du rouge tendre d'un cœur gonflé de sang.

— Notre dernier lien..., dit-il à mi-voix. Et le seul des enchantements que j'ai placés sur lui à être resté intact en dépit de l'atmosphère délétère de l'Azhkendir...

Ce fut plus fort que lui : Eugène tendit une main, comme si toucher la pipette pouvait lui rendre Jaromir – en partie au moins...

Linnaius secoua la tête.

— Tant que cette flammèche brûlera, vous aurez l'assurance qu'il est toujours en vie.

— Mais son éclat est si faible ! lâcha Eugène d'une voix tremblante. Qu'est-ce que ça veut dire ?

— Mieux vaut ne pas se perdre en conjectures, ni s'abandonner sans raison à de faux espoirs, ou à un désespoir tout aussi dénué de fondement...

Le mage remit la fleur de lotus en verre dans le cabinet d'ébène, qu'il ferma à clé. Le silence revenu, la pénombre se dissipa peu à peu. Eugène plissa le front, tant la lumière du jour lui parut aveuglante. Comme imprimée sur la rétine de ses yeux, il gardait la rémanence de l'ombre écarlate projetée par la flammèche-de-vie de Jaromir...

Le prince dînait avec son état-major et le chancelier Maltheus lorsque Marta fit son apparition.

— Votre Altesse... L'enfant ne va pas bien. Elle vous réclame.

— Des affaires d'État retiennent toute l'attention de notre prince, répliqua froidement le chancelier. Il ira la voir dès qu'il le pourra.

Marta rosit.

— Je n'aurais pas osé venir déranger Son Altesse sans de bonnes raisons. Sa fille est très malade.

Eugène fut étreint par l'angoisse. Karila, de nouveau souffrante... Et juste quand il comptait quitter ses terres.

Il se leva de table.

— Je viens. Vous m'excuserez, messires.

Il suivit la nourrice le long d'un couloir éclairé par des chandelles puis, aiguillonné par l'appréhension, il ne tarda pas à la devancer.

— Le médecin l'a-t-il auscultée ? Que dit-il ?

— Il parle d'un nouvel accès de fièvre...

Hâter le pas pour rester à la hauteur du prince la laisserait bientôt hors d'haleine.

— Elle jouait encore près du lac. Il y fait trop humide, c'est là qu'elle a dû attraper froid… À la saison froide, il faut la garder à l'orangeraie.

— Je m'y efforce, Votre Altesse ! Mais le grand air et le soleil lui font aussi un bien fou, en temps ordinaire. Je fais de mon mieux, mais…

Il prit de l'élan et gravit quatre à quatre les marches de l'escalier en encorbellement qui conduisait à la nursery.

La chambre à coucher de Karila était peinte dans un bleu céruléen piqueté d'étoiles dorées et de croissants de lune. Mais en dépit des bougies parfumées qu'on avait allumées pour purifier l'atmosphère, Eugène sentit l'odeur trop familière de la maladie. Derrière les tentures en dentelle, Karila gisait au fond de son lit, recroquevillée sous des draps fins à l'instar d'un chaton somnolent. Le prince lui caressa le front, alarmé de sentir sous ses doigts une peau fine brûlant de fièvre et des mèches de cheveux collées par de la mauvaise sueur. À ce contact, la petite malade murmura dans son sommeil.

— Elle est dévorée vive par les fièvres ! L'épongez-vous suffisamment avec de l'eau fraîche ?

Marta se lança dans une petite révérence en assurant :

— Oh, oui ! Je lui administre aussi deux cuillères d'osier toutes les demi-heures, sur prescription du docteur Amandel.

— Papa…

Ce filet de voix rauque… L'enfant réveillée avait des yeux brillants de fièvre.

— Comment te sens-tu, Kari ?

— J'ai la gorge en feu…

Elle tendit une petite main. Non sans hésiter, Eugène lui serra les doigts.

— Et ma tête est toute bizarre… Quelque chose ne va pas…

— Tu dois dormir. À ton réveil, demain matin, tu te sentiras beaucoup mieux.

Comme il se haïssait de s'entendre parler avec autant de calme, d'une voix posée et rassurante alors qu'il était en réalité tout retourné !

Les yeux fiévreux de l'enfant s'écarquillèrent de peur.

— J'ai rêvé qu'il y avait des ombres ici, dans la chambre… Au pied du lit… Des ombres ailées comme les dragons noirs aux yeux rouges… Leur souffle me brûlait. Si je me rendors, ils me guetteront…

Des ombres-dragons… Eugène frémit. Que voulait-elle dire ? Qu'avait-elle vu ?

La nourrice retendit les draps froissés.

— C'était juste un rêve.

— Reste avec moi, papa, supplia Karila en lui serrant la main. Raconte-moi une histoire. La demoiselle-cygne…

— Ma chérie, je reçois des invités très importants.

Quelle piètre dérobade ! Mais plus il s'attarderait, plus les souvenirs enfouis de la maladie qui avait emporté Margret lui reviendraient en mémoire.

— Son Altesse est très occupée, Karila, ajouta vivement Marta. Dis bonne nuit à ton père et dors. Je te raconterai l'histoire de la demoiselle-cygne.

Eugène lui jeta un coup d'œil reconnaissant.

— Bonne nuit, Kari. Dors bien.

Il se pencha pour effleurer de ses lèvres le front brûlant de la fillette.

— Bonne nuit, chuchota-t-elle en baissant les paupières.

Après dîner, Maltheus avait entraîné son état-major dans l'antichambre en bois de noyer où l'on servait des digestifs. Eugène accepta un petit verre de spiritueux et l'avala cul sec.

— Eh bien ? fit Maltheus.

— Encore un refroidissement…

Eugène fit signe qu'on le resserve. L'alcool l'aidait à chasser l'odeur tenace de la maladie.

— Vous n'avez pas le choix. Vous devez vous remarier.

— Vraiment ?

— Karila est souffreteuse. C'est une enfant charmante, mais tout à fait inapte à régner. Il vous faut un héritier, Votre Altesse.

— Oui, oui ! Chaque chose en son temps. (Eugène posa son verre.) Pour l'heure, nous avons d'autres chats à fouetter. Quelles nouvelles du Détroit ?

— L'amiral Janssen ne fait part d'aucune perte importante, répondit Maltheus en se resservant deux doigts de liqueur de prunelle. Lors de la dernière canonnade, le *Helda* a perdu sa grand-voile. Mais nous avons coulé deux bâtiments de la flotte du Muscobar et en avons éventré un troisième.

— Voilà qui donnera des sueurs froides au grand-duc ! ricana Anckstrom.

— En effet, fit sèchement Maltheus. Et c'est à ce sujet, je pense, que nous avons de la visite… L'ambassadeur du Muscobar attend votre bon plaisir, Altesse.

— Le comte Velemir ?

Y avait-il enfin des nouvelles d'Azhkendir ?

— Il déclare avoir une proposition à vous soumettre. Il patiente dans la salle malachite.

La cheminée en marbre de la salle malachite, où brûlait un feu, jetait des ombres sur les murs aux tentures de brocart vert océan.

Le comte Velemir se tenait devant l'immense toile d'une grande bataille navale. Elle représentait la défaite pleine de panache des Franciens face à la flotte du Tielen, sous le commandement du prince Karl, au large de la péninsule de Saltyk. La mer bouillonnait sous le déluge de feu, et le ciel embrasé s'obscurcissait des fumées des canons du Tielen.

À l'entrée du prince Eugène, le comte se retourna et s'inclina.

— Une œuvre d'art impressionnante, Votre Altesse. (Il parlait le tiel avec une légère pointe d'accent muscobiote.) Destinée sans doute à semer l'effroi dans le cœur des ennemis du Tielen…

Eugène affecta un ton badin et léger :

— Une commande pour célébrer la première victoire navale de mon père…

En dépit de toute une vie d'apprentissage de la retenue et de la force d'âme, il aurait voulu s'écrier : « Vous apportez enfin des nouvelles de Jaromir ? » Il se contenta d'inviter le comte à s'installer face à lui, près du feu de cheminée.

— Cette pièce regorge de souvenirs de mon père. J'aime à croire qu'il veille toujours sur moi, approuvant ce que j'ai fait de son vieux pavillon de chasse…

— Effectivement ! Quelle réalisation magnifique que Swanholm, Votre Altesse ! Quel goût raffiné et quelle élégance !

Au fil de leurs entrevues, Eugène ne s'était jamais laissé berner par les manières suaves et urbaines de l'ambassadeur. Sous le vernis cultivé de Velemir, il percevait un esprit aiguisé et retors, toujours prêt à tourner une situation délicate à son avantage.

— Donc, quelle proposition êtes-vous venu me soumettre ?

— Un mariage. Le grand-duc propose une alliance entre Votre Altesse et sa fille, Astasia.

— Un mariage ?

Déconcerté, Eugène ne s'y était nullement attendu. Était-ce un aveu tacite de défaite de la part de son ennemi, après la déroute du Détroit ? Ou une nouvelle manœuvre dilatoire ?

— Une charmante jeune fille, tout juste dix-neuf printemps, d'une santé éblouissante et très séduisante.

— Dix-neuf ans…

L'âge de Margret quand ils s'étaient mariés… Eugène avait douze ans de plus qu'elle. Entre Astasia et lui, l'écart se creuserait encore. Bon sang, il était déjà assez vieux pour être son père !

— Une autre femme-enfant comme épouse…

— Son portrait sera bientôt achevé, Votre Altesse. Vous ne serez vraiment pas déçu.

Eugène hocha distraitement la tête. Il avait bien d'autres soucis à l'esprit.

— Une union entre les maisons royales du Muscobar et du Tielen… Quelle meilleure façon de ramener la paix sur notre continent ? Quel meilleur moyen de surmonter tous ces désagréments à propos de pêche au hareng ?

Courtisan dans l'âme, Velemir cherchait toujours à charmer. Or, Eugène n'était pas d'humeur. Il avait été assez patient.

Il se pencha vers l'éclat des flammes.

— Vous m'aviez promis des nouvelles.

L'expression affable de l'ambassadeur s'envola.

— À propos de notre ami commun ? Il n'y a rien de plus. Nous savons simplement qu'il ne s'est jamais présenté au Conseil d'Azhgorod pour y faire valoir ses droits à la succession. Il n'a pas davantage pris le dernier bateau en partance d'Arkhelskoye.

Eugène prit un ton d'une douceur inquiétante :

— Vous m'aviez promis que votre agent infiltré en Azhkendir nous tiendrait au courant. Vous m'aviez donné votre parole, Velemir.

— Mon agent a été dans l'incapacité de garder le contact avec le jeune homme en question. Et, oserai-je ajouter, de récents événements ont placé mon agent dans une situation très délicate. La communication est devenue... difficile.

— Alors que le mage Linnaius vous a confié, à votre agent et à vous-même, ses moyens d'espionnage les plus sophistiqués...

La frustration et la conviction que l'ambassadeur n'était pas tout à fait aussi franc avec lui qu'il l'aurait dû lui firent durcir le ton.

— Vous avez sous-estimé la fourberie innée des druzhina, Velemir. Vous me décevez beaucoup. Si nous avions su...

— Vous auriez retenu Jaromir ?

Une légère ironie perça dans la voix du comte.

Eugène laissa échapper un soupir de frustration.

— À qui ferai-je croire ça ? Rien de ce que j'aurais pu dire ou faire ne l'aurait empêché de partir assouvir sa vengeance contre Volkh... Il était comme un oiseau en cage, à se cogner les ailes aux barreaux, à se consumer de chagrin et de contrariété. Maintenant, je crains...

— ... qu'il ne soit aux mains des druzhina ?

Jaromir, interrogé, torturé, laissé à l'agonie au bout de ses chaînes, dans quelque infâme donjon d'Azhkendir...

Aux quatre cents coups, Eugène eut le cœur pris dans un étau.

— La maison Nagarian a toujours menacé la paix et la stabilité du continent. Nous devons écraser ce jeune serpent dans l'œuf. Et si le Muscobar refuse de nous y aider, alors je le jure sur les mânes de mon père, je prendrai moi-même les mesures qui s'imposent !

Velemir haussa les épaules.

— Comment le Muscobar pourrait-il vous aider, Votre Altesse, alors que nous sommes liés par les accords conclus entre le grand-duc et le seigneur Volkh ?

— Volkh est mort, répliqua froidement Eugène. Le traité en question est donc caduc. Vous voudrez bien rappeler ce fait au grand-duc, ambassadeur.

Un silence tomba, à peine troublé par le grésillement des bûches dans le foyer.

— Donc, quelle réponse devrai-je présenter au grand-duc Aleksei, Votre Altesse ? Accepterez-vous sa proposition ? (Non sans quelque satisfaction, Eugène perçut, sous la formulation choisie avec soin, une pointe de désespoir.) Pouvons-nous espérer une résolution pacifique à cet infortuné désaccord concernant le Détroit ?

— J'y accorderai toute la considération voulue, répondit Eugène.

Que le grand-duc et ses ministres suent encore un peu... Avec la mort de Volkh, le plus puissant allié du Muscobar, Aleksei Orlov devenait doublement vulnérable.

— Je vous ferai connaître ma décision dès que j'en aurai débattu avec mes ministres.

Réalisant qu'il était congédié sans autre forme de procès, Velemir se rembrunit. Eugène le vit dissimuler sa déconvenue sous une élégante révérence.

Chapitre 9

Chaque fois que Kiukiu fermait les yeux, elle revoyait le bogatyr Kostya, perdu dans les ombres enfumées, la fixer de ses yeux à l'éclat de pierre et pointer sur elle un index accusateur…

— Tu m'as menti ! Tu as invoqué le seigneur Volkh. À toi maintenant de le renvoyer d'où il vient…

— Mais j'ignore comment…

Réveillée en sursaut dans son lit étroit, trempée de sueur, elle s'assit, serrant ses genoux contre elle pour réprimer ses tremblements.

La grisaille annonciatrice de l'aube nimbait la petite pièce. Kiukiu battit des paupières, avec l'impression que la poussière de l'Autre Monde s'attachait encore à ses cils, lui brouillant la vue. Une seule chose était claire : la jeune fille devait renvoyer l'esprit en peine du seigneur Volkh dans l'Autre Monde avant que quiconque découvre la vérité.

Mais comment le renvoyer sans le miroir ? Et s'il refuse, de toute façon ?

Cachée sous l'escalier, Kiukiu attendit que le bogatyr vienne chercher le seigneur Gavril dans ses appartements. Tandis qu'ils descendaient les marches, elle entendit Kostya insister à propos d'une rencontre importante avec les juristes d'Azhgorod. Si elle avait de la chance, la chambre à coucher resterait vide une bonne heure au moins.

Une fois dans la place, elle fit sciemment du bruit, grattant le foyer, heurtant la balayette et la pelle afin que d'éventuels témoins, de passage dans le couloir, sachent qu'elle travaillait. Elle avait conscience, dans son dos, du petit passage ouvrant sur la pièce voisine. Quelle porte d'aspect ordinaire… Kiukiu y voyait pourtant la gueule béante des enfers.

Une fois le foyer nettoyé et réapprovisionné pour qu'on y fasse du feu, la jeune fille fit une pause, s'essuyant le front du dos d'une main. Ce genre de travail donnait vite des suées.

Elle tendit l'oreille. Personne dans les parages. Qui le saurait si elle se glissait quelques minutes dans la pièce attenante ?

— Seigneur Volkh ? chuchota-t-elle en entrant. Seigneur ?

Quelle mouche la piquait pour qu'elle appelle un spectre aussi naturellement que s'il s'agissait du chat de Sosia ? La petite pièce avait perdu son atmosphère inquiétante pour redevenir parfaitement ordinaire. Kiukiu ferma les yeux, cherchant à déceler le moindre signe attestant de la présence du seigneur Volkh en ces lieux… Mais elle ne capta rien, ne ressentit aucune peur ou appréhension particulière.

Un bruit insolite la fit sursauter.

Quelqu'un était dans la chambre. Visiblement occupé à fouiller…

Et cette personne ignore que je suis là.

En se mordillant les lèvres pour retenir sa respiration, Kiukiu rampa derrière le lit à baldaquin.

Qui est-ce ? Et que cherche-t-on ?

La curiosité étant plus forte que la prudence, Kiukiu, pourtant consciente du danger, céda à la tentation et risqua un coup d'œil par les plis entrouverts du lourd brocart sombre.

Elle vit une femme en robe de soie couleur jade penchée au-dessus d'un coffre-dragon, en train d'en fouiller fébrilement le contenu. Ses beaux cheveux châtains brillaient à la faveur de la chiche lumière.

Lilias !

Terrifiée, Kiukiu ferma les yeux. Si Lilias découvrait qu'on l'observait…

— Ce n'est pas là ! grogna tout bas l'indiscrète en refermant le couvercle et en tournant dans la serrure la petite clé qu'elle portait en sautoir.

Laborieusement, elle se releva.

— Alors où ? *Où ?* chuchota-t-elle, excédée, une main posée sur son ventre arrondi, comme si elle s'adressait à son enfant à naître.

Elle leva les yeux vers le portrait du garçon et, à la stupéfaction de Kiukiu, cracha dessus. Dame Lilias, crachant comme une vulgaire souillon de village !

— Ne t'imagine pas que je renoncerai à tout ça sans me battre ! À la naissance de mon fils, nous verrons qui est le véritable Drakhaon !

Il y avait tant de venin dans sa voix que Kiukiu se recroquevilla un peu plus tout en reculant.

Mieux vaut ne plus remuer un cil, ne plus bouger d'un iota, surtout ne pas me trahir…

Tenant les jupons de sa robe relevés d'une main, Lilias souleva de l'autre les grandes tapisseries or et écarlate qui ornaient le mur opposé, dévoilant une petite porte dérobée. Elle s'y engouffra, laissant la lourde tenture retomber derrière elle.

Une porte secrète… Kiukiu en resta bouche bée. Elle savait naturellement que le château était truffé de passages dérobés comme celui-ci. Mais elle ne s'était pas doutée qu'il en existait jusque dans la chambre à coucher du Drakhaon. Dire qu'elle avait fait la poussière et passé de la cire juste à cet endroit sans jamais avoir la puce à l'oreille…

L'appel strident de Sosia frappa ses oreilles.

— Kiukiu !

La jeune fille alla entrebâiller la porte qui donnait sur le couloir et y jeta un coup d'œil circonspect.

Un des gardes de faction se retourna vers elle avec un sourire.

— Mieux vaut te dépêcher ou elle va encore te tirer les oreilles !

Kiukiu hocha la tête. Arrivée à l'escalier, elle ramassa ses jupons d'une main et le dévala à toutes jambes.

Tout en se répétant :

Oublie ! Oublie !

Mieux vaut tout oublier.

Kiukiu transportait son seau vide dans la cour des communs aux pavés mangés par les herbes folles. Dans ce coin-là, les branches vertes de la grande forêt de Kerjhenezh dominaient les toits délabrés des entrepôts et greniers, bruissant dans la brise, embaumant l'air vespéral de délicates senteurs de résineux.

Elle pelletait le précieux charbon dans son seau quand elle entendit le cri… Une étrange plainte dont les notes aiguës de détresse lui hérissèrent la nuque.

L'esprit de la forêt… Le prédateur aux crocs maculés de sang !

Le cri suraigu, inhumain, d'une créature souffrante se refit entendre.

Lâchant sa pelle, Kiukiu s'élança en direction des plaintes, traversant les jardins des cuisines pour déboucher dans le vieux verger. Elle atteignit de vénérables pommiers et vit un homme agenouillé, brandissant un bâton, en lutte avec une créature aux abois, prise dans les crocs en fer d'un piège de braconnier.

— *Laissez-la !* cria Kiukiu en s'élançant de plus belle sur l'herbe gelée.

Elle se jeta de toutes ses forces sur le type, qu'elle renversa. En se dégageant, elle vit alors qu'il s'agissait d'Oleg.

En grognant, celui-ci tâtonna à la recherche de son bâton. Affolée, la jeune fille tenta de le battre de vitesse. Mais elle dérapait sur l'herbe givrée. Y parviendrait-elle ? Elle n'avait écouté que son bon cœur en voulant sauver la pauvre créature prise au piège, et voilà qu'Oleg allait se retourner contre elle…

Il se mit à genoux en rotant bruyamment. Comme d'habitude, son haleine empestait la bière.

— Viens un peu ici que je te flanque une raclée !

— Au secours ! hurla Kiukiu à tue-tête. À l'aide !

Elle s'efforça de réunir ses jupons et se prit un orteil dans l'ourlet, retombant à genoux. Oleg se jeta sur elle, en brandissant son bâton.

— Les hiboux d'Arkhel ont le mauvais œil ! Il faut tuer ces maudites bêtes, les pendre haut et court et les laisser pourrir !

— *Au secours !*

— Qui va t'entendre t'égosiller, pauvre chienne ? Il faut bien que quelqu'un te donne une bonne leçon !

Il s'apprêta à frapper.

D'instinct, Kiukiu leva les bras pour se protéger le visage.

— *Non !*

— Que se passe-t-il ici ?

Distrait, Oleg hésita et se retourna.

Des bruits de pas… Quelqu'un accourait. Hébétée, Kiukiu vit Gavril apparaître sous les frondaisons des pommiers. Dans la pénombre, ses yeux bleus lançaient des éclairs inquiétants.

— S… Seigneur Drakhaon, balbutia Oleg en lâchant son gourdin.

Gavril avançait en pointant son index vers le vieillard tout tremblant.

— Disparais *immédiatement !*

— Sei… Seigneur…

Livide, Oleg tourna les talons et s'éloigna en clopinant, abandonnant son bâton.

— Ça va ? (Gavril s'agenouilla près de la jeune fille.) Il ne t'a pas blessée ?

Ivre de gratitude et de soulagement, Kiukiu le dévisagea, les yeux ronds. Gavril en personne venait de la sauver ! Son cœur vibra.

— Merci, seigneur, chuchota-t-elle.

— Qui était cet homme ? Et que faisait-il là ?

Un autre cri aigu à glacer les sangs… Kiukiu se redressa d'un bond en débarrassant ses jupons de la mousse et des fougères qui s'y étaient accrochées.

— Il s'appelle Oleg, et il allait tuer la pauvre bête… Je devais m'interposer.

L'animal piégé, une boule de plumes blanches comme neige, se débattait dans les ronces sauvages. Il ne s'agissait nullement d'un démon sanguinaire, mais d'un jeune oiseau de proie, blessé et terrifié.

— Oh, souffla Kiukiu. Le pauvre petit…

— Qu'est-ce donc ?

— Vous voyez ces houppes aux oreilles ? Je pense que c'est un hibou des neiges. Pourtant, cette espèce niche rarement si loin des montagnes.

L'oiseau chuinta. Au bord de l'épuisement, les plumes déchirées et ensanglantées, il cherchait encore à se libérer.

— Nous allons devoir rabattre de force les mâchoires du piège, dit Kiukiu en dénouant son tablier.

Si Sosia découvrait à quoi il avait servi, elle la battrait… Mais elle n'avait pas le choix.

— Là, là, chantonna la jeune fille d'une voix apaisante en s'approchant du hibou. Chut, petit. Tu seras bientôt libéré.

Elle tendit son tablier en bon lin épais résistant comme de la toile de jute. Elle espérait se protéger des coups de bec.

Gavril avait ramassé le bâton d'Oleg.

— Tiens…

— Quand je lui couvrirai la tête de mon tablier, seigneur, vous ouvrirez les mâchoires du piège.

Les yeux du hibou lançaient des éclairs de défi. Gavril s'agenouilla près de la jeune fille, et l'oiseau de proie terrifié redoubla d'efforts pour se libérer. En hâte, elle lui couvrit la tête. L'animal se débattit de plus belle tandis que Gavril s'efforçait de trouver le ressort du piège pour le rabattre.

— Vite ! Je ne pourrai pas… le maîtriser… longtemps !

— Je me dépêche !

Avec un cliquetis retentissant, le piège céda et Kiukiu libéra rapidement le hibou, qui cessa toute résistance. Était-ce dû à l'hémorragie ou au soulagement ? Kiukiu constata qu'il avait une patte brisée.

— Il ne survivra jamais si nous le laissons ici, dit Gavril.

— Dans ce cas, je le soignerai, assura la jeune fille en enveloppant son petit protégé qu'elle berçait comme un bébé.

— Les chiens de chasse auront tôt fait de repérer son odeur et de le tuer. À supposer qu'Oleg ne le retrouve pas le premier… Qu'a-t-il donc contre les hiboux des neiges ?

Elle releva les yeux vers lui. L'ignorait-il ? Personne ne l'avait prévenu ?

— On les appelle toujours les « hiboux d'Arkhel », seigneur. Ils étaient l'emblème de la maison Arkhel.

— Les hiboux d'Arkhel, répéta Gavril, pensif.

— Ils apportent le mauvais œil, seigneur. Pour notre maison. Chaque fois que les hommes de votre père en dénichent, ils les tuent.

— Le mauvais œil ?

Après l'orage, les yeux du jeune homme avaient repris leur teinte limpide bleu océan.

— Pauvre petit orphelin abandonné, chantonna Kiukiu au hibou en voulant le caresser. Ouille ! (Elle recula vivement la main en la secouant.) Il m'a pincée !

Gavril sourit.

— Quelle gratitude…

— Mais où le garderons-nous ? Le temps qu'il puisse reprendre son vol ?

— *Nous ?* Tu m'entraînes là-dedans ?

Kiukiu sourit à son tour, oubliant qui elle avait face à elle et savourant ces instants bénis de complicité.

— L'amener au château serait franchement idiot. Et dans les jardins ? Une remise à outils ? Une volière désaffectée ?

— Le pavillon d'été d'Elysia ! s'écria la jeune fille triomphalement. Personne n'y va plus car le plancher tombe en ruine !

— Elysia ? (Le beau regard de Gavril se voila de nouveau.) C'est le nom de ma mère. C'était vraiment sa résidence d'été ? L'a-t-il fait construire pour elle ?

Il semblait réfléchir à haute voix, sans attendre de réponse. C'était aussi bien, décida Kiukiu, qui ignorait qui avait pu ériger cette maison. En tout cas, ce n'était plus qu'une ruine, dévorée par les lierres et les broussailles. Le refuge idéal pour un hibou.

— Dis-moi, quel est ton nom ?

— Kiukiu.

— Kiukiu ?

Au plaisir sans mélange de l'entendre prononcer son nom, elle se sentit rougir.

— Et y a-t-il une signification particulière à ce prénom ?

— Tout le monde me surnomme ainsi. C'est un diminutif pour Kiukirilya.

— Eh bien ! Pas étonnant qu'on t'ait affublée d'un sobriquet...

Le pavillon d'été d'Elysia était hexagonal, avec une véranda sur chaque côté. Le toit délicatement courbe s'agrémentait d'une mini-tourelle pourvue d'une girouette en fer forgé représentant une embarcation toutes voiles dehors.

Selon Kiukiu, la girouette avait jadis eu de jolies couleurs blanc et vert. Mais des années de désaffection conjuguées aux ravages des hivers interminables de l'Azhkendir avaient éliminé toute trace de peinture.

— Prenez garde où vous mettez les pieds, seigneur.

L'avait-il entendue ? se demanda Kiukiu. Il étudiait le travail ajouré du bois décorant la véranda.

— Avait-elle coutume de prendre le soleil ici ? chuchota Gavril.

La jeune fille déglutit. Elle aurait tant voulu l'en assurer et le consoler...

— Je l'ignore, seigneur. Je n'étais même pas née à l'époque.

— Naturellement, non... (Il parut se ressaisir.) Je vais chercher de quoi faire une attelle.

Gavril réapparut peu après avec une brindille qu'il écorça à l'aide de son couteau de poche avant de l'éclisser.

— Maintenant, il nous manque juste de quoi fixer l'attelle à sa patte. Un bout de ficelle quelconque...

— Tenez...

Elle avait défait une de ses tresses pour récupérer le ruban bleu qu'elle lui tendit.

— Bon, maintiens-le bien immobile, car il va se débattre. Je ferai aussi vite que possible.

Kiukiu serrait le hibou dans les plis de son tablier. À travers le lin, elle sentait la douce chaleur de l'animal. Elle craignait de l'étouffer ou de l'écraser, s'il se débattait trop.

— Tiens-le bien, insista Gavril.

Elle le regarda manier le ruban de ses doigts agiles.

La lumière du jour faiblissait. Le ciel strié de traînées écarlates semblait saigner. Dans la nuit qui tombait rapidement, Kiukiu se demanda comment Gavril voyait ce qu'il faisait.

— Voilà. Tu peux le lâcher maintenant, soupira-t-il, soulagé.

Kiukiu desserra lentement sa prise, puis s'écarta en hâte au cas où l'oiseau déciderait d'attaquer de nouveau. Mais il se contenta d'ébouriffer ses ailes, comme sous le coup de l'outrage, et de sautiller à cloche-patte en direction de l'angle le plus sombre de la vieille maison.

— S'il passe les deux prochains jours, il sera sauvé, diagnostiqua

Gavril en repoussant des mèches folles de ses yeux. Tant que cette brute d'Oleg ne le débusque pas…

Sous le charme, Kiukiu dévisageait encore celui qui venait de la sauver de « cette brute d'Oleg ». Elle n'aspirait qu'à lui témoigner sa gratitude en l'aidant de son mieux. Quitte à courir un danger.

— Seigneur, il y a une chose… que vous devriez savoir.

— Eh bien ? l'encouragea-t-il.

— Une porte secrète donne dans votre chambre.

— Ma chambre ? répéta-t-il vivement. (Cette fois, elle eut toute son attention.) Où mène ce passage secret ? À l'extérieur du château ?

— Je l'ignore. Mais je… j'ai vu quelqu'un l'utiliser pour pénétrer dans votre chambre.

Gavril plissa le front.

— Quelqu'un ? Qui ?

Kiukiu déglutit avec peine. Le lui dévoiler revenait à s'engager sur un chemin périlleux – et sans espoir de retour. Mais ne rien lui dire…

— Lilias, répondit-elle à voix basse.

— Lilias ? Dans ma chambre à coucher ? Qu'y faisait-elle ?

— Elle cherchait quelque chose…

— Elle a trouvé ?

— Non. Elle a ouvert le coffre-dragon – elle avait la clé sur elle. Et elle paraissait très en colère. Je l'ai entendue dire… Oh, ciel !

Kiukiu se plaqua les deux mains sur la bouche. Elle en avait déjà trop révélé. La peur l'étreignit.

Toute chaleur avait quitté le regard de Gavril.

— Qu'a-t-elle dit ?

— Seigneur, promettez-moi que vous ne le répéterez à personne !

Son bon sens lui criait de ne rien ajouter, de se protéger.

— Tu as ma parole de Drakhaon.

Alors, Kiukiu sut qu'elle était perdue. Pour lui, elle marcherait sur le feu.

— Elle a parlé de ne pas renoncer sans se battre. Et elle a dit : *« À la naissance de mon fils, nous verrons qui est le véritable Drakhaon ! »*

— Ah !

Les ténèbres gagnaient du terrain. Dans l'ombre, le hibou battit des ailes avec un doux ululement.

Presque heureux de cette distraction, Gavril se tourna dans sa direction.

— Que donnerons-nous à manger à cette pauvre créature le temps qu'elle se rétablisse assez pour se remettre en chasse ?

— Je peux subtiliser des petits bouts de viande crue en cuisine, proposa Kiukiu. Sosia n'y verra que du feu.

— Et de l'eau… Nous devons lui laisser de l'eau.

— Comment l'appellerons-nous ? demanda Kiukiu, ravie de ne plus parler de Lilias. Il faut qu'il ait un nom.

— Nous ne savons même pas si c'est un mâle ou une femelle.

— Que diriez-vous de Neigeux, en ce cas ?

— Trop prévisible.

— Blizzard ? (Les idées se bousculaient dans la tête de la jeune fille.) Plumeglace ? Nuage de Neige ?

— Nuage de Neige, répéta-t-il, pensif. Un nom évocateur.

— Tu t'appelleras Nuage de Neige ! lança Kiukiu au hibou, qui ne parut nullement impressionné. Rentrez le premier, seigneur, ajouta-t-elle. Mieux vaut qu'on ne nous voie pas ensemble.

Sur le seuil de la porte, il marqua une pause, se retournant vers la jeune fille.

— Tu n'as pas peur, alors ?

— Peur, seigneur ? (Que voulait-il dire ?) Du mauvais œil des Arkhel ?

— De moi, répondit-il à voix basse.

Sans attendre de réponse, il disparut sous les feux du crépuscule.

Le lendemain matin, Gavril était encore au lit lorsque Kiukiu se présenta sur la pointe des pieds, avec son seau de charbon.

— Je venais faire la cheminée, seigneur. Je ne voulais pas vous déranger. Je reviendrai plus tard…

— Non, entre, Kiukiu.

Elle obéit, choquée par la pâleur du jeune homme marqué par des cernes noirs, comme s'il n'avait pas fermé l'œil de la nuit.

Elle se hâta de s'agenouiller devant le foyer pour racler les cendres de la veille. Elle ne put s'empêcher de remarquer le beau hâle doré du jeune homme, dans le cou, là où le col de sa chemise en batiste bâillait…

À quoi pensait-elle ? Les joues en feu, elle s'efforça de se concentrer sur sa tâche.

— Comment va Nuage de Neige ?

— Il vit toujours, seigneur. (Elle disposa avec soin la dernière couche de charbon.) Il a tenté de me pincer quand je lui ai apporté de l'eau fraîche et de la nourriture.

Elle embrasa l'amadou, puis attisa la flammèche à l'aide des soufflets.

— Mais cette nuit, il a beaucoup gelé. L'eau que je lui avais laissée hier soir était prise par le gel. Nous devrions peut-être lui confectionner un petit nid de paille, pour qu'il n'ait pas trop froid ?

— Ne s'agit-il pas d'un hibou des neiges ? répondit distraitement Gavril, l'esprit ailleurs. Cette espèce n'est-elle pas particulièrement bien adaptée aux grands froids ? Plus que nous autres, en tout cas ?

Il avait raison, bien sûr. Que devait-il penser d'elle ? Chaque fois qu'elle se laissait prendre à son regard envoûtant, elle oubliait ce qu'elle disait.

Il rejeta les couvertures et posa les pieds par terre.

— Montre-moi cette porte dérobée, Kiukiu.

— Hum… Maintenant ?

Elle lui en avait parlé. Ça ne suffisait pas ?

— Rien ne vaut l'instant présent, pas vrai ? (Il était parfaitement réveillé et alerte maintenant.) Les gardes du couloir te croient occupée à nettoyer la cheminée et à refaire du feu. Qui saura ?

— Mais… vous n'êtes pas habillé ! dit-elle en rougissant.

— Ce n'est vraiment pas un problème !

Il s'empara d'un pantalon qu'il enfila sans manières. Elle détourna vivement la tête.

— Et voilà ! (Il avait passé le veston noir bordé de fourrure qui était resté étalé sur le coffre-dragon.) Ça ira comme ça ?

Elle hésita face aux grandes tapisseries murales. Était-ce celle où des archers achevaient un cerf ? Ou la voisine, celle aux faucons ?

Elle souleva le bord natté à pompons de la tapisserie, dévoilant une petite porte.

— La voilà !

La lourde tenture empestait le moisi. Le bras de la jeune fille lui tirait déjà à force de soulever une telle charge, et les fils dorés étaient aussi râpeux, sous ses doigts, que des torons de grosse corde.

Gavril tendit la main et tourna la poignée. La porte s'ouvrit lentement en grinçant. Au-delà, un étroit boyau se coulait dans d'impénétrables ténèbres.

Kiukiu frémit.

— Où cela mène-t-il ?

Les entrailles glacées du château lui renvoyèrent l'écho de sa voix.

— Voyons ça, répondit Gavril. Va chercher une bougie, Kiukiu.

— Supposons que ça débouche directement dans les appartements de dame Lilias ? lança la jeune fille, horrifiée à cette perspective. Dans sa propre chambre à coucher ?

— Alors, elle nous invitera peut-être à déjeuner, conclut Gavril, non sans une pointe d'humour noir.

Tandis que Kiukiu suivait son seigneur le long du passage sombre et glacial, elle s'avisa qu'elle avait perdu de vue un simple fait : ils étaient maître et servante. Il la traitait en égale, lui, le seigneur absolu de tout l'Azhkendir ! Elle ne devait plus s'oublier ainsi. Jamais. Pourtant, il était tellement… charmant.

— Attention à ta tête, Kiukiu, chuchota-t-il. La voûte s'abaisse et le passage s'étrécit encore… Ah !

Il s'arrêta. Un courant d'air frais fit trembler la flammèche de la bougie.

— Qu'y a-t-il, seigneur ?

— Une bifurcation et une sorte de grille. C'est de là que vient l'air frais… Ainsi que les araignées.

— Des araignées ?

Kiukiu fit la grimace.

— Des générations entières d'araignées… Je pense que Lilias a emprunté le tunnel de droite. Il est bien plus propre que celui de gauche.

— J'aurais dû prendre mon balai, maugréa la jeune fille en affectant un ton nonchalant guère convaincant.

— Kiukiu, tu n'es pas obligée de continuer.

— Balai ou non, je vous accompagne, seigneur. Je dois m'assurer de votre retour sain et sauf.

— En me protégeant des araignées, dit-il, amusé.

— Oh, je ne voulais pas… !

Il se retourna vers la bifurcation de gauche.

— Celui-ci doit conduire à l'aile est.

Elle eut l'impression que la voix de son compagnon, étouffée par les ténèbres, sonnait creux. Des lambeaux de toile d'araignée s'accrochaient à ses cheveux, à son visage et à ses mains.

— Bah !

Elle recracha des fils de soie.

— Une autre porte… (Elle entendit Gavril secouer une poignée rouillée.) Verrouillée ! (Il pêcha un trousseau de clés dans sa poche.) Là, tiens la bougie, Kiukiu.

Tandis qu'il essayait tour à tour les clés, de lointains souvenirs revinrent à l'esprit de la jeune fille, tourbillonnant comme des volutes de brouillard sur les landes. Des récits à propos des fiancées perdues des Drakhaons d'antan, englouties dans les entrailles des tours, emmurées vives. Des épouses infidèles incarcérées avec les cadavres pourrissants de leurs amants exécutés. Des histoires de sang noir gouttant à travers le sol de pièces dissimulées, des hurlements de suppliciés qu'on entendait à travers des murs pourtant épais comme le bras…

Et tout cela dans l'aile est.

Ses corvées négligées commencèrent à tourmenter Kiukiu. Brusquement, la perspective de frotter des piles de draps paraissait infiniment préférable à cette incursion dans un labyrinthe glacial infesté d'araignées.

La jeune fille se dandina nerveusement d'un pied sur l'autre.

— Je devrais peut-être rebrousser chemin, chuchota-t-elle.

— Ah ! exulta Gavril en tournant la bonne clé dans la serrure.

La porte s'ouvrit lentement.

— Sosia va se demander où je suis passée, ajouta Kiukiu en détestant son accès de faiblesse.

— Je lui dirai que je t'avais accaparée. J'inventerai bien un prétexte quelconque. Elle ne trouvera rien à redire, pas vrai ? Elle n'osera pas douter de la parole du Drakhaon, n'est-ce pas ?

À la lumière tremblotante de la bougie, il affichait un sourire d'autodérision.

— Non, répondit-elle, malheureuse.

Un pinceau de lumière, de la pâleur du lait, éclairait le passage. Montrant la voie, Gavril trébucha et manqua tomber. Plaquant une main contre la paroi, il se rétablit.

— Attention, les planches du sol sont pourries.

En baissant les yeux, Kiukiu vit qu'il avait failli traverser une planche mangée par les vers.

— Sosia n'a-t-elle pas dit que le docteur Kazimir adorait l'alcool ?

ajouta le jeune homme en continuant d'un pas plus prudent, sondant les planches suivantes. C'est un miracle qu'il ne se soit jamais rompu le cou ici !

Gavril atteignit la source de lumière : une grande fenêtre en encorbellement, murée avec des planches, par où filtraient les rayons du soleil, à travers des carreaux fendus. La pluie aussi s'en écoulait.

— Seigneur ! souffla Kiukiu, intimidée, en oubliant Sosia.

Elle voyait maintenant qu'ils avaient débouché sur un balcon avec une balustrade en fer forgé courant sur trois côtés. À l'opposé, un escalier en marbre délabré penchait – comme ivre mort – vers un sol au dallage à même motif que celui du grand hall.

Les murs portaient par endroits des vestiges de plâtre et de belles moulures dorées. Tout le reste s'était considérablement terni, la moisissure et l'humidité exerçant leurs ravages.

Gavril se dirigea vers les marches vermoulues et faillit trébucher quand une petite bête à fourrure jaillit entre ses pieds pour filer se réfugier dans l'ombre avec des piaillements aigus.

Saisie d'effroi, Kiukiu plaqua une main sur sa poitrine, comme pour calmer les battements affolés de son cœur.

— Des souris ? Ou des rats ?

— Quel endroit lugubre ! maugréa Gavril, dont la voix se répercuta longuement. À la place du docteur Kazimir, de quelle pièce aurais-je fait mon laboratoire ?

Il entreprit d'ouvrir l'une après l'autre les portes qui rayonnaient à partir du palier. En retrait, Kiukiu regimbait à voir ce qu'il y avait dans ces pièces, redoutant d'y apercevoir les traces de quelque atrocité sans nom perpétrée par les ancêtres de Gavril. Son imagination exacerbée faisait défiler sous son œil intérieur les spectres ensanglantés d'épouses mutilées, lui passant des doigts squelettiques dans les cheveux, chuchotant son nom de leur voix sépulcrale, à demi étouffée par la poussière du temps…

— Si vous vous absentez trop longtemps, seigneur, le bogatyr risque de venir vous chercher par ici.

Gavril ne répondit pas. Elle se retourna – et découvrit qu'elle était seule. Il avait dû entrer dans une des pièces.

— Seigneur ? fit-elle d'une toute petite voix.

Des bruits de pas… Elle s'en rapprocha sur la pointe des pieds, foulant les planches poussiéreuses, et hasarda un coup d'œil dans la chambre.

— Regarde ça ! lui souffla Gavril, impressionné.

Des étagères couraient le long des murs. *Exactement comme dans les garde-manger de Sosia,* se dit la jeune fille. Elles supportaient des amphores aux étiquettes à bordure dorée noircies d'une écriture calligraphiée. Pour Kiukiu, qui ne savait pas lire, ça ne signifiait rien.

Campé devant une longue table, Gavril étudiait le fouillis d'objets déconcertant : des fioles en verre, des bocaux et des alambics. Certains, contenant encore des liquides fuligineux, étaient reliés par un réseau complexe de tuyaux, de gaines et de serpentins.

Kiukiu ne put retenir un petit rire.

— Voilà donc ce que mijotait le docteur Kazimir, dit-elle. Pas étonnant s'il était tout le temps ivre !

— Hum ?

Gavril soufflait doucement pour dissiper la pellicule de poussière d'un grand livre ouvert.

— C'est une véritable distillerie ! Oleg a des bocaux et des tuyaux comme ça à la cave ! Il y distille de la liqueur de mûre et ce genre de chose. Des cordiaux assez forts pour vous pourrir les entrailles, à ce que dit Sosia !

Faisant courir un doigt sur le rebord de la table, elle regardait distraitement les sillons qu'elle traçait dans la couche de poussière. Gavril ne répondit pas ; il feuilletait fébrilement le grand livre de laboratoire aux pages noircies d'une fine écriture en pattes de mouche.

— Regardez ce fouillis ! s'exclama-t-elle en atteignant le bout de la table, encombrée par un véritable capharnaüm.

Du verre brisé jonchait le sol, d'étranges taches vert et jaune acide attaquaient le bois. Des éclaboussures plus livides maculaient le plancher et les murs. Comme si quelqu'un, dans un accès de furie, avait fracassé par terre une construction d'alchimiste…

Gavril referma le livre de notes, soufflant encore de la poussière dans l'air.

Kiukiu éternua.

— J'ai tout ce qu'il me faut pour l'instant, lâcha Gavril d'une voix tendue.

— Nous repartons ?

Il referma soigneusement la porte derrière eux.

— La bougie est presque fondue, ajouta Kiukiu en abritant de sa main en coupe la flammèche fragile que menaçait un courant d'air.

— Montre le chemin, dans ce cas.

Quand ils eurent atteint la grande porte qui les ramènerait au passage secret, il posa le livre pour trouver les clés.

— C'est quoi, ça ? dit-il en se redressant, sa trouvaille nichée au creux d'une paume.

C'était une pipette en verre, mesurant à peine la longueur de son auriculaire.

— Du parfum ? Ou une des essences que Sosia utilise pour parfumer ses gâteaux : de la vanille, de l'amande, de la rose ?

— Mais qu'est-ce que ça fait là ? Il y a un résidu… (Gavril renifla la lie, faisant la grimace.) C'est âcre ! Ça n'a rien d'un parfum…

— Du poison.

Kiukiu eut un long frisson. Derrière Gavril, elle vit apparaître un homme, dont l'ombre se découpait timidement contre la pâleur du jour qui filtrait, plus loin.

Gavril fit volte-face.

— Père, attendez ! hurla-t-il.

Son cri se répercuta longuement.

Alors que Kiukiu se forçait à regarder de nouveau, elle constata que le revenant s'était évaporé.

— Une… illusion d'optique ?

Le jeune homme ne répondit pas. Quand Kiukiu trouva le courage de tourner les yeux vers lui, Gavril contemplait le passage obscur.

— Tu l'as vu, *toi aussi*…

Elle se sentit glacée jusqu'aux os, au bord du malaise. Lorsqu'elle inspira, l'air lui parut aussi piquant que lors des grands gels hivernaux.

Gavril soupesa sa trouvaille.

— Naturellement… Il doit exister un autre boyau qui débouche dans le grand hall. (Réfléchissant à voix haute, il semblait avoir oublié l'existence de sa compagne.) Tout un réseau de souterrains, qui débouche au-delà du château, dans les environs… Kiukiu !

— Oui, seigneur ?

Elle plongea les yeux dans les siens, si bleus. Elle aurait pu s'y noyer. La peur et le froid qui l'étreignaient refluèrent.

— Je veux ta parole : tu ne diras rien de tout ce qui s'est passé aujourd'hui. Ma vie et la tienne risquent de dépendre de ton silence.

Son ton pressant et l'intensité de son regard envoûtèrent la jeune fille. Il posa les mains sur ses épaules.

— Seigneur, vous avez ma parole.

Il… la touchait ! En remontant le passage obscur, elle se sentit si légère qu'elle aurait pu danser.

Vous n'aviez pas à me demander de garder le silence, seigneur. Ne voyez-vous pas que je vous suis dévouée corps et âme ?

Chapitre 10

Au cinquième soir, les carrosses des Orlov traversaient en grinçant la plaine fertile du fleuve, face au soleil couchant et au lointain mirage chatoyant qu'était Mirom, la capitale du Muscobar.

La distance se réduisant, le mirage se fit pierre. Les feux du couchant doraient les tourelles et les coupoles à revêtement en feuillage des monastères et des cathédrales de Mirom. Elysia se pencha à la portière poussiéreuse. Elle visitait pour la première fois la capitale impériale de la Rossiya. Jadis, avant la chute de la dynastie, les empereurs y avaient tenu leur cour. À la mort du dernier d'entre eux, Artamon, ses fils s'étaient entre-déchirés comme des molosses pour le trône – et au final, l'empire avait été morcelé entre les familles en lutte : le Muscobar et la Smarna au sud, et le Tielen, l'Azhkendir et le Khitari au nord. Les grands-ducs de Mirom prétendaient toujours descendre du grandissime Artamon, en dépit des objections éclairées des généalogistes.

Contusionnée et lasse après toutes les rigueurs du voyage par voie de terre, Elysia fut enchantée en découvrant la capitale. Hérissés de tourelles dorées, les dômes des cathédrales s'égayaient de mosaïques rouge, pourpre et bleue.

La grande porte que le cortège franchit portait les armes des Orlov : deux aigles des mers, ailes déployées, le tout blasonné d'or, de blanc et de bleu.

Sous l'escorte de la Garde blanche, les carrosses pénétrèrent dans la capitale, brinquebalant en direction d'un boulevard bordé d'arbres.

— Enfin chez nous ! s'écria Astasia.

Avant de lâcher un gros soupir…

— Il était temps, renchérit Eupraxia. Quelle fatigue, ces voyages ! Les croisières sont nettement plus agréables.

— Praxia, tu sais que la dernière fois que nous avons pris la mer, maman a été malade… À son insu, le prince Eugène nous a fait une fleur, tout bien considéré…

Elysia regardait toujours par la portière. Dans la douceur du soir, les allumeurs de réverbères étaient entrés en scène, et la belle avenue brillait de tous ses feux. Comme ils étaient sur du gravier concassé à présent, les carrosses roulaient mieux. Au bout de l'avenue, de hauts murs alternaient avec des ferronneries ouvragées. Au centre, des grilles en fer doré portaient également l'emblème finement forgé des Orlov.

Elysia voyait des citadins s'arrêter sous les frondaisons pour regarder passer le cortège. Mais au milieu du piétinement des sabots et du tintement des harnais, elle n'entendait aucune clameur de bienvenue. Peut-être que les déplacements de la famille régnante étaient monnaie courante à Mirom…

Les attelages franchirent les grilles pour aborder la cour d'honneur, et s'orientèrent en droite ligne vers l'édifice principal. En approchant, Elysia remarqua un deuxième porche intégré au palais lui-même, et réalisa que le cortège allait passer dans une cour intérieure.

— Enfin chez nous ! répéta Astasia quand le carrosse s'immobilisa.

Elle ouvrit la portière à la volée et sauta avec grâce devant l'un des valets en livrée qui accourait.

— Eupraxia, vous veillerez à ce que dame Andar ait tout le confort souhaitable. Qu'elle soit logée dans l'aile ouest, près de vous. J'ai à faire.

Et elle s'éloigna vivement avant qu'Eupraxia puisse l'arrêter.

Celle-ci secoua la tête, amusée.

— Toujours à courir partout comme une écolière écervelée… Que va penser le prince Eugène ? Quel genre d'épouse fera-t-elle ?

Elysia leva les yeux vers les façades en stuc peint du palais d'hiver : des murailles bleu et gris, des colonnades et des moulures festonnées par les frimas… Par les hautes fenêtres, les chandeliers en cristal et les miroirs polis étincelaient.

Un palais de neige et de glace, songea Elysia. *Reste à espérer que ses résidents n'ont pas un cœur de glace, eux aussi…*

— Un conseil, dame Andar, lui chuchota Eupraxia à l'oreille. Quand vous serez fin prête pour votre entrevue avec Sa Grâce le grand-duc, assurez-vous de porter une tenue appropriée. Tout manquement à l'étiquette serait considéré comme une incorrection.

Une tenue appropriée ? Elysia étala sur son lit les quelques robes qu'elle avait apportées, en secouant la tête. Aucune ne conviendrait. Aucune ne sortait de l'ordinaire. La vie qu'Elysia avait menée à Vermeille ne comptait pas de réceptions ou de bals impériaux. La Smarna était une république. Bien avant la naissance d'Elysia, une révolution avait renversé la famille régnante d'alors pour instaurer un conseil démocratiquement élu.

Si elle empruntait une robe de cour ? Elle n'avait nullement l'intention d'offenser le grand-duc par une tenue inadaptée susceptible de porter préjudice à la cause de Gavril…

— C'est ridicule ! murmura-t-elle en jetant sur le lit sa dernière toilette. L'avenir de mon fils est en jeu et me voilà à me soucier de *robes* !

On frappa discrètement. La charmante Eupraxia parut, avec un petit plateau. Une odeur délicieuse montait du bol en porcelaine, qu'elle déposa.

— Astasia a pensé qu'une décoction vous ferait du bien, alors voilà une infusion pour vous restaurer, après ce long voyage.

— Quelle délicate attention, dit distraitement Elysia. Mais pour l'heure, Eupraxia, j'ai surtout besoin de conseils. Laquelle de ces robes pourrait passer à l'extrême rigueur pour une toilette de cour ?

Elle vit la gouvernante plisser le front.

— Oh, ciel…

— Aucune ?

— Eh bien, à la rigueur, celle en velours couleur feuille-morte, peut-être… Mais se présenter devant Sa Grâce dans une tenue aussi sobre sera considéré comme une discourtoisie. Il faut avoir consacré un maximum d'attention à sa toilette afin de paraître sous son meilleur jour. Enfin… Tant que vous porterez vos bijoux…

— Mes bijoux ? répéta Elysia, interloquée.

Qu'allait-on penser d'une femme sans le moindre bijou à porter ? Elle avait monnayé les saphirs que Volkh lui avait offerts le jour de leurs noces pour s'acquitter du prix du voyage de retour jusqu'à Vermeille… Elysia avait conservé un seul rubis, le premier cadeau de Volkh, d'un rouge sombre rappelant celui du sang fraîchement versé. Elle ne le portait plus depuis quinze bonnes années, pourtant, elle n'avait pas eu le cœur de s'en défaire, même en période de vaches maigres. Elle le mit à son cou. Sur le teint laiteux de sa gorge, on eût dit une larme écarlate.

Le sol en marbre était d'un tel poli qu'Elysia pouvait pratiquement s'y mirer. Des glaces aux guirlandes dorées et des cartes vernissées aux couleurs vives ornaient les panneaux des murs. Au centre de la salle se dressait un large bureau en noyer, à la marqueterie sophistiquée et aux pieds à belle dorure sculptés en forme d'aigle des mers.

Un homme à la chevelure blanche y était installé. En tenue de cour assez sobre, un sceau d'or suspendu à un ruban bleu passé autour de son cou, il leva les yeux quand elle entra, le front plissé, et se leva.

— Drakhys…

— Je préfère ne pas être appelée ainsi, dit-elle froidement.

— Dame Andar, donc…

Si les cheveux coupés court et la barbe soigneusement taillée de son hôte étaient blancs comme neige, son regard gris pétillait d'une vive intelligence. Se sentant jugée en un clin d'œil, Elysia fut mal à l'aise.

— Permettez-moi de vous souhaiter la bienvenue au palais d'hiver au nom de Sa Grâce Impériale le grand-duc.

— On m'avait assurée que Sa Grâce Impériale en personne m'accorderait une entrevue.

— Et c'est bien le cas, ma dame. Souffrez que je me présente : Vassian, Premier ministre du Muscobar.

Confuse, Elysia se lança dans une révérence, la main sur le cœur.

— Mille pardons, votre excellence, je m'étais méprise.

Il lui fit signe de se redresser.

— Ma chère, vous traversez une pénible épreuve. Je suis là pour écouter votre récit et définir le meilleur soutien à vous apporter. Mais avant tout… (D'un autre geste, il congédia les serviteurs présents.) Bien… Nous voilà tranquilles. Vous pouvez vous exprimer sans crainte d'être entendue par des oreilles indiscrètes. Veuillez prendre place.

Elysia s'assit face à lui, dans un fauteuil doré.

Les mains croisées sur la table, Vassian l'écouta parler sans faire de commentaires.

— Et quand je suis entrée dans sa chambre le lendemain matin, il avait… disparu.

— Votre sentiment est donc que les gardes du corps de votre défunt époux auraient enlevé votre fils, Gavril ?

Elysia acquiesça. Des larmes contenues lui gonflaient les paupières, mais sa fierté l'empêchait de pleurer devant Vassian, qui y verrait un signe de faiblesse.

— Hélas, ma dame, il existe une autre possibilité, plus sombre encore, à laquelle vous devriez vous préparer. Dans son propre royaume, votre mari s'était fait beaucoup d'ennemis. Et au-delà de ses frontières aussi… Quelqu'un aurait pu saisir l'occasion de débarrasser une bonne fois l'Azhkendir des Nagarian.

Elysia prit une profonde inspiration, affermissant sa voix.

— Je n'ai que trop conscience de cette éventualité. C'était une des raisons pour lesquelles j'avais éloigné Gavril de l'Azhkendir.

— L'hypothèse d'une fredaine juvénile ou d'un écart de conduite a été éliminée. Il n'y avait aucune femme en cause ?

— Aucune, je vous assure ! répondit Elysia, plus vivement qu'elle ne l'aurait souhaité. (L'ombre d'un sourire flotta sur les lèvres du Premier ministre.) Je ne dis pas que Gavril était un saint, votre excellence. Mais tous ses antres de prédilection ont été passés en revue – et plutôt deux fois qu'une. Ni ses amis ni ses compagnons de beuverie ne l'ont revu.

Vassian se pencha par-dessus le bureau.

— Partons du principe qu'on l'ait emmené de force en Azhkendir. Avez-vous envisagé la possibilité que – connaissant trop bien les sentiments que vous nourrissiez envers votre défunt époux – votre fils ait eu peur de vous avouer qu'il souhaitait devenir Drakhaon ?

— Gavril a laissé ses peintures et ses cahiers de croquis. Or, il ne va nulle part sans eux, insista Elysia.

— Savez-vous qu'il y a dix-huit mois, le seigneur Volkh est venu ici, à Mirom, négocier la signature d'un traité entre nos deux pays ?

— Je vous l'ai dit, excellence, nous ne communiquions plus.

Vassian contempla ses ongles avec affectation.

— De ce petit coup d'éclat diplomatique, je m'attribue tout le mérite. Depuis des années, nous tentions d'établir des relations avec l'Azhkendir, aussi lointain et inaccessible que soit ce royaume. À la lumière de la conjoncture actuelle… (il hésita, comme s'il cherchait ses mots) de nos difficultés avec Eugène de Tielen, disons, je vous assure que nous tenons toujours beaucoup au maintien de bonnes relations avec l'Azhkendir.

— Je ne vois pas en quoi cela pourrait aider mon fils ! s'écria impulsivement Elysia.

— Vous voudrez bien vous souvenir, ma dame, que les montagnes, au sud de l'Azhkendir, forment une barrière naturelle entre nos deux pays. Voyez plutôt…

Il lissa la carte qui était étalée sur le bureau en désignant la chaîne montagneuse en question qui séparait l'Azhkendir du Muscobar.

— À l'est de l'Azhkendir, la mer Blanche est déjà prise par les glaces… Et nous apprenons maintenant que la mer de Saltyk, qui borde la rive occidentale, a également gelé.

— Vous dites qu'il est prisonnier ?

— Prisonnier des éléments, certainement, ma dame. Dans cet hémisphère, le grand-duc a beaucoup d'influence. Mais même lui, je le crains, ne commande pas à la neige pour la faire fondre à volonté.

Elysia regarda les lignes déchiquetées des cimes, dessinées à traits grossiers. D'évidence, le cartographe n'avait pas eu assez d'informations sur l'Azhkendir pour établir une carte plus détaillée.

— Alors, que dois-je faire ?

— Comme je l'ai dit, l'Azhkendir compte énormément à nos yeux. (Vassian roula la carte.) Ces derniers temps, nos relations avec Eugène de Tielen n'ont pas été aussi cordiales que nous l'aurions souhaité. Il a levé une vaste flotte qui bloque maintenant le Détroit. L'Azhkendir est tout ce qui se dresse entre les armées d'Eugène et le Muscobar. Nous espérons seulement que la nouvelle alliance projetée servira à…

On frappa discrètement à la porte.

— Oui ?

— Son excellence le comte Velemir, annonça le majordome.

Elysia se retourna sur son siège pour voir entrer le comte, en pourpoint de velours noir bordé de fourrure et à la coupe toute militaire. Il s'aidait d'une canne d'ébène à pommeau d'or alors que, de son œil exercé de portraitiste, elle vit tout de suite qu'il était à peine à la moitié de sa vie. Rasé de frais, ses cheveux bruns sévèrement peignés en arrière, à la mode martiale, il avait un visage buriné. Quand Vassian procéda aux présentations, il sourit. Lorsque le comte lui fit un baisemain, elle remarqua la couleur de ses yeux : écaille de tortue.

— Vous avez des nouvelles pour dame Andar, Velemir ? demanda Vassian.

— En effet. (Velemir s'installa sur un autre siège, face à Elysia.) Elles devraient la rassurer, j'espère.

L'attention de l'artiste peintre fut en éveil.

— Des nouvelles de Gavril ?

— Comme vous l'aviez deviné, votre fils se trouve bien en Azhkendir.

Il a débarqué à Arkhelskoye, où les citadins lui ont réservé un bon accueil. Il a ensuite rallié le château du Drakhaon, où on a donné lecture du testament de votre défunt époux.

— Mais comment pouvez-vous en être sûr ? s'écria Elysia.

Elle ne savait plus si elle devait se sentir soulagée ou au contraire troublée de voir ses craintes confirmées.

— Savoir ce genre de choses est de mon ressort, répondit le comte avec calme. Je m'apprête à en informer le grand-duc. Si vous voulez bien m'accompagner, dame Andar, je vous présenterai à Sa Grâce.

Se levant, il lui offrit son bras. Non sans hésiter, Elysia se leva à son tour, posant une main sur son coude.

— Nous en reparlerons bientôt, ma dame, ajouta Vassian en reprenant sa plume.

Il semblait déjà tourné vers d'autres problèmes.

— Vous revenez donc d'Azhkendir, comte ? demanda Elysia sans s'embarrasser de préambule.

— Non, ma dame, mais j'étais en mission officielle auprès du Tielen.

Il s'arrêta. Ils avaient atteint une galerie des glaces dont les hautes fenêtres donnaient sur des jardins agrémentés de fontaines, entre des rangées taillées de buis et d'ifs.

— Je dois vous féliciter, dame Andar.

— Me féliciter ?

Un large sourire éclaira le visage hâlé du comte.

— Votre démarche nous a confondus. Dans le meilleur des cas, les nouvelles d'Azhkendir nous parviennent souvent complètement déformées. Certaines rumeurs vous donnaient pour morte. Nous ignorions tout à fait que votre fils et vous-même viviez à Vermeille depuis toutes ces années.

— Même quand j'ai accepté de peindre Altessa Astasia ?

Il rit en lui tapotant la main. D'un petit rire grave et doux comme du café corsé.

— Ah, là, nous avons commencé à recouper les faits… Si nous faisions un tour dans les jardins Rusalki ?

Lesdits jardins Rusalki s'enorgueillissaient de haies de buis et de rangées d'ifs à la taille ornementale rayonnant autour d'une immense fontaine. En déambulant le long des allées, Elysia vit de la bruine étinceler dans l'air froid : les jets jaillissaient des mains en coupe des naïades sculptées, décrivant des ruissellements vert cuivre sur leurs seins dénudés.

— Parlez-moi de votre fils, Gavril. Fera-t-il un bon Drakhaon ?

Elysia s'arrêta et se tourna face à son compagnon.

— Un « bon Drakhaon »… Cela existe-t-il, comte ?

— Nous en savons si peu sur la maison Nagarian. (Il haussa les épaules.) Nous avions cru comprendre que le seigneur Volkh avait mis au point des armes de défense redoutables… Pourtant, lors de sa venue à Mirom, il était entouré de soldats armés de haches et de sabres, tout simplement !

Elysia lui jeta un coup d'œil. Pourquoi poursuivait-il cette ligne de conversation ? Que cherchait-il à lui soutirer comme information ?

Elle le regarda dans les yeux.

— Comte Velemir, j'ai quitté l'Azhkendir juste avant que mon époux extermine le clan Arkhel. Il ne m'a rien dévoilé de ses secrets militaires.

— Mais le jeune Gavril… Il n'a reçu aucune formation militaire, n'est-ce pas ?

— Mon mari voulait qu'il intègre l'académie de Mirom. Je m'y suis opposée.

— Vous savez raisonner par vous-même, ma dame. Une qualité que j'admire beaucoup chez une femme.

À son grand dam, Elysia se sentit rougir. Que lui prenait-il de s'empourprer ainsi comme une écolière au premier compliment venu ?

Tous deux firent halte devant la magnifique fontaine aux naïades. Le rugissement des eaux couvrait presque leurs voix.

Velemir prit les mains de sa compagne.

— Elysia, ici, nous pouvons parler librement. Personne ne nous entendra. J'ai pour vous des informations capitales. Votre époux était venu à Mirom dans un but inavoué. Nous n'avons toujours pas de certitudes à ce sujet, sinon qu'un docteur ès sciences diplômé de l'université de Mirom l'a suivi jusqu'en Azhkendir.

— Un docteur ès sciences ?

— Un certain Altan Kazimir, oui… Je sais de source sûre qu'il est récemment revenu au pays. Je suppose que le meurtre du seigneur Volkh a mis fin aux activités qui le retenaient là-bas.

Une piste, enfin ! Tout excitée, Elysia laissa les questions se bousculer sur ses lèvres.

— Ce docteur Kazimir a-t-il repris sa chaire à l'université ? Pourrai-je l'y trouver ?

— Ma chère, je vous adjure de ne pas agir au mépris de la prudence élémentaire. Jusqu'ici, Altan Kazimir s'est montré rétif à toute tentative visant à le réinstaller dans ses fonctions. En fait, il semblerait que les expériences qu'il a pu mener en Azhkendir aient troublé sa raison. Il refuse de parler à ses anciens collègues et reste cloîtré dans son appartement. Cependant, une autre réfugiée aurait peut-être plus de succès…

— Vous pensez qu'il m'écouterait ?

— Si vous le convainquez que vous comprenez ce par quoi il passe… (Il serra chaleureusement les mains de la peintre entre les siennes.) Mais prenez garde, Elysia. Cet homme est parfaitement imprévisible.

— Imprévisible ou pas, je dois lui parler.

— Si vous êtes prête à courir ce risque, je peux vous fournir une escorte discrète, en tenue de ville. Mais souvenez-vous, il refusera de vous écouter si vous ne venez pas seule. Il ne fait confiance à personne !

— Je sais aussi être discrète, comte.

— Que de formalisme ! la taquina-t-il.

— Donc, quand pourrai-je le voir ?

— Et tellement pressée !

— Gavril est mon fils unique.

Agacée, elle eut la vision brouillée par des larmes mal contenues. Elle qui avait voulu montrer à Velemir combien elle était forte...

Il réserva à sa réponse un ton des plus sévères.

— À Mirom, il n'est jamais bon de placer ses propres désirs avant les impératifs du devoir. En d'autres termes, vous devrez d'abord être présentée au grand-duc.

— Oh !

La main d'Elysia vola vers sa bouche. Une autre gaffe...

— Je ne voulais pas impliquer que...

— Naturellement pas, l'interrompit Velemir avec suavité. Veuillez me pardonner, ma chère. La vie à la cour n'est pas sans rappeler un ballet bien réglé... Pour peu qu'on apprenne les pas, tout devient intelligible.

— Dans ce cas, mon cher comte, apprenez-les-moi.

— Vous portez un rubis magnifique.

D'instinct, Elysia se couvrit la gorge d'une main.

— Un présent de mon défunt époux.

— Vous me pardonnerez, mais...

— C'est ce que je craignais. Ça manque de subtilité...

Elysia laissa échapper un soupir de dépit. Il devait la trouver tellement provinciale.

— Je l'avais apporté dans l'unique espoir de réunir l'argent en vue de la rançon de Gavril, le cas échéant... Eupraxia a insisté pour que je porte mes bijoux lors de mon audience. Et c'est tout ce que j'avais.

— Vous ne me jugerez pas trop présomptueux, j'espère, mais je connais très bien le joaillier de la cour, Maximov. On pourrait le convaincre de transformer ce joyau plutôt... grossièrement taillé en une parure d'or et éclats de rubis, avec boucles d'oreilles assorties, peut-être ? Cette année, la grande-duchesse prise comme motif les roses à six pétales.

— Vous êtes très prévenant, comte, mais...

À un beffroi proche, une horloge sonna l'heure avec un joli tintement. Les cloches des églises et des monastères résonnèrent à leur tour sur un ton plus grave.

— Venez avec moi. Les audiences du jour vont s'ouvrir.

En approchant de la salle d'audience, Elysia entendit des murmures, que ponctuaient les accords d'un quatuor à cordes. Des portiers ouvrirent les battants blancs à dorures, annonçant haut et fort :

— La Drakhys d'Azhkendir et son excellence, le comte Velemir.

Les conversations s'interrompirent. Tous les regards convergèrent vers le couple qui faisait son entrée. Oubliant sa colère à s'entendre annoncée comme la « Drakhys », Elysia se laissa entraîner au milieu des courtisans et de la noblesse. Derrière leurs gants et leurs éventails, tous devaient chuchoter encore – elle en était certaine. Aux murs tendus de brocart, les grands portraits des Orlov disparus, eux-mêmes, semblaient la toiser avec morgue.

Une débauche d'or éclaboussait les lieux. Des plafonds peints jusqu'aux moulures en plâtre, la moindre surface paraissait incrustée de feuilles d'or ou dorée à l'or fin. Les courtisans aussi brillaient de tous leurs feux... Les ruissellements des joyaux éblouirent Elysia. Toutes les dames présentes paraissaient parées de tiares et de rivières de diamants, faisant assaut de boucles d'oreilles en saphirs et de bagues d'émeraudes. Elysia se fit l'effet d'un moineau égaré dans une volière exotique...

Les courtisans et les nobles s'écartèrent sur le passage du couple. Avançant au bras de Velemir, Elysia avisa deux sièges dorés installés sur une estrade tendue de bleu, où deux soldats de la Garde blanche se tenaient. Indolente, Sofia, la grande-duchesse, occupait le siège le moins ouvragé, à côté d'un homme de forte carrure, resplendissant dans son uniforme bleu et croulant sous le poids des médailles.

Elysia se lança dans une profonde révérence.

— Votre Grâce...

— Qui est cette personne, Sofia ? maugréa Aleksei.

De plus près, Elysia vit que l'anxiété creusait des rides dans le visage du grand-duc. On l'avait ingénieusement peigné de manière à couvrir sa calvitie par des mèches de cheveux grisonnants.

Sofia désigna la nouvelle venue d'un geste vague.

— Elysia Nagarian. L'artiste peintre.

— Veuillez vous relever, ma dame, dit le grand-duc en agitant une main gantée de blanc. Et bienvenue en notre cour. Vous me voyez ravi de constater que le comte a veillé sur votre personne.

En obéissant, Elysia remarqua le Premier ministre, Vassian, qui venait de monter sur l'estrade pour chuchoter quelque chose à l'oreille de son seigneur.

— Ainsi donc... votre fils serait appelé à régner en Azhkendir...

— Appelé, Votre Grâce ? *Contraint,* vous voulez dire ! souligna sèchement Elysia. On a arraché mon fils à notre foyer !

Il y eut des murmures et une vague agitation parmi les courtisans les plus proches. Étaient-ils choqués de l'entendre parler sur ce ton au grand-duc, ou le sort réservé à Gavril les troublait-il ?

— La nouvelle de l'assassinat du seigneur Volkh a été des plus déconcertantes, répondit Aleksei. Surtout au lendemain de la ratification de nos accords... En ces temps troublés, Mirom n'a nul désir de voir ses alliés ainsi renversés. Cependant... (le grand-duc parut regarder directement le comte Velemir), à moins que nous n'apprenions que ce crime de sang est le fait de puissances étrangères, Mirom doit rester neutre. S'il s'avère par exemple que des agents d'Eugène sont en cause, dans ce cas, nous unirons nos forces à celles de votre fils, et nous riposterons.

Elysia ne s'y était nullement attendue. Des actions militaires, impliquant Gavril ? Alors qu'elle ne désirait qu'une seule chose, qu'on arrache son fils des griffes de Kostya ? Sa vision se brouilla. Vacillante, elle sentit le comte qui la soutenait.

— Mais je voulais seulement…

Un bruit de verre cassé l'interrompit. La musique cessa en pleine phrase. Les Gardes blancs se précipitèrent aux fenêtres. Le grand-duc bondit.

— À terre, Votre Grâce ! s'écria Velemir en sautant sur l'estrade pour faire un bouclier de son corps au couple grand-ducal.

Il brandissait un pistolet à pierre.

— À mort les Orlov ! brailla une voix étouffée. Libérons le Muscobar du joug des tyrans !

— Par tous les diables ! rugit le grand-duc.

Il y eut une échauffourée. Trop surprise pour s'inquiéter de sa propre sécurité, Elysia, les yeux ronds, vit les soldats s'emparer d'un inconnu aux habits miteux et le tirer par une fenêtre brisée pour le précipiter aux pieds de leur maître, devant l'estrade.

Velemir baissa son arme pour en presser le canon sur le front du prisonnier.

— Identifiez-vous, ordonna-t-il à voix basse.

Le type secoua la tête. Un soldat lui allongea un coup de pied bien senti. Elysia frémit.

— Ton nom, répéta Velemir en relevant le percuteur de son pistolet avec un *clic* audible, prêt à ouvrir le feu.

— Stepan…

— Fouillez-le ! ordonna le comte.

D'autres Gardes blancs accouraient. Ils soumirent le prisonnier à une fouille en règle en dépit de sa résistance.

— Qu'est-ce que c'est ? s'exclama un soldat en brandissant un couteau sous le nez de Stepan.

— Je suis… cordonnier… (À demi étouffé par le flot de sang qui lui coulait des narines, il avait du mal à parler.) C'est un… couteau à cuir…

— Cordonnier ! Un tueur, oui !

— Qu'on l'emmène, ordonna Velemir. Et qu'on l'interroge. Mais cette fois, je veux des noms avant que celui-là succombe. Et qu'on double la garde. Je saurai comment ce prétendu cordonnier a pu s'infiltrer jusque sous les fenêtres !

Les soldats relevèrent le prisonnier sans ménagement et l'entraînèrent hors de la pièce. Elysia ne put s'empêcher de remarquer tout le sang que le dénommé Stepan laissait déjà dans son sillage. Et la promptitude avec laquelle les serviteurs les effacèrent… Elysia se sentit toute retournée.

— Les audiences du jour sont terminées, annonça le majordome.

— Mais, attendez, je n'ai pas… !

Elysia pivota et vit Aleksei escorter sa femme hors de la salle.

— Comte Velemir, ajouta-t-elle, qu'entendait le grand-duc par « riposte » ? Notre entretien n'était pas fini !

— Demain, chère dame Andar, répondit l'ambassadeur avec un sourire.

Il ne paraissait nullement affecté par l'attentat manqué. Derrière lui, on s'ingéniait à en faire disparaître les dernières traces. Une fois les éclats de verre balayés, les charpentiers et les vitriers prenaient déjà les mesures des fenêtres à remplacer.

Déroutée, Elysia se sentit indignée. Dans quoi s'était-elle donc fourrée ? Que se passait-il à Mirom ? Personne ne semblait comprendre son inquiétude. Et on se souciait encore moins des dangers qui guettaient Gavril.

Chapitre 11

Un rayon de soleil éblouissant perça les tentures de brocart du lit. Instinctivement, Gavril se couvrit les yeux, et ses ongles s'enfoncèrent dans ses paumes. Avec un petit cri, il baissa les mains. Il découvrit des ongles aux arêtes vives, émettant un étrange scintillement sombre… comme s'ils étaient parsemés de paillettes indigo. Ça se rapprochait plus de serres que d'ongles humains.

Il les fixa avec la fascination de la révulsion. Comment et pourquoi cette décoloration avait-elle pu s'accélérer à ce point ? D'autres changements plus subtils étaient-ils déjà survenus sans qu'il s'en rende compte ? Ce sentiment déconcertant lui remit en mémoire des maladies infantiles, des maux de gorge au réveil et des éruptions de boutons rouges…

Il fut soudain pris du besoin impérieux de se soumettre à un examen attentif.

Une voix chevrotante l'arracha à son trouble.

— Prêt pour vos ablutions matinales, seigneur ?

Gavril écarta les rideaux ; la lumière éclatante du jour lui blessa les yeux. Une serviette drapée sur l'épaule, le vieux Guaram tenait un rasoir dans une main et, dans l'autre, une coupelle d'eau savonneuse. Chaque matin, il apportait de l'eau chaude et rasait le jeune homme – un autre rituel hérité de Volkh.

— Aujourd'hui, je me ferai moi-même la barbe, Guaram, annonça sèchement Gavril.

Le serviteur fut perplexe.

— Mais comment, seigneur ? Comment vous y prendrez-vous ?

— Vous m'apporterez un miroir.

— Un miroir ? (Guaram secoua la tête avec véhémence.) J'ai toujours accompli cette tâche pour votre père. Il ne conviendrait pas que mon seigneur…

— Je veux un miroir, Guaram. Vous me raserez si vous le souhaitez tant, mais moi, je tiens à avoir un miroir.

— L'eau va refroidir, seigneur…

— Tout de suite !

— Bien, bien, seigneur…

Secouant toujours la tête, marmonnant tout bas, Guaram s'éloigna de son pas traînant. Il ne reparut pas avant un bon quart d'heure, en possession d'un miroir de poche.

— Enfin !

Gavril le lui arracha des mains et fixa son reflet. Le visage soucieux qu'il découvrit était bien le sien – même si ses arcades sourcilières lui parurent plus sombres, ses paupières plus lourdes, son regard plus méfiant. Ça ne le rassura en rien. S'il gardait en apparence les traits de Gavril Andar, au tréfonds de son être, il se sentait différent. Très agité…

Il n'était vraiment pas bien dans sa peau.

— Parlez-moi de mon père, Guaram.

— J'ai servi le seigneur Volkh pendant plus de quarante ans, Sire.

— Et est-ce vrai ? Que ses cheveux tiraient plus sur le bleu que sur le noir ? Que les pupilles de ses yeux étaient fendues à la verticale, comme celles d'un serpent ? Que…

Guaram haussa les épaules.

— Mon seigneur était le Drakhaon.

— Mais de quoi avait-il l'air à mon âge ?

— C'est trop loin pour que le vieux Guaram s'en souvienne clairement… (Il eut un sourire franc.) J'aurai quatre-vingts ans cette année, seigneur. Je perds la mémoire. Maintenant, comme cette deuxième coupelle d'eau refroidit…

Résigné, Gavril se laissa faire malgré son agitation intérieure ; il lui tardait que le vieillard en finisse et lui fiche la paix. Enfin, Guaram réunit ses instruments de barbier et s'écarta. Gavril contempla son reflet rasé de frais dans le miroir de poche.

Que m'arrive-t-il ?

Il tira la langue. Elle lui parut sombre, couverte d'un léger duvet comme au lendemain d'une nuit ou deux de beuverie et de dissipation. Mais rien ne permettait d'expliquer cette inexplicable sensation de… *tort.*

Gavril s'habilla en hâte et, prenant le miroir avec lui, fonça dans la tour Kalika, où il avait caché le grand livre et la pipette de Kazimir, la veille.

Personne ne chercha à l'arrêter. Mais il eut la nette impression que les serviteurs et les druzhina qu'il croisa en chemin le dévisageaient, chuchotant dans son dos. Il prit la précaution de verrouiller la porte derrière lui et de placer la barre.

Puis il sortit du papier blanc du bureau paternel et cala le miroir contre des livres. Il inscrivit la date en tête de la première feuille, suivi de l'intitulé *Autoportrait 1.* Ensuite, à grands traits fébriles, il commença à croquer son reflet à l'encre. Dès qu'il eut fini, il mit le portrait à sécher.

En étudiant le résultat, il ne se rappelait pas avoir jamais produit une œuvre aussi sombre, tout en ombres et en traits vifs.

Chaque jour, il reviendrait là dessiner son autoportrait. Et en cas de dégénérescence ou de changement graduel, ces portraits en fourniraient la preuve tangible.

— Comment l'appeler ? maugréa le jeune homme. *Transformation ? Désintégration ?* Ou… *Naissance d'un monstre ?*

La lumière rasante de fin d'après-midi, filtrée par les losanges colorés des fenêtres, teintait les murs de l'étude de taches lie-de-vin. Toujours assis au bureau de son père, Gavril étudiait le livre de laboratoire du docteur Kazimir. Et plus il en tournait les pages, plus son désespoir grandissait.

Il reconnaissait certains symboles – ceux du soufre et des sels alcalins volatils, par exemple. Mais d'autres lui étaient aussi étrangers que l'écriture complexe des Djihari. Page après page, les formules incompréhensibles se succédaient. Beaucoup comportaient des annotations en marge faites d'une main irritée, attestant de la frustration croissante de Kazimir. Les dernières pages étaient quasiment inintelligibles. Une substance caustique répandue dessus semblait avoir tout rongé, l'encre et le papier…

À d'autres endroits, le noir de l'encre, décoloré, avait coulé, laissant de bizarres traînées couleur sépia, bleu et pourpre.

Qu'avait contenu la pipette ? Du poison ? Ou l'élixir de Kazimir susceptible d'enrayer la dégénérescence physique et mentale du sujet d'étude ?

Gavril leva la pipette vers la lumière, examinant les résidus bleus séchés qu'il huma prudemment.

Il commençait à se demander si le savant n'avait pas empoisonné Volkh par mégarde… Kazimir avait été à la solde d'un patron exigeant appelant de tous ses vœux un remède miraculeux au mal qui le rongeait. La tentation d'accélérer le processus, d'enchaîner les expériences et d'accumuler les risques avait dû devenir quasiment irrésistible. Quoi qu'il en soit, les notes de l'ouvrage ne semblaient pas être celles d'un homme pétri de rancœur.

Le passage le plus intriguant, aux yeux de Gavril, concernait le « sang du Drakhaon ». Mais l'acide ou l'humidité avait rongé un bout de la page, laissant un compte rendu incomplet. Apparemment, Kazimir avait utilisé un échantillon du sang de Volkh – en quelle quantité et dans quel but précis ? Comment savoir ?

Les yeux fatigués à force de tenter de déchiffrer ces annotations, Gavril reposa le livre. Le seul susceptible de l'éclairer sur ces questions était Kazimir lui-même. Or, nul ne savait où il avait pu passer. Sinon peut-être…

— Lilias ! dit-il à voix haute.

Il était temps d'accepter son invitation.

— Bienvenue, seigneur. (Dysis introduisit Gavril dans une pièce aux fenêtres à encorbellement éclaboussées par la lumière rasante du soleil sur le déclin.) Ma maîtresse se fera un plaisir de vous recevoir…

Les murs étaient tendus de soie aux impressions subtiles, pivoines crème et roses moussues. Là, il n'y avait pas trace de scènes sauvages de chasse sur les tapisseries… D'exquis coussins à franges et à pompons ornaient de longs divans bas. Blanches, or et roses, des coupes de porcelaine, remplies d'amandes au sucre et de pétales cristallisés roses et violets, étaient disposées sur des consoles à incrustations de mosaïque. De toute évidence, Lilias aimait les douceurs. Près des coupes de confiseries, un ou deux volumes étaient restés ouverts, comme si Lilias venait d'en interrompre la lecture. Le premier ouvrage était le très couru *Feuilles d'automne*, du poète et philosophe Solovei du Muscobar.

— Veuillez prendre un siège, seigneur, et mettez-vous à l'aise.

À demi allongée sur un sofa, Lilias portait une longue robe ample de soie turquoise aux broderies recherchées d'yeux de paon et de pigeons-paons.

Gavril se remémora les salons de ce style, à Vermeille, avec leurs tasses typiques de thé parfumé, leurs petits fours aux amandes, leurs mots d'esprit, et les éclats de rire distingués qui filtraient des terrasses ombragées... À Vermeille, tout à fait détendu, Gavril aurait pu s'amuser des œillades langoureuses, des fines joutes verbales... Mais là, il était en Azhkendir, et il y avait trop en jeu. Le jeune homme misait beaucoup sur cet entretien.

— J'ai du thé au jasmin ou de la verveine. Que préférez-vous ?

— Le jasmin.

Lilias souleva une petite théière et versa le pâle liquide parfumé dans une tasse en porcelaine. Se penchant en avant, elle la tendit à son hôte.

— Prenez garde, c'est très chaud.

Leurs doigts s'effleurèrent. Une fleur de jasmin flottait sur le liquide fumant.

— Nous devons parler, dame Arbelian.

— Ravie que vous en voyiez également la nécessité. (Elle lui sourit. Les intonations stridentes qu'elle avait eues, lors de la lecture du testament, étaient remplacées par une diction nettement plus suave.) Mais trêve de formalités, voulez-vous ? Appelez-moi Lilias.

— Seulement si vous m'appelez Gavril.

Il avait appris à se prêter à ces petits jeux galants lors des soirées estivales données par les amies d'Elysia. Il avait apprécié leurs taquineries à la douce séduction, leurs regards langoureux et leurs soupirs d'adoration... Un jeu agréable et flatteur. Mais là, il n'était plus d'humeur à jouer.

— Donc, Gavril, par quoi commencerons-nous ?

Il inspira profondément.

— Comment mon père en est-il venu à engager Altan Kazimir ?

— Volkh s'était rendu à Mirom pour affaires. Il devait ratifier les accords avec le Muscobar. Je crois que les deux hommes se sont rencontrés à l'université. Une même passion pour l'astronomie les animait et elle les a rapprochés. Les nuits sont si claires en Azhkendir... Et les constellations, rapporte-t-on, y sont plus faciles à cartographier.

Lilias n'avait eu aucune réaction particulière au nom de Kazimir.

— Êtes-vous déjà allé à Mirom, Gavril ?

Il secoua la tête.

— Oh, vous devriez visiter la capitale ! Elle est si belle... Il est vrai que j'y suis née, c'est donc pour moi l'endroit le plus merveilleux au monde. Vous devez nourrir la même adoration pour Vermeille, n'est-ce pas ? ajouta-t-elle avec un autre sourire. Votre père a été reçu au palais d'hiver. Il se trouve que j'y étais aussi, en compagnie du comte Velemir, un de mes vieux amis. Quand il m'a présentée à Volkh, il y a eu… comme un rapport instantané entre nous deux. Et lorsque votre père m'a priée de venir avec lui en Azhkendir, naturellement, j'ai accepté.

Velemir… Il avait déjà entendu ce nom. Mais où ?

— Vous avez renoncé à la bonne société de Mirom pour venir ici ?

— Le tourbillon des bals, des ballets et des concerts peut devenir lassant à la longue, répondit-elle d'un ton léger.

Mais si ses lèvres s'ourlaient d'un sourire complice, Gavril vit bien que le regard de son interlocutrice restait, lui, réservé et indéchiffrable. Lilias avait-elle fui Mirom pour échapper à une relation embarrassante… ou pour se soustraire à un scandale en haut lieu ? Lilias Arbelian dissimulait beaucoup de choses sur elle-même. Elle n'était guère disposée à se confier au jeune homme.

— Ironique, pas vrai ? ajouta-t-elle. Vous et moi, des étrangers en terre étrangère…

Le soleil couchant éclaboussait de feux rougeâtres les fenêtres en encorbellement.

— Je veux Kazimir, Lilias.

— Et vous pensez que, *moi,* je sais où il est ? (Elle leva un sourcil épilé.) Kostya a encore dégoisé sur mon compte, pas vrai ? Oh, je me sentais esseulée, je ne le nie pas. Altan Kazimir aussi souffrait de la solitude, si loin de ses amis et collègues de Mirom… Vous êtes ici depuis quelques jours seulement, Gavril. L'hiver venu, ce château ouvert à tous les vents peut être une véritable prison ! (Soudain, les yeux de la jeune femme se remplirent de larmes.) Qu'y avait-il de mal à passer un peu de temps avec lui ? À avoir un ami avec lequel évoquer des temps plus heureux, à Mirom ?

— Alors, vous n'avez pas la moindre idée d'où il peut être maintenant ? insista Gavril, résolu à ne pas se laisser distraire du but de sa visite.

— À mon avis, il a dû retourner là-bas. Il a eu de la chance d'en réchapper sain et sauf. Kostya avait lancé les druzhina à ses trousses.

— Mirom…

Plus sombre que le brouillard hivernal, le désespoir saisit de nouveau le jeune homme. À en croire Kostya, Mirom resterait inaccessible jusqu'au prochain dégel.

— Et Kazimir ne vous parlait jamais de ses travaux ?

Il eut un tic nerveux, un petit muscle tressautant au coin de sa bouche. *Personne ne doit savoir…* Impulsif, il passa outre les avertissements paternels.

— Il n'a jamais abordé la question de l'élixir ?

— Avec moi ?

Lilias reposa sa tasse de thé. Une pensée horrible traversa soudain l'esprit de Gavril. Elle n'avait même pas porté la sienne à ses lèvres. Or, ce parfum exotique dissimulerait à merveille l'amertume d'un poison…

— Pourquoi ?

La gorge desséchée par l'appréhension, Gavril déglutit avec peine. Était-ce ainsi que le tueur avait vaincu Volkh, en le laissant affaibli et vulnérable aux attaques ? Et, sous ses dehors charmants, Lilias n'avait-elle pas clairement déclaré qu'elle s'attendait à ce que *son* enfant hérite ?

— J'ai... besoin de l'élixir, dit-il d'une voix rauque.

— Mais je pensais que vous saviez... (Elle soutint son regard.) Votre père l'a détruit. La nuit de cet affreux... malentendu. Il est entré comme une furie dans le laboratoire de Kazimir et il a tout réduit en miettes, jusqu'aux derniers bocaux, les moindres éprouvettes... Il a accusé Kazimir de vouloir l'empoisonner.

Gavril en resta bouche bée. Ainsi donc, son propre père avait détruit l'élixir dans un accès de jalousie furieuse. Son dernier espoir de trouver un traitement en Azhkendir s'envola.

— Ah, je comprends, souffla Lilias. Ça a commencé, n'est-ce pas ?

— À quoi le voyez-vous ? demanda-t-il, d'une voix tout aussi douce.

— Oh, à de petits détails qui me rappellent Volkh. Ce n'est pas juste vos mains, vos cheveux ou vos yeux. Il y a en vous une sorte de... noirceur.

— Vous vous trompez, répliqua-t-il froidement.

— Pourquoi le combattre, Gavril ? insista-t-elle d'une voix plus douce encore, presque séductrice. Pensez un peu au pouvoir dont vous héritez... et qui ferait de vous le maître de tout un continent.

— Je ne veux pas de cette sorte de pouvoir !

— Alors, c'est que vous êtes aussi idiot que votre père.

Toute hypocrisie envolée, une lueur de mépris dansa au fond des yeux verts au regard si langoureux.

— Volkh aurait pu conquérir le Tielen, le Khitari, le Muscobar..., écraser le grand-duc et faire son entrée triomphale à Mirom. Au lieu de ça, qu'a-t-il accompli ? Il a combattu sa propre nature et renié ses pouvoirs ! Ce fut sa faiblesse. Fatalement, ça a provoqué sa chute.

— Mais c'était un monstre !

— Le pouvoir peut agir comme un aphrodisiaque, Gavril.

Ne sachant que répondre, le jeune homme dévisagea la maîtresse de son père. S'il ne s'abusait pas, elle était en train de lui faire de subtiles avances sexuelles... Il n'avait rien de plus à attendre de cet entretien. S'il avait espéré forger une sorte de trêve entre eux deux, il en était pour ses frais.

Dysis réapparut sur le seuil.

— Encore du thé, ma dame ?

— En ai-je demandé ? répliqua sèchement Lilias. Je ne crois pas !

Ravi de cette distraction, Gavril la remercia de son hospitalité et prit congé.

— Vous devez excuser ma maîtresse, chuchota Dysis en lui ouvrant la porte qui donnait sur le couloir. Sa grossesse qui arrive à terme la rend très irritable. Elle dit des choses qu'en temps normal elle ne dirait jamais...

Dans le passage obscur, un domestique allumait des lampes à huile. En automne, la nuit tombait très vite.

Un vent d'orage s'était levé, mugissant autour du château, faisant claquer les volets et mitraillant les vitres de grésil. En arrêt devant une étroite fenêtre, Gavril contempla le ciel qui s'assombrissait à vue d'œil. Son souffle embuait la vitre froide.

Des pinceaux de lumière rouge sang zébraient encore le firmament, jetant un sinistre éclat cuivré sur les pics déchiquetés qui se dressaient dans le lointain. Le panorama glaça le jeune homme.

« Il y a en vous une sorte de noirceur… »

Était-ce vrai ? Tellement manifeste ? Et était-il trop tard pour enrayer le phénomène ?

De retour dans sa chambre, Gavril versa de l'eau dans une coupelle pour s'en asperger le visage. Alors qu'il plongeait ses mains dans le liquide translucide, le lustre sombre de ses ongles attira son regard. Les taches étaient bien là, d'un bleu violacé typique des meurtrissures…

Il replongea les doigts dans l'eau, se frottant frénétiquement les ongles avec un morceau de savon. En pure perte… Ils restaient obstinément bleu cobalt.

Avec un cri de frustration, il empoigna le broc presque vide pour le fracasser à terre. Des éclats de poterie et un fond d'eau éclaboussèrent la pièce.

Il trembla de rage. Que lui arrivait-il ?

Gavril pressa son front brûlant sur la pierre froide du mur, essayant de se remémorer Astasia Orlov, les accents de sa voix, le parfum de sa chevelure…

Les souvenirs d'une époque où il ignorait tout de l'Azhkendir.

— Astasia, murmura-t-il.

À la lumière d'une lanterne, il dessina d'une main vive, s'arrêtant plusieurs fois pour retailler sa mine et froisser la feuille avant de recommencer.

Ses grands coups de crayon commencèrent à esquisser un portrait qui lui plaisait : l'ovale du visage, de doux yeux noirs aux longs cils soyeux, une bouche au pli grave, capable de s'étirer spontanément de joie lorsqu'elle parlait de danse…

Si Kazimir était rentré à Mirom, il devait l'y rejoindre.

Il passa de nouveaux vêtements chauds par-dessus ceux qu'il portait déjà pour lutter contre un froid mordant et, allongé sur le lit, attendit minuit.

— *Gavril…*

Dans la chambre à coucher régnait une température polaire.

Cillant dans l'obscurité, le jeune homme sut qu'il n'était plus seul.

— *Tu ne me comprends toujours pas, mon garçon…*

La voix au timbre sévère résonna sous son crâne. Au clair de lune, l'âme en peine se matérialisa à son chevet, le dominant de sa masse intimidante.

— *Regarde. Et apprends…*

Comme si un voile noir s'était soudain déchiré sous ses yeux, Gavril se retrouve dans le hall de l'aile est. La fenêtre en encorbellement est intacte. De vastes peintures dorées à l'or fin ornent les murs.

En contrebas monte de la fumée.

Des hommes crient, des femmes hurlent.

— Ils sont là ! Ils sont entrés !

— Où est Volkh ? Qu'on le mette à l'abri ! Pour l'amour de Dieu, qu'on l'éloigne d'ici !

Deux femmes accourent. La première porte un enfant en bas âge.

— Volkh, où es-tu ? crie la seconde. Miséricorde, où est-il passé ? Est-ce qu'ils l'auraient trouvé ?

Elle est malade d'angoisse.

— Drakhys, vous devez vous cacher !

L'enfant se met à pleurer. Les femmes se recroquevillent.

— Je vous en prie, Drakhys, venez !

— Je n'irai nulle part sans Volkh ! Que je le sache en sécurité, au moins…

Les vitres volent en éclats. Des hommes en armes surgissent ; ils portent des torches et des sabres dégouttant de sang. Dans un blizzard d'ailes tourbillonnantes, de grands hiboux blancs piquent dans le hall avec des ululements perçants.

— Fuyez, ma dame ! supplie la femme à l'enfant.

En brandissant leurs sabres et leurs haches, les druzhina surviennent. Les lames s'entrechoquent. Du bec et des serres, les oiseaux de proie attaquent, lacérant les têtes et les épaules des humains.

De la fumée s'étend dans tout le hall. Les envahisseurs ont embrasé les tapisseries, et l'éclat des flammes rougeoie dans l'air enfumé.

Écrasés par le nombre, les druzhina cèdent du terrain. Un guerrier pousse un hurlement horrible quand un hibou des neiges lui ravage le visage, lui crevant les yeux. Le sang en coule comme des traînées de larmes écarlates.

— Arrêtez, père ! supplie Gavril. J'en ai assez vu !

— *Non, certainement pas !* réplique le fantôme d'une voix étouffée par l'émotion.

Un homme se découpe dans l'encadrement de la grande fenêtre brisée. Il regarde tomber les druzhina, les uns après les autres. La lumière des torches allume des reflets vieil or dans sa chevelure. Il siffle et, le bras levé, rappelle ses hiboux au plumage souillé de sang, qui viennent se percher sur son poignet, ses épaules… Leurs yeux dorés trouent la fumée de leur éclat.

Gavril ne parvient pas à se détacher de cet inconnu à l'aura surnaturelle. Dès qu'il se met en mouvement, les pupilles de l'individu lancent les mêmes lueurs dorées que celles des hiboux. Et il a toute l'attitude d'un homme sous influence, d'un être possédé.

— Où est ton fils, Drakhys ? demande-t-il.

Il a des accents curieusement métalliques, froids et cruels.

Choqué, Gavril constate qu'il ne s'agit pas d'un seigneur de guerre couturé de cicatrices, mais au contraire d'un tout jeune homme, à peine plus âgé que lui.

— Livre-le-moi et j'épargnerai ton clan.

La Drakhys, que le choc avait paralysée, se penche soudain pour soustraire une pique à un druzhina.

— Que je te livre mon fils, Stavyor Arkhel ? lâche-t-elle, l'écrasant de son mépris. Plutôt me pourfendre moi-même !

Venant d'autres endroits du château envahi, des cris lointains ponctuent le crépitement des flammes.

— Est-ce ta faute si tu as engendré un monstre, Drakhys ? Mais il faut bien détruire les monstres. Je ne puis permettre à ton enfant de grandir et de devenir un homme. Il doit mourir.

— Fais de moi ce que tu voudras, jamais je ne trahirai mon fils !

— Qu'il en soit ainsi. Tuez-les tous !

Sur cet ordre, Stavyor Arkhel se détourne en haussant les épaules.

Des volutes de fumée arrêtent les regards de Gavril. À la lumière des flammes, il voit la Drakhys reculer en tentant, ainsi que sa compagne, de se défendre contre les guerriers d'Arkhel. De sa pique, elle décrit de grands moulinets, comme avec une faux. Mais les deux femmes ne peuvent rien contre tant d'hommes. Et quand on arrache son enfant à la mère qui se répand en cris pitoyables, Gavril, les joues inondées de larmes, n'en supporte pas davantage. Il enfouit son visage entre ses mains.

Le silence revient.

À contrecœur, le jeune homme se force à relever la tête et à risquer un coup d'œil entre ses doigts.

Les deux femmes gisent sur les dalles, aux côtés du petit enfant, qui avait les cheveux blonds comme les blés. La lumière du jour éclaire une scène de carnage. La fumée et les cendres rendent l'air irrespirable, les corps rigidifiés par la mort baignent dans leur sang…

— Ça suffit… (Sa voix se brise.) Père, je vous en prie…

— *Regarde !* insiste le spectre, inflexible.

Un homme traverse le hall en hâte, trébuchant dans sa précipitation. Un jeune druzhina, aux cheveux blonds comme les blés… Dès qu'il avise les femmes et l'enfant inertes, il tombe à genoux, serre la petite victime sur son cœur et pleure à chaudes larmes… Si Gavril voit les lèvres du personnage remuer en hurlant de rage et de chagrin, il n'entend plus un son. Les images fantomatiques commencent à se brouiller, à s'évaporer comme la brume des landes. Quand Gavril chasse ses larmes en battant des cils, il est face à une obscurité que trouble à peine un clair de lune en voie de disparition.

— Qui étaient-ils ? demande-t-il d'une voix mal assurée, même s'il a déjà en partie deviné.

Près de lui, il perçoit la présence sévère de l'esprit de son père, une ombre à la lumière négative…

— *Il y avait ma mère, Marya Nagarian, et son amie Zabava Torzianin.*

— Torzianin ? N'est-ce pas le patronyme de Kostya ?

— *Zabava était sa femme. L'enfant était leur petit, Kostyushka, le fils unique de Kostya… Comprends-tu, maintenant ?*

Accablé, Gavril hoche la tête.

— Et toi ?

— *J'avais quitté la cachette du passage dérobé pour supplier ma mère de se dépêcher... Je suis revenu trop tard sur mes pas.*

L'amertume, dans la voix de son père, lui serre le cœur.

— *Ces chiens l'ont assassinée, Gavril ! Les Arkhel ont assassiné ma mère !*

— Pitié, père, je n'en supporterai pas davantage !

— *Tu sais que Jaromir Arkhel est vivant. Débusque-le. Et abats-le. Avant qu'il te tue !*

— Assez ! hurle Gavril à bout de nerfs, frappé par les accents rauques de sa propre voix. Je ne veux plus rien voir ! Laisse-moi en paix ! *Laisse-moi en paix !*

Après un long moment, il releva la tête. Il était seul. Minuit avait sonné depuis longtemps. Les seuls sons encore audibles, au château du Drakhaon, étaient la plainte du vent sur les landes et le piétinement monotone des sentinelles en faction, au loin.

Si Gavril voulait profiter de la quiétude de la nuit pour s'évader, il devait se dépêcher. Une lanterne à la main, il souleva la tapisserie dédiée à la chasse et ouvrit la porte secrète.

Les ténèbres l'engloutirent. Ça sentait la poussière et le moisi. Il hésitait encore quand, à la lumière de sa lanterne, il vit les empreintes des pas de Kiukiu et des siens, sur le sol poussiéreux du passage dérobé.

Lorsqu'il aborda le grand hall de l'aile est, un courant d'air froid le cingla. De la pâleur du phosphore, un timide clair de lune éclairait la haute fenêtre, en soulignant les contours. Il faisait scintiller les débris de vitre, sur les dalles.

Grâce à sa lanterne, Gavril détecta alors d'autres empreintes de pas, à côté de traînées brunâtres, qui disparaissaient dans l'obscurité... De vieilles taches de sang ?

La lanterne basse, il entreprit de remonter la piste macabre.

Sous l'escalier se découpaient de nouvelles portes, murées et colonisées par les toiles d'araignée. Une seule était entrebâillée. Gavril lui imprima une légère poussée. Elle céda en grinçant.

Il découvrit un passage aux cloisons aveugles, sans fenêtres ni trous d'aération.

Si le plafond s'effondre, je finirai enterré vif... car personne ne volera à mon secours à temps.

Il commençait à transpirer. Il avait la paume des mains moite et collante. La bougie de sa lanterne ayant beaucoup fondu, la mèche disparaissait presque dans une flaque de cire chaude...

Soudain, son regard se posa sur une échelle en fer.

La liberté !

En se tordant le cou, il vit une trappe, juste au-dessus de lui. Après avoir posé la lanterne sur le sol de terre battue, il gravit les échelons puis poussa des deux mains la lourde trappe jusqu'à ce qu'elle cède.

L'air nocturne entra à flots, dissipant les miasmes de l'atmosphère confinée. Gavril continua de pousser pour mieux voir au-dehors.

Il croisa deux grands yeux dorés et faillit tomber à la renverse de saisissement.

Un petit ululement inquisiteur le salua.

— Nuage de Neige ? chuchota-t-il en se retenant au bord de la trappe.

À la faveur du clair de lune sur le déclin, il vit qu'il se trouvait dans le pavillon d'été d'Elysia.

Il avait si longuement remonté l'interminable tunnel, dans la moiteur et les ténèbres, souffrant de claustrophobie, qu'il aurait juré qu'il allait aboutir bien au-delà des murs d'enceinte du château…

Après un autre doux ululement, Nuage de Neige se dandina de sa démarche chaloupée à la rencontre du bipède.

Gavril tendit une main pour caresser son plumage blanc… et hésita.

Les hiboux des neiges… des Arkhel… Un homme aux pupilles dorées, au regard absent, plein de cruauté…

— Mais toi, Nuage de Neige, tu sors à peine de l'œuf… Personne ne t'a encore entraîné à mutiler et à tuer.

Il se remémora toute l'horreur du raid sanglant des Arkhel.

L'enfant, inerte… ses beaux cheveux blonds poisseux de sang… Kostyushka… Le fils unique de Kostya.

Un sentiment écrasant de pitié l'accabla à la pensée de ces vies fauchées avec tant de désinvolte cruauté. La tête enfouie entre ses mains, il s'abandonna aux larmes.

Un temps indéterminé plus tard, il releva les yeux et vit qu'à l'horizon, le ciel s'éclaircissait. Dans le tunnel, la bougie consumée s'éteignit sur un dernier filet de fumée.

Gavril devait mettre un terme aux tourments de son père, l'empêcher de revivre les horreurs qui avaient gâché sa vie entière – et menaçaient maintenant de hanter l'existence de son fils.

L'exorcisme… Il devait sûrement exister quelque rituel sacré capable d'apporter la paix à un esprit tourmenté ?

Distraitement, Gavril effleura le plumage d'un blanc fantomatique de Nuage de Neige. Après un moment, à sa grande surprise, il vit le jeune hibou sautiller sur son poignet et s'y balancer le plus naturellement du monde. Les fines serres lui pincèrent la peau à travers sa manche, mais son émerveillement devant la confiance que lui témoignait cette bête sauvage lui fit vite oublier l'inconfort.

L'ironie de la situation n'échappait pas au jeune homme. L'héritier du clan Drakhaon adopté par un des hiboux d'Arkhel…

— Si jamais nous survivons, toi et moi, Nuage de Neige, nous devrons trouver le moyen de fuir le château du Drakhaon.

Une brume matinale montait des jardins négligés, qui exhalaient des parfums de mousses et de moisissures. Chargés de bourgeons rouges tardifs, les églantiers étouffaient sous leur poids les arches en pierre délabrées et les tonnelles. Leurs épines déchiraient les habits de Gavril alors qu'il remontait le sentier envahi par les herbes folles en direction des écuries.

Il prendrait un cheval et s'élancerait à travers les landes, à destination d'Azhgorod. Qu'on tente donc de l'arrêter ! Il était le Drakhaon, sa parole avait force de loi.

Un oiseau noir jaillit des ronces avec un cri perçant.

Le brouillard s'était épaissi. Gavril eut un frisson glacé. Transi jusqu'aux os, il sentit ce sombre frémissement lui effleurer l'âme.

Quelqu'un marchait dans le brouillard, à sa rencontre. Une haute silhouette, qui semblait d'ailleurs glisser plus que marcher... L'estomac noué, Gavril sut qui c'était.

— *Un hiver très rude s'annonce...*

L'être fantomatique qui lui barrait la voie soufflait une haleine noire.

Une main aussi peu substantielle qu'une feuille étique se tendit vers Gavril, qui se sentit ankylosé par le froid. Il chercha à y échapper.

— Non ! Laissez-moi en paix, père ! Laissez-moi tranquille !

La tête rentrée dans les épaules, il se mit à courir.

Là où le spectre était passé, l'herbe mouillée avait viré au blanchâtre du gel. Et tous les boutons carmin avaient instantanément noirci, s'étiolant sur les églantiers.

Les bras croisés, Kostya se tenait devant les écuries.

— Vous êtes bien matinal, seigneur. Au point que votre garde ne se rappelle pas vous avoir vu sortir de votre chambre...

L'âme en peine avait-elle réveillé Kostya, de façon à l'empêcher, lui, Gavril, de s'enfuir ?

Le jeune homme claquait des dents.

— Vous ne l'avez pas vu ? Mon père ? Dans les jardins ?

— Je n'ai rien vu.

Gavril pointa du doigt les traces de gel, sur l'herbe noircie.

— Regardez, Kostya. Ne voyez-vous donc pas ? Le froid semble... sourdre de lui comme un souffle toxique ! Même ses empreintes ont brûlé l'herbe sous l'effet du givre.

Kostya fronça les sourcils.

— C'est bien ce que je craignais...

Il prit Gavril par le bras, l'entraînant vers l'entrée latérale du château.

— Quoi ? demanda le jeune homme en se laissant faire. (Il avait tellement froid, à présent, qu'il ne sentait même plus les doigts de Kostya sur son bras.) Que voulez-vous dire ?

Le vieux guerrier le poussa à l'intérieur, martelant les dalles de ses bottes pour en faire tomber la gelée blanche.

— Hep, toi là-bas ! (Il siffla un des marmitons qui passait à proximité.) Va nous chercher de la bonne cervoise chaude aux épices ! Et ne traîne pas !

Dans la salle à manger, une belle flambée crépitait. Kostya invita son protégé à se rapprocher des bûches de pin pétillant dans le foyer. Gavril sentit ses doigts et ses orteils se réchauffer lentement.

Le marmiton revint avec des chopes de cervoise fumante. Kostya en passa une à Gavril.

— Buvez donc ça, mon garçon. Vous n'avez pas l'air dans votre assiette…

Gavril prit de petites gorgées brûlantes du breuvage revigorant jusqu'à ce que les épices aient chassé le froid de son corps.

Kostya tendit ses mains noueuses au-dessus des flammes.

— L'âme en peine de votre père erre et enrage. Sa furie s'est retournée contre la terre qui la retient prisonnière. Je vous avais prévenu, seigneur. Maintenant, les récoltes seront mauvaises et les hivers sans fin.

Par la fenêtre, Gavril regardait le chatoiement noirâtre du gel envelopper le château au soleil matinal. Quelques jours plus tôt seulement, il n'aurait jamais ajouté foi aux assertions de Kostya. Rationnel avant tout, il y aurait vu de simples superstitions.

— Vous disiez que quelqu'un avait attiré le fantôme de mon père dans le monde des vivants. Dans ce cas, il doit exister un moyen de le renvoyer d'où il vient. Une forme d'exorcisme…

— D'exorcisme ? répéta Kostya, horrifié.

— L'Azhkendir a sûrement des prêtres aptes à s'acquitter de ces rituels ?

— Mais vous parlez de votre propre père…

— Oui. De *mon* père.

— Et je vous l'ai dit, seigneur, ici, la coutume veut que le fils aîné venge son défunt père. C'est seulement ainsi qu'on apaise les âmes en peine.

L'attitude pontifiante de Kostya portait sur les nerfs de Gavril. La nuit blanche, les frustrations d'une interminable et hasardeuse incursion par les passages secrets, les horreurs du massacre – tout avait contribué à éroder le peu de patience qu'il lui restait.

— Et en Smarna, un prêtre prie pour le repos de l'âme des morts en purifiant les lieux hantés à l'aide d'eau bénite.

— Ce n'est pas notre coutume, grogna Kostya.

Une colère noire saisit Gavril.

— Qui est Drakhaon, Kostya ?

— Vous, seigneur.

— Vous ne cessez de me le rappeler. (Son visage tout près du sien, Gavril lui cracha presque à la face :) Alors pourquoi refusez-vous de m'obéir, bogatyr ?

L'entêtement du vieil homme céda la place à l'incertitude.

— Vous avez parlé d'un monastère, en pleine forêt. Les moines accepteraient-ils d'accomplir cette cérémonie au nom de mon père ?

— Je pourrais en parler à l'abbé Yephimy, proposa Kostya avec une réticence marquée. Il se laisserait peut-être convaincre de venir ici. Mais en vérité, seigneur, aucun exorcisme ne marchera. L'âme en peine de votre père est trop puissante. Rien ne l'apaisera – rien, sinon le sang de son meurtrier.

— Dois-je me répéter ? répliqua durement Gavril. Contactez l'abbé. Tout de suite !

J'enverrai un druzhina.

Kostya s'éloigna en marmonnant dans sa barbe. Sur le pas de la porte, il se retourna pour lancer, sur le ton de l'accusation :

— À quoi bon s'encombrer d'un ramassis de prêtres à barbe blanche ? On doit honorer un seigneur de guerre en versant le sang en son nom !

Chapitre 12

Toujours pas de nouvelles d'Azhkendir…

À son réveil, sous la grisaille de l'aube, Eugène comprit qu'il ne pouvait plus repousser ses plans de conquête.

Avant le petit déjeuner, il se rendit dans la salle des Armes. Bien des jeunes officiers considéraient l'entraînement au sabre, chaque matin, comme un anachronisme. Les troupes étaient équipées du dernier cri en matière d'armements chimiques… À quoi bon apprendre encore à manier l'épée ?

Mais Eugène, formé par son père Karl, appréciait le maniement du sabre et savourait toute la discipline de l'escrime, lorsque le corps et l'esprit ne font véritablement plus qu'un. Afin d'encourager les dissidents, il organisait des compétitions dotées de prix généreux et de trophées en or réservés aux bretteurs les plus accomplis – de sorte qu'à présent, les plus sceptiques eux-mêmes abordaient avec enthousiasme chaque saison, déterminés à s'en arroger les lauriers.

Eugène trouvait toujours quelque chose d'étrangement apaisant à pratiquer les rituels et les gestes routiniers de l'arme blanche. Il n'avait plus à s'inquiéter de la progression des bataillons, de la santé déclinante de Karila ou du sort de Jaromir… Seuls comptaient les mouvements, les parades, les feintes… Et quand un duel opposait Eugène au maître d'armes, les cadets comme les officiers se rassemblaient pour y assister.

Le prince avait passé là des heures à s'exercer avec Jaromir, à tenter d'amener le jeune homme à défouler sa profonde colère, afin qu'il apprenne à mieux l'utiliser, à la manière d'une lame bien trempée. Mais chaque fois que Jaro se retrouvait un sabre en main, il recommençait à combattre ses démons et les ombres qui hantaient ses rêves. Tout fou, imprévisible, il ne se contrôlait plus. Combien de fois Eugène avait-il quitté la salle en désespérant de faire de son protégé un escrimeur convenable ? Cependant, à mesure que Jaromir en venait à lui accorder sa confiance, il avait vu le garçon prendre une sorte de sombre plaisir à sacrifier aux rituels des compétitions au sabre.

Ce matin-là, en entrant dans la salle des Armes, Eugène perçut une tension dangereuse dans l'air.

Deux cavaliers s'affrontaient sous le regard des cadets et des officiers. En approchant, le prince comprit aussitôt que ce qui avait commencé comme un duel amical avait rapidement tourné à l'aigre.

Il reconnut le plus agressif des duellistes à sa crinière rebelle, d'un blond si pâle qu'il confinait à la blancheur : le lieutenant Oskar Alvborg, un épéiste capable, dont les talents prometteurs étaient quelque peu gâchés par un net penchant à l'impétuosité. Des cicatrices lui barraient déjà le front et la joue gauche, souvenirs d'illicites duels de caserne…

Avec une détermination implacable, Alvborg obligeait son adversaire à céder toujours plus de terrain, chaque coup de sabre soulevant des étincelles argentées qui se reflétaient dans ses yeux pâles.

Son adversaire était Nils Lindgren, un officier lourd et lent, d'assez basse extraction. N'ayant pas de sang bleu, au contraire d'Alvborg, il devait son ascension à ses seuls mérites. Mais là, Lindgren était en fâcheuse posture. Face aux attaques éclairs d'Alvborg, il reculait sans cesse, contraint de jeter toutes ses forces dans la bataille.

Qu'est-ce qui motivait tant d'antagonisme, dans le fond ? Des dettes de jeu ? Une rivalité amoureuse ?

Les deux adversaires avaient la respiration heurtée et douloureuse, dans le silence glacial de la salle. Lindgren dérapa… et le sabre d'Alvborg vint s'arrêter en sifflant à un cheveu de son menton.

Lindgren se rétablit en grognant. La sueur qui lustrait son front lui coulait sur le nez et la mâchoire. Une expression d'outrage, étonnée, se lisait sur son visage.

Eugène jeta un coup d'œil au maître d'armes, qui hocha sèchement la tête. En levant son bâton, il intervint :

— Alvborg, Lindgren, sabre haut !

Le premier ne parut pas entendre. Décrivant un grand arc de cercle, son sabre lança des éclairs métalliques. Le maître d'armes l'évita de justesse. Lindgren écopa d'une coupure au menton.

Son sang tomba sur le sol.

Eugène en avait assez vu. Sabre au poing, il s'interposa devant Lindgren, face à Alvborg. Un élan irréfléchi pour un bretteur moins doué – mais un risque calculé pour quelqu'un de la trempe du prince…

Alvborg était tellement emporté par sa frénésie de sang qu'il eut croisé le fer avec le prince avant de comprendre qui s'était soudain mis en travers de son chemin…

Il baissa lentement sa garde.

— Votre Altesse…

— Je ne tolérerai aucun duel au sang en mon palais, lieutenant, lâcha froidement Eugène.

De son regard altier et nullement repentant, Alvborg soutint celui du prince.

— Quelques jours d'isolement calmeront vos ardeurs. Qu'on l'emmène.

Eugène surprit dans les yeux pâles de l'officier l'envie d'échapper à son arrestation et d'attaquer celui qui l'empêchait d'atteindre sa proie... Lentement, il tendit la main.

La salle entière retint son souffle. Tous observaient la scène.

La colère crispa les traits d'Alvborg – de façon fugace. Elle céda presque aussitôt la place à un sourire arrogant. Essuyant la pointe ensanglantée de son sabre sur sa manche, il le tendit au prince, garde la première.

Deux soldats avancèrent pour escorter Alvborg hors de la salle.

Eugène se retourna vers Lindgren, qui pressait un mouchoir sur sa coupure au menton. Du sang rouge vif traversait le tissu et gouttait sur le sol.

— Quant à vous, qu'avez-vous à dire pour votre défense ?

— Je suis aussi coupable que le lieutenant, Altesse, répondit Lindgren, les yeux baissés. (Sous son hâle, il avait considérablement pâli.) Je mérite également d'être châtié.

— C'est votre première offense ?

Dans le dos de Lindgren, Eugène vit le maître d'armes le confirmer d'un hochement de tête.

— Alors, considérez cela comme un avertissement. Si on vous y reprend, vous serez rétrogradé. Et si vous désirez mettre vos talents au service d'une meilleure cause, le Tielen ne manque pas d'ennemis à défaire. Maintenant, allez soigner cette blessure.

— Merci, Altesse.

Le soulagement redonna meilleure mine au jeune homme.

Un cadet vint saluer le prince en claquant des talons avant de lui tendre une feuille pliée.

— Un message du maréchal pour Votre Altesse.

Eugène prit la lettre, confia son sabre à son valet et se retira dans un coin de la salle, où Anckstrom supervisait un entraînement soutenu.

« Bloqués par les neiges – blizzards d'une exceptionnelle férocité – dans l'incapacité d'exécuter vos ordres tant que le temps ne sera pas plus clément – attendons plus amples instructions.

Maréchal Karonen »

Frustré, Eugène froissa la missive lapidaire et jeta la boule de papier dans le brasero le plus proche.

Anckstrom haussa les épaules.

— L'Azhkendir... Que vous avais-je dit ? Nous gaspillons des ressources précieuses – et des hommes qui ne le sont pas moins.

— Et si nous atermoyons davantage, nous aurons bientôt face à nous un Drakhaon en pleine possession de ses moyens ! Nous devons agir maintenant, Anckstrom, ou courir le risque de tout perdre.

Eugène ne pouvait plus juguler son inquiétude.

— Eh bien, mage ? Que se passe-t-il sur la mer de Saltyk ?

— Patience, patience, Altesse...

Sur la table trônait une coupe d'argent toute simple, remplie d'un liquide clair. Linnaius passa à plusieurs reprises ses longs doigts au-dessus.

Clignant des paupières, Eugène se retrouva en train de contempler un littoral accidenté… Ce tour de magie ne manquait jamais de l'étonner. À la place du ressac, il n'y avait rien que la glace, des pics et des à-plats de givre d'un blanc, d'un vert et d'un gris translucides… Une mer gelée sous des tourbillons de neige… À cette seule vision d'un lugubre achevé, Eugène se sentit transi jusqu'aux os.

— Et à l'intérieur des terres ?

Linnaius repassa les doigts au-dessus de la pellicule aqueuse. L'image se troubla, se fragmenta en éclats mouvants et se reforma sous un brouillard de nuages et de neige. Des filaments grisâtres dérivèrent au-dessus de la coupe. Au-dessous planait une traîne de noirceur, aussi inquiétante qu'un front orageux… Par intermittences, des chatoiements bleu-blanc la zébraient.

Soudain, de façon indubitable, des yeux s'ouvrirent au sein des nuages noirs turbulents, aussi terrifiants que l'hiver.

— Qu'est-ce que c'est ? chuchota Eugène.

Le mage écarta vivement la main, comme pour échapper à une brûlure.

— Une puissante âme en peine… Elle a gelé les mers et enseveli le pays sous d'impénétrables tempêtes de neige.

— Une âme en peine ? répéta le prince, sceptique. Voyons, il s'agit de conditions climatiques exceptionnelles, rien de plus…

— Les chamans d'Azhkendir ont recours à des méthodes des plus primitives et des plus dangereuses, en invoquant l'esprit des morts ! Ils prétendent les soumettre à leur volonté, alors même qu'ils s'y cassent souvent les dents… Les fantômes ne sont pas aussi malléables que les chamans le voudraient.

— Âme en peine ou pas, j'ai transmis à mes troupes l'ordre de se tenir prêtes. Il n'y aura pas une meilleure occasion de conquérir le Muscobar. Mais hélas, je ne pourrai pas l'envahir en m'appuyant uniquement sur la flotte. J'ai besoin de l'Azhkendir ! Comme j'ai besoin de Jaromir à Azhgorod, à la tête du conseil.

» Mage…

Eugène hésita. Kaspar Linnaius était le seul homme de tout le Tielen à l'intimider. En sa présence, il se faisait toujours l'effet d'un écolier boutonneux et bégayant. L'immense érudition du savant transparaissait souvent dans les conversations, même les plus simples.

— Pourriez-vous soumettre cette âme en peine ?

— Non, répondit Linnaius avec l'ombre d'un sourire. Les sciences de la magie que je pratique sont raffinées et sophistiquées. J'hésite à mettre sur le même plan les forces des ténèbres qui sont à l'œuvre en Azhkendir.

— Alors, nous devons échafauder une stratégie de rechange.

Eugène était en butte à un sentiment croissant de frustration. Il n'avait pas l'habitude de se sentir aussi impuissant.

— Êtes-vous réellement déterminé à poursuivre dans cette voie, Altesse ? s'enquit Linnaius en fixant le prince de son regard clair et pénétrant. Rien ne vous en dissuadera ?

— Jaromir a besoin de moi. À condition de frapper maintenant, nous arracherons ses crochets au jeune serpent.

— Mais tant que le blizzard et le brouillard ne se dissiperont pas, vous courrez de trop grands risques, vos armées et vous-même.

— Alors, à nous d'envoyer un autre type de bataillons… Le genre d'avant-garde capable de franchir des mers gelées et de se moquer du temps qu'il fait.

— Ah ! Mes maraudeurs…

Alors que les deux hommes descendaient les marches grossièrement taillées qui conduisaient à la cour intérieure, des grognements féroces frappèrent leurs oreilles. Tout le périmètre avait été converti en une immense cage aux doubles barreaux de fer. Eugène et Linnaius firent halte pour regarder les prisonniers en haillons tourner en rond. De puissants relents montaient de la cage : urine, viande pourrie et le musc typique des bêtes sauvages.

— Quel désastre ! s'exclama le prince. Ça ne marchera jamais ! Observez-les…

— L'expérience a un peu trop bien marché, au contraire, Altesse, répondit Linnaius, très calme.

— Comment cela ?

— Ne vous laissez pas prendre par leur apparence humaine. Ils ont une âme de loup. Et ils ont pratiquement tout oublié de leur humanité. Pour accomplir la transformation que vous désiriez, il était nécessaire de conjuguer à la faim vorace des loups leur cruauté et leur fourberie d'êtres humains. Ils ne tuent plus pour se nourrir mais bien par goût du sang.

— Ils semblent avoir perdu l'usage de la parole, renchérit le gardien, capitaine de la chasse. Nous avons tenté de rétablir le contact avec eux, mais toutes nos tentatives les ont plongés dans une sorte de frénésie. Ils comprennent deux choses : la faim… et les coups.

À point nommé, un des prisonniers, la barbe blonde en broussaille et les cheveux hirsutes, se jeta contre les barreaux et les secoua frénétiquement, comme s'il voulait les briser. Dans son visage crasseux, ses yeux avaient un éclat jaune soufre peu naturel.

Eugène connut de nouveau la déception et la frustration. L'expérience se soldait par un échec.

— S'ils n'ont plus l'usage de la parole, comment peut-on s'attendre à ce qu'ils comprennent les ordres et les exécutent ? Lâchez cette bande de dégénérés aux frontières de l'Azhkendir et nous ne les reverrons jamais !

— Moi, ils m'écouteront. (Le mage concentrait toute son attention sur les prisonniers.) Chez ces êtres qui ont si piètre allure est tapie l'ombre du loup… (Comme un devin sourcier, il leva lentement les mains.) Regardez plutôt ce qui se passe lorsque j'en déchaîne le pouvoir !

Pris d'un spasme convulsif, le prisonnier le plus proche se roula sur le sol avec une telle violence qu'il souleva des tourbillons de poussière.

Un long hurlement s'éleva, à glacer le sang. Eugène en eut les cheveux sur la nuque hérissés.

Dans la poussière qui se redéposait brillèrent des yeux féroces. L'homme sale et dépenaillé disparut au profit d'un loup des steppes, qui s'ébroua, secouant son pelage dru. Avec un rictus dénudant leurs crocs, ses compagnons grognèrent.

— Sale brute ! chuchota Eugène, fasciné malgré lui par ces pupilles à l'éclat de soufre.

— C'est le chef de la meute. Loukas…

Se ramassant soudain sur lui-même, le loup bondit contre les barreaux en claquant des mâchoires. Eugène recula.

— Loukas, montre un peu de respect à Son Altesse, ordonna Linnaius d'une voix douce.

Le prisonnier baissa la tête. La queue entre les jambes, le regard brillant, il recula lentement.

Le mage se retourna vers Eugène.

— Mais comment être certain que cette bête sauvage conduira la meute où il faut ?

— Lâchez les maraudeurs sur la glace et vous les verrez débusquer leurs proies. Surtout si la faim les tenaille… Ce sont des loups. Accoutumés aux rigueurs et résistant aux pires privations. Encore que, sauf votre respect, Altesse, envoyer des tueurs aux trousses de vos adversaires n'est pas dans votre style.

— Et sauf votre respect, mage, ce jeune Drakhaon n'a rien d'un adversaire ordinaire. Nous devons combattre la sorcellerie par la sorcellerie.

D'un toussotement poli, le secrétaire en chef du prince, Gustave, signala son arrivée.

— Un message, Votre Altesse. En provenance de Mirom.

— Au moins, les communications fonctionnent toujours là-bas, lâcha Eugène avec une grimace.

Il s'empressa de rallier le bureau de son secrétaire et y prit place, tirant à lui la Vox Æthyria. Gustave se tenait prêt à l'aider, le cas échéant.

L'invention de Linnaius, la Vox Æthyria, s'était révélée inestimable lors des dernières campagnes militaires entreprises par Eugène. Grâce à cet ingénieux dispositif, le prince avait pu rester en contact avec ses commandants en chef – en dépit d'immenses distances. À en croire les explications du mage, le principe était fort simple : il s'agissait tout bonnement de scinder des cristaux en deux parties identiques afin qu'une même fréquence æthyrique les fasse résonner. Une fois les cristaux en parfait accord synchrone, ils émettaient une série de vibrations harmoniques solidaires à travers l'æthyr – ou éther. Tout le talent de l'artificier consistait dès lors à tailler correctement les cristaux afin qu'ils captent et transmettent ces vibrations infinitésimales. Cela dit, comme avec tout dispositif « simple » élaboré par Linnaius, Eugène était convaincu que le mage y avait ajouté quelque subtile touche alchimique de son cru.

Tendu, il guetta la réponse de son informateur en pianotant sur la table.

Avec des crépitements sonores, un filet de voix s'éleva de la Vox Æthyria :

— *J'ai le grand plaisir d'informer Votre Altesse Royale qu'Elysia Andar, épouse de Volkh Nagarian et mère du nouveau Drakhaon, le seigneur Gavril Nagarian, est arrivée à Mirom.*

Les sourcils froncés, Eugène tourna vers lui la rose de cristal.

— Dans quel but, précisément ?

— *Il semblerait qu'elle vienne chercher de l'aide pour arracher son fils aux griffes du bogatyr Kostya. Et elle a spécifiquement demandé que je la présente au docteur Kazimir.*

Eugène se pencha au-dessus du cristal.

— Kazimir ? L'inventeur de l'antidote ?

— *Je vous tiendrai au courant de la tournure de ces entretiens. Oh... J'ai aussi pensé qu'il intéresserait Votre Altesse d'apprendre qu'elle nous a confié certain bijou antique qu'elle tenait de son époux.*

— Certain bijou antique ? répéta Eugène, soudain très excité. Êtes-vous sûr ?

— *Sans l'ombre d'un doute, Altesse. C'est le plus beau rubis que j'ai jamais vu – exception faite de celui que contient le trésor du grand-duc. Nous tenons là une autre des Larmes d'Artamon.*

Eugène traversa la cour en direction de l'atelier où s'affairaient depuis des mois les artisans les plus doués de la guilde des joailliers, pour une commande d'un genre inhabituel.

Près des instruments de leur art et des lentilles grossissantes, d'antiques gravures sur bois, des estampes et des maquettes scintillantes aux éclats précieux encombraient les plans de travail. Toutes avaient pour thème le défunt empereur de Rossiya, Artamon le Grand, représenté en majesté avec sa tiare impériale.

À l'apparition d'Eugène, Paer Paersson, le maître orfèvre, se leva et s'inclina avant de lui tendre un diadème d'or.

— Voyez, Votre Altesse... Nous y avons enchâssé la Larme du Khitari.

Eugène prit le diadème et le fit tourner doucement entre ses doigts, admirant la finesse du chef-d'œuvre. De délicates lamelles d'or étaient façonnées en forme de créatures fabuleuses, serrant dans leurs griffes trois gros rubis couleur rouge sang. Trois des mythiques Larmes d'Artamon, originaires de trois contrées sur les cinq qui constituaient l'ancienne Rossiya... À la mort d'Artamon et à la chute de son empire, ses fils en guerre s'étaient réparti les joyaux de la couronne impériale. Et selon la légende qui en était née, aucun homme ne relèverait l'ancien empire de ses cendres qui n'eût d'abord reconstitué la couronne à l'identique, avec les cinq Larmes d'Artamon.

Rationnel avant tout, Eugène se moquait des légendes. Mais en revanche, il mesurait parfaitement la portée du pouvoir symbolique qu'on prêtait à l'antique diadème.

Un cygne tenait le rubis du Tielen, un triton celui de la Smarna et un phénix celui du Khitari, la dernière acquisition en date.

Karl, le père d'Eugène, avait acquis le rubis de la Smarna lorsque le prince déposé, Giorgo, avait fui une révolution sanglante pour venir mourir en exil au Tielen. Un homme brisé, rejeté par ses concitoyens en faveur d'une république.

— Joli travail, Paer, murmura Eugène en faisant toujours tourner la couronne entre ses mains.

Restaient deux enchâssements vides, ceux du Muscobar et de l'Azhkendir. L'Azhkendir et le Muscobar…

— Aimeriez-vous ceindre le diadème, Altesse ? demanda Paer, encore muni de son verre grossissant d'orfèvre.

— Non. Inutile d'encourir sans raison les foudres des dieux, répondit le prince, souriant, en lui rendant la lourde couronne. Attendons d'avoir les deux derniers joyaux. Ce qui ne devrait plus tarder.

Les Larmes d'Artamon… ainsi appelées, selon la légende, en souvenir des larmes de sang que l'empereur avait versées devant le comportement insensible de ses fils ingrats.

— Grâce à tous les dieux, je n'ai qu'une fille !

Chapitre 13

— Nuage de Neige… Nuage de Neige…

Kiukiu entendit des serres racler contre le bois et une silhouette blanche apparut au clair de lune. Elle avança par saccades sur les planches vermoulues du pavillon d'été.

— Ton repas, Nuage de Neige…

Kiukiu déposa devant le hibou les morceaux de viande, les grains et les lardons fumés qu'elle avait grappillés en cuisine. Elle retira vivement le bras pour éviter les coups de bec affamés.

Accroupie devant l'animal, elle tenta de voir si sa patte était en voie de guérison. Il s'agissait peut-être d'une illusion d'optique, à la lumière déclinante du jour, mais Nuage de Neige lui paraissait avoir déjà grandi. La nourriture, riche et grasse, lui faisait visiblement un bien fou. Par contre, plus il mangerait et se développerait, plus il aurait besoin d'une becquée en conséquence…

— Quelqu'un risque de remarquer mon petit manège… Et que deviendrons-nous tous les deux à ce moment-là, hein ?

De la fiente maculait le plancher, et des touffes de duvet blanc avaient voleté dans les coins poussiéreux.

Son repas terminé, le hibou secoua le bec. Kiukiu tendit une main timide pour caresser son plumage soyeux. Pour la première fois, l'animal ne s'écarta pas ni ne tenta de la pincer.

— En viendrais-tu à m'accorder ta confiance ? chuchota-t-elle. Oh, Nuage de Neige… Dès que tu pourras prendre ton envol, il faudra bien que je te laisse partir. Tu dois apprendre à voler de tes propres ailes, comme on dit.

La tête inclinée, le hibou la regarda de ses grands yeux dorés. Dans l'obscurité, ils brillaient comme de l'ambre.

— C'est comme si tu comprenais ce que je dis !

Kiukiu n'avait jamais eu d'animal de compagnie, même si elle avait par le passé tenté de ramener à la vie beaucoup de petites bêtes souffrantes ou blessées. À commencer par un moineau tombé du nid. Elle lui avait consacré tout son temps et son énergie – en vain. La pauvre créature avait succombé trois jours plus tard. Ensuite, il y avait eu ce souriceau… Adzhika, le chat tacheté de gris de Sosia, n'en avait fait qu'une bouchée. Kiukiu frémissait encore en y pensant. Adzhika avait également croqué deux musaraignes et un oiseau noir à l'aile brisée qu'à l'époque, l'enfant avait adoptés. En revanche, le chat trouverait à qui parler avec Nuage de Neige, au bec et aux griffes acérés…

— Je dois y retourner, dit Kiukiu. Dès demain peut-être, tu réussiras à prendre ton envol…

Elle rebroussa chemin, traversant les jardins plongés dans le noir. Après le coucher du soleil, il régnait un froid vif et mordant. Et le sentier envahi par les mauvaises herbes avait déjà gelé. La lumière des lampes, qui brillaient par la fenêtre en encorbellement de Lilias, guidait les pas de la jeune fille.

C'est bien la première fois que je pourrai lui dire merci à celle-là !

Des églantiers déchiraient ses jupons au passage. Kiukiu les repoussa d'une main. Elle devait trouver un moyen de reparler de Nuage de Neige au seigneur Gavril. Sans son intervention, le hibou serait déjà mort. S'ils pouvaient le libérer tous les deux, le rendre à la vie sauvage…

Elle franchit une tonnelle et déboucha dans la cour intérieure des cuisines ; elle entrouvrit la porte, risquant un coup d'œil dans le passage mal éclairé. Personne… Elle frotta les semelles de ses bottes contre le rebord de la marche afin de ne pas être trahie par des empreintes boueuses et entra, en refermant soigneusement derrière elle.

— Ah, te voilà, Kiukiu !

Ilsi surgit de derrière le placard aux laitages, lui bloquant le passage. La jeune fille pivota et vit Ninusha arriver de la blanchisserie… Elle était coincée.

— Quelle nuit glaciale, hein, Ninusha ? À geler sur place… À moins qu'un coquin te tienne bien chaud…

Kiukiu regarda Ilsi, stupéfaite.

— Tu ne veux rien nous dire, hein ?

Un méchant petit sourire ourlait les lèvres d'Ilsi.

Le cœur de Kiukiu se mit à cogner durement contre ses côtes.

— Vous dire quoi ?

Qu'avaient-elles vu ? L'auraient-elles suivie, par hasard ?

— Si tu nous parlais de ton mystérieux soupirant ?

— *Quoi ?* s'étrangla Kiukiu, les joues en feu.

Elles imaginaient qu'elle était allée retrouver un garçon ?

Ninusha se rapprocha de la jeune fille en ondulant exagérément des hanches.

— Alors, qui est-ce, Kiukiu ? Tu ne veux pas nous confier ton petit secret ?

— Ne fais pas ta maligne, renchérit Ilsi, parce que je t'ai vue te faufiler dans le vieux pavillon d'été à la nuit tombée… Franchement, je ne choisirais pas un endroit pareil pour conter fleurette, mais après tout, c'est très tranquille…

Pleine d'appréhension, Kiukiu déglutit avec peine.

— Allez, dis-nous tout ! Qui est-ce ?

— Je… ne peux pas.

— Et pourquoi pas ?

Les yeux d'Ilsi brillaient autant que des pointes d'aiguille.

— Je… lui ai fait une promesse.

En un sens, c'était vrai. Et tant qu'elle ne parlait pas stupidement avant de réfléchir, débitant ce qu'elle ne devait avouer sous aucun prétexte…

— *Lui !* exulta Ilsi. Tu l'avoues !

Kiukiu était déjà fichue… Il suffisait de voir leurs yeux briller. Elles n'auraient de cesse de lui soutirer toute l'histoire, d'une façon ou d'une autre. Troublée, elle tenta de reculer dans le passage, avec l'espoir que Sosia les entendrait et volerait à sa rescousse.

Le sourire d'Ilsi se durcit.

— Voyons, essayons de deviner. Pas ce vieil Oleg à l'haleine de pochetron, certainement !

— Il vaudrait mieux que ce ne soit pas ton Michailo, ajouta Ninusha en avançant, menaçante.

— Michailo ? Avec Kiukiu ? (Ilsi s'esclaffa.) Non, c'est sûrement un de ces garçons boutonneux, hein, un de ces petits detsky avec du poil au menton et une voix de fausset…

— Combien t'a-t-il payée pour se rouler avec toi dans le foin, Kiukiu ? À moins que pour lui, ce ne soit gratuit ?

La jeune fille ne cessait de reculer et les deux autres d'avancer, leurs intonations haineuses lui faisant l'effet de sifflements de moustique aux oreilles.

— Quelle traînée ! lâcha Ninusha, méprisante. Exactement comme sa mère…

— Eh, oui ! Telle mère telle fille. Une pute !

Kiukiu hoqueta. Elles pouvaient l'insulter tant qu'elles voulaient, mais la mémoire de sa mère était sacrée. Comment osaient-elles traiter sa mère de putain ?

— Vous auriez intérêt à ce que Sosia ne vous entende pas.

— Et pourquoi pas ? se moqua Ilsi. C'est la vérité, n'est-ce pas ?

Kiukiu lui sauta à la gorge. Les jupons volèrent, les deux filles roulèrent au sol sous les hurlements stridents d'Ilsi. Dans sa furie, Kiukiu sentit Ninusha se jeter à son tour sur elle et lui bourrer le dos de coups de poing.

— Arrêtez ça tout de suite !

Des poils rêches de balai furent introduits entre les deux filles, les forçant à s'écarter l'une de l'autre.

À travers ses cheveux emmêlés, Kiukiu vit Sosia, un balai à la main. Et derrière elle, les mines hilares des marmitons et autres serviteurs, qui jouaient des coudes pour mieux voir…

— Debout ! rugit Sosia d'une voix cinglante comme une lanière de fouet. Toutes les trois !

Une lèvre éclatée, Kiukiu se redressa la première. Les deux autres s'entraidèrent pour se relever. Avec un œil au beurre noir, Ilsi était blanche de rage.

Kiukiu essuya d'une main le sang qui coulait de sa lèvre.

Je l'ai eue ! Et je lui ai fait un beau coquard ! Ça aura valu la peine d'être battue...

— Qu'est-ce qui vous passe par la tête ? ajouta Sosia, dans un murmure aussi incisif que ses couteaux de cuisine. À vous crêper le chignon dans ma cuisine comme de vulgaires poissonnières ! Qui a commencé ? Répondez !

— Kiukiu ! répondirent Ninusha et Ilsi d'une seule voix.

Sosia se campa devant la fautive.

— Est-ce vrai ? Regarde-moi quand je te parle ! C'est toi qui as commencé ?

Mille pensées traversèrent en un éclair l'esprit de Kiukiu, affolée. Si elle expliquait comment tout avait démarré, elle révélerait du même coup ses incursions nocturnes dans le pavillon d'été... Et si Sosia lui soutirait la vérité, Nuage de Neige était d'ores et déjà un hibou mort...

— Elles ont traité ma mère de putain, maugréa-t-elle.

Sa lèvre entaillée gonflait.

— Tu as traité ma sœur de putain ? gronda Sosia en se plantant devant Ilsi, les poings sur les hanches.

— Je ne me sens pas très bien...

Ilsi se laissa aller contre Ninusha.

Un des garçons de cuisine ricana par en dessous. Sosia fit volte-face.

— Toi, là ! Tu n'as rien d'autre à fiche ? Va donc récurer les marmites ! Allez, ouste, vous tous, au travail !

— Et elle m'a aussi traitée de putain.

— Pour quelle raison ?

Ninusha prit la défense de sa comparse.

— Ilsi l'a vue se faufiler dehors pour aller se vautrer avec un garçon ! Alors qu'elle était censée rapporter de l'eau...

— Est-ce vrai ? demanda Sosia.

Kiukiu imagina de nouveau des plumes blanches maculées de sang, semblables à un blizzard aux flocons sanglants.

Je dois protéger Nuage de Neige !

Elle marmonna une réponse inintelligible.

— Ilsi, Ninusha, allez vous nettoyer et vous rendre présentables. Nous en reparlerons. Le faisan rôti a besoin d'être arrosé de son jus. Veillez-y. Vérifiez aussi la cuisson de mon pain aux céréales dans le deuxième four et ne le laissez pas brûler. Quant à toi, Kiukirilya, tu viens avec moi.

Sosia l'appelait par son vrai nom quand elle était en colère. Les lèvres pincées, elle traversa la cuisine à grandes enjambées, la vaurienne sur ses talons. Sosia entraînait Kiukiu dans sa chambre, et ça ne pouvait signifier qu'une seule chose : une punition corporelle.

Sosia ferma la porte à clé derrière la jeune fille.

— Assieds-toi.

La tête basse, Kiukiu obéit, s'installant sur un des sièges à haut dossier de sa tante. Celle-ci l'avait souvent battue dans sa tendre jeunesse : des coups de règle sur les doigts pour sa maladresse, des coups de baguette sur les jambes pour avoir osé répondre... Ces mesures de rétorsion avaient semblé bien dures à la fillette que Kiukiu était alors. Elle n'avait pas oublié la douleur due aux coups. Mais, ensuite, personne ne lui avait reproché ces incidents.

S'armant de courage, elle tendit les mains et baissa les paupières. Rien ne se passa. Relevant la tête, elle vit, surprise, que Sosia essuyait ses yeux rougis avec son tablier.

Sa tante pleurait.

Kiukiu fut choquée. Sosia ne pleurait jamais. Avait-elle été mortifiée par le comportement de sa nièce au point d'en être réduite aux larmes de la honte ?

— Je... je suis navrée, tante Sosia.

— Te garder ici était une erreur, lâcha-t-elle, sombre et dure. Je l'ai toujours dit. Mais qui d'autre se serait occupé de toi ? Avec ta pauvre mère devenue complètement folle...

— Elle n'a jamais été une traînée !

— Non. Afimia manquait peut-être d'un peu de plomb dans sa jolie tête, mais ce n'était pas une mauvaise fille, en effet. Elle avait un caractère si doux... Ça, oui ! Mais aussi irresponsable, stupide !

— Alors, pourquoi ces viles calomnies ? Juste pour me provoquer ?

Sosia releva la tête. Son regard fit frémir la jeune fille.

— Un jour ou l'autre, il fallait bien que tu saches la vérité... Et maintenant que le seigneur Volkh est mort, il serait peut-être temps de te la dire. Ta mère n'a pas été violée par des Arkhel. Elle a rencontré ton père par hasard dans la forêt et... cette petite dinde est tombée amoureuse de lui !

— Amoureuse du seigneur Arkhel ? chuchota Kiukiu.

— D'un de ses hommes ! Fais un peu attention ! Il s'appelait Malkh. Je ne sais rien d'autre.

— Malkh...

Kiukiu se répéta le nom peu familier. Elle était la fille d'un homme nommé Malkh...

— Une nuit, les nôtres l'ont surpris dans le lit d'Afimia... Ils l'en ont arraché pour le soumettre à la torture. Pour le contraindre à trahir son maître, Stavyor... Puis ils l'ont achevé. Ils ont obligé ma sœur à assister à son supplice. Je n'oublierai jamais les hurlements de cet homme... ni les siens. (Le regard de Sosia était devenu froid et sombre comme le brouillard des landes.) J'ai cru qu'elle allait faire une fausse couche. Mais si elle n'a jamais recouvré la raison, elle est néanmoins arrivée à terme. Après ta naissance, elle s'est laissée mourir à petit feu. Elle te fredonnait des comptines de son étrange voix douce, elle chantonnait et souriait, chantonnait et souriait... Ma pauvre Afimia au caractère si bon... Au retour des neiges hivernales, elle est partie dans la forêt, en disant qu'elle avait rendez-vous avec ton père... Personne n'a cherché à l'arrêter, puisqu'on y voyait encore des divagations de pauvre folle. Le lendemain, on l'a retrouvée morte de froid. Tu avais à peine quelques mois.

Les larmes contenues de Kiukiu lui brûlaient les paupières. Elle se sentait glacée jusqu'aux os… comme sa pauvre mère disparue depuis longtemps. Elle se représentait la scène, voyant comme si elle y était les frondaisons ployer sous le poids des flocons, ressentant la morsure du froid, entendant le crissement de la neige foulée par des pas traînants…

— J'ai dû me battre pour toi, Kiukiu. Pour te sauver la vie.

— Quoi ?

La jeune fille s'arracha au frisson immaculé des forêts du passé en manteau de neige.

— Les druzhina voulaient te voir morte.

— Parce que j'étais la bâtarde d'un Arkhel ?

— Ils ont adjuré le seigneur Volkh de t'éliminer à ton tour.

— J'étais un bébé ! Quel mal aurait pu faire un nourrisson ?

— Les bébés grandissent.

— Alors, pourquoi le seigneur Volkh m'a-t-il épargnée ?

— Il a dit une chose curieuse… Tard, une nuit, tandis que tu gazouillais dans ton berceau, près du feu, il a fait son apparition. Le front bas, il avait tout l'air d'un orage sur le point d'éclater. J'étais tellement terrifiée que je ne savais plus quoi faire. Quand il a tendu le bras, j'ai cru qu'il allait…

— Qu'il allait… quoi ?

À ce souvenir, une lueur de terreur brillait encore au fond des yeux de la tante, pâles comme les flammes de cette nuit lointaine.

Sosia frissonna.

— Estime-toi heureuse, mon enfant, de n'avoir jamais vu le Drakhaon exercer ses pouvoirs…

Kiukiu frémit à son tour. La dernière fois que Volkh avait tenté d'invoquer ses pouvoirs, le poison l'avait terrassé.

— Mais il s'est contenté de te caresser le visage… Ces doigts si redoutables, effleurant la joue d'un bébé au berceau… Et il a dit… Je n'oublierai jamais ce qu'il a dit !

Kiukiu se surprit à imiter le geste de Volkh, comme pour tenter de se remémorer cette nuit d'un autre temps, au coin du feu.

Étrange bénédiction…

— Qu'a-t-il dit, ma tante ?

— Il a déclaré : *« Il n'y aura plus de chants pour la maison Arkhel. Mais un jour, peut-être, cette enfant utilisera son héritage dans l'intérêt de mon clan. »*

Déroutée, Kiukiu secoua la tête.

— Mon héritage ? Lequel ? Que voulait-il dire ?

— Questionne-t-on le Drakhaon ? répliqua vivement Sosia. Je n'ai pas osé… Et aujourd'hui encore, je n'oserais pas. La clémence n'était pas dans la nature du seigneur Drakhaon. N'oublie jamais qu'il t'a épargnée. Tu as une dette envers le clan Nagarian…

— Envers le seigneur Gavril, murmura Kiukiu, presque pour elle-même.

— Mais certains, dans cette maison, ont la mémoire longue. Le seigneur

Volkh disparu, plus personne ne te protège. Parmi les druzhina, il s'en trouve encore pour te considérer comme une menace.

— Moi ? fit Kiukiu, sidérée. Une menace ?

— Le bogatyr Kostya te soupçonne toujours. Il pense que tu sympathises avec les Arkhel.

L'injustice de ces soupçons frappa la jeune fille d'étonnement.

— Comment le pourrais-je ? Je ne savais pas !

— C'est bien ce que je lui ai dit quand il a surgi ici comme une furie à la mort du seigneur Volkh, à ta recherche.

— Kostya... me cherchait ? bredouilla Kiukiu, la gorge sèche d'appréhension.

Enragés par la fin sanglante de leur seigneur, la douleur leur faisant perdre toute raison, les druzhina auraient pu la jeter en prison et la torturer – sous prétexte que le sang des Arkhel coulait dans ses veines !

— Il a la mémoire longue, lui aussi. Voilà pourquoi j'ai dû lui répéter ces mensonges... (Sosia se remit à pleurer.) Et déshonorer la mémoire de ton père en prétendant qu'il avait violé ta mère... Alors que le pauvre diable, un jeune imbécile intrépide, était simplement fou amoureux de la fille qu'il ne fallait pas..., de ma pauvre Afimia...

Accablée par des émotions conflictuelles, Kiukiu hocha la tête. Apprendre qu'elle n'était pas le fruit d'un crime comme le viol mais bien l'enfant de l'amour – un amour tragique – lui apportait une certaine consolation. Mais toutes les implications du récit de Sosia lui échappaient encore. Elle savait seulement que plus rien ne serait comme avant.

— Et maintenant, tu dois oublier tout ce que je viens de te dire...

Sosia s'essuya de nouveau les yeux du coin de son tablier.

Consternée, Kiukiu se releva.

— Oublier ? Pourquoi le devrais-je ?

— À cause du bogatyr Kostya. Et de tous ceux qui haïssent jusqu'au nom des Arkhel !

— Mais je n'aurais jamais fait de mal au seigneur Volkh ! s'écria Kiukiu. Tu le sais, tante Sosia, tu sais que...

— *Je* le sais ! coupa Sosia. Mais si tu veux rester ici, tu devras travailler plus que tout autre pour prouver ta loyauté. Plus question de te glisser dehors pour aller embrasser un garçon à la sauvette ! Ce genre d'attitude peut vite être mal interprété. En outre, après ce qu'il est advenu de ta mère, ajouta Sosia avec sévérité, j'espère que tu auras le bon sens de rester loin des jeunes freluquets, Kiukiu.

Celle-ci baissa la tête. Elle espérait que Sosia y verrait une marque de honte. Elle espérait qu'on ne lui demanderait plus où elle était allée et avec qui.

— Oui, ma tante, c'est promis. Je vais retourner à la cuisine, maintenant.

— Un dernier conseil, dit Sosia en la retenant par le poignet. Cette Ilsi est une sacrée peste. Je l'aurais renvoyée il y a des mois déjà si elle n'était pas aussi bonne cuisinière. Elle déteste être contrariée, et ne supporte pas qu'on lui tienne tête. Elle est allée trop loin, c'est certain. Elle n'avait pas le droit de te parler comme elle l'a fait. Mais tu l'as attaquée, Kiukiu. Et ça, elle n'est pas près de l'oublier. Elle fera tout pour te rendre la monnaie de ta pièce. Reste sur tes gardes, ma fille. Je ne serai pas toujours là pour te défendre.

Kiukiu fixa sa tante, médusée. Ilsi n'avait jamais été son amie, mais... de là à être son ennemie ? L'aurait-elle constamment à l'œil désormais, afin de la prendre en défaut ? Kiukiu en eut l'estomac retourné. Elle ne voulait pas affronter le regard des autres servantes, à la cuisine. Elle aurait voulu courir se cloîtrer dans sa chambre, se réfugier sous ses couvertures...

Même à midi, seule une lumière timide filtrait dans les sous-sols. Dans la pénombre perpétuelle de l'arrière-cuisine, Kiukiu aurait été bien en peine de dire si les piles d'assiettes qu'elle avait lavées étaient tout à fait propres ou pas. Elle avait la peau des mains ridée à force de les plonger dans l'eau graisseuse, mais elle endurait sans se plaindre les punitions de Sosia. Au moins, être confinée dans l'arrière-cuisine à faire la plonge lui évitait de se retrouver face à Ilsi ou à Ninusha... pour le moment.

Malkh... Je suis la fille d'un homme appelé Malkh...

Elle s'efforçait de chasser de son esprit les révélations de la veille, mais ce nom-là tournait sans cesse dans sa tête. Et elle ne parvenait pas à oublier qu'il était mort sous la torture, supplicié par les druzhina jusqu'à ce qu'il trahisse son propre clan...

Je suis la fille d'un traître du nom de Malkh...

Kiukiu frotta rageusement le tranchoir qu'elle tenait. Pourquoi les traces de sauce séchées refusaient-elles de partir ?

« Il n'y aura plus de chants pour la maison Arkhel... »

Elle replongea le tranchoir dans l'eau. Une eau refroidie, de surcroît... Elle devrait la vider et la remplacer par celle qu'elle avait mise à chauffer. Il lui faudrait encore râper le pain de savon en évitant de toucher la râpe avec la peau douloureusement gonflée de ses phalanges.

Qu'avait été son père pour le seigneur Arkhel ? Avait-il eu un poste de confiance au sein du clan ? Pourquoi Volkh avait-il épargné la fille de cet homme ? Quel était donc ce fameux héritage qu'il avait pris la peine de préserver ?

Ça suffit ! se tança vertement la jeune fille.

Toutes ces questions sans réponse lui donnaient mal à la tête.

Il sera bien temps d'y repenser plus tard. Finis plutôt la vaisselle...

Des bruits de pas, faisant crisser le gravillon de la cour, lui firent soudain perdre de vue ses préoccupations filiales. De la visite ? Sosia n'avait à aucun moment parlé d'éventuels visiteurs... Pas un tintement de harnais, ni un claquement de sabots sur les pavés... On ne venait pas à cheval.

Elle se hissa sur la pointe des pieds, se tordant le cou pour jeter un coup d'œil par la lucarne.

Des pieds chaussés de sandales... De longues robes couleur poussière...

— Des moines ? dit-elle à voix haute.

Une dizaine, pour le moins, portant la bure du monastère de Saint-Sergius… Ces religieux venaient-ils présenter leurs hommages au seigneur Gavril ?

Un courant d'air froid lui donna la chair de poule. Un des marmitons devait arriver avec une autre pile d'assiettes et de plats sales…

— Ferme la porte ! lança-t-elle sans se retourner.

La température baissa en flèche. Les ombres du crépuscule s'épaissirent.

Quelqu'un était là… plus sombre que les ombres agglutinées de la nuit tombante…

— *Kiukirilya…*

Dure comme le gel hivernal, une voix sépulcrale résonna à ses oreilles.

— M… Mon seigneur ? balbutia-t-elle, en tremblant comme une feuille.

Cette fois, elle n'osa pas se retourner pour faire face au revenant.

— *Les moines sont là pour me renvoyer d'où je viens…*

— Que voulez-vous dire, seigneur ? chuchota-t-elle, la tête basse.

— *Je parle d'exorcisme, Kiukirilya. Ne les laisse pas faire ! Moi parti, qui protégera mon fils ?*

— Comment… je peux les arrêter ?

— *Tu es née avec le don.*

— Le don ? Je… ne sais même pas ce que c'est et encore moins comment m'en servir !

— *Le don de ton père. En toi, il ne s'est pas encore développé. Mais même une Guslyar sans formation est plus puissante que toute une théorie de moines en train de chanter !*

— Guslyar ? (Ce mot ne signifiait rien pour Kiukiu.) C'est quoi ?

— *Une laudatrice. Une chantre des fantômes… Tu descends d'une famille peu ordinaire, Kiukirilya. Les chants de tes ancêtres pouvaient rapprocher ce monde-ci de l'Autre…, invoquer l'âme des guerriers morts pour qu'elle possède les vivants… Chante pour moi, Kiukirilya !*

Elle en resta stupéfaite.

— Que je chante ? Mais je ne sais pas !

— *Tu m'as ramené ici. Rends-moi puissant. Chante pour que je réintègre un corps vivant !*

Une peur féroce s'empara de la jeune fille.

— Je… ne peux pas faire ça !

La voix perçante de Sosia retentit :

— Kiukiu ? Nous attendons des plats de service propres !

La jeune fille battit des cils. Dans un frémissement surnaturel, le revenant s'était volatilisé. Elle restait seule, les yeux dans le vide.

— Alors ? Ces plats propres, ça vient ?

Sosia survint en poussant brutalement la porte. Elle s'immobilisa et serra frileusement les bras sur sa poitrine.

— *Brrr !* Tu as ouvert une fenêtre ? On gèle ici ! Il fait plus froid qu'au fond d'une tombe !

Le chant lointain dérivait comme de la fumée jusque dans les cuisines, où il s'infiltrait.

Les avant-bras plongés dans l'eau graisseuse, Kiukiu s'arrêta pour écouter.

Le chant était si apaisant que la jeune fille fatiguée entra dans une transe légère. Elle eut l'impression de flotter, loin au-dessus des arbres de la forêt, jusqu'au ciel qu'incendiaient les feux mourants du crépuscule, en direction des grandes étendues blanches.

La glace… Si pure, si froide…

Un raclement de chaudrons brisa l'envoûtement. Kiukiu fut brutalement ramenée sur terre. Le petit Movsar arrivait en titubant, les bras chargés de casseroles sales.

— Il en reste beaucoup ? demanda Kiukiu, incrédule.

Elle s'essuya le front du dos d'une main. Elle avait les doigts rouges et gonflés. Au matin, elle aurait la peau toute râpeuse et crevassée.

— Sosia dit que c'est la dernière fournée.

— Il était temps ! maugréa Kiukiu.

— Les moines ont un joli coup de fourchette…

— Et moi qui croyais qu'ils étaient censés aimer la frugalité…

— Chanter ouvre l'appétit, lança Movsar avec un clin d'œil avant de filer.

Kiukiu regarda les casseroles. Elle regarda l'eau sale.

Les chants lointains continuaient de tresser des guirlandes à l'ode du crépuscule automnal.

« Les chants de tes ancêtres pouvaient rapprocher ce monde-ci de l'Autre… »

La jeune fille sursauta, jetant des coups d'œil embarrassés par-dessus son épaule.

Il ne régnait plus un froid surnaturel. C'était la tombée de la nuit.

« Rends-moi puissant. Chante pour que je réintègre un corps vivant ! »

Qu'avait voulu dire le seigneur Volkh ? Quelles étaient ses intentions ? Désirait-il posséder un membre de son clan et revivre dans un nouveau corps ? Mais comment était-ce possible ?

Lasse, Kiukiu se demanda ce qu'il advenait de l'envoûté, de son esprit… Où son âme pouvait-elle être reléguée ?

La nuit tombait très vite. Déjà, la jeune fille ne voyait plus ce qu'elle faisait. Nuage de Neige devait mourir de faim… Il était toujours affamé, becquetant les bouts de viande que Kiukiu lui apportait chaque jour. Un bon signe, sans doute… Un appétit aussi aiguisé ne pouvait signifier qu'une chose : l'oiseau prenait des forces. Mais comment continuerait-elle à l'alimenter si on la cantonnait aux corvées de vaisselle, dans l'arrière-cuisine ? Les piles de casseroles et de plats sales étaient toutes arrivées complètement vides. Pas le moindre relief à récupérer…

Kiukiu alla entrouvrir la porte du couloir.

Le passage était libre.

À pas de loup, la jeune fille se dirigea vers le déversoir d'eaux usées, à l'entrée des cuisines. Tous les restes qui n'étaient pas jugés assez bons pour entrer dans la composition de brouets, de ragoûts ou de potages finissaient là. On les acheminait ensuite par charrette jusqu'aux auges des porcs.

Déformées par les flammes vacillantes de l'éclairage du couloir, des ombres dansaient sur le mur… Ilsi se plaignait de sa voix aiguë. Prenant une grande inspiration, Kiukiu plongea la main dans le déversoir et ses doigts se refermèrent sur des lardons… Elle fila ensuite à toute vitesse avant qu'on puisse remarquer sa présence depuis l'entrée.

Le fond de l'air était déjà bien froid. Kiukiu marqua une légère pause pour s'assurer que personne ne l'avait vue, puis se hâta sur les pavés glissants.

La lune se levait. Le nez en l'air, Kiukiu ouvrit la grille rouillée des jardins en frissonnant. Le croissant de lune était d'un éclat cuivré rappelant celui du sang séché sur l'acier. Quand l'astre nocturne baignait l'Azhkendir de cette lumière inquiétante, cela laissait présager un terrible désastre, disait-on.

Au clair de lune, la jeune fille se dirigea vers le pavillon d'été.

— Le dîner arrive, Nuage de Neige…

À l'instant où elle atteignait la porte aux charnières voilées, elle entendit une voix de femme :

— Que fais-tu là ? Tu tiens à te faire tuer ?

Kiukiu hésita. Épier les conversations était mal. Mais elle voulait s'assurer que son splendide Nuage de Neige n'avait pas été découvert.

— Je devais te revoir, Lilias.

La voix chargée d'émotion d'un jeune homme…

Lilias…

Kiukiu se pétrifia. Que faisait Lilias dans le noir, en plein rendez-vous clandestin. La moindre nuance, dans la voix de l'inconnu, trahissait tout son amour pour elle ?

— Pourquoi n'es-tu pas retourné à Swanholm, Jaro ? Comme nous en étions convenus ?

Jaro ? Qui était ce Jaro ? Au château, personne ne portait ce nom…

— Tu as vu ce que *lui* m'a fait ! J'ai rampé dans la forêt… Un charbonnier m'a trouvé et m'a emmené au monastère. Sans ces bons frères, je serais mort. Quand je suis arrivé à Arkhelskoye, le port était pris par les glaces.

— Tu es donc revenu ici ? Tu es complètement fou ou quoi ?

— Je n'arrête pas de penser à toi, Lilias… Si c'est cela être fou, alors oui, je le suis.

— Notre histoire est terminée, trancha la jeune femme d'un ton plus coupant que du givre. Tu as eu ce que tu voulais. Et moi…, moi aussi, ai-je cru…

— Tu m'avais dit que le fils ne présentait pas une menace réelle. Un peintre, pas un soldat… Tu m'avais dit que sa mère lui avait monté la tête contre son père. Et qu'il ne viendrait jamais en Azhkendir.

— Kostya avait d'autres plans.

Le fils…

Jusqu'à présent, l'objet de cette conversation furtive avait échappé à

Kiukiu. Maintenant, elle comprenait qu'elle venait de surprendre une telle félonie qu'en entendre parler suffisait à mettre sa vie en danger... Recroquevillée au milieu des herbes gelées, serrant le lard dans son poing, elle aurait donné cher pour pouvoir filer..., mais elle n'osait pas.

— Alors, le bébé et toi...

— ... avons droit à une pension dérisoire... Congédiée comme une vulgaire catin ! Merci pour vos services, dame Arbelian, mais nous n'avons plus besoin de vous ! cracha la jeune femme, outrée.

— Et tous nos plans...

— Il te cherchera... Les druzhina le travaillent déjà au corps, minant sa résistance. Tôt ou tard, le sang du Drakhaon prévaudra. Alors tu as le choix. Le tuer maintenant, avant qu'il entre en pleine possession de ses moyens, ou partir. Quitter l'Azhkendir pour n'y jamais revenir.

— Le tuer maintenant ? répéta le jeune homme, incertain.

— Un autre passage conduit directement à sa chambre à coucher. Tu te rappelles ?

Réprimant un hoquet d'horreur, Kiukiu plaqua une main sur sa bouche.

— Il... doit y avoir une autre solution, bafouilla Jaro.

— Il n'y en a pas. Tu as détruit le serpent. À toi maintenant d'étouffer ses petits avant qu'à leur tour, ils apprennent à mordre.

Lentement, Kiukiu entreprit de reculer sur l'herbe gelée. Puis, lâchant sa poignée de lard, elle tourna les talons et se mit à courir.

À mi-chemin, elle s'arrêta. Elle tremblait – de peur ou de froid ? Elle-même n'aurait su le dire. À la belle étoile, le jardin chatoyait sous l'effet irisant du givre.

Sa parole contre celle de Lilias... Qui la croirait ? Le temps qu'elle trouve des secours, Lilias et son complice auraient disparu du pavillon d'été... Dysis soutiendrait que sa maîtresse avait passé la soirée entière à lire au coin du feu. Kostya la punirait pour lui avoir fait perdre son temps. Lilias, elle, saurait naturellement à quoi s'en tenir. Et dès l'instant où Kiukiu l'accuserait, son sort serait scellé.

Le seigneur Gavril me protégera...

L'ennui, c'est que *lui* avait encore plus besoin de la protection de Kiukiu que l'inverse ! En ce moment même, un tueur pouvait être en train de remonter en douce le passage souterrain, en direction de la chambre à coucher, et de guetter l'instant propice pour...

Comme des flocons de neige soulevés par le blizzard, les pensées se bousculaient dans sa tête.

Réfléchis ! Réfléchis !

En approchant du château, Kiukiu entendit le chant serein des moines filtrer dans la nuit. Le seigneur Gavril assistait au rituel de l'exorcisme, qui avait lieu dans le grand hall. Elle n'aurait aucun moyen d'attirer son attention sans alerter les druzhina ni perturber la cérémonie.

« Moi parti, qui protégera mon fils ? »

Soudain, elle sut ce qu'il lui restait à faire : arrêter coûte que coûte la séance d'exorcisme. Trouver le moyen de retenir en ce monde l'âme en peine du seigneur Volkh, afin qu'elle puisse continuer à veiller sur Gavril.

Tout le périmètre du grand hall était éclairé à la bougie. Les flammes dorées troublaient la pénombre.

Le nez à la hauteur du rebord en pierre de la fenêtre, Kiukiu jeta un coup d'œil dans la pièce. Elle s'était hissée sur la pointe des pieds au milieu des plantes gelées.

L'abbé Yephimy se tenait au centre, à l'endroit même où Volkh avait agonisé. Mais, découvrit Kiukiu, l'abbé du monastère forestier n'était pas le vénérable religieux qu'elle avait imaginé. Il s'agissait d'un homme de forte carrure en pleine force de l'âge qui, en dépit de sa bure grise et de sa longue barbe, tenait apparemment bien plus du guerrier que du moine.

Sous le portrait de son père, assis devant la table installée sur l'estrade, Gavril observait le déroulement de la cérémonie. Il avait une expression sombre, indéchiffrable. À sa vue, Kiukiu eut le cœur serré. Elle lui avait déjà donné tellement de soucis…

Un moine apporta un trépied surmonté d'une coupelle en bronze remplie de cendres. Yephimy y déposa, sur un lit d'encens, une petite figurine de forme humaine façonnée dans de la cire d'abeille.

— Entendez-moi, Volkh, seigneur Nagarian. Nous avons entonné le chant des Adieux. Quand le corps de cire sera consumé, vous franchirez les bornes de ce monde pour n'y jamais revenir.

Les moines reprirent leur chant à la consonance grave.

— *Kiukirilya…*

La voix du revenant se répercuta faiblement sous le crâne de la jeune fille. Les fumées de la coupelle s'épaissirent. Elle vit une ombre s'y former, tendre vers elle des mains incorporelles pour la supplier…

— *Ils veulent me renvoyer… Arrête-les !*

— Comment ? s'écria-t-elle dans un souffle. J'ignore comment !

Sur son lit d'encens, la figurine commençait à luire, plus dorée que toutes les flammèches dansantes.

— *Vite !* implora le revenant, de plus en plus faible.

S'aidant des ronces, au mépris de la brûlure des épines contre ses paumes, Kiukiu se hissa devant la fenêtre et tambourina à la vitre.

— Au secours ! *À l'aide !*

Les chants s'interrompirent et les têtes se tournèrent vers elle. Les moines, les druzhina et même l'abbé… À la consternation générale succéda l'outrage. Le bogatyr se précipita à la fenêtre. Kiukiu lâcha prise et retomba sur le sol à l'instant où il ouvrait pour se pencher au-dehors. Sous l'appel d'air froid, les flammes des bougies tanguèrent.

— Par tous les diables !

— Un intrus ! cria Kiukiu, en désignant les jardins d'un geste vague. Un intrus !

— Qu'on ratisse le périmètre ! brailla le bogatyr.

Munis de torches, les druzhina sortirent en se bousculant. Le trépied fut renversé et les cendres recouvrirent la figurine de cire luisante. Sorti à la suite de ses hommes, Kostya s'empara de Kiukiu pour la traîner dans le hall.

— Où ça ? Et que fichais-tu toute seule dehors ?

Elle vit un âcre nuage d'encens se former comme un essaim d'abeilles en colère au-dessus de l'abbé.

— Regardez, bogatyr !

La voix tremblante du revenant résonna avec la force du tonnerre :

— *Yephimy, quitte cet endroit ! Retourne à Saint-Sergius !*

Blême, le bogatyr lâcha Kiukiu.

— Seigneur Volkh, chuchota-t-il.

Un vent surnaturel balaya le hall, froid et sec comme la poussière. Des bougies s'écrasèrent sur le sol.

— Assez !

De son bâton d'abbé, Yephimy frappa par trois fois les dalles en pierre.

— *Laisse-moi en paix, Yephimy.*

Kiukiu vit Gavril se lever de son siège et regarder le nuage d'encens prendre la forme d'un homme de haute taille et large d'épaules, à la chevelure grisonnante…

Yephimy leva son bâton au-dessus de sa tête.

— Va-t'en, Volkh !

Le vent aux relents d'ossuaire hurla à travers la pièce. La lanterne centrale tangua follement, comme à bord d'un navire battu par les flots. Les moines intimidés reculèrent en invoquant le nom sanctifié de Dieu pour qu'il les préserve du mal.

— Va ! tonna Yephimy dans la tourmente.

Criant par-dessus le rugissement du vent, Gavril se jeta sur l'abbé qu'il plaqua au sol.

La chaîne de la lanterne ballottée comme un fétu de paille céda avec un craquement de mauvais augure et s'abattit à l'endroit où Yephimy se tenait une seconde plus tôt.

Comme des cendres emportées par le vent, les échos se dissipèrent, s'estompèrent… et moururent.

Chapitre 14

L'exorcisme avait échoué.

Dans le grand hall, Gavril regardait fixement les traces de cendres et de cire fondue sur le sol dallé.

Tous ses plans avaient tendu vers un seul but : rendre à son père le repos éternel. Mais au lieu de disparaître pacifiquement de ce monde, l'âme en peine s'était montrée plus forte et plus vindicative qu'auparavant.

Sur l'estrade, effondré, Gavril enfouit la tête entre ses mains. Comment la situation avait-elle pu à ce point mal tourner ?

Les moines s'affairaient à purifier le hall en brûlant dans leurs encensoirs de la poussière d'ange et en aspergeant les lieux d'eau bénite.

— Seigneur…

Gavril leva les yeux vers l'abbé.

— Vous m'avez sauvé la vie.

Trop bouleversé pour parler, le jeune homme hocha la tête.

— Le fantôme de votre père est bien plus puissant que je ne l'aurais cru.

— Cette… abomination… était vraiment mon père ?

Gavril avait retrouvé la parole, cherchant à exprimer l'amertume qui le rongeait.

Yephimy acquiesça.

— J'ai déjà observé ce genre de phénomène. Le spectre en vient à incarner les dernières pensées conscientes d'un moribond. Et une mort violente engendrera toujours un fantôme enclin à la violence, obsédé par la rage qui l'anime et par sa soif de vengeance. Maintenant, je crains que…

— Oui ?

— J'ai peur d'avoir déchaîné une colère primaire, avoua l'abbé, l'air sombre. Jusqu'à hier soir, l'esprit était prisonnier du lieu où il avait expiré et se trouvait dans l'incapacité de s'en affranchir. Mais, à présent, il s'en est bel et bien libéré. Il était trop fort pour que j'espère arriver à l'exorciser.

— Mon père était un homme cruel. Comme je regrette d'être son fils !

Les mots de Gavril dépassaient sa pensée. Mais c'était le cri du cœur… À quoi bon jouer les hypocrites ?

— Seigneur…

— Quel est ce charivari ? lança Lilias en faisant son entrée, Dysis sur les talons. Serions-nous victimes d'un raid ? Pourquoi les hommes courent-ils partout dehors ?

— Ma dame, ne vous troublez pas ainsi, la supplia Dysis. Pensez au bébé…

— Une des servantes a cru voir un intrus dans le jardin, répondit Kostya.

— Qui cela ?

— Kiukiu.

Kiukiu ? Dans l'affolement général, Gavril n'avait même pas remarqué qui avait interrompu la cérémonie. Il avait juste entendu une fille crier, au-dehors.

— Et avez-vous trouvé qui que ce soit jusqu'à présent ?

— Non, répondit sèchement le bogatyr.

Lilias lâcha un ricanement dédaigneux.

— J'aurais pu vous déconseiller de perdre votre temps inutilement ! Cette fille n'a vraiment pas toute sa tête. Elle a peur de son ombre.

— Aussi improbable que cela puisse paraître, nous ne devons négliger aucune alerte.

Lilias eut un sourire sibyllin.

— En effet. De la vigilance en toutes choses, bogatyr. Que la tragédie frappe si vite une seconde fois serait un scandale…

Kostya se rembrunit encore.

— Ne devriez-vous pas vous reposer, ma dame ?

— Comment le pourrais-je au milieu d'un tel raffut ? Et tout ça parce qu'une petite dinde a sursauté en voyant son ombre…

Lilias s'interrompit et vacilla avec une grimace, une main pressée sur son ventre.

Dysis s'empressa de la soutenir.

— Ma dame, le bogatyr a raison. Vous devriez vous reposer.

— Si mon bébé avait quoi que ce soit à cause de vos investigations…

— Je vous en prie, ma dame, venez vous allonger. Je vais vous faire une bonne tisane, ça vous apaisera.

Gavril regarda Dysis raccompagner sa maîtresse. Depuis la lecture du testament, Lilias n'avait plus quitté ses appartements – pas une fois. Et maintenant, alors que sa grossesse arrivait pratiquement à terme, pourquoi diantre venait-elle en personne aux nouvelles au lieu d'envoyer Dysis s'informer de la situation à sa place ? Naturellement, on pouvait y voir un simple caprice de femme enceinte…

La lumière du jour parut baisser. D'un coup d'œil aux fenêtres, Gavril constata qu'il s'était remis à neiger. Les flocons avaient la blancheur de pétales planant en spirale, depuis un ciel plombé…

— La neige, chuchota-t-il, fasciné.

Il se souvenait d'avoir vu tomber de la neige une fois seulement en Smarna la tempérée. Et cela remontait à de nombreuses années.

— Il commence à neiger.

Par bourrasques, telles des lames écrêtées d'écume, la neige tourbillonnait autour de la tour Kalika, fouettée par des vents hurlants.

Gavril contemplait ces turbulences. Depuis le matin, la tourmente ne paraissait pas devoir se calmer. Il sentait confusément un esprit morose à l'œuvre, résolu à baratter les éléments à la mesure de sa furie. Une colère noire semblait animer le blizzard qui martelait sans trêve ni répit les murailles du château.

— Père, dit Gavril à voix haute. (Il ouvrit à la volée les vitraux et, cramponné au rebord de la fenêtre, se pencha dans la tourmente pour hurler à tue-tête :) *Père !* Faites que ça s'arrête et dites-moi ce que vous voulez !

Du grésil lui cingla le visage, l'engourdissant, détrempant sa chevelure fouettée par les bourrasques.

L'une d'elles, plus violente encore, le catapulta en arrière. La tour trembla sur ses fondations et la fenêtre brutalement rabattue claqua contre la pierre. Ses vitraux colorés volèrent en éclats.

Étourdi, Gavril rouvrit les yeux. Noire comme un front orageux, une figure sombre le dominait de toute sa taille, emplissant de sa présence surnaturelle une pièce ouverte à tous les vents et balayée par les éléments déchaînés.

— *Tu sais ce que tu as à faire...*

La voix, de glace et de tonnerre, fit trembler les murs.

— Il doit y avoir un autre moyen, s'entêta Gavril.

Un coup de vent le plaqua contre la paroi.

Le souffle coupé, le jeune homme meurtri chuchota son étonnement.

— Pourquoi ? Pourquoi me traiter de la sorte ? Vous êtes mon père...

Les tympans bourdonnants, il glissa lentement à terre, incapable de rester debout.

Les assauts féroces du blizzard cessèrent instantanément. De l'ombre spectrale qui bloquait la lumière du jour tomba un petit soupir triste, rappelant un peu la plainte du vent sur les landes gelées. Vinrent alors des paroles, lourdes d'une désolation qui serra le cœur du jeune homme :

— *Si... froid... Tellement... fatigué... Aide-moi, Gavril... Aide-moi à y mettre fin. Libère-moi...*

Un élan de pitié le saisit. Dans cet esprit des neiges sinistre et colérique subsistait une trace d'humanité.

— Je veux vous aider, père ! Mais il doit bien exister un autre moyen... Je vous promets de faire tout ce qui sera en mon pouvoir pour traduire Jaromir Arkhel en justice mais... ne me demandez pas de le tuer !

— *Il n'y a pas d'autre solution.*

L'ombre de Volkh disparut dans un entonnoir de neige. Alors que l'esprit d'orage était emporté hors de la tour par les vents hurlants, Gavril fut de nouveau rejeté en arrière par des forces invisibles.

— Seigneur ! Seigneur !

On tambourinait frénétiquement à la porte. Se relevant tant bien que mal, Gavril s'efforça de tourner la grande clé en fer dans la serrure. Alors que la porte s'ouvrait, il retomba à genoux.

Kostya le soutint et l'aida à s'asseoir sur un siège.

— Mon garçon, vous voilà bien mal en point !

Il sortit un mouchoir et ramassa un peu de la neige soufflée dans la pièce pour confectionner une compresse de fortune qu'il appliqua sur le front de son protégé. Gavril grimaça.

— Tss, tss…

En claquant des dents de désapprobation, Kostya contempla le chaos. Des livres avaient été jetés des étagères dans le plus grand désordre. Leurs reliures étant déchirées, leurs pages voletaient au gré du courant d'air.

— Dire que l'étude a toujours été la pièce favorite de votre père, soupira le vieil homme, presque pour lui-même, en ramassant distraitement les documents et papiers épars.

— Le spectre qui hante ces lieux semble avoir bien peu en commun avec mon père.

Kostya eut un haussement d'épaules laconique.

— Ne vous avais-je pas prévenu ? Le revenant échappe à tout contrôle. Sa propre furie fait sa force. Bientôt il ne se rappellera même plus son nom, tant la soif de vengeance le taraudera. Et il n'aspirera qu'au néant éternel.

Parmi les liasses de papier détrempé que Kostya venait de ramasser, Gavril aperçut les croquis qu'il avait faits d'Astasia et il bondit de son siège pour les lui arracher.

— Donnez-moi ça !

Des dessins irrécupérables… L'encre avait coulé, laissant de grosses traînées indistinctes, pervertissant l'image du doux ovale féminin en une sinistre caricature – celle d'un succube grimaçant, aux yeux brouillés, à la bouche dégoulinant d'un fiel noirâtre… Bouleversé, Gavril les jeta sur le bureau. Ses souvenirs les plus chers, impitoyablement saccagés et violés !

D'autres éclats de voix troublèrent la scène.

— Seigneur Drakhaon ! Bogatyr !

Un des druzhina accourait en gravissant quatre à quatre les marches de l'escalier.

— Des visiteurs en provenance d'Azhgorod !

— Par ce temps-là ? s'exclama Kostya, incrédule.

— Le seigneur Stoyan, bafouilla l'émissaire. Il est porteur de mauvaises nouvelles.

— Le Drakhaon ! tonna Kostya, alors que Gavril faisait son entrée dans le hall.

Un homme richement vêtu de brocart bordé de fourrure et orné d'éclats de pierres précieuses se tenait près de ses acolytes, occupés à marteler le sol pour déloger la neige de leurs bottes et à se chauffer les mains aux flammes. Il flottait une odeur rance de fourrure détrempée en train de sécher. À la vue de Gavril, tous mirent un genou à terre en serrant sur leur cœur leur toque à bordure de fourrure.

— Seigneur Boris Stoyan, annonça Kostya en désignant un homme lourdement bâti, à la barbe fournie, chef du Conseil des Boyards d'Azhgorod.

Stoyan s'avança et s'inclina, faisant cliqueter la grosse chaîne d'or qui ornait son cou.

— Seigneur, nous avions espéré vous accueillir au Conseil d'Azhgorod, à la fin du deuil de votre père. (Sa voix avait la richesse et l'onctuosité d'un très bon cru.) Mais des événements..., d'une extrême gravité... nous obligent à anticiper.

— Après un tel voyage, messire, vous devez être transi jusqu'aux os, répondit Gavril. De la cervoise épicée pour nos hôtes ! lança-t-il à l'attention de Sosia.

Kostya conduisit Stoyan à la grande table en bois ciré qui trônait sur l'estrade et plaça pour Gavril le siège sculpté sous le portrait de Volkh. Lui-même s'installa à droite de son seigneur.

— Eh bien ? fit Gavril avec brusquerie.

— Il y a eu ce que je peux seulement qualifier de... massacre.

— Comment ça, un massacre ? s'exclama Kostya, tout ouïe.

— La nuit dernière, dans le bastion de Kharsk – qui a toujours été loyal envers votre clan, seigneur Drakhaon...

— Suggérez-vous qu'il existe un lien avec les Arkhel ? dit Kostya en se penchant en avant, le regard féroce.

Stoyan haussa les épaules, son sautoir en or cliquetant au rythme de ses mouvements.

— Certains parlent d'une meute de loups, d'autres de mercenaires, de sympathisants secrets des Arkhel, peut-être... À mon avis, seigneur, vous devriez venir vous rendre compte par vous-même. Si des renégats sont en maraude, il nous faut les débusquer et les éliminer.

— Combien de victimes ? demanda Kostya.

— Elles sont trop nombreuses. Et il s'agit surtout de femmes et d'enfants.

Gavril écoutait, se demandant ce qu'on attendait de lui.

— De la cervoise chaude aux épices, mes seigneurs, annonça Sosia en approchant de l'estrade, Ninusha sur les talons.

Distrait, Gavril regarda la jeune femme lancer des œillades aguicheuses aux acolytes du seigneur Stoyan tout en leur versant à boire. Elle battait langoureusement ses longs cils noirs.

— Donc, où se trouve Kharsk ? demanda Gavril tandis que les hommes se désaltéraient.

Un des nouveaux venus déplia une carte en vélin froissé, peinte à traits grossiers dans des encres passées. Des châteaux dessinés d'une main malhabile représentaient les bourgs. L'ensemble était sans rapport avec la finesse de la carte de Volkh, dans la tour Kalika.

— À un jour de voyage d'ici, à l'est d'Azhgorod, répondit Stoyan, un index pointé sur la carte. Par-delà les rives du lac Ilmin.

Là s'étendait la ville d'Azhgorod, hérissée de tours et de tourelles. Et à l'extrémité du lac Ilmin, Gavril vit, clairement délimitée, la chaîne montagneuse septentrionale qui débouche sur le Muscobar.

— La population de Kharsk vous implore de lui accorder votre protection, seigneur.

Gavril se tourna vers Kostya.

— Alors, nous devons nous rendre à Kharsk… sans délai.

Gavril gravit les marches quatre à quatre. Après la veille de cette nuit, il s'était laissé gagner par le découragement et la lassitude. Mais, à la perspective de recouvrer une certaine liberté, il retrouvait de l'énergie.

Il ouvrit d'une bourrade la porte de sa chambre.

Un chuchotement lui parvint.

— Seigneur…

— Kiukiu ?

Perplexe, il s'immobilisa sur le seuil. La pièce paraissait vide.

La grande tapisserie de chasse qui dissimulait l'accès dérobé frémit… et Kiukiu se risqua à découvert. Hirsute, des mèches de cheveux s'échappant de sa coiffe, elle avait de grands yeux battus dans un visage anormalement pâle. Elle non plus ne semblait guère avoir fermé l'œil de la nuit.

— Que faisais-tu derrière la tapisserie ?

— Je cherchais à vous protéger, seigneur !

Comme elle vacillait, il la rattrapa par un bras et la guida vers un siège.

— Ou à échapper à Kostya ?

— Il vous l'a dit ?

— Tu as aperçu un intrus. Les druzhina ont fouillé le domaine jusqu'à l'aube sans trouver qui que ce soit d'étranger.

— Mais cherchaient-ils là où il fallait ? dit-elle distraitement, en tentant de remettre un peu d'ordre dans sa coiffure.

— Kiukiu, tu as interrompu le cérémonial. (Il s'agenouilla pour être à sa hauteur.) Pourquoi ? Pourquoi as-tu fait ça ?

— Parce qu'il y avait bel et bien un intrus ! (Elle serra les accoudoirs du fauteuil.) Il était dans le pavillon d'été. Avec Lilias.

— Pourquoi ne l'as-tu pas dit tout de suite ?

— Elle ne devait pas savoir que j'avais surpris sa conversation !

Kiukiu tremblait. Après s'être relevé, Gavril retourna à la table où Sosia avait déposé le plateau du déjeuner et versa de la cervoise à son amie. Elle prit la chope qu'il lui tendait de ses mains tremblantes et but à petites gorgées frémissantes.

— Qu'as-tu entendu ?

Les yeux écarquillés par la peur, elle leva la tête vers lui.

— Lilias… Elle lui disait de revenir par le passage secret… pour vous tuer.

— Me tuer ? répéta Gavril, abasourdi. (Il ne sut plus très bien quoi dire.) Qui était cet homme ?

— Je… ne sais pas trop. Elle l'a appelé Jaro.

— Jaromir !

Comme si des nuages noirs venaient soudain de voiler un soleil timide, toute l'exaltation de Gavril s'effrita.

— Jaromir Arkhel… Ici…

— Arkhel ? reprit Kiukiu dans un souffle.

Des yeux noirs dans un visage pâle à l'expression singulièrement intense – et indéchiffrable…

Kiukiu reprit la parole, brisant le fil de ses noires cogitations :

— Je ne crois pas qu'il veuille vraiment vous tuer. Il a dit qu'il était juste revenu parce qu'il désirait ardemment *la* revoir.

Lilias… la complice secrète du tueur, la voix basse entendue derrière le panneau dérobé du grand hall…

— Je pense qu'il est amoureux d'elle, seigneur.

— Et tu es donc venue jusqu'ici pour tenter de l'arrêter… (Gavril regarda Kiukiu avec un respect nouveau.) C'était courageux de ta part.

— Il fallait que j'échappe aux druzhina… (Elle but une autre gorgée. Sa voix se raffermit.) D'ailleurs, je n'étais pas certaine qu'il viendrait…

S'étant de nouveau accroupi, Gavril s'efforça d'y voir clair. Donc… Lilias et Jaromir étaient amants. Qu'avaient-ils espéré de l'assassinat de Volkh ? La possibilité de régner ensemble sur l'Azhkendir ? Et de qui était l'enfant qu'elle portait ? D'Arkhel ou de Nagarian ?

— Lilias… Toujours elle !

Gavril passa en revue les conversations qu'il avait pu avoir avec la jeune femme. Il revit les tasses délicates de thé parfumé – un parfum si fort qu'il aurait aisément pu masquer l'amertume d'un poison… Apprendre qu'elle voulait le voir mort clarifiait les choses. Mais comment prouver sa culpabilité ?

— Kiukiu, nous avons besoin de preuves. Si tu l'accuses, elle se contentera de te rire au nez en te traitant de menteuse. Et, ensuite, ta vie ne vaudra pas cher.

— Des preuves ? répéta la jeune fille, découragée. De quel genre ?

— Je dois m'éloigner un jour ou deux. En compagnie du seigneur Stoyan.

Il la vit arrondir les yeux, alarmée.

— Mais supposons que Jaromir Arkhel se cache dans les parages, guettant l'instant propice pour vous frapper à mort ?

Il trouva sa sollicitude touchante et lui couvrit les doigts de sa main.

— En mon absence, je veux que tu sois mes yeux et mes oreilles. Ne te mets pas inutilement en danger, mais tends l'oreille.

— Comptez sur moi, seigneur.

Elle lui offrit un sourire courageux, une lueur d'adoration brillant dans ses yeux gris-bleu.

Il changea abruptement de sujet.

— Qu'est-il arrivé à Nuage de Neige ?

— Il n'a pas encore déployé ses ailes. (Kiukiu se leva pour aller poser la chope vide sur le plateau.) J'allais le nourrir quand j'ai… entendu des voix.

Ne se souciait-elle donc jamais de sa propre sécurité ?

— Tu dois être prudente, Kiukiu. Moi parti, plus personne ne te protégera.

— Je serai sur mes gardes.

Quand l'escorte se mit en route sur le chemin forestier, des flocons de neige dansaient encore dans les airs. Ils tombaient en spirale d'un ciel bas et plombé.

Gavril chevauchait aux côtés du seigneur Stoyan et de Kostya. Les acolytes du Boyard et dix druzhina fermaient l'escorte. Kostya avait laissé à Michailo les commandes du château, emmenant ses guerriers les plus expérimentés pour mieux protéger son maître.

Des branches gelées leur effleuraient la tête. Gavril se penchait en avant sur sa selle pour les éviter. Au-delà de l'allée qui serpentait autour du domaine, tout semblait n'être que grisaille planant sur les landes.

Le chemin coupait à travers les dernières pinèdes, le long de Kerjhenezh.

Un tapis neigeux recouvrait les landes. À la place des bruyères violettes et des fougères brunes, la blancheur régnait.

L'ironie de la situation n'échappa pas à Gavril, amer. Pour une fois qu'il pouvait quitter le château du Drakhaon, l'Azhkendir était enseveli sous la neige, au point qu'on passait à peine. Il semblait maintenant y avoir peu d'espoir de franchir les montagnes. L'esprit vengeur de Volkh y avait veillé.

L'hiver retenait Gavril prisonnier.

Les cavaliers passèrent la nuit au château du seigneur Stoyan, tandis que le blizzard battait la campagne.

Au matin, Stoyan conduisit la petite troupe vers un lac gelé où la couche de glace aux reflets vert et gris était si épaisse que les chevaux pourraient la traverser aussi sûrement qu'une bande de terre ferme.

De l'autre côté du lac, Gavril vit monter de la fumée. Derrière des roseaux gelés sur pied se dressaient les huttes en bois d'un modeste village de pêcheurs.

— Personne pour nous accueillir ? grogna Kostya en se dressant sur ses étriers. Holà, du village !

Les échos de son appel se répercutèrent dans le paysage désolé. Des oiseaux s'envolèrent des roselières, leurs battements d'ailes claquant aussi sèchement que des détonations. Mais personne ne répondit.

— Est-ce Kharsk ? demanda Gavril.

— Nous sommes à quelques lieues encore à l'est du bastion, seigneur, répondit Stoyan. Nous sommes ici à Ilmin. Et quelque chose ne va pas du tout…

Le long de la rive, des barques chargées de filets et de flotteurs étaient abandonnées. Le vent jouait dans les roseaux, ployant de son souffle les tiges gelées.

— Holà ! cria Kostya. (Il se tourna vers les druzhina.) Fouillez les huttes.

Le gémissement lugubre du vent glaça Gavril jusqu'aux os. Le village apparemment désert ne lui disait rien qui vaille. Il resserra sur son torse les pans de sa veste.

Des cris s'élevèrent, derrière les cabanes.

— Par ici ! Vite !

Kostya sauta de cheval et, sabre au clair, s'élança au pas de course. Gavril le suivit.

Le jeune homme n'était pas préparé au spectacle qu'il découvrit. Des cadavres... De femmes, d'enfants, de bébés..., leur sang bu par la neige et le gel.

En approchant du carnage avec une réticence marquée, il vit que les victimes portaient les traces de terribles blessures, sur le corps et à la gorge...

Une attaque féroce.

Gavril aurait voulu se détourner de cette scène d'horreur, mais il n'en trouva pas la force.

— Au nom du ciel, chuchota-t-il, que s'est-il passé ici ?

— Des tueurs qui s'en prennent aux femmes et aux enfants, qui les massacrent pour le plaisir sans rien voler, souffla Kostya d'une voix anormalement sourde.

Penché sur le corps désarticulé d'un enfant dont les cheveux blonds formaient comme une auréole sur la neige ensanglantée, il essayait doucement d'en redresser les bras et les jambes.

— Pourquoi ?

— Kostya...

Gavril se tut. Le vieil homme ignorait qu'il venait d'apprendre le sort réservé par les Arkhel à son garçon, Kostyushka... Bouleversé par ce carnage, le jeune homme se détourna et but une gorgée d'eau-de-vie au goulot de sa flasque, pour tenter d'apaiser ses nerfs à vif.

Sombre, Stoyan revint vers Gavril.

— On dirait bien l'œuvre d'une meute de loups, seigneur...

D'une des cabanes, un autre cri éclata.

— Des survivants, bogatyr !

C'était Askold, un des lieutenants de Kostya.

Les cavaliers se regroupèrent dans le modeste logis à la porte basse. L'intérieur, sombre, empestait le poisson séché. Alors que sa vision s'accoutumait à la pénombre ambiante, Gavril découvrit, recroquevillée dans un coin, une vieille femme qui serrait dans ses bras une adolescente.

— Elle affirme que c'étaient des loups, bogatyr, dit Askold.

— Quel genre ? demanda Gavril. Et combien y en avait-il ?

La rescapée marmonnait en patois. Gavril la comprenait à peine.

— Elle répète que « leurs yeux brûlaient comme des feux follets », seigneur Drakhaon. Ces monstres ont surgi de la nuit, trop nombreux pour qu'on puisse les compter.

— Il nous faut plus de précisions ! éclata Kostya en frappant du poing la paume de sa main.

Par-dessus la tête de l'adolescente, qui dodelinait, la vieille femme lança un regard implorant à Gavril.

Qui lui tendit sa flasque.

— Un peu d'eau-de-vie ?

Elle s'en empara et la vida cul sec.

— Et les hommes du clan ? ajouta Kostya. Où sont-ils passés ?

En secouant la tête, la survivante marmonna une réponse à peine cohérente.

— Apparemment, certains d'entre eux sont allés au marché d'Azhgorod. Elle pense qu'ils se sont fait surprendre par le blizzard. Ils auraient dû être de retour à la nuit tombée. Les femmes étaient sorties dans le froid pour guetter leur retour à la lumière des torches lorsque les loups ont attaqué.

— Et où ont-ils filé ensuite, ces loups ? insista Kostya.

En haussant les épaules, la villageoise continua de bercer sur son sein fripé l'adolescente apathique en chuchotant tout bas une berceuse monocorde. Transi d'horreur, Gavril réalisa soudain que l'enfant était morte…

Il fit signe à Kostya de le suivre dehors. Les druzhina rassemblaient les cadavres, les couvrant de draps pris dans les cabanes. Les yeux noyés de vaines larmes, il se détourna, incapable d'en supporter davantage.

— Ces loups, ces bêtes fauves… sont des tueurs-nés. Nous devons leur donner la chasse et les éliminer jusqu'au dernier.

— Nous devons surtout être sur nos gardes, seigneur, répondit Kostya. Les loups des neiges tuent pour se nourrir, pas par plaisir. Et ils quittent rarement leurs montagnes. Ici, ce n'étaient donc pas des loups ordinaires. Il y a de la sorcellerie Arkhel là-dessous ou je ne m'y connais pas !

— Vous m'avez expliqué que le clan Arkhel avait été exterminé.

— Kharsk est Nagarian. Au sud des landes, toutes les forteresses sont aux Nagarian. Si on se tourne vers le nord, en revanche…

Gavril se tut, contemplant le lac gelé. Il n'avait rien dit à Kostya de tout ce que Kiukiu avait surpris au pavillon d'été. À présent, il commençait à se demander si Jaromir Arkhel n'avait pas levé une armée de partisans pour mieux contre-attaquer…

Était-ce l'aube d'une nouvelle guerre clanique ?

Chapitre 15

— Je ne pourrai plus t'apporter de nourriture, Nuage de Neige.

Avec un frémissement d'ailes, le hibou sautilla sur le bras tendu de sa bienfaitrice et becqueta les morceaux qu'elle lui offrait, sur sa paume ouverte.

— Rester ici devient trop dangereux pour toi. Il faut que tu partes.

À la lumière déclinante, elle remarqua de petites pelotes cylindriques, disséminées sur le sol. Des résidus régurgités d'os, de plumes, de poils et autres substances indigestes…

— Oh ! Tu as appris à chasser par toi-même ! Tu es un petit malin, toi ! (Elle flatta les plumes soyeuses qui entouraient ses oreilles, surmontées de légères touffes érectiles.) Il ne te reste plus qu'à déployer tes ailes.

S'il avait appris à répondre aux appels de la jeune fille, il n'en demeurait pas moins un animal sauvage. Et il avait besoin de liberté.

Kiukiu le posa par terre et sortit de sa poche le meilleur couteau-éplucheur qu'elle avait subtilisé à Sosia.

— Maintenant, tiens-toi tranquille, Nuage de Neige.

La petite attelle confectionnée par Gavril n'était plus bien fixée. Deux entailles rapides suffirent. Nuage de Neige s'ébroua, lissant ses ailes.

— Et te voilà libre ! s'exclama Kiukiu en se redressant. (Le hibou resta immobile.) Allons, Nuage de Neige, prends ton envol !

Elle battit des mains. L'oiseau de proie se contenta de cligner des paupières. Elle lui tendit le bras et il s'y percha de nouveau, s'y cramponnant de ses serres acérées qui traversaient le tissu épais de la manche. Avec l'animal se balançant sur son poignet, Kiukiu se dirigea lentement vers la porte.

— La nuit est tombée et c'est à toi, messire le hibou, d'entrer en scène ! Va, retourne vers les tiens…

Elle leva le bras pour l'encourager à s'élancer dans les airs, mais il se maintint en place, enfonçant ses serres dans la chair de la jeune fille.

— Allez, idiot ! Si tu restes là, tu finiras par te faire prendre et on te tuera ! Je ne le supporterais pas…

Comme pour lui répondre, le hibou tourna la tête vers elle pour lui pincer doucement la peau du cou, d'une façon amicale et familière.

— Bon, encore une nuit, céda-t-elle à regret, mais c'est la dernière, hein ? (Elle lui ébouriffa les plumes d'un doigt affectueux.) Demain, il faudra que tu partes. Et que tu voles de tes propres ailes, mon grand.

Campée devant le plan de travail, Kiukiu bâilla en se frottant les yeux.

— Que fiches-tu là à te tourner les pouces ? grommela Sosia en passant derrière elle.

— Le seigneur Gavril est parti, alors je…

— Alors tu t'occuperas de la cheminée de dame Lilias aujourd'hui.

— Dame Lilias ? Oh, non ! s'écria Kiukiu, alarmée, en secouant la tête. Elle me hait ! Elle ne supportera pas ma présence…

— Ninusha est au lit avec de nouveaux maux d'estomac. Et j'ai besoin d'Ilsi en cuisine. Ce sera donc toi.

— Pourquoi Dysis ne peut-elle pas s'en charger ?

— Dysis est une caméariste attachée au service particulier d'une dame. Et il faut croire qu'au Muscobar, les chambrières comme elle ne se salissent pas les mains à faire le feu dans les cheminées, ajouta Sosia d'un ton acide.

Un peu plus tard, Kiukiu s'aventura dans le couloir qui conduisait aux appartements de Lilias et frappa timidement à la porte.

— Bonjour ! Vous m'entendez ? C'est Dysis ! Répondez, je vous en prie !

À qui diable Dysis parlait-elle donc, derrière la porte ? Perplexe, Kiukiu frappa plus fort. Après un petit silence, Dysis répondit sèchement :

— Entrez !

Kiukiu obéit en jetant à la ronde des coups d'œil nerveux. À son grand soulagement, Lilias n'était pas dans son boudoir. Dysis se tenait près du manteau de cheminée, occupée à dépoussiérer une des possessions de sa maîtresse, une délicate figurine en cristal, d'habitude abritée par une cloche de verre.

— Je viens pour la cheminée, souffla Kiukiu.

— Dans ce cas, dépêche-toi, répondit sèchement Dysis en replaçant la cloche. Commence ici. Ma maîtresse est encore au lit.

Elle retourna près de la fenêtre pour reprendre sa broderie.

Kiukiu n'avait pas encore eu l'occasion d'admirer la vue par la fenêtre. Elle nota qu'avec la chute des feuilles, le pavillon d'été était parfaitement visible d'où elle se trouvait…

L'avait-on vue s'y glisser à la nuit tombée ?

À cette pensée alarmante, elle lâcha sa balayette qui atterrit bruyamment sur le foyer.

— Qui fait ce raffut, Dysis ? lança t on de la chambre. J'essaie de me reposer, moi !

— Navrée, chuchota Kiukiu.

Tout à sa broderie, la caméariste fronça les sourcils.

— C'est inutile, Dysis, je n'arrive pas à fermer l'œil !

Levant les yeux, Kiukiu vit apparaître Lilias sur le seuil de la chambre.

— Que fiche-t-elle ici, celle-là ? On cherche des intrus ? N'as-tu pas assez troublé mon repos cette semaine, Kiukirilya ?

Sait-elle ? A-t-elle tout deviné ?

Terrifiée, la jeune fille se recroquevilla, à genoux dans les cendres.

— Pourquoi est-elle là, et pas Ninusha ?

— Ninusha est souffrante, murmura Kiukiu.

— Quel dommage… Ah ! (Une expression de souffrance crispant ses traits, Lilias s'agrippa le ventre.) J'ai perdu les eaux ! souffla-t-elle.

— Quoi ? fit Kiukiu sans comprendre.

Voir Lilias pliée de douleur ne fit qu'ajouter à sa terreur. Elle ne savait plus quoi faire.

Lâchant son ouvrage, Dysis se hâta de porter secours à sa maîtresse.

— Que fais-tu encore plantée là ? lança-t-elle en soutenant Lilias. Cours chercher de l'aide, bon sang !

— De l'aide ?

Troublée, Kiukiu recula en direction de la porte. Que voulait dire Lilias ? Lui fallait-il une serpillière pour essuyer les eaux, par terre ?

— *Presse-toi !* éclata Lilias, avant de pousser un hurlement si perçant que Kiukiu prit ses jambes à son cou en laissant la porte grande ouverte.

— À l'aide ! Au secours ! Lilias est malade !

Avec les accents stridents d'une plainte de revenante, les cris de Lilias résonnèrent dans toute la maisonnée.

— Le bébé arrive !

— Sosia ! Sosia !

Alors que Kiukiu dévalait l'escalier, elle vit par les fenêtres qu'il s'était remis à neiger.

— Qu'est-ce qu'il y a encore ? grogna Sosia en surgissant dans le hall, les mains dans son tablier.

Kiukiu désigna les appartements de Lilias, où éclata un nouveau cri à glacer les sangs.

— Le… bébé !

— Par tous les saints ! s'exclama Sosia. Le travail commence !

Derrière la porte de Lilias, les hurlements se prolongèrent jusque tard dans la nuit. En l'absence de Sosia, Ilsi, devenue la maîtresse des cuisines, rendit la vie impossible à Kiukiu, lui ordonnant inlassablement de chauffer toujours plus de seaux d'eau.

Alors que la jeune fille traînait le troisième, elle entendit Ilsi échanger des ragots avec Michailo.

— Écoutez-la brailler ! dit la jeune cuisinière, pleine de dédain, alors que résonnait un nouveau hurlement à l'étage. On croirait qu'elle est la première à accoucher, celle-là !

— On dit que les bébés des Nagarian font plus souffrir que les autres en venant au monde. Comme s'ils se battaient pour naître plus vite !

— Qui a dit que celui-ci est bien un Nagarian ? lâcha Ilsi avec un sourire finaud.

À une heure du matin environ, les cris cessèrent. Peu après, une Sosia éreintée apparut à la balustrade, portant un nouveau-né enveloppé dans ses langes.

Kiukiu, d'autres serviteurs et quelques druzhina s'étaient réunis dans le hall, en bas.

— Michailo, ordonna Sosia, envoie un messager au seigneur Gavril pour le prévenir que Lilias a accouché d'un bel enfant de sexe masculin. Elle le prénomme Artamon.

Elle leva à bout de bras le nouveau-né – qui vagit. Kiukiu se tordit le cou pour tenter de l'apercevoir, mais il était trop bien emmitouflé. Autour d'elle, les commentaires à mi-voix allaient bon train.

— Artamon, grommela le vieux Guaram. Elle s'imagine peut-être qu'elle vient de donner le jour à notre futur empereur ?

— Est-il brun ?

— Est-il blond ?

— Est-ce un Nagarian ?

— Comment savoir ? Comment en avoir le cœur net ?

Le seigneur Gavril était parti depuis six jours. Kiukiu avait compté tout bas en soulevant un lourd seau de charbon à porter dans les appartements de Lilias… Kostya avait transmis des nouvelles au château : ils donnaient la chasse à une meute de loups particulièrement féroces et dangereux.

Kiukiu frappa. N'obtenant pas de réponse, elle entra.

Un berceau peint en blanc avait été poussé près des braises mourantes du foyer.

Kiukiu s'approcha et se pencha au-dessus. Dans son cocon de couvertures, le bébé lui renvoya son regard. Ses petits doigts se pliaient et se tendaient sans cesse, comme en quête de quelque chose à attraper.

Elle se sentit fondre de tendresse. Était-ce sa faute s'il avait Lilias pour mère ? Avec son duvet de cheveux roux aux reflets bronze, et son adorable nez retroussé, c'était déjà un sacré petit bout de chou…

— Bonjour, Artamon, chuchota-t-elle.

En réaction à la voix féminine, le bébé bougea un poing minuscule. Hésitant, elle lui tendit un doigt – et sentit les siens se refermer dessus, avec une force de préhension surprenante pour un être si petit.

— Il faut que je travaille, petit père, dit-elle à regret en lui retirant son doigt pour caresser sa joue duveteuse. Tu as besoin d'un bon feu pour te garder au chaud.

Elle retourna devant le foyer et, agenouillée, en racla les cendres comme à l'accoutumée.

Un gargouillis alarmant arriva du berceau. Il ne traduisait nullement le contentement d'un bébé repu… Affolée, Kiukiu lâcha ses ustensiles et, s'essuyant les mains sur ses jupons, revint en hâte près du berceau.

Le nourrisson était malade. On sentait l'odeur fétide du lait vomi. Et il s'était tellement tortillé qu'il avait le nez dans le liquide régurgité… Il s'étouffait.

Kiukiu plongea les mains dans les draps pour le prendre et lui tapota le dos afin de dégager ses voies respiratoires ; elle sentait le petit corps se convulser.

— Que fais-tu ?

Lilias était soudain apparue sur le seuil de la chambre, l'air outré.

— Repose-le tout de suite !

— Mais il…

Le bébé réussit à pousser un petit cri étranglé.

Lilias se précipita pour reprendre Artamon.

— Qu'étais-tu en train de faire ? D'étouffer mon fils…, le rejeton du Drakhaon !

Kiukiu eut presque la voix coupée devant l'injustice de l'accusation.

— J'ai tenté de le sauver !

Lilias serra si fort le nourrisson contre elle qu'il se mit à pleurer.

— De le sauver ? Tu as voulu le tuer, oui ! Je t'ai vue !

Intriguées par le vacarme, Ilsi et Ninusha apparurent à leur tour sur le seuil.

— Il allait s'étouffer avec son vomi ! Regardez, son berceau est tout sale et j'essayais seulement de…

— Il s'étouffait ? Quelle vaine excuse est-ce là ? Tu étais en train de le secouer ! (Plus la voix de Lilias montait dans les aigus, plus le bébé vagissait.) Cette fille n'a pas seulement un pois chiche pour cervelle, elle est mauvaise par-dessus le marché ! Et assez mal intentionnée pour vouloir nuire à mon enfant ! À moins… (Lilias baissa d'un ton en berçant le nourrisson) qu'un autre lui ait mis cette idée en tête…

À son tour, Kiukiu se mit à pleurer.

— Pourquoi refusez-vous de m'écouter ? J'adore les bébés ! Je me moque de savoir qui est leur mère, jamais je ne voudrais leur faire de mal, je le jure…

— Je l'ai déjà surprise penchée au-dessus du berceau, dit Ilsi. À ma vue, elle a bondi en arrière ! C'était très suspect.

Comme toujours, Ninusha soutint son amie.

— Et moi aussi, je l'ai vue !

Kiukiu hoqueta de stupeur.

— Jamais !

Ilsi eut un petit sourire glacial.

— Nie-le si tu l'oses.

— Parfaitement, je le nie !

Dans le couloir, des bruits de pas précipités ponctuèrent des éclats de voix.

— Où est-elle ? Où est la fille d'Afimia ?

Oleg et Michailo surgirent, Sosia et plusieurs druzhina sur les talons. Oleg jeta au sol une poignée de plumes blanches ensanglantées. Kiukiu poussa un petit cri d'effroi.

— Nuage de Neige, chuchota-t-elle.

— Cette souillon élevait une de ces créatures maudites dans le pavillon d'été, un des hiboux d'Arkhel !

Oleg brandit son poing sous le nez de la jeune fille interdite.

— Et elle a dit qu'elle y retrouvait son galant ! lâcha Ilsi, méprisante.

— Mauvais sang ne saurait mentir ! renchérit Oleg en crachant par terre. Celui des Arkhel !

Serrant d'une main le bas de sa robe, Lilias darda un regard noir sur l'homme.

Kiukiu tomba à genoux et prit les douces plumes souillées de sang pour les laisser glisser entre ses doigts.

— C'était encore un bébé. Il ne faisait de mal à personne. Et vous l'avez tué !

— On aurait dû se douter qu'aucun garçon ne voudrait de cette boulotte de Kiukiu mal fagotée, ricana Ninusha, vindicative. Et savoir qu'elle mijotait un sale coup !

— Fallait-il donc le tuer ? s'écria la jeune fille.

— Kiukiu, intervint Sosia d'une voix dure et tranchante, tu t'es mise dans de sales draps. Pourquoi m'as-tu menti ?

À travers ses larmes, elle fixa sa tante. Le seigneur Gavril était parti à Kharsk. En son absence, qui prendrait sa défense ?

— Je n'ai pas exactement menti, ma tante.

— D'abord le bébé et maintenant ça !

— Et qui sait ce qui se passait d'autre dans ce pavillon d'été, ajouta Lilias, glaciale.

— Personne n'apprivoise les hiboux d'Arkhel ! grogna Oleg. Ce sont des oiseaux de proie et nous savons tous quel usage en font nos ennemis !

— Mais le seigneur Gavril en personne m'a aidée à sauver Nuage de Neige ! protesta Kiukiu. Demandez à Oleg si ce n'est pas vrai ! Il était présent ! Dès que sa patte aurait été guérie, nous aurions relâché le hibou.

— Et que ferait le seigneur Gavril d'un hibou d'Arkhel ? (Le vieil homme cracha de nouveau.) Elle ment ! Elle est de mèche avec un étranger, oui !

— Ma jeune nièce a toujours été un peu… simplette, intervint Sosia. Elle ne pensait pas à mal…

— Elle ne pensait pas à mal ? se récria Oleg. Aurais-tu oublié ce qui s'est produit dans l'aile est, femme ?

— Kiukiu doit partir, trancha Lilias. Michailo ?

Les bras croisés, celui-ci s'était contenté de suivre la scène, sans s'en mêler.

— Kostya t'a confié le château, continua Lilias. (Ses yeux verts soudain noyés de larmes, elle prit une voix tremblante.) Renvoie-la… J'ai peur pour mon fils.

— Mais les neiges hivernales ont commencé, lança Kiukiu.

— Qu'elle s'en aille où elle voudra, je m'en fiche. Je ne veux plus la voir près de mon bébé.

Kiukiu vit Michailo lancer un coup d'œil à Lilias, qui fondit en larmes en berçant son enfant. Elle le vit déglutir avec peine.

— Kiukiu…

— Oui ? chuchota-t-elle.

— Tu dois quitter le château.

— Mais j'ai essayé de sauver le bébé !

— En l'absence du bogatyr, je commande ici, répliqua Michailo, impénétrable. Tu es renvoyée du service du Drakhaon.

Ses yeux réduits à deux fentes lançant des éclats de jade, Lilias toisa la jeune fille par-dessus la tête du nourrisson en ajoutant :

— Et estime-toi heureuse de t'en tirer à si bon compte ! À Mirom, les servantes malfaisantes écopent de lourdes peines. Elles ont la tête rasée et meurent souvent de dysenterie avant la fin de leur châtiment.

— À Mirom, j'aurais eu un procès équitable ! explosa Kiukiu.

— Tu as une demi-heure pour rassembler tes affaires, décréta Michailo en rejoignant Lilias. Ne vous mettez pas dans tous vos états, de grâce, ma dame, ajouta-t-il, radouci.

Kiukiu se tourna vers Sosia.

— Ma tante…

Celle-ci baissa les yeux.

— Cette fois, je ne peux plus rien pour toi.

— Mais où irai-je ? Ne pourrais-je pas au moins m'abriter du froid dans l'étable, le temps que les beaux jours reviennent ?

— Tu seras escortée hors du domaine, répliqua Michailo à mi-voix. Ne reviens pas sous peine de mort. Souviens-toi, Kiukirilya, qu'en l'absence du seigneur Gavril, moi seul commande ici, au château du Drakhaon. Va rassembler tes affaires. Avant que je change d'avis.

Une main plaquée sur sa bouche pour tenter de ravaler ses sanglots, la jeune fille s'élança hors de la pièce. En passant devant Ilsi et Ninusha, elle les sentit exulter sous cape.

Dans son affolement, les pensées se bousculaient sous son crâne. Si seulement le seigneur Gavril n'était pas parti…

Mais à quoi bon ? Il se trouvait bien loin de là… Restait Sosia. Qui venait de se laver les mains de son sort… Elle avait pris la défense de sa nièce tant de fois déjà. Mais contre Lilias, elle ne pouvait plus rien.

En passant devant une fenêtre, Kiukiu vit le manteau neigeux qui couvrait les landes, dans le lointain. Le ciel gris promettait encore beaucoup de neige… Où irait-elle ? Elle avait vécu sa vie entière au château. À part Sosia, elle n'avait aucune famille.

Elle dévala l'escalier, s'engouffra dans sa petite chambre et arracha la couverture et les draps du lit. La couverture lui tiendrait lieu de manteau. Elle jeta ses maigres possessions dans un drap dont elle fit un baluchon de fortune : son peigne, des rubans bleus, d'épaisses chaussettes reprisées…

— Kiukiu…

Sur le pas de la porte, Sosia était pâle à faire peur, les lèvres presque exsangues. D'un coup, elle paraissait avoir terriblement vieilli.

— Pourquoi as-tu fait ça ? Pourquoi ?

— J'étais en train de sauver le bébé qui s'étouffait avec son vomi ! Mais, *elle,* elle me hait tant qu'elle a retourné ça contre moi…

— Le hibou, Kiukiu. N'as-tu donc aucun bon sens ? Au cours du massacre, ces oiseaux de malheur ont attaqué nos hommes, les femmes et les enfants ! Il ne s'agit pas de hiboux *ordinaires.*

À l'idée que Nuage de Neige gisait quelque part dans la neige, ensanglanté, Kiukiu se remit à sangloter.

— Le seigneur Gavril m'a aidée à le sauver ! Pourquoi personne ne veut me croire ?

— Va au village. À l'auberge, tu demanderas Piotr, il te donnera du travail. Donne-lui mon nom.

— Mais Klim est à un jour de marche !

— Alors, presse-toi ! Voilà du pain et du fromage pour le chemin.

La couverture nouée autour de son cou et de sa taille, la jeune fille éplorée mit son drap-baluchon sur son épaule.

— Attends… (Sosia défit sa fanchon en laine et l'enroula autour de la tête de la jeune fille.) Là, ça te protégera un peu.

— Sosia ! beugla Oleg. Où est passée ta vaurienne de nièce ?

Kiukiu frémit.

— Ne le laisse pas m'approcher… Je t'en prie, ma tante ! Il va… Enfin, tu sais !

Sosia hocha la tête. Elle l'étreignit rapidement puis la repoussa alors qu'Oleg et deux druzhina apparaissaient.

— Prends soin de toi, murmura-t-elle à Kiukiu.

— Viens par ici, toi ! grogna Oleg en empoignant la jeune fille par le coude.

Les bras croisés, Sosia lui bloqua le passage.

— Où crois-tu aller comme ça, Oleg ?

— Je vais l'escorter hors de la propriété !

Sa respiration lourde et chargée fit frémir Kiukiu, qui en eut la chair de poule. L'homme puait la mauvaise sueur et la bière rance. Ses intentions ne faisaient aucun doute.

— Hier, tu étais supposé m'apporter dix tonneaux de cervoise. Quant aux bouteilles de cidre…

— Ça ne peut pas attendre ?

— Tu oses me demander de patienter ? fulmina Sosia.

Oleg desserrant sa prise, Kiukiu en profita pour se dégager et s'élancer vivement dans le passage. En un instant, les druzhina l'eurent rattrapée et saisie par les épaules. Elle se débattit en vain. Ils l'entraînèrent.

À sa grande honte, elle vit que tous les serviteurs des cuisines, jusqu'au plus humble gâte-sauce, s'étaient massés pour assister à son expulsion humiliante. Ilsi et Ninusha étaient aux premières loges. Personne ne dit mot, mais Ilsi ne dissimulait pas sa joie mauvaise. Ses prunelles brillaient tant elle exultait.

Elle chassée, qui s'occuperait de chauffer la chambre du seigneur Gavril ?

Qui savait mieux qu'elle tendre les draps et arranger les oreillers ? Des larmes amères lui montèrent aux yeux. Elle les refoula vaillamment, plutôt que de laisser Ilsi et Ninusha savourer un peu plus sa détresse.

Alors que les deux druzhina l'entraînaient par-delà les écuries, elle vit au passage des corneilles, des corbeaux et des milans cloués aux planches et abandonnés aux quatre vents, à pourrir, sinistres trophées de plumes brisées et de serres… Nuage de Neige finirait là, son beau ramage blanc souillé de traînées brunâtres…

Accablée, Kiukiu contempla les tours sombres du seul foyer qu'elle eût jamais connu.

Et dont on venait de la bannir.

— Seigneur Volkh, dit-elle à mi-voix, ne pouvez-vous pas me secourir ? Je n'ai plus que vous… Je vous ai aidé, j'ai interrompu l'exorcisme…

Elle tendit vainement l'oreille. Et ne capta rien d'autre que la plainte infinie du vent.

Même le seigneur Volkh l'avait abandonnée.

Chapitre 16

Son baluchon en bandoulière, Kiukiu se mit en route sans un regard en arrière. Au moins, les chevaux des druzhina avaient tassé la neige sur leur passage. Mais au bout du domaine, là où naissaient les landes, il n'y avait plus le moindre chemin.

À part une modeste piste, en direction du lointain village de Klim… Les pinèdes s'éclaircissaient. La jeune fille devrait bientôt renoncer à la protection des arbres contre les vents cinglants.

Au bout du chemin, elle marqua une pause. Une bise glaciale jouait avec les branches dénudées des derniers arbres, soupirant à travers les aiguilles de pin.

Une désolation blanche s'étendait à perte de vue. Les ajoncs d'un vert sombre, les feuilles couleur bronze des fougères… La neige avait tout enseveli. Seuls les inlassables soupirs du vent troublaient ce désert blanc de leur plainte éternelle. Quant aux nuages sombres qui planaient, ils ne laissaient entrevoir aucun espoir de redoux, de retour du soleil. Avec les chutes de neige, le chemin avait presque disparu.

Je dois continuer ! s'encouragea Kiukiu.

La tête rentrée dans les épaules, elle progressait sur la poudreuse. Le vent sifflait à ses oreilles. Elle se félicitait d'avoir la tête au chaud grâce à Sosia.

Après un moment, le souffle court, les pieds humides, elle marqua une autre pause. La neige s'était infiltrée dans ses vieilles bottes, traversant les semelles usées.

Vais-je dans la bonne direction ?

Elle leva une main en visière pour se protéger de la réverbération. Malgré la grisaille, la neige éblouissante finissait par faire mal aux yeux. Et tous les repères habituels du paysage paraissaient avoir changé. Ou tout au moins être engloutis par le manteau neigeux. Les Kharzhgylls devraient être à droite de la jeune fille, et leur pic le plus élevé, le Croc d'Arkhel, au centre du massif.

Mais, là où les montagnes auraient dû se dresser, elle ne voyait qu'un brouillard indéfinissable. Or, si elle était vraiment sur la bonne route, n'aurait-elle pas déjà dû tomber sur la cabane du berger ?

L'appréhension la saisit. Si elle s'était perdue, elle pouvait tourner longtemps en rond, on ne la retrouverait jamais. Elle mourrait de froid…

— Cesse de te faire des frayeurs toute seule ! se tança Kiukiu. Continue et tu arriveras bien assez tôt à Klim.

Elle serra sur sa poitrine les pans de sa couverture et scanda des paroles de réconfort, pour s'aider à mettre un pied devant l'autre :

— Le seigneur Gavril me sauvera, le seigneur Gavril me sauvera…

Lentement, la lumière déclinait. Le brouillard paraissait se rapprocher, engloutissant tout hormis les abords immédiats… Depuis combien de temps se traînait-elle ainsi ? Son maigre baluchon lui semblait de plus en plus lourd. Et ses pieds endoloris la lançaient.

Un monolithe se détacha lentement de la grisaille.

Mange quelque chose, décida Kiukiu.

Après tout, ça lui ferait d'autant moins à porter. Elle s'installa au pied de la pierre dressée, couverte de mousse, et défit son baluchon pour prendre le pain et le fromage que Sosia lui avait donnés. Dès les premières bouchées, elle s'aperçut qu'elle était affamée. Elle dévora le pain de seigle croustillant. Même le fromage sec au lait de brebis était délicieux.

Je ferais mieux d'en garder un peu, au cas où…

À regret, elle remit dans son baluchon la dernière tranche de pain et un bout de fromage.

… Au cas où je n'atteindrais jamais le village ? (Elle chassa cette éventualité de son esprit.) *Continuons, il le faut.*

Baluchon à l'épaule, elle se força à reprendre sa route.

Le brouillard semblait s'être épaissi. Au point que la piste devenait de plus en plus difficile à suivre. Parfois, Kiukiu trébuchait sur des ronces enneigées. Ses jambes aussi lui faisaient mal. Et elle avait maintenant les pieds gelés.

Il faut que j'atteigne rapidement le village…

Elle ne cessait d'y penser, s'imaginant en train d'arriver à l'auberge, de secouer la neige de ses bottes détrempées, d'ouvrir la porte, d'être enveloppée par la chaleur bienfaisante du foyer…

La nuit tombait-elle déjà ? Il y aurait des lumignons au village, des lanternes pour éclairer les petits logis, elle les verrait bientôt briller au loin, dans le brouillard…

Kiukiu trébucha sur une pierre. Elle se redressa, les orteils tout endoloris en dépit de l'engourdissement. Elle était si fatiguée qu'elle commençait à redouter de ne plus pouvoir placer un pied devant l'autre… Et elle était transie jusqu'aux os.

Continue de marcher ! Ça ne peut plus être loin maintenant…

Elle persévéra alors que la nuit tombait. L'ombre blanchâtre des étendues neigeuses se voyait à peine maintenant, tant la lumière déclinait rapidement. Tout n'était que désert et désolation, comme sur la mer Blanche…

Les doutes que Kiukiu avait tenté d'étouffer revinrent en force.

Perdue… Elle s'était perdue dans les landes. Elle n'atteindrait jamais le village. La neige et le froid intense la priveraient de ses dernières forces. Et elle mourrait seule, abandonnée de tous. Peut-être retrouverait-on son cadavre au dégel. Si les loups n'étaient pas passés par là…

Cesse de penser à ces choses !

Elle devait trouver un abri où se recroqueviller sous sa couverture et attendre l'aube.

Un refuge… Elle n'y voyait quasiment plus à un mètre devant elle. Il n'y avait rien où espérer s'abriter. Rien que les fougères, les pierres et le brouillard…

Quelque chose de froid et de léger lui effleura la joue. Un doux baiser glacial…, suivi de nombreux autres.

Il s'était remis à neiger.

La tête basse, Kiukiu marchait au hasard. Mettre un pied devant l'autre accaparait désormais toutes ses forces. Elle ne savait plus où elle allait. Parfois, à travers les tourbillons floconneux, elle croyait entrevoir des silhouettes, vite chassées par les bourrasques. Des mirages neigeux, dont la blancheur tranchait sur la noirceur de la nuit.

Je n'en… peux plus… Me… reposer…

Mais où s'abriter ? Où se protéger des éléments quand on erre sur les landes ? Il n'y avait même plus de pierres dressées assez hautes pour arrêter les bourrasques.

— *Chantre des fantômes…*

Elle entendit des voix dans le vent, douces comme le chuchotement de la neige.

— Qui va là ? demanda-t-elle, hésitante.

— *Guslyar…*

Son imagination lui jouait-elle des tours ? Fouettés par le vent, des tourbillons de neige virevoltaient autour d'elle avant d'être avalés par la nuit.

— Il y a quelqu'un ? (La neige qui s'engouffra dans sa bouche lui darda comme des aiguilles de glace dans tout le corps.) Répondez ! Il y a quelqu'un ?

Un chant dans le lointain ? Des soupirs de désolation… Une musique plaintive et aussi froide que les flocons…

Comment pouvait-on chanter au milieu de la tourmente ? Kiukiu secoua la tête, tentant de chasser ces illusions auditives.

Un brusque souvenir la ramena des années en arrière, dans la chaude cuisine du château. Âgée peut-être de quatre ou cinq ans, elle pressait le nez contre la vitre froide de la fenêtre, son souffle y laissant de la buée. Au-dehors, il neigeait à gros flocons. Le vent tourbillonnait.

Devant ses fourneaux, Sosia préparait une soupe de légumes.

À travers la tourmente, Kiukiu crut apercevoir de vagues silhouettes sans substance. Elles dansaient… Leur chevelure s'enroulait autour de leur corps mince comme une spirale de brume. Et soudain, ce fut comme si elles avaient remarqué l'enfant… Interrompant leur farandole, elles s'étaient rassemblées et avaient pointé vers la gamine des doigts aussi fins que des glaçons, leurs yeux immenses et sombres évoquant un ciel sans lune.

— Tata, qui sont ces gens ? Là-dehors ?

— Personne ne se balade avec ce blizzard, avait répondu Sosia distraitement, tout à la préparation de sa soupe.

Alors, Kiukiu avait entendu des voix. Presque inaudibles d'abord… Plus froides et cassantes que du givre. Puis le chant mystérieux s'était mieux fait entendre. La mélodie, si envoûtante, avait serré le cœur de l'enfant, qui n'avait jamais rien entendu de plus beau.

Et avant de comprendre ce qu'elle faisait, Kiukiu avait foncé vers la porte, résolue à sortir dans la neige…

Elle était entrée en collision avec un homme de haute taille, qui s'était penché.

— Où cours-tu comme ça, ma petite ?

C'était Yuri, un des druzhina. Le frère aîné de tante Sosia. Son oncle.

— Je sors rejoindre les chanteurs !

— Personne ne chante là-dehors, dans ce blizzard !

Il avait pris l'enfant dans ses bras et l'avait ramenée dans la cuisine, la déposant sur la table.

— Mais les danseurs…

— N'as-tu jamais entendu parler des esprits des neiges ? (Il s'était accroupi pour se mettre à sa hauteur.) Ceux des pauvres gens qui sont morts dans les landes, par mauvais temps ? Chaque hiver, ils reviennent avec le blizzard et chantent pour conduire les vivants à leur perte, dans la neige.

— Quelles idioties vas-tu encore lui fourrer dans le crâne ? s'était insurgée Sosia en se détournant de sa casserole. Les esprits des neiges n'existent pas. C'est juste des contes de bonnes femmes !

« Des contes de bonnes femmes… », se répéta Kiukiu en continuant à avancer. *Il n'y a personne, personne… Rien que le vent…*

À travers les tourbillons de neige, des visages pâles comme la brume flottaient et des doigts fins comme des aiguilles, aussi translucides que la glace, tiraient sur ses cheveux, ses vêtements…

Des voix floconneuses lui chuchotaient à l'oreille.

— Vous n'êtes pas là ! cria Kiukiu. Je ne crois pas en vous ! Vous n'existez pas !

Dans le brouillard, une voix aiguë commença à chanter. Elle évoqua les vastes étendues neigeuses, l'immaculée blancheur d'une mer prise par les glaces… La mélodie avait la pureté du givre et l'amertume des vents éternels.

Infiniment lasse, Kiukiu trébucha et manqua s'étaler de tout son long. Elle tenta de faire abstraction des hallucinations qui ne la quittaient plus.

De nombreuses autres voix se joignirent à la première.

— Repose-toi maintenant, chantaient-elles. *Laisse-nous t'envelopper de douce neige et te fredonner une berceuse…*

— Je ne vous écoute pas !

Comment savait-on que Kiukiu n'aspirait plus qu'à une chose, s'arrêter et s'endormir ? Elle ne sentait plus ses pieds. Sa gorge et ses poumons la brûlaient. Mais s'immobiliser équivalait à un renoncement…

Son pied heurta un enchevêtrement de fougères, lui faisant perdre l'équilibre. En basculant, elle jeta instinctivement les mains en avant pour se protéger dans sa chute… Trop tard. Les esprits des neiges l'avaient prise dans leurs rets tout en l'entourant d'une ronde endiablée… Elle était coincée.

— Au secours ! cria-t-elle vainement dans la nuit.

Kiukiu tenta de se redresser, mais la neige, s'accumulant sur ses habits, pesait sur elle tandis que les esprits se rapprochaient toujours…

Des visages d'une blancheur d'os lui apparurent, aussi cruels et beaux que la neige des montagnes… Des doigts glacés la caressèrent, achevant de l'ankyloser, de geler le sang dans ses veines… Elle fut prise de tremblements incoercibles.

— Dors ! chantonnèrent les douces voix froides.

Les esprits passèrent leurs doigts glacés dans sa chevelure.

Kiukiu crut voir un portail s'ouvrir lentement devant elle. Étreinte par l'angoisse, elle eut sous les yeux un gouffre d'une noirceur sans fond. C'était le passage vers l'Autre Monde, qu'elle avait franchi avec l'esprit du défunt seigneur Volkh… Maintenant, il béait pour elle seule.

Furieuse que le sort s'acharne ainsi contre elle, Kiukiu se révolta.

— Non ! Je n'abandonnerai pas ! Mon heure n'est pas venue… Je dois protéger le seigneur Gavril. Je lui ai donné ma parole…

— *Pourquoi continuer à souffrir ?* lui chuchota une voix à l'oreille. *Cesse de te débattre. Renonce. La vie est-elle donc si douce ?*

Épuisée, Kiukiu retomba sans forces sur la neige. Le portail noir la dominait, l'écrasant de sa masse intimidante. Elle était trop faible pour résister encore. Déjà, elle sentait ces ténèbres particulières s'immiscer dans son esprit, le remplir d'ombres d'une froidure mortelle… Alors qu'elle s'enfonçait dans la neige, sa volonté chancela. La noirceur l'enveloppait, engourdissant tous ses sens. Elle n'entendait plus que le chant délicat des esprits des neiges. Elle faiblissait…

Elle agonisait.

Chapitre 17

À l'ancre et sa voilure ferlée, le cuirassé *Sirin* tanguait sur la grande Nieva. Un vent froid fouettait par rafales les eaux du fleuve, y creusant des vagues profondes.

La Garde blanche formait une haie d'honneur sur le quai. Emmitouflée dans force manteaux et fourrures, l'escorte ducale quittait le palais d'hiver par la porte de l'Eau. Peu de badauds suivaient la scène. Des mouettes au plumage gris et blanc flottaient au fil du fleuve.

— Des goélands et des mouettes, si loin à l'intérieur des terres, commenta Eupraxia. (Elysia et elle, à l'étage, regardaient par une fenêtre.) Le temps doit être orageux dans l'estuaire…

Resplendissant dans son uniforme naval bleu roi dont le doré des boutons scintillait au soleil, Andrei Orlov se détacha de l'escorte ducale pour venir saluer son père et sa mère.

— Oh ! sanglota Eupraxia dans son mouchoir, mon petit Andrei… Voyez comme il est beau !

La grande-duchesse courut se jeter au cou de son fils.

Aurait-elle un cœur, tout compte fait ? se demanda Elysia.

— Pourquoi faut-il qu'il parte ? souffla Eupraxia. Ce n'est encore qu'un gamin ! Supposons que la flotte du prince Eugène attaque ? Et que le *Sirin* soit coulé par le fond ? Supposons…

Astasia étreignait maintenant son frère. Elysia le vit l'écarter en douceur pour l'embrasser sur les deux joues. Puis, après un dernier salut, il prit place à bord de l'embarcation qui tanguait à quai, et les marins ramèrent en direction du *Sirin*.

Des clameurs s'élevèrent, parmi les badauds, et un orchestre militaire joua – assez mal – quelques mesures de l'hymne national tandis qu'Andrei gravissait l'échelle de coupée pour monter à bord. La salve d'accueil du canon du *Sirin* fit s'envoler à tire-d'aile les mouettes qui criaillaient dans la grisaille du ciel. Sous les grincements de l'ancre, les matelots s'activèrent au cabestan pour enrouler la lourde chaîne.

— Tellement peu de gens sont venus assister à son départ, commenta Elysia.

— Les gens ont peur de montrer leur soutien, répondit Eupraxia en soupirant. Ces misérables intellectuels, à l'université ! Que dis-je, des intellectuels ! Des insurgés, oui, voilà ce qu'ils sont en fait ! Ils farcissent la tête du bon peuple avec leurs fadaises insensées... La liberté de parole, voyez-vous ça !

Toutes voiles dehors, le navire entama sa traversée.

— Dame Andar ?

Un serviteur en livrée apparut, porteur d'une lettre présentée sur un plateau d'argent.

Elysia l'ouvrit et prit connaissance d'un message laconique :

« J'ai retrouvé la trace de notre ami K. Cet homme vous mènera à moi. Venez incognito.

F.V. »

Un attelage ne portant ni armes ni blason attendait à l'entrée du palais d'hiver. Le comte Velemir aida Elysia à y prendre place et s'installa à ses côtés.

L'attelage s'ébranla.

— Où allons-nous ? demanda Elysia.

— Notre ami Kazimir loge du côté des docks. Ce n'est pas une zone très recommandable pour qu'une femme respectable s'y aventure seule.

— Les docks ? Pourquoi n'est-il pas à l'université ?

— Je vous avais prévenue : Altan Kazimir a bien changé. Il est devenu irascible et imprévisible, il a peur de son ombre. Il semble croire qu'on cherche à le tuer.

Elysia hocha la tête. Personne ne revenait d'Azhkendir indemne. Mais elle garda pour elle cette réflexion.

— Afin de ne pas alarmer indûment ce bon docteur, vous devrez vous aventurer seule dans la rue. Si besoin était, sachez qu'on vous viendrait aussitôt en aide. J'ai posté un ou deux hommes dans les parages. (Le comte se pencha vers Elysia et lui prit les mains.) Je ne vous ferais pas courir de risques pour tout l'or du monde. Mais là, il n'existe pas d'autre moyen.

Le petit attelage avait tourné au coin de l'avenue pour descendre un passage sinueux et escarpé, où de hautes bâtisses délabrées arrêtaient la lumière du soleil. Des éclats de voix rauques se faisaient entendre. Et d'âcres odeurs commençaient à envahir l'habitacle : des relents d'oignon frit, de poisson fumé et d'ordures pourrissantes.

— Kazimir loge au-dessus du *Signe de l'Orrery*. Vous ne pourrez pas manquer cette taverne, juste à l'angle du quai. Nous vous déposerons juste devant et vous attendrons ici. Si Kazimir devient violent, contentez-vous d'ouvrir une fenêtre, n'importe laquelle, et de crier : « Azhgorod ! »

— Vous commencez vraiment à m'inquiéter, avoua Elysia en tentant de sourire.

Les remugles de hareng s'échappant des conserveries menaçaient de l'indisposer.

Elle sortit de l'attelage et jeta à la ronde des regards méfiants. Ainsi que le comte le lui avait conseillé, elle avait pris la précaution de porter un chapeau à voilette et à large bord. Une nouvelle odeur agressa ses narines : celle de la poix brûlante. Au milieu du fleuve, elle vit un îlot où de beaux bateaux mouillaient en attente de calfatage. Le vent violent rabattait vers les quais la fumée empestant le goudron.

Sa voilette bien en place, Elysia s'aventura le long des quais, la tête baissée. Elle devait zigzaguer entre les flaques de boue. Des poissonnières écaillaient les prises du jour puis les éviscéraient tout en jacassant et en riant à pleine gorge. C'étaient leurs déchets que les mouettes se disputaient sur les pavés glissants. Voilà qui ne changeait guère Elysia des activités portuaires de Vermeille.

Quand elle passa devant deux matelots ivres qui se soutenaient l'un l'autre en braillant une chanson de marins, elle sut qu'elle touchait au but. Levant la tête, elle vit l'enseigne de *l'Orrery* tanguer violemment sous les bourrasques.

Elle poussa la porte. La salle commune était tellement envahie par la fumée des pipes que ses yeux larmoyèrent. Des hommes se tournèrent vers la nouvelle venue pour la reluquer.

Une femme au visage fin portant des chopes de cervoise se planta devant elle, l'air peu amène.

— Que voulez-vous ?

— Le docteur Kazimir.

Elle lui lança un regard intrigué.

— Au fond, sur la gauche, juste avant l'arrière-cour.

Elysia traversa si vite la salle qu'elle faillit percuter un marin bâti en force, en train de remonter son pantalon et qui sortait de ce que la serveuse avait – doux euphémisme – désigné comme « l'arrière-cour ».

Elysia se fit toute petite pour le laisser passer. Puis, soulagée, elle avisa sur sa gauche une porte peinte en bleu. Après avoir levé le loquet, elle entra et se trouva au pied d'un étroit escalier en bois.

— Docteur Kazimir ? lança-t-elle, hésitante.

Le silence lui répondit.

En haut des marches, une petite porte… Le plafond du palier était si bas qu'elle dut se courber pour frapper.

Une voix d'homme s'éleva :

— Allez-vous-en !

— Docteur Kazimir, j'ai fait un long voyage pour vous voir.

— Allez-vous-en ! répéta-t-on, irrité.

Elle tourna le bouton de la porte… qui était verrouillée. Elle devrait changer de tactique.

— Je m'appelle Elysia Nagarian. Le bogatyr Kostya Torzianin a enlevé mon fils Gavril et l'a emmené en Azhkendir !

Quelle mouche la piquait de brailler ainsi ses secrets à travers une porte en bois à quelque savant excentrique barricadé chez lui ?

— Et que voulez-vous que ça me fasse ?

— Je… (La frustration faillit lui couper tous ses moyens.) J'avais espéré que vous pourriez m'aider. Dans tout Mirom, personne d'autre ne sait quoi que ce soit à propos de l'Azhkendir…

Silence.

— Vous êtes seule ?

— Oui.

Elle en était réduite à souhaiter que cette question n'implique rien de sinistre.

Autre silence. Enfin, elle entendit des meubles qu'on tirait sur le plancher nu. Des chaînes cliquetèrent, des battants furent tirés et la porte s'entrouvrit. Un homme portant des lorgnons examina l'inconnue qui se tenait sur le seuil.

— Vous feriez mieux d'entrer.

Elysia se faufila par l'entrebâillement. Kazimir risqua un coup d'œil à l'extérieur, vérifiant qu'il n'y avait personne d'autre dans l'escalier, et referma la porte en se plantant devant, comme pour faire un barrage de son corps à d'éventuelles mauvaises surprises.

Elysia écarta sa voilette. Venait-elle de se fourvoyer dans l'antre cauchemardesque d'un homme fou à lier ?

— Je… n'ai pas grand-chose comme rafraîchissements à vous offrir, ma dame… (D'une démarche nerveuse, accusant un certain manque de coordination dans ses gestes, son hôte s'écarta de la porte.) Pas même du thé. J'ai seulement de la vodka.

Elysia secoua la tête.

— Ça ira très bien, je vous remercie.

Il prit une bouteille de vodka à moitié vide et se versa un verre, qu'il but cul sec.

— Je… Vous devez m'excuser. D'habitude, je reçois mieux mes visiteurs. Je vous en prie… asseyez-vous.

La pièce minable était chichement meublée, avec une table couverte de verres et de bouteilles vides. L'odeur puissante des spiritueux ne couvrait pas tout à fait celle, plus forte, du manque d'hygiène.

En prenant place sur une chaise branlante, Elysia remarqua une vieille malle cabossée, remisée dans un coin, d'où s'échappaient par le couvercle à demi relevé du linge crasseux et des livres. Ou le docteur Kazimir venait de poser ses bagages, ou il n'avait pas pris la peine de les défaire.

— Comment m'avez-vous retrouvé ? demanda-t-il, méfiant.

Clair, avec de légers trémolos, son timbre de voix n'était pas désagréable. À condition de raser sa barbe blonde de plusieurs jours, décida Elysia, et de confier à un coiffeur sa longue chevelure emmêlée, il serait même un assez bel homme.

— J'ai des relations à la cour, répondit-elle, tout aussi circonspecte.

Kazimir s'assit en face d'elle, serrant d'une main sa bouteille de vodka et de l'autre son verre vide. Dans son agitation, il reprit la parole à toute vitesse :

— Je dois vous dire, ma dame, que lorsque j'ai quitté l'Azhkendir, le seigneur Volkh était bien vivant. Apprendre son assassinat fut pour moi un grand choc, en vérité. Nous ne nous étions pas quittés en bons termes, voyez-vous, et aujourd'hui, je le regrette. Pas seulement parce que les druzhina ont mis ma tête à prix, mais parce qu'à sa façon, votre époux était un homme honorable, contraint de supporter un lourd fardeau…

— Tout cela est bien, dit patiemment Elysia, mais c'est l'inquiétude pour le sort de mon fils qui m'amène vers vous.

— Votre fils… Je ne l'ai jamais rencontré. (Kazimir se passa une main dans les cheveux.) Vous devez comprendre, dame Nagarian, que j'étais en route pour Arkhelskoye lorsque la nouvelle du meurtre s'est propagée. Du jour au lendemain, j'étais devenu un homme recherché ! J'ai été dans l'obligation de me déguiser et de fuir par le premier moyen venu – à bord du vaisseau d'un négociant en fourrures. Leur puanteur d'ailleurs me colle encore à la peau…

— Alors, vous ne pouvez m'être d'aucune aide…

Elle qui avait voulu y croire jusqu'à cet instant vit ses derniers espoirs balayés. Remettant sa voilette en place pour dissimuler les larmes qui lui gonflaient les paupières, elle se leva.

Kazimir bondit sur ses pieds.

— Attendez ! J'ai honte, ma dame, de vous recevoir de cette manière ! Qu'allez-vous penser de moi ? C'est juste que, depuis cette affreuse nouvelle, je crains pour ma vie, je passe de bouge en bouge et…

— Et ? releva froidement Elysia.

D'une main tremblante, Kazimir se resservit une rasade. La bouteille heurta le verre et l'alcool aspergea la table.

Après une autre gorgée, le savant reprit la parole :

— Votre époux désirait trouver un traitement, redevenir humain… Il voulait enrayer, ou même inverser, la singulière condition dont il avait hérité. Ses recherches lui donnaient à penser que les Drakhaons étaient en quelque sorte apparentés aux reptiles ou aux serpents. Les vieilles légendes…

— Le premier Volkh Nagarian fut appelé « le Fils du Serpent », murmura Elysia.

— Et peut-être que le venin mortel avec lequel il tuait ses ennemis pourrait également produire un antidote.

— Un antidote ?

— Vous n'aviez pas revu votre mari depuis de nombreuses années ?

— C'est exact.

Elle se souvint de lui, avec son regard ténébreux dont le bleu surnaturel tranchait sur la pénombre de leur chambre à coucher. Et elle entendit de nouveau son appel frémissant dans la nuit glaciale d'Azhkendir, le cri d'une bête dont la malédiction est d'avoir une âme humaine.

— Il était… extraordinaire.

Le docteur secoua lentement la tête, comme si ce dont il avait été témoin échappait encore à sa compréhension.

— Une condition rarissime…

— À ce point ? releva Elysia.

Elle pensait à Gavril cette fois, et non plus à Volkh. Toutes ces années, elle avait surveillé son fils du coin de l'œil, espérant contre tout espoir que les symptômes des difformités paternelles ne se manifesteraient pas en lui.

— J'ai consacré ma vie aux sciences naturelles pour tenter d'en expliquer les mystères, ma dame. Mais je n'avais encore jamais rencontré de cas semblable – au point de *défier* les explications rationnelles ! J'aurais pu consacrer le restant de mon existence à étudier ce cas. Mais le seigneur Volkh n'avait pas une vie entière devant lui... Il n'aspirait qu'à une chose : un traitement.

— Cela est-il possible ?

Elysia aurait voulu partir. Mais, malgré elle, le récit de Kazimir la fascinait. S'il restait le moindre espoir...

— Nous avons commencé à expérimenter avec le... (Kazimir baissa la voix, comme s'il craignait d'être épié) venin. Par doses infinitésimales. Un processus de désensibilisation, si on peut l'appeler ainsi...

— Et quel effet cela a-t-il eu ?

Malgré elle, là encore, Elysia se penchait vers le savant, suspendue à ses lèvres.

— L'effet souhaité. Les changements physiques ont amorcé une inversion. Mais, ainsi que je le soupçonnais, plus le seigneur Volkh reprenait figure humaine si je puis dire, plus ses pouvoirs diminuaient. L'élixir que j'ai mis au point lui rendait son humanité tout en l'affaiblissant et en enrayant le développement de sa transformation.

Elysia frémit au souvenir du cauchemar qu'elle s'était efforcée de refouler durant toutes ces années... Transformation... Une façon plutôt rationnelle et prosaïque de décrire un phénomène viscéral et terrifiant – au point qu'elle en avait perdu l'usage de la parole pendant plusieurs jours. Volkh l'avait prévenue, sa nature profonde comportait des facettes qu'il ne pourrait jamais partager avec elle. Et Elysia, dans sa folle naïveté, avait cru qu'il faisait simplement allusion à ses campagnes militaires, sans se douter un instant...

— À l'époque, naturellement, je ne voyais à ma découverte que des avantages. Je n'aurais jamais pensé, ma dame, que quelqu'un utiliserait mon élixir pour assassiner le seigneur Volkh...

— L'assassiner, dites-vous ? se récria Elysia, que ces mots venaient d'arracher à sa rêverie. (Altan Kazimir la fixait de ses grands yeux sombres.) Vous croyez qu'on vous aurait volé l'élixir pour tuer Volkh ?

— Tout le monde voit en moi un coupable ! Comme nous nous étions querellés, on s'est imaginé que je lui en voulais au point de l'envoyer dans l'Autre Monde ! Et de garder Lilias pour moi seul...

Elysia leva une main.

— Une minute ! Qui est Lilias ?

Kazimir se resservit, secouant la bouteille au-dessus de son verre pour en recueillir les dernières gouttes.

— Sa maîtresse...

— Oh !

Elysia se redressa sur son siège. Stupide, en vérité, d'avoir cru malgré tout que Volkh ne chercherait pas l'amour dans d'autres bras que les siens après son départ… Pourquoi serait-il resté inconsolable pendant toutes ces années ? N'avait-elle pas, elle, trouvé en Lukan un compagnon ?

— Nous étions simplement esseulés, Lilias et moi, marmonna Kazimir au-dessus de son verre. Deux étrangers perdus en terre étrangère… Je n'avais nullement l'intention de…

— Quoi qu'il en soit, l'interrompit vivement Elysia, jugez-vous que votre élixir était efficace ? S'il pouvait inverser la détérioration d'un homme de l'âge de Volkh, pourrait-il aussi l'enrayer chez quelqu'un de plus jeune ?

— Votre fils ? (Il s'efforça de fixer son regard sur elle.) Ça dépend. S'il n'a jamais été… transformé…, il y aurait une bonne chance, en effet. Mais l'élixir doit provenir du venin de son propre sang et être dilué et surveillé avec le plus grand soin. Ce qui a fonctionné avec le père pourrait très bien tuer le fils.

— Restait-il un peu de cet élixir au château du Drakhaon ? s'écria Elysia, affolée.

— Je l'ignore. J'ai dû quitter les lieux si précipitamment que j'ai juste pu prendre ma malle avant de filer. Je n'ai pas pu revenir sur mes pas pour rassembler mes papiers…

— Mais supposons que Gavril les ait découverts, ces documents, et qu'il tente de recréer l'élixir…

— Dame Nagarian, ne vous mettez pas dans cet état, je vous en prie…

— Vous devez l'aider !

— Moi ? Vous voudriez que je retourne là-bas ? (Il éclata d'un rire étrange, haut perché.) Jamais de la vie !

— Altan ! *Altan !*

Quelqu'un gravissait l'escalier à toute allure. Sous une violente poussée, la porte claqua contre le mur et un type aux cheveux noirs surgit, hors d'haleine. Redoutant un traquenard, Elysia bondit sur ses pieds.

— Qui est cette femme ? grogna l'intrus en la désignant du doigt.

Kazimir agita une main vague.

— Une… amie…

— Et qui l'envoie ? Comment a-t-elle su où te trouver ?

— J'allais partir…

Elysia se demanda si elle atteindrait la fenêtre à temps pour appeler au secours si le nouveau venu l'agressait.

— Et que lui voulez-vous ? lança l'homme, la prunelle brillant de suspicion.

— Ce sont mes affaires, répliqua-t-elle en soutenant son regard.

— *Ses* agents sont en bas, sur le quai. Tu dois partir, Altan.

— Je suis fatigué de fuir, répondit Kazimir d'une voix pâteuse. Fatigué…

— Tu as encore bu ? l'accusa l'étranger en lui arrachant son verre des mains. À quoi nous serviras-tu si tu te soûles à longueur de temps ?

— Je suis navré, Matyev, vraiment… (Kazimir parut sur le point de fondre en larmes.) Quel imbécile je suis ! Je tenais le monde dans le creux de ma main et… j'ai tout gâché…

Il s'écroula en travers de la table, sans connaissance.

— Altan ?

Matyev le secoua, lui arrachant un petit ronflement. Les cheveux blonds du savant auréolèrent de leur soyeux la toile cirée toute tachée.

— Un des plus beaux esprits de Mirom et regardez-le… Ivre mort ! (Il foudroya Elysia du regard.) Quelles que soient les affaires qui vous amenaient ici, ma dame, ce sera tout pour aujourd'hui. Le docteur Kazimir ne reçoit pas.

— Quand pourrai-je… ?

— Partez.

Ravalant sa frustration, Elysia tourna les talons et fila.

Au-dehors, le vent avait changé de direction. Une bourrasque d'un froid mordant faillit arracher le joli chapeau de la tête d'Elysia. Elle le saisit à pleines mains et remonta le quai à l'aveuglette. La colère lui donnait des ailes. Contre Kazimir, contre elle-même de se sentir si impuissante… Elle marqua une pause pour contempler les embarcations fluviales, dont les voiles étaient gonflées par le souffle automnal.

Il devait exister un moyen d'avertir Gavril.

Le grondement des roues d'un attelage sur les pavés, la fit sursauter. Des chevaux renâclèrent, juste derrière elle, et battirent la chaussée, leur haleine embrumant l'air glacial. La portière de l'attelage s'ouvrit et Velemir se pencha au-dehors, une main tendue.

— Nous ne vous attendions plus tant ce fut long ! Je m'apprêtais à envoyer un de mes hommes à votre recherche.

Les joues rouges sous la morsure du vent pénétrant, Elysia grimpa dans l'attelage et le cocher s'éloigna à vive allure.

— Il n'est pas conseillé de s'attarder en ces lieux, ajouta le comte en se poussant dans l'angle de l'habitacle. Comment va notre bon ami le docteur Kazimir ?

— La boisson ne lui réussit pas.

— J'espère que cette entrevue n'aura pas été trop désagréable. Il y a plusieurs degrés à l'état d'ébriété…

— Quand je l'ai quitté, il avait atteint celui de l'insensibilité.

— Votre visite fut donc une déception ?

— Pas entièrement. Il semblerait que le seigneur Volkh ait chargé Kazimir de lui concocter un remède pour soigner sa… condition.

— Sa condition ?

Elysia croisa le regard chafouin de Velemir et soupira. Depuis sa fuite d'Azhkendir, pendant toutes ces années, elle n'avait jamais tenté d'expliquer à quiconque ce qu'elle avait vu.

— Nous vivons à l'heure du pragmatisme et du rationnel, comte. Vous trouverez difficile de me croire.

— Je vous écoute.

— Le seigneur Volkh se croyait le dernier rejeton d'une race ancienne. Il était à la fois homme… et dragon. Drakhaon. Mais chaque fois que l'esprit-dragon le possédait, il y perdait un peu plus de son humanité.

— Il m'a pourtant paru tout à fait humain.

L'expression de Velemir était devenue indéchiffrable. La croyait-il ou se contentait-il de prêter l'oreille à ses divagations ?

— Il s'y entendait à dissimuler ses difformités. Et il existait pour lui d'autres moyens de conserver figure humaine…

Elysia se tut. Certains souvenirs restaient trop douloureux pour qu'elle ait – encore maintenant – le courage d'en parler.

— Les rapports évoquant des flammes bleues, une brume rampante qui tue tous ceux qui l'inhalent…

— Le fait du Drakhaon.

— Et nous qui pensions que le seigneur Volkh avait mis au point quelque forme révolutionnaire d'armement ! s'esclaffa Velemir. Pas étonnant que l'Azhkendir n'ait jamais été conquis pendant toutes ces années !

Elysia se demanda soudain si elle n'en avait pas trop dit. Sous ses abords si aimables, propres à inspirer une sympathie immédiate, le comte venait de lui soutirer des éléments qui pourraient fort bien se retourner contre Gavril… Pourquoi devrait-elle se fier à un homme comme Velemir ?

— Pourquoi vous arrêtez-vous ? dit-il, plein de sollicitude. Je ne me moquais pas de vous, je vous assure.

— Je vous ai dit tout cela en confidence ! s'exclama-t-elle. Parce que je pensais que ça aiderait Gavril…

— Et je vous ai dit, Elysia, que le Muscobar a besoin de l'Azhkendir comme allié. (Il lui prit la main et la serra.) Nous vivons des temps troublés…

Elysia entendit des bruits étouffés, au-dehors. Des cris…

— Des temps troublés ! répéta Velemir en lâchant sa compagne pour taper au toit de l'habitacle.

Le cocher fit halte et ouvrit la vitre de communication.

— Qu'y a-t-il ?

— Des gens se sont rassemblés devant Saint-Simeon, votre excellence.

— Comprenez-vous le sens de leurs clameurs ?

— On dirait qu'on crie : « Libérez Stepan le cordonnier ! »

— Tournez bride et ramenez-nous à la porte de l'Eau.

— Entendu, excellence.

Velemir se radossa à son siège. Toute chaleur avait quitté son regard. Il paraissait maintenant distant et froid.

— Maudits insurgés ! siffla-t-il entre ses dents.

— Que veulent-ils ?

— Leurs meneurs les ont persuadés que si le grand-duc venait à abdiquer en laissant le peuple se gouverner lui-même, tout le monde aurait davantage à manger. (Velemir tambourina sur son accoudoir.) Comme si la situation n'était déjà pas assez complexe comme ça… Que les choses se gâtent et leurs mesquines récriminations seront vite oubliées. Ils supplieront le grand-duc de les protéger et chanteront ses louanges dans les rues en acclamant la Garde blanche…

— Si les choses se gâtent ? Que voulez-vous dire ?

— Le grand-duc est bien faible. En dépit de tous les efforts de Vassian, sa politique étrangère est au mieux inconstante. Le peuple le méprise.

Étonnée de l'entendre parler ainsi de son maître, sans ambages, Elysia le dévisagea.

— De tels propos, dans votre bouche, ne seraient-ils pas considérés comme de la félonie, comte ?

— Nullement. Je suis patriote – à ma façon. (Velemir haussa les épaules.) Je désire seulement ce qui est le mieux pour le Muscobar. En conséquence, je dirai – et je ferai – ce que je dois dire et faire pour protéger ma patrie.

L'attelage longeait à présent le fleuve. La brume nappait les eaux, changeant les façades peintes des grands édifices sur les quais en une grisaille uniforme.

— Donc, Astasia devra épouser un étranger au nom de la défense de la patrie… Un homme qui a deux fois son âge et qu'elle déteste…

Le comte haussa les épaules.

— Astasia a toujours su qu'elle ne devait rien placer au-dessus de son devoir de patriote. C'est une Orlov.

Astasia se présenta en retard à sa dernière séance de pose, ses joues pâles teintées d'un rose délicat. Une touche de rose sur de l'ivoire…

Elle se dandinait sur son fauteuil, jouant avec sa chevelure, sa ceinture, son décolleté… Elysia finit par baisser les bras.

— Altessa, quelque chose vous trouble ?

— Je suis allée voir mon père en suggérant qu'au lieu d'épouser le prince Eugène, je devrais plutôt me fiancer à votre fils, puisque le voilà Drakhaon d'Azhkendir.

Elysia en lâcha son pinceau, éclaboussant le sol et le bas de sa robe de peinture. Agenouillée, elle frotta hâtivement le plancher poli avec un chiffon, en tâchant de se reprendre.

— Et qu'a répondu votre père ?

— Qu'il serait *difficile* de se rétracter après l'offre d'alliance qu'il venait de faire au prince Eugène ! feula Astasia, ses yeux lançant des éclairs de colère. Difficile ! Il se moque éperdument de mes sentiments ! Il n'a aucune considération pour moi !

Elysia prit une grande inspiration pour tenter de calmer ses nerfs.

— Ma chère, ce que je vous dévoilerai à présent n'est pas de notoriété publique. La famille Nagarian a… une condition, disons… qui se transmet de père en fils. Et pour l'heure, il n'existe aucun remède connu.

Astasia resta perplexe.

— Une condition… médicale ? Comme l'hémophilie ? Je pourrai apprendre à éviter le pire. Dame Andar, je ferai tout ce qui est en mon pouvoir pour soutenir Gavril. La maladie ne m'effraie pas !

Comme Elysia ne répondait pas – l'émotion étant peut-être trop forte –, Astasia ajouta :

— Oh, vous voulez dire… la folie ? Des accès de démence ?

— Pas précisément, éluda l'artiste peintre, embarrassée.

S'en ouvrir au comte Velemir avait déjà été pénible. Elysia n'arrivait plus à aborder le sujet.

— Mais vous avez épousé le seigneur Volkh !

— Comme vous, Altessa, j'étais jeune et idéaliste. Je croyais mon amour si fort que rien ne parviendrait à l'ébranler. Et puis… Et puis, il a commencé à changer.

Des lambeaux de souvenirs virevoltèrent dans son esprit. Volkh, un ténébreux jeune homme à la beauté… inquiétante, un mariage célébré en hiver à Azhgorod, avec sa pluie floconneuse de confetti tombant en tourbillon dans le tintement des cloches de la cathédrale, sinistres… les tours du château du Drakhaon déchiquetant de leur noirceur le ciel neigeux…

— Il a changé ? Comment cela ?

— Si je vous le disais, ma chère enfant, vous en déduiriez que j'ai perdu la raison.

Astasia poussa un petit cri excédé.

— Et dire que je pensais qu'entre tous, vous seule comprendriez !

Elle sortit en trombe de la pièce.

Le lendemain, Elysia s'absorba tout entière dans sa peinture. En se concentrant sur les problèmes techniques, en mettant la dernière main à l'ouvrage, elle réussissait à oublier tout le reste.

Enfin, vers quatre heures de l'après-midi, alors que la lumière du jour déclinait, elle alluma les bougies, nettoya ses pinceaux et considéra le portrait fini d'un œil critique.

Non, Gavril n'aurait pas été déçu de la manière dont elle avait achevé ce qu'il avait commencé. Si seulement il était là pour le voir…

Assise près de la fenêtre, une joue nichée contre sa main, Elysia contemplait au crépuscule les jardins qui s'étendaient en contrebas et que couvrait à demi la brume du fleuve.

— Elysia…

Elle se retrouva face à Velemir.

— Le portrait est donc achevé.

— Le portrait ? Oh, oui, prêt à être encadré.

— C'est très bien. (Le comte se déplaça pour examiner la toile sous un autre angle.) Comme vous avez su capter la nature fantasque et rêveuse de la jeune dame ! Vous avez un réel don, Elysia.

— C'est pour l'essentiel l'œuvre de Gavril, vous savez.

En jetant un autre coup d'œil au portrait – et à l'expression mélancolique d'Astasia –, Elysia éprouva soudain des regrets. Si elle avait su que ce portrait servirait de sinistre prélude pour précipiter une jeune fille dans une union sans amour…

— J'ai quelque chose pour vous.

Il tira de sous sa veste un écrin en velours cramoisi et lui présenta un collier d'or magnifiquement ciselé avec, en pendentif, de petits rubis taillés en boutons de rose. Deux boucles d'oreille assorties, en or filigrané, complétaient la parure.

— Le rubis ? dit Elysia, stupéfaite. Mais... l'ensemble doit valoir davantage qu'une pierre seule !

— Permettez...

Il souleva le collier de son écrin de velours pour le refermer autour du cou de l'artiste, lui effleurant la nuque au passage. Le contact froid du métal la fit frémir.

En proie à des émotions conflictuelles, Elysia s'écarta du comte en admirant la superbe pièce de joaillerie.

— Il vous plaît ? demanda Velemir.

— C'est une splendeur... (Elle chercha à exprimer avec justesse tout le plaisir qu'elle ressentait.) Mais votre joaillier a dû travailler nuit et jour pour finir si vite cette parure !

— Nous n'avons jamais terminé notre conversation, Elysia.

— Il y a eu trop d'interruptions, répondit-elle avec un sourire triste.

— Je me suis dit que nous pourrions l'achever au cours du dîner.

— Le dîner ?

Depuis son arrivée, elle avait tout oublié de la ronde formelle des repas. Manquant d'appétit, elle se contentait de thé, de fruits et de pain beurré. Elle s'avisa d'un coup qu'elle était affamée.

— Merci, comte.

— Si nous dînons ensemble, conclut-il en lui offrant galamment le bras, vous devrez m'appeler Féodor.

Les appartements du comte relevaient d'un décor plus sobre que le reste du palais. Les lambris étaient peints dans des tons gris pâle et des tapis aux trames noir et or couvraient le plancher poli.

Au lieu de tapisseries aux motifs floraux, Velemir avait orné les murs de peintures. Rien de frivole ou de joli, en l'occurrence : il ne s'agissait pas de nymphes alanguies ni de jeunes filles en fleurs aux jupons vaporeux, dodelinant sur leur balancelle... Il n'était question que de sombres paysages marins ravagés par les grains, véritables odes océanes à la désolation, et de mornes panoramas hivernaux, banquises et congères sous un ciel plombé...

— J'espérais que ma petite collection vous intriguerait.

— C'est bien le cas, répondit Elysia, en examinant les toiles avec intérêt. Les artistes ne me sont pas familiers. Ces scènes hivernales relèvent d'une facture particulièrement délicate...

Une exquise structure en cristal trônait sur le marbre noir du manteau de cheminée, protégée par un dôme en verre comme pour une horloge. Si Elysia n'y discernait pas de pièces mobiles, il s'en dégageait pourtant une curieuse impression de mouvement celé – assorti d'un bourdonnement très léger, presque inaudible. Fascinée, elle tenta d'en comprendre le mécanisme.

— Et quel est ce beau jouet, au juste ? Un nouveau type de pendule, une horloge ?

— C'est un présent du Tielen, souvenir de temps plus heureux...

— Très insolite... Sonne-t-il les heures ?

— Laissez-moi vous offrir un verre de vin de Smarna, dit-il comme s'il n'avait pas entendu la question. Vous vous sentirez chez vous. J'en garde toujours un casier ou deux dans ma cave. Je trouve son bouquet si généreux gorgé du soleil de là-bas... Pas vous ?

Il remplit deux verres du vin à la robe légèrement ambrée qu'on avait laissé décanter dans une carafe de cristal.

— Trinquons – à la libération de votre fils de l'Azhkendir. Qu'il vous revienne sain et sauf !

Au cours du souper, le comte ne parla plus de Gavril, jusqu'à l'arrivée du dessert : une meringue crémeuse aux baies rouge vif. Le valet se retira ensuite pour préparer le café.

Velemir repoussa son assiette en essuyant délicatement une trace de crème sur ses lèvres.

— Vous me parliez de Kazimir... Je crains que nous ne nous soyons complètement trompés sur ses intentions. Nous redoutions qu'il n'aille monnayer des secrets militaires en Azhkendir.

— Kazimir, un traître ? souffla Elysia en reposant sa fourchette à gâteau.

Elle n'avait pas touché à sa meringue.

— À l'université de Mirom, il travaillait à un projet classé top secret. Suite à une vive querelle avec ses collègues, il a claqué la porte. Et lorsque le seigneur Volkh l'a approché, on n'avait plus revu le bonhomme à l'université depuis des semaines... Maintenant, vous pouvez comprendre, Elysia, pourquoi nous étions obligés de le garder à l'œil.

Elle ne répondit pas. Goûter au vin avait ravivé son mal du pays. Elle se revoyait penchée à son balcon, savourant la délicieuse fraîcheur d'une soirée automnale, attentive au murmure des vagues sur la grève, en contrebas... Elle voulait de nouveau sentir la caresse de la brise sur son visage, le parfum des roses de son jardin... au lieu des relents envahissants du poisson, du goudron et du tannage. Elle aurait voulu n'avoir jamais mis les pieds à Mirom.

— Je suis parvenue à la conclusion suivante : si le Muscobar ne peut pas secourir mon fils, je ferais mieux de préparer mon retour.

— Ma compagnie vous est-elle à ce point désagréable ? répliqua le comte en jouant les offensés. Ou la meringue ne serait-elle pas à votre goût ? Dites-moi ce que vous aimeriez manger, et on vous le préparera aussitôt en cuisine.

— Non, non !

Devait-elle se sentir flattée ou au contraire agacée par les prévenances de son hôte ? Elle n'arrivait pas à le cerner. Un instant, il était distant et énigmatique, le suivant, il se montrait charmant et plein d'égards.

— Dites-moi ce que vous désirez, Elysia.

Il lui prit les mains d'une poigne chaleureuse et rassurante, en net désaccord, semblait-il, avec ses sautes d'humeur martiale. Elle ne chercha pas à se dégager.

— Je désire savoir mon fils en sécurité.

— Ah, mais est-ce bien là tout ce qui vous importe ?

— Non. Je veux le savoir loin de l'Azhkendir et loin de l'influence du bogatyr Kostya. Gavril n'a rien de commun avec son père. Si les druzhina tentent de faire de lui un autre Volkh, je crains qu'ils ne le mènent à sa perte… (Elle se mordilla les lèvres pour refouler ses larmes.) C'est un jeune homme sensible et plein d'amour, Féodor. Un artiste.

— Dans la voiture, tantôt, vous avez dit que Kazimir avait mis au point un traitement pour soigner la condition de votre défunt mari ?

Elysia hocha la tête.

— Une sorte d'élixir, qui inverse les effets néfastes de ce mal héréditaire pour rendre toute son humanité à celui qui en est atteint.

Velemir remplit de nouveau le verre de sa convive du vin à la robe d'un ambre pâle.

— Ma chère Elysia, au vu de tout ce que vous m'avez révélé, il paraît essentiel – pour la santé et le bien-être de votre fils – que le docteur Kazimir lui administre au plus vite son élixir curatif.

— Oh, oui ! s'écria Elysia. Mais par quel moyen ? Il refuse de retourner là-bas, en Azhkendir ! Et avec l'arrivée de la neige et du verglas, il faudra des mois…

— Pas avec l'assistance d'Eugène de Tielen. Ses artificiers ont mis au point des yachts des glaces capables de franchir le bras de mer gelé qui sépare les deux pays.

— Mais vous disiez que la guerre risquait d'éclater à tout instant avec le Tielen ! s'exclama Elysia, perplexe.

— Si Astasia accepte d'en épouser le prince, la paix pourrait tout aussi bien régner… Je reste en contact diplomatique avec l'ambassadeur du Tielen. Et je pense que le prince Eugène accepterait de vous prêter son concours, Elysia.

Chapitre 18

Le chant virevoltant des esprits des neiges avait plongé Kiukiu dans une sorte de transe à la blancheur immaculée. Elle se surprit à fouler lentement la neige, comme hypnotisée.

Des doigts squelettiques glacés l'attiraient, la caressaient, l'engourdissaient… de plus en plus.

Le portail d'ombre s'ouvrait sur des voiles de ténèbres tourbillonnantes… Le chant ne comportait plus de paroles. Les composants de sa ligne mélodique étaient autant de bises fondant sur leur proie pour l'attirer dans cette noirceur béante. Le souffle stérile du vent jouant dans les roseaux gelés… Le chant du néant implacable des neiges éternelles…

Et maintenant, elle glissait dans la gueule de cette obscurité sans fond…

Un léger « *yik yik !* » perturba le chant glacial des esprits des neiges.

Tendant l'oreille, la jeune fille en perdition s'arrêta.

— Qui va là ?

Comme sa voix lui parut faible ! À supposer que quelqu'un l'ait entendue, quand des secours l'atteindraient, il serait bien trop tard.

— Holà ? Qui va là ?

Des ténèbres surgit un être ailé aux yeux dorés.

En levant la tête, Kiukiu vit qu'un hibou des neiges planait au-dessus d'elle. D'autres lui apparurent. Dans la neige, leurs prunelles brillaient autant que des torches.

— Nuage de Neige ? chuchota-t-elle. Mais tu es mort… Oleg t'a tué. Est-ce un rêve ou suis-je morte, moi aussi ?

Il neigeait dru à présent, de gros flocons doux comme des plumes de hibou. Malgré elle, Kiukiu referma ses paupières lourdes et retomba dans cet état de stupeur qui la laissait ankylosée des pieds à la tête.

Une voix chevrotante lui parvint :

— Eh bien, mes seigneurs, qu'avez-vous trouvé ? Il vaudrait mieux que ça en vaille la peine pour me traîner dehors par une nuit pareille…

Je rêve…

— Du vent, esprits cupides des neiges ! Ouste ! Il n'y a rien ici pour vous ! C'est Malusha qui vous parle maintenant. Et quand Malusha parle, on écoute, vous entendez ?

Le chant à glacer le sang cessa.

Avec un sifflement inquiétant et une bourrasque d'un froid mordant, le portail se ratatina sur lui-même et disparut.

Resta la neige, et rien que la neige.

Quelque chose de dur et d'acéré érafla Kiukiu à la joue, lui soutirant un murmure las.

— Trop fatiguée, Nuage de Neige… Je ne peux plus… continuer…

— Qui est-ce, mon petit seigneur ?

La voix inconnue s'était rapprochée. Quelqu'un se pencha au-dessus de Kiukiu, lui touchant la joue avec des doigts calleux.

— Une tienne amie ? Allons, réveille-toi, mon enfant. Reviens à toi !

Kiukiu entrouvrit les yeux, battant des cils pour chasser les flocons agglutinés.

Une vieille femme hirsute la dévisageait. Ses yeux pétillaient autant que les prunelles dorées des hiboux des neiges qui s'étaient massés derrière elle.

— Tu ne peux pas rester là, mon enfant. Ou tu mourras gelée. Debout et suis-moi.

— Je… ne peux pas…

Kiukiu ne sentait plus ses jambes.

— Absurde ! Appuie-toi sur moi.

La vieille femme enlaça Kiukiu par la taille et tenta de la soulever.

— Ouf ! Quelle grande fille ! Tu es trop lourde pour moi. Tu devras y arriver seule.

Kiukiu parvint à se mettre à genoux.

— Mon traîneau est par là, juste un peu plus loin… Le blizzard se lève. Nous devons nous abriter.

Au milieu des tourbillons de neige, Kiukiu discernait à peine le timide éclat d'une lanterne en veilleuse. Péniblement, elle se força à ramper dans sa direction, jusqu'au traîneau enveloppé de fourrures, où la lanterne suspendue oscillait. Des hiboux s'y étaient perchés. La tête basse, un poney des landes à long poil attendait.

La vieille femme reprit place dans le traîneau avant de tendre une main secourable à Kiukiu. Ses habits alourdis par la neige fondue, la jeune fille réussit non sans peine à se hisser près de sa bienfaitrice.

— Emmitoufle-toi dans ces fourrures… (L'inconnue fit claquer les rênes avec un petit bruit de langue.) En route, Harim.

Le traîneau se remit en branle dans l'obscurité. Ses dents s'entrechoquant sous l'effet du froid, Kiukiu se pelotonna sous les couvertures. En battant des ailes, les hiboux reprirent leur envol en agitant les flocons de neige.

Plongée dans l'hébétude par cette température glaciale et l'épuisement, Kiukiu perdit la notion du temps. Bercée par la cadence monotone du trottinement du poney et le sifflement des bourrasques, elle replongea dans un état second. Le traîneau semblait glisser sur la neige depuis une éternité quand il s'arrêta soudain.

— Nous y voilà ! annonça l'inconnue en sautant à terre et en décrochant la lanterne.

Trop faible, Kiukiu ne demanda pas où elle était. Se laissant conduire, elle eut la vague impression de passer sous un porche cintré, de traverser une cour enneigée et de franchir une porte basse en se courbant. À l'intérieur, un feu crépitait.

— Assieds-toi et réchauffe-toi. (La maîtresse des lieux jeta du petit bois dans les flammes.) Je vais rentrer le vieil Harim à l'écurie.

Kiukiu s'assit, les mains tendues au-dessus de la flambée. Alors que ses extrémités se dégelaient, le retour de la circulation sanguine dans ses doigts et ses orteils lui infligea de douloureuses brûlures. Elle avait oublié que le froid pouvait causer des lésions irréversibles aux mains et aux pieds. De la neige fondue lui dégoulinait sur les joues. Elle voulut enlever le fichu de Sosia, mais son corps ne lui obéissait plus.

Au-dessus des braises, un vieux chaudron en fer noirci par les flammes et l'usure du temps était posé sur un trépied. Kiukiu crut humer un léger parfum de soupe de légumes. Elle en eut instantanément l'eau à la bouche et prit conscience qu'elle mourait de faim.

— Il était temps ! lança la vieille femme qui venait de réapparaître en piétinant pour déloger la neige de ses bottes. Le blizzard souffle. Même mes seigneurs et mes dames ne chasseront pas cette nuit.

— Je... dois vous remercier, balbutia Kiukiu. Je... vous dois d'avoir la vie sauve.

— Le petit seigneur a beaucoup insisté, répondit l'inconnue en revenant attiser les flammes. (Dans son visage fripé de vieille pomme, ses yeux étincelaient.) Un de tes amis, non ?

Kiukiu se demanda de quoi l'autre parlait.

— Il s'agit de Nuage de Neige... c'est ça ?

— Nuage de Neige ? C'est ainsi que tu l'appelles ?

Elle caqueta, amusée, comme si Kiukiu venait de dire une bonne blague.

— Il avait une patte brisée ! grommela la jeune fille, indignée de voir ce nom tourné en ridicule. Nous l'avons soigné, mais... Comment a-t-il su que j'étais en péril ? Et comment a-t-il pu vous prévenir ?

— Comment t'appelles-tu, mon enfant ? Et que faisais-tu en pleine nature ?

— Je suis Kiukirilya, mais tout le monde me surnomme Kiukiu.

— Tu as de faux airs de...

La lumière des flammes dansant sur ses prunelles singulières, la vieille femme la dévisagea intensément, puis se détourna en maugréant :

— Non, ce n'est pas possible...

— Et vous ? Comment vous appelez-vous ?

L'inconnue parut se ressaisir.

— Malusha. Cette vieille timbrée de Malusha !

— Et vous vivez seule par ici, au milieu des landes ?

Malusha caqueta de plus belle.

— Seule ? Alors que je veille sur mes seigneurs et mes dames ?

Du bruit, dans la charpente fit lever la tête à Kiukiu qui vit, perché sur les chevrons nus souillés de fientes, un hibou des neiges.

— Les hiboux ?

— D'ordinaire, mes seigneurs ne nichent pas ici, ils préfèrent la tour. Mais cette nuit, ils se montrent bien curieux. Ils voulaient inspecter notre invitée… À propos, nous en oublions les bonnes manières… Tu es trempée jusqu'aux os, ma pauvre fille ! Tu vas attraper la mort. Enlève ces fripes.

Alors seulement, Kiukiu s'aperçut qu'elle avait laissé son baluchon dans la neige.

— Voilà une de mes vieilles chemises et une couverture sèche. (Malusha avait fouillé dans une pile de linge.) Tu peux te changer au coin du feu. Ne sois pas si pudique, je ne regarderai pas ! ajouta-t-elle, indignée par les hésitations de la jeune fille.

Après avoir ôté ses vêtements trempés, Kiukiu revêtit hâtivement la vieille chemise rêche en lin qu'on lui proposait et se drapa de la couverture à la manière d'un châle. Cela fait, elle entreprit de se débarrasser aussi de ses bas de laine mouillés. Ses pieds en émergèrent, bleuis par le froid et tout gonflés. Au mieux, elle en serait quitte pour des engelures très douloureuses – si elle ne perdait pas des orteils, brûlés par la gelée.

— Mets ça. (Malusha lui apporta d'épaisses chaussettes en laine.) Et maintenant, du thé fumant… Ça nous réchauffera.

Peu après, Kiukiu, un bol de thé vert entre les mains, se tenait près de Malusha, au coin du feu.

— Alors, dis-moi… que fichais-tu dans les landes sous la neige ?

Kiukiu soupira. Elle n'aurait pas la force de tout raconter ce soir.

— J'allais à Klim.

— Klim ! C'est dans la direction opposée, mon enfant ! Si le seigneur Nuage de Neige ne t'avait pas repérée, tu serais morte gelée. Cette nuit, les esprits des neiges étaient affamés… Et d'où venais-tu comme ça ?

— Du château du Drakhaon.

— Du château du Drakhaon ? (Les yeux de la vieille femme s'embrasèrent.) Alors, tu es à la solde de Volkh ?

— Le seigneur Volkh est mort, répondit Kiukiu, alarmée par la réaction de la femme.

— Et pourquoi diable une des âmes damnées de Volkh irait-elle sauver un hibou d'Arkhel ? gronda Malusha, presque nez à nez avec elle.

— On m'a jetée dehors justement à cause de ça ! s'écria la jeune fille en éclatant en sanglots. J'ai cru que Nuage de Neige était mort ! Oleg m'a dit qu'il l'avait tué…

— La nuit dernière, mon petit seigneur est venu voleter par ici. Il avait dû trouver irrésistible l'appel d'une de mes jeunes dames…

Oleg l'avait trompée. Était-il tombé par hasard sur des plumes blanches de Nuage de Neige dans le pavillon d'été et les avait-il enduites de sang pour que les druzhina croient à son histoire ? Ou avait-il simplement voulu causer du chagrin à Kiukiu ?

— Alors, en dépit de ton entourage et de l'endroit où tu as grandi, tu as gardé bon cœur, mon enfant...

Malgré sa fatigue, Kiukiu se sentait mal à l'aise sous le regard perçant de Malusha.

— Non, non..., marmonna cette dernière. Impossible. Encore un peu de thé, mon enfant ?

Elle reprit la tasse de Kiukiu et la remplit. Avec gratitude, la jeune fille continua de boire le thé chaud. Cette fois, le goût en était plus fort, comme si Malusha avait ajouté du gingembre et des épices au mélange de feuilles séchées. Une chaleur bienfaisante courut dans ses veines, chassant le froid de ses doigts et de ses orteils, redonnant des couleurs à ses joues. Suivit une délicieuse langueur. Kiukiu n'aspirait plus qu'à dormir, enfouie sous des couvertures, en oubliant les tracas de la journée.

— C'est ça, petite, l'encouragea Malusha. Tu es épuisée, tu dois te reposer. Nous en reparlerons demain matin.

Kiukiu rêve...

Dans une forêt de bouleaux aux troncs finement argentés, sous de délicates frondaisons qui ondulent au gré de la brise, elle entend... des notes, au loin, aussi pures que des gouttes de pluie...

Dans une clairière tapissée de feuilles mortes, douces et également argentées, une femme assise, la tête inclinée, joue d'un instrument à cordes. Les sombres plis de sa coiffe voilent à demi les traits de son visage.

Kiukiu avance et la mélodie s'interrompt, demeurant en suspens comme une question.

— Qui es-tu, mon enfant ? demande la musicienne, la tête toujours détournée, d'une voix douce et suave évoquant un roucoulement de colombe.

— Mon nom est Kiukiu...

— C'est ton nom. Mais quelle est ta parenté ? Qui étaient ton père et ta mère ?

La brise fait étrangement résonner les cordes de l'instrument.

— Ma mère s'appelait Afimia. Et mon père... (Kiukiu a la gorge serrée par l'émotion) mon père... Malkh.

Un pincement de cordes dissonant... La femme repose son instrument.

— Malkh, Malkh..., chuchote-t-elle en berçant son chagrin.

Les ténèbres engloutissent la forêt de bouleaux. La brise fait place à un vent mordant. Les feuilles argentées tourbillonnent...

Kiukiu est brusquement transie jusqu'aux os.

— Vous connaissiez mon père ?

La femme lève la tête. Et Kiukiu découvre le visage décomposé de Malusha, baigné de larmes.

— Si je le connaissais ? C'était mon fils.

Chapitre 19

— Bienvenue, Gavril, sourit Lilias.

Elle était allongée sur son lit tendu de soie et parsemé de coussins, près du berceau voilé de lin blanc. Une couturière douée – Dysis ? – avait brodé les armes des Nagarian en fils bleus et or.

Gavril n'eut pas le cœur de rendre son sourire à sa marâtre.

— Félicitations, Lilias.

— Ne désirez-vous pas voir mon fils ? Votre demi-frère Artamon ?

Demi-frère ? Gavril s'approcha du berceau et y coula un regard. Il n'avait jamais eu de frère ni de sœur. Le petit être tout rose qui dormait à poings fermés ne semblait guère constituer une menace… Et avec sa houppe d'un blond tirant sur le roux, il n'avait pas l'air non plus d'être un Nagarian. Ni un Arkhel. En fait, il ressemblait avant tout à sa mère. Gavril eut un élan de pitié pour le nourrisson endormi. L'infortuné innocent ignorait encore dans quel nid de serpents il venait de naître…

— Il dort d'un sommeil si paisible. Et pourtant… (Lilias se rembrunit.) Il s'en est fallu de peu !

— Que voulez-vous dire ?

— Il s'est produit une chose horrible. J'en tremble encore rien que d'y penser ! Une des servantes a tenté de l'étouffer.

— Une des servantes ?

L'appréhension le gagna. Où voulait-elle en venir ? Dans le château, l'atmosphère étrangement calme qui régnait ne lui avait pas échappé.

— Qui voudrait tuer un bébé ?

— Cette fille n'a jamais eu toute sa tête ! Et pour rien au monde on aurait dû la laisser seule ne fût-ce qu'un instant avec mon fils ! Mais ne vous inquiétez pas, seigneur. Tout cela est du passé.

— Que voulez-vous dire ? (L'appréhension fit place à l'horreur.) *De qui s'agissait-il ?*

— Mais de Kiukiu, naturellement ! Ma description aurait dû vous mettre tout de suite sur la voie.

D'effroi, Gavril crut que son cœur allait se retourner dans sa poitrine. Il avait pourtant recommandé à la jeune servante de se méfier de Lilias… Hélas, cette femme était beaucoup trop maligne pour une fille aussi loyale et franche que Kiukiu.

— Ce n'est pas le genre à vouloir du mal à un bébé. Êtes-vous certaine de ne pas vous tromper ?

— Je l'ai surprise en train d'étouffer mon fils !

Des larmes soudaines brillèrent dans les yeux verts de Lilias.

— Mais pourquoi ferait-elle une telle chose ?

— Parce qu'elle a le mal chevillé au corps ! Saviez-vous que son père était un Arkhel ? Un des chamans du clan ?

Consterné, Gavril dévisagea la maîtresse de son père. Pas une seconde il n'ajouta foi à cette histoire. Mais pour l'heure, il était pieds et poings liés.

— Et où se trouve-t-elle en ce moment ?

— Oh, elle est partie.

— Partie ! (Il eut de nouveau le cœur serré.) Où ça ?

— Je l'ai fait jeter dehors ! Il n'était plus question de prendre le moindre risque avec une fille comme elle.

— De quel droit avez-vous congédié une de mes servantes sans mon autorisation ? répliqua-t-il, glacial.

— Michailo l'a autorisé. Kostya lui avait confié le château. Et il y a plus ! Un hibou… Elle avait apprivoisé un des hiboux d'Arkhel ! Elle s'en est tirée à bon compte, elle aurait dû être durement châtiée.

De mal en pis… Nuage de Neige avait été découvert.

— Et quand tout cela s'est-il passé ?

— Hier.

— Vous l'avez expulsée en plein blizzard ?

— Est-ce ma faute si le temps a changé ?

— Et personne n'a cherché à la rattraper ?

Tournant les talons, Gavril sortit à grandes enjambées de la chambre de Lilias en claquant la porte. Peu lui importait que ça réveille le bébé. Il savait seulement qu'on avait fait souffrir Kiukiu par sa faute. Lilias avait rapidement trouvé le moyen de se débarrasser de la jeune fille – un moyen qui ne l'avantageait que trop.

— Sosia ! brailla-t-il.

Il était le Drakhaon. S'il était arrivé malheur à Kiukiu, toute la maisonnée le paierait cher.

Pâle, les traits tirés, Sosia surgit des cuisines, affolée.

— Seigneur ?

— Pourquoi les avez-vous laissés jeter Kiukiu dehors sans rien faire ? Dans la neige et le froid ?

La colère déformait sa voix.

La cuisinière eut l'air effrayée.

— Je… n'avais pas le choix, seigneur.

— Où est-elle allée ?

— Je lui ai dit de se rendre au village. À Klim… J'ai de la famille, dans l'auberge du coin.

En Gavril, la colère enfla encore. Il s'efforça de se contrôler.

— Michailo ! *Michailo !*

Celui-ci apparut à la balustrade de l'étage. La blondeur de ses cheveux se détachait dans la pénombre.

— Seigneur ?

— Rassemblez une équipe de recherches, en vous munissant de couvertures et d'eau-de-vie.

— Pourquoi, seigneur ?

Quelque chose, dans son ton, ressemblait à s'y méprendre à une pointe d'insolence.

— Vous osez discuter mes ordres ? feula Gavril. Faites ce que je vous dis !

Il y eut une légère pause.

— Très bien, seigneur Drakhaon.

Gavril frappa du poing le mur lambrissé. Les boucliers et les sabres en croix qui l'ornaient tremblèrent. Soudain, la maisonnée tout entière revint à la vie. Des ordres furent aboyés, les druzhina s'activèrent, empoignant leurs haches, bouclant leurs ceinturons… sous le regard sombre de leur seigneur. Il les suivit dans la cour, où il les vit mener leurs chevaux par la bride hors de l'écurie. La neige piétinée recouvrait les pavés.

— Qui devons-nous chercher, seigneur Drakhaon ?

— La servante Kiukiu. Elle est partie en direction de Klim.

Il vit les guerriers échanger des regards.

Un garçon d'écurie aux cheveux filasse voulut passer en vitesse. Reconnaissant Ivar, Gavril le retint par l'épaule.

— Scelle-moi un cheval. Je pars aussi.

Il vit Michailo marmonner quelque chose à ses hommes.

— Ça vous pose un problème ?

— Sauf votre respect, seigneur Drakhaon, répondit Michailo en le regardant droit dans les yeux, il ne manque pas de sujets de préoccupation bien plus importants que le sort d'une fille insignifiante perdue dans les landes…

Gavril plongea son regard dans le sien jusqu'à ce que le jeune guerrier se détourne de mauvaise grâce.

— Dans ma maison, personne n'est insignifiant, Michailo.

Le garçon d'écurie revint. Il menait un hongre noir par la bride. Sans quitter Michailo des yeux, Gavril enfourcha sa monture.

— Montrez le chemin, Michailo.

Non sans peine, le cheval de Gavril atteignit la crête de la colline, exhalant de la vapeur par les naseaux. À perte de vue, la brume nappait les landes de sa blancheur chatoyante.

— Michailo, le village est encore loin ?

Le jeune guerrier haussa les épaules.

— Par beau temps, à une ou deux heures de cheval, je dirais.

— Mais Kiukiu était à pied.

Haussant de nouveau les épaules, Michailo claqua de la langue pour encourager sa monture. Les cavaliers négocièrent l'autre versant de la colline, le long du chemin empierré, en direction du désert blanc. Pas un souffle d'air n'agitait les branches dénudées des arbres. Il n'y avait pas même un brame de cerf ou un battement d'ailes d'oiseau pour troubler la quiétude.

Tout était si calme. Et si glacial... Gavril en perdait presque tout espoir. Kiukiu avait-elle atteint le village avant que le blizzard balaye les landes ? Il n'y avait nul endroit où s'abriter, rien qu'une immense plaine enneigée, fouettée par les bourrasques.

Les hommes continuèrent, leurs chevaux s'enfonçant dans la neige jusqu'aux fanons. Aussi aiguisé qu'une lame de scie, le vent gémissait à travers les landes. Sans une plainte, les six druzhina persévérèrent, la tête enfoncée dans les épaules. Gavril ne regrettait nullement de les avoir entraînés dehors par un temps pareil. Ils avaient juré de le servir loyalement. Mais l'arrogance manifeste de Michailo à son égard le troublait. Tout comme les regards complices qu'il avait échangés avec Lilias... Que mijotaient ces deux-là ?

Enfin, le Drakhaon crut discerner dans la tourmente un petit talus, qui se révéla être une colonne de fumée. Perchés sur une autre colline, les cavaliers découvrirent, en contrebas, un hameau : quelques masures en bois agglutinées autour d'une chapelle... Sur les chemins enneigés, des silhouettes minuscules allaient et venaient. En approchant, les druzhina surprirent des éclats de voix, des cris et des rires d'enfants, ainsi que les meuglements du bétail que l'on rentrait au bercail pour la nuit.

Un gamin aperçut les nouveaux venus et dévala une ruelle en braillant à tue-tête :

— Des druzhina ! Des druzhina !

Chaudement emmitouflés dans leurs écharpes en laine, ses camarades se massèrent en regardant approcher les cavaliers.

— Minushka ! Danilo ! Revenez ici tout de suite !

Une femme apparut sur le seuil d'une maison et récupéra les deux enfants, qu'elle fit rentrer sur-le-champ. Le regard qu'elle jeta aux étrangers n'échappa pas à Gavril. La peur et le ressentiment s'y mêlaient... Les druzhina intimidaient leur voisinage. Ils inspiraient une certaine admiration – mais certainement pas une quelconque affection.

Michailo mit pied à terre en confiant à son compagnon les rênes de sa monture.

— Seigneur Piotr ! cria-t-il.

La porte d'une maison proche s'ouvrit et un homme râblé apparut à son tour en s'inclinant.

— Bienvenue, messires.

Par le battant entrouvert, Gavril surprit l'éclat d'un feu de bois. Il lui tardait de descendre de cheval et d'aller se réchauffer les pieds et les mains.

— Nous cherchons la nièce de Sosia, Kiukirilya.

Le chef du village resta perplexe.

— Cela fait bien un an que je n'ai pas vu notre petite Kiukiu... Pourquoi, seigneur ?

Gavril fit avancer son cheval.

— En êtes-vous certain ?

— Vous mentirais-je, Sire ? (Piotr leva vers lui un visage barbu où se lisait la peur.) Vous êtes le fils du seigneur Volkh, ajouta-t-il dans un murmure en tombant à genoux.

— Debout, Piotr ! grommela Michailo, irrité.

— Si j'avais su que vous veniez, seigneur Drakhaon…, insista Piotr.

— Kiukiu a disparu, coupa Gavril. Elle s'est mise en route il y a un jour et une nuit pour venir ici et vous déclarez qu'elle n'est jamais arrivée ?

— Jamais, seigneur.

— Où pourrait-elle donc être ?

— Il n'y a nulle part où aller. D'ici jusqu'à Azhgorod.

— Une ferme, une propriété quelconque dans les landes, qui aurait pu l'accueillir ?

Piotr secoua la tête.

— Je lancerai des recherches. Venez, mes seigneurs. Vous devez être transis jusqu'aux os. Dmitri ! (Piotr siffla et un adolescent dégingandé, très maigre, apparut.) De la cervoise chaude au cumin des prés pour mon seigneur et ses hommes.

À l'intérieur de la taverne, une bonne flambée crépitait dans le fourneau, près duquel deux vieillards se pelotonnaient. À l'entrée des guerriers, ils s'écartèrent en hâte. Dmitri remplit à la louche des chopes de bière fumante pour Gavril et ses druzhina.

— Tout ça pour une petite écervelée ! grogna Michailo tout bas en soufflant sur sa chope.

Avant que Gavril – qui avait l'ouïe fine – le tance de nouveau, d'autres gaillards entrèrent en piétinant pour déloger la neige de leurs bottes. Enveloppés dans leurs peaux de bête, ils tenaient des bâtons, des haches et des gourdins. Aux yeux de Gavril, ils avaient bien moins l'air de sauveteurs que de brigands de grands chemins armés jusqu'aux dents.

— Des loups ! lança l'un d'eux. Des loups des steppes en provenance du Tielen… Cette nuit, ils se sont infiltrés dans la cour de mon voisin pour égorger la moitié de ses moutons… Ils ne s'étaient pas aventurés si loin depuis l'époque de Drakhys Marya.

— Je n'avais jamais vu autant de neige non plus, renchérit Piotr en soufflant sur ses doigts. C'est pire que dans mes souvenirs !

— Des loups des steppes ? répéta Gavril. Ici ?

Il revit les corps désarticulés des femmes et des enfants d'Ilmin, gisant dans la neige rougie…

— Nous avons nos propres loups dans les montagnes, des prédateurs des neiges au pelage argenté. Mais ces bêtes fauves viennent des steppes du Tielen. Par-delà la mer gelée… Ils ont le poil jaunâtre. Avec leurs crocs, ils réduiront un homme en bouillie si la faim les tenaille assez.

Kiukiu, perdue dans la tempête…

— Allons-y ! ordonna Gavril en fonçant vers la porte.

Tout en avalant le reste de sa bière, Michailo fit signe aux druzhina de le suivre.

— Seigneur, reprit Piotr, près des chevaux, tout ça est de mauvais augure. Des loups des steppes, le blizzard... Inutile de garder espoir, je le crains.

Alors que le groupe quittait le village, des enfants gambadèrent derrière les montures.

— Retournez chez vous ! leur cria Piotr. Et restez-y ! En sécurité.

Au sommet de la colline, le vent soufflait avec force, d'une froidure à couper la respiration. Gavril scruta les étendues blanches. Comment Kiukiu aurait-elle pu s'orienter en direction de Klim alors que tous les repères habituels étaient enfouis sous la neige, à l'exception de la chaîne montagneuse, au loin ?

— Aurait-elle pu trouver un abri quelconque entre Klim et ces montagnes ? demanda-t-il, une main en visière pour se protéger de la réverbération.

— La chaumière de la vieille sorcière, peut-être, répondit Piotr.

Un de ses hommes cracha dans la neige pour chasser le mauvais œil.

— Sorcière ? releva Gavril.

— Une devineresse complètement folle. Elle vit seule à la lisière des terres désolées d'Arkhel.

— Mais...

— Par ici ! cria un des sauveteurs.

Gavril sauta de sa monture et courut rejoindre l'homme qui creusait la poudreuse. Sous la couche fine des dernières chutes, Gavril découvrit un bout de tissu. Il s'agenouilla pour aider à le dégager, redoutant d'arracher à son linceul de glace un visage humain congelé.

Mais seul apparut un carré de tissu froissé, un vieux drap usé jusqu'à la trame d'où s'échappèrent quelques objets.

Gavril les examina. À mesure qu'il les prenait, un sentiment de désolation grandissait en lui. De si maigres possessions... Si peu de chose témoignant d'une vie... Des chaussettes maintes fois reprisées avec du fil brillant, un peigne de corne aux dents cassées, les restes d'un morceau de pain bis, des rubans bleus...

Le bleu, sa couleur favorite... Gavril se remit à fouiller la neige de ses mains gantées.

— Ce sont ses affaires, grogna-t-il, les dents serrées. Où est-elle donc passée ?

— Ce n'est pas bon signe, commenta Piotr.

— Aidez-moi ! explosa Gavril.

Répugnant à croiser son regard, les villageois baissèrent les yeux.

— À quoi bon, seigneur ? répondit Piotr sans ambages. C'est inutile.

— Mais il n'y a pas de corps ! Alors, comment être sûr... ? insista Gavril.

— Vous avez entendu, seigneur... Les loups des steppes.

— On devrait retrouver des restes, au moins. (Les tempes du jeune homme battaient, sur une cadence plus rapide et plus intense que celle des battements de son cœur.) Nous devrions chercher des preuves.

Irrité par leur indolence, il persévéra, s'obligeant à chercher ce qu'il redoutait tant de découvrir : des lambeaux de vêtements ensanglantés, des bouts de cuir chevelu où pendraient encore des mèches blondes, des esquilles d'os…

— Nous perdons notre temps, intervint Michailo. Elle n'aura jamais pu survivre seule dans ce blizzard.

— Il a raison, seigneur, renchérit Piotr. Le soleil se couchera bientôt. Nous devrions rebrousser chemin sans tarder.

Les battements sourds, aux tempes de Gavril, s'amplifièrent.

— Si Michailo avait attendu mon retour, répondit-il à mi-voix, ça ne serait jamais arrivé.

— J'avais reçu le commandement du château, protesta le jeune guerrier.

— Vous n'ignorez pas combien le temps se gâte vite en hiver. Vous avez envoyé cette jeune fille à la mort.

Une petite voix adjurait Gavril de garder son sang-froid. Mais le chagrin qui enflait en lui par lames de fond amères menaçait de le submerger.

— Seigneur, regardez le ciel. Nous ne pouvons pas rester là. Ou nous risquons de subir le même sort.

Gavril jeta un coup d'œil aux nuages. Poussés loin des montagnes par le vent, ils avaient d'étranges reflets jaunâtres. Un hurlement lointain parvint aux hommes, auquel répondit un autre… Gavril en eut la chair de poule. Les loups !

Son cheval hennit nerveusement en secouant la tête et en raclant la neige.

— Ce n'était pas le vent… N'est-ce pas ?

— Votre monture a très bien senti le danger, répondit Piotr, mal à l'aise.

— Nous faisons parfaitement le poids contre n'importe quelle meute ! fanfaronna un des jeunes druzhina. Nos chevaux distanceront ces bêtes sans peine.

— Ah, oui ? fit Piotr. Alors vous fileriez en nous laissant les affronter seuls ?

— Donnez-moi ses affaires, ordonna Gavril. (Il les fourra dans sa sacoche de selle.) Maintenant, partons.

Alors qu'il remettait le pied à l'étrier, un autre hurlement éclata. Arme à l'épaule, les villageois rebroussèrent chemin sans attendre.

Une fille perdue, épuisée, se traînant dans la neige était une proie facile pour n'importe quelle meute en maraude. Un groupe d'hommes armés, en revanche… Gavril chassa l'idée de son esprit. Il pensait uniquement à Kiukiu. En chemin, il fouilla du regard le paysage désolé qu'ils traversaient. Impossible d'oublier ce que Michailo avait fait. Et ça, Michailo le paierait cher…

Le jeune homme chevauchait en tête, nonchalant et détendu sur sa selle. Il plissait les yeux pour se protéger de la réverbération du soleil sur la neige. Gavril le haïssait. Il détestait ses manières arrogantes, ses commentaires boudeurs, sa façon de rejeter avec hauteur ses tresses d'une blondeur de lin derrière ses épaules…

Les tempes de Gavril bourdonnaient de plus en plus. À force de ressasser sa haine contre Michailo, le sang lui montait à la tête.

Il ne se rappelait pas avoir déjà abhorré quelqu'un avec autant de hargne. Certes, il lui était déjà arrivé de ne pas supporter des gens, ou d'avoir des opinions diamétralement opposées à d'autres personnes, mais… *haïr?*

Du haut des cimes, dans le lointain, une lueur glauque brilla, couleur jaune soufre. Dans le ciel grisâtre des flocons de neige tourbillonnaient. Les derniers rayons de soleil disparurent. L'obscurité recouvrit les landes.

Un hurlement vibra dans les airs. Des voix y répondirent, affreusement proches.

— Le village ! s'écria Piotr, horrifié.

Il se mit à courir. Michailo et les autres talonnèrent leurs chevaux.

— Les enfants !

Gavril suivit.

Les druzhina atteignirent la crête qui dominait le hameau et tirèrent sur les rênes de leurs montures en soulevant des nuages de poudreuse.

Les gamins jouaient toujours, absorbés par leurs activités. L'irruption des cavaliers leur fit lever la tête.

— Que fichez-vous encore dehors ? rugit Piotr. Les loups arrivent ! Rentrez tout de suite !

Couinant de frayeur, les enfants détalèrent.

— Qu'on aille chercher des torches ! brailla Michailo en les suivant.

Gavril entendit un cri perçant. Un des petits, Danilo, venait de trébucher dans la neige, s'étalant de tout son long.

Une créature féroce surgit de l'ombre, les crocs dénudés sur un rictus sanguinaire.

Gavril éperonna son cheval avec l'intention de battre le prédateur de vitesse en hissant Danilo en selle en plein galop. Mais sa monture se cabra, le désarçonnant.

Le souffle coupé, le jeune homme se redressa, les gémissements terrifiés de l'enfant dans les oreilles.

— Danilo, viens ! cria-t-il.

Paralysé par l'horreur, le gamin resta sans réaction.

Bavant de convoitise, le loup se ramassa sur lui-même, prêt à bondir.

Des pupilles féroces, orange, luisaient dans la pénombre. D'autres loups jappèrent à l'unisson…

Voilà comment elle a péri. Ces prédateurs l'ont démembrée et dévorée…

Gavril se jeta devant Danilo.

La jeune fille trébuche dans la neige. Les bêtes l'encerclent, lui sautent à la gorge, la terrassent sous leur nombre… Puis on n'entend plus que des cris de souffrance et de terreur ponctués par les grognements des loups qui la dévorent vive… Bientôt, ils se repaissent de sa carcasse sanguinolente…

Toute peur envolée, Gavril se sentit envahi par une colère noire. Une rage brûlante le saisit au souvenir de Kiukiu, sa Kiukiu, condamnée à cette mort atroce… Son esprit s'embrase. Un voile rouge lui tombe devant les yeux. Rouge, orange, blanc… bleu.

De ce bleu stellaire phosphorescent, les nuits d'hiver…

À travers la traîne de feu bleu, il vit le prédateur s'apprêter à bondir…

Le loup sauta. Instinctivement, Gavril leva un bras pour se protéger.

Il entendit claquer des crocs aiguisés comme des rasoirs et sentit sur lui le souffle chaud et nauséabond du carnivore.

Bleu cobalt, des flammes jaillirent des doigts du jeune homme.

Le crépuscule explosa dans une myriade d'étoiles qui éclatent.

Le pelage du loup s'embrasa.

Un éclat bleu aveuglant, plus lumineux que la lumière elle-même…

En flammes, le loup se roula dans la neige avec d'horribles gémissements plaintifs. Gavril crut voir – comment était-ce possible ? – l'ombre noirâtre d'un homme transformé en torche. Puis les flammes diminuèrent. Les pattes calcinées du loup tressautèrent… et retombèrent, inertes.

Sous une fumée étouffante monta une vile odeur de fourrure brûlée.

Qu'avait-il fait ? Un instant, son corps tout entier avait convulsé dans cette décharge cataclysmique d'énergie, qui le laissait maintenant sans forces. Ses genoux flanchèrent.

Des voix désincarnées l'appelaient :

— Seigneur… Seigneur !

Il s'effondra dans la neige. Les dernières étincelles du Feu du Drakhaon disparurent dans un flux noir qui l'engloutit, l'entraînant vers l'oubli.

Chapitre 20

Kiukiu se réveilla en sursaut.

Une lumière glaciale filtrait par les fenêtres étroites de la hutte.

Tout d'abord, elle se demanda où elle était. Puis, en voyant Malusha penchée au-dessus du feu pour l'alimenter en petit bois, les souvenirs lui revinrent.

— La neige s'est enfin arrêtée, annonça Malusha sans se retourner. J'ai fait de la bouillie de flocons d'avoine. Tu en veux, mon enfant ?

De la bouillie de flocons d'avoine… À point nommé, et dans un gargouillis gênant, l'estomac de Kiukiu cria famine. La jeune fille posa les mains sur son ventre, pour tenter d'étouffer les bruits incongrus.

— Oui, s'il vous plaît. Je meurs de faim.

Malusha lui apporta un bol fumant et une cuillère.

— Commence par les bords ou tu te brûleras la langue. J'y ai mélangé une cuillère rase de miel de bruyère pour te redonner des forces.

Kiukiu huma avidement la vapeur aux senteurs miellées qui se dégageait du bol. Elle avait tellement faim qu'elle se moquait de se brûler la langue pourvu qu'elle ingurgite la délicieuse bouillie d'avoine.

Elle leva les yeux vers Malusha… et le songe lui revint en mémoire avec une telle netteté qu'elle eut un doute. Avait-elle vraiment rêvé ?

Après avoir posé son bol, elle tendit le bras pour lui prendre la main.

— Je… J'ai fait un songe cette nuit…

— Ah !

Malusha s'assit près d'elle sans lui lâcher la main.

— Vous étiez dans mon rêve. Vous m'avez demandé qui étaient mes parents. Et vous avez dit que… Malkh, mon père… était votre fils.

Le regard pétillant de la vieille femme s'embua de larmes. Elle serra les doigts de Kiukiu.

— Tu t'en souviens… !

— Êtes-vous… ma grand-mère ?

— Si Malkh était ton père, certainement, mon enfant.

— Comment est-ce possible ? insista Kiukiu, sur ses gardes. On nous a dit et répété que le clan Arkhel avait été exterminé !

L'ombre de longues années de solitude et de souffrance voila le regard de la survivante.

— Je suis l'unique rescapée, petite… avec mes seigneurs et mes dames. Il fallait bien que quelqu'un s'occupe d'eux.

— Les hiboux…

— En te découvrant dans la neige, je t'ai trouvé un étrange air de famille… (Fascinée, Malusha n'arrêtait pas de dévisager sa petite-fille en lui caressant la joue.) Maintenant, à la lumière du jour, c'est encore plus flagrant. Tu as le regard de ton père… et un peu de son menton, de ses pommettes… Des traits bien dessinés, une forte personnalité.

— Mais le rêve… Comment est-ce que vous… que je… ?

— Tu as le don. (Malusha posa une main noueuse sur le front de Kiukiu.) C'est ce qui a achevé de me convaincre. J'ai cru que le don disparaîtrait avec moi, la dernière de notre lignée. Notre petit seigneur Nuage de Neige a dû le pressentir…

— Tu es ma grand-mère…

L'instant de ces retrouvailles inespérées aurait dû être magique, un bonheur sublime… Kiukiu fondit en larmes.

— Allons, mon enfant, allons… (La vieille femme la serra dans ses bras.) Sèche tes pleurs et mange, ou ça refroidira. Et il n'y a rien de moins bon que de la bouillie froide !

Perdue sous la grande couverture de Malusha, Kiukiu commença à s'intéresser à son environnement. Il subsistait quelques traces d'un passé prospère dans la vieille chaumière. Si les murs étaient nus, le lit d'angle possédait encore un édredon bigarré confectionné dans de beaux tissus. Kiukiu vit dans certains carrés rapportés du velours et du fil d'or. Près de l'âtre, un pichet en métal avec un col de cygne…, un objet d'une facture trop élégante pour une simple chaumière paysanne. Et au pied du lit de Malusha trônait un coffret laqué. À la lumière des flammes, Kiukiu vit que c'était le pendant du coffre-dragon du seigneur Volkh, dans sa chambre… Simplement, des hiboux dorés et non des dragons en décoraient le couvercle ainsi que les côtés.

Tout à fait réveillée, Kiukiu entendit caqueter les poules, du côté de l'étable où le poney devait se trouver.

— Comment fais-tu pour survivre ici, grand-mère ? risqua la jeune fille. Si loin du village ?

— J'ai assez pour satisfaire mes besoins. Un puits d'une eau saine et claire, quelques pommiers… Les landes me fournissent des baies et des champignons sauvages.

— Mais le Drakhaon n'a-t-il pas empoisonné toutes les terres d'Arkhel ? En empêchant quoi que ce soit d'y repousser ?

— Mon enfant, il te faudrait trois jours de marche pour atteindre le domaine des Arkhel. Certes, je logeais jadis à la forteresse Arkhel. Les Guslyars étaient des membres appréciés de la maisonnée du seigneur Arkhel. Mais Volkh a tout détruit et a assassiné tout le monde.

— Comment en as-tu réchappé ?

— Cette nuit-là, je n'étais pas à la forteresse, je cherchais partout mon fils... Je savais que quelque chose d'horrible lui était arrivé. (Les prunelles de Malusha s'assombrirent.) Il ne m'avait pas beaucoup parlé de ta mère, sauf pour me dire qu'il en était amoureux. Je n'aurais pas dû quitter mon seigneur Stavyor. Mais que pouvais-je faire ? Malkh était mon fils unique. Je devais le retrouver, le sauver...

La vieille femme contempla ses doigts entremêlés, sur son giron.

— Il paraît que ma mère ne fut plus jamais la même après... la mort de mon père... Et même après ma naissance. Je n'ai guère de souvenirs d'elle. Ma tante Sosia m'a élevée.

— Ta mère ? Oh, je l'ai longtemps haïe !

Malusha releva la tête et darda son regard dans celui de Kiukiu, qui frissonna – le froid n'en était plus la cause. Elle lut dans les yeux de sa grand-mère des traces de cette haine irrationnelle qui ne concevait aucun pardon.

— Pour avoir mené mon fils à sa perte, je l'ai maudite de toutes mes forces !

— Elle n'a jamais voulu une telle chose ! la défendit Kiukiu avec force. Elle l'aimait. Et on l'a fait souffrir à cause de ça !

De ses doigts déformés, Malusha lui prit le menton et tourna son visage vers elle.

— Et toi, mon enfant ? Pourquoi t'a-t-on épargnée ? Une enfant Arkhel dans la maison du Drakhaon ?

Embarrassée par le regard scrutateur de sa grand-mère, Kiukiu baissa la tête.

— En vérité, je l'ignore.

Pendant les heures qui suivirent, Kiukiu aida sa grand-mère aux mille et une petites tâches quotidiennes. Après tout, les corvées ménagères, ça la connaissait... Elle balaya la poussière, alla tirer de l'eau au puits, pétrit la pâte à pain et la mit à lever à la chaleur de l'âtre.

Malusha, qui la regardait faire, hochait parfois la tête. Elle paraissait maintenant très lasse, subissant le contrecoup émotionnel de ces retrouvailles.

— Tu es une brave fille, Kiukiu, très serviable, et je sais ce que je dis !

— Tu as vécu seule ici toutes ces années ?

— Je n'étais pas seule. Mes devoirs envers mes dames et mes seigneurs m'accaparaient.

Une lueur étrange au fond des yeux, Malusha désigna les chevrons de la charpente, où certains hiboux des neiges perchaient.

— Il restait des chants à entonner en hommage aux exploits de mes seigneurs à la chasse ou aux couvées de mes dames. J'ai veillé sur toute une dynastie de hiboux d'Arkhel, n'en déplaise aux hommes du Drakhaon !

En faisant le signe contre le mauvais sort, elle cracha trois fois par terre.

— Mais... personne d'autre ?

Kiukiu, qui avait passé sa vie entière dans les cuisines, entourée de gens, ne pouvait même pas imaginer une existence aussi solitaire.

— Oh, de temps à autre, un fermier fait halte par ici, ou des colporteurs en route pour Klim. Et nous faisons du troc : un sac de farine, des tissus ou autre chose en échange de mes dons… Je m'en sors.

Kiukiu, qui avait mis le pain à cuire et émincé des légumes pour la soupe, se sentit lasse. Elle s'installa au coin de l'âtre, s'y réchauffant les mains et les pieds.

— Où est Nuage de Neige ?

— Sur son perchoir, où veux-tu qu'il soit ? Le jour, mes seigneurs et mes dames ne bougent pas. Ils attendent le coucher du soleil.

Les flammes allumaient des reflets changeants sur le visage de la jeune fille.

— Grand-mère, parle-moi des Guslyars.

— Tu n'as jamais eu de formation, n'est-ce pas, mon enfant ? (Malusha soupira.) Par où commencer ? Le don d'un ou d'une Guslyar s'éduque dès l'enfance. Ma mère a commencé mon entraînement alors que je n'avais que quatre ans.

— Il est trop tard ? s'écria Kiukiu, dissimulant mal sa déception.

À l'idée qu'un fâcheux concours de circonstances ait pu la priver de la chance de développer ses dons, elle se sentit accablée.

— Tu n'en sais pas plus sur l'art que n'importe quel Nagarian.

Malusha avait pris un ton ironique et désapprobateur.

— Ce n'est pas ma faute ! s'insurgea Kiukiu. Et comment apprendrai-je si tu ne me dis rien ?

— Toutes ces parlottes m'ont desséché le gosier… (Malusha se redressa péniblement, raide d'être restée trop longtemps assise.) J'ai besoin de thé.

Kiukiu la regarda prélever dans des cruches en argile des pincées de feuilles séchées puis les couvrir d'eau chaude en les pressant à l'aide d'une cuillère pour en tirer toute la saveur.

Alors que Malusha, qui ne cessait de marmonner entre ses dents, remplissait deux tasses du breuvage fumant, une fragrance intrigante flatta les narines de la jeune fille. Ce n'était vraiment pas le genre de thé que Sosia faisait…

— Qu'y a-t-il dedans ?

— Des herbes spéciales, répondit Malusha en se rasseyant avec des grognements. Pour apaiser mes rhumatismes et te réchauffer.

Kiukiu prit une gorgée et fit la grimace.

— Ça a un goût bizarre…

Sur sa langue, l'amertume s'altéra, libérant des saveurs inconnues, douces et fugaces. Ce fut comme si ce thé lui remettait en mémoire des souvenirs d'enfance enfouis.

— Ah, voilà qui est mieux, dit Malusha après une longue gorgée. Bon, où en étions-nous ?

— Les Guslyars…, répondit sa petite-fille.

Sa propre voix lui parut étrangement déformée – et lointaine, comme si un épais brouillard la séparait soudain de Malusha.

Celle-ci posa sa tasse et retourna près du coffret laqué pour en extraire ce qui parut d'abord être, aux yeux de Kiukiu, un grand plateau en bois rectangulaire. Elle l'installa sur ses genoux : un instrument doté de nombreuses cordes, doré et peint avec des motifs animaliers et floraux. Les cordes en métal vibraient doucement de leur propre volonté, comme en harmonie avec la respiration de Malusha.

— C'était le gusly de ma mère… (Elle fit courir ses ongles courbes sur les cordes, en tirant des notes frémissantes qui donnèrent à Kiukiu la chair de poule.) Il a besoin d'être accordé…

La tête inclinée, la vieille femme retendit certaines cordes au moyen de chevilles en métal qui étincelaient comme de l'or, en en réglant le ton jusqu'à ce qu'elle soit satisfaite.

— Je n'ai jamais vu… jamais entendu… quoi que ce soit de tel, bafouilla Kiukiu, submergée par l'émotion.

— Comment l'aurais-tu pu ? grogna sèchement sa grand-mère. Il s'agit de magie Arkhel. Une magie subtile. Qu'est-ce que le clan Nagarian comprend à la subtilité ?

— Joue pour moi, grand-mère.

— Quel morceau ? Je sais ! Un chant d'Accueil en l'honneur du jeune seigneur Nuage de Neige !

Penchée sur son instrument, Malusha commença.

Kiukiu écouta, sous le charme. Les petites envolées musicales évoquaient des bourrasques de neige. Soudain, elle se retrouva en train de voler par une nuit enneigée, planant dans les airs et piquant, les sens en éveil, prête à réagir aux sons les plus infimes, dans les landes obscures.

Quand les derniers accords moururent, elle réalisa qu'elle avait les yeux baissés sur Malusha et sur elle-même, du haut des chevrons… Avec la douceur d'une plume, elle virevolta vers le sol et se retrouva face à sa grand-mère.

— Je volais, chuchota-t-elle. Était-ce toi… ou le thé ?

— Tss, tss, mon enfant, un peu des deux… (Malusha reposa l'instrument.) Et un peu du don qui est en toi aussi. Regarde-moi…

Les yeux rivés à ceux de la jeune fille, comme la veille, elle posa les doigts sur sa joue.

— Il t'est déjà arrivé de quitter ton enveloppe charnelle, pas vrai ?

— Une fois seulement…

Honteuse, Kiukiu détourna le regard.

— Et comment cela a-t-il pu se produire ?

— Le seigneur Volkh, chuchota la jeune fille. Il m'a fait le ramener à travers le miroir… de l'Autre Monde.

— Tu as remonté cette voie si noire ? Sans être guidée ni entraînée ? Seule ? (Malusha secoua la tête.) Mon enfant, quelle stupidité ! Tu ignores les dangers que tu as courus ! Mais comment aurais-tu pu savoir ?

— Savoir quoi ? demanda Kiukiu, alarmée.

— Une Guslyar peut utiliser son don de bien des façons. Mais d'autres peuvent aussi tirer profit d'elle. Et chacune de ses incursions dans l'Autre Monde la prive un peu plus de ses forces vitales. Ce n'est pas un périple à entreprendre à la légère.

— Ses forces vitales ?

— À chaque retour, tu es un peu plus diminuée. Tu laisses un peu plus de toi-même dans le monde des esprits.

— Mais pourquoi y aller, dans ce cas ?

Au souvenir des vents lugubres qui balayaient la morne plaine où elle avait retrouvé Volkh, Kiukiu frissonna.

— Sais-tu aussi comment on nous appelle ? Les chantres des fantômes ? Personne ne t'a donc jamais expliqué comment les Arkhel étaient devenus si puissants ?

Kiukiu secoua la tête.

— Les ancêtres des Arkhel comptaient dans leurs rangs beaucoup de héros. Des bogatyrs, de glorieux chevaliers, qui régnaient sur l'Azhkendir aux temps anciens… À la veille des combats, les chantres des fantômes invoquaient l'esprit des héros d'antan pour qu'ils possèdent le seigneur et ses guerriers, qu'ils leur insufflent leur vaillance irrésistible. Et personne n'eut la puce à l'oreille jusqu'à ce que…

Le regard absent, perdu dans les ombres, Malusha se tut.

— Jusqu'à ce que… ? l'encouragea timidement Kiukiu.

— Élimine le Chantre, et les Arkhel redeviennent vulnérables. Privés de la protection des esprits-guerriers de leurs aïeux… Même mes seigneurs et dames hiboux ne purent pas les sauver cette fois.

Soudain, Kiukiu comprit.

— Le Chantre ? Tu veux parler de mon père !

— Je veux parler de mon pauvre Malkh.

— Mais… et toi, grand-mère ? Pourquoi n'as-tu pas… ?

— J'étais sa mère ! coupa sèchement Malusha. Et je parcourais les landes à sa recherche alors que j'aurais dû rester à la forteresse Arkhel ! À la tombée de la nuit, lorsque le Drakhaon a survolé les landes en direction des montagnes, j'ai compris trop tard que mon fils et moi venions d'échouer. Nous avions manqué à tous nos devoirs envers les seigneurs Arkhel. Sous cette ombre affreuse, je me suis écroulée et j'ai éclaté en sanglots. J'étais réduite à l'impuissance, condamnée à assister au carnage sans rien pouvoir faire. J'ai vu au loin l'éclat du feu bleu, le nuage crépitant qui a englouti la forteresse… et j'ai senti mourir tous les membres de mon clan, tous, d'un seul coup ! Même à distance, leur mort m'a atteinte à la façon d'une lame de fond… Quand je suis revenue à moi, un nouveau jour s'était levé. Et je me trouvais seule.

— Mais… mon père et toi, vous auriez pu vous opposer à la puissance du Drakhaon ? chuchota Kiukiu. N'y auriez-vous pas aussi perdu la vie ?

— Si, et ç'aurait été un moindre mal. Un sort plus miséricordieux… Mais moi morte, qui se serait occupé de mes seigneurs et de mes dames ? Et qui t'aurait sauvée du froid ?

Une logique quelque peu spécieuse… Néanmoins, ce n'était pas entièrement faux.

— Certaines nuits, quand la solitude devient quasiment insupportable, je m'aventure sur les chemins brumeux de l'Autre Monde, ajouta Malusha d'une voix distante, comme si elle se parlait à elle-même. Mais les spectres sont une bien triste compagnie…

— Tu cherchais mon père ?

— Lorsque je ne l'ai pas retrouvé dans le monde des vivants, j'ai su où me tourner. Et là, nous avons pu nous faire nos adieux, en quelque sorte.

— Il n'était pas dans cet endroit… si horrible… de poussière et de cendre ?

Malusha lui prit la main.

— Non, mon enfant, il a franchi ce morne barrage il y a longtemps déjà. En tant que Guslyar, il sait s'orienter dans l'Autre Monde. Ce sont les âmes des misérables comme Volkh, alourdies et aveuglées par leurs crimes, qui ne savent pas trouver la vraie voie.

— Je n'y ai décelé aucune voie.

— Par manque de formation uniquement. Mais ça va changer, ma petite. (Malusha lui retourna la main pour l'inspecter.) De longs doigts souples et résistants… En revanche, tes ongles sont tout usés et rognés ! Une Guslyar a besoin d'ongles de fer pour pincer ces cordes métalliques !

— Je faisais la plonge, se défendit Kiukiu.

Une faible excuse, à ses propres oreilles.

— Il te faudra ça… (Malusha s'empara de curieuses pièces métalliques et en glissa une à l'index de sa petite-fille.) Ce sont des plectres. Le temps que tes ongles repoussent, tu devras t'entraîner avec.

— Mais pourquoi les Guslyars ont-ils besoin de chanter ? Avant que le seigneur Volkh m'apparaisse dans le miroir, je ne jouais pas de musique.

— Des miroirs ? Bah ! De la magie grossière, tout juste bonne pour des paysans ! Un Guslyar utilise l'art à bien des fins. La première concerne les Louanges, ou Bylini. Chaque seigneur a les siennes propres. Je t'enseignerai tous les chants des Arkhel. Et puis il y a l'*autre* musique.

— Laquelle ?

— Nous pouvons faire en sorte que les accords du gusly tiennent lieu de passerelle l'Autre Monde et le nôtre.

En guise de démonstration, Malusha pinça deux cordes, produisant une étrange résonance discordante, qui sembla vibrer jusqu'au tréfonds de l'être de Kiukiu.

— Par les intonations que nous prenons et par ces pincements de cordes, nous pouvons invoquer l'esprit des morts. En état second, nous ouvrons les portails cachés et empruntons les voies inconnues du commun des mortels, celles que les vivants ne prennent jamais.

— Tu as dit que tu t'étais lancée à la recherche de Malkh. Pourrai-je aussi le retrouver ? Ainsi que ma mère ?

— Mon enfant, mon enfant, as-tu écouté un traître mot de ce que je viens de dire ? Chaque fois que tu entreprends un tel voyage, tu écourtes ta propre existence ! Sans compter qu'avant que tu t'aventures de nouveau dans ces territoires inconnus, tu devras avoir eu une formation digne de ce nom ! Ou les Âmes Perdues te videront comme un rien de ton énergie vitale et tu n'auras plus la force de réintégrer ton enveloppe charnelle.

— Tu veux dire que je devrai d'abord apprendre à jouer ?

Découragée, Kiukiu baissa les yeux sur les nombreuses cordes que comptait l'instrument. Comment arriverait-elle à en jouer ?

— Tu as toute une vie d'ignorance à rattraper ! Alors, au travail !

Au crépuscule, Kiukiu sortit nourrir Harim le poney, heureuse de ce petit répit. Malusha ne cessait de la réprimander. Certes, elle était habituée aux gronderies depuis longtemps, mais toutes les instructions dont sa grand-mère l'accablait depuis la première leçon lui donnaient mal à la tête… Il fallait qu'elle tienne l'instrument d'une certaine façon – et pas d'une autre –, qu'elle place ici les doigts de sa main gauche – non, *ici*… !

À force, le poids du gusly lui faisait mal au bras et ses doigts étaient endoloris. Les notes discordantes qu'elle avait produites en tentant d'apprendre lui résonnaient encore à l'oreille. Sortir prendre l'air et savourer le silence lui firent un bien fou.

Elle s'aventura hors de la petite propriété, en direction des landes. Il ne neigeait plus. Le soleil couchant incendiait le manteau blanc d'un chatoiement irisé. Le froid glacial avait de quoi couper le souffle. Le vent étant retombé, un calme étrange régnait. Kiukiu aurait presque pu se croire la dernière personne vivante au monde.

Elle tourna les talons pour retourner vers la chaleur du foyer de sa grand-mère.

Soudain, le ciel crépusculaire s'embrasa d'une intense lumière bleue. L'air frémit et crépita. Sous les pieds de la jeune fille, le sol trembla. Elle entendit le poney hennir de frayeur dans son box. Dans un tourbillon d'ailes blanches, les hiboux des neiges s'envolèrent du toit de la chaumière avec des cris perçants.

Malusha sortit en courant du logis. Kiukiu vola à sa rencontre et l'enlaça, le cœur battant. Sa grand-mère avait un teint cendreux.

— Que se passe-t-il ?

Malusha remua les lèvres… sans qu'aucun son n'en sorte. Elle agita une main vague en direction des landes. D'une voix faible, et pourtant vibrante de haine, elle finit par exhaler une plainte :

— J'avais tant espéré… ne jamais revoir *ça* de toute ma vie…

— Quoi, grand-mère ?

— Le fléau des Arkhel… Le Feu du Drakhaon ! Ton jeune seigneur Gavril n'est plus humain, Kiukiu. Mauvais sang ne saurait mentir et, tôt ou tard, celui des Nagarian reprend ses droits ! C'est maintenant véritablement un Drakhaon.

Chapitre 21

« Dame Andar-Nagarian,

Je vous dois des excuses pour mon comportement outrageant. C'était impardonnable. Souhaitant faire amende honorable, je vous propose une entrevue au pavillon du Thé, jardins des Eaux, à trois heures ce jour.

Altan Kazimir »

Elysia lança des coups d'œil circulaires. Elle était sortie seule sous prétexte d'acheter de nouvelles peintures à l'huile. Et, depuis qu'elle avait quitté l'échoppe avec ses emplettes, elle était certaine qu'on la suivait.

Arrivée aux jardins des Eaux, elle accéléra le pas en suivant les indications, avec l'espoir de s'être trompée. L'herbe était encore givrée. Les dernières feuilles d'automne se détachaient des branches dénudées des arbres pour voltiger paresseusement jusqu'au sol. Près du lac à la surface grise et lisse, Elysia avisa le pavillon du Thé, un établissement estival aux délicates teintes vert peuplier.

Il y avait foule. La senteur du café en grains embaumait l'atmosphère. Au grand étonnement d'Elysia, bien des clients dégustaient des glaces en dépit de la température fraîche. Une farandole de gourmandises glacées à la pistache, à l'abricot et aux fraises… Elle remarqua tout cela distraitement tout en cherchant du regard Kazimir dans la salle bondée.

Elle l'aperçut, installé près d'une fenêtre avec vue imprenable sur le lac. Perdu dans ses pensées, il contemplait les roselières, au loin.

— Docteur Kazimir ?

Il sursauta. Par la fenêtre, on voyait des cygnes noirs glisser sur les eaux du lac.

Il se leva.

— Ma dame… Vous me voyez ravi que vous soyez venue. Je désirais vous présenter mes excuses.

Ce jour-là, il avait pris un soin particulier à sa toilette, se rasant de près et peignant en arrière ses beaux cheveux blonds, de manière à dégager l'ovale de son visage. Soulagée, Elysia ne vit plus trace du Kazimir ivrogne et échevelé qu'elle avait rencontré auparavant, à la taverne *Le Signe de l'Orrery*. Elle espéra que cette nouvelle entrevue s'avérerait plus productive que la première.

— Inutile de vous excuser, docteur. Vous avez subi de terribles épreuves. Et ma visite était inopportune. J'aurais dû vous envoyer un message au préalable. Mais je me rongeais tellement les sangs à propos de mon fils… (Elle prit place à la petite table.) Et, je vous l'avoue, vos propos n'ont en rien dissipé mes appréhensions.

— Souhaitez-vous déguster des glaces, ma dame ? Ce sont les meilleures de tout Mirom.

— Des glaces ? (C'était bien le cadet des soucis d'Elysia.) Oh, pourquoi pas, répondit-elle distraitement.

Comme une serveuse passait près d'eux, Kazimir lui fit signe.

— Deux coupes glacées chantilly, commanda-t-il. (Une fois la serveuse partie, il se pencha et continua à voix basse :) Il y a autre chose que vous devriez savoir…

Elysia ne put réprimer un sourire.

— J'espérais retirer davantage de ce rendez-vous que le plaisir de savourer des glaces…

Kazimir lança des coups d'œil circonspects à la ronde, comme pour s'assurer que personne ne les épiait. Le brouhaha des conversations et le tintement des cuillères contre les coupes suffisaient à assurer un certain degré d'intimité.

— J'ai pu mentionner Lilias Arbelian…

Il s'interrompit aussitôt ; la serveuse revenait avec la commande : deux coupes joliment présentées remplies de boules de glace aux coloris vifs.

— Vous avez dit qu'elle était la maîtresse de Volkh, reprit Elysia sans y aller par quatre chemins.

Elle saisit sa cuillère pour commencer à étaler sa glace à la pistache.

— Vous me voyez confus d'avoir été si peu… délicat.

— Non, non. Je préfère la franchise en toute chose.

De nouveau, Kazimir se pencha par-dessus la table.

— Ce que je ne vous ai pas dit, c'est qu'elle est à la solde de Velemir.

— Le comte Velemir ? dit Elysia, sincèrement surprise.

— Chut ! (Kazimir lança d'autres coups d'œil inquiets à la ronde.) Ses taupes sont partout !

— Vous voulez dire qu'elle représentait officiellement les intérêts du Muscobar en Azhkendir ?

Elysia goûta le sorbet à la framboise. La saveur en était aussi douce qu'agréablement rafraîchissante.

Un petit sourire ironique tordit la bouche de Kazimir.

— Lilias ? Bonté divine, certainement pas ! Il n'y avait rien d'officiel en ce qui la concernait. Elle a été envoyée là-bas comme espionne.

Elysia reposa sa cuillère. Le charmant comte Velemir était donc le maître espion du Muscobar… D'un coup, elle en perdit tout appétit pour sa glace.

— Vous l'ignoriez, ma dame ?

— Oui.

Ainsi... Tout ce que Velemir pouvait dire à propos de diplomatie et d'ambassades était une simple couverture. Comment avait-elle pu être aveugle à ce point ? Elle aurait voulu se sentir moins trahie, moins dupe de sa propre naïveté...

— Mais qu'avait donc Volkh de si important aux yeux du Muscobar ?

— Sa puissance, naturellement.

— Je ne comprends pas.

— On a cru que votre défunt mari avait mis au point une arme de destruction massive. La rumeur courait à propos d'explosions, de feu bleu et de milliers de victimes... Alors, apprendre la vérité sur ces faits n'a pas manqué de laisser perplexe, en haut lieu...

— Ça défie toute analyse rationnelle, pas vrai ? ironisa Elysia.

— Ces messieurs avaient escompté obtenir la formule d'une nouvelle sorte de poudre à canon qui leur permettrait de vaincre les armées d'Eugène. Au lieu de quoi, on leur servait des contes à dormir debout de dragons volants et de sorciers métamorphes !

C'était tellement ridicule qu'Elysia faillit pouffer de rire. Elle plaqua sur sa bouche une main finement gantée de dentelle pour se maîtriser.

— Quant à votre fils, Gavril... Il se retrouve dans une situation très délicate.

Son calme instantanément recouvré, Elysia hocha la tête.

— Vous ai-je dit que Lilias était enceinte ?

— Enceinte ? Des œuvres de Volkh ?

L'idée ne lui avait même pas effleuré l'esprit. Et elle ne savait plus que penser.

— Eh bien, personne ne pourrait en jurer – pas même Lilias elle-même.

Kazimir avait pris une expression froide et distante. Pour mieux masquer des émotions refoulées ?

— En tout cas, reprit-il, elle s'est assurée que tout le monde le croie néanmoins.

— Vous pensez que le bébé... pourrait être de vous ?

Kazimir refit signe à la serveuse.

— Vodka.

— Et pour ma dame ? demanda la jeune femme.

— Rien de plus, merci.

Elysia soupira. Encore de la vodka... La conversation tournait-elle donc déjà court, alors que les choses devenaient intéressantes ?

Kazimir garda le silence le temps que sa commande arrive, dans une belle bouteille fine. Il s'en versa un premier verre, qu'il vida cul sec. Elysia ne savait plus quoi dire.

— Lilias est une femme dangereuse, reprit-il enfin. Manipulatrice, intelligente... et très belle.

— Vous êtes amoureux d'elle.

— Je l'étais, rectifia-t-il.

— En quoi serait-elle dangereuse ?

— En ce qu'elle est follement ambitieuse. Elle voulait être la mère du nouvel héritier d'Azhkendir, la Drakhys.

— Tout en continuant d'espionner pour le compte du Muscobar ? Oh, je vous en prie !

— Je vous ai dit qu'elle était dangereuse. Dangereusement capricieuse… Après la fin du seigneur Volkh, croyez-vous que ses aspirations aient changé ? Son fils sera Drakhaon.

Kazimir allait reprendre la bouteille quand, tendant le bras, Elysia l'arrêta. Elle voulait qu'il reste lucide, pas qu'il replonge dans l'état d'ébriété où elle l'avait vu sombrer. À sa grande surprise, il ne protesta pas.

— Je n'aurais jamais dû céder à la tentation. Mais au contraire me montrer plus fort… Hélas, elle se sentait seule et… moi aussi. Vous savez comme l'Azhkendir peut être un endroit mortel, en hiver, à tout point de vue…

— Oui, admit Elysia, se souvenant. Rester là-bas n'était plus possible pour vous…

— Je l'ai suppliée de fuir avec moi. Elle a refusé ! Elle n'aimait pas votre mari. À sa façon perverse, elle l'admirait pour son pouvoir – et sa cruauté. Oh, oui, ce côté-là l'attirait follement ! Mais… de l'amour ? (La voix de Kazimir tremblait.) Ce concept-là lui est totalement étranger.

Il repoussa son siège, se détournant pour contempler le lac brumeux. Elysia crut voir briller des larmes contenues dans ses yeux. Malgré elle, elle le prit en pitié.

— Cette Lilias doit être bien ensorcelante, souffla-t-elle.

Il se racla la gorge.

— Voilà pourquoi, ma dame, votre fils est doublement en danger. Il menace les ambitions que cette femme nourrit.

— Suggérez-vous qu'elle n'aurait aucun scrupule à le tuer ?

— Elle m'a joué la comédie de l'amour et m'a manipulé rien que pour avoir accès à l'élixir. Élixir qu'elle a certainement utilisé pour empoisonner le seigneur Volkh.

— *Lilias ?* s'exclama Elysia.

— Voilà que je vous ai alarmée… Vous m'en voyez navré. Ce n'était pas dans mes intentions, ma dame, je vous l'assure. Je désirais seulement…

Elysia s'en voulut de s'être encore montrée si faible.

— Oui, oui. Mais vous n'avez toujours pas répondu à ma question, docteur. En quoi pourriez-vous aider Gavril ?

— Altan !

L'appel retentissant couvrit les conversations. Toutes les têtes se tournèrent vers celui qui venait de crier.

Agacée, Elysia vit arriver l'homme qu'elle avait croisé dans la chambre de Kazimir. Matyev.

— Altan, où diable étiez-vous passé ? Auriez-vous oublié le rendez-vous ? De la société *philosophique* ?

— Oh, désolé, Matyev. J'ai dû perdre tout…

Le nouveau venu prit la bouteille de vodka et la reposa brutalement.

— Et voilà que vous vous remettez à boire ! De quelle utilité serez-vous pour notre société philosophique une fois le cerveau imbibé d'alcool comme une éponge ?

Elysia foudroya du regard le matamore qui l'ignorait grossièrement.

— Hum... Puis-je vous présenter dame El...

Matyev pivota. Et se détourna presque aussitôt.

— Nous avons déjà fait connaissance, lâcha-t-il, glacial.

— ... Elysia Andar, acheva Kazimir.

Matyev se retourna de nouveau.

— Andar ? La portraitiste de Vermeille ? (Ses yeux lancèrent des éclairs.) Vous travaillez pour les Orlov ! (La façon méprisante dont il prononça ce patronyme ne laissait planer aucun doute sur ses sentiments.) Les jardins grouillent de leurs hommes... Comment être certain qu'elle n'est pas également à leur solde ?

Outrée par l'attitude agressive de Matyev, Elysia réagit.

— Si vous avez des accusations à porter, ayez au moins la décence de vous adresser à moi ! Serait-ce à dire que vous me soupçonnez d'être un espion ? Mais, je peux vous l'assurer, ma rencontre avec le docteur ici présent est de nature purement privée. Et ça ne vous concerne en rien !

— Dame Andar est une amie, commença Kazimir.

— Altan, Altan, comment pouvez-vous être encore aussi naïf ? Une amie ? Elle qui fréquente ce boucher de Velemir ? (Matyev en tremblait de colère.) N'auriez-vous pas entendu la nouvelle ? Stepan est mort.

Kazimir fut horrifié.

— Mort ?

— Stepan ? murmura Elysia.

— Selon la version officielle, il se serait pendu dans sa cellule. Mais personne n'est autorisé à voir la dépouille, pas même sa femme, Natalya. Moi, je dis qu'on l'a trop torturé et qu'il en est mort !

Agité, Kazimir tendit des mains tremblantes vers son verre.

— Pensez-vous qu'il ait parlé ? Donné des noms ?

Lui saisissant le poignet, Matyev l'empêcha de porter le verre à ses lèvres.

— Écoutez, espèce d'ivrogne, nous n'allons tout de même pas laisser passer ça ! Un autre « suicide » en prison ! Une exécution officieuse de plus !

— Le régime est corrompu, nous le savons tous, répondit Kazimir. Mais qu'y pouvons-nous ?

— *« Qu'y pouvons-nous ? »* le singea durement Matyev en imitant à la perfection l'intonation du docteur. Je sors juste de chez Stepan. Natalya est à moitié folle de chagrin. Un mari torturé à mort et, résultat, quatre enfants à élever seule ! (Il tourna un regard noir vers Elysia.) Qu'attendez-vous pour courir rapporter tout ça à vos amis de la cour, vous ?

— Je vois bien que vous n'avez aucune raison de me faire confiance, lâcha Elysia, dédaigneuse.

— Vous occupez une position privilégiée. Et vous pourriez nous être utile. (Penché par-dessus la table, il baissa la voix, conférant à la conversation un air de conspiration.) Vous connaissez en détail la vie au palais des Orlov. Qui en sort, par quelle porte, à quelle heure…

— Matyev, non ! s'insurgea Kazimir.

— Vous me demandez de trahir la confiance d'un protecteur des arts ? répliqua Elysia, frémissant de mépris. Vous me croyez à ce point dépourvue de toute éthique professionnelle ?

— Vous voyez ? lâcha Matyev.

Son haussement d'épaules en disait long sur ce qu'il pensait de « l'éthique professionnelle » d'Elysia.

Quoi qu'il en soit, elle en avait assez entendu. Pourquoi aurait-elle dû rester là à se faire insulter ? Aussi passionné qu'il fût à défendre ses idéaux, Matyev n'en était pas moins un butor. Elle se leva.

— Il se fait tard. Je dois rentrer.

— Dame Andar, je…, tenta de s'excuser Kazimir.

— Merci pour la glace, docteur, coupa-t-elle vivement. C'était très… rafraîchissant.

Elle n'avait aucunement l'intention d'écouter ses excuses. Elle lui avait demandé son aide et il la décevait cruellement.

En se faufilant entre les tables bondées en direction de la sortie, elle eut la nette impression que Kazimir avait tenté de la rattraper, mais que Matyev l'avait retenu.

La nuit était tombée. Les jardins des Eaux se nappaient d'une brume automnale lugubre qu'Elysia en était venue à associer à Mirom. En frémissant, elle remonta le col de son manteau pour éviter d'inspirer trop d'air froid et humide.

Quel rustre, ce Matyev ! À deux reprises, il avait interrompu son entretien avec Altan Kazimir, la laissant frustrée, avec des débuts de réponses insuffisants !

La timide lumière que jetaient les lanternes des allées ne repoussait guère l'obscurité. En pressant le pas sous les sombres frondaisons d'où la vapeur d'eau gouttait, Elysia commença à se demander si elle ne s'était pas trompée de chemin. Elle marchait à vive allure depuis un bon moment déjà et les grilles du parc n'étaient toujours pas en vue.

On ne les avait tout de même pas fermées alors qu'il restait tant de monde attablé au pavillon du Thé ?

Un homme se détacha dans la brume. Elysia ralentit le pas, jetant un coup d'œil derrière elle. Personne. Consternée, elle réalisa qu'elle était seule face à cet inconnu. Elle se détourna et rebroussa vivement chemin.

Le gaillard accéléra le pas pour la rattraper.

Tenant ses jupons relevés d'une main, Elysia se mit à courir en prenant un embranchement sur la gauche.

Pas de panique ! Il faut que tu reviennes sur tes pas et que tu trouves refuge au pavillon. Là, il ne t'arrivera rien !

Elle avait perdu tout sens de l'orientation. Elle fonça vers la chiche lumière de la lanterne suivante... et se jeta dans les bras de l'ombre qui l'avait prise en chasse.

— Doucement !

À la faveur d'un lampadaire, elle découvrit, posés sur elle, les yeux marron de Féodor Velemir.

— Comte Velemir ? (La colère supplantant le soulagement, Elysia se dégagea vivement.) Que fichez-vous là ? Vous me suiviez ?

Il eut un petit sourire.

— Je vous protégeais, ma dame.

— Suis-je importante au point que le maître espion de tout le Muscobar doive consacrer un peu de son temps si précieux à me suivre ?

— Ah ! Kazimir a donc parlé.

— Je me demande bien ce qui vous empêchait de le faire vous-même...

Agacée, elle n'arrivait pas à réprimer ses tremblements d'écolière peureuse.

Reprends-toi ! s'admonesta-t-elle.

Frissonnait-elle de peur ? Ou de colère ?

— Mais était-ce vraiment moi que vous vouliez protéger ? N'en aviez-vous pas plutôt après quelqu'un d'autre ?

Il ne répondit pas.

— J'étais venue vers vous pour obtenir de l'aide, comte. J'ai répondu en toute candeur à vos nombreuses questions. En retour, vous avez multiplié les réponses évasives.

Toujours aucune réaction. Le brouillard parut s'épaissir autour du couple.

— Dites-moi ce que vous désirez, Elysia.

— Je veux rentrer à Vermeille. Ici, je n'obtiendrai rien de plus. De toute évidence, personne ne peut – ou ne veut – tendre une main secourable à Gavril. L'un de vos agents aurait-il l'obligeance de prévenir ma gouvernante, Palmyre, de mon retour ?

Sa capuche relevée sur ses cheveux, Elysia s'écarta et continua son chemin.

Velemir la rattrapa et lui bloqua de nouveau la route.

— Vous doutez de moi ? Je vous ai fait une promesse. Et je tiens toujours parole. (Il avait dit ces mots d'une voix basse et intense qui la fit frémir.) Mais ces affaires prennent du temps. Et il y a eu de... fâcheuses diversions.

— Des diversions ? releva Elysia, excédée. Si vous faites allusion au sort réservé à Stepan...

— Stepan ?

Des ombres surgirent du brouillard... Des clients sortis du pavillon arrivaient vers eux.

Sans crier gare, Velemir enlaça Elysia et l'attira à lui, comme pour lui donner un fougueux baiser. Elle sentit sur sa joue la chaleur – légèrement anisée – de son haleine. Trop surprise pour se débattre, elle l'entendit murmurer :

— Pardonnez-moi, Elysia.

Les passants s'éloignèrent. Quand le bruit de leurs pas se fut estompé dans la brume, Velemir prit le bras de sa compagne et l'entraîna avec lui.

— N'est-il pas de coutume pour une femme de souffleter l'homme en pareilles circonstances ? s'enquit Elysia, quelque peu hors d'haleine.

— Prendre une telle liberté était impardonnable de ma part, répondit le comte sur le ton doux et complice du confident – ou de l'amant. Mais il était tout aussi essentiel que personne ne puisse me reconnaître. Surtout en ces lieux. (Il s'arrêta, sans lui lâcher la main.) Écoutez, Elysia, j'ignore ce que vous avez entendu ou ce qu'on a pu vous dire. Mais, de grâce, ne me condamnez pas avant d'avoir connaissance de tous les faits.

— Les faits !

— Mon attelage nous attend aux grilles des jardins. Le brouillard s'épaissit. Au moins, laissez-moi vous ramener au palais.

Le carrosse du comte roulait dans la brume. Assise à l'intérieur, Elysia gardait le silence.

— Vous avez retrouvé notre ami le docteur ?

— Puisque vous savez tout sur mes allées et venues, il n'est vraiment pas nécessaire que je vous confirme…

— Quel est ce tapage ? l'interrompit Velemir en se penchant par la vitre de la portière, mais sans en relever le store.

Elysia tendit l'oreille. On entendait les huées d'une foule en colère, comme aux abords de Saint-Simeon…

— La route est barrée juste devant ! lança le cocher. (L'attelage s'arrêta.) Il y a des centaines de gens…

Elysia se pencha à sa portière. Des torches aux reflets rouge et or trouaient l'obscurité. Une manifestation…

— La place du palais est noire de monde, excellence. Nous ne passerons sans doute pas.

— Fouette, cocher ! ordonna Velemir. Je veux voir ce qu'il en est.

Les cris et les clameurs enflèrent. La lumière des torches se fit plus vive. Elysia crut entendre scander un nom…

— *Stepan ! Stepan !*

— Stepan le cordonnier ? dit-elle. Celui qui vient de mourir dans vos geôles ?

— Stepan l'assassin, répliqua froidement Velemir. Vous vous souvenez ? Il a tenté de poignarder le grand-duc.

La rue conduisait au palais d'hiver. L'attelage roula au pas jusqu'à la place, face à la résidence grand-ducale. D'où elle était, Elysia vit la foule se presser autour du carrosse. Les torches jetaient des ombres rougeâtres sur les façades sculptées du palais. Plus inquiétant encore, derrière les grilles ouvragées, décorées d'aigles aux ailes déployées, les soldats de la Garde blanche avaient pris position. Les vociférations populaires devinrent assourdissantes.

— Nous ne devrions plus avancer, chuchota Elysia.

Velemir ne l'avait pas entendue.

— Regardez ! Voilà le meneur !

En suivant le regard de son compagnon, elle vit un gaillard se hisser sur un tonneau de harengs qu'on avait vidé, près des portes du palais – juste sous les armes dorées des Orlov. Quand il tendit les bras, les clameurs de ses compatriotes se calmèrent peu à peu. Certaines de ses paroles parvinrent aux occupants de l'attelage qui était bloqué.

— Notre frère Stepan avait osé frapper au nom de ses camarades !

— *Stepan !* rugit la foule.

— Maintenant, c'est à notre tour de frapper pour honorer sa mémoire !

Ces accents stridents, ce timbre de voix... Elysia le reconnut.

— Matyev, souffla-t-elle tout bas.

C'était donc ça, la « réunion de la société philosophique »... Dans quoi Kazimir avait-il encore été se fourrer ? Était-ce pour cette raison que Velemir s'intéressait au savant ? Un savant acoquiné à des insurgés ? À moins que Kazimir au parler si doux et à la vue si courte fût en fait un des chefs rebelles ?

— Vous connaissez cet homme ? demanda Velemir.

Elle aurait voulu se mordre la langue... Pourquoi avait-il fallu qu'elle prononce son nom ? Mais l'attention du comte fut vite distraite.

— Que se passe-t-il ? marmonna-t-il. À quoi joue Roskovski ?

— Qui est Roskovski ? demanda Elysia, en voyant du mouvement parmi les soldats du palais alignés derrière les grilles.

— Il a donné l'ordre de charger et de viser, répondit Velemir en se tordant le cou par la portière.

— Pour tirer sur la foule ? s'écria Elysia, horrifiée. Ce sera un massacre !

— Vous avez raison. Il faut agir.

Il ouvrit la portière et bondit hors de la voiture pour prendre les rênes des chevaux et le fouet des mains du cocher.

— Féodor ! cria Elysia.

— Ne vous inquiétez pas, je veillerai sur vous !

L'instant suivant, Elysia sentit le carrosse bondir en avant.

— Place ! vociféra Velemir. Faites place !

Cramponnée à une poignée de cuir intérieure, Elysia constata que l'attelage prenait de la vitesse. Pris au dépourvu, les gens s'écartèrent vivement.

Qu'escomptait Velemir ? Enfoncer les portes ? Brinquebalé, le véhicule tressautait sur les pavés mal alignés. Elysia entendit les cris de colère de la foule bousculée, sentit qu'on frappait du poing l'habitacle au passage. Des projectiles rebondirent dessus.

— N'ouvrez pas le feu ! brailla Velemir pour couvrir le vacarme.

L'attelage malmené décrivit un virage serré. La tête d'Elysia cogna contre le dossier du siège capitonné. Étourdie, elle s'aperçut que le carrosse s'était immobilisé face aux grilles. De nouveau, la voix claire et forte du comte couvrit le brouhaha de la foule.

— Colonel Roskovski, *n'ouvrez pas le feu !*

Elysia risqua un coup d'œil par la portière. Juste au-dessus d'elle, dressé sur le siège du cocher, Velemir faisait face à la foule.

— Qui diable êtes-vous ? aboya-t-on, derrière les grilles.

— Féodor Velemir.

Le nom fut repris par la foule, dans une longue suite de chuchotements, telles des étincelles portées par le vent.

— Et vous pourrez m'accuser plus tard d'insubordination, colonel. Mais, moi vivant, je ne vous laisserai pas ouvrir le feu sur ces honnêtes gens ! S'ils ont des doléances, nous devons les écouter !

— J'ai mes ordres. Écartez-vous, Velemir !

— Féodor, ils vont tirer ! s'alarma Elysia.

— Le grand-duc aime son peuple, Roskovski. *Son* peuple ! Au premier qui sera blessé, ça bardera pour le soldat responsable, vous pouvez me croire !

— Le voilà… dans ses beaux atours, Féodor Velemir ! vitupéra Matyev, au milieu de la foule houleuse. (À la lumière des torches, la colère le défigurait.) Pourquoi devrions-nous l'écouter ? Les Orlov ne cessent de nous mentir !

— En arrière, comte ! ordonna Roskovski.

Velemir sauta à terre. Sidérée, Elysia le vit se diriger vers les grilles du palais de la démarche nonchalante d'un promeneur du soir.

— Tirez si vous le devez, Roskovski !

Les bras en croix, Velemir semblait vouloir étreindre la foule tout entière. Un geste d'une théâtralité – et d'un courage – sublimes.

— Mais vous devrez d'abord m'abattre !

— À bas la maison Orlov !

— Justice ! Justice pour Stepan !

Que fais-je là ? se demanda Elysia, avec un étonnement sincère. *Pourquoi a-t-il fallu que je vienne à Mirom ?*

Elle avait dépassé le stade de la terreur pour passer au stade étrange d'un souverain détachement.

— Justice ! s'écria Velemir. Je vous promets la justice !

— Féodor, chuchota-t-elle, vous allez être mis en pièces…

Un caillou siffla dans les airs et percuta le comte à la tempe. Il tituba.

Elle retint son souffle, craignant qu'une pluie de pierres ne s'abatte sur l'insensé.

Peu à peu, les vociférations de la foule se calmèrent. Les craquements et les grésillements de la poix qui brûlait, seuls, troublèrent le silence revenu.

Un autre ordre retentit, derrière les grilles.

— Colonel, c'est terminé, commanda Velemir. Ces bons citoyens vont retourner chez eux dans le calme. J'ouvrirai personnellement une enquête sur la mort de Stepan. Vous avez tous ma parole.

Matyev cracha dans la poussière.

— Votre parole ! La parole sans valeur du maître espion des Orlov… Elle vaut moins que rien !

Velemir continua sa harangue sans lui prêter attention.

— Vous avez des doléances. Je recevrai vos délégués et les écouterai. Ensemble, nous ferons en sorte de ramener le calme et l'ordre. Ensemble, nous travaillerons à mieux nous comprendre. Mirom changera.

Un autre homme était en train de chuchoter à l'oreille de Matyev. Intriguée, Elysia lui trouva un air familier. Un reflet de lumière dansa sur les binocles du personnage… Altan Kazimir ? Elle aurait voulu se tromper, mais la ressemblance était frappante.

— Demain, à dix heures au Sénat, je vous recevrai, vous-même et vos représentants.

Derrière Matyev, les grandes grilles du palais s'ouvrirent lentement.

L'attelage s'ébranla. Sur deux rangs face à face, les soldats de la Garde blanche formaient une haie défensive. Tendue, Elysia redouta d'entendre la première pierre heurter le véhicule, de voir le premier protestataire surgir du rassemblement pour attaquer… Mais personne ne bougea.

Quand elle risqua un coup d'œil en arrière, elle constata que Matyev et son complice s'étaient fondus dans la foule.

Chapitre 22

Gavril avait un mal de tête terrible. Son crâne pulsait douloureusement… Des éclairs pourpre et noir dansaient sous ses yeux, tels des coups de tonnerre. Il ne se rappelait pas avoir eu un mal de tête pareil depuis la cérémonie de fin d'études, à l'université… D'ailleurs, il gardait peu de souvenirs de ces beuveries estudiantines…

Il voulut ouvrir les yeux. La cruelle lumière du jour lui fut aussi acide que du jus de citron. Il referma les paupières.

Il avait maintenant d'affreuses crampes d'estomac.

De la bile lui remonta à la gorge.

Des renvois brûlants accentuèrent son malaise.

Qu'avait-il donc bu ? Épuisé, il roula sur le dos. Et quand s'était-il gorgé d'alcool pour être aussi malade ? Il n'en avait pas la moindre idée. Pourquoi n'arrivait-il pas à se souvenir de ce qui avait pu se passer ? Y avait-il eu un festin ou autre chose ? Sa nausée ne passait pas. La bile lui laissait un goût amer dans la bouche. C'était comme s'il tentait d'expulser de son corps une toxine quelconque…

Du poison !

Affolé, il voulut appeler à l'aide. Quelqu'un lui avait-il fait ingérer à son insu le poison qui avait paralysé son père, le rendant vulnérable ?

Où étaient les druzhina quand il avait besoin d'eux ?

À plat ventre, il rampa sur le parquet comme un reptile, dans son propre vomi.

— Aidez-moi… Au secours…

Sa voix lui semblait venir de très loin. Un murmure pathétique…

Si seulement il parvenait à se rappeler ce qui lui était arrivé, si sa mémoire ne lui faisait pas l'effet d'une ardoise vierge de toute inscription… Il ne voyait que des volutes de brume noirâtre planant sur les landes…

Aurait-il contracté quelque mal mortel ? Se mourait-il de consomption ? Son métabolisme subissait-il une corrosion insidieuse ? Il avait peur, s'il baissait les yeux, de se découvrir mutant, avec des lambeaux de peau encore accrochés à sa chair, sur du pus…

Pas de la brume noire…, mais de la fumée…

— À l'aide… Kostya…

Sa gorge le brûlait, comme s'il venait de déglutir un fluide caustique. Quand il tenta de nouveau d'appeler au secours, un filet de voix tomba de ses lèvres :

— Soif…

Il n'était plus qu'une coquille calcinée.

Pourquoi personne ne l'entendait-il ? Pourquoi personne ne venait vers lui ?

Il réussit encore à se traîner un peu avant que ses dernières forces l'abandonnent. Il griffa vainement le sol de ses ongles.

Et resta les yeux rivés sur cette main qui cherchait instinctivement une prise quelconque. Les ongles avaient le lustre bleu-noir d'éclats de charbon et étaient aussi acérés que des serres.

Il fut fasciné. Un feu ? Était-ce pour cela qu'il se souvenait uniquement de tourbillons de fumée ? Et que son propre corps lui paraissait si aliénant ? Un incendie l'avait-il brûlé ?

Le mal de tête, le poison, les flammes… Tout cela n'avait aucun sens.

Une seule chose était sûre : il mourrait de soif si personne ne venait à son secours.

La soif raviva en lui le « souvenir » d'autres fluides, délicieux au-delà de tout ce qui se pouvait imaginer… De sa vie entière, il n'avait jamais ressenti une faim ou une soif de cette nature.

Le bourdonnement douloureux, dans sa tête, prit la violence de coups de marteau. Il n'aspirait plus qu'à une chose : que la fumée noire l'enveloppe, le prive de son dernier souffle et abrège ses souffrances.

— Seigneur ?

Un visage flanqué de tresses guerrières dansa dans son champ de vision rétréci et brouillé. Un visage qu'il n'aurait jamais cru avoir un jour tant de joie à revoir… Jusqu'à présent.

— Kostya ?

Ses lèvres étaient comme gercées, sa langue gonflée. Seuls des chuchotements rauques lui échappaient.

— Que… m'est-il arrivé… ?

— Vous devez boire, seigneur. À satiété.

Gavril sentit quelqu'un lui soulever la tête et presser une coupe contre sa bouche douloureuse. Un liquide frais coula dans sa gorge. Il tenta de déglutir ; un peu du breuvage dégoulina le long de son menton, sur son cou et son torse.

Il tourna la tête.

— Ça va… Où… suis-je ?

— À Klim, répondit Kostya. Dans la taverne du village.

— Je me sens… tellement… mal…

Kostya repoussa des mèches de cheveux du front fiévreux du jeune homme. Le geste pourtant si doux du vieux guerrier suffit à lui infliger un nouveau spasme.

— C'est un grand jour pour nous...

Kostya avait la voix mal assurée. Gavril s'efforça de fixer sa vision et vit des larmes briller dans les yeux du vieil homme.

— Vous leur avez montré... Vous avez prouvé aux sceptiques que vous êtes bien le fils de votre père. Maintenant, plus personne n'osera s'opposer à vous.

Ces paroles tanguaient au rythme d'accords de musique lointains, filtrant par intermittences d'une fenêtre ouverte... Gavril voyait uniquement la noirceur et la fumée qui menaçaient de l'engloutir.

Les derniers mots de Kostya lui parvinrent par-delà les ténèbres :

— Ça va passer, mon garçon. Ensuite, nous parlerons de l'avenir.

Il traversait la brume – l'étoffe des rêves –, cherchant en vain de l'eau pour étancher la soif qui le torturait.

Émergeant de la fumée, une mare s'offrit à lui. Agenouillé au bord, il se pencha vers sa surface argentée, les mains en coupe prêtes à puiser le précieux liquide.

Et il vit des yeux le fixer, bleus comme l'éclair.

— *L'eau seule n'apaisera pas ta soif, Gavril.*

Le rêveur s'immobilisa. La voix désincarnée aux subtiles intonations avait clairement résonné dans l'air. Devant lui, il ne voyait pourtant étinceler que des yeux aussi bleus que la lumière stellaire.

— Qui a parlé ?

— *Tu m'as tiré de mon sommeil, Gavril Nagarian.*

— Qui êtes-vous ? chuchota le jeune homme.

— *Je suis ton gardien. Tu es mon hôte.*

— Je ne comprends pas.

— *Regarde dans la mare. Voilà comment j'étais jadis – et voilà ce que tu deviendras quand je t'aurai remodelé à mon image.*

La surface de l'eau se brouilla avant que s'y reflète une créature aux ailes noires et aux griffes acérées, dont le corps musclé était couvert d'écailles couleur saphir. Une crinière indomptable aux reflets d'un noir tirant sur le bleu encadrait un visage étrangement allongé que dominait l'éclat d'un regard aussi perçant qu'inhumain.

Une créature de l'air et des ténèbres, un seigneur-démon ailé, puissant et cruel.

Le jeune homme secoua la tête.

— Je rêve !

— *Bientôt, Gavril, tes rêves deviendront réalité. Bientôt.*

Gavril ouvrit les yeux sur une aube morne et froide. Il était allongé dans un lit aux draps propres, dans une pièce nue. Les volets ouverts laissaient entrer une lumière grisâtre et pure. Il cilla. Il n'avait plus mal à la tête, ni à l'estomac.

Il se sentait purifié... et vide.

On avait dû le laver, nettoyer le vomi et les fluides visqueux collés sur son corps et dans ses cheveux.

Il n'en avait aucun souvenir.

Aucune odeur de maladie ne flottait dans la pièce, qui au contraire sentait bon les bûches de pin et la neige. Gavril vit son souffle dessiner de petites volutes de buée dans l'air frais.

Il posa les pieds par terre.

— On se sent mieux, seigneur Drakhaon ? (Kostya réapparut, porteur d'un bol de bouillie de flocons d'avoine.) Vous devez manger pour reprendre des forces. Voilà de la bouillie chaude et du miel. La première vous redonnera de la vigueur et le second de l'énergie.

Gavril hocha la tête. Il aurait préféré que Kostya ne lui parle pas comme à un de ses chevaux, mais… il mourait de faim.

Il engloutit sa ration.

Puis il repoussa le bol vide. L'estomac plein, il ressentait encore un étrange vide. Ou plus exactement, une faim sournoise continuait de le tenailler… De quelle nature ?

— Bon, dites-moi ce que je fabrique ici.

— Vous ne vous rappelez rien ? À propos des loups des steppes ?

— Des loups ? répéta Gavril, mal à l'aise.

Il revit brièvement le bond d'un animal à fourrure, l'éclair de ses griffes et de ses crocs avides de lacérer les chairs…

— Notre groupe a été attaqué dans les landes. Par une meute de loups des steppes… Vous avez usé de vos pouvoirs, seigneur, ajouta Kostya d'une voix tremblante, écrasée par l'émotion. Vous les avez anéantis.

— *Moi ?*

Des fragments de souvenirs tourbillonnaient à la surface de sa mémoire, telles des étincelles. Mais rien n'avait de sens.

— Jusqu'au château du Drakhaon on a vu cette lumière surnaturelle embraser le ciel et la terre a tremblé. J'ai accouru, sachant que vous auriez besoin de moi.

— J'ai… usé de mes pouvoirs ? répéta Gavril à voix basse.

Qu'avait écrit son père, déjà, dans son testament secret ?

« Peu importent les pressions et les manœuvres persuasives auxquelles mon peuple peut recourir à ton égard, tu dois lutter de toutes tes forces contre le besoin d'utiliser tes pouvoirs. »

— Vous avez anéanti les loups… (Kostya posa une main sur l'épaule du jeune homme.) Plus personne n'osera douter de votre légitimité de chef de l'Azhkendir, seigneur Gavril.

« Chaque fois que tu laisseras le champ libre au Drakhaoul qui est en toi, tu perdras un peu plus de ton humanité. Des poisons seront progressivement libérés dans ta circulation sanguine. Ils te changeront corps et âme. »

Si seulement il avait eu assez de maîtrise de soi pour dominer sa colère et combattre les loups avec le feu et les armes façonnées par l'homme…

— Pour l'heure, vous devez continuer à vous reposer, seigneur. Quand vous vous sentirez mieux, nous retournerons au château du Drakhaon.

Kostya tira la couverture sur Gavril, comme s'il bordait un enfant. Puis il se redressa.

— J'ai fait apporter ici les affaires de la fille. Piotr a dit que vous vouliez les restituer à Sosia.

Les affaires de la fille ? Gavril se rappela soudain le but de la tragique expédition… Il suivit la direction que Kostya pointait du doigt, vers le tas pathétique des maigres possessions de Kiukiu, reléguées dans un coin.

Kiukiu, sa seule véritable amie et alliée dans tout l'Azhkendir, morte… Il était seul à présent.

Il se rallongea, les yeux rivés aux poutres apparentes du plafond. Ses larmes débordèrent.

Il devait fuir. Et trouver le docteur Kazimir avant que le Drakhaoul tapi en lui consume jusqu'aux derniers vestiges de son humanité…

Le vent soufflait un air de flûte fantôme… Kostya et Gavril chevauchaient de nouveau dans les landes. Il avait encore neigé durant la nuit et les flocons couvraient les traces des sauveteurs.

— Rien ne vous oblige à faire ça, seigneur, dit Kostya.

— Je dois voir où ça s'est produit.

Multipliant les coups d'œil à la ronde, Gavril cherchait en vain des repères susceptibles de lui rafraîchir la mémoire. Sous un ciel menaçant, la pâle lumière solaire suffisait pourtant à produire une réverbération dangereuse. Gavril en avait mal aux yeux. Faible et malade, il se languissait de… Quoi ? Si seulement il identifiait ce que son corps lui réclamait tellement ! Le vin et l'eau-de-vie n'avaient pas arrangé ses aigreurs d'estomac, mal remis de ses crampes. Et le lait chaud n'avait servi qu'à le refaire vomir.

Le vent froid et humide semblait pénétrer jusqu'aux épais manteaux de fourrure. Gavril frissonnait sous le sien. Misérable, il se recroquevilla sur sa selle.

Kostya prit la tête, gravissant une colline.

— Là, seigneur !

La monture de Gavril renâcla, piétinant le sol gelé et secouant le museau. Elle exhalait la vapeur de son souffle par les naseaux.

— Votre cheval sent encore les loups, commenta Kostya en mettant pied à terre.

Gavril le rejoignit sur la crête de la colline en foulant la neige fraîchement tombée. Puis il s'arrêta, stupéfait. Sous les fins granules de la poudreuse, on distinguait un cratère nu, au sol calciné ; alentours les buissons étaient réduits à l'état de souches noirâtres, les fougères et les bruyères étaient tombées en cendres… Sur ce lit de cendres saupoudrées de neige, Gavril discernait à peine les os carbonisés des carcasses de loup. Pourtant, quand il se rapprocha du cratère et s'agenouilla pour les examiner de plus près, il vit non pas les longs os caractéristiques des mâchoires de loup, mais, indéniablement, ceux de crânes humains.

— C'est *moi* qui ai fait ça ?

Sur les lieux du drame, des lambeaux de souvenirs lui revenaient à l'esprit : l'éclat de crocs dénudés sur un rictus carnassier, la puanteur fétide d'une haleine féroce... Il se revit jeté à bas de son cheval et étalé de tout son long dans la neige à l'instant où le loup s'apprêtait à lui sauter à la gorge... Il goûta de nouveau l'amertume de la peur...

Et, éclair bref mais intense, il revécut la transformation incroyable, le corps et l'esprit fusionnant en une décharge paroxysmique d'énergie...

Après, il n'y avait plus eu que l'éblouissement du bleu, dans sa tête, et un chaos de clameurs...

Kostya prit le jeune homme par les épaules.

— Vous avez anéanti toute la meute !

Assourdi par les cris, hébété, Gavril le regarda à travers la fumée.

— Ce n'était pas des loups mais bien des hommes... Comment est-ce possible ?

— Je pense qu'ici, une sorcellerie du Tielen a encore été à l'œuvre... (Kostya cracha dans la neige.) Quelqu'un a dû envoyer ces monstres à vos trousses, seigneur.

— Vous voulez dire... pour m'assassiner ?

— C'est bien ce qu'il semble.

Kostya allongea un coup de pied à la cage thoracique d'une carcasse, qui tomba en cendres.

— Mais qui aurait fait une chose pareille ?

Le vieux guerrier haussa les épaules.

Des femmes et des enfants attendaient dans le froid, pour leur dire adieu.

Un garçonnet courut vers Gavril, les joues rougies par le vent.

— Drakhaon !

Gavril reconnut Danilo, l'enfant qu'il avait sauvé des loups.

— Merci de m'avoir secouru !

Si près de Danilo, Gavril prit brutalement conscience du nimbe extraordinairement lumineux du petit, de son aura dorée que chaque inspiration paraissait dilater... Une délicieuse fraîcheur émanait du corps frêle. Gavril voyait le sang couler dans ses veines si délicates, il sentait le parfum grisant de sa pure vitalité... Avant qu'il comprenne ce qu'il faisait, il avait commencé à tendre une main griffue vers le cou de cygne du gamin pour l'attirer à lui...

Danilo leva de grands yeux marron pleins d'innocence.

Au nom du Ciel, qu'était-il en train de faire ! Tremblant, Gavril se hâta de baisser le bras.

— Mon petit..., lâcha-t-il d'une voix rauque et étouffée. Retourne près de ta mère.

Danilo s'empressa de courir se cacher dans les jupons en question.

Les cavaliers repartirent.

— Pourquoi ? cracha Gavril d'une voix tendue par la haine de soi. Pourquoi cet enfant ?

Kostya lui jeta un coup d'œil. Il avait un regard aussi froid et dur que de l'acier trempé.

— C'est ainsi. Apprenez à vous accepter tel que vous êtes. Apprenez à être le Drakhaon.

— Comment mon père a-t-il pu vivre avec ça ?

Kostya lui lança un autre coup d'œil circonspect.

— Cette terrible soif… Comment la dominait-il ? Comment… ?

— Parfois, il ne se contrôlait plus.

Les mots se gravèrent en lettres de feu dans la mémoire de Gavril.

« Il ne se contrôlait plus… »

— Que faisait-il, dans ce cas ? Se contentait-il de partir en quête de proies ? Comment… ?

Son imagination exacerbée lui infligea des visions d'une vivacité obscène : de tendres chairs lacérées, le sang coulant à flot, rouge comme les pétales des roses d'été…

— Aux temps anciens, on versait un tribut au Drakhaon. De jeunes vierges… Les Fiancées du Drakhaon. Mais votre grand-mère Marya y a mis un terme.

Gavril agrippa Kostya.

— Dites-moi ce que mon père faisait.

Un voile de tristesse ternit les prunelles du vieillard.

— Il partait en chasse. Il prenait ce qu'il trouvait.

— Des jeunes filles ? Des enfants ?

Gavril enfonça les ongles dans les épaules osseuses de son compagnon.

— Quand la faim le rendait à moitié fou, oui… Pas avant. Et ensuite… ensuite, le dégoût de lui-même le rendait malade. Il s'enfermait pendant des jours. Je l'entendais pleurer, marteler les murs de ses poings…

— Cela arrivait… souvent ?

— Chaque fois qu'il utilisait ses pouvoirs.

— Et personne ne venait rechercher ces… enfants perdus ? Nul ne demandait après eux ?

— Personne n'osait prononcer un mot contre lui. C'était le Drakhaon. On racontait parfois qu'une bête féroce avait tué les petits en pleine forêt. À d'autres moments, on parlait de mal purulent foudroyant…

— Et les enfants du château du Drakhaon ? Étaient-ils épargnés ?

— La seule façon de les protéger est par le lien du sang.

— Même le bébé Artamon ?

— Inutile. Artamon est un Nagarian, comme vous.

Lentement, Gavril desserra sa prise.

À présent, tous ses rêves d'une union heureuse et paisible avec Astasia Orlov étaient balayés par une cruelle désillusion. Quand elle apprendrait la vérité sur son monstrueux héritage, elle le fuirait. Exactement comme Elysia avait fui son mari.

Dans la brume, il crut apercevoir Astasia, planant au-dessus de lui comme un esprit des neiges, ses yeux noirs pleins d'horreur et de dégoût.

— Bienvenue, seigneur Drakhaon.

Un châle en laine serré autour de ses épaules, Sosia se tenait sur les marches du perron pour accueillir son maître. Alors qu'elle lui lançait le salut traditionnel, son regard trahissait toute son agitation.

Gavril déglutit avec peine. Il avait redouté cet instant. Il mit pied à terre. Pendant qu'un garçon d'écurie tenait les rênes du cheval, il défit les sacoches de selle et prit le baluchon mouillé qui renfermait les effets personnels de Kiukiu.

Sosia hésita à se rapprocher pour voir ce qu'il lui rapportait.

— Je sais, dit-elle d'une voix brisée. Michailo m'a annoncé la nouvelle… Les loups des steppes ont eu ma Kiukiu.

Incapable de trouver la moindre parole de réconfort à lui offrir, Gavril lui remit le maigre baluchon.

En hochant la tête, elle se retourna et disparut. Du jour au lendemain, elle s'était terriblement voûtée, tous ses gestes étaient devenus lents et incertains… Gavril le remarqua. Comme lui, avait-elle espéré contre toute raison un miracle de dernière minute ?

Animé par un sombre dessein, le jeune homme la suivit dans le château.

La disparition de Kiukiu ne resterait pas impunie. Les responsables le paieraient cher.

À commencer par Lilias Arbelian.

Accompagné de Kostya, Gavril tambourina à la porte de Lilias. Sans attendre de réponse, il tourna la poignée et ouvrit violemment.

Occupée à sa broderie, Dysis bondit sur ses pieds avec un petit cri, la soierie aux couleurs vives tombant en tas sur le sol.

Gavril dépassa la camériste à grandes enjambées pour gagner la chambre de Lilias.

— Attendez, seigneur !

Dysis prétendit lui barrer le chemin, mais il fut plus rapide, ouvrant d'une autre poussée brutale les doubles battants.

En pleine conversation, Lilias et Michailo étaient assis sur un des divans tendus de soie, leurs têtes blonde et brune si proches qu'elles se touchaient presque. L'irruption les fit s'écarter en hâte. À son tour, Lilias bondit sur ses pieds.

— Seigneur Drakhaon…

Ses yeux verts lancèrent des éclairs.

À la vue de la jeune femme, si belle et tellement dépourvue de scrupules, Gavril se sentit repris par une colère noire. Les poings serrés, il s'efforça de garder la tête froide.

— Je veux que vous pliiez bagage et partiez de ma maison, dame

Arbelian, répondit-il sur le même ton formel. Demain matin à l'aube, vous aurez quitté les lieux.

— Vous me jetez dehors ? De quel droit… ?

— Je fais simplement respecter les dernières volontés de mon père. Je vous suggère de ne pas recourir à vos charmes ou à vos artifices habituels pour vous en tirer, cette fois.

Michailo se leva.

— S'il s'agit de Kiukiu, je ne vois pas pourquoi dame Arbelian devrait être punie. Cette fille avait tenté d'étouffer le bébé dans son berceau. Il fallait la renvoyer.

Gavril se tourna vers lui.

— Dans toute cette histoire, nous avons uniquement la version de dame Arbelian sur ce qu'il s'est réellement passé. Étiez-vous présent, dans cette chambre, quand ça s'est produit ?

Michailo soutint le regard de Gavril. Puis lentement, il baissa ses pâles yeux bleus, l'air maussade.

— Michailo, dehors. Tout de suite ! grogna Kostya.

Le jeune soldat parut sur le point de répliquer, puis se ravisa. Après avoir salué Gavril, il obéit en adoptant une démarche insolente. Le torse bombé avec raideur, Kostya lui emboîta le pas.

Un petit hoquet, venu du berceau à l'angle de la pièce, et Lilias s'empressa de prendre son bébé en le serrant contre elle. Soudain, Gavril eut une inspiration. Elle avait comploté contre lui. À son tour de la battre à son propre jeu…

— J'ai peut-être eu un jugement hâtif, reprit-il en refoulant sa colère de son mieux. L'hiver, le temps est si rude… Et votre bébé tellement vulnérable. J'aimerais que vous restiez jusqu'à la fin du blizzard, au moins.

Elle le dévisagea. Avec une amère satisfaction, il vit qu'il l'avait prise au dépourvu. Elle plissa le front, ses yeux lançant des éclairs de jade.

— Vous êtes très généreux, seigneur Drakhaon.

— Je préviendrai Azhgorod pour qu'on tienne prête votre résidence. Et qu'on la chauffe pour qu'Artamon n'y prenne pas froid à son arrivée.

— Mon seigneur est trop bon, ajouta-t-elle, sans l'ombre d'un sourire.

Il se tourna pour sortir et fit une pause sur le pas de la porte, comme s'il venait de se rappeler autre chose.

— Oh, et puisque je n'étais pas présent au moment de l'accouchement, je ferai parvenir une offrande à Saint-Sergius afin que les moines célèbrent des actions de grâce et sonnent les cloches en l'honneur de votre fils.

Cette fois, Lilias ne répondit rien. Si ce qu'avait surpris Kiukiu était vrai, l'abbé Yephimy avait caché l'amant de la jeune femme, Jaromir Arkhel. À présent, elle vivrait la peur au ventre, redoutant de voir Jaromir risquer sa vie au nom du bébé. Et ce faisant, il prouverait involontairement la perfidie de Lilias. Gavril ferait surveiller jour et nuit les appartements de la jeune femme.

La mort de Kiukiu ne resterait pas impunie.

La chambre du Drakhaon était glaciale, aucun feu ne brûlant dans la cheminée. S'en occuper avait été la tâche de Kiukiu.

En contemplant le foyer vide, Gavril se remémora sa première rencontre avec la jeune fille. Elle disparue, ces petits détails paraissaient si poignants – comme la façon dont elle s'était barbouillée le nez de suie en tentant d'en frotter une tache…

Jusqu'à cet instant, il n'avait pas mesuré à quel point elle lui manquait.

Inconsolable, il passa dans la petite pièce contiguë pour ôter ses vêtements de monte. Un bain chaud le détendrait, le soulagerait des crampes dues à la longue chevauchée… Voilà à quoi il aspirait. Mais en enlevant sa chemise, il remarqua de petites meurtrissures marbrées, sur ses bras et ses épaules, un peu comme des hématomes. Mais quels bleus auraient scintillé de la sorte sur la peau nue ? Ça rappelait beaucoup plus les écailles d'un serpent…

Dieu Tout-Puissant, ça ne se limiterait donc pas aux ongles et au visage ?

Il entendit la porte du couloir s'ouvrir et se refermer. Pétrifié, il espéra que personne ne viendrait le surprendre nu dans la petite pièce où il se changeait… Il entendit alors le raclement d'un seau contre le sol et celui d'une pelle…

Quelqu'un venait faire du feu.

En vitesse, il passa une chemise en lin pour dissimuler les symptômes de son héritage.

— Pourquoi te démènes-tu à astiquer comme ça, comme pour un jour de lessive, Ilsi ?

— Occupe-toi de tes oignons, Ninny.

— Ne m'appelle pas ainsi ! Et donne-moi cet amadou !

Des voix de jeunes filles, en train de se chamailler dans la chambre à coucher du maître… Gavril espérait qu'elles en finiraient vite et déguerpiraient.

— Ninny, Ninny Ninnyusha !

— Ce n'est pas parce que ton bellâtre de Michailo ne t'adresse plus la parole depuis une semaine…

— Il est très occupé.

— Pour ça, oui ! Avec dame Lilias…

Une gifle, ponctuée par un petit cri outré…

— Tu mens !

— Je dis la vérité ! Je l'ai vu se faufiler dans ses appartements tôt un matin, quand le seigneur Gavril était absent !

Son irritation envolée, le jeune homme tendit l'oreille, intrigué.

— Je ne te crois pas !

— Sosia m'a envoyée faire du feu. Et je l'ai vu chez elle. Pourquoi ne vas-tu pas vérifier toi-même, si tu ne me crois pas ?

— Compte sur moi, je n'y manquerai pas !

Les commentaires acides de Ninusha pouvaient peut-être être mis sur le compte de ragots de cuisine destinés à blesser son amie, mais Gavril y vit un moyen de retourner les choses à son avantage. Reprenant sa besace, il poussa la porte et repassa dans la chambre. À sa vue, les jeunes commères lâchèrent bruyamment leur pelle et leur silex dans le foyer en bondissant sur leurs pieds.

— Nous ne voulions pas vous déranger, seigneur. Nous ne savions pas…

Gavril reconnut aussitôt les deux servantes : la brune Ninusha au regard langoureux et Ilsi la langue de vipère, son joli minois crispé par un pli boudeur…

— Alors, vous êtes aussi de service chez dame Lilias ? lança-t-il, affectant un ton nonchalant.

Ninusha se rembrunit. Ilsi lui donna un coup de coude dans les côtes.

— Je vous ordonne de me rapporter tout ce que vous y verrez d'insolite.

Il vit les deux servantes échanger un regard incertain.

— Voilà pour votre peine, ajouta-t-il en leur tendant de l'argent. Et il y en aura davantage si vous avez quoi que ce soit – ou qui que ce soit – à me signaler.

Avec la délicatesse d'un moineau becquetant des miettes, Ilsi le délesta vivement des pièces qu'il leur présentait au creux d'une main. Une étrange sensation le submergea et il se surprit à vouloir la rattraper par le poignet, la ramener de force vers lui…

— Vous pouvez disposer, conclut-il sèchement en se détournant.

Les jeunes filles s'esquivèrent en hâte. Il entendit la porte cliqueter en se refermant derrière elles. Il porta une main à son front fiévreux, luisant de sueur. Un parfum quasiment irrésistible avait flotté dans la chambre, la fragrance de la chair fraîche et du sang de la jeunesse…

Les Fiancées du Drakhaon.

Un froid anormal persistait dans la tour Kalika, comme si le revenant y avait laissé la griffe de l'hiver. Les fenêtres brisées de l'étude avaient été réparées avec de simples carreaux en verre. Mais la pièce restait aussi glaciale que les jardins recouverts de verglas, en contrebas.

Au fond d'un tiroir du bureau, Gavril avait caché les autoportraits qu'il avait commencés avant l'épisode des loups des steppes. Il les sortit et les étudia, les comparant au reflet que lui renvoyait le miroir.

Était-ce un jeu de lumière ou son visage avait-il encore changé ?

Le front plissé, il s'examina dans le miroir. Le pli oblique de ses arcades sourcilières s'était épaissi – et accentué – en de noires balafres courant sur les tempes. Quant à ses yeux… il se pencha pour les scruter de plus près. Ses pupilles s'étaient étrécies et un soupçon de points dorés dansait dans le bleu strié de ses iris.

Des yeux inhumains. Des yeux de Drakhaoul…

Avait-il, à travers eux, commencé à voir le monde différemment ? La lumière tombait-elle autrement, les couleurs changeantes et les ombres de son monde s'étaient-elles subtilement altérées ? Le front plissé, il reprit ses encres et son pinceau et entama une nouvelle esquisse.

Cela fait, il reposa son pinceau et attendit que l'encre sèche.

Ce qu'il avait dessiné le fascinait et le révulsait à part égale. Une distorsion, presque une caricature de ses premiers autoportraits – si ce n'était qu'il ne fallait y voir aucune trace d'humour ni de dérision, pas même une quelconque intention malicieuse…

Sur fond d'ombres entrecroisées, un visage inquiétant s'étalait sur la feuille, avec des yeux mi-clos de serpent…

Un faciès à terrifier les enfants, celui d'un démon, cruel et étrange. Et ce n'était qu'un début… Ce que son père avait consigné par écrit se révélait être la pure vérité. Dorénavant, la métamorphose irait en s'accélérant.

Plus ses pouvoirs augmenteraient, plus il deviendrait monstrueux.

Astasia ne le reconnaîtrait plus.

Gavril resta assis dans le froid, confronté à son portrait, jusqu'à ce qu'il fasse trop sombre pour qu'on y voie encore.

Quelqu'un vint frapper avec insistance à la porte.

— Seigneur ! Seigneur !

Il alla ouvrir, découvrant sur le palier Ilsi, qui serrait une lanterne dans sa main.

— Vous avez dit… que si quelqu'un venait…

Elle était essoufflée.

— Qui ? grogna-t-il plus sèchement qu'il ne l'aurait voulu.

Elle tressauta.

Et secoua la tête.

— Je ne sais pas. J'ignore comment il s'est introduit… J'ai d'abord cru que c'était Michailo, mais… je ne l'avais jamais vu auparavant…

Gavril sentit son cœur s'emballer. Sa ruse portait-elle déjà ses fruits ?

— Cours prévenir Kostya. Dis-lui de me retrouver devant ses appartements. Et vite !

— Essayez un peu de m'arrêter ! souffla-t-elle en détalant aussi vite qu'elle avait accouru.

Avant qu'elle se détourne pour dévaler l'escalier, il surprit dans ses yeux une lueur de malice.

Jushko le Borgne, le taciturne bras droit de Kostya, patientait devant les appartements de Lilias en compagnie de quatre druzhina.

— Le bogatyr arrive, seigneur.

Jushko ouvrit la porte, laissant Gavril passer dans l'antichambre. Deux druzhina continuèrent de monter la garde dans le couloir, leurs deux camarades suivant le Drakhaon à l'intérieur.

— Où est Dysis ? chuchota Gavril à Jushko.

— À l'écart, sous bonne garde.

Le soldat tourna de côté une des torchères murales, révélant un judas, percé dans le panneau.

Gavril s'approcha et y colla un œil.

La chambre de Lilias était chaudement éclairée par une belle flambée et par des bougies parfumées qui sentaient bon les herbes des champs. Assise sur un des divans, son déshabillé de soie repoussé sur une épaule, elle donnait le sein à son bébé. Les flammes allumaient des reflets dans les courbes sensuelles de son épaule et de son sein dénudés, soulignant les mèches brun-roux de sa chevelure libre. Rougissant, Gavril se détourna, honteux d'épier ainsi une femme dans son intimité.

Un homme prit la parole, d'une voix grave et voilée. Gavril reprit aussitôt sa surveillance, essayant d'en voir et d'en entendre davantage.

— Quand j'ai appris, pour l'enfant, je n'ai pas eu d'autre envie que de revenir. T'attendais-tu vraiment à ce que je reste éloigné ?

— Aurais-tu perdu la tête ? Si tu es pris, ce sera la fin pour nous deux !

— Au moins, laisse-moi le voir… le tenir…

Lilias eut un rire bas, lourd de larmes contenues.

L'intrus entra dans le champ de vision de Gavril, un homme de haute taille emmitouflé dans un long manteau noir… Et il crut que son cœur allait s'arrêter. Il le reconnut aussitôt.

Jaromir Arkhel.

Chapitre 23

Gavril vit Jaromir Arkhel s'approcher de l'âtre pour contempler Artamon et, tendant la main, lui caresser doucement la joue.

— Il te ressemble, Lilias.

Sa voix tremblait.

— À quoi t'attendais-tu ? À des écailles ? À des griffes ?

— Ce n'est pas ce que je voulais dire et tu le sais, répliqua-t-il, acerbe.

Sensible à une tension croissante, Artamon s'agita et gémit.

— Est-ce *mon* fils ?

Près de lui, Gavril entendit Jushko inspirer vivement.

— Pourquoi n'as-tu pas attendu ? Dès qu'il ne neigera plus, je dois partir pour Azhgorod. Pourquoi nous mettre tous en danger en venant ici ? Mes appartements sont surveillés jour et nuit.

— Tu ne m'as pas répondu, souligna Jaromir d'une voix rauque, chargée d'émotion.

Il se contenait à peine.

— Il paraît qu'il faut attendre la puberté pour que les rejetons des Nagarian montrent des signes de leur héritage.

Lilias allongea Artamon dans son berceau, apparemment plus attentive à le border avec les draps brodés qu'à tenir une conversation avec Jaromir.

— Tu ne le *sais* pas ?

Il la prit doucement par l'épaule pour la tourner vers lui.

C'était donc là Jaromir Arkhel, celui que le devoir de vengeance lui imposait de tuer ? Gavril ne voyait en lui qu'un jeune homme émacié, dont le regard sombre hantait ses rêves depuis que le Drakhaoul possédait son âme.

— Jaromir, répondit Lilias, tu as des amis puissants. Qu'attendent-ils pour te venir en aide ?

— Jaromir ? chuchota Jushko. C'est un nom Arkhel…

— Es-tu certaine qu'on a bien capté ta dernière transmission ? Si on n'a plus de nouvelles de toi, on doit nous croire morts tous les deux.

— Jour et nuit, Dysis et moi multiplions les tentatives. Mais depuis les chutes de neige, plus rien ne semble devoir fonctionner.

Une soudaine bourrasque fit trembler le château sur ses fondations. Dans l'âtre, les bûches crachèrent des volées d'étincelles.

— C'est *lui* qui nous bloque… (Frissonnant, Jaromir jeta un coup d'œil inquiet par-dessus son épaule, en direction de la fenêtre.) As-tu idée des forces que nous avons déchaînées quand nous… avons fait ce que nous avons fait ?

Elle leva une main comme pour l'abjurer de se taire.

— Je t'en prie. Trêve de superstitions d'un autre âge.

— Tu ne le sens donc pas, Lilias ? Tant que je ne serai pas mort, ce terrible hiver n'aura pas de fin !

Elle laissa échapper une exclamation agacée.

— Si tu te refuses à agir, il faudra bien que je m'en charge. Je dois désormais prendre en compte les intérêts de mon fils.

Les intérêts de son fils… Gavril en eut la gorge serrée. Elle entendait par là que *lui*, Gavril, devrait disparaître pour laisser le champ libre à Artamon.

— J'en ai assez entendu ! grogna Jushko en tirant son sabre au clair. Maintenant ! (Il ouvrit la porte d'un coup de pied et fit irruption dans le salon, ses druzhina sur les talons.) Arrêtez-les !

Terrifié, le bébé glapit et commença à pleurer d'une voix aiguë.

Derrière Lilias, une petite porte dérobée était restée ouverte et la tapisserie or et magenta qui la masquait avait été repoussée sur le côté. Jushko et ses deux druzhina ramenèrent de force l'intrus dans la pièce. Jaromir avait tenté de fuir par le passage secret.

Gavril vit les guerriers lui maintenir les bras dans le dos en le forçant à se mettre à genoux.

— Le voilà, seigneur ! exulta Jushko, le souffle court.

Il pointa son sabre sous le menton de Jaromir, l'obligeant à relever la tête.

— Voilà celui que vous cherchiez, seigneur.

— Comment osez-vous violer mon intimité, Jushko ? feula Lilias d'une voix basse et tendue. Où est Dysis ? Que lui avez-vous fait ?

— Emmenez-les pour interrogatoire, ordonna Jushko, traitant Lilias par le mépris.

Deux druzhina s'apprêtèrent à entraîner la maîtresse de Volkh vers son destin.

— Ne me touchez pas ! cracha-t-elle en s'écartant d'eux. Je suis citoyenne du Muscobar. De passage dans votre contrée ! J'ai des droits et j'exige l'assistance d'un juriste.

— Laissez-la ! renchérit Jaromir.

Il prenait la parole pour la première fois. Là où l'épée de Jushko l'avait coupé, Gavril vit un filet de sang couler.

— Quelles que soient vos accusations, elle est innocente.

— Vous ai-je autorisé à parler ? (Jushko le frappa avec une telle force que la tête de Jaromir partit en arrière.) Silence !

Rouge comme un coq, Artamon brailla au fond de son berceau. Gavril en eut les tympans qui sonnèrent.

— Emmenez la femme dans les appartements du bogatyr pour y être interrogée, ordonna Jushko. Et qu'elle reste sous bonne garde.

— Seigneur Gavril ! cria Lilias qu'on entraînait hors de la pièce. (Des larmes firent étinceler ses yeux verts.) Ne les laissez pas faire du mal à mon bébé !

Gavril détourna la tête.

Les larmes coulèrent sur les joues pâles de la jeune femme.

— Au moins, permettez-moi de voir Dysis ! Ne me laissez pas seule avec vos soldats, seigneur ! Je vous en prie !

Distraitement, Gavril s'entendit répondre :

— Très bien. Qu'on rende sa camériste à Lilias Arbelian.

Il ne pensait qu'à une chose : Jaromir Arkhel était son prisonnier. Et lui, Gavril, n'échapperait plus à la malédiction sanguinaire que son père lui imposait... Resté seul dans la pièce vide, il était comme paralysé.

Au nom du ciel, qu'attendraient maintenant de lui les druzhina ? Qu'il prenne part à quelque rituel archaïque, un duel barbare à mort ? L'idée le fit frémir.

Dans le hall, au rez-de-chaussée, il entendit Kostya enchaîner les ordres d'une voix sèche.

— Personne ne doit plus entrer ou sortir, à part moi. Peu importent les prétextes qu'elle débitera, du genre « Mon bébé est malade, mon bébé va mourir... »

— Qu'avez-vous fait à ma maîtresse ? lança Dysis, que Michailo et plusieurs druzhina escortaient.

Sa mise d'ordinaire impeccable était toute défaite et des mèches brunes s'échappaient de sa coiffe en dentelle.

— Michailo ? (Interrompu au milieu de ses instructions, Kostya fronça les sourcils.) Vous étiez de garde au fortin avec interdiction de remettre les pieds au château. Que fichez-vous là ?

— Vous allez bien, ma dame ? demanda Michailo à Lilias en ignorant Kostya.

— Retournez au fortin ! tonna le bogatyr. Tant que vous n'aurez pas appris le respect, vous y resterez !

— Je ne prends plus mes ordres de vous, vieillard ! répliqua Michailo. Lâchez Lilias.

— Jeune imbécile !

Gavril entendit un raclement d'acier. Puis une déflagration.

La lumière et le feu explosèrent dans son esprit.

Des tirs de pistolet ! Comment était-ce possible en Azhkendir, où il n'avait encore jamais vu d'armes à feu ?

De violentes traînées rouges strièrent son champ de vision, le sang et le feu...

Des rafales de ténèbres, froides comme des nuages d'orage, zébrèrent son esprit.

Un vide terrifiant s'ouvrit sous ses pieds.

Il battit des paupières… et vit le château entier sens dessus dessous. Des servantes criaient à tue-tête, des druzhina se bousculaient dans l'escalier, brandissant sabres et haches…

Des clameurs éclatèrent au-dehors. Gavril courut à la fenêtre qui donnait sur la cour, en contrebas.

Un traîneau tiré par deux chevaux robustes filait sur la neige. Un petit groupe de cavaliers l'avait pris en chasse.

Des druzhina sortaient les chevaux des écuries et les enfourchaient en toute hâte pour se lancer toujours plus nombreux à la poursuite des fuyards.

— Elle s'est échappée…, souffla Gavril.

On l'appela à grands cris.

— Seigneur Drakhaon !

Dans le hall, en bas, il vit des druzhina penchés sur un corps inanimé. Une mare de sang grandissait sur les dalles noires et blanches. Penché au-dessus de la balustrade, il reconnut Kostya à ses tresses grises.

Il dévala l'escalier en direction de l'attroupement.

— Laissez-moi passer ! (Tout le monde s'écarta au son de sa voix.) Qu'est-il arrivé ?

Accroupie près de Kostya, Sosia lui avait soulevé la tête pour la caler sur ses genoux. À en juger par la pâleur cendreuse du bogatyr et par le filet de sang qui coulait à la commissure de ses lèvres, Gavril vit qu'il était grièvement blessé.

— Comment Michailo a-t-il pu faire une telle chose ? souffla Sosia d'une voix lourde d'émotion contenue. À son propre commandant ?

— Où est le chirurgien ? cria Gavril. Qu'on l'amène ici tout de suite !

— Seigneur ? (Kostya tendit la main et lui agrippa le bras. Son regard n'arrivait plus à se fixer.) Elle a fui. J'ai tenté de les arrêter…

— N'essayez pas de parler, dit Gavril. Économisez vos forces. (Sa voix tremblait et il lutta pour se reprendre.) Et c'est un ordre, bogatyr.

Il vit du sang sourdre d'une petite plaie, au flanc de Kostya. Le tissu troué était brûlé à cet endroit. Le tireur, quel qu'il soit, avait fait feu pratiquement à bout portant.

Le chirurgien accourut, fendant la foule.

— Et alors, bogatyr ? lança-t-il vivement. Qu'avons-nous là ? Une blessure par balle ?

Il entreprit de décoller les habits souillés de sang de la plaie.

— Je n'ai jamais aimé tous… ces trucs fumants ultra-modernes… Pas d'honneur là-dedans… Des armes de lâches…

— Qui a apporté des pistolets au château du Drakhaon ?

Gavril s'était tourné vers les domestiques rassemblés, dont il remarqua l'appréhension. Beaucoup eurent un mouvement instinctif de recul. Il comprit qu'il leur faisait peur.

— Cette maudite… putain du Muscobar ! siffla Kostya entre ses dents serrées.

— *Lilias* vous a tiré dessus ?

— Nous allons devoir le déplacer, seigneur, dit le chirurgien en tâtant le pouls de son patient. Il perd trop de sang.

— Pas Lilias, chuchota Kostya d'une voix de plus en plus faible. Michailo… m'a trahi… Il a semé le trouble au sein des… druzhina… Il a brisé nos liens sacrés…

Gavril lui serra la main.

— Doucement, Kostya…

— Quelle façon honteuse de… mourir…

— Je ne veux pas entendre parler de mourir ! s'insurgea le chirurgien. Et je ne veux plus vous entendre tout court, bogatyr ! Économisez vos forces.

Quatre druzhina soulevèrent Kostya et l'emportèrent.

Le cœur lourd, Gavril les suivit du regard. D'abord Kiukiu, maintenant Kostya… Lilias avait admirablement manœuvré en sous-main pour semer le trouble et la désolation au cœur du château… Elle s'était attaquée aux proches du nouveau seigneur. Vers qui Gavril se tournerait-il en confiance, maintenant ?

Des reniflements étouffés attirèrent son attention. Ilsi pleurnichait le nez dans son tablier… Il tenta de la rassurer.

— Ne pleure plus. Le bogatyr est fort. Il s'en sortira.

— Je n'ai pas de la peine pour Kostya mais pour Michailo, ce fourbe hypocrite ! Le salaud !

— Trêve de jérémiades, Ilsi ! tonna Sosia en revenant des cuisines avec un bol d'eau fumante où macéraient des herbes médicinales. Porte plutôt ça au bogatyr. Et n'en renverse pas en chemin.

— Seigneur Drakhaon… (C'était Jushko, qui avait perdu de son impassibilité coutumière.) Nous avons échoué, seigneur. Il a profité de la confusion pour nous échapper.

— Le prisonnier ?

— L'Arkhel aux cheveux blonds. Celui qu'elle a appelé Jaromir…

— Vous l'avez laissé fuir ?

— Quand on a tiré sur le bogatyr, seigneur…

— Il y a d'autres blessés ?

— Deux druzhina ont été tués, Nicolai et le jeune Boris, égorgés dans les écuries… Il y a trois blessés, sans compter le bogatyr. Je crois qu'environ vingt de nos hommes ont suivi Michailo.

Deux tués. C'était donc leur mort violente qui lui avait fait soudain voir rouge – littéralement –, le désorientant, le précipitant au bord de l'abîme…

— Nous les rattraperons, jura Jushko, l'air sombre. Ils paieront cher leurs crimes. Et quand nous en aurons fini avec eux, plus personne en Azhkendir n'osera trahir encore notre clan.

— Ce Jaromir Arkhel est parti avec eux ?

— Non, seigneur. Nous fouillons partout afin de lui mettre la main dessus. Pour l'instant, nous avons retrouvé ceci…

Il tendit un petit pistolet de femme, d'une facture exquise pour une arme aussi dangereuse. La crosse avait des incrustations de nacre. Le canon était noir de poudre.

Gavril le prit et l'examina. S'il avait eu des munitions ou de la poudre en réserve, Michailo ne s'en serait jamais séparé. Dans son ignorance des armes à feu, il avait peut-être oublié de se munir de poudre de réserve ?

Gavril retourna en hâte dans les appartements de Lilias et fouilla partout, dans les tiroirs, les commodes… Il en vidait vainement le contenu par terre. Soudain, il se rappela le berceau. Le dernier endroit où on penserait à chercher…

Dissimulé entre deux petits matelas en duvet, il dénicha un coffret en bois de rose incrusté de nacre et d'argent. Nichées à l'intérieur, sur du velours gris, une fiole de poudre à pistolet et une balle…

Tout en armant le pistolet de dame, Gavril n'avait de pensées que pour une chose…

La première fois, les druzhina n'avaient pas retrouvé Jaromir Arkhel. Ce n'était pourtant pas faute d'avoir passé les communs et les terrains attenants au peigne fin. N'importe quel fugitif au fait des passages secrets du domaine pouvait se terrer dans l'une ou l'autre des pièces délabrées de l'aile est, dans les entrailles du château et attendre paisiblement la fin des recherches.

Dans le laboratoire abandonné du docteur Kazimir, la lumière hivernale qui filtrait transformait la poussière en une fine pellicule de givre chatoyante.

À pas de loup, Gavril passait de pièce vide en pièce vide, cherchant dans la poussière du sol des traces, des empreintes… Rien. Il se hâta en direction du grand hall.

De la neige soufflée par le blizzard s'était engouffrée par des brèches, le long des fenêtres condamnées par des planches, laissant de petits tas blanchâtres sur les dalles.

Du haut de la galerie, Gavril se pencha à la balustrade et vit – avec une satisfaction amère – des traces caractéristiques de pas qui s'éloignaient depuis l'escalier délabré.

Descendant précautionneusement les marches cassées et branlantes, il chercha d'autres empreintes dans la lumière glaciale des lieux. Accroupi, il étudia des traces de bottes, sur les traînées de poudreuse fraîche. Des marques récentes… Il chercha à tâtons le pistolet de dame, dissimulé au fond de sa poche de veste. À son insu, Lilias lui avait donné un avantage certain sur l'adversaire.

Les traces de pas le conduisirent vers un porche si obscur qu'il l'avait complètement manqué lors de sa dernière exploration des lieux. Il devrait s'aventurer dans le noir, sans le bénéfice d'une lanterne – afin de ne pas trahir sa présence à l'ennemi.

Le torse bombé, pistolet au poing, il en serra la crosse d'une paume moite.

Le passage s'enfonçait dans les entrailles de la terre. Obstiné, il avança, tâtonnant d'une main le long d'une paroi brute, serrant toujours son arme de l'autre.

De la pâleur d'une étoile discernable le jour, une lueur dansa, au fond du tunnel. Sans penser à autre chose qu'à fuir ce boyau sépulcral qui le rendait claustrophobe, Gavril hâta le pas dans sa direction.

La lumière du jour transperça les ténèbres avec la force d'un pic à glace. Au contraire de celui qui donnait si abruptement dans le pavillon d'été, ce tunnel-là avait été conçu avec plus d'ingéniosité, remontant graduellement vers la surface de la terre. Gavril découvrit bientôt une grille – par où filtrait la lumière du jour.

À pas feutrés, il se rapprocha, l'oreille tendue, à l'affût du moindre son.

Son adversaire pouvait le guetter dans l'ombre. Et tout se jouerait d'un seul coup de couteau...

Des échelons métalliques encastrés dans le mur menaient à une trappe. Gavril dut mobiliser toutes ses forces pour l'ouvrir d'un coup d'épaule. Émergeant à l'air libre, il fut frappé par un froid glacial.

À première vue, il se trouvait dans une poterne abandonnée, une vieille tour où les pierres moussues croulaient sous le lierre sauvage et les lianes.

Gavril s'extirpa du tunnel avant de rabattre la trappe en bois vermoulu. Tout près de là, il avisa un brasero rouillé plein de cendres. Au toucher, elles étaient à peine froides...

Quelqu'un se cachait là, s'abritant du blizzard.

Le cœur emballé, Gavril fonça vers la porte.

Le tunnel l'avait entraîné sur les hauteurs d'un éperon rocheux, à l'orée d'une forêt. Il découvrit en contrebas le château du Drakhaon et ses dépendances. Il voyait dans le lointain des sentinelles faire le guet le long du chemin de ronde, les tourelles, les fanions noirs flottant au bout de leur hampe, et la fumée qui montait des cheminées.

Il aurait voulu hurler sa frustration face à un destin si cruel. Il trouvait trop tard le moyen de s'évader de sa prison, juste quand ça ne lui servait plus à rien !

Un manteau de neige couvrait la forêt. Embuant de son souffle l'air glacial, Gavril chercha d'autres empreintes. Les oiseaux étaient silencieux. De petites marques de pattes, dans la neige, attestaient de leurs tentatives pour dénicher de quoi ne pas mourir de faim.

Il trouva bientôt ce qu'il cherchait : des empreintes de bottes se dirigeant vers la forêt.

Il hésita. S'y aventurerait-il, lui aussi, avec une balle pour tout moyen de défense ?

Une voix lasse et familière résonna de nouveau sous son crâne :

« Si... froid... Tellement... fatigué... Aide-moi, Gavril... Aide-moi à y mettre fin... Libère-moi... »

Après avoir boutonné le col de sa veste bordée de fourrure, Gavril partit en direction des arbres, suivant la piste des yeux.

Sous les grands arbres, la couche de neige était si fine que les traces s'estompaient, difficiles à discerner dans un tapis d'aiguilles de pin, de feuilles mortes et de mousse. Cela faisait plus d'une heure que la piste suivait une ascension constante, vers les montagnes parsemées de pins et autres conifères bruissant aux quatre vents.

Frustré, Gavril fit une pause, adossé au vieux tronc noueux d'un pin. Il avait soif et, à force de négocier un chemin à travers les racines des arbres et les pommes de pin, ses pieds lui faisaient mal.

Tout ce chemin, pour perdre maintenant la trace du fuyard…

Découragé, il glissa en position assise au pied de l'arbre, prenant une grosse racine pour support. Il avait omis de marquer sa route pour mieux rebrousser chemin ensuite, de laisser des repères. Et la lumière du jour déclinait.

Jaromir Arkhel l'avait-il délibérément entraîné dans cette vaine traque pour brouiller les pistes ? Gavril le soupçonnait. Après tout, Jaromir était originaire de cette contrée sauvage, qu'il devait connaître comme sa poche. Autant en tout cas que Gavril était familier des criques et des falaises de la baie de Vermeille…

Bon sang ! Le jeune homme heurta l'arbre du poing. Il n'était pas arrivé jusque-là pour se laisser berner par Jaromir Arkhel !

Des éclats de voix dansaient à la lisière de sa conscience… Les druzhina ratissaient toujours les landes à la recherche de Lilias et de Michailo.

« Nous saurons toujours où vous êtes… »

Savaient-ils précisément où il se trouvait en ce moment même ?

Et s'il avait besoin d'eux, voleraient-ils à temps à son secours ?

À la lumière déclinante, ce que Gavril avait pris pour la crête d'une petite éminence s'avéra être l'escarpement d'un gouffre.

Au-delà dominait la masse d'un pic montagneux, à demi voilé par les nuages. Gavril était au bord de l'abîme. La forêt au vert manteau enneigé s'arrêtait brutalement devant ce vide. Au pied de la falaise s'étendaient de mornes landes saupoudrées de blanc. À l'horizon, les rougeoiements du soleil couchant perçaient la chape de plomb de toute cette grisaille.

Sa fatigue et sa frustration envolées, Gavril tomba en arrêt devant cette désolation farouche, empreinte d'une sombre beauté.

L'Azhkendir…

Il était seul. Dans ces montagnes, il n'y avait plus traces de vie. Pas même le coassement des corbeaux ou les criaillements des craves à bec rouge.

Était-ce là que commençaient les terres d'Arkhel ? Étaient-ce les mornes étendues que Volkh avait engendrées dans sa quête dévastatrice de vengeance ?

Dans le lointain, Gavril entendit des cloches sonner… Perplexe, il se retourna vers les arbres, cherchant en vain des yeux le sommet d'une tour. S'agissait-il des cloches du monastère ? Dans ce cas, la communauté religieuse devait être nichée au cœur de la forêt…

Mieux valait se laisser guider par le son et demander refuge pour la nuit au père abbé. Mais jusqu'à quel point pourrait-il se fier à Yephimy, lui qui avait caché son ennemi juré ? Pour ce que Gavril en savait, ce pouvait être un autre piège destiné à le mener à sa fin…

Se tournant une dernière fois vers le paysage montagneux, il le scruta.

Et battit des paupières, au cas où le déclin du jour tromperait sa vision.

Quelqu'un… sur la neige… progressait lentement mais sûrement vers les sommets.

Gavril poussa un hurlement.

La lointaine silhouette s'arrêta, jeta un coup d'œil par-dessus son épaule, puis continua son ascension avec l'assurance superbe d'échapper à ses poursuivants.

Oubliant que ses jambes et son dos le lançaient, Gavril en oublia aussi le désespoir morose qui l'avait tenaillé jusque-là.

Ainsi, Jaromir Arkhel se croyait le plus fort ! Prenait-il son adversaire pour un homme du sud avachi, trop peureux pour s'aventurer en haute montagne au péril de sa vie ?

Il dut bientôt se consacrer tout entier à ce qu'il faisait, cherchant les meilleures prises à mesure qu'il escaladait l'abrupte paroi d'argile schisteuse éminemment traîtresse. Le couloir minéral rétrécissant, il se cramponna aux saillies pour continuer à se hisser à la force des poignets.

Alors que les derniers rayons du soleil incendiaient l'horizon, la nuit commença à tomber sur ce versant de la montagne. Et avec elle s'installa un froid pénétrant. Parvenu au sommet du couloir, Gavril découvrit que les éperons rocheux, au-dessus, étaient constellés de cristaux de glace.

En dépit de l'obscurité, Jaromir Arkhel poursuivait son ascension.

Dans l'air glacial, la respiration heurtée de Gavril exhalait de petites vapeurs. Le jeune homme avait mal aux côtes. Sa proie n'était plus guère maintenant qu'une ombre aux contours brouillés qui se détachait à peine sur le pâle éclat du manteau neigeux. Jaromir Arkhel devait se diriger vers une cabane, un refuge de montagne haut perché… Sinon, pourquoi s'obstinerait-il ainsi à la nuit tombée ?

À cet instant, le poursuivant se dit que Gavril Andar le peintre aurait haussé les épaules, fataliste, tourné les talons et rebroussé chemin. Mais il avait bien changé… Et ce nouveau Gavril ne pouvait plus revenir en arrière. Il pouvait seulement aller de l'avant.

La neige était moins épaisse à cet endroit qu'il n'y avait paru du haut de la crête. Accumulée au fond des ravins et des crevasses, elle faisait étinceler la roche d'une pellicule de glace. Alors que la température chutait, la poudreuse se transforma rapidement en givre sous les pieds du jeune homme. Il commençait à comprendre pourquoi Jaromir progressait si lentement. Mais il avait l'habitude d'escalader des rochers glissants. Si ceux de Vermeille étaient simplement couverts d'algues, ils n'en étaient pas moins difficiles à négocier.

Tandis qu'il marchait obstinément, les dents serrées contre le froid nocturne, il s'avisa qu'il gagnait du terrain sur Jaromir. Sa proie se fatiguait. La distance qui les séparait encore avait diminué de moitié.

Gavril tituba, se rattrapant à une saillie rocheuse pour rétablir son équilibre.

Son pied dérapa dans le vide.

Le cœur cognant douloureusement contre ses côtes, il vit des pierres qui s'étaient détachées disparaître dans l'abîme obscur en tournoyant. Des bruits lointains de chute lui parvinrent.

Il dut mobiliser toutes ses forces pour se placer hors de danger et resta épuisé, la joue pressée contre le granit, les bras passés autour de sa bouée de sauvetage minérale.

Je l'ai échappé belle !

L'air lui parut d'un coup moins respirable. La tête lui tournait. Quand il voulut contempler les landes que l'obscurité recouvrait, ses vertiges s'aggravèrent.

Doucement, doucement...

Il se força à adopter une respiration moins saccadée et à lever la tête vers le ciel au lieu de garder les yeux rivés sur le gouffre.

Si près, maintenant...

Si près qu'il distinguait plus nettement sa proie qui foulait le manteau neigeux. À tâtons, il referma les doigts sur la crosse de son pistolet. À cette distance, il pouvait aisément mettre Jaromir en joue. Si...

Une bourrasque le frappa, le ramenant à la réalité, lui éclaircissant les idées.

Il amorça son arme et reprit la poursuite, la tête rentrée dans les épaules pour se protéger du vent.

— *Jaromir !*

Le cri lui échappa avant qu'il comprenne ce qu'il faisait. Le nom se répercuta à flanc de montagne avec la puissance de trompettes de guerre.

La petite silhouette s'arrêta, se retourna, jeta des regards à la ronde et, avec l'arrogance d'un pied de nez, reprit benoîtement sa route.

De rage, Gavril vit rouge.

— C'est fini pour toi, Jaromir Arkhel ! s'égosilla-t-il en pressant l'allure.

L'écho de sa déclaration colérique lui revint aux oreilles, vibrante de glace et de feu. En levant le bras, il visa en fermant un œil et en avançant d'un autre pas.

— C'est... !

Son pied se déroba.

Son tir – claquant aussi fort qu'une banquise qui se scinde en deux – rata largement la cible.

Cette fois, Gavril ne pouvait plus s'en sortir. Le pistolet lui échappa et rebondit au fond du ravin. Le jeune homme tenta en vain de se rattraper à la roche gelée, s'y coupant les doigts comme sur le fil d'un rasoir.

Il essaya vaille que vaille de s'y cramponner, mais la brûlure de la glace engourdit ses mains ensanglantées. Des traînées rougeâtres la maculèrent. Alors qu'il cherchait instinctivement une prise pour ses pieds battant dans le vide, il lâcha complètement prise.

Et glissa dans une chute sans fin.

Dans le vide.

Chapitre 24

Il s'était remis à neiger. Près des braises qui couvaient, Kiukiu se recroquevillait sous ses couvertures. Le blizzard hurlait par la cheminée et des flocons grésillaient dans l'âtre. Sous le mugissement lugubre du vent, elle crut percevoir un autre son, la lointaine plainte des loups faméliques en quête de proies… Elle avait beau se savoir en sécurité, protégée par les murs épais de la chaumière, elle frissonnait encore de peur en entendant ces hurlements. Même les hiboux se dandinaient nerveusement d'une patte sur l'autre, sur leur perchoir sous le toit.

Kiukiu n'arrivait pas à dormir. À force de pincer les cordes du gusly, elle avait le bout des doigts à vif, et les sons discordants qu'elle avait produits dans sa maladresse lui avaient donné un mal de tête persistant. Elle s'était acharnée, avec l'espoir de satisfaire sa grand-mère, mais chaque leçon s'était achevée sur un gros soupir de Malusha… Toute une vie d'ignorance à rattraper… Et si Kiukiu n'était pas assez douée ? Si Malusha baissait les bras ? Et si… ?

Mille et une préoccupations se bousculaient dans la tête de la jeune fille abattue. Que se passait-il au château ? Le seigneur Gavril était-il en sécurité ? Avait-il lancé des recherches pour la retrouver ? Cette lumière bleue cataclysmique qui avait embrasé le ciel crépusculaire… était-elle réellement de son fait ? Elle roula sur le flanc, rabattant en vain les couvertures sur sa tête. Impossible de fermer l'œil… Les paroles de Malusha tournaient en rond sous son crâne, telle une mélopée lancinante :

« Ton jeune seigneur Gavril n'est plus humain, Kiukiu. Mauvais sang ne saurait mentir, et tôt ou tard, celui des Nagarian reprend ses droits ! C'est maintenant véritablement un Drakhaon. »

Elle avait tenté de raisonner sa grand-mère, d'expliquer que Gavril était différent des autres Drakhaons… Campant sur ses positions, Malusha avait fait la sourde oreille. Vexée, elle avait même répliqué :

— Si ton seigneur Gavril est un tel héros, retourne donc vers lui, jeune dame ! Vois s'il se comporte toujours avec autant de douceur et de bienveillance envers toi maintenant que le sang des Nagarian embrase ses veines ! Vois s'il résistera à l'envie folle de te prêter *d'autres usages !*

— Quels autres usages, grand-mère ?

— Par le ciel, mon enfant, tu as grandi au château du Drakhaon, et tu voudrais que je te mette les points sur les i ? (Les reflets des flammes dansaient sur le visage fatigué de la vieille femme.) N'as-tu jamais entendu parler des Fiancées du Drakhaon ?

— Sosia m'a dit que c'était un tissu de sornettes pour effrayer les mauvais garnements ! répondit Kiukiu, sur la défensive.

— Les Drakhaons ne peuvent pas garder bien longtemps leur apparence humaine sans boire du sang frais. Tu connais les vieilles légendes à propos des dragons. Le sacrifice des jeunes vierges, les enfants retrouvés morts en pleine forêt…

— Mais le seigneur Volkh a trouvé un traitement ! insista Kiukiu. Il a fait venir du Muscobar un savant…

— Un *quoi* ?

Malusha plissa le front d'incompréhension.

— Un docteur très érudit. Et cet homme a concocté une sorte d'élixir qui a guéri le seigneur Volkh. Seulement, ça a aussi affaibli ses pouvoirs…

— C'est bien possible, lâcha Malusha avec dédain, mais tu as vu comme moi. Le Feu du Drakhaon. Ton seigneur Gavril ne semble pas pressé d'utiliser cet élixir…

Kiukiu ouvrit la bouche pour répliquer… et se ravisa. À quoi bon ? Malusha exécrait le clan Nagarian et elle le vouerait aux gémonies jusqu'à son dernier souffle.

— Et tu devrais haïr ces gens, toi aussi, ajouta Malusha. (Kiukiu sursauta – comment faisait-elle pour lire dans ses pensées ?) Ils t'ont privée de ton père et de ta mère.

— Mon père… (La jeune fille fut heureuse de changer de sujet.) Tu avais dit que tu m'apprendrais à le contacter.

— Pfft ! Tu n'es pas près de le rencontrer, pas avant que j'aie fait de toi une Guslyar digne de ce nom. En outre, tu n'as pas encore ce qu'il faut. Tu dois t'entraîner sans relâche. Pourquoi perdons-nous notre temps à jacasser, mon enfant ? À tes exercices !

Le blizzard cinglait la petite chaumière, hurlant sans trêve ni répit. Les rafales faisaient claquer les volets et les portes.

En grimaçant, Kiukiu pinça les cordes métalliques du gusly qui la blessaient cruellement. Des gouttelettes de sang perlèrent. Ses doigts s'étaient remis à saigner… Elle refoula des larmes de douleur et de frustration. C'était si dur ! Trouver les bonnes notes n'avait rien de facile, mais le défi intellectuel que cela représentait, conjugué au saignement incessant de la pulpe de ses doigts à vif, rendait presque impossible le pincement harmonieux des cordes.

— C'est inutile ! explosa Kiukiu en repoussant l'instrument de torture avec une telle force que les cordes gémirent dans un bruit de ferraille moqueur. Je n'y arrive pas. Je n'y arriverai jamais ! Ça fait trop mal !

Une rafale plus violente que les autres rabattit la porte contre le mur en pierre brute. Sidérée, Kiukiu bondit sur ses pieds et courut la refermer. Le vent rugit par le conduit de cheminée ; des tourbillons de flocons s'abattirent sur l'âtre et mouchèrent les flammes. La jeune fille crut soudain capter des paroles portées par le blizzard des landes…

— Ce n'est pas un orage ordinaire, commenta Malusha en resserrant autour de ses épaules les pans de son châle bigarré. Plutôt l'accès de colère d'un esprit incontrôlable… Tu ne le sens pas ?

— Le seigneur Volkh ? chuchota Kiukiu.

— Qui d'autre ?

Malusha attisa les braises.

— Alors, tout est ma faute, dit Kiukiu, malheureuse. Ne peut-on rien faire pour l'arrêter ? Même l'abbé Yephimy et ses moines ont échoué.

— Naturellement qu'ils ont échoué ! s'exclama Malusha en pivotant, la lumière des flammes allumant une lueur de dédain au fond de ses yeux. Ce ne sont pas eux qui ont ramené l'âme en peine parmi les vivants, n'est-ce pas ?

Kiukiu commença à comprendre.

— Tu es en train de dire que… c'est à moi de le faire ?

— C'est ça ou débusquer son assassin et le tuer.

— Son assassin ?

Kiukiu repensa à la conversation qu'elle avait surprise dans le pavillon d'été. Si Jaromir avait combattu Volkh face à face, Lilias était impliquée dans le complot. Et même si elle, Kiukiu, haïssait dame Arbelian, elle n'avait nul désir – et pas assez de courage pour ça non plus – de la tuer.

— Verser le sang apaisera un fantôme pour en générer un autre… Ce n'est pas dans nos mœurs.

— Mais j'ignore par où commencer ! s'écria Kiukiu en levant vers la lumière du feu ses doigts écorchés. Et comment essayer alors que mes mains refusent de guérir ?

— Dans ce cas, il faudra simplement les endurcir. (Malusha prit un pot d'argile contenant un onguent et entreprit de masser doucement les coupures avec.) Tu ne seras plus bonne à grand-chose avant que ça cicatrise.

En se mordillant les lèvres, Kiukiu ravalait bravement ses cris à mesure que l'onguent cautérisait ses chairs à vif.

— Au moins, de cette façon, le seul sang que j'aurai sur les mains sera le mien, conclut-elle avec un petit sourire crispé.

Kiukiu perdit le compte des journées qu'elle passait avec sa grand-mère. Les chutes de neige interminables étouffaient toute notion du temps. Et les jours, si courts, s'enchaînaient tellement vite…

La pulpe des doigts de la jeune fille commença à cicatriser. Ses ongles repoussèrent et Malusha l'exhorta à les enduire d'un autre onguent malodorant pour les durcir. À mesure que les douleurs infligées par les cordes de l'instrument s'apaisaient, les dons de Kiukiu s'affirmaient. Elle se rappelait à présent toute la suite musicale sans problème. Malusha la lui avait patiemment enseignée.

Malgré tout, Kiukiu butait toujours sur certaines notes. Mais Malusha lui avait également appris à associer les sept tons élémentaires aux couleurs vibrantes de l'arc-en-ciel. Tout en jouant, elle murmurait : « bleu, jaune, bleu, rouge… » Après quelque temps, les couleurs se mirent à vibrer dans son esprit avec toute l'acuité des sons, générant d'intenses lueurs stellaires, rose écarlate, jaune d'or ou azur perçant… Au-dehors, le paysage hivernal conservait toute sa blancheur. Mais dans le monde acoustique de Kiukiu, les teintes étaient aussi lumineuses et claires qu'un jour d'été.

Par un matin d'un froid mordant, Malusha ouvrit le vieux coffre laqué et en tira un rouleau de vélin froissé par le passage du temps. Elle l'étala sur le sol. Kiukiu y découvrit une étrange calligraphie antique. Des capitales aux enluminures aviaires et florales ornaient le texte à l'écriture couchée.

— Il est temps pour toi d'apprendre les noms et la lignée de la maison Arkhel. Commençons par le commencement.

Maussade, Kiukiu regarda sa grand-mère pointer des lettres inconnues d'un index noueux. Malusha n'avait jamais pensé à lui demander si elle avait appris à lire…

— Qu'y a-t-il, mon enfant ? Tu ne sais pas lire ?

— Pas bien, non, murmura-t-elle, honteuse. Sosia avait commencé à m'enseigner l'alphabet, mais elle est toujours si occupée…

Exaspérée, Malusha soupira.

— Alors, nous ferons en sorte que tu apprennes cela par cœur. Au moins, tu dois connaître le premier seigneur Stavyor et ses enfants disparus. De si belles filles, des garçons si vaillants…

Elle commença à réciter à voix basse, enjoignant à sa petite-fille de répéter les noms énoncés.

— Morts… tous morts, souffla Malusha. Même mon petit Jaromir à qui je chantonnais des berceuses quand sa mère était trop faible pour s'occuper de lui…

Kiukiu ouvrit de grands yeux.

— Jaromir Arkhel ? Mais il n'est pas mort !

— Ma fille, ne sois pas stupide. Tous ont péri.

— Je sais ce que je dis ! s'entêta Kiukiu avec force. Je l'ai *entendu* parler. Je l'ai presque aperçu.

— Il devait s'agir d'un imposteur quelconque…

— Il a mentionné un monastère, Saint-Sergius… Les moines l'ont recueilli et protégé, a-t-il dit.

— Pourquoi m'en parles-tu seulement maintenant, dans ce cas ?

Kiukiu garda le silence. Elle avait ses raisons.

— S'il était mort, reprit-elle en hésitant, tu l'aurais sûrement vu avec son père dans l'Autre Monde ?

— Mon enfant, mon enfant, ce n'était qu'un gamin… Il avait neuf ans à peine. L'esprit de son père hante obligatoirement le hall des Arkhel avec les autres ancêtres-guerriers. Il n'y a pas d'enfants en ce lieu. Tu comprends,

Kiukiu ? Le seigneur Stavyor croit que toute sa famille a péri lors de cette nuit de désolation.

Sur la trame des rêves de Kiukiu commencèrent à se tisser des tintements, des notes évanescentes d'une mélodie qui s'évanouissait dès qu'elle se réveillait. Quand la jeune fille s'en ouvrit à sa grand-mère, celle-ci hocha la tête.

— Bien, bien, bien...

— Pourquoi est-ce que je n'arrive pas à m'en souvenir dans ce cas ? demanda Kiukiu, frustrée.

— Oh, un jour, tu t'en souviendras. Ce sont des chants-rêves. Ils émanent de l'Autre Monde.

— Des *morts ?*

— Est-ce si difficile à accepter ? (Les yeux de Malusha étaient devenus sombres et profonds comme un lac forestier.) Bientôt, nous traverserons ensemble la frontière.

— Pour retrouver mon père ? s'écria Kiukiu, tout excitée.

— Pas encore. Il est trop tôt.

— Pourquoi ne pouvons-nous pas aller le retrouver ?

Malusha grommela, irritée.

— Parce que... Il ignore que tu existes, mon enfant. Souviens-toi, tu es née après sa mort.

— Mais sûrement, ma mère...

Malusha lui posa une main sur le bras.

— Il n'a aucune connaissance de ta mère.

— Comment ça ? s'écria Kiukiu, les yeux ronds. Ma mère est morte ! J'ai pensé qu'elle... Je veux dire qu'eux deux...

Elle s'interrompit, trop troublée pour continuer.

— Je t'ai prévenue, mon enfant. Ton père s'est aventuré loin dans l'Autre Monde. Il ne se souvient pratiquement plus du nôtre, avec nos préoccupations mesquines qui ne présentent plus d'intérêt à ses yeux. C'est ainsi, avec les trépassés.

Kiukiu fondit en larmes.

— Je pensais... au moins s'ils ne peuvent plus être avec moi... qu'ils seraient réunis... Et maintenant, tu dis que... toutes ces années... ils sont restés séparés !

— Allons, allons, ne te mets pas dans cet état.

— Mais où est ma mère ? Supposons qu'elle soit prisonnière de cet endroit affreux de poussière et de cendre ? Qu'elle se soit perdue en cherchant mon père, errant année après année dans ces plaines d'infinie désolation ?

— Le temps s'écoule différemment dans l'Autre Monde. D'ailleurs, il n'a plus aucun sens. Tu verras par toi-même.

Kiukiu se moucha.

— Je dois la trouver ! Ma mère...

— N'y pense même pas ! rétorqua vivement Malusha. Je t'ai pourtant avertie, non ? Tu as ce don particulier – de pouvoir quitter ton enveloppe charnelle pour explorer l'Autre Monde – mais il faut que tu limites au maximum ces incursions. Si tu t'absentes trop longtemps de ton propre corps, tes forces vitales t'abandonneront graduellement, jusqu'à ce que tu deviennes toi aussi une Âme Perdue, errant éternellement entre la vie et la mort, un fantôme pathétique et triste… Chaque projection que tu accompliras te vieillira. C'est *dangereux* ! (Elle soupira.) Je t'y emmènerai, mon enfant. À la seule condition que tu me promettes de ne pas entreprendre ce voyage toute seule. Pas avant que tu aies acquis les talents nécessaires – et que tu sois bien entraînée.

Kiukiu renifla.

— Alors, par quoi je commence ? Et de quelle façon ?

— Un thé particulier invite à la détente du corps et de l'esprit.

Au coin du feu, Malusha entreprit de garnir le fond d'une cruche d'herbes séchées avant d'y verser de l'eau chaude. Un arôme subtil plana dans la pièce. Kiukiu plissa le nez.

Sa grand-mère revint vers elle avec deux coupelles, dans lesquelles frémissait le breuvage vert. La jeune fille en huma le parfum. Oui, ça sentait la forêt détrempée par les pluies et l'écorce amère.

— Nous allons simplement t'introduire dans la maison Arkhel, pas davantage, précisa Malusha. Une simple visite. (Elle s'assit en tailleur près de son apprentie.) Installe d'abord le gusly sur tes genoux, comme ça…

Kiukiu imita sa grand-mère.

— Maintenant, le thé. Bois-le d'un coup. Voilà…

La jeune fille grimaça. Le thé amer lui brûlait la gorge… Puis son goût particulier lui évoqua une purification.

— Écoute mes notes et reproduis-les, une à la fois. Laisse les vibrations mourir avant de pincer la corde suivante.

Kiukiu se concentra. La ligne musicale de sa grand-mère rappelait les sonorités solennelles des cloches. Les vibrations striaient l'air d'échardes de couleur et de frémissements acoustiques ténébreux… L'esprit de la jeune fille s'accorda peu à peu à la lente procession de notes, les couleurs flamboyantes ondulèrent et explosèrent comme des soleils miniatures sous des trombes d'eau…

Elle flottait à travers un voile irisé… Elle dérivait vers une lumière aveuglante…

Ses sens la désertèrent. Aveugle, sourde et muette, elle sombra dans d'indicibles ténèbres.

— *Grand-mère !* hurla-t-elle, terrifiée.

Mais ses cordes vocales ne produisirent aucun son. Qui l'aurait entendue, de toute façon ?

Elle cilla. Les rayons radieux d'un soleil inconnu filtraient à travers les frondaisons argentées de grands bouleaux blancs… Elle tourna sur elle-même, ses pieds foulant un tapis de feuilles mortes.

Oh, oui, je connais cet endroit…

Un lieu réconfortant, serein et doux. La lumière argentée l'apaisa, chassant ses frayeurs.

— Par ici, mon enfant. Pas question de s'attarder.

Sa grand-mère réapparut. Mais elle n'avait plus rien d'une vieille femme voûtée aux longs cheveux gris. Elle irradiait de toute la beauté de sa jeunesse, avec sa chevelure brune brillante, joliment piquetée de plumes et de rubans.

— Grand-mère ? Tu es… jeune !

— Mon esprit l'est, précisa Malusha.

Kiukiu la dévisagea… Et les traits du visage de son aïeule parurent s'altérer, comme si ceux de la fillette, de l'adolescente et de l'adulte coexistaient soudain, se superposant les uns aux autres.

— Suis-moi.

Malusha partit d'un si bon pas que sa petite-fille dut presque courir pour garder la cadence. Alors qu'elle avait conscience de marcher, la plus étrange des sensations ne la quittait pas : la conviction de progresser en réalité à une vitesse bien supérieure, de survoler les feuilles mortes et de laisser derrière elle les majestueux bouleaux, tapisserie végétale d'argent et de gris…

Dans le lointain, un grand portail se dessina progressivement, trouant d'or la brume. Au-delà, Kiukiu découvrit un hall bondé de guerriers en armure de bronze poli. Des hommes, des femmes, de magnifiques oiseaux de proie à l'œil féroce…

— Qui sont-ils ? chuchota-t-elle.

— Voici le hall des Arkhel, répondit Malusha. (Ses yeux brillaient d'un orgueil farouche.) Voici les authentiques héros de l'Azhkendir, Kiukiu.

L'air étincelait sous l'effet d'une luminosité rappelant les feux du soleil couchant. Pourtant, sous cette gloire dorée, la jeune fille captait un courant plus sombre, l'écarlate du sang humain versé au combat… Un rugissement lointain frappa ses tympans, les clameurs des belligérants, les plaintes angoissées des blessés et des mourants… Ces guerriers héroïques de la maison Arkhel étaient morts comme ils avaient vécu : par l'épée. Et à présent, ils attendaient l'éternité durant, en ces lieux, que leurs crimes de sang soient expiés.

— Tu le vois ? Là ?

Kiukiu avisa un homme de haute taille, les cheveux couleur vieil or, qui se tenait à l'écart. À sa vue, elle se sentit submergée par un désespoir sans bornes, un sentiment d'infinie solitude, aussi sombre et froid que le brouillard des landes.

— Le seigneur Stavyor. Le dernier de sa lignée.

— Pourquoi est-il si triste ? chuchota Kiukiu.

Le regarder suffisait à la faire frémir.

— Parce qu'il n'a pas su sauver son clan du seigneur Volkh. Parce que les terres d'Arkhel sont maintenant un champ de désolation.

— Malusha…

Une voix sévère, aussi dure que de l'acier... Mince et austère, Stavyor se tenait devant les deux femmes. Kiukiu osa lever les yeux vers lui...

Une flamme bleue et glaciale comme l'étincellement des étoiles, broie indifféremment l'air, les chairs, le sang, les os dans l'élan si pur de sa puissance dévastatrice...

— Kiukiu ! rugit Malusha en lui claquant des doigts au nez.

Arrachée à sa transe, la jeune fille sursauta. Elle venait de vivre la mort de Stavyor, l'instant fatidique de son anéantissement...

— Pardonnez-lui, seigneur, enchaîna Malusha. C'est une novice. Je vous présente Kiukirilya, ma petite-fille.

Sa voix tremblait légèrement. Était-elle si fière d'avoir une petite-fille à présenter à son défunt seigneur et maître ?

— Incline-toi, mon enfant, ajouta-t-elle dans un chuchotement. Mais ne le regarde pas dans les yeux. Ne fais jamais ça.

Kiukiu s'empressa d'obéir.

— Ainsi donc, lâcha Stavyor d'un ton morne, la maison Arkhel a une nouvelle laudatrice... Mais que reste-t-il à chanter ? Tous mes enfants sont morts. Mon clan est en ruine...

— Elle vous apporte des nouvelles du monde des vivants, seigneur. Des nouvelles de votre fils.

— Jaromir est vivant, dit Kiukiu.

— Vivant ? (Une émotion soudaine fit vibrer la voix de Stavyor.) Comment est-ce possible ?

— Je l'ignore, répondit Kiukiu. Je sais seulement qu'il est vivant.

— Ne vous avais-je pas dit, seigneur, que tout espoir n'était pas perdu ?

— Jaromir vivant... Et une jeune Guslyar pour le servir... Kiukirilya.

— Seigneur ?

Elle frémit. La dernière âme en peine à l'avoir appelée par son vrai nom avait été le seigneur Volkh. Pourquoi avait-elle le sentiment de le trahir ? N'était-elle pas par sa naissance une Arkhel avant tout ? Toute sa vie, on l'avait traitée comme une moins que rien précisément parce que le sang des Arkhel coulait dans ses veines...

— Tu dois trouver Jaromir, Kiukirilya. Et l'aider à lever une armée. (Sèche et crépitante comme un coup de sabre, la voix de Stavyor explosa dans l'esprit de la jeune fille.) Tu dois l'aider à reconquérir l'Azhkendir et à écraser dans l'œuf la maison du Serpent !

— Moi ? fit-elle d'une petite voix.

— La maison Arkhel guette ton invocation. (D'une main racée, Stavyor engloba le hall et les guerriers farouches qui, silencieux, observaient la scène.) Avec toi pour nous soutenir dans notre quête, qui s'opposera encore à nous ?

Sans crier gare, il attira Kiukiu à lui avant qu'elle puisse résister et l'embrassa sur le front.

Ce baiser marqua l'esprit de la jeune fille à l'or rouge.

Chocs stridents des épées, éclats blessants de lumière dorée fracassant les airs... Une armée de morts renaît de ses cendres et plane autour d'elle...

Des prunelles luisent dans l'ombre, lueurs cruelles et surnaturelles de prédateurs qui ne cillent pas…

Des yeux de hibou.

— Maintenant, tu es mienne. Maintenant, tu appartiens à la maison Arkhel.

Mais je suis liée par serment au seigneur Gavril…

Le chatoiement des armures, les reflets sanguinaires des flammes dansant sur les visages féroces des guerriers… tout conspirait à éblouir les sens de Kiukiu. Pire que tout, en acceptant le baiser initiatique du seigneur Stavyor, elle se doutait qu'elle venait de trahir Gavril Nagarian. De faire le premier pas sur une voie qui l'éloignerait toujours davantage de lui, faisant d'eux des ennemis… Un pas destiné à perpétuer l'antique querelle qui divisait les deux lignées.

Elle se sentit sombrer dans des ténèbres sans fin.

— Malusha, murmura-t-elle, aide-moi…

— Attrape ma main…

La voix de sa grand-mère lui parvint d'infiniment loin.

Les ténèbres l'engloutirent. Son dernier souvenir fut celui de doigts se refermant avec fermeté sur les siens pour l'entraîner vers une lueur lointaine.

Face à son reflet, dans le plat de bronze poli qui servait de miroir à Malusha, Kiukiu plissa le front. Elle était pourtant certaine qu'il devait y avoir une marque sur sa chair… Elle croyait encore sentir sur elle la brûlure singulière des lèvres de Stavyor… Or, son front lui apparaissait parfaitement lisse, encadré par les mèches blondes qui s'échappaient de ses tresses…

Comme des rides courant à la surface d'un lac sous la caresse de la brise, le reflet de bronze frémit et un autre visage se dessina dans les profondeurs du métal poli, aux traits austères et orgueilleux. Un regard dur et perçant la vrilla.

— *Mène-moi à mon fils, Kiukirilya. Laisse-moi le voir…*

— Seigneur !

— *Fais-moi traverser, Kiukirilya.*

Elle hoqueta d'effroi. Et tenta de lâcher le pseudo-miroir. Mais ses doigts étaient soudainement comme *fondus* dans le bronze. Elle ne pouvait plus détacher le regard de l'apparition.

— *Mène-moi auprès de Jaromir.*

— Non ! Je ne peux pas… Je n'ai pas encore le talent… (Elle voulut fermer les yeux, mais une volonté supérieure à la sienne la força à les maintenir ouverts.) Grand-mère…, coassa-t-elle.

Endormie au coin de l'âtre, Malusha paraissait parfaitement inconsciente du danger.

Du haut des chevrons tomba un doux ululement inquisiteur. Nuage de Neige descendit de son perchoir et se posa sur les épaules de la jeune fille, lui enfonçant ses griffes dans la chair.

— *Ton esprit-familier m'attend.*

Des yeux dorés dans le miroir… Des yeux de hibou dorés près d'elle… Kiukiu comprit trop tard les intentions du revenant.

— Nuage de Neige… Oh, non !

Son esprit fut arraché de son corps et les ténèbres l'avalèrent.

Chapitre 25

Au palais de Swanholm, les domestiques mouchaient les chandelles. Dans le parc, le vent arrachait les dernières feuilles étiolées aux branches des bouleaux. Il s'engouffrait en mugissant dans les cheminées et le long des couloirs.

Dans son lit doré à tête de cygne, Karila, qui ne dormait pas, serrait ses couvertures contre elle. Des voix… Elles couraient avec le vent, l'enfant en était sûre. Des voix féroces parlant de mal et de destruction…

Jouet des appels d'air, la flammèche de la lampe s'éteignit d'un coup.

Karila étouffa un cri en se recroquevillant dans la douceur de ses couvertures en laine. Des portes tremblèrent sur leurs gonds. Leurs loquets brisés, les volets de la chambre claquèrent contre la façade. Comment aurait-on pu dormir avec tout ce raffut ?

Karila repoussa ses draps et s'approcha de la fenêtre.

Une pluie battante et du grésil martelaient les vitres. Sous un ciel d'orage, les éclairs zébraient les nuages, illuminant de leur incandescence le palais plongé dans l'ombre.

Se détachant contre les éclairs argentés de la foudre, l'enfant découvrit une silhouette d'homme, dans la cour en contrebas. Le bras levé, l'index tendu vers les éléments déchaînés, l'audacieux semblait se moquer du vent et de la pluie battante.

Dans le lointain, le tonnerre roula longuement. Le vent parut fondre en piqué sur la silhouette solitaire.

— Qui êtes-vous ? murmura Karila. Et que faites-vous ?

La température était en chute libre… Le souffle de l'enfant couvrit les carreaux de buée. En frissonnant, Karila en essuya un peu avec le bas de sa chemise de nuit. Elle avait la chair de poule, mais le spectacle inattendu la fascinait. Elle ne pouvait pas s'en détacher.

Le vent soufflait dans les toitures. L'homme isolé campait sur ses positions, indifférent aux bourrasques qui agitaient ses habits et ses mèches blanches. Elle le vit décrire un cercle dans les airs avant de tendre de nouveau le bras vers l'horizon.

Aussitôt, les rafales balayèrent le parc de la propriété. Elle vit les arbres ployer et tituber comme des ivrognes sous les assauts des éléments. Des nuages d'orage filèrent vers la côte.

L'homme les regarda traverser le ciel. Un fin croissant de lune apparut, jetant sur la scène une chiche lumière.

Karila se frotta les yeux. Non, elle ne rêvait pas tout éveillée, et ce qu'elle venait de surprendre la laissait stupéfaite. Quelqu'un, au palais, avait le pouvoir d'invoquer le vent et de le plier à sa volonté… Une puissance de cette ampleur…

Lentement, l'homme baissa le bras et se détourna, se confondant avec l'obscurité. Mais pas avant que Karila ait découvert son identité.

— Mage Linnaius, chuchota-t-elle.

Eugène reposa les dépêches du matin. Ses armées se préparaient à l'invasion et, pour la première fois depuis bien des années, les nouvelles lui parvenant du front nord l'amenaient à remettre sa stratégie en cause.

Il se dirigea vers la fenêtre de son studio et, les sourcils froncés, contempla le parc et les pelouses de Swanholm. Après l'orage de cette nuit, tout était couvert de feuilles mortes.

Deux jardiniers ratissaient sans hâte inutile les allées gravillonnées, afin de dégager le passage. Tout en déambulant, l'un d'eux, muni d'une paire de cisailles, coupait les brindilles et les pousses feuillues dépassant des arbustes impeccablement taillés.

Eugène ressentit un soudain élan de jalousie. Quelle douce vie que celle d'un simple horticulteur dont l'univers se limite à des terrains circonscrits par des palissades en fer forgé et par des fossés, une existence paisible rythmée par le passage des saisons, aux antipodes des tracas de la diplomatie…

La dépêche du matin confirmait simplement les messages antérieurement reçus par la Vox Æthyria.

À l'est, le ciel d'Azhkendir avait viré au noir orageux, des éclairs blanc et bleu avaient crépité…

On frappa. Kaspar Linnaius entra.

— Quelle tempête, cette nuit, lança Eugène en désignant les pelouses jonchées de feuilles mortes. Le Détroit a dû subir un gros grain.

— Tous nos vaisseaux étaient à l'abri au port, n'est-ce pas, Altesse ?

— L'amiral Janssen me l'a assuré, en effet. (Eugène ne put s'empêcher de lui jeter un regard de travers.) En revanche, j'imagine que la flotte du Muscobar a beaucoup souffert… Cela étant, je ne vous ai pas fait appeler à ce propos. Que pensez-vous de ceci ? (Il lui tendit la missive.) Gavril Nagarian a hérité des pouvoirs de son père et il a également appris à s'en servir.

— Il semblerait, commenta Linnaius en lisant en diagonale.

— Et vos maraudeurs…

— Mes maraudeurs sont tous morts. Jusqu'au dernier.

Eugène surprit une lueur glaciale dans le regard de son interlocuteur, d'ordinaire placide. Et il en conçut un regain d'espérance. Le mage ne laisserait pas impunie cette atteinte à ses compétences.

— La faute m'incombe en partie. J'ai sous-estimé Gavril Nagarian. Mais il me faut une diversion, Linnaius, le temps de faire passer nos armées du Nord en Azhkendir.

Le mage hocha la tête.

— Vous restez donc persuadé que cette stratégie serait la meilleure, Altesse ?

La question toute simple, lancée de façon si désinvolte, ne fit qu'aggraver les doutes qui rongeaient Eugène.

— Nous avons donné aux Muscobiotes toutes les raisons de croire que l'invasion se ferait par la mer. Ils ne s'attendent certes pas à ce que l'offensive vienne du nord. (Le prince regarda Linnaius dans les yeux.) J'ai tout misé dans cette aventure. Je ne peux pas me permettre de courir à l'échec.

« Eugène de Tielen »... Le prince parapha l'ordre de mission. D'ordinaire, il ne rechignait pas aux tâches dévolues à un commandant des armées. Mais ce jour-là, ses pensées ne cessaient de vagabonder. Depuis la nouvelle reçue d'Azhkendir, il dormait de moins en moins bien.

Qu'il soit damné s'il laissait un homme, un seul, briser tous ses rêves impériaux !

Le document suivant portait le nom du comte Oskar Alvborg. Les chefs d'inculpation étaient les duels illicites, les dettes de jeu et l'insubordination.

— Que signifie tout cela, Gustave ? Une cour martiale ?

— Le comte Alvborg attend qu'on prononce la sentence dans la prison militaire, Altesse.

Il tendit au prince le document officiel, portant le sceau du commandant en chef du corps de cavalerie.

— Oskar Alvborg..., murmura Eugène, la mémoire lui revenant.

Dans le hall des Armes, les témoins font silence. Le duelliste ôte son masque. Des yeux pâles brillant d'orgueil soutiennent son regard, sans repentance aucune.

Au nom d'une seconde chance, un homme comme Alvborg pourrait accepter de risquer sa vie...

Lâchant le document, Eugène se leva.

— Je m'en occupe, Gustave.

L'arrivée impromptue du prince dans la prison de la caserne sema un vent de panique dans les rangs des gardes et des geôliers. On escorta promptement Son Altesse dans la cellule du lieutenant Alvborg.

Le jour qui tombait d'une grille haute éclairait à peine les murs de brique nue.

— En général, les officiers monnayent leur confort : du feu, des bougies, un ou deux livres, commenta Eugène, surpris par la dureté des conditions de détention d'Alvborg.

— En effet, Altesse. Mais celui-là a dû parier jusqu'à sa chemise au jeu…

Eugène hocha la tête. Cela lui confirmait qu'il n'y aurait pas meilleur candidat pour la mission qu'il avait en tête.

Le geôlier ouvrit la lourde porte et aboya :

— Son Altesse le prince !

Étendu sur un châlit en bois, le prisonnier leva les yeux, quelque peu ébloui par le flot brutal de lumière.

— Bienvenue, Altesse, en mon humble logis… Si je m'étais attendu à recevoir si noble visite…

— Un peu de respect pour le prince !

Le geôlier saisit Alvborg pour le relever de force.

— Laissez-nous, dit Eugène. Et qu'on ne nous dérange pas.

Le geôlier sortit en grommelant dans sa barbe.

— Je serai juste dehors si vous avez besoin de moi, Altesse.

— Savez-vous ce que c'est ?

Eugène brandit l'ordre de cour martiale sous le nez d'Alvborg.

— Ma récompense après cinq années de bons et loyaux services envers le Tielen ?

Le prince ignora la saillie.

— Dettes de jeu, duels… Franchement, Alvborg, vous êtes un mauvais exemple pour nos jeunes officiers et vous méritez amplement d'être traduit en cour martiale. Vous avez abusé de votre rang.

— Je ne le nie pas.

Alvborg repoussa de ses yeux une mèche de cheveux pâles. Il ne faisait montre d'aucune contrition.

— Et pourtant, vous êtes un sacré bon soldat. (Eugène jeta une liasse de dépêches sur l'étroite paillasse.) J'ai pris connaissance des rapports.

Le prisonnier haussa les épaules, l'air peu concerné.

— Et alors ?

— Je vous offre une chance de vous racheter. D'échapper à la cour martiale, à la disgrâce, à la prison pour dettes…

Il sentit qu'il avait maintenant toute l'attention de son interlocuteur.

— J'envoie un détachement d'éclaireurs en Azhkendir.

— Avec pour mission ?

— Celle de distraire le Drakhaon et ses druzhina.

— Une mission suicide, donc.

Eugène se força à sourire.

— Je vois que vous n'avez pas perdu le sens de l'humour. Vous en aurez besoin.

— Bon, à part une mort certaine, qu'aurai-je à y gagner ?

— Acquittez-vous de cette mission avec les honneurs et j'épongerai toutes vos dettes.

Le masque d'indifférence se lézarda.

— En me restituant les propriétés de ma mère ?

De la cour de la prison, le sifflement d'un fouet et les plaintes étouffées d'un supplicié leur parvinrent. Un malandrin recevait un juste châtiment. Eugène crut voir le prisonnier Alvborg grimacer.

Il hocha la tête.

— Et si je refuse ?

— Votre procès en cour martiale doit toujours s'ouvrir demain matin.

Les bras croisés en une posture défensive, Alvborg resta silencieux quelques instants.

— Qu'est-ce qui m'empêcherait de prendre la fuite ?

Traitant la question par le dédain, Eugène tourna les talons, prêt à rappeler le geôlier.

— Attendez !

— Vous *osez* me demander d'attendre ?

Eugène écrasa le jeune homme de son mépris.

— C'est d'accord, répondit Alvborg. Votre Altesse, ajouta-t-il.

— Des leurres, commenta Alvborg en étudiant la carte étalée sur le bureau princier. (Les flammes se reflétaient dans ses yeux plissés.) Ou des cibles faciles pour les barbares de l'Azhkendir…

— Au contraire, objecta Eugène. (Songeur, il se demandait encore s'il tenait le bon candidat pour cette entreprise.) Votre mission, lieutenant, est de rester en vie. Si vous vous faites tous tuer, vous ne serez plus d'aucune utilité pour le Tielen.

— Voilà pourquoi Son Altesse m'a prié de vous confier ma toute dernière invention…

La voix désincarnée fit sursauter Alvborg.

Linnaius émergea de l'ombre.

Secoué, le lieutenant jura tout bas.

— Efficace, non ? ajouta le mage avec un pâle sourire. Vous ne vous doutiez pas du tout de ma présence, n'est-ce pas ?

— Comment avez-vous réussi ce tour ?

— OmbreSoie…

Le mage se détourna et se fondit de nouveau dans l'ombre – littéralement. Dans l'obscurité où dansaient les flammes de la cheminée, il devenait impossible de dire avec certitude s'il se trouvait toujours là ou pas.

— Extraordinaire, commenta Eugène d'une voix douce. (Secouant la tête comme pour repousser une capuche, le mage réapparut.) Quel est ce remarquable « OmbreSoie », Linnaius ?

— Disons simplement que ce n'est pas tissé au sens où on l'entend d'ordinaire, Altesse. Chaque manteau exige beaucoup de temps et d'adresse. J'en ai fabriqué pour une dizaine d'hommes, pas plus.

Linnaius offrit son manteau au prince afin qu'il l'essaie. Un chatoiement d'ombre drapé sur ses bras tendus…

Quand Eugène revêtit le vêtement évanescent, il fut sensible à sa brillance ensorcelante qui lui donna la chair de poule. Une sensation nullement agréable… Il se débarrassa du manteau, soulagé de ne pas avoir à le porter un instant de plus.

— Mais si nous devons mourir grillés vifs, à quoi bon cette petite ruse ? s'enquit Alvborg.

À cet instant, Eugène acquit une certitude : l'attitude nonchalante qu'affectait le jeune lieutenant cachait une appréhension bien réelle.

— Votre mission consiste avant tout à provoquer les armées d'Azhkendir, à les distraire et à les faire dévier de leur route.

En haussant un sourcil sceptique, Alvborg se tourna vers le prince.

— Alors même que nous ne disposons d'aucune carte fiable et que sur ces terres désolées souffle le blizzard…

Eugène hocha la tête.

— Pareille entreprise mettra effectivement votre ingéniosité à rude épreuve, lieutenant. Vous traverserez la mer de Saltyk non pas de la pointe de l'isthme, au passage le plus étroit, mais à trente kilomètres plus au nord… (Il désigna la côte.) Si nos renseignements sont exacts, vous accosterez près du port de pêche de Narvazh. Assurez-vous que les habitants vous voient avant que vous remontiez le littoral.

— Et si on cherche à nous arrêter ?

— Vous riposterez. Les morts et les blessés, parmi la population, attireront les druzhina comme une charogne un essaim de mouches. Or, c'est précisément le but recherché.

— Et si nous nous heurtons au Drakhaon en personne ?

Eugène se tourna vers Linnaius.

— Mage, vous avez préparé à l'intention du lieutenant un appareil au cas où ses hommes et lui seraient dans une situation critique ?

— À n'utiliser qu'en tout dernier recours, confirma Linnaius. Une munition d'un genre particulier pour vos carabines.

Il défit une bourse de métal souple fixée à sa taille et posa sur le bureau une petite capsule oblongue dont la coque métallique luisait faiblement à la faveur des flammes, rappelant l'étain. Elle bourdonnait à la façon d'une abeille paresseuse.

Alvborg tendit la main… et la retira vivement, comme sous l'effet d'une brûlure.

— Ce n'est pas une balle ordinaire ! Par le diable, qu'est-ce donc ?

Linnaius sourit.

— Les éléments chimiques de cette douille sont grandement volatils, lieutenant. Exposés à l'air, ils engendrent des gaz toxiques qui, en déroutant l'ennemi, vous laisseront le temps de fuir. Quand ces balles exploseront, évitez de respirer les fumées qui s'en dégageront, vos hommes et vous.

— Pourquoi ?

— Comme je viens de le dire, les émanations contiennent un poison de nature chimique. En inhaler un peu vous vaut d'être désorienté, pris de vertige et de nausée. Respirez-en encore un peu et vous aurez les poumons brûlés.

— Malin. Et cruel...

Alvborg hocha la tête. Eugène n'aurait su dire, à son expression, s'il approuvait ou désapprouvait.

— Et combien de temps devrons-nous continuer ce petit jeu du chat et de la souris, Votre Altesse ?

— Aussi longtemps qu'il le faudra, lieutenant. Davantage si vous souhaitez en retirer tout le bénéfice.

Deux yachts des glaces tiels glissaient sur les flots, entre des banquises grisâtres. À la mi-journée, la mer de Saltyk était ensevelie sous le brouillard et on ne voyait plus le soleil, caché derrière les nuages.

Penché sur son compas, le navigateur cria des instructions au timonier. Sous la quille parfaitement affilée du yacht, la glace gémissait et craquait. Le vent faisait claquer l'unique voile.

Alvborg considéra ses hommes qui, pelotonnés pour se protéger du froid, serraient leurs carabines dans leurs mains gantées.

Pauvres imbéciles... Pauvres dupes ! Quel type sain d'esprit se porterait volontaire pour une mission suicide comme celle-ci ? Resserrant autour de lui les pans de son volumineux manteau, il croisa les bras et son regard se perdit dans la brume.

Comment diable avait-il pu se laisser faire ? Qu'est-ce qui lui avait pris d'accepter ? En cet instant, le spectre de la disgrâce prononcée en cour martiale et celui de la prison pour dettes paraissaient en tout point préférables à pareille mésaventure.

— Le compas déraille, lieutenant ! brailla le navigateur pour couvrir les mugissements du vent.

Alvborg lutta contre les rafales pour le rejoindre et se pencher à son tour sur le compas en question. Sous le boîtier vitré, l'aiguille devenait folle.

— Où est l'Azhkendir ?

Le navigateur haussa les épaules.

Nom d'un chien, le mage Linnaius ne l'avait-il pas averti de la possibilité d'un tel problème ? Mais il avait abordé le risque en termes feutrés, de manière ambiguë, et parlé d'inexplicables phénomènes climatiques propres à l'Azhkendir...

Lugubre, un des soldats y alla de son commentaire :

— Mon grand-père avait coutume de dire que les Azhkendis protègent leurs côtes grâce aux fantômes de leurs guerriers disparus. Si vous ne mourez pas de faim à force de tourner en rond, ces spectres vous attirent où la glace est trop fine pour supporter votre poids et c'est la noyade assurée.

— Des contes de bonnes femmes pour effrayer les gosses stupides, lâcha Alvborg avec un soupir las. (Pourquoi avait-il fallu qu'on l'accable en outre d'un ramassis de crétins superstitieux ?) Quoi qu'il en soit, Son Altesse compte sur nous. Plus question de faire demi-tour. D'ailleurs, nous en serions bien incapables...

Chapitre 26

Elysia jeta un coup d'œil du haut de sa fenêtre. La foule cernait toujours le palais d'hiver et la poix enflammée des torches éclairait la nuit brumeuse.

Les intonations de Matyev ne cessaient de résonner à ses oreilles. Toutes ces histoires de société philosophique… Un leurre ! C'était un révolutionnaire, un des « satanés insurgés » de Velemir… Au même titre qu'Altan Kazimir.

Et elle ? Une artiste peintre, qui plus est un libre penseur, native d'un pays qui avait déposé son prince pour lui substituer un gouvernement démocratiquement élu… Matyev avait raison : la sympathie d'Elysia aurait dû aller vers lui, pas vers les aristocrates. Et pourtant… elle était inextricablement liée à la famille régnante.

Et le seul homme de tout le Muscobar en mesure de sauver Gavril venait de s'allier au camp adverse.

— Dame Andar ! Vous devez m'aider !

Elysia, qui préparait son départ, releva les yeux vers Astasia. La jeune fille, qui venait d'entrer en trombe, s'était adossée à la porte qu'elle avait refermée comme pour empêcher qui que ce soit de les rejoindre dans la pièce. Personne ne se donnait donc la peine de frapper au palais d'hiver ?

— Que faites-vous ? Pourquoi faites-vous vos bagages ?

— Mon travail ici est terminé, Altessa. Je retourne chez moi.

Astasia s'élança.

— Dame Andar, je ne pourrai jamais aimer le prince Eugène ! C'est votre fils que j'aime… Que puis-je faire ?

Elysia continua de plier ses vêtements et de les ranger dans sa malle.

Astasia lui saisit la main.

— Ne pourriez-vous pas m'emmener avec vous en Smarna ? M'arracher à ce palais en me faisant passer pour votre femme de chambre ? Je vous en prie, dites-moi que vous le ferez !

Elysia se dégagea doucement.

— Ma chère, ce genre de subterfuge fonctionne uniquement dans les histoires romantiques et les opérettes à deux sous. Nous sommes dans la réalité. Vous ne pouvez pas échapper à cette union, mais vous aurez peut-être la possibilité de la tourner à votre avantage.

— Non ! s'écria Astasia. Voilà que vous parlez comme eux ! Et moi qui vous croyais différente…

Le comte Velemir apparut sur le pas de la porte.

— Altessa, je me disais bien que je vous trouverais ici. Votre mère vous cherche.

Le teint cendreux, balafré par le jet de pierre de la veille, il avait l'air très las.

— Qu'elle me cherche ! maugréa Astasia, boudeuse.

À cet instant, Elysia crut déceler en elle un peu de la nature maussade de la grande-duchesse.

— J'étais venu voir dame Andar, ajouta le comte.

— Je n'épouserai pas le prince Eugène. Je ne le supporterai pas ! Allez donc le répéter à ma mère !

Fondant en larmes, Astasia sortit en courant, claquant la porte sur ses talons.

Velemir se cala sur un siège.

— Auriez-vous un peu de café ?

Le soupçonnant de ne pas s'être déplacé seulement pour déguster de ce breuvage, Elysia s'interrompit dans la préparation de ses bagages.

— Il en reste. Du sucre ?

— Merci. Sans crème. (Il vida deux tasses avant de reprendre la parole :) J'ai été debout toute la nuit. (Il passa une main sur son menton hérissé de barbe.) Je m'excuse de me présenter à vous sans m'être rasé.

— Je doute que beaucoup d'entre nous aient trouvé le sommeil cette nuit.

Le nez sur sa tasse, il garda le silence.

— Alors, pourquoi êtes-vous là, comte ?

— Pour vous prier de bien vouloir envisager de changer d'avis.

— Quoi ? Et rester là ? (Elysia retourna à ses bagages.) Pour être menacée par les révolutionnaires et prise pour cible par les gardes du palais ? Non, merci.

Il posa sa tasse.

— J'ai des nouvelles.

Elle pivota.

— De Gavril ?

— De l'Azhkendir. D'après mes agents implantés à la frontière nord, il y a quelques jours, une lumière bleue surnaturelle a incendié le ciel dans la soirée, et la terre a tremblé.

— Des orages d'hiver.

— Ou des orages *Nagarian*.

Les habits pliés qu'Elysia tenait tombèrent en tas sur le sol.

— Gavril ! Oh, non… Pas lui !

— Vous vous rappelez ce que je vous avais d'abord suggéré ? D'aller au

Tielen ? Naturellement, la raison officielle de votre visite serait de présenter au prince Eugène votre portrait de Son Altessa Astasia.

Au début, Elysia l'entendit à peine. Elle ne pensait qu'à une chose : en dépit de tout ce qu'elle avait pu faire pour le protéger et le préserver, Gavril avait succombé à l'influence pernicieuse de son héritage Nagarian.

— Je ne vois pas en quoi ce voyage arrangerait la situation, reprit-elle, guindée.

— Le docteur Kazimir vous accompagnera.

Elle dévisagea son interlocuteur.

— Il n'acceptera jamais.

— Oh, il n'aura pas le choix.

Velemir se leva.

— Pas le choix ? répéta Elysia, sensible à la menace voilée.

— Le bon docteur devrait se méfier de ses mauvaises fréquentations.

— Cette nuit ? Sur la place ? Mais il a tenté de calmer le jeu, de ramener Matyev à la raison !

— À l'aube, j'ai fait arrêter Kazimir pour insurrection, haute trahison et complot contre le grand-duc. Le châtiment est la mort par pendaison.

Elysia resta les bras ballants.

— Mais… lui seul peut aider mon fils !

Velemir se tourna vers la porte.

— Il est temps de découvrir si Kazimir est vraiment aussi dévoué à la cause révolutionnaire que son ami Matyev semble le croire. (Il offrit son bras à Elysia.) Venez, ma dame. J'ai besoin de vous comme témoin lors de cette petite négociation.

Le comte guida Elysia dans un réseau souterrain glacé aux parois de brique marron suintant d'humidité. Ils débouchèrent dans une pièce sombre qui empestait le moisi et l'urine.

— Quel est cet endroit ? On dirait une prison, commenta Elysia, dégoûtée.

— Chut !

Velemir l'entraîna sous un porche bas et étroit. Elle le suivit à contrecœur, et se retrouva dans une petite cellule d'observation au mur percé d'un judas grillagé. Au-delà, une pièce sombre sans fenêtre, avec pour seul éclairage une lampe aveuglante. Deux hommes étaient attablés face à face. Le premier, dos tourné au judas, noircissait les pages d'un livre. Le second avait les poignets ligotés dans le dos et était avachi sur son siège. Des mèches blondes lui voilaient le visage.

— Et la dernière fois où vous avez parlé avec l'insurgé Matyev, c'était au pavillon du Thé ?

Le prisonnier marmonna une réponse inintelligible.

L'investigateur leva sa plume. Ce devait être un signal, car deux hommes sortirent de l'ombre pour empoigner par les cheveux l'homme entravé et lui tirer la tête en arrière.

Elysia étouffa un cri. C'était Kazimir. Un Kazimir privé de ses lunettes, le visage tuméfié et ensanglanté avec de grands yeux myopes vainement écarquillés…

— Que lui avez-vous fait ? chuchota Elysia, indignée.

Tout à l'interrogatoire, Velemir fit la sourde oreille.

— Donc, Altan Kazimir, pourquoi de nombreux témoins vous ont-ils vu parler à l'insurgé Matyev devant le palais d'hiver, cette nuit ?

— Je ne lui parlais pas, maugréa Kazimir, je l'avertissais…

— Vous l'avertissiez ?

— Que c'était un pauvre crétin !

L'investigateur fit signe aux deux argousins. Le premier immobilisa Kazimir pendant que le second le giflait violemment.

Outrée, Elysia serra le bras de son compagnon.

— Arrêtez ça, Féodor, c'est de la barbarie !

Velemir se tourna vers elle.

— Voulez-vous sauver votre fils, ma dame ? lâcha-t-il, glacial.

Kazimir s'effondra entre les mains de ses tourmenteurs.

— Dites-nous la vérité, docteur, reprit l'inquisiteur. Confessez-vous. Vous êtes mêlé à une conspiration visant à renverser la maison Orlov. Vos accointances avec les extrémistes sont avérées. Depuis quelques années déjà, votre prétendue société philosophique et vous-même complotez avec le rebelle Matyev pour assassiner le grand-duc. Pourquoi vous obstinez-vous à le nier ?

— J'étais en Azhkendir, répondit Altan d'une voix faible, du sang coulant de sa bouche. Comment aurais-je pu ourdir un quelconque complot si loin de Mirom ?

L'inquisiteur prit une liasse de documents et en entama la lecture à haute voix :

— « Comment pourrions-nous avoir la liberté d'expression alors que la presse est muselée ? Comment faire entendre notre voix, celle du peuple, à travers notre bâillon ? Cette censure doit finir et les tyrans qui l'imposent doivent être écartés du pouvoir. »

Il reposa le document.

— Ce sont vos propos, docteur Kazimir ? Niez-vous que ce pamphlet séditieux soit de votre plume ?

— Non, je… l'ai écrit…

— « … et les tyrans qui l'imposent doivent être écartés du pouvoir. » Des propos dangereux. (L'inquisiteur se pencha jusqu'à être presque nez à nez avec Kazimir, lui crachant à la face :) Une incitation au meurtre, pas moins !

— Ce n'était pas mon intention ! se défendit Altan en tentant de prendre du recul.

— Il vous faudra faire mieux que ça, docteur, si vous voulez échapper à l'échafaud.

— À l'échafaud ?

Décomposé, les épaules basses, il fondit en larmes.

Elysia voulut protester encore… et découvrit qu'elle était seule.

Au même instant, Velemir apparut dans la cellule.

— Eh bien ? Avons-nous enfin les noms des autres conspirateurs ?

— Pas encore, excellence, répondit l'inquisiteur en s'inclinant. Mais nous avons une confession. Kazimir admet être l'auteur de ces pamphlets.

— Je vois. (Velemir restait dans l'ombre, ne dévoilant rien de son expression.) Vous pouvez me laisser avec le prisonnier. Je continuerai seul l'interrogatoire.

Mordillant ses lèvres dans son agitation, Elysia se rapprocha des barreaux du judas.

Velemir s'assit en face d'Altan.

— Vous me connaissez ?

Le prisonnier cessa de sangloter.

— Comte Velemir… Le maître espion de la maison Orlov.

Ne l'insultez pas, imbécile ! (Elysia aurait voulu agripper les barreaux et lui crier :) *Il est là pour tenter de sauver votre peau !*

— Maître espion, si vous voulez, répondit Velemir avec un sourire affable. Mes fonctions officielles sont celles d'un ambassadeur. Et je partirai bientôt pour le Tielen, docteur Kazimir. J'aimerais que vous m'accompagniez.

— Le Tielen ? répéta le prisonnier entre deux reniflements, le visage baigné de larmes.

— Si vous restez à Mirom, vous serez pendu haut et court pour trahison et conspiration. (Velemir se pencha vers lui.) Mon cher Altan, je vous offre une chance de sauver votre vie.

— Pourquoi le Tielen ? demanda Kazimir, soupçonneux.

— Le Tielen jouxte l'Azhkendir, où vous auriez paraît-il des affaires à régler.

— Des affaires à régler ? Mais ma tête y est mise à prix ! On m'accuse d'avoir assassiné le seigneur Volkh !

— Le Tielen, ou la potence. À vous de choisir, docteur.

Velemir fit mine de se lever et de sortir.

Kazimir sursauta.

— Attendez !

Haussant un sourcil, Velemir se retourna.

— Le Tielen… (La réponse était à peine audible.) J'irai au Tielen.

— Eh bien, ma dame ? lança Féodor Velemir en souriant. Vous ai-je convaincue ? Irez-vous aussi au Tielen ?

— Était-ce nécessaire de brutaliser le docteur Kazimir pendant son interrogatoire ?

— Ma chère Elysia, en vertu des lois de Mirom, cet homme mérite la peine capitale. En la circonstance, je dirai qu'il a été traité avec bien des égards.

— Mais il n'a commis aucun crime !

— Il a incité ses concitoyens à la sédition. À la révolution, même, alors que par les temps qui courent…

— Comte Velemir !

Un homme apparut, crasseux et empoussiéré de pied en cap.

— Gennadi ? Qu'y a-t-il ?

— Seigneur…

Le nouveau venu était si essoufflé qu'un filet de voix rauque tomba de ses lèvres.

— Une tempête épouvantable… dans le Détroit… Le *Sirin*…

Velemir agrippa Gennadi par les épaules.

— Le *Sirin*… ?

— … a coulé par le fond. Il n'y a pas… un survivant…

Elysia plaqua une main horrifiée sur sa bouche. Le *Sirin* était commandé par Andrei Orlov.

— Aucun survivant ? répéta Velemir, incrédule. Il doit forcément y en avoir !

— Les recherches sont en cours. Mais la mer reste houleuse et le *Sirin* croisait au large.

— Il faut prévenir le grand-duc sur-le-champ. Dame Andar, veuillez nous accompagner.

Perplexe, Elysia suivit Velemir, qui se précipitait vers les appartements du grand-duc. Mais la tragique nouvelle semblait déjà les précéder. Partout, des portes s'ouvraient, des serviteurs et des courtisans se bousculaient dans les couloirs remplis de mouvements et d'éclats de voix inquiets.

Le grand-duc et son épouse dînaient dans leurs appartements privés en compagnie d'Astasia, de Vassian et d'autres dignitaires. Velemir ouvrit les doubles portes à la volée. Prise dans un tourbillon de courtisans, Elysia entendit la grande-duchesse pousser un cri d'effroi avant de pouvoir passer.

Astasia fixait le comte Velemir, les yeux ronds.

— Andrei ? chuchota-t-elle. Noyé ?

Sofia lâcha un gémissement étouffé.

— Qu'on multiplie les recherches ! ordonna son mari. Il a pu être rejeté par les flots sur n'importe quelle grève. Notre Andrei est un très bon nageur !

— Andrei…

La grande-duchesse éclata en sanglots. Son époux lui prit la main.

La confusion régnait. Les courtisans papillonnaient. Certains demandaient au capitaine de la Garde blanche d'organiser les recherches, d'autres entouraient la grande-duchesse de mille et une prévenances, portant un verre de cognac à ses lèvres, l'éventant, l'aidant à se caler dans son fauteuil…

Elysia ne voulait pas penser à toutes ces vies perdues, dans le froid et les paquets de mer… Elle ne supportait pas de revoir Andrei sourire et les saluer en embarquant à bord du *Sirin* avec l'enthousiasme contagieux de la jeunesse intrépide, ses yeux bruns pétillant de joie de vivre… Il lui avait tellement rappelé Gavril…

— Tout est ma faute, dit Astasia d'une voix douce, la lèvre inférieure tremblante.

Elysia lui prit la main et la serra gentiment.

— Comment cela, ma chère ?

— Oh, dame Andar, si seulement j'avais accepté sans regimber d'épouser le prince Eugène, tout ceci ne serait pas arrivé et Andrei vivrait toujours. À présent, il est trop tard…

— Nous ne pouvons pas en être certains, commença Elysia, se haïssant de débiter de telles platitudes.

— Jamais je ne me le pardonnerai ! Jamais ! s'écria Astasia en quittant précipitamment la salle à manger.

Chapitre 27

Les ténèbres sont mouchetées d'or. Les paillettes dorées virevoltent, s'agrègent les unes aux autres pour former un disque d'or pâle comme la lune... puis un autre... À présent, des lunes jumelles, pleines, luisent au firmament. Des lunes... ou des yeux ?

Des yeux de hibou.

Kiukiu gémit. Elle a l'impression d'avoir subi le supplice de l'écartèlement. Tous ses tendons lui font mal.

Juché sur le dossier d'une chaise, Nuage de Neige la fixait.

Elle se frotta les paupières. Quel rêve horrible ! Le seigneur Stavyor avait pris possession d'elle. La jeune fille se ressentait encore de la cruelle colère de son maître cherchant à lui imposer sa volonté, à l'obliger à...

Mais non. Il devait s'agir d'un simple rêve.

— *Libre...*

Un soupir, si faible, que la jeune fille crut l'avoir imaginé.

— Grand-mère ?

Mais Malusha dormait profondément, pelotonnée sous sa couverture bigarrée.

— *Vivant...*

La voix désincarnée se fit entendre plus clairement, cette fois. Et sa source ne faisait aucun doute.

— *Ailes...* (Le hibou étira une puissante aile blanche, la replia et étendit l'autre.) *Voler... Je peux voler.*

Kiukiu bondit sur ses pieds.

— Nuage de Neige ?

— *Tu... t'adresseras à moi... en m'appelant... « seigneur ».*

Ces paroles rauques et hachées sortaient du bec de l'oiseau.

Kiukiu fut abasourdie. Son hibou venait de lui répondre ! Avait-il réellement articulé des sons, des paroles intelligibles, ou avait-elle pour la première fois su interpréter ses ululements ? Malusha n'appelait-elle pas les hiboux « mes seigneurs et mes dames » ?

— Sei... Seigneur Nuage de Neige ? balbutia Kiukiu.

— *Pourquoi faut-il que tu sois aussi stupide ?* grogna l'animal, vindicatif. *Tu ne me reconnais pas ? Moi, Stavyor Arkhel ?*

Instantanément, Kiukiu perdit toute notion d'émerveillement. Elle n'avait pas rêvé. Arkhel l'avait utilisée pour revenir dans le monde des vivants. Elle avait essayé de lui résister, mais il s'était révélé trop fort pour elle. Sa volonté avait dominé la sienne.

L'affolement et la colère l'aveuglèrent.

Comment ose-t-il ! Je dois le renvoyer d'où il vient. Mais comment ? Comment ?

Elle se rapprocha de Malusha.

— Grand-mère ? souffla-t-elle entre ses dents. Réveille-toi !

Battant paresseusement des ailes, le hibou quitta son perchoir et fit mine de lui voleter au visage.

— Non ! cria Kiukiu en levant instinctivement les bras pour se protéger.

Nuage de Neige virevolta maladroitement, chuta puis se rétablit de justesse pour se poser tant bien que mal. Des plumes duveteuses voltigèrent.

— *Tu apprendras à me traiter avec respect !* lança-t-il, indigné.

Malusha s'assit brusquement sur son lit, sa couverture serrée contre elle.

— Que se passe-t-il ? Quel est ce raffut ? (Avisant Nuage de Neige, elle plissa le front.) Oh, seigneur Stavyor… C'est plutôt prématuré. Vous devez y retourner.

— *Aurais-tu l'audace de me dicter ma conduite ?*

— Ce jeune hibou n'a pas été entraîné comme il faut, seigneur. (Malusha posa les pieds sur le plancher.) Vous ne réussirez qu'à vous blesser – vous et votre hôte.

— *Je veux voir mon fils.*

En hauteur, les ululements des autres hiboux gagnèrent en force.

— Ne t'avais-je pas prévenue, Kiukiu ? grommela Malusha d'une voix basse et furieuse en passant un châle sur sa chemise de nuit. Ne les regarde jamais dans les yeux !

Voilà que sa grand-mère l'accablait de reproches – comme si elle avait eu le choix !

— Il m'y a forcée ! protesta la jeune fille. Il était dans le miroir de bronze…

— *Ne me renvoie pas !* cria le hibou.

Sur leurs perchoirs, les autres oiseaux s'ébrouèrent.

— L'hiver est très rude cette année, seigneur, maugréa Malusha en se dirigeant vers l'âtre d'un pas traînant. Par ce temps, votre hôte ne survivrait pas plus d'un jour. Vous devez attendre le dégel.

Elle s'empara du gusly et en tira une suite de notes vibrantes.

— *Non !*

Le cri de rage et de défi du hibou possédé obligea Kiukiu à se boucher les oreilles.

À voix basse, Malusha entonna un chant lancinant, pinçant la corde la plus grave jusqu'à ce que les vibrations et la tessiture de sa voix s'harmonisent.

L'air trembla. Une fissure s'ébaucha, se précisa... Le bourdonnement grave avait ouvert un portail sur le néant aux ténèbres bruissantes que Kiukiu reconnut avec une terreur croissante.

Nuage de Neige alias Stavyor aussi l'avait reconnu. Ses grands battements d'ailes agitèrent l'air.

— Il s'échappe ! s'exclama Kiukiu.

Gagnés par la panique de leur congénère, les hiboux voletèrent sous les chevrons, leurs plumes voletant dans tous les sens.

Dans la confusion, Kiukiu crut voir Nuage de Neige s'engouffrer par le trou réservé aux hiboux, dans le toit. Avec des ululements perçants, ses congénères le suivirent à l'air libre.

Avec un faible chuintement, le portail surnaturel s'effondra sur lui-même.

Malusha reposa le gusly, porta ses mains noueuses à son front. Elle paraissait sur le point de s'évanouir.

Kiukiu se rapprocha.

— Grand-mère ? chuchota-t-elle. Ça va ?

— Je n'ai pas eu la force... Il m'a résisté. Il s'est battu et il a gagné. Les morts ne devraient pas si facilement contrôler les vivants. Suis-je en train de perdre mes pouvoirs ? Suis-je trop vieille ?

— Tout est ma faute, soupira Kiukiu, au bord des larmes. J'ai été faible. Et il en a profité.

Si Malusha voulait la châtier, elle méritait d'être punie.

Penchée sur sa petite-fille, la vieille femme lui prit la main.

— Faible ? Non. Au contraire, on pourrait même dire que tu as trop de pouvoirs, mon enfant. (Elle secoua la tête.) J'aurais dû me douter que le seigneur Stavyor chercherait à profiter de toi. Même petit, c'était un gosse têtu et volontaire. J'aurais dû mieux te protéger. Me montrer plus vigilante...

— Que va-t-il faire à Nuage de Neige ?

— Il le poussera à dépasser ses limites.

— On ne peut pas le laisser faire !

— Nuage de Neige appartient aux Arkhel. Il est fort et fait pour combattre. Il est né pour accueillir l'esprit des guerriers morts.

— Mais... j'ai toujours cru que c'étaient des contes de bonnes femmes, grand-mère ! Des légendes répandues pour effrayer les Nagarian...

— Et maintenant, tu sais à quoi t'en tenir.

— Des hiboux entraînés à lacérer les chairs et à mutiler ?

Que de si belles et si nobles créatures puissent être soumises à la volonté des Arkhel pour leur servir de tueurs ailés paraissait obscène aux yeux de Kiukiu.

— Je dois sauver Nuage de Neige ! Avec le seigneur Stavyor chevillé à lui, il deviendra fou ! (Une pensée lui vint, plus horrible encore.) Il a dit qu'il voulait voir son fils... Mais supposons qu'il cherche d'abord le seigneur Gavril ?

Malusha haussa les épaules.

— J'ai la gorge sèche. Il me faut une tasse de thé.

Elle se dirigea lentement vers l'âtre. Kiukiu la suivit.

— Grand-mère, le seigneur Gavril a contribué à sauver Nuage de Neige. Il ne saura pas, avant qu'il soit trop tard, que…

Malusha mit de l'eau à chauffer.

— Le feu s'est presque éteint. Il nous faut de l'amadou.

— Grand-mère !

Malusha se retourna, posant sur Kiukiu un regard critique.

— Tu parles encore comme une Nagarian, Kiukirilya.

— Est-ce ma faute ? J'ai été élevée ainsi ! On a cherché à m'inculquer la haine des Arkhel ! (Elle baissa la voix.) Quoi qu'il en soit, tu dois me croire, grand-mère, le seigneur Gavril n'est *pas* comme son père.

— Le Drakhaoul a pris possession de ton seigneur Gavril tout comme de son père avant lui. Si tu retournes au château du Drakhaon, attends-toi à un choc, mon enfant.

Pourquoi Malusha refusait-elle obstinément de comprendre ?

— Mais je dois tout ramener dans l'ordre et d'abord renvoyer les seigneurs Volkh puis Stavyor d'où ils viennent. Il faut que tu m'apprennes à le faire, grand-mère !

Malusha tourna le dos aux flammes.

— Très bien. Mais c'est dangereux. L'âme des morts te combattra. Elle fera tout ce qui est en son pouvoir pour se cramponner à son hôte. Et à supposer que tu parviennes à l'en extirper, si tu manques de volonté, tu seras possédée à ton tour.

— Comment puis-je retrouver sa trace ? persista Kiukiu. Comment savoir de quel côté il est parti ?

— Ton seul espoir sera de prendre avec toi dame Fleur de Neige. Nuage de Neige et elle roucoulaient avant l'irruption du seigneur Stavyor. J'espère même avoir des petits dès ce printemps. Elle saura dans quelle direction Nuage de Neige a filé.

Kiukiu lança des regards incertains vers les chevrons obscurs. Elle n'avait jamais connu d'autre hibou que Nuage de Neige et d'où elle était, tous ces rapaces des neiges lui paraissaient féroces avec leurs serres cruellement acérées.

— D'abord mon thé, décréta Malusha. Ensuite, je t'enseignerai le chant d'Envoi.

Les flammes de l'âtre se mouraient. Malusha jouait et sa petite-fille l'imitait de son mieux. Il y avait certes une suite de notes à apprendre, mais tout l'art du chant, ainsi que Malusha le lui montrait, consistait à accorder avec subtilité le gusly. La lente et grave vibration de chaque corde pincée paraissait drainer la lumière des flammes tout en rapprochant les ombres hivernales. Et à chaque résonance devait correspondre une sorte de long ululement émis par une gorge humaine, plus proche de la plainte que du chant. *Une mélopée funèbre envoûtante,* songea Kiukiu, *aussi étrange qu'apaisante… une exploration sereine du royaume acoustique entraînant l'esprit vers des horizons lointains.*

— Tu mêleras l'âme en peine à l'un de ces chants, qu'elle trouvera irrésistible. Une fois que tu l'y auras coincée et liée, tu pourras la ramener au royaume des morts. (Influencée par le ton monocorde que Malusha avait adopté, Kiukiu avait du mal à garder les yeux ouverts.) Mais prends garde de ne pas te laisser entraîner avec elle, mon enfant. Car elle ne se pliera pas docilement à ta volonté. Elle te combattra jusqu'au bout.

Cherchant à s'éclaircir les idées, Kiukiu secoua la tête. Les notes résonnaient dans sa tête, toutes plus sombres qu'un crépuscule d'automne.

Malusha se releva pour attiser les flammes.

— Bien. Passons à la pratique.

— Le traîneau est prêt, annonça Malusha, une main posée sur l'épaule de sa petite-fille. Habille-toi chaudement. Je t'ai préparé des vivres et une flasque d'eau-de-vie de mûre en cas de crise. Mais si tu veux piéger le seigneur Stavyor, tu auras besoin de toute ta tête. Oh, et n'oublie pas tes mitaines, mon enfant. À quoi servirait une Guslyar aux doigts trop engourdis pour pincer les cordes ?

Dans la cour, Harim le poney patientait, attelé au traîneau sur lequel s'était perché un hibou blanc, la tête un peu inclinée. Plus petit, plus menu que Nuage de Neige et doté d'un plumage plus lisse, il fixait Kiukiu.

— Tu dois être Fleur de Neige ! s'écria Kiukiu.

Comme offusqué par ce salut peu raffiné, le hibou enfonça la tête dans ses épaules.

— *Dame* Fleur de Neige, se hâta de rectifier la jeune fille.

— Elle te mènera jusqu'au seigneur Nuage de Neige, rappela Malusha. Laisse-la te guider maintenant.

Elle installa sa petite-fille dans les fourrures et les couvertures qu'elle avait empilées sur le traîneau, disposant le gusly à ses côtés. Puis, à la surprise de Kiukiu, elle se pencha pour l'embrasser sur la joue.

— Allez, bon vent !

Elle chuchota quelque chose à l'oreille du poney en lui donnant une claque sur la croupe.

Docile, Harim adopta un petit trot, les patins du traîneau glissant sur les pavés enneigés de la cour.

Campée devant le portail, Malusha resserra les pans de son châle pour se protéger des bouffées glaciales du vent. Kiukiu l'entendit entonner à voix basse une sourde mélopée aux accents traînants. En franchissant le périmètre de la petite propriété, Kiukiu sentit un voile invisible s'écarter sur leur passage. Puis le vent cruel des landes la cingla comme autant de lanières de fouet. En se retournant pour saluer sa grand-mère une dernière fois, elle s'aperçut que Malusha et la chaumière avaient complètement disparu, happées par le brouillard.

Alors qu'on était en plein jour, le ciel sombre paraissait aussi menaçant qu'un front orageux. Une luminosité lugubre perçait par endroits les nuages.

— Par où faut-il aller, dame Fleur de Neige ? demanda Kiukiu.

Les vents ébouriffaient le ramage du rapace, qui leva la tête d'un mouvement hautain, la tournant de trois quarts.

— Tu es certaine ?

Le hibou tourna de nouveau la tête pour l'écraser d'un regard tellement dédaigneux que Kiukiu tira instantanément les rênes du poney vers la gauche. Le traîneau fila sur la neige verglacée.

Enivrée par le froid et la vitesse de glisse, Kiukiu poussa un grand cri d'euphorie. Ce fut plus fort qu'elle.

Le hibou lui jeta un autre regard dédaigneux.

— Et alors ? jubila Kiukiu. Qui peut nous entendre par ici ?

Chapitre 28

— Allons, tenez bon !

Quelqu'un parlait d'une voix basse et insistante.

Une douleur affreuse irradia dans tout le corps de Gavril. On lui prit le bras pour le maintenir immobile.

— Ne bougez plus. Restez allongé.

Sous ses paupières entrouvertes, Gavril découvrit une silhouette penchée sur lui. Au-delà, une vaste paroi de roche et de glace miroitait à la lumière des étoiles.

— Jaromir ? chuchota-t-il.

Une autre vague de souffrance le tétanisa, l'emportant dans l'oubli.

— Vous voilà revenu à vous, dit Jaromir Arkhel.

Des tourbillons neigeux dansaient devant les yeux de Gavril… Encore sous le choc d'une commotion cérébrale, il revit Jaromir penché sur lui.

— Où… suis-je ?

— Au refuge du monastère. En haute montagne.

— Je… me rappelle une chute… J'ai cru que… tout était fini…

— Une corniche a amorti votre chute. Et j'ai capté vos appels au secours.

— Vous ?

Gavril lutta pour se redresser… et hoqueta, tenaillé au flanc droit et au bras par une vive douleur.

— Mais… pourquoi ?

— Je crois que vous avez l'épaule cassée. Je l'ai pansée. Vous avez eu de la chance. Ç'aurait pu être bien pire.

Gavril fut pris de nausées. Jaromir lui glissa une coupelle sous la bouche et lui maintint la tête le temps que les spasmes passent.

— Je… navré.

Honteux, Gavril se rallongea en s'essuyant la bouche de sa main valide.

— Tenez, buvez ça… (Jaromir porta une coupe aux lèvres du blessé.) Ça vous aidera à apaiser vos nausées.

Soudain méfiant, Gavril le dévisagea. Il était à la merci de Jaromir, qui pouvait fort bien l'empoisonner. Personne ne saurait comment il était mort…

— Les moines m'ont recommandé cette potion pour atténuer la souffrance.

À contrecœur, Gavril but. Il s'était attendu à un goût amer, mais les religieux l'avaient masqué en y mélangeant du sirop de mauve au gingembre.

— Maintenant, dormir vous permettra de guérir plus vite, ajouta Jaromir.

Les effets de la potion se faisaient déjà sentir. Les paupières lourdes, Gavril eut moins mal à l'épaule. Pourtant, quelque chose continuait de le chiffonner.

— Mais… pourquoi ? balbutia-t-il d'une voix pâteuse. Pourquoi ne m'avez-vous pas… laissé mourir ?

— Pourquoi ? Oh, j'ai mes raisons. Vous me serez beaucoup plus utile vivant que mort, seigneur Drakhaon. *Beaucoup* plus utile.

Une jeune fille, seule, dans la salle de bal plongée dans le noir… Elle est en larmes.

Le clair de lune nacre de vif-argent les vitres brisées des fenêtres, il effleure de son scintillement délicat le sol fissuré et les toiles d'araignée qui festonnent le plâtre ébréché des moulures. Il joue avec la chevelure vaporeuse de la jeune fille et avec sa robe de bal en organdi blanc – une robe en lambeaux…

— Astasia ! s'écrie Gavril. Astasia !

Lentement, elle se retourne et relève le visage qu'elle avait enfoui entre ses mains…

Un visage inexistant. Là où des traits féminins devraient se dessiner, Gavril découvre… le néant.

Fiévreux et léthargique, le jeune homme perdit le compte des heures. Les jours succédaient aux nuits tandis qu'il continuait d'errer dans des rêves troublés.

Quand il revint à lui, il faisait de nouveau nuit. Il discerna à peine Jaromir qui, agenouillé au-dessus des braises de l'âtre, remuait le contenu d'un chaudron suspendu au-dessus des flammes. Un fumet alléchant caressa les narines du blessé, dont l'estomac vide grogna. Gavril mourait de faim.

Dès qu'il bougea un peu, la douleur lui vrilla l'épaule droite, remontant jusqu'à sa main. Il vit alors que Jaromir lui avait immobilisé le bras droit en travers du torse tout en l'attachant à l'étroit lit en bois sur lequel il était allongé.

— Me voilà donc votre prisonnier…

— Mon otage.

Jaromir jeta dans le feu une poignée de pommes de pin. Les flammes attisées crépitèrent dans la pénombre.

— Et vos conditions ?

— J'aurais cru que vous l'auriez aisément deviné, commenta Jaromir, flegmatique. Votre vie en échange de la sienne.

— Lilias ? Vous n'êtes pas au courant ? Elle a fui. Michailo a volé à son secours.

— Mais vos druzhina l'ont prise en chasse. Et ils rattraperont les fuyards. Ils ne traiteront pas Lilias avec ménagement.

— Ils n'oseraient jamais faire de mal au bébé. Les druzhina croient toujours qu'Artamon est le fils de mon père.

— Et vous ?

— Les druzhina retrouveront ma trace, ajouta Gavril, éludant la question.

Jaromir haussa les épaules.

— Qu'ils viennent ! S'ils veulent vous revoir en vie, seigneur, ils devront me laisser partir.

Gavril se sentit trop faible pour en débattre. Il se rallongea en fermant les yeux.

— Vous devriez manger.

Jaromir remplit de brouet chaud un récipient sentant bon les herbes culinaires, mêlées à d'autres saveurs plus affirmées comme le céleri, l'oignon et le poireau.

— Voyons ça…

Jaromir posa le récipient fumant pour défaire les liens de son otage, qu'il aida à s'asseoir avant de porter à ses lèvres une cuillère de ragoût.

Pour la peine, Gavril le foudroya du regard.

Je ne me laisserai pas nourrir comme un bébé !

— Je peux me débrouiller tout seul.

— Comme mon seigneur voudra.

Jaromir glissa la cuillère dans la main gauche de Gavril.

Même si, dans sa maladresse, il en laissa couler un peu sur son menton, le brouet était délicieux, avec des grains d'orge et des morceaux de pommes de terre.

— Alors… pourquoi avez-vous fait ça ? demanda Gavril à son ennemi qui restait dans l'ombre, à contempler les flammes. Pourquoi avez-vous tué mon père ?

Lentement, Jaromir tourna la tête vers lui. Sans répondre.

— Je sais que c'était vous. Je le sais depuis la nuit de son meurtre – même si j'ai ignoré votre nom jusqu'à ce que Kostya m'apprenne quel sort mon père avait réservé à votre famille.

— Comment ? répondit Jaromir d'un ton rauque. Comment pouviez-vous savoir ?

— Une sorte de… vision.

Gavril se refusa à prononcer à voix haute le mot de Drakhaoul, de peur d'éveiller de vieux démons.

— Et votre vision vous a-t-elle aussi montré les exactions commises par votre père ?

— Non.

— Cette fameuse nuit, j'étais à Saint-Sergius. Soudain, une lumière bleue aveuglante a incendié le ciel. C'était magnifique… comme si une étoile venait d'exploser en arrosant la terre de sa poussière scintillante… Les montagnes ont tremblé. Et alors que nous sommes tous sortis du monastère en courant, les moines et moi, j'ai vu…

— Qu'avez-vous vu ?

— Un démon ailé, plus noir que l'ombre, survolant la forêt et piquant en direction des tours du monastère, comme s'il cherchait à me débusquer pour m'anéantir… Me brûler vif.

— Mon père…, souffla Gavril.

— J'ai plongé à plat ventre. J'ai bien cru que la terreur allait me terrasser pour de bon…

Comme sous l'émoi de ce terrible souvenir, Jaromir serra ses genoux contre lui. Il ne paraissait pas en état de continuer. Après quelques instants, il reprit néanmoins :

— Si Yephimy ne s'était pas interposé, en brandissant son bâton, je n'aurais pas passé la nuit, moi non plus. Et par la suite, j'ai souvent regretté d'avoir survécu au carnage. (Il baissa tant la voix qu'il devint presque inaudible.) Dans mes rêves, j'entends encore ces battements d'ailes, je revois cette lueur bleue inhumaine au fond de ses yeux… bleu et or.

Un bleu pailleté d'or… La couleur des iris de Volkh. Et des siens désormais… Gavril l'avait vu dans son miroir…

— Mais ces rêves ne sont pas les pires. Les pires à endurer sont ceux où j'entends mes sœurs rire en jouant, où je revois ma mère courir à ma rencontre, les bras grands ouverts en souriant, comme si tout était redevenu comme avant…

Au coin du feu mourant, le visage de Jaromir restait dans l'ombre. Mais Gavril crut voir une larme rouler sur sa joue.

— Et quand l'ombre planante du démon a quitté notre vallée, lorsque les nuages de fumée se sont dissipés, la grande forteresse de mon père n'était plus qu'un champ de ruines fumantes enseveli sous une poussière toxique grisâtre… Tous gisaient morts, ma mère, mon père, mes petites sœurs… Nos terres étaient calcinées. Pas une créature n'avait survécu au massacre.

Jaromir se voûta, le front pressé sur ses genoux relevés.

Gavril finit par briser le silence :

— Vous aviez des raisons de vouloir voir mon père mort… Mais Lilias… que vient-elle faire dans tout ça ?

Jaromir ne répondit pas.

— Et pourquoi n'avez-vous pas utilisé son pistolet ? N'aurait-il pas été plus facile de tirer sur mon père au lieu de l'affronter, d'homme à homme ?

Le temps de se remettre de ses blessures, Gavril avait amplement eu le loisir de réfléchir. Et il restait tant de choses que Jaromir passait sous silence…

Le feu mourait. Le jeune homme tisonna abruptement les pommes de pin embrasées dans un mouvement de colère, soulevant une gerbe d'étincelles.

— Je voulais que ce choc ait lieu. Je tenais à ce qu'il regarde sa propre mort en face… Je désirais qu'il succombe en sachant qui avait eu sa peau – et pourquoi.

Il y avait tant de férocité et d'amertume dans le ton de Jaromir que Gavril en perdit sa langue.

— À moins que j'aie recherché autre chose… À périr victime du Feu du Drakhaon, comme tant d'autres…

Une brindille craqua et se consuma dans le lit de cendres. L'obscurité s'épaissit. Le froid pénétrait insidieusement dans la pièce.

Frissonnant sous un courant d'air soudain, Jaromir se releva.

— Il nous faut du bois de chauffage.

Il sortit, son ombre dansant sur les murs avec le reflet des flammes.

Gavril écouta la plainte du vent. Alors que ses paupières se refermaient peu à peu, il se demanda jusqu'à quel point il pouvait se fier à son sauveur. Son instinct lui soufflait que Jaromir était avant tout un homme intègre et éduqué, qui avait le vernis et l'érudition des grands voyageurs. En tout cas, il avait su s'éloigner de l'influence pernicieuse de l'Azhkendir.

Une sorte d'entente gênée se développait progressivement entre les deux jeunes gens. S'ils n'étaient pas nés dans des clans ennemis, elle aurait pu s'épanouir en une solide amitié.

Restait le problème de Lilias…

Les dernières pommes de pin grésillèrent dans une pluie d'étincelles.

Rouvrant un œil, Gavril vit Jaromir penché au-dessus des flammes, occupé à alimenter le feu.

Puis le jeune Arkhel se redressa et, usant adroitement de sa main gauche, déboutonna sa veste. Il prit une cruche en argile qu'il déboucha, libérant dans les airs une senteur vivifiante de conifère.

Feignant le sommeil, Gavril l'épia sous ses cils baissés, curieux de voir ce qu'il allait faire.

Repoussant sa chemise, Jaromir commença à appliquer l'onguent thérapeutique sur son bras. À la lueur des flammes mourantes, Gavril découvrit les terribles brûlures qui avaient endommagé le bras droit et la main du jeune homme, réduisant la peau et la chair à l'état de croûtes.

Hurlant, le jeune homme tombe à genoux. Son bras, ainsi que la main avec laquelle il tenait le gobelet s'embrasent. Des flammes bleues les consument.

Le Feu du Drakhaon.

Jaromir avait souffert pour son crime. Et il souffrirait jusqu'à son dernier jour. Brûlé, mutilé, il garderait ces cicatrices jusqu'à la fin de sa vie. En un sens, n'était-ce pas suffisant, comme châtiment ?

Le lendemain matin, Jaromir parut mal à l'aise, sortant toutes les cinq minutes de la cabane pour sonder la vallée, en contrebas.

— Ils auraient dû retrouver votre trace à l'heure qu'il est, lança-t-il en rentrant pour la énième fois, des flocons de neige constellant sa chevelure vieil or.

— Les druzhina ?

Gavril se força à s'asseoir. Il avait mal dormi et ses douleurs lancinantes, à l'épaule, le rendaient irritable.

— Ne croyez-vous pas que je les aurais déjà appelés à la rescousse si j'avais su comment faire ? S'il existe un moyen, Kostya ne me l'a pas appris.

Et peut-être qu'il est en train de mourir, pensa-t-il. *Privés de leur Drakhaon et de leur bogatyr Kostya, que vont-ils devenir ?*

— Il a encore neigé. Nos empreintes sont effacées. J'espère qu'ils ne se seront pas occupés par… d'autres problèmes d'abord.

— Lilias ?

Jaromir ne répondit pas.

S'avisant qu'il avait touché un point sensible, Gavril reprit :

— Vous pensez qu'ils l'ont rattrapée ? Et interrogée ?

Soudain, Jaromir se saisit de son manteau en lançant :

— Je retourne auprès de Yephimy. Il négociera avec vos druzhina.

— Ironique, non ? Vous et moi… à égalité maintenant. Des manchots… Quel beau duel à mort nous pourrions nous livrer !

Jaromir se retourna, les traits du visage pincés.

— Appelez-les… vos druzhina. Je ne veux pas votre mort. Je désire simplement les savoir sains et saufs, l'enfant et elle.

— Et, je viens de vous le dire, j'ignore comment les appeler ! répondit sèchement Gavril.

Il avait tenté de trouver une position moins inconfortable, mais il avait beau se tourner et se retourner, son épaule brisée le faisait toujours plus souffrir.

— La douleur vous taraude…

Jaromir reprit le récipient en argile qu'il déboucha avec les dents.

— Laissez-moi vous remettre un peu d'onguent.

— Pour que je sois à demi abruti ? Non, merci. (Gavril secoua la tête.) Je veux garder les idées claires.

En haussant les épaules, Jaromir reboucha le pot.

Gavril contempla les flammes qui dansaient au plafond.

— Lilias et vous… Comment est-ce arrivé ?

— Nous étions à bord du même navire à destination d'Arkhelskoye. Il y a eu un orage épouvantable et nous nous sommes échoués. Nous avons fini dans un petit port de pêche, au nord de la Smarna, en attendant la fin du mauvais temps.

— La maîtresse de mon père… Une forme improbable de vengeance, non ?

Une lueur de colère dansa au fond des yeux de Jaromir.

— De vengeance ? C'est ce que vous pensez ? Que je l'aurais simplement utilisée pour l'atteindre, lui ?

— N'est-ce pas ainsi que ça s'est passé ?

— Ça a peut-être commencé ainsi… Mais nous avons vite découvert que nous avions beaucoup en commun. Son enfance et son adolescence n'ont rien eu de rose. Chaque jour était un combat contre la misère noire. Son père, un marchand, buvait tant qu'il a couvert sa famille de dettes, hypothéquant jusqu'à son entrepôt. Il y a tellement de force cachée, en elle…

— Sans parler de sa saisissante beauté.

Une bourrasque fit trembler la tourbe du toit. Les flammes grésillèrent. Jaromir ajouta au feu des pommes de pin.

— Il s'est remis à neiger.

Gavril le sentit réticent à faire étalage de ses sentiments pour Lilias.

Un tambourinement insistant résonna contre le volet. Jaromir se crispa, sa main valide se refermant sur le solide bâton de montagnard qu'il gardait près du feu.

— Qu'est-ce que ça peut être ? lâcha Gavril, mal à l'aise.

Sans un bruit, Jaromir se campa près du volet et risqua un coup d'œil par une fissure pour voir ce qui se passait dehors.

— Eh bien, eh bien…, souffla-t-il en levant le loquet et en laissant entrer une bouffée d'air glacial. Regardez un peu ce que la tempête nous amène…

Sur le rebord de la fenêtre était perché un grand hibou des neiges au plumage tout ébouriffé. Le rapace malmené par les éléments avait piètre allure.

— Nuage de Neige ? s'exclama Gavril, incrédule.

Il se rappela les jardins du château du Drakhaon… et l'éclat colérique dans le regard de Kiukiu, acharnée à défendre le hibou contre Oleg et son gourdin.

— Tu me cherchais ?

— Vous connaissez cette bête ?

— Je l'ai libérée d'un piège.

Le hibou resta perché sur le rebord de la fenêtre, fixant Gavril sans ciller.

— Vous, un Nagarian, sauver un hibou d'Arkhel ? ironisa Jaromir.

— Mon premier patronyme, celui sous lequel j'ai grandi, c'est Andar, répliqua Gavril avec brusquerie. Pas Nagarian.

Avec un cri rauque et perçant, Nuage de Neige fondit sur Gavril, le déséquilibrant sous l'impétuosité de son vol.

Instinctivement, le jeune homme avait levé un bras pour se protéger le visage.

Nuage de Neige revint à l'attaque dans un tourbillon d'ailes blanches, martelant la tête de Gavril, le précipitant à genoux.

Le rapace multiplia les cris rauques de colère.

— Nuage de Neige ! Tu ne te souviens pas de moi ? Je t'ai sauvé la vie !

Des serres s'enfoncèrent dans son épaule valide et l'oiseau de proie lui becqueta le visage.

L'indignation et la douleur suscitèrent chez Gavril un frémissement de mauvais augure, au tréfonds de son être… Le Drakhaoul revenait à la vie.

— Enlevez-le… de moi ! tonna-t-il en se roulant par terre pour tenter de déloger son agresseur.

Des tourbillons de plumes volèrent dans la cabane avec la violence d'un coup de blizzard.

Armé de son bâton de montagnard, Jaromir frappa le rapace pris d'une frénésie sanguinaire. L'animal retomba sur le sol, inerte, les ailes déployées comme un manteau de plumes blanches.

— Merci…

Gavril se releva péniblement, prenant appui sur la table.

— J'ai peur d'avoir tué votre hibou, dit Jaromir en s'agenouillant près du rapace.

Le corps inerte de Nuage de Neige fut pris d'un spasme. Avec un cri étouffé, Jaromir tomba à la renverse, sans connaissance. On eût dit qu'une force invisible venait de le frapper.

Le hibou non plus ne bougeait plus.

Gavril en fut pantois.

— Mais que se passe-t-il ? Jaromir !

Le jeune homme grogna. Des convulsions, de la violence d'une crise d'épilepsie, le tétanisèrent.

— Jaro ! Répondez-moi !

La crise passa.

Jaromir se rassit. Dans la pénombre de la cabane, ses yeux avaient soudain pris une teinte dorée.

— *Enfin !*

Ses lèvres avaient à peine remué. Et cette voix…, ce n'était plus la sienne. Elle avait des accents rauques… surnaturels.

Gavril recula d'un pas.

— Qui êtes-vous ? chuchota-t-il.

— *Je vous connais. Vous êtes le fils de Volkh,* reprit Jaromir de cette voix à glacer les sangs. *J'aurais dû vous faire exécuter à la naissance !*

L'éclat doré, dans ce regard fixe, évoquait celui d'un cruel prédateur.

— Jaromir ?

Gavril chercha n'importe quel objet susceptible de lui servir d'arme.

— *Je suis Stavyor Arkhel. Revenu d'entre les morts pour te renvoyer en enfer, engeance du Drakhaon !*

Chapitre 29

— C'est inutile, dame Fleur de Neige, dit Kiukiu, découragée.

Ses poumons la brûlaient, la tête lui tournait. Et il s'était remis à neiger. Elle ne pourrait pas continuer sans s'être d'abord reposée.

En voletant vers une pierre enneigée, Fleur de Neige émit de petits cris impatients.

— Toi, il te suffit de voler, mais moi, je n'ai pas d'ailes !

Toute la matinée, Kiukiu s'était traînée le long de la piste montagneuse et tortueuse – un terrain traître s'il en fut. Fleur de Neige avait paru absolument certaine qu'elles étaient sur la bonne voie : elle n'avait cessé de voleter autour de la jeune fille avec des ululements excités.

— Si nous étions en bas, dans la forêt, tu serais plutôt mal accueillie, tu sais ! Rien que pour oser montrer ta face de hibou en plein jour…

Le rapace fit pivoter à point nommé son disque facial vers la jeune fille, comme pour mieux la défier.

En réponse, Kiukiu lui tourna le dos, contemplant un paysage lugubre à demi voilé par le grésil. Elle ne s'était encore jamais aventurée en haute montagne. De fait, de sa vie entière, elle n'était jamais allée au-delà des terres des Nagarian – jusqu'à ce que Lilias la bannisse. Ici, Kiukiu se sentait gagnée par la désolation de ces étendues sauvages ensevelies sous la neige et le gel… comme si la flétrissure du souffle empoisonné du Drakhaon n'avait pu entièrement se dissiper et planait encore, engourdissant insidieusement la réflexion et les sens, rognant la volonté de la voyageuse…

Et si la piste de Nuage de Neige menait vraiment jusqu'à Jaromir Arkhel, que lui dirait-elle ? « Bonjour, je suis la fille de Malkh… Précisément, *le* Malkh qui a trahi votre père… *Le* Malkh qui a parlé sous la torture, avouant tout au seigneur Volkh des préparatifs de bataille… » ?

De telles pensées relevaient de l'infamie vis-à-vis de la mémoire de son père.

Elle plongea la main dans son baluchon pour attraper la précieuse flasque d'eau-de-vie de Malusha et se ragaillardir d'une gorgée. Le goût doux et vif à la fois la revigora. Elle se releva et reprit en bandoulière le gusly, emmailloté dans un sac de toile.

— Je dois continuer, se dit-elle à voix haute.

À la réflexion, tout était question d'endurance physique. Et Kiukiu était une fille robuste, capable de marcher des heures durant. Son courage serait véritablement mis à l'épreuve quand Nuage de Neige aurait été retrouvé.

Non ! N'y pense plus... D'abord, le seigneur Stavyor, dès que je l'aurai repéré... Une chose à la fois.

Fleur de Neige reprit son envol et plana au-dessus de la vallée sur des ailes fantomatiques.

Kiukiu jeta un coup d'œil aux nuages bas et à l'ombre inquiétante des pics, au loin... Puis elle reprit obstinément sa route, le long de la sente rocailleuse et glissante.

Le gusly lui pesait de plus en plus et la bandoulière lui coupait l'épaule. De temps à autre, lorsque Kiukiu se tordait le pied ou trébuchait sur des racines gelées, les cordes rendaient un frémissement métallique, comme offensées d'être inconsidérément bousculées... En dépit du froid intense, Kiukiu était rouge du fait de ses efforts physiques soutenus.

Les recherches prenaient beaucoup plus de temps qu'elle ne l'aurait cru. Midi était déjà passé depuis longtemps, d'après ses estimations, et le jour ne tarderait pas à décliner... Où trouverait-elle refuge sur ce morne flanc de montagne ? Elle aurait dû mieux se préparer.

J'espère que Harim aura assez de foin...

Elle avait laissé le poney dans un ravin bien protégé du terrible froid nocturne, avec une chaude couverture.

À force de porter le gusly, Kiukiu avait mal au dos. Et elle se traînait. Elle devrait bientôt refaire une pause, ne serait-ce que pour se soulager de ce fardeau quelques instants et étirer ses muscles endoloris. Elle était dure à la peine et rompue aux charges lourdes. En avait-elle déjà porté, des seaux à charbon, des sacs de farine et des seaux d'eau, au château du Drakhaon ! Mais au moins, on ne l'avait jamais obligée à transporter ces lourdes charges au sommet d'une montagne par un temps glacial !

Elle posa le gusly sur le sol gelé. De la poudreuse fraîche couvrait par endroits d'anciennes couches de neige durcies. Pas d'empreintes. À quoi s'attendait-elle ? Kiukiu eut un petit rire ironique.

Qui d'autre que moi serait assez stupide pour faire tout ce chemin au milieu de nulle part, à courir après des ombres ?

Piquant soudain du haut du ciel, Fleur de Neige vint se poser sur l'épaule de la jeune fille exténuée. Surprise, celle-ci faillit en perdre l'équilibre.

— Ne me surprends pas comme ça, sans prévenir !

Son interjection colérique se répercuta à flanc de montagne.

En réponse, Fleur de Neige lui donna un petit coup de bec bien senti, suffisamment fort pour faire mal.

— Aïe ! Et ne me pince pas !

Fleur de Neige récidiva – pas moins vivement.

— Mais *quoi,* à la fin ?

Le rapace se remit à voleter autour d'elle.

— Tu as retrouvé Nuage de Neige ? s'écria Kiukiu, tout excitée. Là-haut ? Où ça ? Montre-moi !

Fleur de Neige battit des ailes de plus belle dans la lumière déclinante.

— Attends ! lança la jeune fille avant de ramasser le sac du gusly pour le remettre en bandoulière. Et mieux vaudrait que ce ne soit pas une fausse piste, ajouta-t-elle en suivant le hibou.

Là-haut se dressait un refuge de montagne, une cabane en bois et en pierre goudronnée, aux longs avant-toits de tourbe touchant presque terre. Dans le crépuscule, la cheminée crachait un filet de fumée en direction du ciel. Le premier habitat humain que Kiukiu eût vu depuis des jours…

Elle regarda Fleur de Neige se poser sur le toit.

— C'est là ? Tu es sûre ?

Le rapace ne bougea plus d'une plume.

Maintenant que l'heure semblait venue, Kiukiu rechignait à faire un pas de plus. Une étrange réticence s'empara d'elle… Ses dons de Guslyar allaient subir le baptême du feu. Réussirait-elle à dépasser ses propres limites s'il le fallait ? Se montrerait-elle assez douée pour s'acquitter de la tâche qui l'attendait ? Et si elle échouait…

Ce doit être fait. Et comme moi seule en suis capable…

Serrant sous son bras le sac du gusly, elle soupira et avança.

Avec un brusque piaillement d'alarme, Fleur de Neige s'envola à tire-d'aile.

— Qu'y a-t-il ? s'exclama Kiukiu.

De la cabane montaient des éclats de voix… De toute évidence, le seigneur Jaromir n'était pas seul.

Kiukiu s'élança et se jeta de tout son poids contre la porte en la martelant de ses poings.

— Laissez-moi entrer !

Des bruits de vaisselle brisée lui parvinrent. Triturant le loquet, la jeune fille força la porte.

Un homme lui tournait le dos. Un bâton au poing, il fit volte-face.

Et des yeux luisants de fou furieux se rivèrent sur la nouvelle venue, trouant la pénombre ambiante.

— *Va-t'en !*

La voix rauque qui sortait de la gorge du forcené avait une curieuse consonance pâteuse. Kiukiu l'identifia : c'était celle du seigneur Stavyor.

— Oh, non ! chuchota-t-elle. (Derrière lui gisait Nuage de Neige, étendu sur le sol, les ailes déployées.) Qu'avez-vous fait, seigneur ?

— *Tu ne m'arrêteras plus, maintenant !*

Ses yeux s'étant rapidement accoutumés à l'obscurité des lieux, Kiukiu avisa un autre homme, également étendu sans connaissance sur le plancher.

Une flamme bondit dans l'âtre, allumant des reflets bleus dans la chevelure noire étale, qui lui faisait comme une auréole. Et elle le reconnut.

Des larmes lui montèrent aussitôt aux yeux.

— Seigneur Gavril ! Si vous l'avez tué… ! s'indigna-t-elle, presque étouffée par la colère.

— *Silence, Guslyar ! Laisse-moi finir ce que j'ai commencé.*

De la démarche saccadée typique d'une marionnette animée par une main malhabile, le possédé avança vers sa victime.

Toute tremblante, Kiukiu extirpa le gusly de son sac.

L'heure n'était plus à la réflexion. Elle savait seulement qu'elle devait tisser un suaire acoustique en préalable à l'Envoi, en y liant rapidement l'esprit du seigneur Stavyor avant de le renvoyer dans l'Autre Monde.

Alors que les premières notes emplissaient la cabane, elle vit le possédé serrer son bâton tout en marchant sur Gavril de sa démarche convulsive. Elle aurait voulu lui rendre ses esprits en criant un avertissement, mais elle devait concentrer tous ses efforts sur son chant d'Envoi. Elle produisit un sombre frémissement sonore et vit le possédé s'immobiliser, son bâton levé.

— Stop ! Je vous ordonne de vous arrêter !

À chaque pincement de corde, Kiukiu faisait en sorte que ses paroles autoritaires résonnent en harmonie. Et chaque note fit vibrer son corps comme une fièvre maligne.

Jaromir pivota dans sa direction. Et posa sur elle un regard doré brillant de défi. Obstinée, Kiukiu produisit un autre filament sonore, accordant les intonations de sa voix aux lamentations graves qu'elle dévidait. Il la combattait pied à pied, de toute la férocité de sa volonté. Elle devait pincer plus fort les cordes et lui prouver que la peur n'avait pas prise sur elle… À chaque note, le métal lui mordait un peu plus la pulpe des doigts, la faisant souffrir…

— *Arrête…* (Le bâton échappa aux doigts gourds de Jaromir, qui tomba à genoux.) *Non… Kiukirilya… Laisse-moi rester avec mon fils…*

Kiukiu se voyait progresser vers le cœur noir de son chant d'Envoi.

— Venez avec moi, seigneur Stavyor…

Les notes résonnaient de plus en plus fort. La jeune fille ne sentait quasiment plus la douleur. Dans la cabane, les ombres fusionnèrent en une noirceur béante : le portail de l'Autre Monde.

— *Non…*

Le corps libéré de Jaromir s'écroula, sans connaissance.

— Avec moi, seigneur…

À présent, sa volonté dominait celle du défunt. Elle avait lié au sien l'esprit du seigneur Stavyor et allait le ramener dans l'Autre Monde.

Elle l'entraîna vers le portail béant.

Comme précédemment, la route que Kiukiu redécouvrait disparaissait vers l'infini, luisant dans le noir. Le chant d'Envoi acquit une sérénité nouvelle, chaque note constituant un pas de plus loin de la vie.

« Prends garde, mon enfant, car il te combattra jusqu'au bout… »

Kiukiu jeta un coup d'œil derrière elle. Stavyor la suivait lentement, à contrecœur. À mesure qu'ils s'éloignaient du portail, le féroce éclat doré de ses pupilles s'atténuait. Il avait une démarche de somnambule, le regard absent, triste…

Elle perçut en lui une immense résignation. Il n'avait plus rien de combatif.

Quelle douceur ! Tout était si tranquille… Et elle se sentait si lasse. Elle n'aspirait plus qu'au repos, avide de se laisser bercer par ce calme souverain, à mille lieues des tracas, des humiliations et des bleus à l'âme de ces derniers mois… La luminosité dorée d'un soleil printanier ruisselait, enchanteresse, à travers la couronne argentée des grands arbres.

Quand elle se retourna de nouveau, il s'en était allé, silencieux.

Et il lui restait quelque chose à faire, dont elle devait se souvenir…

Quelle importance, au fond ? Tout était si serein, ici, tellement, tellement paisible…

Chapitre 30

L'âtre s'était presque éteint. Il faisait froid et sombre dans la cabane.

Gavril releva la tête… et jura, foudroyé par une vive douleur.

Quand elle passa, il jeta des regards hébétés autour de lui, se demandant s'il souffrait d'hallucinations, pour couronner le tout… Jaromir gisait non loin de lui, comme mort. À côté du petit corps désarticulé de Nuage de Neige. Et, effondrée dans un coin, une jeune fille blonde, échevelée, les doigts posés sur les cordes d'une grande cithare en bois…

— Kiukiu ?

Il se redressa et s'approcha, incrédule. Voyait-il donc des fantômes partout ? L'apparition ressemblait tant à la défunte…

Il lui toucha l'épaule doucement. Elle murmura quelque chose d'inintelligible, sans reprendre connaissance.

— Kiukiu ! répéta-t-il plus fort.

Elle paraissait prisonnière d'une transe. Il lui pinça la joue sans obtenir de réaction.

— Kiukiu, reviens ! (Agenouillé, il lui caressa le visage.) C'est moi, Gavril… Tu m'entends ?

Les cils de la jeune fille plongée dans un état second frémirent. Lentement, elle rouvrit les yeux et posa sur lui un regard étrangement distant.

— Seigneur ? chuchota-t-elle. Vous êtes sauf… Vous n'avez plus rien à craindre maintenant… Je l'ai renvoyé.

Des sentiments extraordinairement confus submergèrent le jeune homme. Elle était vivante ! Et la revoir lui inspirait une joie sans mélange. Il n'aurait jamais cru être si heureux de la retrouver devant lui, comme par miracle. Envolé son mal de tête, oubliée sa tristesse à la mort de Nuage de Neige… Il aurait voulu prendre Kiukiu dans ses bras et l'étreindre follement.

— Nous avons cru que tu étais… enfin, que les loups des steppes t'avaient eue !

— Et, moi aussi, je vous ai cru mort en vous voyant étendu sans connaissance ! Une telle colère m'a saisie que… !

Les mots se bousculaient sur les lèvres de la jeune fille.

Près de l'âtre mourant, un grognement interrompit leurs retrouvailles. Lentement, Jaromir se redressa à son tour, en prenant appui sur une main. Gavril redouta de le revoir défiguré par l'éclat doré d'une possession surnaturelle, mais les yeux du jeune homme étaient redevenus parfaitement normaux. Seule la confusion les assombrissait.

— Que... s'est-il passé ici ?

Titubant, il s'assit.

— De quoi vous souvenez-vous ? demanda Gavril, méfiant.

— D'ailes blanches... le hibou ! Et puis... plus rien. Tout est confus, dans ma tête. J'ai l'impression d'être dans le brouillard... Quelqu'un, quelque part, chantait. Une mélopée triste...

— C'était moi, dit Kiukiu.

Le front plissé, Jaromir posa sur elle un regard scrutateur.

— Et vous êtes... ?

— Kiukirilya, la fille de Malkh, répondit la jeune fille d'une petite voix, mais qui ne tremblait pas.

— Malkh ? Celui qui a trahi mon père ?

— C'est ce qu'on vous a dit, seigneur ?

Sensible à la tension croissante, Gavril se chargea d'alimenter le feu en bois de chauffage.

— C'est ce que m'a dit l'abbé Yephimy. Les hommes de Volkh ont capturé votre père sur les terres du château du Drakhaon et l'ont torturé. Broyé par la souffrance, il a tout révélé à Volkh : les plans ourdis par mon père pour conquérir le château, la nuit de l'attaque... tout.

Kiukiu laissa échapper un petit soupir las.

— Je n'ai jamais connu mon père.

Jaromir désigna l'instrument qu'elle tenait sur ses genoux.

— Vous êtes une Guslyar ?

Elle acquiesça.

— Une Guslyar ? répéta Gavril dans un souffle, se rappelant le testament de son père.

Volkh avait cru aux pouvoirs des Guslyars.

Campé devant Kiukiu, Jaromir pinça d'une main légère les cordes de l'instrument, qui émirent de douces vibrations.

— On m'a affirmé que vous étiez tous morts...

— Ma grand-mère vit toujours.

— Quoi ? La vieille Malusha ? (Il s'assit près d'elle, soudain intéressé.) Quand j'étais petit, elle me racontait des histoires... Comme ma mère adorait l'entendre chanter ! Malusha était tellement douée... Et les récits qu'elle nous faisait...

Sa voix mourut, terrassée par la douleur avivée par ces souvenirs des temps heureux.

Kiukiu, une Guslyar... Gavril avait l'impression de la voir pour la première fois. Existait-il le moindre espoir qu'elle soit en mesure de l'aider à s'affranchir du Drakhaoul ?

— Comment nous avez-vous trouvés ? demanda Jaromir.

— Nous avons suivi Nuage de Neige.

— Nous ? Votre grand-mère aussi est là ?

— Non… (L'ombre d'une grande fatigue voila le visage de la jeune fille.) Dame Fleur de Neige… la compagne de Nuage de Neige…

Son menton retomba sur sa poitrine.

Gavril se leva d'un bond.

— Que lui arrive-t-il ?

Jaromir se pencha pour écouter la respiration de Kiukiu.

— Je crois qu'elle s'est endormie.

Gavril et Jaromir se faisaient face au coin du feu. Il régnait un silence embarrassé, que Gavril n'était pas disposé à briser. Il avait enveloppé le petit corps raidi de Nuage de Neige dans un carré de jute et Fleur de Neige veillait dignement son défunt compagnon. Des mèches blondes s'échappant de sous les couvertures avec laquelle les deux jeunes gens l'avaient bordée, Kiukiu dormait à poings fermés.

Il s'était remis à neiger.

— Au Tielen, on a un dicton, souffla Jaromir. « Dormir d'un sommeil de mort »…

— Pour renvoyer l'esprit vengeur de votre père d'où il venait, elle a emprunté une voie dangereuse, répondit Gavril. Et douloureuse. Avez-vous vu le bout de ses doigts ? Les cordes sont rouges de son sang.

Aussi lugubre que le temps, le silence retomba.

Finalement, Jaromir le rompit de nouveau.

— Votre hibou… Je ne voulais pas…

— Ce n'était plus Nuage de Neige, l'interrompit sèchement Gavril. Le fantôme de votre père l'avait rendu fou.

— Au matin, nous lui élèverons un petit tumulus funéraire, un cairn, si vous le souhaitez. À cette altitude, il n'y a plus de terre meuble pour enterrer les morts.

Gavril hocha la tête, sans quitter Kiukiu des yeux. Il n'avait pas oublié l'ivresse qui l'avait submergé en retrouvant la jeune fille saine et sauve. Il en avait conçu une vive joie et un grand soulagement. Mais, au fond de lui, une petite voix insidieuse lui chuchotait qu'il se mentait à lui-même. Il y avait aussi eu les prémisses de sentiments plus forts et… plus noirs.

Il détourna vivement le regard. Il avait donné son cœur à Astasia Orlov. Astasia… devenue un rêve impossible… Quand il tentait de se remémorer les traits de la jeune fille, les accents de sa voix, il voyait seulement une ombre vague, sans substance ni réalité.

Il coula un coup d'œil vers Jaromir qui, les épaules voûtées, contemplait toujours les flammes, son bras brûlé ballant… Jaromir Arkhel aussi avait souffert entre les mains de Volkh. Si Kiukiu réussissait à rendre la paix aux mânes du seigneur Nagarian, la malédiction serait levée. Plus une goutte de sang ne serait versée.

Dans les ténèbres, un mince espoir renaquit, chatoyant comme une minuscule fleur de crocus.

Puis Gavril se remémora la puissance et la rage du revenant, la façon dont il s'était engouffré dans la tour du château du Drakhaon… Si le fantôme pouvait l'agresser avec une telle violence, que n'infligerait-il pas à Kiukiu ?

Non, il n'avait pas le droit de lui demander de risquer sa vie, sa raison – son âme même – pour une mission aussi dangereuse.

Il devrait trouver un autre moyen.

— Je n'ai jamais vu une guérison aussi rapide, commenta Jaromir, perplexe, en examinant l'épaule de Gavril. Est-ce dû à votre sang de Drakhaon ?

Gavril cherchait à voir jusqu'où il pouvait bouger le bras droit avant d'éprouver les premiers tiraillements douloureux. Émerveillé lui-même, il plia les doigts.

— Quelques jours à peine, et voyez !

Il n'en revenait pas de constater à quelle vitesse l'os et les tendons endommagés s'étaient régénérés. Son héritage n'allait pas sans avantages, tout compte fait.

Kiukiu se redressa soudain, repoussant les couvertures en corolle autour d'elle.

— Harim !

Elle paraissait encore mal réveillée, tout échevelée, le regard vague… Puis elle vit Gavril.

— Je suis restée combien de temps endormie ?

— Qui est Harim ?

— Le poney de ma grand-mère. Je l'ai laissé dans un ravin avant d'entamer l'ascension jusqu'ici… (Enroulée dans une couverture, elle se leva et alla ouvrir le volet.) Regardez, il a encore neigé toute la nuit !

— S'il est à l'abri du vent, il ne risque rien, la rassura Jaromir. Les poneys des landes sont très résistants.

— Mais j'avais promis de prendre soin de lui…

— Vous devrez attendre qu'il s'arrête de neiger. Mangez plutôt un peu de bouillie d'avoine. Vous devez avoir faim.

Joignant le geste à la parole, Jaromir lui en servit un bol additionné d'une cuillère de miel de bruyère. Enthousiaste, la jeune fille n'en fit qu'une bouchée.

Gavril l'observait, frappé par une impression quasi indéfinissable de… *force.* Oui, elle avait changé. Mais elle avait aussi acquis une vulnérabilité nouvelle. Son visage s'était altéré, la douceur poupine de l'adolescence ayant laissé la place à l'ovale mieux défini de la maturité. Gavril aurait voulu avoir de quoi dessiner pour capter la quintessence de ses observations.

— Toujours aucune nouvelle, soupira Jaromir, nerveux.

— Il a neigé toute la nuit, rappela Gavril.

— Vous devez appeler vos druzhina. Les invoquer. Je ne supporte plus de rester là sans savoir comment elle va !

— Et je vous ai déjà répondu que j'ignorais comment faire.

Perplexe, le regard de Kiukiu volait de l'un à l'autre.

— Que s'est-il passé pendant mon absence ?

— Lilias..., répondit Gavril succinctement. Michailo l'a aidée à s'évader. Et il a ouvert le feu sur Kostya.

Les yeux gris-bleu de la jeune fille s'écarquillèrent.

— Le bogatyr est mort ?

— Nous n'avons pas de certitude, admit Gavril, mal à l'aise.

De plus en plus nerveux, Jaromir se leva d'un bond, renversant son tabouret.

— S'ils ne viennent pas à moi, j'irai à eux !

— Et ils vous tueront. Ici, au moins, vous avez l'avantage. À leur arrivée, vous pourrez parlementer de façon plus efficace.

— Mais pour l'instant, nous n'avons aucun dialogue, aucun moyen de parlementer, rien ! ragea Jaromir en frappant la table du poing.

Les bols de bouillie tressautèrent.

— Bon, je vais essayer..., grommela Gavril de mauvaise grâce.

Il tenta de faire le vide dans son esprit, en quête du lointain murmure de voix qu'il avait capté, la nuit du serment par le sang.

« Nous saurons toujours où vous êtes... »

Mais rien ne vint troubler le silence. Un silence évoquant l'alliance de la nuit et du vent.

Il secoua la tête.

— C'est peine perdue... Je n'ai reçu aucun entraînement en la matière. Ou, si Kostya est mort, le lien est brisé.

— Puis-je vous aider, seigneur ?

Kiukiu installa le gusly sur ses genoux et commença à pincer une ou deux cordes en grimaçant de douleur. Le métal blessait cruellement ses doigts aux plaies mal refermées. Avant qu'il comprenne ce qu'il faisait, Gavril avait tendu le bras pour lui serrer en douceur les doigts et les protéger des siens.

Surprise, elle releva les yeux vers lui.

— Tu es blessée. Laisse d'abord les plaies se refermer. Le seigneur Jaromir a un onguent que les moines ont préparé. Il pourrait te faire du bien.

En hochant la tête, Jaromir apporta le récipient en argile et l'ouvrit, libérant une fois de plus dans l'atmosphère un parfum aromatique aussi vivifiant que doux. De l'hamamélis et de la mauve...

Kiukiu prit une profonde inspiration.

— On se croirait dans les landes, au printemps !

— L'odeur est agréable, mais ça pique, c'est affreux ! tempéra Jaromir.

Prudente, la jeune fille trempa doucement les doigts dans la décoction verte et grimaça en sentant les premiers picotements. Elle secoua les mains, comme pour en chasser la douleur.

— Essayez encore, demanda Jaromir à voix basse.

Gavril alla ouvrir la porte d'entrée, le regard perdu dans la vallée, au loin, engloutie sous une chape de nuages bas. Dans le secret de son cœur, il s'adressa aux montagnes lugubres :

— *Kostya, Jushko ! Vous m'entendez ? C'est moi, Gavril... Je suis blessé et coincé ici... J'ai besoin de vous.*

Cette fois, il crut capter un frémissement, un faible écho, aussi pâle que la lumière hivernale. Avait-il enfin établi le contact ? Il attendit en vain un autre signe.

Tournant le dos au paysage enneigé, il referma la porte.

— Eh bien ? demanda Jaromir.

— Il y a eu quelque chose, cette fois... Mais c'était si faible ! J'ignore si on m'a entendu.

Une violente bourrasque fit trembler la cabane sur ses fondations. D'une volte-face vers la fenêtre, Gavril vit que le ciel était maintenant comme une chape de plomb, avec des températures en chute libre... Il rouvrit la porte.

Les vents hurlants fondirent depuis la vallée, avec l'impétuosité d'un cyclone. Ils s'attaquèrent au toit de la cabane, cherchant à l'arracher.

Des nuages d'orage tournoyèrent, zébrés d'éclairs blancs. Des roulements de tonnerre firent trembler le sol.

— Mais d'où ça vient ? brailla Jaromir par-dessus le tumulte.

— Ce n'est pas une tempête ordinaire ! hurla Gavril en se cramponnant au chambranle.

Une pluie de grêle s'abattit, aussi coupante que du verre brisé. Les vents tourbillonnèrent autour de la cabane en rugissant.

Gavril avait lancé un appel... et *quelque chose* lui répondait.

Des forces menaçantes et obscures...

— En arrière, Jaromir ! rugit Gavril en le repoussant dans la cabane, en – relative – sécurité.

— Que se passe-t-il, à la fin ? s'égosilla Jaromir, le regard fiévreux.

Son gusly serré contre elle, Kiukiu était blême. Fleur de Neige se balançait sur son épaule.

— C'est le seigneur Volkh, dit la jeune fille.

Le tonnerre éclata de plus belle. Les tympans bourdonnants, Gavril entendit un immense claquement... Et, les yeux levés, il constata qu'une partie de la toiture venait d'être arrachée.

— Nous devons sortir de là !

Un éclair manqua l'aveugler. Le feu prit dans les chevrons restants, gagnant rapidement du terrain.

— Vite, fuyons ! hurla Gavril.

Dehors, les grêlons scintillaient sur le manteau neigeux. Harcelés par la foudre et les vents violents, les trois jeunes gens dérapaient sur la poudreuse verglacée. Derrière eux, la cabane brûlait, transformée en torche.

Fleur de Neige survolait les fuyards de son mieux, bousculée à hue et à dia par des bourrasques capricieuses. Ses plumes arrachées voletaient au gré des tourbillons.

Les bras en croix, Jaromir s'immobilisa en prenant le ciel à témoin :

— Je suis là, Volkh ! Qu'attendez-vous pour me foudroyer ? Finissons-en !

Gavril se retourna. Le grésil lui râpait la peau avec la cruauté de lames d'acier gelées. La montagne tremblait sous les assauts de la foudre.

Derrière Jaromir, il crut brusquement apercevoir une haute silhouette, sombre comme un front orageux.

— Père ! hurla-t-il à tue-tête en revenant sur ses pas. Si vous voulez le tuer, vous devrez d'abord m'abattre moi !

— Laissez-moi ! pesta Jaromir. Que tout s'achève ici et maintenant !

Une spirale d'ombres nuageuses tourbillonna autour d'eux. D'un gris glacial, le fantôme fixait de ses yeux perçants les jeunes gens en danger.

— *Alors, vous mourrez tous les deux !*

Sa voix tonitruante fit trembler les roches.

Les yeux fermés, Gavril se prépara à périr foudroyé.

Un autre fracas surnaturel couvrit le tonnerre, net comme un bris de verre, une cascade de notes…

— Volkh ! (Une voix féminine vibra, pure et pleine de défi.) Vous m'avez utilisée pour vous ramener en ce monde ! Et me voilà, prête à vous renvoyer d'où vous venez !

Suivit une autre cascade d'accords musicaux, se prolongeant par une longue note, grave et sinistre comme un ciel sans lune.

— *Non !*

La protestation du revenant se répercuta à flanc de montagne avec la brutalité d'un coup de tonnerre.

Gavril osa relever la tête.

Au milieu des éléments déchaînés, cinglée par les bourrasques de neige, Kiukiu était assise sur un rocher, les yeux clos, calme et concentrée. Ses doigts se déplaçaient lentement sur les cordes du gusly.

Des éclairs blancs crépitèrent au-dessus d'elle – telle une éblouissante et mortelle auréole – sans l'atteindre.

D'elle, si calme et immobile, émanait une sorte de bourdonnement aussi serein que celui des abeilles l'été.

Lentement, progressivement, la furie des éléments s'apaisa. Le tonnerre s'éloigna. Dans le ciel gris tourbillonnèrent des flocons de neige, et non plus de la grêle.

Des remous de fumée remplacèrent les flammes de la cabane, qui moururent sur d'ultimes crépitements, vaincues par la neige. La montagne elle-même paraissait résonner du chant de Kiukiu.

Gavril s'accroupit près de Jaromir.

— Que se passe-t-il ? souffla-t-il.

— Elle compose un chant d'Envoi pour votre père.

— Il s'y opposera !

— Elle est forte. Elle peut le faire. Ne le sentez-vous pas, tout autour de nous ?

Gavril leva les yeux vers le ciel. Jaromir avait raison. Il y avait un changement subtil, comme si le froid mordant des semaines précédentes s'atténuait progressivement... Il ne neigeait plus. Les nuages eux-mêmes paraissaient plus blancs et moins bas. Alors que Kiukiu continuait son chant syncopé, la brume se dissipa, s'évaporant à vue d'œil. Une pâle lumière irisa les nuées.

— Le soleil ? dit Gavril, incrédule.

Le débit de la jeune fille ralentit, sa voix devint traînante, entrecoupée de longs silences. Puis on ne l'entendit plus du tout.

— Kiukiu ? lança Gavril.

Les yeux clos, la tête basse, les mains immobilisées sur les cordes – exactement comme la nuit précédente –, la jeune fille ne bougeait plus.

— *Kiukiu !*

Il lui toucha doucement l'épaule. Elle s'écroula sur lui – au ralenti. Il la rattrapa avant qu'elle tombe dans la neige.

— Aidez-moi !

À eux deux, les jeunes gens la portèrent. Dans le ciel, les nuages s'effilochèrent et un fin carré de ciel bleu apparut.

— Qu'est-ce qui lui arrive ? s'inquiéta Gavril. (Le soleil allumait des reflets dorés dans sa chevelure.) Pourquoi ne répond-elle plus ?

Jaromir eut l'air sombre.

— Malusha m'a dit un jour qu'il était toujours dangereux pour les Guslyars de s'aventurer dans l'Autre Monde. Parfois, revenir dans le monde des vivants devient trop difficile.

Gavril baissa les yeux sur la tête blonde de la jeune fille, calée contre son épaule. Il vit le sang perler sur les cordes de l'instrument et consteller le manteau neigeux.

— Non, Kiukiu, chuchota-t-il. Tu dois revenir. Revenir vers moi... Je t'en prie, reviens !

Chapitre 31

Toute la nuit, des lumières brûlèrent dans le palais d'hiver tandis que marins, courtisans et ambassadeurs allaient et venaient. Avant l'aube, le grand-duc avait pris place à bord de l'embarcation royale pour diriger les recherches.

Elysia ne trouvait pas le sommeil. Non en raison du raffut incessant des attelages et du piétinement des sabots des chevaux sur les pavés de la cour, mais à cause du navire envoyé par le fond et des noyés… Cette pensée ne la quittait pas. Toute sa vie pratiquement, elle avait vécu au bord de la mer et elle ne connaissait que trop sa nature perfide, ses nombreux caprices. Un de ses tout premiers souvenirs, c'étaient les cris et les lamentations des femmes endeuillées de la côte, à mesure que les pêcheurs ramenaient à terre les dépouilles de leurs camarades disparus. Elle frémissait encore au souvenir d'un bras rigidifié s'échappant de dessous une voile mouillée en guise de linceul… Sa première rencontre avec la mort…

À l'aube, Elysia se leva, s'aspergea le visage d'eau fraîche et se força à finir d'empaqueter ses affaires.

On frappa et Astasia entra.

— Que faites-vous ? s'écria-t-elle.

La jeune fille aussi avait une mine toute chiffonnée. Son teint de rose auquel Gavril puis Elysia s'étaient tant efforcés de rendre justice sur la toile avait disparu.

— Vous ne partez pas ?

— Je suis invitée au Tielen afin de présenter votre portrait au prince Eugène.

— Mais vous êtes mon dernier lien avec Gavril…

Elysia ferma sa malle.

— Ma chère, avez-vous conscience de votre position ? Si on ne retrouve pas votre frère – malgré toutes mes prières – vous resterez l'unique enfant survivant de votre père et deviendrez l'héritière en titre du Muscobar. Vous avez des affaires bien plus pressantes à considérer que le sort de mon fils.

— Je sais, je sais… (Astasia pressa les doigts sur son front, comme pour comprimer une migraine.) Vassian est déjà venu me voir en me rappelant à mes devoirs et à mes obligations. D'après lui, je ne peux plus rien pour sauver Andrei. Mais si j'épouse le prince Eugène, en revanche, j'épargnerai à ma patrie une guerre ouverte. N'est-ce pas une forme de chantage ?

— En effet, admit Elysia. J'imagine.

— Pourtant, si je devais m'unir à Gavril…

— Le Muscobar aurait toujours le prince Eugène en face… Et l'Azhkendir aussi serait entraîné dans le conflit.

Astasia lâcha un petit soupir étouffé.

— Pourquoi faut-il donc que tout repose sur moi ?

Le long de l'embarcadère, Elysia et le comte Velemir suivaient du regard le portrait d'Astasia dans son cadre doré, soigneusement empaqueté, qu'on transférait à bord de l'*Alkonost*, en partance pour le Tielen. La bise soufflait et Elysia resserra les pans de son manteau autour d'elle en frissonnant.

Elle remarqua un filet de fumée, dérivant au-dessus des toitures.

— Une maison serait-elle en feu ?

Songeur, le comte Velemir prenait appui sur sa canne.

— Je crains que ça ne vienne du Sénat, répondit-il.

— Je pensais que c'était le seul endroit où le peuple était invité à s'exprimer librement…

— Il faut croire que les partisans de Matyev en ont déduit qu'incendier le Sénat *exprimerait* le mieux leur colère face aux arrestations… Ils déclarent haut et fort que si la liberté d'expression est étouffée, le Sénat du peuple n'a plus de raison d'être.

Elysia vit arriver un petit attelage aux vitres garnies de barreaux. Derrière, elle aperçut le visage pâle d'Altan Kazimir. Dès qu'il croisa le regard d'Elysia, le prisonnier détourna ostensiblement la tête. Elle se sentit accablée par un sentiment de culpabilité. Le docteur l'avait surprise en compagnie du comte Velemir. Il savait.

— Vous venez de lui sauver la vie, lui glissa le diplomate à l'oreille. Il devrait vous remercier. À genoux.

— Combien de temps durera le voyage ? dit Elysia, qui ne demandait qu'à changer de sujet.

— Avec le vent en poupe, deux jours au plus.

La Nieva s'évasait en un bel estuaire. À la bise succédèrent des vents plus violents et les eaux calmes du fleuve devinrent agitées, frangées d'écume.

Agrippée au bastingage, Elysia savourait la sauvage caresse vivifiante de ces bourrasques, se moquant d'être décoiffée. Devant cinglaient des navires de guerre toutes voiles dehors, chargés de défendre l'entrée de l'estuaire. Le bleu de leurs fiers pavillons tranchait sur la grisaille du ciel.

Au-delà s'étendaient le Détroit… et le Tielen.

— Le mal de mer ne vous affecte pas ? dit Velemir en rejoignant Elysia.

Il maintenait d'une main son tricorne bordé de fourrure que le vent menaçait de lui arracher, et se retenait de l'autre au bastingage.

— Je suis née au bord de la mer et j'y ai vécu pratiquement toute ma vie !

Elysia devait crier pour couvrir les grincements du bois et les claquements de la voilure.

— Le *Sirin* a coulé non loin d'ici. À quelques encablures, il y a une zone dangereuse, avec des récifs et des courants violents. Dans la tempête, le capitaine a dû être dépassé et son vaisseau se sera brisé sur ces écueils.

— Un drame terrible… Toujours pas de nouvelles ?

— On a retrouvé un ou deux cadavres, rejetés par la houle le long des côtes. Et quelques morceaux d'épave. Mais le grain qui s'était levé a été si soudain et brutal que le *Sirin* s'est fracassé sur les récifs comme du petit bois. Tout ce qui se trouvait à bord a été éparpillé sur de grandes distances.

— Quels sont ces bateaux, au loin ?

Elysia avait levé une main en visière pour se protéger de l'air froid.

— La flotte du Tielen, répondit Velemir, avec l'ombre d'un sourire ironique. Nous allons croiser dans la zone de pêche contestée.

— Ouvrira-t-on le feu sur nous ? s'écria-t-elle, alarmée.

— Nous battons pavillon blanc, celui de l'immunité diplomatique. Après tout, nous sommes les hérauts d'une paix nouvelle.

Le vaisseau tangua et une vague éclaboussa le couple en se fracassant contre la coque. Elysia recula en resserrant son manteau sur ses épaules.

— Vous allez attraper froid, ma chère. Descendons. Mon valet nous a préparé du thé.

Elysia dut baisser la tête pour entrer dans une des cabines exiguës que le capitaine avait attribuée à ses passagers. Dans un coin, Yashvil, le valet de Velemir, avait chauffé du thé dans un petit samovar.

— Buvez, profitez-en tant que c'est chaud, dit Velemir en tendant à sa compagne une tasse fumante. Si le temps vire à l'orage, Yashvil devra étouffer les flammes.

Il y avait de la confiture de prunes pour adoucir l'amertume du thé noir.

— À moins que vous ne préfériez un doigt de vodka ? ajouta Velemir en lui tendant une flasque argentée.

Elle secoua la tête.

La porte se rouvrit et deux hommes firent entrer le docteur Kazimir. Celui-ci avait une étrange démarche saccadée…

Chagrinée, Elysia découvrit qu'il avait des fers aux chevilles, comme un criminel.

— Du thé pour le docteur aussi, Yashvil. (Velemir tendit la flasque à son valet.) Il en appréciera peut-être une ou deux gouttes dans sa tasse pour l'aider à combattre le froid. Je vais de ce pas voir le capitaine.

Comme s'il était à peine conscient, Altan Kazimir avait des gestes empreints de lenteur. Les yeux rivés sur le breuvage aux reflets sombres, il ajouta mécaniquement une cuillère de confiture à sa tasse. Il avait une lèvre tuméfiée. Elysia le vit grimacer quand il tenta de boire une première gorgée, un peu de thé coulant à la commissure de sa bouche. Dans la pénombre, voir distinctement était ardu. Mais le visage du prisonnier paraissait contusionné et marbré par les hématomes. On lui avait réparé ses lunettes de façon approximative, de sorte qu'il les portait maintenant de guingois sur l'arête de son nez. Un verre était finement craquelé, la cassure évoquant une délicate toile d'araignée.

— Docteur, vous comprenez, j'espère, que ce n'était pas mon idée ! Je n'aurais jamais cherché à vous contraindre à…

Les yeux mi-clos, comme si la chiche lumière de la cabine suffisait encore à les blesser, Altan contempla son thé.

— Vous avez toujours mal ? Voudriez-vous que je demande de l'hamamélis ? Je dois avoir de l'arnica dans mes bagages.

— Est-il parti ? chuchota le docteur.

Yashvil avait suivi son maître sur le pont. Elysia entendait leurs voix, lointaines. Kazimir et elle étaient seuls dans la cabine.

— Il est hors de portée de voix.

Altan ouvrit les yeux et fixa Elysia à travers ses lorgnons tordus.

— Soyez prudente avec Velemir, souffla-t-il très vite. Excessivement prudente. Il en sait beaucoup plus sur l'Azhkendir qu'il ne vous le dit. Quand j'étais au château du Drakhaon, *elle* communiquait régulièrement avec lui.

— Lilias ? Mais comment ?

— Grâce à un remarquable dispositif. Pour le non-initié, ça évoque vaguement une belle pendule d'ornement. D'ailleurs, elle y faisait souvent allusion comme à son « chronomètre de Mirom ».

— Une pendule ?

Elysia repensa au magnifique objet en verre qui trônait sur le manteau de la cheminée du comte.

— Mais elle n'a pas réussi à me duper. Des chronomètres, j'en ai vu plus souvent qu'à mon tour, je les ai même suffisamment démontés et remontés pour savoir que cet objet-là était bien autre chose, de considérablement plus sophistiqué. Mais quoi, je n'en sais rien.

La porte se rouvrit sur Velemir.

— J'ai pensé que vous aimeriez vous changer, docteur. Alors, sur mon ordre, mes agents ont récupéré chez vous vos affaires.

— Comme c'est aimable… Et ils en ont évidemment profité pour tout fouiller à la recherche de preuves accablantes contre moi ?

— Mais naturellement.

Elysia dormit mal. Elle se tourna et se retourna cent fois sur son étroite couchette, ayant tour à tour trop froid et trop chaud. Son fin matelas en noyaux de pêche devait pulluler de minuscules créatures armées de crochets et avides de sang… Sans parler des courants d'air et des grincements de lucarne au gré du roulis et du tangage.

Elle revoyait sans cesse Kazimir en pleurs, défiguré par les coups. Elysia craignait qu'il ne lui accorde plus jamais sa confiance, s'il apprenait qu'elle l'avait vu brisé et humilié. Pire que tout, elle avait le vague sentiment d'être responsable – pour une raison obscure – de son arrestation et des mauvais traitements qu'on lui avait infligés... À force de frayer avec Velemir et ses espions, elle devenait coupable par association.

Pourtant, à la réflexion, la ligne politique absurde du docteur était certainement l'unique cause de sa disgrâce...

Qu'est-ce qui ne va pas chez moi ?

Elle se redressa sur sa couchette, serrant les couvertures autour d'elle.

Vais-je commencer à raisonner comme Féodor Velemir ?

Elle se rallongea, tentant de faire le vide dans son esprit, de se représenter le doux indigo des eaux de la baie à minuit, d'accorder sa respiration au rythme lent et lancinant du ressac...

Elle longe la plage au clair de lune, foulant le sable fin d'un nacré scintillant. Les étoiles constellent le firmament – blanc, ocre et bleu – telles des facettes de diamant répandues sur le velours de la nuit.

— Mère ! Mère !

Elle sursaute. Gavril l'appelle ! Oubliant que c'est maintenant un homme, elle entend seulement la petite voix effrayée de l'enfant sans défense.

Une grande tour noire lui bloque le passage.

— Mère, au secours !

Elle lève la tête et voit un garçon prisonnier derrière les barreaux d'une fenêtre, en haut de la tour.

— Gavril ? dit-elle, éperdue.

— Ne t'approche pas. Ne me regarde pas. Je t'en prie !

Comme sous l'aiguillon de la honte, il se détourne en se cachant le visage avec un bras.

— Mais comment puis-je te secourir ?

— Libère-moi ! Fais que je redevienne humain !

Brillante comme une balise, la lune perce les nuages et éclaire la fenêtre à barreaux.

D'inhumaines pupilles de reptile, luisantes, un faciès couvert d'écailles couleur malachite, de larges narines, une crinière rebelle d'un noir tirant sur le bleu...

Une face monstrueuse...

Les yeux ronds, elle est pétrifiée d'horreur.

— Mon fils..., balbutie-t-elle. Qu'avez-vous fait de lui, espèce de monstre ?

— Mère, s'écrie-t-il, tendant les griffes vers elle dans sa détresse, tu ne me reconnais pas ? Je suis Gavril !

Chapitre 32

À l'aube du troisième jour après l'appareillage de Mirom, l'*Alkonost* accosta à Haeven. Des attelages étaient mis à la disposition des voyageurs pour les mener au palais du prince Eugène, Swanholm, sous bonne escorte. Les soldats avaient des uniformes impeccables et leurs tricornes étaient ornés de cocardes bleu pâle.

Ils traversèrent des forêts de bouleaux à l'écorce d'un blanc argenté et longèrent des lacs aux eaux bleues. À chaque ferme, dans chaque village, Elysia remarqua que les gens interrompaient leurs activités et se rangeaient respectueusement sur le bord de la route. Étaient-ils intimidés par la cavalerie d'Eugène ? Ou s'agissait-il d'une coutume locale ?

Alors qu'à l'horizon, par-delà des collines embrumées, le jour était sur son déclin, l'escorte se munit de torches et suspendit des lanternes aux attelages pour éclairer le chemin.

— Nous ne sommes plus loin de Swanholm, annonça Velemir.

Elysia hocha la tête. Ses pensées volaient toutes vers Gavril. Des réminiscences de son songe ne cessaient de parasiter le cours de ses réflexions. D'où venait cette vision grotesque ? Une fois seulement, elle avait surpris Volkh sous sa forme altérée – car il s'était donné beaucoup de mal pour cacher à sa femme cet aspect de lui-même. Et ce, pour un prix trop élevé. En apprenant ce qu'il avait fait pour garder figure humaine, elle l'avait fui et s'était cloîtrée dans sa chambre.

Même maintenant, tant d'années après, le souvenir de la confession amère de Volkh la remplissait de révulsion.

Elle espérait du fond du cœur qu'il ne serait pas trop tard pour administrer à son fils l'élixir de Kazimir. Et elle priait pour que Gavril n'ait pas commencé à perpétrer des atrocités qui le hanteraient jusqu'à la fin de ses jours… Ça empoisonnerait les chances qu'il lui restait de goûter un jour au bonheur. Comme ç'avait été le cas pour Volkh.

Éclairées par des flambeaux, les gracieuses envolées architecturales des colonnades du palais de Swanholm brillaient de mille feux.

Bercée par le roulis de son attelage, Elysia s'était assoupie. Velemir lui toucha doucement l'épaule en relevant le store de la portière pour qu'elle admire la vue. Ce qu'elle fit, émerveillée.

Les reflets des flambeaux dansaient sur les eaux noires du lac, près duquel se dressait fièrement le palais.

— Il semble... scintiller !

— Contrairement à ce qu'Astasia a pu vous dire, assura Velemir, vous découvrirez en la personne du prince un homme très cultivé et raffiné.

Les attelages remontèrent en procession une longue allée incurvée, les collines masquant temporairement le palais à la vue. Mais, à la surprise d'Elysia, les lueurs dorées, dans le ciel, ne disparurent pas.

— Soyez la bienvenue, dame Andar, dit le prince Eugène.

Elysia se fendit d'une profonde révérence.

— Je suis confuse, Votre Altesse, d'être si mal habillée pour la circonstance...

Le prince lui prit la main pour l'inviter à se relever.

— Vous sortez d'un long voyage, répondit-il en langue commune. Vous devez être éreintée. Demain matin, après une bonne nuit de repos, vous pourrez me présenter le portrait.

Large d'épaules et élancé, il mesurait au moins une tête de plus que Velemir. Astasia s'était montrée injuste en le décrivant : certes, on ne pouvait pas parler de beauté masculine, mais, pour autant, Eugène était loin d'être laid. Il avait un menton bien dessiné, un nez d'aigle et de beaux cheveux châtains coupés court à la mode militaire. Son sourire de circonstance, cependant, n'atteignait pas ses yeux gris... Un regard perçant empreint de tristesse qui frappa Elysia. Il lui rappela le morne ciel hivernal.

Sobrement vêtu d'une veste d'uniforme gris anthracite, sans ostentation aucune, le prince avait fait une seule concession au décorum : une médaille d'or en forme de soleil, épinglée sur son sein gauche.

— Comte... (Il se tourna vers Velemir, qui s'inclina, la main sur le cœur.) Nous avons été navrés d'apprendre la perte du *Sirin*. J'ai ordonné à mes hommes d'arpenter les plages du Tielen au cas où des débris ou des corps seraient rejetés par la mer. Mais, en attendant, vous présenterez, voulez-vous, nos plus sincères condoléances au grand-duc et à son épouse.

Le lendemain matin, Elysia fut réveillée tôt par des coups de marteau. En jetant un coup d'œil par une fenêtre, elle vit des ouvriers à l'œuvre, dans l'aile opposée du palais. La nuit avait dissimulé leurs échafaudages et leurs échelles.

Après un petit déjeuner frugal composé de biscuits, de fruits et de café, elle attendit le bon vouloir du prince, meublant le temps en tentant de remettre de l'ordre dans ses pensées.

On frappa. L'attente était terminée.

— Son Altesse est prête à vous recevoir, dame Andar, annonça un serviteur affublé d'une perruque blanche et d'un veston à rayures jaunes et blanches.

Le palais sentait le plâtre frais et la peinture. En suivant son guide le long des couloirs, Elysia admira l'usage qu'avaient fait les architectes des bois clairs, des miroirs et des vitres pour accentuer les jeux de lumière dans la résidence princière. On avait presque l'impression de déambuler au milieu des facettes d'un cristal géant.

Elle crut entendre un rire d'enfant.

— Il y a des petits au palais ? demanda-t-elle, surprise.

— La fille de Son Altesse, répondit le serviteur, la princesse Karila.

Ainsi donc Astasia – à peine sortie de l'enfance elle-même – se verrait confier le rôle si délicat de la marâtre…

— Et aurons-nous le plaisir de rencontrer la princesse ?

— Elle a sept ans seulement, dame Andar. Le prince son père ne la juge pas prête à remplir des fonctions officielles.

Le portrait trônait sur un chevalet, la luminosité automnale flattant les traits fins d'Astasia. Campé devant l'œuvre, le prince se lissait pensivement le menton.

Il se retourna pour accueillir l'artiste.

— Dame Andar, je vous félicite. C'est un très beau portrait.

— Le mérite en revient surtout à mon fils Gavril, Votre Altesse.

— Quelle fraîcheur, quel naturel… Et c'est… ressemblant ?

Elysia perçut une légère hésitation. Son hôte devait estimer inconvenant de demander sans ambages à l'artiste si le portrait était idéalisé ou au contraire fidèle.

— N'y voyez aucune flatterie, répondit-elle en toute candeur. Astasia est une jeune fille très séduisante et d'un naturel doux et charmant.

Gavril, je suis vraiment navrée… Mais Astasia n'était pas destinée à devenir ta femme…

— Elle aime les bals, la musique, la danse, n'est-ce pas ? Après les paillettes et les flonflons de Mirom, ne trouvera-t-elle pas la vie à Swanholm plutôt terne et trop calme à son goût ? Trop retirée ?

À cet instant, le comte survint en compagnie d'Altan Kazimir. Elysia fut soulagée de ne pas devoir répondre au prince. Ses blessures et contusions soignées, vêtu de frais, Kazimir avait meilleure allure, même si ses lunettes n'étaient toujours pas réparées.

— Altesse, puis-je vous présenter un des plus éminents savants de Mirom ?

— Docteur Kazimir ! s'écria Eugène en se précipitant presque pour lui serrer la main. Quel honneur de faire votre connaissance !

— Hum… Tout l'honneur est pour moi, souffla Altan, abasourdi.

— Le comte m'a un peu parlé de vos travaux. J'aimerais beaucoup approfondir la question avec vous. (Offrant un saisissant contraste par rapport à son humeur plutôt morose, jusque-là, Eugène se révélait soudain plein d'enthousiasme et de vitalité.) Mais nous verrons cela plus tard, si vous voulez bien. Pour l'heure, des affaires plus pressantes réclament notre attention. Votre fils, dame Andar...

— Oui ? répondit-elle avec incertitude.

— Tenez... (Il étala une carte sur son bureau.) Voilà la route prévue : nous rallierons l'isthme et la côte nord. Les neiges n'ont pas encore atteint Swanholm. Cependant, vous devrez vous habiller chaudement. La mer intérieure est déjà prise par les glaces. Je ferai porter dans vos appartements des fourrures, des gants et des chapeaux.

— Peut-on vraiment traverser ces glaces en toute sécurité ? demanda Elysia en étudiant l'itinéraire, sur la carte.

Si la mer de Saltyk se rétrécissait en un chenal entre les deux bandes continentales, la distance à parcourir par voie maritime restait importante – de l'ordre d'environ vingt lieues, estima-t-elle.

— Absolument, je vous assure. Quant à vous, docteur, vous avez accepté de guérir le fils de dame Andar de son affliction navrante ? À cette fin, le mage Linnaius a accepté de vous laisser prendre dans ses laboratoires tout ce dont vous pourriez avoir besoin.

— Le mage ? répéta Kazimir, méfiant. Vous parlez d'alchimie, en somme ? J'emploie des méthodes et des matériaux scientifiquement testés et approuvés, pas un fatras de composants magiques !

Elysia fut consternée. Comment pouvait-il s'adresser de manière aussi offensante à son hôte, le prince ?

Loin de s'en formaliser, Eugène éclata de rire.

— Je vois que votre rencontre avec Linnaius provoquera des étincelles ! Merveilleux ! Deux intellectuels débattant des mérites de leurs champs d'expériences respectifs !

— J'aimerais également souligner, ajouta Kazimir, guindé, que pour que l'élixir fasse effet, j'aurai besoin d'échantillons de sang du Drakhaon. Autrement dit, il faudra retourner au château du Drakhaon. Et comme je n'ai cessé de le rappeler au comte, ma tête est mise à prix en Azhkendir ! Si je suis capturé, les druzhina me tailleront d'abord en pièces et poseront des questions ensuite.

— Si dame Andar établissait une sorte de blanc-seing ou de laissez-passer avec sa signature de Drakhys ? suggéra Velemir.

Réticente à l'idée d'utiliser son titre, Elysia fronça les sourcils.

— Mais je serai à ses côtés, je pourrai donc...

— Supposez que vous soyez séparés ? l'interrompit le comte.

— Ces brutes épaisses ont-elles au moins appris à lire ? marmonna Kazimir.

— Je faisais cette suggestion histoire d'apaiser vos inquiétudes, docteur, lança Velemir, affable.

— Eh bien, Velemir ? demanda Eugène dès qu'ils furent seuls tous les deux, d'un ton où perçait la tension. Vous l'avez ?

Le comte tira de sa poche intérieure de veste une bourse en velours qu'il tendit au prince.

Soigneux dans ses gestes, Eugène sortit la pierre précieuse de son écrin et l'examina à la lumière. Encore chaud d'être resté en contact avec le corps du diplomate, le rubis paraissait briller, transmuant la lumière hivernale en une flamme rouge sang.

— C'est bien la Larme de l'Azhkendir, n'est-ce pas ?

— Oh, oui ! murmura Eugène en retournant le joyau entre ses doigts. Et dame Nagarian n'avait aucune idée de sa valeur ?

— Pas la moindre... Elle l'a décrit comme un simple cadeau du seigneur Volkh. Je pense qu'elle comptait vendre ou gager le joyau pour payer son voyage jusqu'en Azhkendir.

— Et elle a accepté la substitution sans regimber ?

— Elle croit que le collier qu'elle porte a été confectionné à partir du rubis du seigneur Volkh. Pourquoi faudrait-il l'en dissuader ? L'ignorance est une bénédiction. De la sorte, tout le monde est content.

Du coin de l'œil, Eugène surprit un petit sourire de satisfaction chez son interlocuteur.

— Vous êtes un artiste de la dissimulation, Velemir.

Le comte s'inclina devant le compliment.

— Et maintenant... Il reste seulement une Larme à récupérer.

Assise devant sa petite écritoire, la plume en suspens au-dessus d'une feuille lisse de papier crème, Elysia contemplait le parc. Elle avait déjà rédigé une courte lettre d'introduction au bénéfice de Kazimir, signant avec réticence de son titre officiel :

« À qui de droit, le porteur de cette missive urgente est mon émissaire extraordinaire. J'ai toute assurance qu'il n'est en aucune façon impliqué dans l'assassinat de mon défunt époux et il devra être conduit sain et sauf auprès de mon fils, Gavril Nagarian.

Elysia Nagarian, Drakhys »

La lettre destinée à son fils avait été bien plus ardue à rédiger :

« Mon très cher Gavril,

Nous avons tant à nous dire... Et j'ai tellement hâte de te revoir ! Tu me manques, tu ne sais pas à quel point... Je t'en prie, je t'en supplie, aie le cœur de me pardonner mon silence à propos de ton héritage. Maintenant, il ne nous reste plus qu'à espérer et à prier que le docteur Kazimir puisse guérir la condition héréditaire qui est la tienne, en te permettant de mener de nouveau une vie normale et heureuse.

Ta mère aimante,

Elysia »

On frappa ; vêtu pour le voyage, Velemir entra.

— Pour vos missives...

Il posa sur le pupitre ce qui ressemblait à un sous-main en cuir souple.

— Qu'est-ce donc ?

Elysia le retourna et découvrit, blasonnés sur le cuir, deux aigles blanc et or.

— Un porte-documents diplomatique frappé aux armes des Orlov. J'ai pensé qu'en la circonstance, le blason du Tielen serait inapproprié. Le docteur aurait quelque mal à l'expliquer…

Elysia saupoudra ses lettres d'une pincée de sable, pour sécher l'encre, puis souffla dessus avant de les plier et de les glisser dans le cuir souple. Elle referma ensuite le porte-documents à l'aide d'un ruban bleu.

— Vous devrez les remettre vous-même à Kazimir.

— Vous ne nous accompagnerez donc pas ? demanda-t-elle, surprise.

— Je viens de recevoir un message pressant de la flotte. Au sud du Tielen, d'autres morceaux d'épave auraient été rejetés par la mer. Et des cadavres. On a besoin de moi – à des fins d'identification, surtout, si nécessaire…

Sa voix mourut.

— Oh ! (Elysia lui prit la main.) Quel triste devoir…

— Et quel jeune homme merveilleux… Têtu, certes, mais plein de promesses…

Elysia hocha la tête. La nouvelle la démoralisait un peu plus, aggravant ses appréhensions au sujet du voyage qu'elle allait entreprendre.

— Je dois donc vous délaisser quelque temps, reprit Velemir. (À son tour, il lui prit les mains et y posa un baiser.) Vous êtes très courageuse de retourner au château du Drakhaon, alors que vous y avez tant de souvenirs malheureux…

— Je ne reculerai devant rien pour m'assurer que Gavril est en sécurité ! répondit-elle avec ferveur.

— Je sais.

Il lui lâcha les mains et se retira.

Quand il fut parti, elle se demanda pourquoi d'un coup, elle se sentait si démunie et si désespérée. Alors que l'instant tant attendu des retrouvailles semblait se rapprocher, elle n'avait plus vraiment besoin du soutien du comte.

En conséquence… pourquoi ces sentiments confus et conflictuels ? En dépit de toutes ses réserves, s'était-elle – bien malgré elle – attachée à Féodor Velemir ?

La garde princière escorta Altan Kazimir dans les appartements du mage. Une lourde porte sculptée gardait les lieux, affublée d'un grotesque heurtoir en laiton – la tête aux joues gonflées d'un des quatre vents, louchant et la chevelure en bataille…

En le maniant, Kazimir se pinça un doigt, qu'il porta aussitôt à sa bouche pour apaiser l'élan de douleur. Il pesta intérieurement.

La porte s'ouvrit en silence et Kaspar Linnaius parut.

— Entrez, docteur Kazimir.

Un homme âgé, mince et voûté, en tenue d'érudit, se tenait devant lui. Pouvait-il vraiment s'agir du tristement célèbre mage Linnaius, dont les expériences controversées avaient soulevé de si violentes réactions en

Francia, au point que l'on rase son collège et que l'on exécute tous ses collègues ?

— J'ai conscience qu'en votre qualité de docteur ès sciences naturelles, vous ne devez pas reconnaître les méthodes que je pratique…

— En effet, répondit Kazimir avec raideur.

— Et pourtant, nous aurions peut-être beaucoup à apprendre l'un de l'autre, vous ne croyez pas ?

— Permettez-moi d'en douter.

— Voudriez-vous visiter mon laboratoire ?

Le mage leva la main gauche et une porte apparut comme par enchantement derrière lui.

En découvrant le laboratoire en question, Altan Kazimir ouvrit des yeux ronds de stupeur et de jalousie. Les appareils scientifiques les plus sophistiqués s'alignaient sur les étagères. Il y avait notamment des systèmes de filtration bien plus complexes que ceux dont Altan disposait à l'université de Mirom. Et tous ces instruments perfectionnés servaient à un tout autre usage… que Kazimir désapprouvait – sans compter qu'il ne les comprenait pas du tout.

— Son Altesse n'a pas regardé à la dépense pour fonder ce laboratoire, commenta Linnaius, un petit sourire flottant sur ses lèvres.

— C'est ce que je vois…

Kazimir en fut d'autant plus mal à l'aise. Était-ce un sourire de condescendance ou fallait-il y voir quelque chose de plus sinistre ?

— Nous avons une petite tâche pour vous, docteur.

— Une… tâche ?

— J'ai contracté d'énormes dettes envers Son Altesse, à qui va toute ma gratitude. Son père m'a sauvé de la persécution – et de la mort – en Francia. Vous comprendrez donc, docteur, que je veuille faire tout ce qui est en mon pouvoir pour préserver sa vie – surtout face au Drakhaon et la menace qu'il représente.

— Vous voulez parler de l'élixir ?

— Hélas, il faut attendre des semaines qu'il fasse effet, n'est-ce pas ? En tout cas, c'est ce que nos agents implantés en Azhkendir ont constaté. Or, nous n'avons pas des semaines devant nous. Voilà pourquoi j'ai préparé ceci… (Linnaius prit dans un petit cabinet une fiole au contenu légèrement phosphorescent.) Vous ne changerez rien à vos préparatifs, docteur. Vous prélèverez des échantillons du sang du Drakhaon et on vous verra les utiliser au cours de vos expériences. Mais au lieu de ça, vous administrerez goutte par goutte cette teinture de ma préparation.

— Vous voulez l'empoisonner ? s'écria Kazimir, consterné.

— C'est simplement destiné à subjuguer la créature démoniaque qui se tapit au fond de lui.

Kazimir revit en un éclair le visage austère de Kostya.

— S'ils ont des soupçons, ils me mettront en charpie !

— Je n'ai pas fini, le rabroua gentiment Linnaius. Ensuite, vous fuirez le château en rapportant ici les échantillons de sang du Drakhaon que vous aurez prélevés, afin que le prince et ses hommes puissent se protéger de son Feu.

Kazimir en eut les paumes moites.

— Je… ne peux pas…

— Oh, si, docteur. Car si vous ne vous présentez pas au rendez-vous prévu avec le messager de Son Altesse, vous ne recevrez pas l'antidote au poison lent qui se répand en ce moment même dans tout votre corps.

— Du… poison ?

Kazimir tira sur un col qui, soudainement, l'étranglait. Un bouton arraché rebondit sur le sol.

— Mais… comment ?

— Quand vous vous êtes coincé le doigt sous le heurtoir, vous l'avez aussitôt porté à votre bouche pour atténuer le pincement, pas vrai ? C'est alors que la substance toxique s'est transmise du métal à votre doigt, puis à votre bouche.

Transi jusqu'aux os, Kazimir baissa des yeux horrifiés sur son doigt endolori.

— Je vais mourir…

— Vous mourrez seulement si vous n'exécutez pas vos instructions à la lettre, conclut Linnaius sans se départir de son sourire.

Leurs clochettes tintinnabulant à tout va, les grands traîneaux tirés par des chevaux filaient sur la neige, au crépuscule. Bien emmitouflée dans son manteau de laine grise, bordé de fourrure, la capuche rabattue sur ses cheveux, Elysia contemplait le morne paysage hivernal qui s'étirait devant elle, étincelant sous le bleu pâle du ciel.

L'interminable attente allait prendre fin !

Son cœur battait au rythme du galop des chevaux de trait ; la bise lui coupait le souffle tout en accentuant l'ivresse de l'anticipation… Elle aurait voulu que les bêtes filent plus vite encore.

Enfin, elle touchait au but. Elle reverrait bientôt Gavril.

Pourvu qu'il ne soit pas déjà trop tard pour le sauver…

À midi, ils s'arrêtèrent dans une petite ville pour changer de chevaux et se réchauffèrent les mains dans la taverne du bourg, autour de chopes de cordial fumant aux baies de sorbier. Côté restauration, on proposait du poisson fumé et du fromage sec sur du pain de seigle agrémenté de belles tranches de concombre macéré. Se faisant mal à ces saveurs fortes et peu raffinées, Elysia se rabattit presque exclusivement sur le pain, qu'elle mastiqua avec application.

Par-dessus le bord de sa chope fumante, Kazimir la lorgnait en fronçant les sourcils, comme s'il hésitait à lui parler. Elle jeta des coups d'œil à la ronde ; les gardes du prince Eugène plaisantaient et riaient entre eux. Elle se rapprocha d'Altan.

— Vos lunettes sont réparées.

Il fit la grimace.

— Existe-t-il quelque chose que le prince ne puisse réparer ? Eh oui, il a fait remplacer les verres et j'y vois mieux assurément. Trop, peut-être…

— Comment cela ?

— D'abord, où est passé le comte ? Comme c'est commode qu'il ait subitement eu des affaires diplomatiques pressantes pour le retenir ! Sans parler du mage Linnaius…

— Vous ne lui faites toujours pas confiance ?

Elle vit une ombre étrange passer sur le visage de Kazimir, comme des nuages filant devant le soleil…

— Il a été des plus généreux. Il m'a donné tout le matériel que j'aurais pu demander : des fioles, des pipettes, des instruments de mesure… (Il avait changé de ton et multipliait les coups d'œil nerveux à la ronde, comme s'il craignait qu'on épie leur conversation.) Il m'a même remis des poudres chimiques et des composés élémentaires…

Il s'interrompit soudain, les yeux rivés sur le pas de la porte.

Intriguée, Elysia suivit la direction de son regard, s'interrogeant sur la cause de cette réaction si nerveuse.

Un homme âgé se dressait sur le seuil. Il échangea des hochements de tête affables avec les gardes ainsi que quelques paroles.

— Qui est-ce ? demanda Elysia, sa curiosité piquée au vif.

— L'homme le plus dangereux de tout le Tielen, répondit Kazimir en tremblant. Kaspar Linnaius.

Alors que les traîneaux approchaient de l'isthme, le soleil sombrait à l'horizon. Un vent mordant hurlait aux oreilles des voyageurs. Une chape de plomb semblait peser sur le paysage enneigé, tant les nuages maussades étaient bas dans le ciel. À l'odeur de la neige s'ajoutait celle de l'air iodé vivifiant de la mer proche.

Les voyageurs passèrent la nuit pelotonnés autour du fourneau d'une auberge aux gais coloris typiques des maisons de bois du Tielen, rouge, jaune, bleu et vert, tandis que le vent redoublait de violence.

Le lendemain matin, Elysia découvrit ce que la tombée de la nuit lui avait dissimulé la veille : l'établissement se perchait sur un promontoire rocheux battu par les vents. En contrebas s'étendaient les glaces, nappées de brumes grises impénétrables. Une plage de gravillons conduisait à la mer gelée, de la pâleur du jade. Un paysage désolé s'il en fut… Elysia ne se rappelait pas avoir jamais rien vu d'aussi lugubre.

Dès l'aube, les gardes étaient descendus sur la grève pour assembler le yacht des glaces, commençant par gréer un mât solide au-dessus des bastaques et par y assujettir la voilure.

Ils resserrèrent aussi les cordages et vérifièrent le bon état de la barre du gouvernail.

Elysia s'approcha de l'officier qui supervisait les travaux.

— Pourquoi ne pas poursuivre notre route en traîneau ?

Elle dut crier pour se faire entendre par-dessus le mugissement du vent.

— Question de poids, dame Nagarian ! La neige n'est pas assez épaisse partout et les apparences sont trompeuses. Nous ne pouvons pas prendre le risque.

— Mais, ici, les vents sont si violents qu'ils pourraient facilement retourner notre bateau !

— Question de doigté à la barre ! Ne vous inquiétez, nos barreurs connaissent leur affaire, et le reste de nos hommes aussi.

— Et cette masse de nuages et de brouillard… Pourra-t-on la traverser sans problème ?

— J'observe le phénomène depuis quelque temps, dame Nagarian…

Une voix douce mais qui portait… Surprise, Elysia pivota et se trouva face au mage Kaspar Linnaius, sur le bloc de neige gelée où, un instant plus tôt, il n'y avait encore que l'officier et elle… Elle aurait pu en jurer.

— Et je crois qu'enfin, il y aura bientôt du changement. Regardez !

Dans la direction qu'il indiquait, la brume s'était mise à tourbillonner, comme sous l'effet d'un lointain ouragan. Sous les yeux d'Elysia, des filaments se détachèrent de la masse, se dispersant et se fondant…

— Mage Linnaius, est-ce votre œuvre ?

— Oh, nullement. La source en est le cœur de l'Azhkendir. L'œuvre d'un chaman… Ça relève d'une nécromancie grossière et dangereuse, mais c'est aussi singulièrement à notre avantage.

— Nous sommes prêts, mage !

Un des gardes accourait en criant cela, glissant et trébuchant comme sur une patinoire.

D'autres hommes portaient à bord le matériel de Kazimir, l'arrimant soigneusement après l'avoir emmailloté dans des peaux de bête. Le docteur suivit en frissonnant. Il tirait sur le col de son manteau bordé de fourrure. Tremblant de froid et d'appréhension, il avait l'air bien misérable.

Elysia ressentit pour lui un élan de pitié. Et elle se surprit à envisager de quelle façon Gavril pourrait récompenser Kazimir de toutes ses peines… Des dons en argent, certainement, pour lui permettre de tirer un trait définitif sur son passé trouble et de commencer une vie nouvelle aux antipodes de l'Azhkendir…

Mais quelle mouche la piquait, pour oser rêver ainsi à l'avenir ? Ils ne s'étaient même pas encore éloignés des berges du Tielen !

Relevant ses jupons d'une main, elle suivit Kazimir sur la piste gelée en direction de la plage balayée par les vents.

Une fois qu'ils atteindraient l'Azhkendir – et retrouveraient Gavril – alors seulement, elle pourrait se permettre de regarder résolument vers l'avenir.

Les vents faisaient claquer la voilure du yacht des glaces avec la violence de lanières de fouet.

— Pourquoi ne pas nous transporter directement à destination d'un coup de baguette magique, mage ? ironisa Kazimir.

— Allons, jeune homme ! Je n'ai pas consacré ma vie à l'étude de l'art pour ces enfantillages ! répliqua Linnaius, un rien réprobateur. En revanche, j'ai conçu à votre intention un compas qui vous permettra de garder le cap aussi précisément que possible. À condition d'avoir le vent en poupe, vous serez peut-être à bon port d'ici quelques heures, tout au plus. Mais, au cas où vous accosteriez loin de tout habitat humain, le prince a prévu assez de victuailles, ainsi qu'une tente. Quant à mes bâtons de feu qui se consument lentement, ils vous éviteront de geler sur pied à la nuit tombée.

— Des bâtons de feu ? répéta Kazimir, les sourcils froncés.

— Un de mes artifices favoris. Vous en trouverez le concept certainement amusant… (Linnaius souriait-il ? Elysia n'arrivait pas à se faire une opinion sur la question.) Et ça fournira à votre naturel curieux une énigme à éclaircir pendant les longues soirées d'hiver…

Quatre gardes poussèrent l'embarcation sur la glace, en serrant de toutes leurs forces les cordages d'amarrage tant les vents gonflaient déjà la voilure.

La tête rentrée dans les épaules, Kazimir les suivit en dérapant sur la glace. Il réussit à se hisser à bord, basculant tête la première sur le pont.

Dès qu'Elysia s'apprêta à l'imiter, un des gardes la rattrapa par un bras.

— Merci, j'ai bien besoin qu'on m'aide à garder l'équilibre.

Mais l'homme ne la lâcha pas. Un second prit Elysia par l'autre bras.

— Que faites-vous ? demanda-t-elle, étonnée.

— Vous devez rester, dame Nagarian. Sur ordre du prince.

— Mais… on m'a promis ! C'était la seule raison de ma venue… Que je revoie enfin mon fils !

— Je suis navré, mais ce sont les ordres, répondit le premier garde, courtois. Son Altesse a peut-être jugé qu'il était trop dangereux pour vous de…

— Dangereux ! explosa Elysia. Je me fiche du danger !

— Paré à larguer les amarres ! annonça un officier à tue-tête.

Elysia tenta d'échapper aux deux hommes pour monter à bord.

— Docteur ! hurla-t-elle avec le vent. Ils refusent de me laisser partir avec vous !

Il se retourna, étonné. Elle redoubla d'efforts pour se libérer, dérapant sur les galets givrés…

… Et vit le mage Linnaius lever une main et faire un geste, comme pour tirer sur une force invisible. Il l'orienta vers l'embarcation.

Brusquement arraché aux mains des gardes, le yacht des glaces s'élança sur la mer gelée. Les patins de bois et de métal gémirent longuement en filant sur le givre, emportant avec eux le long hurlement d'alarme de Kazimir.

Tombée à genoux, Elysia regarda, incrédule, le navire disparaître rapidement à l'horizon, en direction de l'Azhkendir.

Sans elle.

Chapitre 33

Les bras en croix, dos au portail, Kiukiu bloquait la voie qui conduisait au flanc enneigé de la montagne.

Les yeux rougeoyants de la luminosité amère du blizzard, Volkh la dominait de sa masse noire.

— *Enfant-sorcière, laisse-moi passer ! Nous avons un accord, toi et moi !*

— Vous ne reviendrez jamais, Volkh ! cria-t-elle. Votre place est ici, avec les morts !

La colère lui faisait oublier sa peur.

— *Alors, je prendrai ta place !*

Il tendit ses mains griffues pour l'attirer dans une froidure mortelle. Elle ferma les yeux, terrifiée à la perspective de ce qu'il pourrait lui infliger, redoutant le baiser cruel de l'hiver qui glacerait son âme à jamais…

Mais l'étreinte féroce ne survint pas. Tremblante, Kiukiu rouvrit les yeux… et vit Volkh en proie à des spasmes, comme s'il avait une crise. Des lambeaux neigeux et brumeux tourbillonnèrent autour de lui avant de fuser en direction de l'Autre Monde.

— Seigneur ? dit-elle timidement.

Volkh leva les yeux vers la jeune fille. La folie de l'hiver l'avait quitté. Soudain, Kiukiu avait devant elle un homme ténébreux et fier, le sombre Drakhaon qui avait été son seigneur et maître…

— *Est-ce terminé ?* demanda-t-il, perplexe.

— Oui, enfin. Vous êtes libéré, seigneur.

La morne plaine où ils se trouvaient disparut lentement. Kiukiu sentit dans ses cheveux la caresse des feuillages et découvrit un bosquet de bouleaux. Un soleil lointain transperçait la brume.

— *Libéré ?* répéta-t-il, comme s'il n'en croyait pas ses oreilles. *Enfin ?*

Des yeux d'un bleu plus sombre que ceux de Gavril plongèrent dans le regard de la jeune fille. Pour la première fois, elle vit à quel point Volkh ressemblait à son fils. Et elle devina chez lui l'ardent jeune homme qu'il avait dû être avant que le Drakhaoul commence à le corrompre, à le métamorphoser selon sa propre nature… Une profonde tristesse l'accabla – à la pensée de cette vie gâchée, détournée de sa voie initiale et de tant d'autres existences sacrifiées…

— Ici, vous trouverez la paix, dit-elle d'une voix mal assurée en gardant en tête les enseignements de Malusha. Allez, Volkh Nagarian. Allez en paix.

— *Oui,* souffla-t-il dans un état second. (Les feuilles d'or et d'argent bruissèrent, caressées par la brise.) *En paix…*

Il se détourna et s'enfonça entre les arbres éternels.

Les murs passés au lait de chaux étaient plongés dans l'obscurité. Le crépuscule cédait la place à la nuit. Un soudain appel d'air secoua le volet ouvert. Il charriait une petite odeur d'humus, venue de la forêt proche.

Sur sa couchette en bois, Kiukiu gisait comme morte.

Gavril alluma une bougie, produisant une fumée sombre aux senteurs miellées, réminiscence de l'été.

Dans une des tours, une cloche sonna pour appeler les moines à leurs dévotions vespérales. À la note grave et solennelle répondirent bientôt d'autres cloches, au tintement plus aigu, amorçant une clameur métallique répétitive.

Gavril se pencha sur Kiukiu, mais la jeune fille ne donnait aucun signe de retour à la conscience, en dépit du vacarme.

Se redressant, il fit les cent pas, frustré et irrité contre lui-même. Il ne pouvait pratiquement rien faire ! L'abbé Yephimy avait tenté de ramener Kiukiu à elle, mais ses efforts étaient restés vains. À présent, les moines priaient pour elle, comme si elle avait déjà rendu l'âme.

S'agenouillant auprès de son amie, Gavril repoussa d'une caresse une mèche de cheveux blond pâle de son front lisse.

— Mais tu n'es pas morte, n'est-ce pas, Kiukiu, tu es juste très loin d'ici…

Pas encore morte… Mais plus son esprit s'égarait dans l'Autre Monde, plus son retour parmi les vivants se révélerait hypothétique. D'autant que son corps s'étiolait.

— Je ne te laisserai pas mourir de consomption, lui chuchota Gavril à l'oreille.

Une journée entière s'était écoulée depuis que Jaromir était parti à la recherche de Malusha, avec l'espoir que le poney Harim retrouverait son chemin à travers les landes. Gavril aurait voulu accompagner Jaromir, mais celui-ci lui avait rappelé que la soudaine apparition d'un seigneur Nagarian serait considérée par la vieille femme comme une menace.

Sous la chaude lumière de la bougie, la peau de Kiukiu avait pris une légère teinte dorée. Et son visage reflétait une sereine vacuité…

Elle avait tant risqué pour exorciser le fantôme de Volkh… Trop risqué.

Une jeune fille pleure.

À l'orée des arbres, Kiukiu aperçoit une jeune femme, les bras frileusement serrés sur sa poitrine, comme si elle avait froid.

L'instinct pousse Kiukiu vers elle – alors qu'elle sait pourtant qu'il est dangereux de s'attarder.

— Qu'y a-t-il ?

— J'ai froid… J'ai si froid ! (Un soleil lointain caresse de ses rayons les cheveux blonds de l'inconnue.) Où est-il ? Je… ne le trouve pas…

— Qui cherchez-vous ?

— Ils l'ont tué ! Ils lui ont brisé les doigts, arraché les ongles, ils l'ont torturé…

Kiukiu se rapproche encore. Cette jeune femme… Elle la reconnaît. Et pour cause. Elle est son portrait craché.

— Où es-tu, Malkh ? Je te cherche depuis si longtemps ! Et maintenant, je suis perdue…

— Voulez-vous que je vous aide ?

Mère…, ajoute Kiukiu en son for intérieur.

— Oh, oui ! Mais il fait si froid…

— Le soleil brille. Ne sentez-vous pas sa chaleur ?

Lentement, la jeune femme relève la tête et semble émerger de l'ombre en découvrant la lumière solaire.

— La chaleur, souffle-t-elle, étonnée. Oh, oui, maintenant je la sens…

Ses mains retombent inertes le long de ses flancs. Elle ne tremble plus. Triste et lasse, elle contemple Kiukiu.

La colère rentrée que la jeune fille ressentait depuis toutes ces années, d'avoir été abandonnée par une pauvre mère folle à lier, s'évanouit. Elle découvre une femme à peine plus âgée qu'elle, brisée par les coups du sort.

Elle ne désire plus qu'une chose : chasser son chagrin et sa confusion.

— Venez avec moi, Afimia. Nous allons retrouver votre Malkh.

— Où est-elle ? Où est ma petite-fille ?

La voix chevrotante réveilla Gavril en sursaut. Il s'était assoupi sur la chaise en bois, au chevet de Kiukiu. La porte s'ouvrit en claquant et une vieille femme fit irruption, les cheveux en bataille. À la vue de Gavril, elle fut tellement défigurée par la haine que le jeune homme recula instinctivement, alarmé.

— *Comment osez-vous !* siffla-t-elle, virulente. Comment osez-vous occuper la même pièce que ma belle petite ! Vous n'êtes pas digne de lui cirer les bottes !

Elle cracha aux pieds du jeune homme.

Jaromir apparut sur le seuil.

— Malusha, allons ! Vous m'aviez promis…, la rabroua-t-il gentiment. Le seigneur Gavril est très différent de son père. Vous verrez.

— Différent, bah ! (Elle cracha derechef.) Ces Drakhaons de malheur sont tous les mêmes ! Ne sentez-vous pas la noirceur qui est tapie en lui, seigneur ? Ne voyez-vous pas le Drakhaoul, lové autour de son cœur ? Tôt ou tard, il se révélera dans toute sa malveillance ! C'est toujours comme ça.

La noirceur… Pourquoi ne voyait-elle que cela, en lui ? N'était-il pas resté nuit et jour au chevet de Kiukiu, à lui parler, à lui tenir la main, à tenter de la ramener à elle ?

— Sans votre maudit père, ma petite-fille ne se serait pas égarée dans l'Autre Monde ! (Tâtant le front pâle de Kiukiu, Malusha ferma les yeux, comme à l'écoute.) Et j'ignore si j'arriverai à l'atteindre maintenant… Ou si elle me suivra quand je l'aurai retrouvée… Sortez, tous les deux… (Elle prit son gusly.) Allez dehors, laissez-nous seules toutes les deux !

Déjà, elle pinçait les cordes de ses doigts noueux.

— Mais…, protesta Gavril.

— Allez.

Jaromir l'incita à sortir et referma la porte sur leurs talons.

Dans la pénombre glaciale du couloir en pierre, ils entendirent les premières notes de l'instrument, qui évoquaient une vague qui se brise sur la grève.

D'autres suivirent, hymne à une tempête féroce…

Puis la voix de Malusha leur parvint également. Gavril aurait pensé entendre une voix frêle et chevrotante de vieille femme. La puissance du chant l'étonna.

Il restait peut-être un espoir, tout compte fait…

Les frondaisons des bouleaux brillent au soleil, gris-argenté et or.

Tout à sa quête, Kiukiu erre dans la forêt. Mais elle marche depuis si longtemps maintenant qu'elle a presque tout oublié de l'homme qu'elle cherche… et de la raison de sa quête.

Afimia la suit.

— C'est si paisible ici…

La douce lumière tamisée berce sa peine. Lentement, son pas ralentit.

— Ne restez pas en arrière, Afimia.

— Pourquoi se presser ? demande celle-ci d'une voix rêveuse.

Dans la couronne d'un arbre, un oiseau chante. Ses trilles évoquent un friselis, un goutte-à-goutte cristallin.

Il chante…

Quelque chose… en rapport avec le chant.

Entre les troncs minces des arbres, Kiukiu voit une étendue d'eau briller au soleil. Nappé de brume dans le lointain, un grand lac gris s'étend à perte de vue. Sa surface calme ondule jusqu'aux berges en pente douce.

Assis, le dos contre un arbre, un homme contemple la brume.

Kiukiu se rapproche. Il ne tourne pas la tête vers elle. Il semble ignorer – ou se ficher – de sa présence.

Elle est frappée par sa jeunesse – il a peut-être vingt-deux ou vingt-trois ans – et remarque ses cheveux châtain clair qui lui arrivent aux épaules. Elle lui trouve un air familier. Mais lequel ? Ce menton bien dessiné, ces pommettes… ce front haut ?

— Je crois savoir qui vous êtes, lance-t-elle, timide.

Il ne lève même pas les yeux. À présent, ça ne fait plus l'ombre d'un doute. Et cette certitude la blesse étrangement. Alors qu'elle n'aurait jamais cru pouvoir éprouver de la peine en un tel lieu…

— Votre nom est Malkh. Malkh le Guslyar.

Il lui jette un coup d'œil, de ses yeux gris-bleu aussi clairs que les siens. Il la regarde comme si elle était invisible.

— Je suis venu là pour oublier ce nom, dit-il enfin, après un long silence.

Il a une voix claire et agréable de chanteur. Il se détourne déjà de la jeune fille, comme s'il ne voyait en elle aucun intérêt.

Elle s'agenouille près de lui.

— Je suis votre fille, Kiukiu !

Il secoue lentement la tête.

— Vous vous trompez. Je n'ai pas eu d'enfants.

— Je suis née après votre mort. Ma mère était Afimia. Vous devez vous souvenir d'elle.

Enfin, une ombre passe sur le visage de l'homme.

— Afimia ? répète-t-il.

— Je vous en prie, rappelez-vous !

Qu'il réagisse si peu inquiète Kiukiu. Malusha l'avait prévenue, pourtant. Il fallait s'y attendre. Mais la jeune fille avait malgré tout espéré assister à de vraies retrouvailles…

— Il y avait une femme, qui avait vos cheveux… D'un blond plus pâle, peut-être, au soleil…

L'effort semble trop lui coûter. Il s'emmure de nouveau dans le silence.

— Elle est là. Avec moi.

— Afimia est ici ?

Un autre soupçon d'intérêt…

— Regardez !

Kiukiu fait signe à Afimia d'approcher. Dans la lumière dorée mouchetée d'ombres feuillues, la jeune femme a davantage l'air d'un esprit des bois que d'un être humain. Ses grands yeux nerveux font penser à ceux d'un faon.

— Malkh ? souffle-t-elle, incertaine.

Kiukiu implore sa mère du regard – et saisit soudain un souvenir ensanglanté, la vision d'un homme mutilé au corps désarticulé pendu dans la cour du château, laissé à pourrir aux quatre vents…

« Ne les regarde jamais dans les yeux ! »

L'injonction de Malusha résonne aux oreilles de la jeune fille.

— Afimia…

Malkh se lève lentement.

— Ils… t'ont tué ! À cause de moi… Si je ne t'avais pas supplié de rester…

— La mort ne nous atteint plus, en ce lieu. Plus rien ne compte.

— Malkh… (Cette fois, Afimia sourit et en est transfigurée.) C'est vraiment toi !

Le jeune homme vient à sa rencontre. Leurs corps se touchent et semblent fusionner, devenant indissociables l'un de l'autre.

— Soyez en paix, murmure Kiukiu.

Le couple réuni s'éloigne le long du lac, disparaissant dans la brume dorée.

Ici, sous l'or du soleil, tout est gris et argent. Des couleurs pastel, des eaux grises léchant des berges argentées, le doux bruissement du vent à travers les feuillages eux aussi saupoudrés d'argent…

— Enfin te voilà, mon enfant !

Kiukiu releva la tête. Une femme longeait le lac à sa rencontre.

— Il est temps de repartir.

De quoi parlait cette inconnue ?

— Repartir où ?

La femme la rejoignit.

— Kiukiu, tu ne me reconnais pas ? Par le ciel, mon enfant, tu n'es là que depuis peu. Ces lieux t'auraient-ils déjà envoûtée ?

— Ces lieux ?

— Ce lac est celui de l'Oubli. Et de la Guérison. Mais ton heure n'est pas venue, petite. Tu dois rentrer avec moi maintenant.

Kiukiu secoua la tête.

— Je ne veux pas m'en aller. C'est si calme ici, si paisible…

La femme soupira, exaspérée.

— Plus tu resteras éloignée de ton enveloppe charnelle, plus dur ce sera ensuite. Ton corps vieillira et se racornira. Allez ! Es-tu donc déjà fatiguée de vivre ? N'y a-t-il personne, là-bas, qui ait besoin de toi, qui te porte dans son cœur ?

— Il y avait quelqu'un…

En fouillant sa mémoire, Kiukiu contempla la brume.

— Réfléchis ! Le dernier homme que tu aies vu avant de venir ici ?

Des yeux bleu océan, de cet océan scintillant d'un lointain pays ensoleillé…

— Le seigneur Gavril, murmura-t-elle.

— Eh bien, on s'en contentera, maugréa la femme. Le seigneur Gavril… Concentre-toi sur son souvenir, Kiukiu.

Une vision éblouissante de neige lumineuse traversa l'esprit de la jeune fille. La brume grise s'évapora. Elle se *souvint.* Et reposa les yeux sur Malusha.

— Grand-mère ! Que fais-tu là ?

— Enfin ! (Malusha la tira par le bras, la remettant sur ses pieds.) Viens, dépêchons-nous. À force de nous attarder, nous finirons par tout oublier. Et nous ne pourrons plus rebrousser chemin.

— Mais… mon père ! Je l'ai retrouvé et je dois…

— Plus tard, il y aura bien le temps plus tard ! (Malusha l'entraîna loin des berges du lac.) Garde les yeux tournés vers les arbres, Kiukiu. De ce côté-là, il y a un portail…

Mais la jeune fille ne voyait que des bouleaux, un labyrinthe végétal délicatement teinté d'argent… Aucune trace de portail. L'affolement s'empara d'elle. Elles ne le retrouveraient jamais et erreraient l'éternité durant dans ce dédale sans fin, leur quête vouée à l'échec…

Malusha s'arrêta et la gifla.

— Aïe !

— Voilà qui t'apprendra à te faire des réflexions aussi stupides ! Dis-toi bien qu'en un lieu pareil, toutes tes pensées deviennent réalité ! Alors, nous allons retrouver ce portail et rentrer *chez nous !*

La joue cuisante, Kiukiu hocha la tête.

Sans Malusha à ses côtés, elle ne l'aurait pas détecté. Le portail chatoyait d'un miroitement lointain à peine perceptible à l'œil nu… Un voile éphémère de poussière dorée dansant sous les rayons obliques du soleil comme au travers d'une fenêtre poussiéreuse, ou des frondaisons touffues d'arbres entourant une clairière…

— Vite !

La tête baissée, Malusha serra la main de sa petite-fille et accéléra le pas, de peur que l'apparition ne s'éclipse subitement.

En pleine course, Kiukiu s'aperçut que des ombres les suivaient – au pas de charge.

— On nous a prises en chasse ! s'écria-t-elle.

— Ne t'en occupe pas ! répondit Malusha en lui agrippant la main de plus belle. Ne regarde surtout pas en arrière ! Fonce !

Des ombres… Affamées de vie et d'amour… Sous son œil intérieur, Kiukiu découvrit les Âmes Perdues et leur terrible regard vide et froid, leurs mains griffues tendues… Elle eut conscience de leur faim dévorante…

C'est moi qu'elles veulent ! Moi et mes forces vitales… Elles ne me libéreront jamais !

Hors d'haleine, les deux femmes atteignirent le portail. Malusha projeta son poing en avant. Les ombres gagnaient du terrain, convergeant vers leurs proies… Des mains avides se tendirent, agrippant déjà Kiukiu par les jambes…

— Ne les laisse pas te suivre ! hurla Malusha.

Le portail béa soudain. Sa grand-mère projeta Kiukiu au travers.

Et la jeune fille tomba dans des ténèbres sans fin, perdue, seule au monde.

Chapitre 34

— Maintenant vous êtes vraiment… le fils de votre père…

Adossé à une petite montagne d'oreillers, Kostya bafouilla ces mots dans un murmure. Gavril dut se pencher pour l'entendre. Le vieux guerrier avait encore mauvaise haleine. Ça empestait le sang et le pus.

— Jushko m'a dit… Jaromir Arkhel est défait et… l'esprit de votre père est en paix…

— Ne le fatiguez pas, seigneur, dit Sosia, qui tenait un bol d'eau chaude. Il a besoin de repos.

— Cesse de me materner, femme ! chuchota Kostya, avec un soupçon de son ancienne férocité.

La blessure paraissait l'avoir vidé de ses forces, lui coûtant sa vitalité. De mince, son visage était devenu émacié, et ses mains scarifiées reposaient sur sa couverture. Il avait une respiration difficile. De temps à autre, des quintes de toux le secouaient, lui arrachant des grimaces de douleur.

— Jushko est un bon élément, reprit-il après quelque temps. Il fera un honnête bogatyr. Il est plutôt renfermé, mais il connaît bien ses hommes. Et il est loyal. Plutôt que de vous trahir, seigneur, il donnerait jusqu'à la dernière goutte de son sang.

— Pourquoi parlez-vous de lui ? s'irrita Sosia. C'est encore vous le bogatyr de notre seigneur, Kostya !

— Dans l'état où je suis, je ne vous sers à rien, seigneur, répondit le blessé en détournant la tête. Et il vous faudra un nouveau bogatyr. Michailo ne baissera pas les armes de lui-même. Pour ce que nous en savons, il est peut-être déjà en train de lever une petite armée, de planifier les étapes de sa campagne…

— Une révolte ? s'écria Sosia, sidérée. Une guerre civile ?

— Il faut l'écraser, seigneur, continua Kostya en tentant de se redresser. Mater la rébellion avant qu'elle prenne de l'ampleur. Et empêcher *cette femme* de prendre le pouvoir ! Elle le manipule tant et plus. Comme elle l'avait fait avec votre père…

En toussant, il retomba sans force contre ses oreillers.

Bol et linge en main, Sosia se précipita.

— Assez d'émotions pour aujourd'hui ! décréta-t-elle avec fermeté en lui essuyant la bouche.

Gavril surprit des taches brunâtres de sang sur le linge. Et le regard triste et résigné que Sosia lui lança par-dessus la tête baissée de Kostya en rinçant le tissu dans de l'eau propre…

— Je vous laisse vous reposer, conclut le jeune homme, ignorant que dire d'autre.

En se penchant, il posa une main sur l'épaule du bogatyr.

— Me reposer, maugréa Kostya. Bah, c'est bon pour les vieillards ! Maudit soit Michailo de m'avoir mis dans cet état ! Qu'il aille à tous les diables !

— Je vous accompagne à la porte, seigneur, déclara Sosia à haute et intelligible voix.

Une fois dans le couloir, elle ajouta :

— Vous voyez, seigneur ? Il lutte de toutes ses forces, mais pour la première fois de sa vie, il est en train de perdre… Et il ne comprend pas pourquoi.

— Sosia, j'ai des nouvelles pour vous. Mais vous seule devez les entendre.

Elle lui jeta un regard irrité.

— Je ne peux pas le laisser. Il pourrait avoir besoin de quelque chose.

Gavril réalisa alors qu'une nouvelle relation s'était nouée entre le bogatyr et elle. Une sorte d'altération dans l'équilibre des forces – et de la dépendance… Kostya avait soudain besoin de Sosia, et celle-ci adorait se sentir utile.

— Alors, dans l'intervalle, faites venir une des filles à son chevet.

— Très bien, seigneur.

Gavril entraîna ensuite Sosia dans une petite antichambre et ferma la porte sur eux en espérant que personne ne viendrait épier par le trou de la serrure.

Il désigna un siège.

— Vous feriez mieux de vous asseoir.

Sosia s'alarma.

— Pourquoi ? Encore de mauvaises nouvelles ? Tout de même pas !

— De bonnes, au contraire. (Il attendit qu'elle se soit installée.) Kiukiu est vivante.

Sous le choc, Sosia blêmit puis s'empourpra.

— Vivante ? Mais… les loups !

— Vous ne devrez en parler à personne. Ce sera un secret entre nous deux. Il le faut ! Dans son intérêt…

Prononcer le nom de la jeune fille était pour lui un tourment. Il croyait, en la laissant au monastère, la chasser de ses pensées. Mais plus que jamais, le souvenir de la jeune fille s'imposait à lui, avec son regard d'un gris-bleu intense voilé par tout ce qu'elle avait subi en son nom dans le royaume des esprits…

— Comment peut-elle être en vie ? Vous avez retrouvé son baluchon dans la neige...

— Je ne connais pas encore toute l'histoire. Mais elle va bien et se trouve entre de bonnes mains. Je voulais que vous le sachiez. Et que vous gardiez le secret jusqu'à ce que...

Un cri perçant retentit.

— Que se passe-t-il ? s'exclama Sosia en bondissant de son siège pour courir à la porte.

Gavril la suivit.

Une des servantes courait à l'étage. Gavril l'entendit sangloter de frayeur.

— De la sorcellerie ! hoqueta-t-elle, dans tous ses états.

— Des idioties de jouvencelle ! pesta Sosia. Je suis navrée, seigneur, je vais de ce pas y remettre bon ordre.

Gavril hocha la tête. Sosia paraissait presque heureuse de cette distraction – de ne plus avoir à parler de Kiukiu. Il retourna dans l'antichambre et contempla par la fenêtre les jardins négligés, couverts d'un blanc manteau scintillant. Il ne neigeait plus et un soleil timide perçait de fins nuages. Mais il faudrait attendre le dégel pour que les couches de neige accumulées aient toutes fondu.

Avec des conditions climatiques aussi rudes, Michailo n'avait pas pu fuir bien loin. Surtout avec Lilias et le petit Artamon à prendre en considération...

— Seigneur ? (C'était encore Sosia.) Je crois que vous feriez mieux de venir avec moi.

Sosia avait rassemblé les domestiques dans les cuisines. Tous s'étaient docilement alignés en rang, la tête baissée, comme des malappris d'écoliers pris en flagrant délit.

— Ilsi a quelque chose à dire que vous devriez entendre, seigneur, reprit Sosia. Allez, Ilsi !

Ninusha poussa la jeune fille en avant.

— On dit que je perds la tête, seigneur... Mais je sais ce que j'ai entendu ! Dans *ses* appartements... N'ai-je pas toujours répété que c'était une sorcière ?

— Elle parle de Lilias, précisa Sosia.

— J'étais dans sa chambre, occupée à recouvrir le lit et tout le mobilier de housses, comme on me l'avait ordonné. Après tout, dame Lilias est partie si précipitamment qu'elle n'a même pas emporté ses bijoux !

— Tu n'étais pas en train de les essayer, par hasard ? ricana Ninusha.

Ilsi lui jeta un regard mauvais.

— Et... c'est alors que j'ai entendu cette voix ! (Elle posa une main sur son cœur, comme pour réprimer son émotion.) C'était... assez flou et indistinct, dans mon dos... Alors que je me trouvais seule ! Sur le coup, j'ai failli m'évanouir d'effroi !

— Si tu en venais au fait, Ilsi ! la rabroua Sosia.

La jeune fille lui lança un coup d'œil plein de ressentiment.

— J'y viens. Donc, il n'y avait personne d'autre que moi dans la pièce. La voix provenait de cette espèce d'horloge qui trône sur le manteau de cheminée. Et à laquelle il ne fallait surtout pas toucher… Vous vous rappelez ? *« Bas les pattes, sale paysanne mal dégrossie ! »*, dit-elle en singeant Lilias.

— Une voix venant de cet objet ? résuma Gavril avec lassitude. (Il en conclut qu'il perdait encore son temps.) Il doit s'agir d'un jouet mécanique quelconque. Ou d'une boîte à musique… Tu as peut-être activé le mécanisme à ton insu ?

— Ça m'a parlé ! insista Ilsi. Ou plus exactement, ça lui parlait à elle ! *« Lilias, êtes-vous là ? Dysis, où est votre maîtresse ? Veuillez répondre ! »* Voilà ce que ça répétait.

— De la sorcellerie, chuchota Ninusha, ses grands yeux arrondis de stupeur. Des voix de démon. *Ses* familiers…

— Montre-moi, ordonna Gavril.

— Vous devez être prudent, seigneur. Il pourrait s'agir d'un piège…

— Montre-moi, c'est tout.

Des draps et des housses couvraient les sofas en soie rayée, les tabourets tendus de velours et les tables de jeu en marqueterie. Seuls les ornements du manteau de cheminée restaient découverts.

— Là, seigneur, dit Ilsi, en montrant du doigt.

Une cloche en verre protégeait le mécanisme : une structure scintillante en cristal et en métal finement ciselé. À l'instar d'Ilsi, Gavril avait cru à une sorte d'horloge. Mais, à seconde vue, force était d'admettre que ça ne ressemblait à aucune pendule connue. Circonspect, le jeune homme tapota la cloche en verre. Avec un déclic, l'appareil s'ouvrit, actionné par des gonds invisibles. À l'intérieur, le mécanisme brillait encore davantage. Gavril perçut une légère vibration et, fasciné, se pencha.

— Qu'est-ce que ça peut être ? murmura-t-il pour lui-même.

Le petit bourdonnement s'accentua en crépitant.

— Attention, seigneur ! souffla Sosia, nerveuse.

— *Lilias ? Lilias ? Vous m'entendez ? Répondez, je vous prie !*

Ilsi poussa un petit cri. Étonné, Gavril recula. La voix, presque indistincte, provenait du mécanisme.

— *Répondez !*

— Allez, Ilsi, chuchota Gavril.

— Je… ne peux pas !

— Dis que tu es Dysis.

— Je vous en prie, seigneur, ne m'obligez pas…

— Tu le dois !

Il l'attrapa par une main pour la traîner devant l'appareil.

— Mais on saura que je ne suis pas Dysis !

— *Répondez !*

Gavril serra le poignet de la jeune fille.

— Parle !

— Hum... Je suis... Dysis...

— *Enfin ! Toutes ces semaines, sans la moindre nouvelle... J'ai craint le pire.* (Une bouffée de parasites faillit étouffer le filet de voix.) *Vous m'entendez ?*

— Demande qui parle, souffla Gavril à l'oreille d'Ilsi, toute tremblante.

— Qui parle ?

— *Féodor, qui d'autre ? Écoutez, Dysis, maintenant que cette interruption infernale est enfin derrière nous, j'ai des nouvelles capitales pour votre maîtresse...* (Une nouvelle bouffée de parasites avala pratiquement le reste.) *Le seigneur Gavril... sa mère Elysia...*

— Quoi ? siffla Gavril, plein d'appréhension.

— Je... vous en prie, répétez, bafouilla Ilsi.

— *Dites à Lilias que le prince Eugène détient Elysia Andar. Elle doit persuader le seigneur Gavril de...*

Le jeune homme repoussa Ilsi.

— En ce moment même, vous parlez à Gavril Nagarian ! Qu'est-il arrivé à ma mère ? Et qui êtes-vous ?

Le silence tomba, ponctué de crépitements.

— Répondez ! rugit Gavril.

— *Altan Kazimir est notre émissaire... Vous le trouverez à Narvazh. Et vous suivrez ses instructions à la lettre. Que vos hommes ne lui fassent aucun mal, surtout.*

— Kazimir ? Le docteur Kazimir ? répéta Gavril.

— *Vous devrez faire exactement tout ce qu'il vous dira. Ou votre mère en subira les conséquences.*

Gavril cria. La communication s'interrompit. Son premier élan fut d'attraper le mécanisme pour le fracasser au sol et en pulvériser la perfection cristalline, mais il retint son geste.

Relevant les yeux, il croisa le regard d'Ilsi, aussi blanche que son tablier de lin amidonné.

— Votre mère, seigneur...

— Comment peut-elle être au Tielen ? dit-il, déconcerté. Elle qui vit en Smarna, à des centaines de lieues de distance... Pourquoi diable irait-elle au Tielen ?

— On l'a peut-être enlevée ? chuchota Ilsi, les yeux ronds.

Des silhouettes furtives, se faufilant dans la villa Andar au clair de lune, un bruit de verre brisé, le cri terrifié d'une femme...

Cette idée même suffit à remplir le jeune homme d'une colère froide et irrationnelle.

— Appelez Jushko !

Ainsi donc... Lilias était une espionne. Cela au moins avait un sens. Dans une certaine mesure... Mais à la solde de qui ? Elle était originaire du Muscobar, pas du Tielen.

Qu'avait-il pu se passer dans le reste du monde, pendant tout le temps où l'hiver l'avait retenu dans cette région désolée ?

Jushko apparut sur le pas de la porte.

— Seigneur… Ilsi m'a bafouillé une histoire à dormir debout…

Gavril lui désigna l'objet sur le manteau de la cheminée.

— Ce mécanisme n'est pas une pendule mais une sorte d'appareil de communication. Un dénommé Féodor vient de m'avertir que ma mère était l'otage du prince Eugène de Tielen.

— Quoi ? s'écria Jushko, incrédule.

— Et le docteur Kazimir serait dans un endroit appelé Narvazh. Il a des instructions à me donner.

— Kazimir… à Narvazh ? répéta Jushko. Donc, Lilias et lui étaient depuis le début à la solde du Tielen ? Quelle bande de vipères, à eux deux ! Plus vite nous rattraperons Lilias, mieux ce sera. (Il inspecta le mécanisme d'un œil suspicieux.) Mais votre mère… Quelle preuve avons-nous qu'elle est entre leurs mains ? Avez-vous entendu sa voix ? Vous a-t-elle parlé ?

— Ce serait faux, à votre avis ?

— Naturellement ! s'exclama Jushko, sans chercher à dissimuler son dédain.

C'était là l'interprétation qu'un vétéran comme lui pouvait faire de la tactique du prince Eugène. Et même s'il ne fallait y voir aucune critique intentionnelle, Gavril la ressentit pourtant comme telle, y voyant les reproches d'un druzhina de plus vis-à-vis de ses lacunes en tant que chef.

— N'en croyez pas un mot. Pas tant qu'elle ne vous aura pas parlé et que vous serez certain qu'il s'agit bien d'elle.

— Si seulement je pouvais rétablir le contact… (Gavril tâtonna et pressa différentes pièces de l'appareil en cristal, cherchant à le ramener à la vie.) Il doit y avoir un truc… une astuce… Sacré nom de nom, je n'arrive pas à faire marcher ce maudit mécanisme !

Le sang cognait sourdement à ses tempes.

— On ment, je vous dis, insista Jushko.

— Mais à supposer que ma mère ait été victime d'un enlèvement ?

Le mal de tête de Gavril empira. Arpenter le château du Drakhaon comme une âme en peine en attendant que les druzhina retrouvent Altan Kazimir le rendrait fou.

— Jushko, je pars avec une escouade à la recherche de Kazimir. Je vous veux à mes côtés.

— Oui, seigneur !

— Quant à Lilias et au rôle qu'elle a joué dans cette conspiration… J'entends qu'on la ramène ici pour répondre aux questions. Vivante ! (Gavril pressa une main sur son front.) Qu'un homme reste près de cette machine. Au premier signe de communication, je devrai être prévenu.

Le vent mordant véhiculait une familière odeur iodée.

— La mer ! s'exclama Gavril. Nous ne sommes plus loin !

Il fit signe aux druzhina de presser l'allure. Sous l'aiguillon d'appréhensions croissantes, il avait galopé à travers les landes, s'arrêtant à peine pour laisser souffler les chevaux, continuant même de nuit, au clair de lune. Jushko avait envoyé des éclaireurs à Narvazh. Mais, pour l'instant, aucun d'eux n'était revenu au rapport.

Soudain, Gavril en repéra un, qui arrivait vers eux à fond de train. L'homme était à demi couché sur sa selle, comme pour tenter d'échapper au feu ennemi.

Il tira sèchement sur les rênes de sa monture. L'arrêt brutal fit gicler des mottes de neige à la ronde.

— Narvazh… attaqué ! souffla-t-il, hors d'haleine. Aucun signe de… Kazimir !

À cette nouvelle, Gavril sentit une colère noire l'envahir.

— Attaqué ? Par qui ? Les agresseurs sont toujours là ?

À bout de souffle, l'éclaireur secoua la tête.

— En avant ! hurla Gavril. Tous à Narvazh !

Niché dans un vallon, en contrebas, Narvazh regroupait des cabanes de pêcheurs en pierre grise et des entrepôts, bien abrités des vents violents de la mer de Saltyk.

En haut d'une éminence, Gavril et ses druzhina mirent pied à terre et contemplèrent le petit port. Le vent soufflant de la mer gelée leur piquait les oreilles, les yeux et les narines. Il n'y avait aucun mouvement, aucun filet de fumée ne montait des cheminées… Gavril crut entendre un toussotement, au loin.

L'éclaireur leur fit signe de mener leurs chevaux par la bride le long d'un sentier tortueux, à flanc de falaise. En abordant le village, les cavaliers découvrirent d'abord des tonneaux de salaisons renversés et crevés, dont le contenu s'était répandu sur les rochers.

— Tout ça ne me dit rien qui vaille ! bougonna Jushko. J'ai le sentiment qu'on se jette dans la gueule du loup…

Il renvoya deux hommes au sommet, pour surveiller les alentours.

Une porte claqua… Sabre au clair, Jushko fit volte-face. Haches et arbalètes au poing, les druzhina s'immobilisèrent.

— Sortez ! cria Jushko. Montrez-vous !

Dans l'une des chaumières, Gavril aperçut du coin de l'œil une ombre suspecte. Faisant fi de la douleur, il ouvrit ses lèvres gercées.

— Là !

Deux druzhina défoncèrent la porte à coups de pied et traînèrent au-dehors un homme qu'ils jetèrent dans la neige.

Tendant les bras en un geste de supplication, l'inconnu se recroquevilla.

— Pitié, mes seigneurs…

— Ce n'est pas Kazimir, dit Jushko, déçu. Debout, toi ! Nous ne te voulons aucun mal. Explique au seigneur Drakhaon ce qu'il s'est passé ici.

— Seigneur… Drakhaon, balbutia l'homme, plus terrifié que jamais. Des soldats… arrivés par la mer gelée… ont ouvert le feu… Une fumée blanche s'est répandue… Ça a rendu tout le monde malade !

— Déployez-vous ! ordonna Jushko aux druzhina. Et fouillez partout !

— Combien de soldats ? demanda Gavril.

Le rescapé haussa les épaules.

— Difficile à dire… avec toute cette fumée…

— Plus que mes druzhina ?

— Oh, oui ! (L'homme hocha la tête avec lassitude.) Beaucoup plus…

— Et de quel côté sont-ils partis ? demanda Jushko.

— Impossible de voir…

— Nous cherchons un docteur, qui s'appelle Kazimir, dit Gavril.

L'homme haussa encore les épaules.

— Jamais entendu parler…

— Et où sont tous les villageois ?

Gavril crut de nouveau entendre des toussotements.

— Malades… Les très jeunes comme les vieillards sont très malades… Notre bétail agonise. Cette fumée blanche… devait être toxique…

— Regardez ça, seigneur Drakhaon !

Un des druzhina revenait en exhibant à la pointe de son sabre un bout de métal tordu.

Gavril le prit dans sa main gantée et l'examina. Ça ressemblait à une douille – mais en bien plus grand que n'importe quelle munition de sa connaissance, du moins en Smarna. Le métal luisait faiblement et paraissait enduit d'une substance inconnue. Prudent, Gavril le porta à son nez.

— *Ouh là !* s'exclama-t-il, en lâchant l'objet malodorant dans la neige. Ce n'est pas de la poudre à canon, en tout cas !

Le résidu desséché exhalait une odeur âcre et désagréable, qui n'était pas sans rappeler certains composés toxiques que lui-même utilisait pour ses mélanges de peintures à l'huile.

De la chaumière à la porte ouverte monta une plainte. En se retournant, Gavril vit, appuyée au chambranle, une fillette d'une pâleur maladive.

— Papa…, gémit-elle, en tendant les bras.

Son faible cri s'acheva sur une quinte de toux.

— Retourne au chaud, Milla ! lança l'homme en se relevant pour courir la prendre dans ses bras.

La respiration sifflante, la fillette luttait pour aspirer le moindre souffle d'air. Ses côtes saillant sous sa peau se soulevaient et s'abaissaient à une vitesse anormale.

Pourquoi ces agresseurs s'en étaient-ils pris à d'innocents villageois ? Indigné, Gavril se détourna en serrant les poings.

— Vous avez entendu, seigneur Drakhaon ? lui murmura Jushko à l'oreille. Qu'ils étaient arrivés par la mer ? Ces soldats venaient du Tielen !

Un des éclaireurs reparut à l'autre bout du vallon, glissant et dérapant sur les rochers gelés.

— Nous avons décelé des traces ! En direction du nord…

Jushko donna un coup de pied brutal au fragment métallique, l'expédiant à plusieurs mètres, dans la neige.

— Sus à ces chiens ! gronda Gavril.

Alors que les druzhina suivaient les éclaireurs, menant leurs chevaux par la bride le long des dunes balayées par le vent, Gavril était accablé par un tumulte de prémonitions et d'appréhensions. Cette humeur explosive s'était emparée de lui, comme aux abords de Klim... Il pouvait – et pourrait – tout faire.

Quant aux conséquences...

Contrôle-toi !

Il s'obligea à se concentrer sur ce qui l'environnait.

Quelle grève rocailleuse et morne, avec ses rocs à pic et ses pierres frangées de sel blanc...

Au-delà, la mer, qui aurait dû battre les récifs avec la folle énergie des déferlantes, restait au contraire d'une inertie étale, immense à-plat d'eau gelée... Et plus loin encore, par-delà la mer de Saltyk, une ligne brunâtre suggérant l'existence d'autres terres – le Tielen, d'après Jushko...

— Où est Kazimir ? marmonna ce dernier en scrutant les glaces vert-de-gris.

— Par ici ! s'écria un des druzhina, qui se trouvait un peu plus loin sur la plage.

Quelque chose gisait, à demi dissimulé par du bois flottant et de la toile.

— On dirait une sorte de radeau, dit Jushko en écartant les branchages. Voyez, on a fait de cette toile une sorte de voile.

Gavril s'agenouilla pour inspecter la trouvaille de plus près.

— Ce n'était pas une embarcation, le fond est parfaitement plat... On dirait plutôt un traîneau géant. Ou un genre de luge...

— En provenance du Tielen ? L'œuvre de Kazimir ?

Avant que Gavril puisse répondre, il y eut un craquement sec, comme si la glace se fendait. Y répondirent vite de nombreux autres...

— Une embuscade ! À terre, seigneur ! siffla Jushko en le poussant au sol.

Une explosion de douleur... Les ténèbres...

Un druzhina roula sur le flanc en grognant et en se tenant l'épaule... Un autre gisait le nez dans la neige. Les survivants plongèrent derrière de grosses pierres pour échapper au déluge de balles.

— Où sont-ils ? bougonna Jushko, les mâchoires serrées. Et pourquoi ne les avons-nous pas repérés ?

Gavril secoua la tête pour dissiper les derniers vestiges du lien de sang brutalement rompu. Il n'avait pas besoin de regarder pour savoir qu'un de ses hommes était mort, une balle dans la tête.

— Kazimir, hein ? On ne l'a pas volée, celle-là ! ricana Jushko, plein d'autodérision. Les Tiels doivent nous prendre pour de fieffés imbéciles ! Nous sommes plus faciles à berner que des bécasses !

— Ici, nous n'avons pas la moindre chance contre des types armés de carabines. Ils peuvent nous éliminer un par un...

Tendant l'oreille, Gavril scruta les falaises qui se dressaient dans leur dos. Il guettait le déclic caractéristique des armes à feu qu'on recharge.

— Nos éclaireurs sont toujours là-haut...

— Chut ! dit Gavril dans un murmure. Écoutez...

— Je n'entends rien.

— Exactement. S'ils s'apprêtaient à nous tirer de nouveau dessus, on les entendrait au moins recharger leurs armes.

Jushko avait rappelé l'existence des éclaireurs, dans les parages. Les yeux clos, Gavril chercha mentalement à les localiser.

Druzhina... On m'attaque ! À moi !

Dans les montagnes, ils n'avaient pas capté son appel. Mais à présent, il crut percevoir une faible réponse et surprendre du coin de l'œil un mouvement furtif, dans des buissons et des ajoncs gelés, en hauteur.

— Nos hommes sont sur la falaise, Jushko. (Il se leva.) Allez, Tiels, montrez-vous ! brailla-t-il en langue commune. Vous êtes cernés !

Les bras croisés en une attitude méprisante, Jushko imita son seigneur, comme pour provoquer leurs agresseurs embusqués. Soudain, il émit un petit sifflement.

— Eh bien... voyez-vous ça !

Le pied découpé de la falaise parut onduler, comme si une brume se dissipait à vue d'œil.

Là où il avait semblé n'y avoir que de la roche nue, des soldats en uniforme apparurent comme par enchantement. Tous braquaient leur carabine sur Gavril, qui refoula une soudaine attaque de panique.

— Je suis Gavril Nagarian. Je devais rencontrer Altan Kazimir ici. Où est-il ?

Il vit les soldats jeter des regards inquiets à leur commandant. Guère plus âgé que lui-même, l'officier supérieur avait une crinière d'un blond arctique que son tricorne avait du mal à contenir.

L'avait-on compris ? se demanda Gavril. Son nom signifiait-il quelque chose pour eux ?

Lentement, il tendit une main. À la lumière d'un pâle rayon de soleil, des griffes bleu saphir miroitèrent.

— Dites à vos hommes de jeter leurs armes.

De petites décharges d'une énergie à peine contenue parcoururent son bras tendu.

Je resterai maître de moi-même !

Subjuguer les sombres pulsions qui menaçaient de le déborder exigeait qu'il mobilise toute sa volonté.

Les Tiels lui lancèrent des regards incertains. À son tour, le jeune officier leva un bras. Ses premiers hommes tombèrent sur un genou, mettant Gavril en joue. Ce n'était pas du tout ce que celui-ci avait imaginé...

Le commandant baissa brutalement la main.

— Feu !

Une fusillade nourrie éclata.

— Attention ! hurla Jushko en tentant de pousser Gavril à l'abri du danger.

Des balles ricochèrent sur les rochers, derrière eux, et explosèrent.

Une, plus grande que les autres, termina sa course aux pieds de Gavril et, à son grand étonnement, s'ouvrit comme une fleur.

— Au nom du ciel !

Un étrange bourdonnement couvrit son exclamation. Des nuages de fumée blanche montèrent en sifflant de la douille ouverte, glissant comme des lambeaux de brume au-dessus de la plage, dissimulant les Tiels. Une odeur chimique empoisonna l'atmosphère.

— Couvrez-vous le visage ! hurla Gavril.

Il sortit son mouchoir pour le plaquer sur son nez et sa bouche.

Il ne savait qu'une seule chose : on les attaquait.

Il devait riposter. Ou mourir.

La tête baissée, Gavril traversa au plus vite les vapeurs blanches qui tournoyaient au-dessus des dunes.

Ses yeux le piquaient. Il avait au fond de la gorge l'arrière-goût âcre de la fumée toxique. S'armant de courage, il continua.

Derrière lui, il entendait ses hommes tousser et cracher.

Devant, il voyait des silhouettes indistinctes en train de se replier. À la faveur de leur écran de fumée nocif, les Tiels battaient en retraite.

Alors que la population de Narvazh n'avait offert aucune résistance, les Tiels avaient ouvert le feu sans faire de distinction, tirant sur les hommes, les femmes et les enfants. Maintenant, c'était à leur tour d'être pris pour cibles...

Des flammes jaillirent des doigts tendus de Gavril, d'un bleu aussi lumineux que des ailes de martin-pêcheur.

— Feu !

Gavril entendit l'officier crier de nouveau cet ordre – mais comme de très loin.

Vise les armes, pas les hommes...

Il leva la main et darda la flamme bleue sur les Tiels.

Des balles sifflèrent à ses oreilles, sans l'atteindre – au contraire de sa riposte, qui avait fait mouche.

La fournaise lui fit tourner la tête, des étincelles tournoyèrent devant ses yeux, tels des papillons de feu bleu, et la pression continua de monter...

— Assez ! rugit-il.

Il devait se contrôler. Ne plus laisser le Drakhaoul le submerger...

Il tomba à genoux dans le sable gelé.

Ses oreilles bourdonnaient.

Le long de la plage, les derniers filaments blanchâtres dérivèrent en direction de la mer.

Là où s'étaient dressés des soldats, des hommes bien vivants, il n'y avait plus que des amas de cendres et d'os carbonisés. Gavril avait visé leurs carabines. Mais même à cette distance, son pouvoir s'était révélé trop grand.

— Vous auriez dû… vous rendre… tant que vous le pouviez encore…, murmura le vainqueur.

Le long de la grève, Jushko entraîna ses druzhina à la recherche d'éventuels survivants. Ceux qui avaient inhalé le gaz toxique toussaient et vomissaient de la bile.

Assis, les genoux serrés contre sa poitrine, Gavril avait l'impression d'héberger une véritable forge sous son crâne en feu. Tout son corps lui faisait mal.

Il entendit les druzhina s'interpeller tout en ratissant les zones rocailleuses et les grottes du littoral.

En un éclair, Gavril revit le jeune officier du Tielen, les yeux écarquillés de peur et de colère. Il n'avait pas voulu mourir…

Tel un nuage de fumée noire, un élan de culpabilité accabla Gavril…

Pourtant, il avait agi uniquement pour défendre ses hommes. L'ennemi lui avait renvoyé à la face son offre généreuse de reddition…

Plus loin, sur la plage, il entendit Jushko appeler les druzhina d'une voix rendue rauque par les inhalations toxiques.

— Ces empreintes, là, dans le sable… Certains ont réussi à fuir, on dirait.

Il revint vers Gavril, l'incompréhension s'affichant sur son visage mince.

— Comment diable ont-ils pu en réchapper ? Et pourquoi ne les avons-nous pas vus fuir ?

— Leur armement est de loin supérieur au nôtre, répondit Gavril, songeur. (Sa propre voix lui semblait venir de très loin, elle aussi.) Des douilles qui exhalent au moment de l'impact de la fumée empoisonnée… Nous n'avons aucune chance contre eux.

— Mais nous vous avons vous, seigneur.

Accroupi près de lui, Jushko lui tendit sa gourde d'eau. Le liquide frais était additionné d'un soupçon d'eau-de-vie afin d'en préserver la pureté. Gavril l'avala avidement, avec l'espoir d'apaiser le feu qui lui brûlait la gorge et la bouche. Il ne réagit pas à la remarque de Jushko. L'effort nécessaire pour contenir cette démonstration de pouvoir l'avait épuisé. Il sentait déjà le retour de cette sombre soif inavouable, que nulle eau ni eau-de-vie ne pourrait étancher.

Une situation désespérée… S'il se laissait aller à devenir le chef de guerre que les druzhina attendaient, ça lui coûterait son âme. La créature tapie au fond de lui l'obligerait à céder devant ses appétits et ses désirs monstrueux. Sa propre humanité serait lentement minée. En ce moment même, il avait déjà conscience d'être en train de se perdre, d'oublier les petites choses qui avaient eu naguère tant d'importance à ses yeux : la couleur si particulière des yeux d'Astasia, sombres comme les pétales veloutés de la pensée, le rire de sa mère lorsqu'ils faisaient une partie de volant dans le jardin de la villa Andar…

Il serait réduit à une simple coquille abritant le Drakhaoul.

Deux druzhina jetèrent leur prisonnier aux pieds de Gavril.

— Le docteur Kazimir, seigneur Drakhaon.

L'homme prostré était couvert de boue, hirsute et dépenaillé. Gavril jeta un coup d'œil à Jushko qui, d'un hochement de tête, confirma l'identité du captif.

— Ne me faites pas… de mal…

Le savant tremblait de tous ses membres. Il gardait les mains sur la tête, comme pour se protéger des coups qui s'abattraient sur lui d'une seconde à l'autre.

— Nous l'avons trouvé au fond d'une grotte.

Le docteur se redressa sur les genoux, le menton dodelinant sur la poitrine. Ses cheveux mouillés pendaient sur son visage comme des queues de rat.

— Vous avez des instructions pour moi, dit Gavril.

Kazimir tâtonna sous sa veste sale et en sortit une chemise en cuir. Le jeune homme reconnut les armes des Orlov et son cœur fit un bond dans sa poitrine.

Y avait-il pour lui un message quelconque d'Astasia ?

Après avoir déchiré les rubans qui entouraient la chemise, il déplia trois feuilles froissées, dont deux portaient la calligraphie caractéristique d'Elysia, empreinte de fermeté, tout en boucles et en déliés.

— Ça vient de ma mère, dit-il sans pouvoir dissimuler son trouble.

Des nouvelles, après tant de semaines de silence… Maintenant qu'il tenait les lettres qu'il avait tant espérées, il avait du mal à les lire.

La première était un sauf-conduit établi au nom de Kazimir, la seconde s'adressait bien à lui :

« Mon très cher Gavril,

Nous avons tant de choses à nous dire… Et j'ai tellement hâte de te revoir ! »

Cillant pour chasser ses larmes, il dévora la missive des yeux, puis la relut plus lentement. Ensuite, il baissa un regard sévère sur Altan Kazimir qui, prostré à ses pieds, tremblait toujours comme une feuille.

— Je ne comprends pas. À lire ceci, on dirait que ma mère est en chemin pour me rejoindre.

Kazimir sortit d'une poche des lunettes toutes tordues qu'il chaussa sur son nez aquilin, enroulant les branches autour de ses oreilles. Après avoir jeté un regard à la lettre, il hocha la tête.

— Dans toute cette affaire, votre mère a été gravement abusée. Elle m'avait accompagné au Tielen parce qu'on lui avait laissé entendre qu'elle pourrait ensuite rallier l'Azhkendir. Et maintenant, elle est prisonnière d'Eugène.

— Alors, c'est donc vrai ?

— Tout est expliqué dans la dernière lettre.

La troisième était cachetée à la cire bleue luisante portant l'emblème du cygne. Le jeune homme rompit le sceau et parcourut le message :

« À Gavril Nagarian, seigneur Drakhaon de l'Azhkendir,

Quand vous lirez ceci, mes armées auront jeté une tête de pont en Azhkendir.

Mes conditions sont les suivantes : laissez mes bataillons traverser l'Azhkendir en toute sécurité, abdiquez en faveur de Jaromir Arkhel, seigneur légitime de l'Azhkendir, puis restituez-moi ledit seigneur Arkhel sain et sauf.

En échange, je vous garantis la libération de votre mère, Elysia Andar, et un exil paisible en Smarna.

Eugène de Tielen »

Jaromir, le protégé d'Eugène ? Lentement, Gavril baissa le bras, un regard absent tourné vers la ligne d'horizon. Il se savait coincé. Trahi. Et par celui-là même avec qui il venait de se lier d'amitié…

— Eh bien, seigneur ? s'impatienta Jushko. Qu'est-ce que ça dit ?

Gavril en avait la voix coupée. Les mots semblaient danser devant ses yeux embués de larmes, irrités par la fumée.

— Que nous ne devons opposer aucune résistance aux armées d'Eugène, répondit-il enfin. Sinon, ma mère sera exécutée.

Jushko jura.

— Eugène s'attend vraiment à ce que nous restions les bras croisés pendant que ses troupes fouleront nos terres ?

— Si nous résistons, ma mère est perdue.

Un bruit de sabots… Gavril releva la tête et vit un éclaireur descendre le sentier de la falaise en direction de la plage. Une fois près d'eux, l'homme bondit de sa selle.

— Seigneur Drakhaon ! Une puissante armée est en train de traverser les glaces…

Jushko l'empoigna par les épaules.

— Puissante ? Comment ça, puissante ?

— Des milliers de soldats ! Avec des chevaux, des canons…

— On nous a bernés ! conclut Gavril. On avait envoyé ces hommes en avant-garde pour nous distraire pendant que l'armée d'Eugène marchait sur l'Azhkendir, sans encombre !

Chapitre 35

Les troupes franchissaient à cheval les collines enneigées, régiment après régiment, les pâles rayons du soleil se réfléchissant sur les boucles de bottes, les harnais, les épées et les pistolets.

Accablée, Elysia regardait des milliers de soldats se masser sur la berge, en contrebas. Eugène envoyait une puissante armée contre son fils, et elle n'y pouvait rien.

Un jour et une nuit s'étaient écoulés depuis que Kazimir avait filé sur la mer gelée et, dans l'intervalle, un vaste appareil d'invasion s'était mis en place, le long de la côte. Retenue prisonnière à l'auberge qui se dressait en haut de la falaise, elle avait vu les hommes assembler les yachts des neiges, leur haleine s'exhalant sous forme de vapeur dans l'air glacial à mesure qu'ils redoublaient d'efforts.

Elysia avait en partie recouvré son sang-froid. La veille, constater à quel point elle s'était facilement laissée berner l'avait plongée dans une fureur noire. Le soir venu, elle enrageait contre ceux qui l'avaient trahie. Comment avait-elle pu se laisser duper sur toute la ligne par Féodor Velemir ? Rien que d'y repenser, son teint virait au cramoisi. Le comte avait vu en elle une proie facile : une femme d'âge mûr, consciente que ses charmes se fanaient de jour en jour et trop disposée à tomber sous l'influence d'un diplomate suave, cultivé, aux petits soins…

Quelle imbécile elle avait été de l'écouter au lieu de s'en tenir au simple bon sens !

Assise à la fenêtre de l'auberge, la joue nichée dans une main, elle contemplait le crépuscule. Les soldats d'Eugène allumèrent force torches et lanternes, au point que toute la côte gelée scintilla bientôt comme dans un conte de fées.

Un attelage apparut dans l'obscurité et vint se ranger devant l'établissement. Des ordres furent aboyés ; des sentinelles se mirent au garde-à-vous, carabine à l'épaule. La porte s'ouvrit sur le prince Eugène, quelques-uns de ses officiers sur les talons. Soufflant sur leurs doigts gelés, ils s'empressèrent de se mettre à l'abri du froid.

Elysia se leva face à son ravisseur, l'homme qui avait ordonné qu'on la retienne loin de son fils… Au mépris du protocole et de l'étiquette de la cour, elle se porta à sa rencontre, la tête haute.

— Dame Andar…, lâcha-t-il du bout des lèvres.

Son aide de camp prit l'effrontée par un bras pour la repousser.

— Comment osez-vous me retenir prisonnière ici, Altesse ! feula Elysia en se dégageant sans ménagement. J'exige d'être libérée sans délai !

Eugène tendit à son aide de camp ses gants et son tricorne bordé de fourrure.

— J'ai tout arrangé pour que vous soyez ramenée à Swanholm, dame Andar. Vous y serez mieux installée.

Elysia en perdit presque la voix.

— Mieux installée ! Je me fiche éperdument du confort, Altesse ! Je l'ai dit, vous me retenez contre mon gré ! Alors que j'étais venue à vous de bonne foi pour plaider la cause de mon fils !

Le prince tourna alors vers elle le regard froid et perçant de celui dont la force de caractère est inébranlable.

— La situation a changé. Nous avons déclaré la guerre à l'Azhkendir. Vous êtes notre otage. Vous le resterez jusqu'à la reddition de votre fils. Et surtout jusqu'à ce qu'il se soumette à nos exigences.

Il inclina légèrement la tête et, suivi de son état-major, traversa la salle commune pour aller prendre ses quartiers dans une des chambres.

Elysia regarda passer ces hommes, les yeux ronds. Puis, les jambes tremblantes, elle dut se rasseoir avant de s'écrouler.

— Oh, Gavril, mon enfant, qu'ai-je fait ? chuchota-t-elle, étreinte par l'angoisse. J'ai cru que j'allais te sauver la vie… Et tout ce que j'ai réussi, ç'aura été de te livrer moi-même à tes ennemis…

Plus tard, Elysia se demanda si elle n'avait pas rêvé. Les voix étouffées, dans la pénombre, l'éclat sombre d'une lumière tamisée, rouge sang…

— Vous êtes certain ?

C'était bien la voix d'Eugène, mais avec une intonation qui la rendait quasiment méconnaissable ! Ça n'avait plus rien à voir avec le ton autoritaire dont il avait usé avec elle plus tôt dans la soirée. C'était au contraire l'accent d'un homme déchiré entre espoir et désespoir, un homme aussi vulnérable, tout d'un coup, que son propre fils…

— Regardez, Altesse, comme ça brille… Il est vivant !

— Alors, priez pour que nous n'arrivions pas trop tard.

La lumière écarlate disparut, et le silence reprit ses droits.

Des voix d'hommes, des ordres…

Elysia se réveilla. Elle s'était assoupie sur son siège, au coin du feu. Dès qu'elle voulut se lever, ses muscles raidis faillirent la paralyser. Elle retourna devant la fenêtre aux vitres irisées de fleurs de givre et exhala son souffle chaud dessus pour mieux voir au travers.

Une aube morose se levait sur l'océan gelé, mais les innombrables torches de l'armée nappaient les glaces vert-de-gris d'une auréole dorée. Et les soldats d'Eugène, les fantassins comme les cavaliers, se mirent en marche. Les yachts des glaces glissèrent…

Comment la glace supporterait-elle le poids de toute une armée sans craquer ?

Parmi les officiers, Elysia repéra la silhouette d'Eugène, à la carrure bien développée. Il marchait aux côtés de ses hommes comme un simple soldat.

Est-ce le secret de son succès ? se demanda-t-elle. *Cette accessibilité ? Le fait de partager les épreuves de ses hommes, de combattre avec eux, épaule contre épaule ?*

L'armée du Tielen défilait avec efficacité et détermination en direction des côtes de l'Azhkendir. Les brigands des montagnes indisciplinés que Volkh avait baptisés « druzhina » n'auraient aucune chance contre cette machine militaire bien huilée.

— Dame Andar…

Elle se retourna et, avec un pincement au cœur, constata que Kaspar Linnaius l'observait.

— Vous n'allez pas avec eux, mage…

Il sourit.

— Un vieillard comme moi les retarderait plutôt qu'autre chose. Non, je retourne à Swanholm. Le prince a demandé que vous m'accompagniez. Un traîneau attend notre bon plaisir…

Dans la voiture, Elysia s'installa face au mage, pelotonnée sous des fourrures. L'air était si vif, si mordant, que chaque inspiration râpait les narines et la gorge.

Alors que le cocher faisait claquer son fouet, les chevaux commencèrent à tirer le traîneau sur la neige durcie. En jetant un dernier regard en arrière, Elysia vit un spectacle extraordinaire : sur la mer gelée, des soldats et des chevaux défilaient maintenant à perte de vue, comme si le prince Eugène avait décidé que les manœuvres militaires auraient lieu sur la glace, et non plus sur le terrain de parade…

Si Elysia avait caressé le moindre espoir d'évasion, ses illusions furent vite balayées.

Aux portes nord du domaine de Swanholm, des cavaliers en armes escortèrent le traîneau.

La neige tombée cette nuit-là avait transformé le palais en un édifice scintillant, irisé de givre et de flocons. La blancheur uniforme étouffait les douces couleurs automnales des bouleaux. Entouré des ifs sombres évoquant les pions noirs d'un échiquier blanc, le lac gris étincelait.

Un palais d'hiver plus authentique que la résidence des Orlov, toute de verre, de dorure et de marbre, songea Elysia avec amertume. L'attelage s'engagea dans des allées de châtaigniers aux branches dénudées.

Un décor parfait pour ma nouvelle prison…

Un officier escorta la captive dans les appartements qu'elle avait déjà occupés avant son départ.

— Son Altesse a ordonné qu'on vous traite avec toute la courtoisie voulue, ma dame, dit-il en saluant. Veuillez prévenir les gardes s'il vous manque quoi que ce soit.

Immobilisée sur le seuil de la première pièce, Elysia embrassa les lieux du regard. Un feu brûlait dans la cheminée. L'élégance du mobilier, les jolies tentures en soie… tout semblait démentir le fait qu'elle puisse être prisonnière. Pourtant, en son absence, on avait muni les fenêtres de barreaux en fer.

Elysia secoua la tête.

— J'ai seulement besoin de ma liberté, chuchota-t-elle.

Gavril repoussa le bol de soupe à la betterave que le tenancier lui avait servi. Il n'avait nulle envie de manger ou de boire.

Il venait encore de tuer. Et cette fois, il ne s'était pas agi de loups des steppes, mais bien d'êtres humains. Ils avaient été face à face, il avait lu la peur sur leurs visages… et avait utilisé sans hésiter ses pouvoirs pour les détruire… Légitime défense ou pas, il se dégoûtait. Profondément.

Il ressortit en titubant, passa devant les écuries où on abreuvait et nourrissait les chevaux. De l'eau… Il lui fallait de l'eau fraîche tirée du puits pour étancher la soif féroce qui le tenaillait. À l'arrière des écuries, la nausée fut la plus forte. À genoux dans la neige, il vomit de la bile noirâtre.

— Seigneur ? Ça ne va pas ?

Il leva les yeux vers une toute jeune servante, qui se penchait au-dessus de lui. La lumière des lanternes lui faisait une peau dorée tranchant de façon saisissante avec le châtain foncé de sa chevelure.

— Vous êtes malade. Que puis-je faire ?

Elle posa une main pleine de sollicitude sur son épaule. Une fragrance délicieusement tentante caressa les narines du jeune homme – celle d'un corps jeune et tendre au sang chaud… Il fut presque submergé par l'envie folle de posséder, de terrasser, de déchiqueter…

Il se recula vivement, repoussant la main de la servante.

— Non ! Laissez-moi !

Il ne devait pas la laisser rester près de lui. Dans son état, il n'était plus sûr de rien.

— Vos *yeux*… !

Elle s'écarta, muette d'horreur… puis prit la fuite, trébuchant presque dans ses jupes.

Il frissonna, attendant que la crise passe un peu. Fiévreux, la tête lui tournant, il se força ensuite à retourner dans la salle commune surchauffée de l'auberge.

Assis dans un coin, Kazimir contemplait la chope de cervoise qu'il tenait entre ses mains enchaînées. Massés au coin du feu, les druzhina trempaient du pain de seigle dans leur soupe.

Gavril rejoignit le prisonnier.

— Dites-moi ce qui se passe dans le reste du monde, docteur.

Kazimir releva la tête en cillant.

— Vous voulez parler du prince Eugène ?

— Pourquoi envahir l'Azhkendir ?

— Eugène cherche à fonder un empire. Entre le Muscobar et lui, il n'y a que vous qui soyez en travers de son chemin… Après la noyade du jeune Andrei Orlov, vous seul pourriez l'empêcher de marcher sur Mirom et de…

— Andrei Orlov s'est *noyé* ?

— Victime d'une tempête dans le Détroit, oui… Le ciel ait pitié du Muscobar ! Avec la population affamée de Mirom, Eugène et ses chiens de guerre rugissant aux portes…

— Mais… et Astasia ?

Tous ses tracas oubliés, Gavril n'avait plus de pensées que pour elle, seule et désespérément en manque de réconfort, à pleurer la perte de son frère bien-aimé…

— Et quand donc a-t-on vu une femme gouverner le Muscobar ? Elle est fiancée à Eugène. À Mirom, on prépare déjà des noces d'un coût exorbitant… Tous ces parasites, ces sangsues d'aristocrates qui accablent les pauvres et… (Kazimir s'interrompit.) Je… Navré, seigneur Drakhaon. Je me suis oublié.

Astasia devait épouser Eugène ? Choqué, Gavril avait à peine entendu le reste. Il se sentit doublement trahi.

— L'appareil de Lilias m'a appris votre arrivée en qualité d'émissaire extraordinaire d'Eugène, docteur. Je dois faire exactement ce que vous me direz, ou ça se passera mal pour ma mère.

— Lilias ? (Kazimir lança des coups d'œil nerveux à la ronde.) Où… est-elle ?

— Elle a séduit un de mes hommes avant de prendre la fuite…

Gavril dévisagea son interlocuteur, se rappelant les révélations de Kostya à propos des sentiments que nourrissait Kazimir pour Lilias Arbelian. Il n'était pas d'humeur à se montrer délicat et plein de tact.

— Mais nous avons découvert l'appareil qui lui permettait de communiquer. C'est ainsi que nous avons appris que vous étiez en chemin.

Kazimir hocha lentement la tête.

— Elle s'est servie de votre élixir pour empoisonner mon père. Le saviez-vous ?

Kazimir opina de nouveau du chef.

— Je… m'en doutais.

Il paraissait totalement accablé.

— Et maintenant ils vous ont chargé de m'empoisonner aussi.

— Non, seigneur. Pas vous empoisonner. Vous soigner. Vous guérir…

— Et quelle est précisément la différence ?

— C'est… d'ordre scientifique, bafouilla Kazimir, cueilli à froid et cherchant ses mots.

— L'homme qui nous a parlé par le truchement de cet appareil s'est présenté sous le nom de Féodor. Savez-vous qui c'est ?

— Féodor Velemir, chuchota Kazimir, considérablement rembruni.

À son expression, il était clair qu'il ne portait pas cet homme dans son cœur.

Soudain, Gavril se revit dans les appartements de Lilias, qui sentaient bon le thé, fasciné par d'envoûtants yeux verts...

« ... comte Velemir, un de mes vieux amis. Quand il m'a présentée à Volkh... »

— Le maître espion de la maison Orlov ! ajouta Kazimir, dégoûté. Et maintenant, ami et conseiller du prince Eugène, semble-t-il... Un agent double. Un traître !

— Ainsi que le « vieil ami » de Lilias ?

— Elle a débuté sa carrière en devenant sa maîtresse, répondit Kazimir, vindicatif. Jusqu'à ce qu'il se lasse d'elle et lui trouve un meilleur usage !

Un croissant de lune caressait d'un fin pinceau lumineux les étendues neigeuses tandis que Gavril et ses druzhina retournaient au château du Drakhaon.

Les chevaux traînaient la jambe avec lassitude. Dans la nuit glaciale, la dernière partie du trajet paraissait interminable.

Enfin, les cavaliers fourbus franchirent le porche couvert de lierre et débouchèrent dans la cour du château, éclairée par des torches.

Sosia dévala les marches du perron à leur rencontre.

— Seigneur Gavril, ce maudit appareil de Lilias ne cesse de vous réclamer ! Ce serait à propos du docteur Kazimir, qui... Oh ! s'écria-t-elle, surprise. Le voilà !

Gavril bondit de sa selle et tendit les rênes à Ivar.

— Jushko, escortez le docteur.

En pénétrant dans les appartements de Lilias, Gavril vit Kazimir frémir et jeter des regards inquiets sur les lieux, comme s'il s'attendait presque à revoir l'ancienne occupante.

— *Seigneur Drakhaon...*

La voix désincarnée filtrait faiblement, entre deux bourdonnements intermittents.

— Je suis là. Qui parle et que voulez-vous ? répondit Gavril avec brusquerie.

— *Le docteur Kazimir se trouve-t-il avec vous ?*

— Oui.

— *Qu'il prenne donc la parole lui-même.*

— Vous m'aviez promis que je pourrais entendre ma mère. (Gavril n'était pas d'humeur à jouer au plus fin.) Je veux la preuve qu'elle est en vie.

— *Pas avant que Kazimir ne se soit identifié.*

Gavril jeta un coup d'œil au docteur.

— Allez-y. Et soyez bref.

Jushko poussa Altan en avant.

— Je... suis Altan Kazimir. Tout est en ordre.

Il n'y eut pas de réponse. Gavril vit le docteur se passer une main fébrile sur son front luisant de sueur.

— *Très bien,* répondit-on enfin.

Une voix de femme lui succéda, parlant en smarnan.

— *Gavril, c'est bien toi ?*

Au son de cette intonation lointaine, le cœur du jeune homme s'emballa.

— Mère ? dit-il, hésitant.

— *Gavril, je suis tellement désolée !*

C'était elle, sous les crépitements et la distorsion de l'appareil.

— Tu es bien traitée ?

— *Crois-moi, mon cher fils...* (La voix maternelle se fêla.) *Je n'ai jamais voulu que...*

— Ça va, mère ? s'écria Gavril en agrippant l'appareil cristallin scintillant. Dis-moi que ça va !

Il n'y eut pas de réponse.

— Mère !

— *Si vous voulez la revoir vivante, seigneur,* reprit l'homme avec un calme à rendre furieux, *vous vous soumettrez au traitement du docteur Kazimir. Lorsque ça aura fait effet, il nous en informera. Alors, et alors seulement, nous entamerons les négociations quant aux conditions précises de la libération de votre mère.*

— Je veux des garanties comme quoi elle va bien ! insista Gavril d'une voix que le désespoir rendait rauque. Je veux lui parler encore !

Il y eut une pause.

— *Attendez d'autres instructions.*

Le bourdonnement et la voix désincarnée s'interrompirent.

Et s'il perdait toute maîtrise de soi et attaquait l'armée du Tielen qui envahissait son territoire ? En butte à cette envie folle, Gavril serra les poings. Aussi durs que des éclats de lapis-lazuli, ses ongles lui entaillèrent les paumes. Quand il reprendrait ses esprits, Elysia serait morte exécutée. Cette perspective le glaça jusqu'au tréfonds de son être.

— Seigneur ?

— J'ignore combien de temps encore... j'arriverai à me contrôler...

Lentement il sentit les ténèbres refluer en lui. Avec une grimace de douleur, il déplia les doigts, découvrant les profondes lacérations qu'il s'était infligées et le sang qui en sourdait – un sang d'une couleur anormale, bleu-pourpre...

Il n'existait qu'un moyen de garantir que ça n'arriverait jamais.

— Docteur, je veux que vous vous installiez dans la tour Kalika. Si vous avez besoin de quoi que ce soit, de l'eau fraîche, du feu ou autre chose, mes serviteurs y pourvoiront. Jushko, vous y veillerez.

Celui-ci hésita, puis s'inclina.

— À vos ordres, seigneur Drakhaon.

— Nous reverrons nos plans demain matin. Rendez-vous à l'aube, dans la chambre de Kostya.

Gavril rêve...

Il se dresse sur le toit de la tour Kalika.

De sombres volutes brumeuses planent derrière lui, nappant les monts de leur silence ouaté jusqu'à ensevelir toute la scène. Des points noirs dansent dans leurs profondeurs qu'ils font étinceler comme de la poudre cristalline à mesure que le phénomène atteint le visage que Gavril a tourné vers le ciel...

La poussière des étoiles mortes...

Soudain, d'innombrables ailes bruissent dans les nuées.

Des ailes lumineuses aux veines pulsant comme le feu de joyaux... Des créatures démoniaques virevoltent autour du rêveur, qui sent sur lui leur souffle brûlant.

Il ouvre la bouche pour crier d'émerveillement, mais les appels d'air, les battements des grandes ailes, tout contribue à étouffer sa voix, et il s'élève dans le ciel...

Il vole.

Sous lui, le château se réduit bientôt à une miniature, tel un galet insignifiant perdu sur une grève stérile. Un vent de glace lui mordant la peau, il survole son foyer. Les autres se détournent vers l'horizon, déjà si loin...

— Attendez ! Attendez-moi...

Il veut les suivre. Mais une force mystérieuse le retient en arrière, l'aspirant dans un vortex de brume...

Il se réveilla au petit jour, le cœur étreint par un sentiment de manque qu'il ne s'expliquait pas... Il avait la sensation d'être laissé pour compte. Écarté.

Abandonné.

— Vous m'aviez promis des nouvelles de Lilias, seigneur Drakhaon.

Campé près de son lit, Jaromir observait Gavril.

— Comment avez-vous... ?

Gavril se ressentait encore de son rêve, avec l'appel d'air grisant, le bourdonnement des ailes au rythme des battements de cœur...

Jaromir désigna d'un geste vague la tapisserie qui dissimulait l'accès à l'aile est désaffectée.

— J'ai estimé préférable que vos druzhina ne me découvrent pas ici. Après tout, ils croient toujours que vous m'avez abattu dans la montagne, ajouta-t-il avec un petit sourire crispé.

Jaromir Arkhel...

Gavril contempla l'homme qu'Eugène de Tielen avait choisi pour le remplacer dès qu'il l'aurait déposé. Et il tenta de contenir l'amertume qui lui serrait le cœur.

— Quelle heure est-il ?

Il s'était assoupi sans s'être déshabillé. Des serviteurs avaient dû venir faire du feu, mais personne n'avait osé le réveiller.

— Environ sept heures du matin.

— Déjà ?

Gavril se campa devant la vasque réservée aux ablutions et plongea la tête dans l'eau fraîche. Le choc le fit haleter. Il devait tester Jaromir.

— L'Azhkendir est attaqué ! (Sous couvert de chercher une serviette à tâtons, il observa soigneusement les réactions d'Arkhel.) Eugène de Tielen a lancé son armée sur la mer gelée pour nous envahir.

— Eugène ? (L'inquiétude s'inscrivit sur le visage de Jaromir.) Non, non…, maugréa-t-il, quasiment pour lui-même, il ne prendrait pas autant de risques rien que pour moi, sûrement pas…

— Rien que pour vous ?

Si Jaromir jouait la comédie, il fallait saluer son fabuleux talent ! Il était doué.

— Depuis que Yephimy a réussi à me faire quitter l'Azhkendir, Eugène est mon mentor, mon protecteur, mon ami… J'ai passé ces dernières années à sa cour, au Tielen. Je… lui dois tout.

— Et c'est ce même homme qui a pris ma mère en otage… (La douleur causée par une telle fourberie altérait la voix de Gavril.) Ma mère, Jaromir…

Le jeune homme le regarda sans réagir. Gavril ajouta :

— Lilias possède dans ses appartements une sorte d'appareil de transfert vocal.

— Une des inventions de Linnaius ? La Vox Æthyria ?

Gavril haussa les épaules.

— Tout ce que je sais, c'est qu'une voix désincarnée m'a signifié que ma mère était prisonnière d'Eugène et serait exécutée à moins que je ne me plie aux instructions.

— Lesquelles ?

— Lisez… (Gavril lui tendit la lettre du prince.) J'ai ordre de me soumettre aux effets débilitants de l'élixir du docteur Kazimir. Et de vous céder le pouvoir.

Troublé, Jaromir leva les yeux vers Gavril.

— C'était l'intention d'Eugène à l'origine, c'est vrai. Je devais remplacer Volkh. Mais c'était avant que lui et moi apprenions votre existence.

Gavril ne répondit pas.

Jaromir se rapprocha de lui.

— Vous devez me croire, ajouta-t-il à voix basse, d'un ton pressant. Oui, je connaissais la Vox Æthyria. Mais quant à ce plan d'invasion et aux menaces concernant votre mère, tout cela est nouveau pour moi.

Aussi sombre qu'une fumée lointaine, la colère monta en Gavril.

— Vous n'auriez jamais dû revenir, répondit-il doucement. Si on doit se combattre à coups de prises d'otage, vous courez un grave danger.

— Alors, vous vous serviriez de moi pour négocier la libération de votre mère ? dit Jaromir avec un amusement teinté d'amertume.

— Je préférerais de beaucoup vous avoir comme allié, Jaro, croyez-moi. Mais si vous comptez tellement aux yeux d'Eugène…

Le jeune homme eut un petit rire sec.

— J'étais venu plaider en faveur de Lilias et de mon fils et me voilà à mon tour pris en otage !

Gavril le dévisagea, partagé entre sa peur pour Elysia et sa réticence à trahir l'ennemi qui était devenu son ami. S'il s'abaissait aux mêmes pratiques fourbes et lâches qui consistaient à prendre des otages et à brandir la menace, il ne vaudrait pas mieux que les Tiels.

— Il doit exister un autre moyen. Attendez-moi là, ce ne sera pas long.

L'odeur âcre des herbes médicinales en cours de macération piqua les yeux de Gavril dès qu'il entra dans la chambre du blessé.

Il se pencha au chevet du vieillard.

— Kostya, j'ai besoin de vos conseils.

— Quoi ? grommela le patient en se réveillant en sursaut, l'ombre d'un sourire étirant ses lèvres. Et depuis quand mon seigneur a-t-il besoin de consulter le vieux Kostya au sujet de quoi que ce soit ?

— Nous sommes en guerre, répondit Gavril. Eugène de Tielen nous a envahis par l'ouest.

— En guerre, hein ?

Une lueur prédatrice embrasa les prunelles de Kostya, qui lutta pour se redresser. Penché sur lui, Gavril lui prêta main-forte, assouplissant d'une bourrade les oreillers qui lui calaient le dos.

— Ils ont pris ma mère en otage. Et ils la tueront si nous ripostons… Que puis-je faire, Kostya ? conclut-il d'un ton où perçait le désespoir.

Jushko apparut dans l'encadrement de la porte.

— Une carte ! ordonna aussitôt le vieux bogatyr avec un regain de son ancienne vitalité.

Jushko s'approcha et déroula sur le lit une carte colorée tendue sur du cuir.

D'un index sale, il décrivit l'itinéraire en question en disant :

— L'ennemi a traversé la glace à cet endroit et marche sur le Muscobar.

Irrité, Kostya se redressa encore en refusant qu'on l'aide. Puis il examina la carte en fredonnant dans sa barbe.

— Eh bien ? s'impatienta Gavril, rongé par la tension nerveuse.

Kostya se tourna vers lui, le sourire retrouvé. Un sourire cruel et triomphant.

— Eugène a peur de vous, mon garçon.

— Peur ? De moi ? se récria Gavril, incrédule. D'un homme seul ?

— Pourquoi diable aurait-il pris votre mère en otage, sinon ?

Kostya lâcha un petit rire qui dégénéra en une quinte de toux inextinguible. Jushko l'aida à se rallonger et lui offrit un peu d'eau.

Gavril étouffait presque, lui aussi, – mais de frustration.

— Je suis donc pieds et poings liés. Réduit à regarder Eugène annexer l'Azhkendir sans rien oser faire… Ensuite, ce sera le tour du Muscobar, bien sûr ?

Contre tout espoir, il avait espéré que Kostya lui fournirait en un clin d'œil un plan stratégique subtil permettant de sauver Elysia.

— Ai-je dit cela ? protesta Kostya d'une voix rauque. Retournez donc sa peur à votre avantage !

— Mais il affirme qu'au moindre signe de résistance, il fera exécuter ma mère !

— Il y a d'autres possibilités de riposte, insista Kostya, une lueur cruelle dansant au fond de ses prunelles enfiévrées. Le prince et ses armées étant loin du Tielen, qui protège son palais et sa famille actuellement ?

Gavril le regarda, les yeux ronds.

— Il aura certainement laissé sa propriété et les siens sous bonne garde. Certainement…

Les implications des propos de Kostya commençant à prendre pour lui tout leur sens, il redevint silencieux, tout à ses réflexions et à ses calculs.

Il y avait peut-être un moyen, effectivement…

— Jushko, je veux qu'on surveille les Tiels d'un bout à l'autre de notre territoire, ordonna Kostya. Qu'on ne les quitte pas d'une semelle ! Et je veux des rapports circonstanciés sur leurs mouvements à toute heure du jour et de la nuit.

Jushko salua avec entrain.

— Bogatyr !

— Et que nos espions ne se trahissent pas, surtout. En l'occurrence, nous avons l'avantage : une excellente connaissance du terrain. Une rude et dangereuse ascension attend nos ennemis dans les chaînes du Sud avant qu'ils parviennent en vue du Muscobar.

— Et Lilias Arbelian ? l'interrompit Gavril.

— Nous la cherchons toujours, assura Jushko, sur la défensive.

— Je veux qu'on double les effectifs, commanda Gavril. Je veux Lilias Arbelian. Ne me décevez pas, Jushko.

— En partant, ajouta Kostya, passez-moi mon arbalète.

Le jeune guerrier lui lança un coup d'œil inquisiteur et écopa pour la peine d'un regard furibond. Échaudé, il s'empressa d'aller décrocher l'arme de son support mural, dans le couloir.

— Et n'oubliez pas les carreaux, conclut Kostya en caressant d'une main aimante le bras de l'arbalète. Si les Tiels attaquent, j'entends être prêt à les recevoir !

— Vous en avez mis du temps ! s'écria Jaromir en bondissant sur ses pieds dès la réapparition de Gavril.

— Il n'y a rien de nouveau. On la recherche toujours.

Jaromir posa sur l'épaule du jeune homme une main chaude et rassurante.

— Écoutez, tout ce que je veux, c'est Lilias et l'enfant.

— Alors même qu'elle a fui en vous abandonnant à la merci de mes druzhina ?

— Elle m'a utilisé, je le vois bien maintenant. Mais c'est aussi la mère de mon fils. Mon héritier.

— Et les plans d'Eugène concernant l'Azhkendir ?

Gavril vit Jaromir frémir.

— L'Azhkendir a trop de fantômes. Si je pouvais les emmener avec moi, loin d'ici, si nous pouvions recommencer une nouvelle vie ensemble, dans un pays lointain – la Francia peut-être, ou l'Allemania –, où personne n'aurait entendu parler des Arkhel et des Nagarian, ni ne s'en soucierait…

— Vous voulez que j'accorde mon pardon à Lilias ?

— Autrement, vos druzhina nous traqueront où que nous allions et la vendetta ne connaîtra aucune fin.

Songeur, Gavril se demanda comment Jaromir pouvait encore s'inquiéter du sort d'une femme aussi fourbe. Il méritait sûrement mieux ?

— Vous savez que je ferai tout pour assurer votre sécurité. Je vous dois la vie. Mais Lilias…

— Retrouvez-la, Gavril, je vous en prie ! Ensuite, je parlerai à Eugène. Je le persuaderai de libérer votre mère. Pour moi, il est prêt à tout.

Gavril opina. Il aurait donné cher pour le croire. Mais il doutait que les appétits impériaux d'Eugène puissent être enrayés par l'intercession d'un seul homme.

On frappa.

— Seigneur Drakhaon !

Jaromir sursauta nerveusement.

— Une minute ! cria Gavril. (Quelles nouvelles complications l'attendaient encore ?) Jaro, vous ne devriez pas rester ici. Vous êtes en danger. Retournez plutôt au monastère. Je vous contacterai quand…

Le jeune homme secoua la tête.

— Je veux rester ici pour elle. Si vous avez besoin de moi, je serai dans l'aile est. Je m'y suis déjà caché de nombreuses fois.

Il se faufila sous la tenture dorée, et Gavril entendit la porte dérobée claquer sur ses talons à l'instant où la porte d'entrée s'ouvrait pour livrer passage à un druzhina.

Aussitôt, le cœur du jeune homme s'emballa. À une ou deux secondes près, Jaromir aurait été perdu.

Furieux, Gavril fit volte-face.

— Qui vous a permis d'entrer ?

— Désolé, seigneur…

Sous un casque trop grand pour lui, Semyon, le benjamin des druzhina avec ses joues rondes mouchetées de taches de rousseur, s'empourpra, mortifié.

— Qu'y a-t-il de si urgent pour que vous fassiez irruption dans mes appartements sans y être autorisé ?

— Le docteur Kazimir m'a chargé de vous transmettre ses compliments, seigneur Drakhaon. Il attend votre bon plaisir dans la tour Kalika.

Frottant leurs doigts engourdis au-dessus des flammes, les fugitifs se serraient au coin du feu.

— Combien de temps allons-nous encore nous terrer dans ce clapier ? bougonna Lilias en berçant un Artamon tout aussi bougon qu'elle.

Elle ne le pressait pas trop sur son sein, néanmoins. Le bébé avait grand besoin d'un bain et d'habits propres…

— Jusqu'à ce que le danger soit passé, grogna Michailo, d'aussi mauvaise humeur.

Artamon se remit à pleurnicher. Lilias s'empressa de le fourrer entre les mains de Dysis, qui s'efforça de le distraire en le faisant passer d'une épaule à l'autre dans un doux mouvement de balancier.

— Il faut négocier avec le Drakhaon ! s'impatienta Lilias.

Elle s'était méprise sur le compte de cet homme. Il lui avait paru plein de promesses alors qu'en fait, c'était un écervelé, incapable d'aligner deux pensées intelligentes. Il était tout en muscles et en grognements… Elle devrait réfléchir pour deux.

— Quoi ? Et trahir notre position ? Je ne pense pas ! Où a disparu Grisha ? Il est parti depuis trop longtemps.

— Et nos paillasses grouillent de vermine ! grommela Lilias en se retenant de se gratter. (Elle portait des marques rouges de morsures aux bras et aux jambes.) Il me faut des vêtements propres. Pour le bébé.

— Vous n'en manqueriez pas, si vous étiez restée, souligna l'homme, maussade.

Au début, elle avait trouvé attirant son caractère grognon et plutôt mignon le pli qui barrait son front chaque fois que ses sourcils blonds se rejoignaient au-dessus de ses yeux bleu arctique… Maintenant, ça l'irritait au possible. Il était peut-être ambitieux, mais il manquait singulièrement de cette imagination sans laquelle les meilleurs plans sont voués à rester sur le papier…

La porte du cabanon s'ouvrit en grinçant. Michailo fut instantanément debout, hache au poing. C'était Grisha Griffe d'Ours.

Le guerrier baissa lentement sa garde.

— Grisha, j'aurais pu te fendre le crâne en deux…

— Des soldats ! Toute une armée… Elle arrive par ici !

— Quel genre de soldats ?

— Pas les nôtres, des étrangers. En uniforme gris et bleu. Impeccables, par colonnes entières… Et tous ont des mousquets !

Lilias était tout ouïe.

— En gris et bleu ? On dirait des Tiels. Dysis, Velemir nous enverrait-il enfin des secours ?

— Trop de « sauveteurs » pour que ce soit ça, répondit la jeune femme, qui berçait toujours Artamon.

— Mais ils nous protégeront. Nous devons les contacter.

— Seriez-vous folle, femme ? s'écria Michailo. Nous ne les intéressons pas du tout, ils sont sur le sentier de la guerre ! Et en cherchant à les contacter, nous risquons de nous trahir aux yeux des druzhina qui quadrillent certainement toujours les environs !

Lilias pivota.

— Ne voyez-vous donc pas, Michailo ? C'est notre seule planche de salut.

Si seulement elle avait eu le temps d'emporter la Vox Æthyria, elle aurait pu entrer en communication avec Velemir et son état-major, arranger un rendez-vous… Elle reprit :

— Laissez-moi aller leur parler, dans ce cas. Continuez à vous terrer dans les buissons, si vous avez tellement peur qu'on vous voie.

— Non, et c'est définitif !

De colère, Lilias enfonça ses ongles dans ses paumes. Elle devait amener Michailo à ses vues. Avec le sale caractère et la nervosité d'un tel homme, ce n'était pas gagné d'avance. Il paraissait déjà regretter ses actes. Même s'il était de toute façon trop tard pour les regrets.

Elle adopta son ton le plus doux.

— Michailo, vous avez tout risqué pour moi. Ne croyez surtout pas que je n'apprécie pas votre sacrifice. Mais à la cour du Tielen, j'ai des amis influents. Il serait inconsidéré de ne pas solliciter leur aide. Imaginez un peu… Notre propre escorte armée jusqu'aux dents et la possibilité de reprendre notre route sans plus rien à craindre. Une nouvelle vie…

— J'y réfléchirai.

Dans la tour Kalika, l'étude de Volkh fourmillait de fioles, d'alambics et de cornues, en un étrange édifice de verre scintillant… En entrant, Gavril vit Kazimir relier un tube fin à sa construction précaire.

— Quand l'élixir sera-t-il prêt ?

Kazimir se retourna, le front plissé.

— Seigneur, avec ce processus, on ne peut pas brûler les étapes sans risquer que ça tourne mal.

Gavril lui tendit les mains.

— Regardez : ça a recommencé ! Bientôt, je ne me contrôlerai plus du tout…

Kazimir prit les doigts du jeune homme dans les siens, examinant avec une intense concentration les ongles acérés et les écailles luisantes de peau bleue.

— Fascinant… Vous autres Nagarian êtes remarquables. Enrayer votre évolution naturelle paraît constituer un crime. Vous êtes uniques. Votre don vous élève au-dessus de la condition humaine. Au lieu de vouloir vous détruire, la communauté scientifique, dont je suis, devrait au contraire chercher à apprendre de vous.

— Vous parlez de don pour désigner cette malédiction ? (Gavril lui retira ses mains.) Je veux en être débarrassé ! Faites ce que vous avez à faire, docteur. Et qu'on en finisse.

Kazimir tira d'un sac une fiole en verre que prolongeait une longue aiguille. Il déboucha une bouteille au contenu limpide avec lequel il aseptisa rapidement l'aiguille.

— J'aurai besoin de prélever un peu de votre sang, seigneur.

Gavril fit la grimace en relevant sa manche de chemise.

— Naturellement… C'est quoi, *ça* ?

— Une seringue. Pour prélever des fluides corporels. Le mage Linnaius me l'a confiée.

Gavril tendit son bras dénudé. Kazimir se rapprocha, hésita…

— Vous m'avez bien traité, seigneur. En retour, j'estime juste et honorable de vous prévenir, comme j'ai prévenu votre mère. Ce « remède » est à haut risque. Ce qui a fonctionné pour votre père pourrait ne pas marcher avec vous. Ça peut vous affaiblir terriblement. Peut-être même au point de vous être fatal…

— Faites-le, répéta Gavril en détournant les yeux.

S'aidant du pouce, Kazimir pinça un bout de peau, à la saignée du coude, et la seringue s'enfonça dans la veine, aspirant dans le tube de verre le fluide vital de Gavril, bleu indigo.

Chapitre 36

Assise sur le rebord de la fenêtre, Elysia contemplait à travers les barreaux les mornes vallons et les bois enneigés de Swanholm. La journée entière, comme les jours précédents, elle était restée là, à fixer à la lumière lugubre de l'hiver les rangs de corbeaux noirs qui s'alignaient sur les branches nues des arbres du parc. Le temps glacial ne correspondait que trop au moral de la prisonnière désespérée.

Prisonnière... À cause de mon incroyable crédulité ! Voilà le résultat pour m'être laissée flatter et duper !

Elle vit arriver un traîneau qu'escortaient des cavaliers étrangers en uniforme.

Elle se redressa, se demandant de qui il pouvait bien s'agir.

L'attelage vint se ranger dans la cour, en contrebas, et un des étrangers bondit à terre pour aider les passagers à descendre. Il y eut d'abord une jeune femme, bien emmitouflée dans un manteau et une toque de fourrure argentée pour se prémunir du froid. Comme hébétée, elle leva la tête et embrassa du regard l'envolée architecturale du palais. Son souffle embuant les vitres froides, Elysia se pencha entre les barreaux. Il y avait quelque chose de familier dans la posture et le maintien gracieux de la jeune femme...

Des serviteurs à perruque apparurent sur les marches du perron, leurs lanternes levées à bout de bras pour éclairer la nouvelle venue. Le soir tombait vite.

Alors que la jeune femme entrait dans le palais, Elysia poussa un petit cri en découvrant son visage.

Celui d'Astasia.

Astasia défit son manteau et ôta ses gants fourrés. Un serviteur l'en débarrassa en silence. Un autre la fit passer dans un salon tendu de soieries jaunes où on lui servit des biscuits aux amandes et du thé chaud agrémenté d'eau-de-vie. Étonnée par la splendeur austère du palais d'Eugène, la jeune femme multipliait les coups d'œil émerveillés.

— Altessa... J'espère que vous avez fait bon voyage ?

En se tournant, Astasia découvrit le comte Velemir sur le seuil.

— Je suis venue dès que j'ai reçu votre message ! répondit-elle en l'invitant à entrer. Mais pourquoi tant de mystère ? S'il s'agit d'Andrei, ma mère et mon père devraient être les premiers à entendre ces nouvelles !

— Votre père est dans un état mental… (il hésita) fragile. Et votre mère n'a jamais été une femme robuste. J'ai jugé préférable de vous faire venir chez votre fiancé, où vous serez en sécurité.

— En sécurité ?

— Asseyez-vous, mon enfant.

Il ne s'était encore jamais laissé aller à l'appeler ainsi… Une marque d'affection étrange, mais… plutôt déplacée, à la réflexion. Surprise, Astasia obéit. Il s'installa près d'elle en lui prenant les mains.

— Les nouvelles sont mauvaises, alors…

L'effroi accabla la jeune fille. Avait-on retrouvé la dépouille d'Andrei ?

— Le monde a commencé à changer, Altessa. Mieux valait vous éloigner le plus possible de Mirom.

— De Mirom ? Je croyais qu'il était question d'Andrei…

— En ce moment même, le prince Eugène traverse la mer gelée pour prendre pied en Azhkendir à la tête de ses armées. De là, il pénétrera ensuite sur le territoire du Muscobar. Simultanément, sa flotte remontera la Nieva en direction de Mirom.

Se dégageant, la jeune fille se releva d'un bond.

— Qu'êtes-vous en train de me dire ? Que se passe-t-il ?

— Il y aura bien quelques poches de résistance, à Mirom, mais les soldats d'Eugène auront tôt fait de soumettre la ville par les armes.

— Il envahira Mirom ? Ma patrie ?

— Altessa, l'époque des Orlov est révolue. Leur gloire relève déjà du passé. Votre père, qui n'est plus qu'un homme brisé, a perdu la confiance de son peuple. Et, sauf votre respect, vous êtes trop jeune, trop inexpérimentée pour gouverner.

Incrédule, Astasia le dévisagea.

— Mais nous avons des alliés. L'Azhkendir… Nous avions un accord…

— Altessa, reprit doucement Velemir, vous êtes une jeune fille très chanceuse. Vous voilà promise à l'homme le plus puissant de tout un continent. Il sera bientôt couronné empereur. Et vous serez son impératrice.

— Mais je ne veux pas l'être ! explosa Astasia. Quant à vous, je vous prenais pour le fidèle serviteur de mon père ! Son ambassadeur ! Que fichez-vous là ? Que faites-vous des serments d'allégeance que vous aviez prêtés à la maison Orlov ?

— Votre père m'a prié d'arranger ce mariage. Actuellement, je suis à la lettre ses instructions.

— Je ne resterai pas là une minute de plus ! Je retourne à Mirom, auprès de ma mère. Elle aura besoin de moi.

Astasia s'élança vers la porte. Plus vif, Velemir s'interposa.

— Un retour n'est pas seulement déconseillé, il s'avère impossible.

— Quoi ? Vous prétendez me retenir ici contre mon gré…, prisonnière ?

Dans un joli tintement de clochettes, une horloge de marbre et d'or sonna l'heure.

— Vous êtes une invitée de marque dans votre futur foyer, Altessa. Traverser la mer n'est plus sûr. À tout instant maintenant, la flotte du Tielen commencera à remonter la Nieva. Sans nul doute, la flotte du Muscobar cherchera à s'y opposer. Je prévois une bataille navale aussi féroce que décisive.

Elle regarda Velemir, dégoûtée. Il ne lui avait jamais inspiré confiance. Et à présent, alors qu'il était trop tard, elle découvrait que son instinct, lui, ne l'avait pas trompée…

— Mais imaginez un peu l'accueil de votre peuple, après la célébration de votre mariage à Saint-Simeon… Sa princesse, épouse d'Eugène de Tielen !

— Qu'est-ce que ça fait, comte, de trahir son pays ? répliqua-t-elle, glaciale. (Elle se moquait désormais de l'offenser : il s'était attiré son souverain mépris.) N'avez-vous donc aucune notion de ce qu'est la loyauté ?

— Allons, Altessa…, répondit-il, suave. Je me suis toujours considéré comme un patriote. J'ai agi dans l'intérêt même du Muscobar. Votre père est un chef faible, pusillanime et inefficace. Son peuple le déteste.

Astasia poussa une exclamation outrée.

— Que préféreriez-vous ? continua-t-il. Voir Mirom livrée à une révolution sanglante, être à feu et à sang, le palais d'hiver réduit en cendres et votre famille passée par les armes ? Ou voir un pouvoir pacifique se mettre en place et un nouvel empire être fondé, avec Eugène et vous-même à sa tête ?

— Si mon frère était là…, dit Astasia, les larmes aux yeux.

— Andrei est mort noyé, souligna Velemir avec une candeur brutale.

Résolue à ne pas fondre en larmes devant un tel homme, Astasia se détourna avec l'espoir qu'il n'avait rien remarqué.

— Où est dame Andar ? Non, ne me dites rien après tout… Elle est déjà partie pour l'Azhkendir.

Velemir garda le silence.

— Alors, me voilà piégée. Seule. Avec ma suivante…

— Ici, vous ne manquerez de rien, Altessa. Swanholm est une pure merveille. Votre futur époux est un homme de goût et de raffinement. Il a par avance pourvu à tous vos besoins.

Cette fois, ce fut elle qui ne répondit pas. Elle laissa son regard se perdre dans les jardins paysagers et le lac gelé enseveli sous une brume crépusculaire. Dans son dos, elle entendit le loquet de la porte cliqueter discrètement et le bruit de pas décroître dans le couloir.

— Andrei, chuchota-t-elle. Oh, Andrei…

Eugène déplia le télescope et sonda le paysage. Les landes de l'Azhkendir s'étendaient à perte de vue, teintant de leurs blancs, de leurs gris et de leurs marron les couleurs cendreuses de l'hiver. Jaro lui avait parlé des étendues désolées laissées par Volkh Nagarian lorsqu'il avait incendié les terres d'Arkhel. Même aujourd'hui, des années après l'attaque, peu d'essences végétales avaient repoussé. On ne voyait que des touffes d'herbes éparses, des ronces rabougries écrasées par le poids des couches de neige successives.

Et ces mêmes terres désolées étaient maintenant remplies de colonnes de soldats en marche, suivies par des attelages tirant des canons. Du Drakhaon ou de ses druzhina, il n'y avait nulle trace – et aucun endroit où ils auraient pu s'embusquer.

Dans la lentille du télescope, Eugène repéra soudain des mouvements suspects... Ceux d'un homme, dans le lointain, dépenaillé comme un paysan, qui rampait sur la neige... Un espion de Gavril Nagarian, chargé de surveiller la progression de l'armée ?

Le prince fit signe à deux aides de camp.

— Quelqu'un nous suit, là-bas. Amenez-le-moi.

Peu après, des cris lui parvinrent tandis que, conformément à ses ordres, on appréhendait l'espion. Étrange... Eugène crut entendre par bribes quelques mots de tiel.

Sautant sur Cinnamor, il rejoignit le trio.

— Altesse, Altesse ! cria le prisonnier, les mains tendues. Dites-leur qui je suis !

Un des soldats le frappa.

— Son Altesse ne t'a pas autorisé à parler !

Eugène dévisagea le captif. Un homme en piètre état... Le visage maculé de sang et de sueur, il portait un uniforme sale et déchiré. Pourtant, son regard pâle et brillant de défi lui paraissait familier.

— Oskar Alvborg...

L'homme s'effondra à demi entre les bras des soldats.

— Oui, chuchota-t-il.

— C'est un des nôtres. Menez-le au camp et qu'il se débarbouille.

Avachi dans un coin du chariot réservé aux soins hospitaliers, emmitouflé dans de chaudes couvertures, Oskar Alvborg claquait encore des dents.

— On n'arrive pas à lui soutirer deux mots, Altesse, souffla le chirurgien. Il paraît très choqué. Il souffre de graves brûlures et a perdu presque tous ses cheveux.

Des brûlures... Inquiet, Eugène approcha du patient.

— Que s'est-il passé, Alvborg ? Et où sont vos hommes ?

— Morts, répondit le rescapé, le regard perdu dans le néant. Mourants. Je ne sais pas...

— Qui vous a attaqués ?

Les épaules d'Alvborg tremblèrent. Eugène crut d'abord qu'il sanglotait tout bas – jusqu'à ce qu'il identifie un petit rire étouffé. Avec un amusement malicieux, le rescapé leva vers lui ses yeux pâles.

— Vous ne devinez pas, Altesse ?

— Le Drakhaon ?

Eugène risquait tout sur le succès de cette campagne militaire. Il devait connaître son adversaire.

Le rire mourut. La colère remplaça l'amusement dans le regard bleu du survivant – et autre chose, qu'Eugène ne réussit pas à déterminer.

— Nous avons scrupuleusement suivi vos instructions, Altesse. Nous avons fait diversion en détournant le Drakhaon et ses guerriers de l'armée en marche. Et qu'avons-nous récolté pour la peine ?

— Qui a déclenché les hostilités ?

— Ils étaient trop proches. Nous avons été contraints de nous défendre.

— Vous avez ouvert le premier le feu sur le Drakhaon ?

Il avait pris un risque calculé en portant son choix sur Alvborg, pour cette mission particulière, et voilà que l'homme le décevait…

— Imbécile ! Vos ordres étaient de le distraire, pas de l'attaquer !

— Il avait tout l'air d'un homme parfaitement ordinaire… (Alvborg semblait maintenant se parler à lui-même, oubliant la présence du prince.) Mais quel homme ordinaire ferait jaillir le feu de ses doigts ? Des flammes bleues comme de l'alcool qui flambe…

Par-dessus le crâne pansé de son patient, le chirurgien accrocha le regard d'Eugène.

— La fièvre le fait délirer. Il a besoin de repos, Altesse…

— J'ai besoin d'en avoir le cœur net, insista le prince en prenant le survivant par les épaules pour le forcer à soutenir son regard. Ainsi donc, les inventions de notre mage n'étaient pas à la hauteur de son pouvoir ?

Alvborg tressaillit.

— D'une chiquenaude, il a calciné mes hommes sur pied… Il en reste des carcasses carbonisées…

L'esprit en ébullition, Eugène le lâcha. Le succès de sa stratégie en Azhkendir reposait désormais sur les épaules d'un seul homme : Altan Kazimir. Il avait maintenant la certitude que ses armées n'atteindraient jamais Mirom – à moins d'écraser d'abord Gavril Nagarian, d'une façon ou d'une autre.

— Vous m'avez cruellement déçu, lieutenant Alvborg. J'attendais de votre part beaucoup mieux que ça. Dès que vous serez remis de vos blessures, vous serez traduit en cour martiale.

L'homme ne répondit rien. Mais sous ses paupières gonflées, aux cils roussis, il jeta à Eugène un regard lourd d'un ressentiment virulent.

Le prince se tourna vers le chirurgien.

— Quant à vous, tout ce que vous aurez pu entendre aujourd'hui est à mettre sur le compte du délire. Rien ne doit transpirer d'ici, c'est bien compris ?

Les yeux baissés, l'homme de l'art hocha la tête.

Eugène écarta le rabat de la bâche du chariot et sauta à terre.

Le moral des troupes était très bon. Plus que quelques jours et ils remporteraient une victoire éclatante… Ils étaient sur le point de réécrire l'histoire de tout un continent. À ce stade, Eugène ne laisserait rien ni personne entamer les espérances de gloire de ses hommes.

— *Poison...*

Couvert d'une sueur glacée, Gavril contemplait les ténèbres.

— *Je meurs... Empoisonné. Je veux... vivre...*

Il se sentait malade, terriblement affaibli. Des voix enflaient sous son crâne, les délires insidieux de la fièvre...

Des cris, des hurlements...

Il s'agrippa la tête à pleines mains, tentant vainement de les faire taire.

— *Il est trop tard pour nous diviser...*

L'infernale cacophonie s'était maintenant réduite à une seule voix. Échappée de ses cauchemars, et si claire qu'il aurait pu jurer que quelqu'un, présent dans la chambre, lui parlait réellement.

— *Tue-moi, et c'est toi-même que tu tueras.*

Il rêvait encore. Des images oniriques, vives et violentes, papillotaient toujours en un enchaînement sinistre et rougeoyant sous son œil intérieur.

Des créatures multicolores, ombres et lumières, piquent et fusent tout autour de lui, portées par leurs grandes ailes translucides.

Des yeux obliques, inhumains et pourtant étrangement familiers, posent sur lui un regard curieux en l'aveuglant de leur singulier éclat.

L'air chatoie sous les vapeurs qu'exhalent les narines gonflées des créatures ailées, qui se rapprochent.

— *Qui êtes-vous ? chuchote-t-il.*

— *Sauver. Préserver. Protéger.*

Les mots papillonnent dans son esprit alors que le ciel lacéré de traînées de feu paraît s'embraser tout entier. En contrebas, des guerriers cuirassés, de haute taille, l'expression transfigurée par une soif atroce de vengeance, font jaillir le feu de leurs mains tendues.

Trop tard, les créatures ailées tourbillonnent dans les airs. Trop tard, des flammes bleues fusent de leurs narines pour foudroyer les guerriers aux pupilles dorées.

Les rayons ignés crépitent... et s'embrasent. Dans un féroce tourbillon d'ailes, les créatures enflammées s'abîment vers leur fin, s'écrasent au sol... Des humeurs visqueuses éclaboussent le rêveur, épaisses et poisseuses comme le sang – et pourtant aussi bleues que l'éclat phosphorescent de leurs yeux... L'air résonne de leurs terribles hurlements de souffrance...

— *Protéger.*

L'élixir, sans nul doute... Il devait lui donner ces cauchemars, lui faire entendre des voix... L'élixir purgeait son métabolisme de toutes les toxines qui permettaient au Drakhaoul de rester tapi en lui. Incapable de réprimer ses tremblements, Gavril resta étendu sur son lit.

— *Ne me laisse pas mourir...*, chuchota la voix des ténèbres, dans son cerveau. *J'ai encore tant à te donner.*

— Tu fais partie de mon cauchemar. Je rêve, répondit Gavril, désireux d'exorciser ce spectre.

Il exerça une forte pression sur ses tempes, pour que la douleur le délivre.

— *Je suis le dernier de mon espèce !* clama avec une soudaine clarté la voix désincarnée. *Tu dois me protéger. Me préserver.*

— Comment vous sentez-vous ce matin, seigneur ? s'enquit Kazimir.

Avachi sur une chaise, Gavril n'avait même plus l'énergie de se lever. Il prit la parole, chaque mot lui coûtant.

— Kostya m'a drogué quand il m'a enlevé de Smarna. J'ai l'impression de repasser par les mêmes affres... Je me sens mal... nauséeux... Tout est confus.

— Hum...

Kazimir lui prit doucement le poignet pour tâter son pouls.

— Et cette nuit, je n'arrêtais pas d'entendre une voix... (Gavril tenta de fixer son regard sur le docteur, mais ses yeux lui faisaient mal.) Suis-je en train de perdre la raison ? Ou était-ce pareil avec mon père ?

— Il y a des toxines dangereuses à purger dans votre système sanguin.

Après avoir relevé la manche de la chemise de son patient, Kazimir produisit de nouveau sa seringue.

Gavril grogna de dépit.

— Plus de prélèvement ou je vais mourir exsangue !

Des éclats de voix dans le couloir brisèrent le calme. Kazimir sursauta, lâchant la seringue qui éclata en tombant par terre.

— Seigneur Drakhaon !

— Vous ne devez pas le déranger, Juri !

La stridence de la voix de Sosia aggrava le mal de tête de Gavril.

— Ces nouvelles ne peuvent pas attendre !

La porte s'ouvrit à la volée ; un vétéran fit irruption, Sosia encore cramponnée à son bras en une vaine tentative pour l'en empêcher.

— On vient de repérer Grisha ! lança le druzhina d'une voix essoufflée.

— Où ? demanda Gavril.

— Dans les contreforts du Sud. Nous pistions les Tiels ainsi que vous nous l'aviez ordonné quand soudain, nous avons perçu la présence d'un des nôtres, tout près...

La voix de Juri mourut. Sosia lui servit de la petite bière pour qu'il se désaltère et reprenne son souffle. Il vida sa chope cul sec, puis essuya sa moustache grisonnante du dos de la main.

— C'était Grisha Griffe d'Ours. Qui d'autre grimpe avec tant d'agilité ? Il observait les Tiels, tout comme nous. Il se concentrait tellement qu'il ne s'est à aucun moment aperçu de notre présence. Il se trouvait en hauteur, au bord d'un étroit ravin. Si nous l'avions poursuivi, nous nous serions du même coup trahis aux yeux de l'ennemi.

— Vous l'avez laissé filer ! s'exclama Gavril, exaspéré.

À genoux, Kazimir récupérait les éclats de verre en maugréant dans sa barbe.

— Il n'a pas pu aller bien loin. Michailo se terre certainement dans les parages.

— Nous tenons une piste ? s'écria Jushko en apparaissant comme par magie sur le pas de la porte.

Sursautant de plus belle, Kazimir lâcha ses débris de verre.

— Il semblerait..., bougonna Gavril.

Il n'avait pas oublié sa promesse faite à Jaromir – retrouver Lilias. Maintenant, une occasion se présentait d'honorer sa parole.

— Je veux qu'on capture et qu'on ramène ici Lilias Arbelian et son bébé, sans leur faire de mal. C'est bien compris, Jushko ? Ils sont d'une importance vitale pour nous.

— Nous ferons tout ce que nous pourrons, grommela le guerrier à contrecœur. Mais avec ces maudits Tiels qui grouillent partout, ça n'aura rien de facile.

— Vous ne leur ferez pas de mal, Jushko ! insista Gavril en tentant de se lever.

La pièce tourna follement. Il se rattrapa de justesse à l'accoudoir de son fauteuil. Jushko se précipita pour le soutenir.

— Qu'êtes-vous en train de lui faire ? cria-t-il en s'en prenant à Kazimir. On le croirait à moitié mort ! Seigneur, je vous supplie d'arrêter ce maudit traitement avant qu'il vous tue !

— J'ai donné ma parole, chuchota Gavril en s'affalant sur son siège.

Eugène tira sur les rênes de Cinnamor et contempla la colonne d'hommes qui serpentait dans la gorge étroite. Plus loin, en contrebas, le ruban d'un torrent de montagne fumait en dévalant les pierres moussues et les roches aux minérales teintes brunâtres, à fleur de terre. *Les débuts modestes de la grande Nieva ?* s'interrogea le prince. Il devrait consulter ses cartes d'état-major.

Il bruinait.

— Quel sale pays, Anckstrom ! bougonna-t-il en relevant le col de son manteau. Une bonne chose que nos hommes soient rompus à des conditions hostiles...

— Ils sont bien entraînés, en effet, Altesse, répondit l'austère Anckstrom, le nez rougi par le froid.

— Nous devrions bivouaquer pour la nuit.

Eugène jeta un coup d'œil au ciel qui s'assombrissait rapidement.

— L'endroit n'est-il pas un peu trop exposé ? objecta l'homme en désignant, sur les hauteurs, des saillies rocheuses. Il se prêterait à merveille à une embuscade.

— Et nous pourrions nous traîner encore sur des lieues sans y changer quoi que ce soit. Nous savions que nous aventurer dans ces montagnes serait très risqué. Doublez la garde et distribuez des rasades supplémentaires d'eau-de-vie pour aider nos soldats à combattre le froid.

Les aides de camp s'empressèrent de monter le pavillon du prince. Eugène mit pied à terre, confiant la bride de Cinnamor à son palefrenier attitré. Puis il passa au milieu de ses hommes, occupés eux aussi à dresser leurs tentes pour la nuit, à échanger quelques paroles, une plaisanterie, une pincée de tabac… On fit bon usage des bâtons de feu de Linnaius, les flammes d'un pourpre intense trouant l'obscurité.

Une fois sous sa tente, Eugène vit qu'Anckstrom avait installé la Vox Æthyria sur une tablette, près d'une carte à demi déroulée figurant le continent dans sa globalité.

— Des nouvelles ?

Anckstrom releva la tête.

— Nous venons d'en recevoir de la flotte. Les Muscobiotes ont opposé peu de résistance. Il y a eu quelques accrochages, deux frégates ont coulé et le grand mât du vaisseau amiral a été coupé en deux. L'amiral Janssen prévoit d'être aux portes de Mirom d'ici demain midi.

— Mais aucune nouvelle de Jaromir ? Rien de rien ?

Eugène aurait du mal à se concentrer sur le reste tant qu'il ne serait pas rassuré sur le sort de son protégé.

— Tout se déroule comme prévu, Altesse. Nous ne rencontrons aucune résistance en Azhkendir.

— Par Dieu, s'il lui est arrivé quoi que ce soit, ces chiens le paieront cher !

Apprendre la victoire de sa flotte ne le grisait aucunement. C'était le moins que l'amiral Janssen pouvait faire, selon lui.

— Jusqu'à présent, ils s'en tiennent à leur part du marché. Ils nous surveillent. À bonne distance…

Eugène hocha sèchement la tête.

— Je les ai vus.

— Ils attendent leur heure ?

Un assistant apporta un cognac très fruité à la robe vermillon.

Connaisseur, Anckstrom s'humecta les lèvres.

— Ah ! Voilà qui chasse le froid.

Des cris éclatèrent, ponctués par des détonations.

Pistolet au poing, Eugène et Anckstrom soulevèrent aussitôt le rabat de la tente.

— En arrière, Altesse !

Son compagnon tenta de lui barrer le chemin pour le protéger, mais Eugène, ses armes chargées, l'écarta.

— Que se passe-t-il ? On nous attaque ?

Un des aides accourut, une torche au poing.

— Pas précisément, Altesse, mais il y a une embuscade, un peu plus loin dans la gorge. Le capitaine Olsven est parti voir ce qui se passe !

Au fond de la gorge, Lilias aperçut les feux de camp des Tiels, comme des fleurs rouges s'épanouissant les unes après les autres dans les ténèbres. Elle n'avait plus qu'une idée en tête : dormir dans un lit propre, apprécier la caresse sur sa peau et la chaleur agréables d'un bain parfumé, manger de la nourriture chaude, jouir de la saveur d'un vin fin…

Jouer les fugitives ne l'amusait plus du tout. Michailo et ses accès puérils de bouderie non plus. Elle voulait prendre un bain.

Elle entreprit de descendre la sente rocailleuse, se moquant de faire du bruit en délogeant des cailloux au passage et de donner l'alerte.

Michailo se précipita pour la rattraper par le bras.

— Êtes-vous folle, Lilias ? D'ici, n'importe qui peut nous repérer ! Il n'y a aucune couverture !

— Lâchez-moi ! siffla-t-elle entre ses dents en luttant pour se dégager. En bas se trouve notre seule chance de quitter l'Azhkendir en vie !

— Oh, vous croyez donc tromper leurs sentinelles sans recevoir la moindre balle pour la peine ? Il s'agit d'envahisseurs, Lilias, toute une armée d'envahisseurs ! Ou cela vous aurait-il échappé ? Ils ne sont pas en manœuvres, là !

— Michailo, attention ! cria Grisha.

Le jeune homme jeta Lilias sur les fougères enneigées à la seconde où une flèche sifflait à leurs oreilles. Un des hommes de Michailo mourut l'instant suivant, une autre flèche plantée en travers de la gorge. Il bascula au fond du ravin. D'autres traits, aux longues tiges caractéristiques, se fichèrent dans les ajoncs. Des flèches de druzhina.

— Stupide chienne ! On est repérés !

Une hache au poing, Michailo commença à ramper dans la neige.

— Mon bébé… !

Comme Lilias faisait encore mine de se redresser, il lui plaqua le nez dans les broussailles.

— À terre, bon sang ! Vous tenez à ce qu'on nous embroche comme des volailles ?

— Vous êtes cernés, Michailo ! brailla une voix dure comme l'acier. Jetez vos armes et rendez-vous !

Le jeune homme continua à ramper à travers les ronces. Lilias surprit l'éclat terne du couteau de jet qu'il venait de tirer d'une de ses bottes.

— Me voilà, Jushko ! le défia-t-il. Venez donc me chercher !

Des silhouettes furtives se faufilèrent de rocher en rocher… Les druzhina s'étaient embusqués pour mieux les piéger.

Lilias vit Michailo lancer son couteau avec une précision mortelle puis, la seconde suivante, brandir sa hache à bout de bras.

Le coteau nu résonna au milieu des crissements de l'acier contre l'acier, des grognements et des braillements des belligérants.

Où étaient Dysis et le bébé ? Lilias commença à rebrousser chemin subrepticement. Et où se trouvaient les sentinelles d'Eugène ? Les Tiels avaient forcément été alertés maintenant.

Des détonations claquèrent. Ponctuées d'interjections en langue étrangère… Des soldats dévalaient la pente en direction de l'échauffourée.

Lilias bondit en agitant les bras.

— À l'aide ! Je vous en supplie ! Ils tiennent mon bébé !

Deux fantassins s'arrêtèrent net, et, pointant leurs baïonnettes, mirent l'inconnue en joue. Elle leva les bras au ciel. Après un instant d'affolement, elle reprit ses esprits et se remémora quelques phrases en tiel que Féodor Velemir lui avait enseignées il y avait bien longtemps.

— Conduisez-moi à votre officier supérieur ! lança-t-elle, en achoppant sur la prononciation. Je vous en prie…

Les hommes échangèrent un regard perplexe. Au-dessus des déflagrations et des clameurs s'éleva le vagissement perçant d'un nourrisson.

— Mon bébé ! s'écria-t-elle, les larmes aux yeux. (Une émotion sincère, cette fois.) Sauvez mon bébé !

Lilias était une mauvaise mère, elle en avait parfaitement conscience. Mais Artamon était son seul petit et, en cet instant fatidique, elle *sut* qu'elle se battrait à mort pour le protéger.

— Ma dame, ma dame, vous êtes vivante !

C'était Dysis, qui dévalait la pente avec son précieux fardeau – des plus braillards. Oublieuse des baïonnettes toujours braquées sur elle, Lilias prit Artamon et le serra sur son cœur. Stupéfaite, elle sentit des poings minuscules la cogner, lui tirer les cheveux avec une colère démesurée.

— Allons, mon bébé, allons… Tout va bien, maman te tient maintenant…

— C'est terrible là-haut, ma dame ! sanglota Dysis. Un massacre ! D'abord les druzhina, maintenant ces soldats… Du sang sur la neige… Je regrette déjà d'avoir vu ça !

Tout échevelée, elle avait le visage défait, barbouillé de crasse et de pleurs.

— Par là ! ordonna un des fantassins en langue commune, en désignant du canon de son arme le chemin qui conduisait au campement.

— Oui, oui, nous venons, assura Lilias.

Pas un mot d'adieu ! Pas un au revoir ! Il se lève et s'en va, juste comme ça !

Kiukiu faisait les cent pas sous les branches nues du verger gelé du monastère.

Est-ce que je compte si peu à ses yeux ?

Elle gardait de vagues souvenirs de ce qui s'était passé en montagne, un peu comme des lambeaux de visions dues à la fièvre. Pourtant, un moment en particulier lui restait en mémoire, si net et si précis qu'elle était certaine de ne pas avoir rêvé : l'instant où il avait prononcé son nom, se penchant pour lui caresser le visage, parlant d'une voix cassée par l'émotion… Gavril avait des sentiments pour elle, Kiukiu en était certaine. Alors… pourquoi ce départ précipité ?

Les cloches du monastère recommencèrent à sonner. Des pigeons s'envolèrent du clocher dans un tourbillon d'ailes grises.

Kiukiu traversa la cour à grands pas, en s'interrogeant sur la raison de cette anomalie. En principe, il n'y avait plus d'actions de grâces avant celles du crépuscule.

Les frères sortirent en courant de l'infirmerie, de la bibliothèque et des cuisines pour se rassembler devant l'église.

Kiukiu les suivit.

L'abbé Yephimy se campa sur la plus haute marche du parvis, s'apprêtant à haranguer les siens quand les cloches cesseraient de sonner.

— Les nouvelles sont graves, mes frères. Le Tielen a envahi l'Azhkendir.

Kiukiu ouvrit des yeux ronds. Était-on en guerre contre le Tielen ? Le seigneur Gavril courait-il un danger ?

— Sans autres informations, nous devons nous préparer à accueillir et à soigner des blessés. Frère hospitalier…

Les moines se rassemblèrent autour de ce dernier, qui commença à distribuer ses ordres.

Kiukiu resserra les pans de son manteau, rabattit son capuchon et se dirigea vers les portes du monastère.

Une poigne ferme s'abattit sur son épaule. Elle se retourna.

— Où allez-vous, mon enfant ? demanda l'abbé Yephimy.

— On a besoin de moi au château du Drakhaon.

— Vous serez bien plus en sécurité ici, au monastère. Restez près de votre grand-mère. Elle aussi a besoin de vous.

— Je me fiche du danger ! lança Kiukiu, surprise par son propre sang-froid. Je dois me porter à leur secours.

Il faut absolument que je m'évade !

Elysia tira une troisième épingle à cheveux de sa coiffure et tenta de nouveau de la plier. Les deux premières s'étant cassées, elle prit soin cette fois de chauffer le métal avant de recommencer.

Velemir avait pensé à tout : les couverts qu'on fournissait à la prisonnière avec ses repas se limitaient à des cuillères et à un couteau émoussé. Le serviteur avait ordre de tout récupérer une fois le repas terminé.

Bientôt, elle serait obligée de nouer ses cheveux avec un ruban, car il ne lui restait plus que trois épingles pour maintenir son chignon. Ses geôliers le remarqueraient-ils ? La dernière visite de Velemir remontait à plus de vingt-quatre heures…

Alors qu'elle travaillait à son passe-partout de fortune, Elysia se força à envisager ce qui se passerait en cas de succès. Elle avait déjà écarté l'idée de voler un cheval dans les écuries, pour fuir au triple galop. Elle devrait plutôt localiser Astasia et implorer sa protection. Il n'existait pas d'autre possibilité.

Elle avait assez plié l'épingle à cheveux, cette fois, pour se risquer à une troisième tentative. Agenouillée devant le trou de la serrure, Elysia y inséra le passe-partout improvisé et tâtonna jusqu'à rencontrer de la résistance.

Doucement, doucement…

C'était à ce stade-là que les deux premières épingles à cheveux avaient cassé net. Circonspecte, elle accentua légèrement la pression exercée, et quelque chose commença à céder…

Encore un tout petit peu…

En se mordillant la lèvre inférieure, la prisonnière concentrait tous ses efforts sur cette manœuvre délicate…

Ce fut encore trop. La cassure brutale de l'épingle à cheveux lui valut une écorchure aux doigts. Quelques gouttes de sang tombèrent sur les lattes du parquet ciré.

Toutes ces heures de travail pour rien ! Soucieuse d'enrayer la petite hémorragie, Elysia enroula son mouchoir autour de son doigt écorché.

Et s'aperçut qu'elle était en pleurs. Des larmes de colère et de frustration roulaient sur ses joues.

Je ne pleure jamais ! Pas pour une vétille comme un doigt coupé, en tout cas !

Pourtant, ses larmes n'étaient pas près de se tarir… Elle n'arrivait pas à se calmer. Elle se jeta sur le parquet et sanglota comme une enfant.

Chapitre 37

— Une prisonnière insiste pour que vous acceptiez de la voir, Altesse. Elle affirme qu'elle a des nouvelles de Jaromir.

Eugène en lâcha les dépêches qu'il s'apprêtait à lire.

— Amenez-la-moi.

Une fois son aide de camp reparti, il se leva et fit les cent pas sous sa tente en se frappant la paume du poing à plusieurs reprises, tentant d'évacuer son sentiment croissant de frustration.

Le rabat s'ouvrit et une femme entra. À la surprise d'Eugène, elle se lança dans une grande révérence, tête basse.

— Votre Altesse..., salua-t-elle dans un tiel balbutiant.

— Levez-vous, ma dame, répondit-il en commun, et dites-moi qui vous êtes.

— Je m'appelle Lilias Arbelian. J'eus jadis l'honneur d'être présentée à Votre Altesse par Féodor Velemir.

Arbelian ? Elle avait le visage sale, des vêtements déchirés et une chevelure rousse en bataille... Mais quelque chose, dans son maintien et sa diction cultivée, suggérait qu'elle n'était pas de basse extraction.

La mémoire revint au prince.

— Velemir a un agent secret du nom d'Arbelian... Comment pourrais-je m'assurer que vous êtes bien qui vous prétendez être, et non un imposteur chargé par nos ennemis de nous espionner ?

— Laissez-moi parler à Féodor grâce à votre Vox Æthyria... (Elle indiqua l'appareil d'un petit signe las de la tête.) J'ai perdu la mienne en fuyant le château du Drakhaon.

Elle connaissait donc l'appareil, et avait utilisé le nom correct. Il devrait prendre le risque de la croire sur parole.

— Vous avez des nouvelles du seigneur Jaromir, dit-il d'une voix qu'il espérait calme, sans trace d'émotion. Quand l'avez-vous vu pour la dernière fois ?

— Au château du Drakhaon.

— Il y est prisonnier ?

Bonté divine, si Jaro était tombé entre les griffes des druzhina, quelles atrocités ne lui avaient-ils pas infligées ? Était-ce pour cela que sa flamme de vie était si faible ?

— Dites-moi tout ce que vous savez !

— Il était venu me sauver des druzhina. Mais notre évasion a mal tourné. Michailo a réussi à me défendre. Jaromir, lui…

Sa voix mourut et Lilias tituba, une main volant à son front.

Eugène se précipita pour la rattraper alors qu'elle s'effondrait.

— De l'eau-de-vie pour dame Arbelian ! ordonna-t-il. Et vite !

Il la fit asseoir sur un des tabourets de campagne, puis fit couler un peu du liquide clair dans sa bouche. Elle en avala quelques gouttes avant de hocher faiblement la tête, en écartant le verre.

— Vous devez avoir faim. Qu'on lui donne un bol de ration !

Tenaillé par l'appréhension, il la regarda manger un peu du brouet chaud qu'on lui avait apporté, accompagné de pain. Sous la pellicule de crasse qui recouvrait la jeune femme, sa peau paraissait déjà moins pâle. Ses yeux devinrent moins ternes.

Eugène s'assit en face d'elle.

— Bon, ma dame, dites-moi tout ce que vous savez.

En écoutant son rapport, il sentit son agitation croître. Lorsqu'elle avait vu Jaromir pour la dernière fois, apparemment, deux druzhina du Drakhaon l'emmenaient en captivité. Et, lors de leur fuite, Jaromir ne les avait pas rejoints… Le seigneur Gavril avait déjà usé de ses pouvoirs pour anéantir une meute de loups, les réduisant en cendres. Elle craignait que…

Anckstrom parut et, les bras croisés, écouta la fin du récit sans mot dire. Puis il se pencha pour murmurer quelque chose à l'oreille d'Eugène :

— Ça concorde – plus ou moins – avec la version des autres prisonniers.

Eugène se leva et lui fit signe de le suivre dehors.

Des feux brûlaient à la périphérie du campement. Un froid mordant régnait.

— Ça concorde – *plus ou moins ?* Expliquez-vous !

— Il semblerait que nous ayons surpris un affrontement entre druzhina, qui mettaient aux prises deux factions opposées… Votre dame Arbelian était traquée par les hommes du Drakhaon. Aimeriez-vous interroger vous-même l'un d'eux ?

Les poignets attachés au-dessus de la tête, le prisonnier, un type émacié de haute taille, au crâne rasé, était enchaîné à un piquet. Partout où sa peau n'était pas couverte des tatouages bleu et pourpre de son clan, il portait des cicatrices. *Quels barbares !* pensa Eugène, dégoûté.

Quand un soldat tira sur les chaînes du captif, le contraignant à relever la tête, le prince vit que celui-ci avait perdu un œil. On avait cousu les paupières sur la cavité orbitale vide, lui conférant une expression perpétuellement ironique.

— Faites de moi tout ce que vous voudrez…, souffla le prisonnier d'une voix faible – et pourtant encore vibrante de défi. Jamais je ne trahirai mon seigneur le Drakhaon.

Des pansements lui couvraient le front et le flanc. Des taches écarlates en suintaient déjà.

— Vous autres Azhkendis recourez peut-être à des tortures barbares pour soutirer des informations à vos prisonniers, dit Eugène, mais au Tielen, nous sommes plus civilisés que ça. Lui avez-vous administré le sérum de vérité, sergent ? ajouta-t-il.

— Ça devrait faire effet d'une seconde à l'autre, Altesse.

— Que… m'avez-vous… fait ? souffla le prisonnier d'une voix pâteuse, altérée par la drogue de Linnaius.

Ce qui avait commencé comme une protestation s'acheva sur un marmonnement confus.

Eugène fit signe à son secrétaire de se préparer à coucher par écrit les réponses du captif.

— Maintenant, vous allez nous dire tout ce que nous souhaitons apprendre. Votre nom et votre grade ?

— Jushko… Commandant en chef des… druzhina…

Il avait la voix rêveuse d'un dormeur parlant dans son sommeil.

Anckstrom et Eugène échangèrent un regard.

— Et quelle était votre mission, commandant Jushko ?

— Capturer Lilias… et les rebelles… la ramener… vivante…

Anckstrom adressa un hochement de tête au prince.

— Où se trouve le seigneur Jaromir Arkhel ?

Il y eut un petit silence.

— Il est mort…

— *Mort !*

Eugène eut l'impression que son cœur avait cessé de battre. Il ne voyait plus que le visage dévasté du prisonnier, avec sa pupille terne, visiblement drogué.

— Comment peut-il être mort ? Il a été fait prisonnier au château. Dame Arbelian l'a justement vu…

— … s'évader, compléta Jushko de sa voix pâteuse. Le seigneur Gavril… l'a poursuivi… a tiré sur lui… Comment sinon… apaiser le fantôme du seigneur Volkh ?

— Cet homme délire, c'est absurde ! explosa le prince. Vous lui avez administré trop de sérum !

— Doucement, Eugène…

Anckstrom posa une main sur le bras du prince.

— Il dit que Jaro est mort. Comment peut-il l'être ? (Le prince pivota vers Anckstrom.) Sa flamme de vie brûle toujours ! Vous l'avez vue comme moi…

— Je suis certain qu'il y a une explication logique à tout ça, répondit Anckstrom, très calme.

— Je veux des preuves !

Eugène empoigna le prisonnier par les épaules et le secoua.

— Avez-vous vu son corps ? Répondez ? Quelqu'un l'a-t-il vu ?

— Là... dans la montagne... (Le menton de Jushko dodelina sur son torse, à la façon des ivrognes.) Au fond d'un... ravin...

Les implications tourbillonnèrent dans la tête du prince.

— Si c'est vrai, Andar mourra !

— Nous ignorons si c'est la vérité, tempéra Anckstrom. Et dame Andar reste pour l'instant notre meilleur atout pour négocier.

Eugène avait l'impression que toute couleur avait déserté la tente, la lampe, le brasero... Les flammes dorées, les braises rougeoyantes... Tout avait viré au gris.

— Ranimez-le ! ordonna-t-il. Il nous conduira au château du Drakhaon. Et nous en aurons le cœur net.

— Mais... et le Muscobar ? souffla Anckstrom. La flotte attend vos ordres. Nous ne devons pas perdre l'avantage. Toute votre œuvre, Altesse, vos plans, vos hommes...

— Le Muscobar attendra ! décréta sèchement Eugène.

— Qui êtes-vous ?

C'était une voix claire et fluette, haut perchée, de fillette.

Étonnée, Astasia fit volte-face et découvrit une enfant de six ou sept ans, brûlant visiblement de curiosité. Il y avait quelque chose de bizarre dans sa posture – une épaule plus haute que l'autre.

— Tu m'as surprise, petite. Comment es-tu entrée ?

— Serez-vous bientôt ma nouvelle maman ?

La candeur brutale de l'enfance...

Ne sachant que répondre, Astasia s'approcha et s'agenouilla. De plus près, elle constata que sa visiteuse portait une chemise de nuit de la soie la plus fine, couleur crème, bordée de dentelle ivoire. Avec ses boucles d'or, la fillette était aussi blanche et jolie qu'une poupée de porcelaine – mais une poupée qu'on aurait violemment jetée à terre, la laissant toute désarticulée.

— Serais-tu la fille du prince Eugène ?

— Mon nom est Karila. Mais vous pouvez m'appeler Kari, si vous voulez.

— Sait-on que tu es là, Kari ? Ta gouvernante n'est-elle pas en train de te chercher partout ? Ne devrais-tu pas être au lit ?

— J'ai fait de mauvais rêves. Et quand j'ai appelé, personne n'est venu.

— Laisse-moi te ramener dans ton lit.

Karila secoua la tête avec véhémence.

— Je ne veux plus faire de mauvais rêves !

— Je sais les chasser. Montre-moi le chemin.

L'enfant prit Astasia par la main et l'entraîna dans les couloirs éclairés par des lanternes.

— Dans mon rêve, le dragon était de retour. Son souffle me brûlait...

Au toucher, elle avait la peau chaude et moite, comme si la fièvre la dévorait vive. *Pas étonnant, dans ce cas, qu'elle rêve de brûlure...*, conclut Astasia.

Karila s'arrêta en lui serrant la main.

— Pourquoi cette dame pleure-t-elle ?

Astasia tendit l'oreille. Et entendit des pleurs, au loin.

— Ce doit être une des servantes, Kari.

— Non, c'est l'artiste étrangère, celle qui peint... On a mis des barreaux à ses fenêtres. Elle est sûrement triste parce qu'elle veut rentrer chez elle et que papa l'en empêche.

— Des barreaux aux fenêtres ? C'est une prisonnière ? (Elysia était toujours là ! Quels autres mensonges Velemir avait-il pu proférer ?) Montre-moi.

— Comme promis, Altesse, le docteur Kazimir a effectué sa livraison.

L'aide de camp d'Eugène tira sur la bride de sa monture pour s'aligner sur Cinnamor.

Le prince s'écarta de la tête de la colonne de soldats.

— Voyons cela.

L'aide tira de sous sa veste d'uniforme une petite fiole en verre.

— C'est tout ?

Eugène leva l'échantillon vers la pâle lumière hivernale, l'inclinant pour faire passer le liquide visqueux d'un bout à l'autre. Il luisait d'un bleu terne rappelant de l'encre plutôt que du sang. Du sang de Drakhaon...

— Tout ce qu'il a pu extraire avant d'administrer l'autre... substance.

— Où se trouve le docteur maintenant ?

— Il attend les instructions de Votre Altesse.

— Amenez-le-moi.

Quelques minutes plus tard, l'aide revint accompagné d'un Kazimir blême et essoufflé.

— Comment m'assurer que cela ne contient pas de poison ? demanda sèchement le prince.

— Je... Jamais je ne..., balbutia Kazimir.

— Goûtez-en !

— Quelques gouttes sur la langue, Altesse, c'est tout ce dont vous aurez besoin pour vous prémunir du souffle empoisonné du Drakhaon...

Ce disant, Kazimir s'exécuta en grimaçant.

Eugène l'observa attentivement. Le docteur n'avait pas hésité. Le prince lui reprit la fiole et but à son tour quelques gouttes de son contenu.

Un chatoiement de tonnerre, noir et bleu électrique, lui zébra l'esprit.

Il cilla. Un instant, il avait entrevu quelque chose de fondamentalement étranger à sa propre expérience. Une caresse des ténèbres, qui lui avait donné la chair de poule...

Il venait de goûter au sang de la créature qui avait tué Jaromir.

Il se sentit souillé. Pollué.

Il revint à Kazimir.

— Bien joué, docteur. Mais il vous reste une chose à accomplir pour moi. Une dépêche urgente à remettre au Drakhaon.

La mine du savant se fripa comme du vieux parchemin.

— Non, Altesse ! Ne m'obligez pas à y retourner ! Je vous en supplie... ne m'y contraignez pas !

Eugène se détourna. L'imploration du docteur l'embarrassait.

— Voulez-vous vivre ?

— Mais... On me tuera si on découvre que... !

— C'est un risque que vous devrez courir.

Elysia sécha ses larmes. À quoi bon pleurer ? Elle s'en voulait de se montrer aussi faible dans l'adversité – surtout pour une aussi petite coupure ! À l'examen, elle constata que sa blessure s'était refermée.

Restait à retenter sa chance avec une quatrième épingle à cheveux.

De la main gauche, elle versa de l'eau froide dans un broc et s'en tamponna les paupières pour les faire dégonfler.

— Dame Andar ?

Qui l'appelait ?

— Elysia ?

Elle prit une bougie et passa dans sa chambre où elle découvrit Astasia, qui tenait par la main une fillette blonde.

— Comment... ?

Astasia se jeta à son cou et l'étreignit avec fougue.

— Oh, dame Andar, je suis tellement heureuse de vous revoir ! Velemir m'a dit que vous étiez partie pour l'Azhkendir... Sans Kari, j'aurais continué à le croire.

— Mais comment avez-vous trompé la garde ?

— Je connais tous les passages secrets, annonça fièrement l'enfant d'une voix fluette.

— Princesse Karila ?

Elysia lui fit la révérence.

L'enfant bâilla.

— Pouvons-nous maintenant avoir une histoire ? Je suis fatiguée.

— Ramène-nous dans tes appartements, Kari, la cajola Astasia, et je te raconterai une histoire du Muscobar.

— Mais pas une triste. Je ne veux pas faire de mauvais rêves.

— Celle-ci aura une fin merveilleuse, assura Astasia en souriant à la prisonnière par-dessus la tête de la fillette.

Étonnée, Elysia vit Karila se diriger vers le manteau de la cheminée et toucher une des feuilles d'acanthe sculptées. Un panneau coulissa, dévoilant une cavité juste assez haute et large pour qu'une enfant l'emprunte sans se cogner.

— Suivez-nous, dit Astasia.

Elysia borda la princesse Karila dans son lit doré et Astasia commença à lui narrer l'histoire du jeune prince et de sa mère échoués sur les rives d'une île magique. Elysia observait le petit visage expressif de l'enfant dont le regard ténébreux s'éclairait à chaque nuance du conte, se demandant si elle ne devrait pas se pincer pour s'assurer qu'elle ne rêvait pas.

Quand Astasia passa à l'épisode de l'écureuil musicien et du bourdon, Karila bâillait de plus belle. Et bien avant que la princesse des cygnes fasse son apparition, la petite s'était endormie.

Les deux femmes s'esquivèrent dans la pièce adjacente et chuchotèrent pour ne pas réveiller l'enfant.

— Velemir nous a traitées toutes les deux de façon honteuse, commenta Astasia dès qu'Elysia eut achevé son récit. Votre vie est en danger, dame Andar. Il faut vous évader.

— Le palais est défendu par une sorte de bouclier invisible, répondit Elysia en secouant la tête. Nous n'irions pas loin, je le crains.

— À vous entendre, on se croirait sur l'île magique de la légende !

— Eugène a un mage pour le protéger, un homme aux pouvoirs considérables. Nous ne devons pas le sous-estimer.

Agacée, Astasia haussa les épaules.

— Alors, nous devrons battre Velemir sur son propre terrain…

Un cri perçant troubla le conciliabule. Les deux femmes se précipitèrent dans la chambre ; le regard fixe, Karila s'était redressée sur son lit.

Elysia la prit dans ses bras et l'étreignit.

— Tout va bien, Kari, ce n'est qu'un rêve…

L'enfant était brûlante. Un voile de sueur s'était tissé sur sa peau. Elle se cramponna à Elysia.

— *Il* a survolé le palais, murmura-t-elle d'une petite voix atone. J'ai vu ses yeux. Comme le bleu du cœur d'une flamme… Des pupilles de dragon…

Des pupilles de dragon…

Des gouttes rouges éclaboussaient le rêve de Gavril. Il se réveilla avec, dans les narines et la gorge, le goût âcre du sang versé. Il se réveilla, conscient que quelque chose clochait… Il n'avait aucune idée de l'heure, mais il avait au moins une certitude : il sentait la mort.

— Seigneur !

La porte de sa chambre s'ouvrit à la volée et Juri fit irruption en titubant avant de tomber à genoux. Des croûtes de sang à demi séché vernissaient son cuir chevelu.

— Pardon, seigneur… Nous avons échoué !

— Que s'est-il passé ?

Gavril se redressa tant bien que mal. La tête lui tournait ; il se sentait très faible et cotonneux.

— Les Tiels ont capturé Jushko. Nous avions réussi à piéger Michailo, à lui tendre une souricière… Mais les Tiels étaient déjà dans la gorge et en entendant le fracas des armes, ils s'en sont mêlés. Michailo est tombé, Grisha…

— Michailo a reçu une balle ?

— On ne lui a pas laissé la moindre chance… Ensuite, j'ai vu nos ennemis capturer Jushko, avant d'achever tous les blessés et les mourants à coups de baïonnette… Je me suis traîné au fond d'une anfractuosité… C'est ainsi que j'ai échappé à mon sort ; autrement je serais encore là-bas, à nourrir les vautours et la vermine à l'heure qu'il est…

— Mais Lilias ! s'écria Gavril. Ont-ils aussi mis la main sur elle ?

— La situation est très mauvaise, seigneur…

La stridence d'une cloche d'alarme couvrit le reste de ses paroles. Du haut d'une tour, un guetteur sonnait l'alerte.

— Que se passe-t-il maintenant ?

Gavril passa une robe de chambre sur sa chemise de nuit et fila sur le palier ; il découvrit une ruche en activité. Ses hommes couraient dans tous les sens.

— Ils arrivent par ici ! cria quelqu'un, dans le hall.

Gavril retint par le bras un de ses druzhina.

— Qui ça ?

— Les Tiels, seigneur !

C'était le jeune Semyon, les yeux écarquillés par la peur.

— Impossible !

De saisissement, Gavril dut se cramponner à la balustrade.

Il s'était soumis aux exigences d'Eugène. Pourquoi les Tiels reniaient-ils maintenant leurs engagements ?

Chapitre 38

Chahuté par un vent âpre, Gavril s'aventura au sommet de la tour Kalika. Les télescopes de son père s'y trouvaient toujours. Si seulement il ne se sentait pas aussi faible, au point qu'une bourrasque un peu plus violente que les autres risquait de l'entraîner dans le vide…

Titubant, il se rattrapa au télescope le plus grand et batailla pour en dégager la lentille. Le cache de protection semblait avoir rouillé.

Dans la cour, loin en contrebas, Askold battait le rappel des troupes, ordonnant aux druzhina de défendre la muraille d'enceinte et de prendre leur poste aux tours de guet.

— Hauteur, environ quarante-cinq degrés sur la gauche, souffla Gavril, l'œil rivé à l'oculaire, tout en ajustant la focale de l'instrument sur le voile immaculé des landes enneigées.

Alors, il les vit…

Conduits par leurs officiers à cheval, d'innombrables soldats en uniforme marchaient sur le château, suivis par des canons tirés par des attelages. Des fanions bleu et gris ondulaient au gré du vent.

L'armée du Tielen…

— Sauvez-nous, seigneur Drakhaon ! (Les yeux noyés de larmes, Ninusha agrippait Gavril par la manche.) Je vous en prie, sauvez-nous !

Le jeune homme embrassa du regard sa domesticité rassemblée : des femmes, des enfants et des vieillards qui les avaient servis, son père et lui, si fidèlement… Ils le regardaient, les yeux écarquillés par la peur, l'espoir… et la confiance. Ils comptaient sur lui pour les protéger. À cet instant, il sut qu'il ne pourrait pas les sacrifier aux troupes d'Eugène.

Il s'efforça de prendre un ton rassurant :

— Vous devez vous réfugier dans l'aile est et vous cacher au fond des tunnels. Restez sous terre, le temps que le danger soit passé.

— Il y a des fantômes dans l'aile est ! s'écria un enfant terrifié, avant d'éclater en sanglots.

D'une sécheresse toute militaire, des sonneries de clairon retentirent dans le lointain.

— Allez-y, partez tout de suite ! ordonna Gavril.

— Par ici, ajouta Sosia en prenant la direction idoine, suivez-moi !

— J'ai tellement peur ! souffla Ninusha, paralysée d'effroi.

Ilsi lui prit la main pour l'entraîner avec elle.

— Où est Kostya ? s'écria Sosia en se retournant. Nous ne pouvons pas l'abandonner !

Les fanfares se firent entendre de nouveau.

— Je m'en occupe, assura Gavril en poussant doucement la vieille femme vers leur seule planche de salut. Ilsi, veillez sur elle.

Il se détourna et partit à grands pas en direction de la chambre du blessé.

Une explosion assourdissante ébranla les murs. Gavril tituba et se rattrapa au chambranle de la porte. Derrière lui, de la maçonnerie s'écroula avec perte et fracas.

L'ennemi bombardait le château.

Les moustaches toutes hérissées, Kostya luttait pour passer sa vieille veste de campagne en cuir sur sa chemise de nuit.

— Kostya, vous devez venir avec moi dans l'aile est. Vous ne pouvez pas rester là.

Le bogatyr jura.

— Si vous croyez que je vais courir me terrer avec les femmes et les enfants, vous vous trompez ! Ma place est aux côtés de mes hommes.

— Et je ne vous abandonnerai pas ici pour qu'on vous égorge dans votre lit !

— Dans mon lit ?

Sur un chapelet de jurons bien sentis, Kostya se leva.

— Passez-moi mon arbalète. Je ne sers peut-être plus à grand-chose, mais que je sois damné si je n'arrive pas à entraîner dans la tombe avec moi quelques-uns de ces maudits Tiels !

Il vacilla sur des jambes en coton… et retomba de tout son long sur le lit.

Gavril faisant mine de l'aider à se redresser, il le gratifia d'un regard noir.

— Si vous étiez le fils de votre père, vous utiliseriez vos pouvoirs pour griller toute leur armée sur pied ! Donnez-moi donc mon arbalète, ça ira.

Gavril passait vainement de pièce en pièce à la recherche d'Altan Kazimir.

Le docteur devait être capable de lui rendre ses pouvoirs, d'une manière ou d'une autre. En tout cas, le libérer de cet état d'affaiblissement généralisé…

Il poussa d'une bourrade la porte de sa propre chambre et surprit Jaromir Arkhel en train de menacer de son épée la gorge tendre d'Altan Kazimir.

— Jaro, que se passe-t-il ?

— Le bon docteur ici présent a des explications à nous fournir ! Demandez-lui un peu d'où il revient ! (À la lumière hivernale du matin, les cheveux d'or de Jaromir luisaient.) Je l'ai surpris en train de se faufiler par le tunnel du pavillon d'été.

Kazimir lâcha un babil frénétique à peine intelligible :

— Pardon, seigneur Gavril... Je... n'avais pas le choix ! Linnaius m'a... empoisonné !

— Du calme, l'arrêta Gavril. On ne comprend rien à ce que vous dites.

Jaromir abaissa sa garde.

— Je... On m'a forcé à... prendre rendez-vous ! Avec un des aides du prince... Je... devais lui remettre des échantillons de votre sang. En échange, le mage Linnaius me donnerait l'antidote. Mais... ils m'ont forcé à revenir. Avec cette dépêche...

Les mains tremblantes, il sortit de sous sa veste un parchemin cacheté à la cire et le tendit à Gavril.

Qui l'ouvrit. C'était rédigé en langue commune, d'une main ferme et en termes officiels :

« Sachez-le, Gavril Nagarian, vous n'avez pas rempli la dernière de nos conditions, rendre ses pleins pouvoirs au seigneur Jaromir Arkhel, légitime suzerain de l'Azhkendir. Au contraire, vous l'avez assassiné et avez usurpé ses titres. En conséquence, nous exigeons votre reddition pure et simple. Toute résistance sera écrasée sans pitié.

Eugène de Tielen »

— Tout ça parce qu'il me croit mort ? s'exclama Jaromir, les yeux ronds.

— Un de mes druzhina a dû lui dire ça, répondit distraitement Gavril, l'esprit en ébullition.

... écrasée sans pitié.

Son mensonge, destiné à préserver une amitié secrète dans la meilleure des intentions, venait de se retourner contre lui avec des conséquences désastreuses.

— Et ce n'est pas tout, reprit Jaromir. Montrez-nous l'autre fiole dissimulée sous votre veste. Celle qui pue la sorcellerie à plein nez !

— Il n'y en a pas d'autre...

Jaromir le plaqua au mur sans ménagement.

— Dois-je vous déshabiller moi-même ?

Kazimir le fustigea d'un regard furibond. D'une main, il tâtonna dans l'ourlet de son habit et en extirpa une fiole. Jaromir la lui prit et la leva vers la lumière, révélant une pâle luminosité grisâtre.

— Ça contient quoi au juste ?

— Vous n'êtes pas des savants, répondit Kazimir. Vous ne comprendriez pas.

— La vérité ! Ou ça ira très mal pour vous !

— C'est un... sédatif. Pour permettre à l'élixir d'agir.

— Pour mettre le seigneur Gavril hors d'état de nuire, vous voulez dire ! Et l'empoisonner !

— Pour subjuguer la créature tapie en lui qui le prive de ses forces vitales ! explosa Kazimir. Cette *chose* que son père appelait « Drakhaoul » !

— Le problème, intervint Gavril, c'est qu'en détruisant le Drakhaoul, vous m'empoisonnez moi aussi.

Un boulet de canon survola en sifflant la muraille d'enceinte et s'écrasa contre la pierre avec un déchirement mou. Kazimir flancha.

— Et existe-t-il le moindre antidote à ce poison que vous m'avez inoculé ? ajouta Gavril.

Le savant secoua la tête.

— Il ne reste qu'à attendre qu'il agisse avant d'être entièrement excrété de votre métabolisme.

— Et vous vous attribuez le titre de savant !

Gavril lui avait accordé sa confiance, espérant que Kazimir l'aiderait. Or, cet homme l'avait trahi, comme il avait trahi son père avant lui…

— En trouver un, est-ce au-dessus de vos compétences ?

— Je… Je…

— Alors retournez à votre laboratoire et mettez-vous au travail !

Une grêle de boulets de canon s'abattit sur le château. Une fine couche de plâtre tomba du plafond. Kazimir gémit de peur.

— Dans la tour… ?

— Où d'autre voulez-vous aller ?

— Je dois rejoindre Eugène et lui faire cesser les hostilités, déclara Jaromir en époussetant sa veste.

Gavril se tourna vers lui.

— Comment ? Avant même de l'atteindre, vous serez mis en pièces ! Votre mentor semble déterminé à raser ce château de fond en comble !

— Laissez-moi utiliser la Vox Æthyria.

— Vous disiez que ça pouvait fonctionner uniquement en résonance avec une autre. Or, celle-ci est réglée sur l'appareil du comte Velemir.

— Dans ce cas, laissez-moi parler au comte.

— Feu !

Avec une sombre satisfaction, Eugène regarda la salve suivante ouvrir une brèche fumante dans la muraille d'enceinte du château du Drakhaon.

Il avait fait disposer des canons et du mortier sur tout le périmètre du domaine. Du haut des remparts, une pluie de carreaux d'arbalètes s'était opposée à la manœuvre et plusieurs des soldats de cavalerie parmi les moins vigilants avaient péri le flanc ou la gorge transpercé. Des armes grossières, sans sophistication aucune. Mais assez efficaces pour tuer.

Pour cette insolence, Eugène avait pulvérisé une des tours de guet – et ceux qui l'occupaient, réduits à des dépouilles sanguinolentes au milieu des gravats par la force des munitions explosives de Linnaius.

À présent, les servants chargeaient le mortier, après avoir écouvillonné les canons, et visaient de nouveau le château.

Les bras croisés, Eugène plissa le front pour combattre la réverbération blessante de la neige au soleil. Il avait le cœur transi de froid après la perte qu'il venait de subir.

Jaromir était mort. L'Azhkendir le paierait cher. Gavril Nagarian verrait ses druzhina mourir les uns après les autres…

— Paré à ouvrir le feu, Altesse.

Eugène leva lentement une main gantée de blanc.

— Feu !

— En arrière ou je tire ! grogna une voix grippée.

Une bouteille dans chaque main, Oleg hésitait sur le seuil de la chambre du bogatyr, qui venait de le mettre en joue.

Oleg recula sur ses jambes chancelantes, une bouteille levée instinctivement pour se protéger.

— C'est moi, Kostya… le vieil Oleg ! Tu ne veux pas tuer ce bon vieil Oleg, pas vrai ?

Le bogatyr baissa lentement sa garde.

— Tu es ivre ! grogna-t-il, sèchement désapprobateur. Ivre alors que tu es de faction !

Oleg lui brandit sa bouteille sous le nez.

— Et c'est le meilleur du cellier ! Allez, essaie, tu ne le regretteras pas… Il faut le vider, ajouta-t-il sur le ton de la connivence, avant que ces salauds de Tiels mettent la main dessus !

Kostya ne répondit pas.

— Allons ! (Oleg but une autre rasade de fin cognac smarnan.) Tu dois venir avec moi. Ordre du Drakhaon. Il faut descendre… descendre…

Ne trouvant plus ses mots, il prit une nouvelle gorgée de cognac pour se rafraîchir la mémoire.

— Si vous croyez, tous, que je vais me terrer au fond d'un cellier avec les femmes et…

Un coup de canon déchira le ciel. Du plâtre se détacha du plafond par pans entiers, dénudant les chevrons et les lattes. L'explosion déséquilibra Oleg. La bouteille qu'il lâcha éclata en mille morceaux. Tombé à genoux, l'ivrogne tenta de réunir les morceaux de verre baignant dans l'alcool.

— Les meilleurs crus de Volkh, trop bons pour ces porcs du Tielen ! Allez tous au diable ! tempêta-t-il, en levant le poing vers la fenêtre brisée. Allons, Kostya…

Il pivota… et vit le bogatyr inerte sur son lit, un morceau de plâtre couvrant son torse et sa tête… L'arbalète était toujours près de lui.

Oleg paniqua.

— Kostya !

Le bogatyr ne bougeait plus.

Un boulet de canon ébranla de plus belle le mur d'enceinte. Oleg se plaqua les mains sur les oreilles. Des cris et des hurlements éclatèrent. Kostya était mort. Et lui aussi, Oleg, subirait bientôt le même sort s'il restait là.

— Mort, Kostya…

Pleurant à chaudes larmes, l'ivrogne invétéré tituba hors de la chambre du bogatyr et partit vers l'aile est.

Alors que Gavril et Jaromir s'engouffraient dans les appartements de Lilias, une autre déflagration ébranla le château, suivie par la chute d'ardoises et de poutres.

Sur le manteau de la cheminée, le dôme en cristal trembla.

— On a eu chaud ! commenta Jaromir en soulevant le délicat mécanisme pour le poser par terre.

— Vous savez comment ça fonctionne ?

Gavril s'accroupit près de son ami occupé à ouvrir l'appareil.

— Velemir ! Velemir, répondez ! lança Jaromir d'une voix tendue par l'angoisse.

— C'est cassé ?

Le mécanisme gardait un silence de mort.

— Velemir ! insista Jaromir en faisant pivoter le cristal central, une fleur aux pétales ouverts sur sa tige.

— Le bombardement a dû l'endommager !

Un nouveau coup de mortier siffla dans l'air avant d'exploser. Les panneaux de la fenêtre en oriel volèrent en éclats, arrosant de débris coupants les deux jeunes gens. La force de la déflagration avait projeté Gavril en arrière. Jaromir avait eu le réflexe de protéger le mécanisme en l'entourant de ses bras.

Les oreilles bourdonnantes, Gavril se releva en chancelant, et épousseta ses habits et ses cheveux pour en chasser les éclats de verre.

Un faible crépitement monta de l'appareil.

— Velemir ! rugit le jeune homme. C'est Jaromir Arkhel ! Répondez !

Un projectile en verre lui avait égratigné la tempe, y traçant une zébrure écarlate. Le sang sourdait et lui coulait sur la joue.

Enfin, une voix répondit – faiblement – à l'appel. Sous la vibration, les paroles étaient déformées, presque inaudibles.

— *Est-ce une... plaisanterie ? Jaromir Arkhel est... mort... paraît-il...*

— Je suis au château du Drakhaon, parfaitement vivant ! Mais je ne le serai plus très longtemps si ce bombardement continue ! Prévenez Eugène tout de suite, que les hostilités cessent !

— *Qui me dit... que vous êtes bien... Arkhel ?*

— Personne ! Vous devrez juste... !

Un autre tir de mortier provoqua une explosion assourdissante. Gavril crut que ses tympans allaient éclater sous la violence du choc. En hauteur, des éclats de pierre et de la poussière tourbillonnèrent follement.

— Velemir ! hurla Jaromir en agrippant l'appareil.

La communication était interrompue.

— Et maintenant ? dit Gavril, frustré. On attend la fin, sous les bombardements d'Eugène ?

Un nouveau tir se fracassa contre la muraille. Les briques frémirent... et le mur entier de la fenêtre à oriel s'écroula. Gavril se jeta sur son ami pour le plaquer au sol et lui faire un bouclier de son corps alors que tout s'effondrait dans la salle, le verre, la pierre et les poutres.

Un air glacial s'engouffra dans la pièce éventrée. Les fins brocarts ayant appartenu à Lilias claquèrent au vent. Des pages arrachées de ses livres de poésie et de philosophie filèrent dans les jardins tels des papillons.

Gavril ouvrit la bouche pour parler… et inhala de la poussière de plâtre.

— L'appareil…

Étouffant, il s'écarta de Jaromir à quatre pattes.

Celui-ci roula sur le dos. Il avait les vêtements et le visage saupoudrés de poussière de plâtre. La perfection de cristal de la Vox Æthyria avait volé en éclats.

— Tout est fini, dit-il d'une voix morne.

Un filet de sang, coulant sur le plâtre blanc, lui conférait l'aspect bizarre d'un clown de cirque.

— Il faut sortir ! dit Gavril d'une voix sifflante. Un autre coup comme celui-là… et tout s'écroule… sur nos têtes !

En toussant, ils commencèrent à ramper vers la porte, qui pendait de guingois sur ses gonds.

— Si je peux… remonter les tunnels… et atteindre Eugène moi-même… Attendez ! Écoutez !

Gavril écouta. Ses oreilles bourdonnaient encore du choc des explosions successives et il n'entendait plus rien.

— Le bombardement a cessé.

— Ils rechargent les canons.

Jaromir lui agrippa le bras.

— Non, c'est autre chose !

— Un piège… pour nous attirer dehors.

— Ou alors Velemir a relayé mon message.

Gavril le dévisagea, voulant désespérément y croire.

— Laissez-moi le rejoindre, demanda Jaromir.

— Non, c'est trop dangereux !

Ils enjambèrent les gravats, se dirigeant vers l'entrée principale.

— Qu'y a-t-il à craindre ? Eugène n'ouvrira pas le feu contre moi !

— Et comment saura-t-il que c'est bien vous ? Un homme qui émerge seul d'une forteresse ennemie ?

— Si seulement le bombardement ne venait pas de fracasser la Vox…

Ils avaient atteint l'entrée du hall. Accroupis sous les fenêtres, des Druzhina serraient leurs arcs et leurs arbalètes, prêts à saisir la moindre occasion de riposter.

— À terre, seigneur ! s'écria l'un d'eux en bondissant pour le protéger.

— Mais les tirs ont cessé, protesta Gavril.

À son crâne rasé et à la natte de cheveux qui lui balayait le dos, il reconnut Askold, le frère cadet de Jushko.

— Pour l'instant… (Askold s'avisa alors que Gavril n'était pas seul.) Qui est-ce ? demanda-t-il, soupçonneux, en visant l'inconnu de son arbalète.

— Notre salut, répondit Gavril. (Dévisageant les druzhina, sur la défensive, il pesa ses paroles avec soin :) Cet homme doit porter au prince Eugène un message qui nous sauvera la vie à tous.

— Nous ne nous rendons pas ! s'insurgea un guerrier. Pas au Tielen !

— Le temps que mon messager rejoigne le flanc ennemi, vous devez cesser les tirs, ordonna Gavril en ignorant la protestation. Plus personne ne doit tirer sur l'adversaire ou tout sera perdu ! C'est bien compris ?

L'air renfrogné, les druzhina hochèrent la tête. Gavril captait leur peur et leur incertitude. Le seigneur Volkh n'aurait jamais envoyé un messager à l'ennemi. Il aurait mené l'attaque par la voie des airs…

— L'un de vous… Semyon… (Gavril choisit le benjamin de ses hommes, sachant que celui-ci serait le moins enclin à protester.) Transmettez mes ordres aux autres postes et tours de guet. Tous les tirs doivent cesser. Pas de riposte ! Dès votre retour, je saurai qu'il est temps de passer à la suite.

— Le jeune Sem sera une cible facile pour les tireurs ennemis, grommela l'un d'eux.

— Alors, j'irai moi-même !

— Non, seigneur, c'est moi que vous avez désigné !

Sur ces mots, Semyon se hâta de partir remplir sa mission.

Jaromir avait fini de s'épousseter. Il décocha un sourire à Gavril.

— Eh bien, souhaitez-moi bonne chance !

Se surprenant lui-même, Gavril enlaça spontanément le jeune homme et l'étreignit avec autant de fougue que s'il s'était agi d'un de ses plus vieux et de ses plus chers amis.

— Prenez garde, surtout. Nous allons tous dépendre de vous.

— Je sais. (Jaromir l'agrippa par l'épaule et planta son regard dans le sien.) Faites-moi confiance.

Puis il lâcha Gavril et, sans un regard en arrière, sortit dans la cour.

— Comment être sûr que c'est vrai ?

— Velemir a dit que le message venait bien du château. Une explosion les a interrompus.

Anckstrom venait d'émerger du chariot dévolu aux communications. Il tendit sa lunette d'approche à Eugène.

Celui-ci sonda le château qui s'étendait en contrebas, de tour de guet en tour de guet. De la fumée montait de l'une d'elles. Les vitres étaient presque toutes brisées. De grandes brèches trouaient les murs et les toits.

— Ça pourrait être une astuce, histoire de leur donner le temps de riposter…

— Et la flamme de vie ?

Eugène rendit la lunette d'approche à Anckstrom et retira la petite fiole de sa poche de veste. Elle diffusait une lueur sombre dans la lumière hivernale, aussi rouge qu'une flamme sanguine.

— Quelqu'un vient de sortir ! (Au moyen de la lunette, Anckstrom tenta d'obtenir une meilleure vue de la scène.) Un homme… Seul… (Il jura soudain.) Par l'enfer, ce pourrait être… ?

Eugène lui reprit la lunette d'approche.

— Jaromir..., chuchota-t-il – avant de dévaler le versant enneigé de la colline en criant : Jaromir ! *Jaromir !*

Il entendit à peine l'ordre qu'Anckstrom aboya aux officiers et aux soldats :

— Pour l'amour du ciel, ne tirez pas !

Il n'avait plus d'yeux que pour la silhouette solitaire qui s'approchait, sereine, des soldats et des canons. Carabine au poing, tous les hommes le maintenaient en joue.

Eugène courut le long des pistes boueuses et des ornières bordées de givre. Une main en visière pour se protéger les yeux de l'éclat du jour, Jaromir s'arrêta.

— Eugène ? dit-il, incertain.

Les bras tendus, avec maladresse, avec ferveur, le prince l'attira à lui et le serra sur son cœur.

— Tu es sain et sauf, Jaro, dit-il, le nez dans la chevelure aux reflets de bronze du jeune homme. Tu es vivant !

La gorge nouée, il n'eut pas la force d'ajouter quoi que ce soit, tant il avait le cœur gonflé de joie. Il se moquait éperdument de ce que l'armée penserait de ces effusions pour le moins inhabituelles, de cette fougueuse démonstration d'affection.

— La flamme ne mentait pas...

S'écartant de Jaromir pour le tenir à bout de bras, il le dévisagea intensément, et tâcha de déceler en lui des changements, même infimes, inspectant tous ses traits un par un. Le jeune homme paraissait en bonne forme, hâlé par le soleil et le grand air. Mais Eugène, en vétéran, vit bien à la façon maladroite dont Jaromir tenait son bras droit qu'il avait été blessé.

— Que t'est-il arrivé ?

Il lui prit doucement la main droite pour l'examiner. La réverbération neigeuse montrait trop nettement la peau noircie et calcinée, les doigts crispés. De vieilles brûlures, mal cicatrisées...

— Qui t'a fait ça ? (Il leva les yeux vers le château, qui se dressait devant lui.) Par Dieu, je jure qu'ils le paieront cher s'ils t'ont fait souffrir comme ça !

— Le responsable est mort, répondit Jaromir. Je l'ai tué. La dette est effacée, Eugène.

Le prince plongea son regard dans celui du jeune homme et vit que les dernières ombres en avaient disparu. Les démons de Jaromir étaient enfin exorcisés. Le garçon tourmenté qui avait quitté Swanholm était devenu un homme.

— Gavril Nagarian n'est pas comme son père. Vous devez me croire. Il ne mérite pas ça... (Jaromir désigna le château fumant, derrière lui.) Je veux que vous me promettiez d'arrêter ce bombardement, Eugène.

Vous devez me croire... Je veux...

Un nouvel éclat embrasait les prunelles du jeune homme. Et sa propension à aller désormais droit au but surprit Eugène.

— En outre, vous devez également libérer sa mère. Elle est innocente de tout crime.

— Viens, allons sous ma tente.

Eugène le prit par le bras pour l'entraîner en haut de la colline, loin des canons et des soldats sur le pied de guerre qui, perplexes, les observaient.

Jaromir tourna les yeux vers les tentes tieles.

— Lilias est ici ? Lilias Arbelian ?

— Comment diable as-tu découvert que nous la détenions ?

Eugène commençait à réaliser qu'il ne savait pratiquement rien de ce qui avait pu arriver à son protégé ces derniers mois.

— Mais… puis-je la voir ? Et le bébé ?

— Jaro…

Le prince s'arrêta et le prit par les épaules. Tant d'inquiétude pour Lilias… L'enfant était-il celui de Jaromir ? Quand le jeune homme jugerait l'heure venue, il dirait la vérité, songea Eugène. Mais le moment était mal choisi pour l'interroger sur ce sujet.

— Je l'ai laissée avec son fils dans l'autre camp, au fond de la gorge. Ici, ce n'était pas un endroit pour une femme et son nourrisson.

Les yeux de Jaromir se voilèrent, pleins d'inquiétude.

— Sont-ils en sécurité ?

— Ils sont sous bonne garde et bien protégés, ne t'en fais pas.

Ils atteignirent la crête de la colline et Anckstrom se porta à leur rencontre.

— Général ! s'écria Jaromir avec un grand sourire.

— Heureux de vous revoir sain et sauf, mon garçon ! répondit Anckstrom d'un ton bourru.

D'autres officiers accoururent pour saluer Jaromir et lui serrer la main. Incapable de s'empêcher de sourire, Eugène était tout à son ineffable bonheur.

— Marchons maintenant sur le Muscobar ! lança Anckstrom. Plus rien ne nous en empêche, n'est-ce pas ?

— Il faut d'abord libérer dame Nagarian ! insista Jaromir en se détachant du petit groupe de cadets officiers pour revenir vers Eugène. Vous avez donné votre parole, mon prince !

Les adjudants-majors et les aides de camp proches échangèrent des coups d'œil interloqués. Tout autre jeune seigneur s'adressant au prince avec cette liberté de ton aurait été vertement rabroué. Mais Eugène se contenta de hocher la tête.

— Vous y veillerez, Anckstrom.

— Et Gavril Nagarian ?

À la mention du Drakhaon, Eugène ressentit un malaise inexplicable. Se retournant vers le château endommagé, il vit tous les signes d'une défaite annoncée. Mais Linnaius l'avait prévenu. Un esprit sombre et dangereux habitait les Drakhaons. Et il n'y avait aucun moyen de savoir pour le moment si l'élixir de Kazimir avait donné les résultats escomptés.

— Je veux que tu prennes le commandement ici, Jaromir. Pas le jeune Nagarian.

— Il n'est pas une menace. En vérité, Eugène… (de nouveau, un Jaromir qui avait décidément bien changé fixa le prince), quelle que soit la substance que Linnaius a convaincu Kazimir de lui administrer, ça l'a rendu très malade. N'aurait-il pas suffi de diminuer ses pouvoirs sans recourir au poison ?

Eugène dévisagea froidement son protégé.

— Quelles que soient les méthodes de traitement convenues entre Linnaius et le docteur Kazimir, ce n'est pas mon problème. Je ne m'intéresse qu'à une chose : les résultats.

— J'ai promis de négocier une trêve. Une trêve sans conditions.

— Mais tu devrais être Drakhaon. Ou Arkhaon, l'ancien titre authentique des dirigeants de l'Azhkendir avant que les Nagarian instaurent leur règne de terreur.

Jaromir secoua la tête.

— Je ne veux pas usurper ce qui revient de droit à Gavril. En outre, ses druzhina n'accepteraient jamais un Arkhel à sa place.

— Ils accepteront ce qu'on leur dira d'accepter !

Un instant, Eugène fut tenté d'ordonner la reprise des bombardements. Afin de soumettre une fois pour toutes ces Azhkendis obstinés.

— Un message de l'amiral Janssen !

Un des aides accourut en brandissant un pli.

Eugène le lui prit.

— « Le blocus est instauré par voie de terre et de mer : Mirom est complètement isolée. Jusqu'ici, la résistance a été minime. Attendons vos instructions. »

Eugène transmit la missive à Anckstrom.

Qui eut un large sourire en la parcourant.

— Il est temps de continuer au sud, Altesse ?

Eugène se tourna vers son état-major.

— Rompez le siège !

— Nous devrions prévenir le seigneur Gavril de la fin des hostilités, dit Jaromir. Si ses hommes voient nos soldats en mouvement, ils pourraient se méprendre sur nos intentions…

— Dans ce cas, nous enverrons un message par l'intermédiaire de Velemir. (Eugène passa un bras autour des épaules de Jaromir et voulut l'entraîner en direction de sa tente.) Un toast s'impose ! Lars, du vin pour tous mes officiers ! Et du rabiot de schnaps pour les hommes !

Jaromir refusa de se laisser faire.

— La Vox Æthyria du château a été brisée. Vous devriez me laisser aller prévenir Gavril en personne. Ensuite, je vous accompagnerai à Mirom.

Gavril. Pas le seigneur Nagarian. Qu'y avait-il donc là-dessous ? Davantage, en tout cas, que ce qu'Eugène avait cru de prime abord. Beaucoup plus… Le prince lâcha Jaromir. À l'expression déterminée de son pupille, Eugène voyait bien qu'il ne le ramènerait pas à la raison.

— Retourne donc là-bas. Dès que tu auras fait tes adieux, nous porterons ce toast.

À l'entrée de la cour du château, Jaromir se retourna et leva son bras indemne pour saluer. Il y avait dans ce geste spontané tant d'assurance et d'exubérance qu'Eugène se surprit à sourire de toutes ses dents en lui retournant son salut.

Tout était arrangé. Et tout se passerait bien désormais. Il caracolerait bientôt dans Mirom avec Jaro à ses côtés.

Kostya revint lentement à lui. Il gisait sur le ventre, dans son lit. Et il était couvert de gravats : du plâtre, des esquilles de bois, du verre brisé… Sa fenêtre avait été soufflée. Et quand il tenta de relever la tête, le ciel parut de nouveau exploser. Quelque chose – ou quelqu'un – l'avait assommé sur la nuque, et tout son crâne bourdonnait douloureusement.

Le château est attaqué !

À tâtons, il tendit les mains et ses doigts se refermèrent sur son arbalète.

Au moins, il était encore armé. Il pourrait encore remplir son devoir envers le Drakhaon.

Il restait bel et bien un carreau dans l'arbalète. Un seul… Il devrait en trouver d'autres. Le bogatyr tenta de se lever… et retomba sur son lit. Quelque chose clochait avec ses yeux. Une noirceur voletait sans cesse devant lui – un peu à la façon d'une aile de corbeau –, lui masquant la moitié de la pièce.

Il devrait se contenter de voir à moitié, dans ce cas. Jushko le Borgne se débrouillait très bien.

Arbalète au poing, Kostya tituba au milieu des débris, parvint à la fenêtre et tomba à genoux en scrutant la cour, en contrebas.

La lumière du jour l'éblouit, lui faisant tourner la tête.

Plus de carabines maintenant. Ni de canons.

Tout n'était que silence.

Un cessez-le-feu ? Un subterfuge tiel ? Une reddition ? À cette seule idée, Kostya eut le cœur pris dans un étau. Pas de reddition !

Il cala l'arbalète contre le rebord de la fenêtre, l'inclinant de façon à abattre le premier Tiel qui entrerait dans la cour.

Il cilla.

Bon sang, un ennemi arrivait justement ! Un homme s'était détaché des lignes ennemies. Quel culot ! Il se préparait à entrer dans le château le plus calmement du monde… Qu'est-ce que cela signifiait ?

Kostya plissa le front, tâchant d'y voir plus clair.

Et voilà que le maudit Tiel se retournait pour faire signe aux autres ! Un simple signe de la main… Ça ne pouvait signifier qu'une chose.

L'attaque.

Un rayon de soleil hivernal illumina l'intrus.

Cette couleur de cheveux… Du bronze doré. L'or des Arkhel. L'or des Arkhel maudits…

— Stavyor Arkhel ! (Pointant son arbalète, Kostya se redressa d'un coup.) Cette fois, c'est ton tour !

L'Arkhel aux cheveux d'or l'entendit crier et se retourna, l'air perplexe.

Kostya actionna la détente. Le carreau de métal jaillit... et fit mouche.

Stavyor Arkhel agrippa sa poitrine, chancela... et s'écroula de tout son long.

— Oui ! rugit Kostya, le poing brandi en signe de triomphe.

Le soleil hivernal fit une soudaine percée et Jaromir fut baigné d'or.

La main encore levée en guise de salut, Eugène vit un inconnu apparaître à la fenêtre du château. Un instant, il n'en crut pas ses yeux. Et puis – bien trop tard –, il comprit.

— Attention ! hurla-t-il.

Un éclair brilla au soleil.

Eugène vit Jaromir chanceler. S'écrouler sur le sol boueux, les mains crispées sur le carreau métallique qui saillait de sa poitrine.

Il arracha sa carabine au soldat le plus proche, l'épaula, visa et tira.

Il frappa l'arbalétrier au front. Et le vit basculer par la fenêtre démolie pour aller s'écraser dans la cour, en contrebas.

Puis il dévala le versant de la colline en direction de Jaromir, tout le sang-froid dont il venait de faire preuve pour abattre le tireur purement et simplement envolé. Seule restait dans son cœur une désolation hivernale.

Chapitre 39

Eugène tomba à genoux sur le verglas et retourna Jaromir sur le flanc.

— Couvrez le prince ! entendit-il Anckstrom crier.

Tout autour de lui, ses soldats apparurent, carabines pointées sur les murs du château, faisant à leur maître un bouclier de leurs corps.

Du sang souillait la neige tandis qu'une tache grandissait sous la veste de Jaromir. Un filet rouge coulait de la commissure de ses lèvres. Il respirait encore. Mais tout soldat ayant l'expérience d'Eugène, au fait des blessures de guerre, aurait compris que ces inspirations si faibles cesseraient bientôt. Eugène souleva la tête du mourant, la calant sur son genou, et caressa ses cheveux d'or pour dégager le front.

— Un chirurgien ! cria-t-il.

Sa propre voix se fêla de désespoir.

— Eugène…, murmura Jaromir, le rouge du sang qui constellait ses lèvres tranchant sur son teint de cendre. Promettez-moi de… prendre soin de… Lilias…

— Tiens bon, Jaro ! supplia le prince d'une voix tremblante. Pour l'amour des dieux, tiens bon !

Le regard du mourant devint vague. Il ne semblait plus tant voir Eugène penché sur lui que contempler une autre dimension… Si seulement les mots suffisaient… Si seulement…

— Jaro, souffla le prince, brisé. Mon Jaro…

La tête du jeune homme roula, inerte, sur ses genoux.

— Oh, Jaro…

Anéanti, Eugène allongea son pupille dans la neige, puis se pencha pour embrasser une dernière fois les lèvres constellées de sang… De ses doigts tremblants, il lui ferma les yeux.

Sa sacoche à la main, le chirurgien franchit les cordons de soldats.

— Vous arrivez trop tard, s'entendit dire Eugène en se relevant sur des jambes flageolantes.

Il considéra le château du Drakhaon. Il avait conscience que la colline entière était redevenue silencieuse et que tous les hommes le regardaient.

Dans sa fiole de verre, la flamme rouge sang trembla, baissa et disparut.

— Ne montrez aucune pitié, utilisez les douilles de poison et rasez tout !

Kiukiu s'arrêta en pleine forêt, tendant l'oreille. Depuis quelque temps maintenant, les canons ne grondaient plus. Elle n'avait jamais rien entendu de semblable de toute sa vie : le gémissement surnaturel des mortiers, leurs sifflements et leurs crachotements lointains rappelant les cris de grotesques oiseaux carnivores – et les grondements cataclysmiques des explosions.

Maintenant, tout cela avait cessé.

Kiukiu passa sur son autre épaule le sac volumineux qui contenait le lourd gusly. Les cordes émirent de douces notes, dans les tons graves. La jeune fille était déterminée à mobiliser ses dons pour aider le seigneur Gavril à défendre le château contre l'envahisseur tiel.

Mais de quelle utilité lui seraient ses dons face à des armes aussi terribles ? Grâce à ses chants, elle pouvait investir les druzhina de l'esprit des guerriers d'antan et leur inspirer de hauts faits d'armes. Mais tous ses efforts seraient vains si ces affreuses canonnades faisaient s'écrouler les murailles sur les défenseurs.

Après le vacarme des canons, le silence était d'autant plus choquant. Kiukiu hâta le pas entre les grands arbres couverts de lierre, ses pas étouffés par l'humus.

Encore trop frêle pour quitter le lit, Malusha avait interdit à sa petite-fille d'y aller. Mais Kiukiu y allait quand même. Si Gavril était en péril, elle entendait être à ses côtés et partager le danger. Elle ne supportait pas l'idée qu'il puisse l'affronter seul.

Elle eut soudain l'impression de recevoir un coup de couteau en plein cœur. Autour d'elle, la forêt devint froide et sombre. Toute couleur quitta le jour et la jeune fille se retrouva seule en un lieu glacial et désolé, plus gris que cendre au vent.

Kiukiu cilla – et les couleurs revinrent. Mais son cœur resta étreint par un vide indicible.

La mort… Elle l'avait sentie comme s'il se fût agi de la sienne. Quelqu'un de proche d'elle venait de passer de vie à trépas. Le seigneur Gavril ? À cette perspective, un sentiment de perte la submergea, ainsi que de l'affolement. Non, ça ne pouvait pas être lui. Sa fin l'aurait tellement dévastée qu'elle n'aurait plus été en mesure de réfléchir ni d'agir. Il ne pouvait davantage s'agir de Malusha. Kiukiu ferma les yeux un instant, tentant de mieux cerner l'aura de l'âme qui venait de l'effleurer en passant dans l'Autre Monde.

Elle sentit de la chaleur, de l'honneur, de l'amitié, du regret… une lumière trop brutalement mouchée, une flamme qui aurait dû éclairer l'Azhkendir.

— Jaromir ? s'écria Kiukiu, horrifiée. Oh, non ! Non…

Un instant, Jaromir marchait vers le château, le soleil hivernal jouant avec l'éclat doré de sa chevelure. L'instant suivant, Gavril avait vu les mains de son ami se crisper sur sa poitrine… avant qu'il s'écroule.

Le carreau qui l'avait assassiné venait du château.

Ce qui suivit parut s'enchaîner en un éclair – et pourtant, chaque seconde du drame se découpa avec une netteté horrible dans l'esprit de Gavril.

La détonation sèche d'une arme à feu brisa le silence.

— Jaro ! appela vainement Gavril. Jaromir !

Au mépris du danger, il s'élança dans la cour. Il devait rejoindre Jaromir, lui expliquer que quelqu'un venait de contrevenir à ses ordres et qu'il n'avait en aucune façon ordonné sa mort.

— Non, seigneur ! (Askold courut derrière lui, le rattrapa et s'évertua à le ramener à l'abri.) Ils vont vous tuer !

— Qui ? hurla Gavril dans le silence. Qui a osé me désobéir ?

Alors, il vit le corps brisé de Kostya, gisant près de l'arbalète, et le sang qui coulait de son crâne éclaté sur les pavés.

— *Kostya ?* chuchota-t-il.

À l'autre bout de la bande de séparation, il vit Eugène se relever lentement. Le prince s'était accroupi près du corps inerte de Jaromir. Il se tourna vers lui et le fixa. Malgré la distance, Gavril sentit peser sur lui la menace et la haine dans ce long regard glacial.

Ne montrez aucune pitié !

— Seigneur ! (Trébuchant sur les gravats, les druzhina entraînèrent Gavril vers la porte.) Il n'y a plus rien à faire. C'est trop tard.

Gavril pleurait à chaudes larmes. Et se moquait qu'on le voie ainsi. Le seul homme de tout l'Azhkendir qui lui eût témoigné une amitié sincère – nul autre que son ennemi personnel ! – gisait mort. Assassiné par son bogatyr, son bras droit…

Un boulet de canon les survola en sifflant. Puis un autre. Et encore un autre.

Les druzhina et leur seigneur s'engouffrèrent dans le château, les mains pressées sur leurs oreilles. Les canonnades firent trembler l'édifice sur ses fondations.

— Nous sommes perdus ! cria un des hommes dans le vacarme des ouvrages de maçonnerie qui s'effondraient.

Paralysé par le choc et le chagrin, Gavril s'accroupit au milieu des décombres empoussiérés. Jaromir avait simplement voulu préserver le château et ceux qui y vivaient. Et d'un seul tir d'arbalète peu judicieux, Kostya avait défait tout ce que Jaromir s'était efforcé d'accomplir.

— Seigneur Drakhaon !

Semyon choisit cet instant pour accourir de la tour de guet la plus proche alors que d'autres boulets s'écrasaient dans la cour.

Gavril releva la tête et vit chanceler une des grandes poutres de la cheminée couleur de sucre d'orge. Elle allait s'écrouler sur la tête du garçon.

— Attention !

Gavril plongea pour happer Semyon par les jambes à l'instant où la poutre s'effondrait sur les pavés.

Des briques, des tuiles et de la pierre se désagrégèrent sous la canonnade, fusant dans toutes les directions. Bras et jambes mêlés, la tête enfouie dans leurs mains, Gavril et Semyon attendirent que la poussière retombe, osant à peine sourciller.

— Merci, seigneur, dit Semyon en se dégageant, hors d'haleine. Vous m'avez sauvé la vie...

Un autre boulet de canon siffla au-dessus d'eux.

— À l'intérieur, vite !

Gavril releva le garçon et l'entraîna à l'abri alors que le boulet explosait lors de l'impact.

Des nuages de fumée d'un blanc crayeux roulèrent dans le hall, dégageant une âcre odeur d'origine chimique, différente des émanations de poudre sulfureuse. Désorientés, les hommes toussèrent et crachèrent en titubant. La fumée blanche piquait les yeux de Gavril. C'était le gaz que les Tiels avaient utilisé à Narvazh. Il puait aussi la chimie.

— Couvrez-vous la bouche ! hurla Gavril. C'est du poison ! Ils nous enfument pour nous débusquer !

Il mit un pan de sa veste en travers de son nez et de sa bouche.

— Replions-nous ! Suivez-moi !

Gavril s'élança dans le hall.

Ce fut alors qu'il la vit. Perdue et déroutée, elle serrait contre elle son gusly pour le protéger des chutes de gravats.

Dire qu'il l'avait crue en sécurité...

— Kiukiu ? s'exclama-t-il.

Elle courut vers lui – et une autre déflagration secoua le château, projetant la jeune fille en avant. Il la rattrapa avant qu'elle tombe et la serra contre lui.

— Où allons-nous maintenant, seigneur ?

— Dans le cellier !

Les druzhina défoncèrent la porte à coups de pied. Trébuchant et chancelant dans la fumée blanche, ils dévalèrent tant bien que mal l'escalier des cuisines, s'enfonçant dans l'obscurité poussiéreuse du cellier d'Oleg. Un des druzhina les plus âgés tomba à genoux et vomit.

— Nous serons... faits comme des rats... là-dessous ! gémit Askold.

— Nous avons besoin de... respirer ! hoqueta Gavril. (Sa gorge et sa langue le brûlaient.) Qui sait ce que cette fumée inflige à nos poumons ?

Askold jura.

— Si ça se répand jusque dans les tunnels de l'aile est... Et les femmes et les enfants ? Ils vont suffoquer !

— Pourquoi, Kiukiu ? Pourquoi es-tu revenue ? (Partagé entre la peur et la joie, Gavril la dévisageait.) Au monastère, tu étais en sécurité.

— Je suis venue vous aider, répondit-elle résolument.

— Jaro est... mort ! bafouilla-t-il, submergé par l'horreur et le chagrin.

— Je l'ai senti mourir, avoua-t-elle.

Il planta son regard dans le sien, y lisant une même désolation et une même incompréhension. Elle seule, de tout le château, le comprenait. Elle avait toujours compris. Au mépris du danger, elle était revenue vers lui. Et qu'y avait-il ici pour elle sinon la destruction… et la mort ?

— Kiukiu, gémit-il, brisé.

Il l'enlaça et l'étreignit de plus belle sur son cœur. Loin de résister à sa fougue, elle s'abandonna à lui, la tête nichée contre son épaule.

Tentant de comprimer à l'aide d'un mouchoir le sang qui coulait de sa joue entaillée par un éclat, Semyon se retourna.

— Seigneur Drakhaon, sauvez-nous !

Un autre boulet de canon explosa avec un bruit mat, faisant s'entrechoquer les bouteilles de vin dans leurs casiers.

— C'est déloyal ! s'insurgea Askold. À quoi nous servent nos armes contre ces canons ? Nous sommes déjà écrasés par le nombre et leur armement est supérieur au nôtre ! Et nous voilà maintenant manœuvrés en beauté ! Vous seul pouvez encore nous sauver, seigneur Drakhaon.

Gavril regarda les hommes épuisés et meurtris qui, dos aux casiers à bouteilles et aux tonneaux, s'étaient accroupis dans la pénombre du cellier. Il baissa les yeux sur Kiukiu, dont il sentait le cœur battre près du sien.

— Votre père aurait anéanti ces maudits Tiels ! accusa Askold.

— J'ai donné ma parole… pour sauver ma mère, répondit Gavril.

— Que voulez-vous que le sort de votre mère leur fasse ? Elle est déjà probablement morte !

Elysia, morte ? Le jeune homme fut soudain transi jusqu'aux os. À supposer qu'Askold ait raison et que les soldats d'Eugène l'aient exécutée au Tielen, si loin de son foyer, et tout cela par sa faute…

— Ils se sont joués de nous, seigneur, renchérit le vieux Guaram en secouant la tête. À chaque fois.

— Mais nous avons rompu notre accord…

— Les aviez-vous invités à venir jusqu'ici ? Ils n'ont rien à faire sur notre territoire !

Quand les loups des steppes avaient attaqué, le Drakhaoul s'était réveillé, au tréfonds de Gavril, et avait causé une déflagration dévastatrice. Mais maintenant, le démon restait en sommeil, tapi au fond du jeune homme, drogué par le fourbe élixir de Kaspar Linnaius…

— Kazimir ! s'écria Gavril. Où est le docteur Kazimir ?

— J'ai le comte Velemir en ligne, comme vous l'aviez demandé, Votre Altesse.

L'adjudant-major d'Eugène lui fit signe de le rejoindre devant la Vox Æthyria, qui avait été installée sur une table pliante, à l'écart, pendant les bombardements.

— *Altesse…*

La voix de Velemir était à peine audible au-dessus des crépitements de l'appareil et du grondement de la canonnade.

— J'ai de nouvelles instructions pour vous.

Eugène avait l'impression que sa propre voix lui parvenait de très loin. Il parlait avec un détachement aride.

— Nous sommes en guerre contre l'Azhkendir. Dame Elysia Nagarian doit être exécutée. Peloton d'exécution.

Un petit silence suivit.

— Velemir ?

Eugène tapota le cristal en se demandant si les bombardements n'interféraient pas avec la communication.

— *Dame Nagarian... peloton d'exécution ?* (En dépit de la distance, l'étonnement de Velemir était quasiment palpable.) *Mais... pourquoi ?*

— Comme espionne. Comme agent à la solde de forces étrangères. Quand ce sera fait, vous m'en rendrez compte.

En se redressant, Eugène fit signe à l'adjudant-major de couper la connexion. Il sortit à grands pas de la tente et retourna assister à la destruction méthodique du château du Drakhaon.

Une énorme brèche trouait le flanc de la tour Kalika. Gavril gravit tant bien que mal l'escalier en piètre état qui conduisait à l'étude de son père, enjambant les gravats et les bouts de métal tordus. Alors que le bombardement impitoyable se poursuivait, salve après salve, le jeune homme sentait la tour trembler sur ses fondations.

À l'instant où il poussa la porte, une nouvelle déflagration le jeta à terre. Le sol était jonché d'instruments brisés en mille morceaux. Maintes structures de verre complexes conçues par Kazimir étaient réduites en miettes.

— Kazimir ! hurla Gavril. *Kazimir !*

— Ici...

Blême, tremblant de tous ses membres, Altan s'était recroquevillé sous le bureau en serrant contre lui une bouteille de vodka.

— Sortez de là !

— Non !

Gavril le saisit par les chevilles et le traîna hors de son pathétique refuge.

— Voulez-vous vivre ?

Sa lèvre inférieure tremblotant comme celle d'un enfant, Kazimir hocha la tête.

— Vous disiez que vous pourriez inverser les effets de la drogue de Linnaius !

Gavril agrippa le docteur par le revers de son col et fut quasiment nez à nez avec lui. L'haleine chargée de vodka, Kazimir avait les yeux injectés de sang.

— Pas... le temps..., balbutia-t-il.

— Où est mon antidote ?

— Il n'a pas été... scientifiquement testé...

— C'est votre seule chance !

— Toutes mes expériences… gâchées…

Kazimir désigna de sa bouteille le verre brisé qui, partout, jonchait le sol.

Gavril lui arracha la vodka des mains.

— Vous n'en aurez plus une goutte tant que vous ne m'aurez pas remis l'antidote !

Foulant aux pieds les éclats de verre, Kazimir tituba vers son objectif. Un liquide incolore coulait dans une fiole. Il dégagea celle-ci du goutte-à-goutte et la leva vers la lumière.

— Ça pourrait… vous tuer…

— Et si je n'essaie pas, nous mourrons tous de toute façon. Donnez-moi ça.

Gavril lui prit le flacon et en avala le contenu d'un coup.

— Ah ! Ça brûle… ça brûle !

Tombant à genoux, Gavril fut submergé par une sombre onde de feu, semblable à une lame de fond inexorable.

Le réveil du Drakhaoul lui arracha un hurlement rauque, féroce et inhumain.

Il vit Kazimir reculer en titubant, les mains levées vers son visage.

Tout n'était plus que fournaise et rage… Une force quasiment insupportable… Son esprit à vif dansa avec les flammes incandescentes. Quittant l'étude en trombe, le jeune homme gravit l'escalier délabré pour surgir comme une furie au sommet de la tour, à l'air libre.

Les déflagrations avaient à moitié soufflé le parapet. Le jeune homme tituba au bord d'un à-pic mortel, le baiser glacial de l'hiver faisant frissonner sa peau brûlante.

Où était Eugène, son ennemi ?

À travers le voile de feu bleu qui embuait sa vision, il embrassa la scène du regard. Tout son corps crépitait. Ses prunelles lançaient des éclairs.

Les murailles bombardées étaient en ruine. Çà et là gisaient des cadavres, ceux des druzhina tombés à leur poste, au champ d'honneur… Une tour de guet avait été entièrement démolie. De la fumée et des flammes entachaient les pâles nuages de l'hiver.

Et au-delà s'alignaient les Tiels, impeccables dans leurs uniformes gris, près des rangées de canons qui crachaient le feu et la mort avec une parfaite synchronisation. La vue de cette entreprise de destruction montée avec tant de méthode attisa encore la furie de Gavril. Qu'avait donc fait son clan pour s'attirer une attaque aussi brutale ? Des visages dansèrent, surgis du fond de sa mémoire : Sosia à la langue acérée, pleurant la perte de son chat Adzhika, cette petite idiote aguicheuse de Ninusha, le jeune garçon d'écurie Ivar, toujours enthousiaste à prêter main-forte, le vieux Guaram, vétéran d'innombrables campagnes avec ses histoires à n'en plus finir, « avant, du temps où votre père était encore un gamin… »

Et Kiukiu. À la revoir accourant vers lui, dans ce chaos de fer et de feu, il en eut le cœur comme retourné dans la poitrine.

Il avait cru que ces gens ne signifiaient rien pour lui. Et à présent, à son corps défendant, il se voyait contraint d'admettre… le contraire. Oui, ils comptaient pour lui. Au même titre qu'eux comptaient *sur* lui. Ils lui faisaient confiance. À lui, donc, de s'en montrer digne.

Les flammes incandescentes purgeaient son esprit de toute autre pensée. Il vit avec une parfaite lucidité ce qu'il lui restait à faire.

Et il n'existait qu'une seule façon de contre-attaquer – par la voie des airs.

La tour Kalika était imposante. Une chute du haut de son sommet suffirait amplement à réduire quelqu'un en bouillie.

Lentement, il alla se poster tout au bord du parapet. Un vent glacial fouettait ses cheveux. S'il se trompait…

— Drakhaoul, chuchota-t-il. Je suis le Drakhaoul…

Et il avança d'un pas dans le néant.

Un instant, Gavril tombait en chute libre, promis à une mort brutale et sanglante lors de l'impact sur le sol gelé, loin en contrebas… L'instant suivant, une grande convulsion le secoua tout entier.

— *Enfin !*

Des ténèbres essentielles jaillirent du tréfonds de son être, manquant le déchiqueter.

Il ne tombait plus comme une pierre, mais s'élevait au contraire, porté par des ailes puissantes dont les vibrations le parcouraient tout entier.

Il volait.

Les mains croisées dans le dos alors qu'une autre tour de guet, devenue la proie des flammes, était réduite à l'état de décombres fumants, Eugène considérait le château du Drakhaon avec une froide indifférence. De même, les cris et les hurlements des hommes piégés par l'incendie, misérables coquilles se racornissant à vue d'œil, le laissaient aussi indifférent que les appels des oiseaux des landes, dans le lointain. La dépouille de Jaromir gisait sous sa tente, recouverte de la soie céruléenne cousue de fils d'or du drapeau du Tielen. La plus grande distinction que le prince puisse accorder à un homme tombé au champ d'honneur… Et pourtant, ça lui paraissait désormais n'avoir aucun sens. Une pure mascarade…

Aux côtés d'Eugène, Anckstrom stabilisa un télescope au niveau voulu pour vérifier l'ampleur des dégâts causés par le pilonnage en règle, puis étudia les murailles du château pour y déceler des brèches.

— Quelles sombres brutes, ces Azhkendis ! grommela-t-il. (Soudain, une imprécation lui échappa.) Par tous les diables, c'est quoi, ça ?

Eugène cilla. Anckstrom désignait une des tours en ruine. Une sombre silhouette s'en détachait, au sommet. Le prince s'empara du télescope, ajustant la focale de la lentille à sa vue.

— Bonté divine…, souffla-t-il.

Il n'avait jamais rien vu de tel. En plein essor, la créature paraissait irradier une noirceur chatoyante, chaque puissant battement d'ailes laissant dans son sillage une traînée irisée.

— Gavril Nagarian…, chuchota Eugène. *Drakhaon*…

Alors, en lui, le vétéran reprit ses droits. Quelle que fût cette créature, il s'agissait de l'éliminer avant qu'elle atteigne ses hommes.

— Concentrez vos tirs ! ordonna-t-il. Visez juste !

Les officiers relayèrent sèchement ses ordres, qui se répercutèrent longuement le long des lignes des fantassins et des canonniers.

— Feu à volonté !

À chaque battement d'ailes du monstre, le ciel semblait s'obscurcir un peu plus. Les canons crachèrent leurs obus dans les airs. En pure perte… Le Drakhaon approchait toujours, piquant et plongeant dans une atmosphère assombrie pour éviter les explosions des obus. Rien ne paraissait devoir l'atteindre, alors même que le ciel se remplissait de fumée sulfureuse et des éclairs des déflagrations successives. Comme pour se ramasser sur lui-même, le monstre plana, le dur éclat de ses ailes bloquant la lumière diurne et leurs battements attisant la fournaise ambiante.

— Votre Altesse, ne restez pas là ! adjura Anckstrom.

— De toute ma vie, je n'ai jamais fui devant l'ennemi. Je n'ai nullement l'intention de commencer maintenant ! (Eugène avait les yeux levés vers le ciel.) Montre-toi, Drakhaon, chuchota-t-il, plein de défi.

Il était au-delà de la peur. Cette créature des ténèbres avait réussi à surmonter les toxines magiques de Linnaius – à moins qu'Altan Kazimir ne l'ait berné ?

— Montre-toi ! cria le prince.

Le monstre pivota en plein vol, dardant sur Eugène la flamme bleutée de ses prunelles à la façon d'un rayon de feu. Brillants comme le cobalt, les yeux du Drakhaon ne le quittèrent plus.

Puis, il cracha le feu. Des étincelles crépitèrent à ses naseaux, dansèrent le long de ses griffes et s'abattirent par ondes du haut du ciel en un ruissellement lumineux.

Sur le coup, tout – les soldats, les canons et le château – se détacha avec une netteté confondante et une noirceur tranchant sur la luminosité de l'explosion.

Suivirent le rugissement de la fournaise, la brûlure de l'onde incandescente qui balaya le versant de la colline.

Aveuglé, Eugène plongea à plat ventre, les mains crispées sur son visage en feu. Il rampa dans l'herbe, se tortillant sur le ventre comme un serpent. Puis il sentit l'onde de chaleur le survoler au passage.

Il se noyait dans un océan de feu bleu.

Le roulement ronflant du feu atteint le sommet, passe au-dessus de sa tête. Pris dans le choc en retour du phénomène, Eugène revoit l'étendard du Tielen flotter sur les murailles brisées de la citadelle du Khitari, Karila jouer à la balle sur la pelouse de Swanholm, Jaromir, Margret, son père Karl se retourner pour l'accueillir avec ses yeux noirs, avec ses yeux morts…

Les hommes qui se noient revoient leur vie défiler en un éclair avant que la mort ne les emporte…

Hoquetant à la recherche d'un peu d'air, Eugène s'arracha au reflux de l'océan de feu.

Tout autour de lui, un bruit terrible l'assourdissait – celui des plaintes et des hurlements de centaines de soldats et de chevaux livrés aux flammes…

La puanteur des chairs brûlées assaillit les narines du prince. Elle se mêlait aux émanations chimiques libérées par les métaux fondus.

Lentement, il entreprit de ramper à l'écart du brasier.

Au-dessus du versant calciné, le Drakhaon planait sur ses ailes à l'éclat obscur. De l'armée d'Eugène, on ne reconnaissait pratiquement rien d'humain. Des monceaux de métal fondu rougeoyaient. Tout ce qui restait des canons… Là où des hommes s'étaient tapis derrière leur artillerie lourde, il n'y avait plus que des tas de cendres noircies – les os retombés en poussière des malheureux.

Des particules chatoyantes dérivaient mollement au gré d'une fumée chimique particulièrement âcre.

Chez le Drakhaon, ce qui avait été humain contemplait le carnage, horrifié.

Tant de dévastation. Tant de destruction.

Qu'ai-je fait ?

Noir comme la fumée, le Drakhaoul murmura dans sa tête :

Elysia… Mère…

Chapitre 40

— Aimeriez-vous faire un tour en traîneau, Karila ? demanda Astasia. C'est une belle journée, très vivifiante. J'adorerais vous montrer les domaines de votre père.

— Un tour en traîneau ? Oh, oui, oui ! s'écria la fillette, ravie. (Avant que tout enthousiasme la quitte…) Mais Marta ne le permettra jamais. Elle dit que le vent froid me fait tousser.

— Si vous êtes chaudement emmitouflée dans des fourrures, Marta acceptera, j'en suis sûre. Après tout, elle n'est que servante alors que vous êtes princesse.

De sa cachette, dans l'étude de Karila qui jouxtait la petite chambre, Elysia avait tout entendu. Elle se leva alors qu'Astasia l'y rejoignait en refermant soigneusement la porte derrière elle.

— Vous avez écouté ?

— Oui, répondit Elysia. Mais est-il bien sage de manipuler cette enfant ? Elle est de santé fragile. Je ne voudrais pas qu'elle tombe malade à cause de moi…

— Je ne vois pas d'autre moyen de nous évader, assura Astasia. En outre, avec la fille d'Eugène près de nous, dans le traîneau, personne n'osera ouvrir le feu.

Ses yeux sombres luisaient de détermination. Elysia crut retrouver en elle un peu de l'attitude fougueuse de son frère Andrei.

— Nous *enlèverions* la princesse ?

— Écoutez, voilà le manteau de Marta…

Astasia décrocha d'une patère près de la porte le vêtement bleu roi et en drapa les épaules d'Elysia, rabattant sur la chevelure de l'artiste le volumineux capuchon.

— À présent, nourrice Marta, personne ne vous accordera plus un regard.

— Très bien, bougonna Elysia de mauvaise grâce.

Le traîneau fut amené dans la cour intérieure, glissant sur les pavés gelés.

Le cocher hissa Karila afin que l'enfant ne fasse pas d'efforts inutiles avec sa jambe tordue pour grimper à bord du véhicule. Le capuchon rabattu sur son front pour mieux dissimuler ses traits, Elysia suivit, la tête baissée, et arrangea les couvertures autour de la petite princesse. Astasia s'installa la dernière près de Karila en jetant des coups d'œil à la ronde pour voir si quelqu'un observait la scène.

— Un tour dans les jardins enneigés du palais ! lança-t-elle gaiement. On va bien s'amuser !

Le cocher siffla et les chevaux tirèrent le traîneau sous l'arche, en direction des jardins de la résidence.

Quand elle veut, elle peut jouer la comédie en actrice consommée, songea Elysia en regardant Astasia babiller avec Karila. *À la voir, on ne croirait jamais qu'elle puisse être sur les nerfs, tant elle paraît insouciante...*

Elysia prit ses aises en tâchant d'ignorer sa propre anxiété.

L'air matinal semblait scintiller tellement tout était gelé. Cette nuit-là, il avait de nouveau neigé sur les pelouses et les parterres de fleurs. Les chevaux trottinaient dans la neige, suivant l'allée qu'empruntaient habituellement les attelages, et s'éloignaient peu à peu du palais.

— Cocher, lança Astasia, la vue doit être magnifique du sommet de la colline. Conduisez-nous là-haut !

— En dehors de l'enceinte du domaine, Altessa ? (L'homme paraissait incertain.) Notre seigneur ne m'a pas autorisé à emmener la princesse hors de son fief.

— Ce serait juste pour quelques instants, pressa Astasia. C'est une si belle matinée !

Hochant la tête, le cocher tourna bride en direction du coteau. Sur la crête se dressait un pavillon des gardes qu'entouraient de grandes grilles surveillées par les soldats d'Eugène.

Retenant son souffle, Elysia vit les deux sentinelles de faction se mettre en garde à leur approche.

— Halte !

Le cocher tira sur les rênes, arrêtant l'attelage. Les soldats approchèrent du traîneau immobilisé. À la vue de Karila, tous deux saluèrent.

— Altesse !

— Nous sommes en balade ! les informa gaiement la fillette. Astasia dit que nous allons faire une bataille de boules de neige !

— Et votre autorisation officielle ? demanda l'aîné des soldats.

— Nous n'en avons sûrement pas besoin pour une petite excursion d'agrément ? protesta Astasia en se forçant à prendre un ton enjoué.

— Et à notre retour, renchérit Karila, nous aurons du chocolat chaud avec des biscuits à la cuillère !

Les deux hommes échangèrent un regard.

— Très bien.

Ils ouvrirent les grilles et leur firent signe de passer.

Calée contre le siège tendu de fourrures, Astasia respira.

— *Ouf...* J'ai bien cru qu'ils ne nous laisseraient pas faire.

— J'aimerais bien boire du chocolat chaud tout de suite, dit Karila.

— Ah, oui ?

Par-dessus la tête de l'enfant, Astasia lança un coup d'œil à Elysia.

— Il doit y avoir un village non loin d'ici. (Elle se pencha en avant.) Cocher, conduisez-nous au hameau le plus proche. Son Altesse aimerait une tasse de chocolat chaud.

— Mieux vaudrait retourner à Swanholm tout de suite dans ce cas. C'est bien plus près que...

— Vous m'avez entendue ! l'interrompit Astasia d'un ton subitement aussi impérieux que celui de sa mère Sofia. Alors, obéissez !

L'homme fit claquer son fouet. Dans un tintement de clochettes, le traîneau fila sur la piste enneigée.

Ravie, l'enfant couina de plaisir en se cramponnant.

Ils avaient quitté l'enceinte de la résidence princière, mais il leur restait beaucoup de chemin à parcourir. Elysia s'avisa qu'elle n'avait pas d'argent ni le moindre objet de valeur sur elle. Pour tout bien, il lui restait les vêtements qu'elle portait. Femme seule en terre étrangère, elle aurait besoin de toute son ingéniosité pour fuir.

Mais à la condition de prisonnière, tout était préférable. Elle trouverait bien un moyen. Dès qu'elle atteindrait un port, elle réussirait à force de bagout à s'embarquer pour une destination quelconque – n'importe laquelle, pourvu que ce fût aux antipodes du Tielen.

Astasia sourit et Elysia crut de nouveau percevoir un peu de la folle insouciance qui avait caractérisé l'infortuné Andrei.

— Merci, Altessa, dit-elle en lui prenant la main.

— Ne me remerciez pas ! Je crois bien que je m'étais rarement amusée comme cela !

La piste sinuait à travers des bosquets de bouleaux dénudés où coassaient force corneilles. L'équipage atteignit bientôt un terrain presque plat, à l'inclinaison plus douce. Sous les couches de neige amoncelées, on distinguait encore les sillons des labours. *Des terres agricoles,* songea Elysia en apercevant une ferme en rondins, au loin. Comme tout avait l'air rassurant et normal... On était à mille lieues des mascarades bizarres des imbroglios politiques dans lesquels elle s'était retrouvée engluée bien malgré elle...

Soudain, le bruit d'une cavalcade lui parvint.

En se retournant, Elysia vit une escouade galoper à fond de train pour les rattraper au sommet de la colline. Un cavalier se détachait nettement du reste du groupe, fonçant à bride abattue.

— Cocher, cria-t-il, ralentissez !

— Oh, non..., murmura Astasia, affolée, en jetant un coup d'œil à Elysia par-dessus la tête blonde de Karila.

— C'est la cavalerie de papa ! s'exclama la fillette en se redressant sur ses genoux. On vient nous escorter pour nous ramener à la maison !

Les cavaliers encerclèrent le traîneau, le forçant à s'immobiliser. Comme ces hommes portaient beau, dans leur uniforme immaculé, avec leurs gants blancs et leurs bottes lustrées, songea distraitement Elysia.

— Cocher, vous êtes en état d'arrestation, dit l'officier responsable.

Le pauvre diable tomba à genoux dans la neige, mains jointes en un geste de supplication.

— Épargnez-moi, vos excellences ! Je ne faisais que suivre les ordres ! Je n'avais pas idée...

— Altessa...

Le premier cavalier tourna bride en direction de la jeune fille, mit pied à terre et s'approcha du traîneau.

Le cœur lui manquant, Elysia reconnut Féodor Velemir.

Astasia jeta au diplomate espion un regard glacial.

— Comte Velemir, qu'est-ce à dire ?

— J'ai de bonnes raisons de penser que vous prétendiez faciliter l'évasion d'une ennemie du Tielen.

— Quoi ? s'écria Astasia.

À la lumière du jour, il avait les traits tirés et la mine cendreuse. Un muscle tressaillit au coin de ses lèvres. Il parlait d'un ton étrange au débit saccadé qui lui ressemblait fort peu, lui si suave et si détendu d'ordinaire.

— Dame Nagarian, j'ai le regret de vous informer que le prince Eugène a donné ordre de vous placer en état d'arrestation. Vous êtes accusée de haute trahison.

Dans l'obscurité, le Drakhaon volait vers le scintillement des étoiles hivernales.

L'air nocturne sifflait à ses oreilles, mais sa morsure glaciale ne pouvait plus l'atteindre. Un feu sinistre brûlait dans le tréfonds de son être, attisant la colère qui l'aiguillonnait.

Elysia... Mère...

L'instinct – et le souvenir des cartes soigneusement établies par Volkh – le guidait en direction du Tielen. Plein nord, puis cap à l'ouest, par-delà la mer gelée.

Au dessous de lui, les montagnes enneigées viraient au bleuté sous la faible lumière nacrée d'une lune sur le déclin. Des sommets aussi déchiquetés que des dents gâtées se détachaient dans l'obscurité ambiante, la chaîne montagneuse devenant une place forte de roche et de glace.

Puis il prit de l'altitude, loin au-dessus des étendues grisâtres de la mer gelée. À l'horizon, une fine lumière apparut, teintant les nuages d'un rougeoiement inquiétant à mesure que le soleil se levait. L'aube... Il avait volé toute la nuit.

— Haute trahison ? répéta Elysia, incrédule.

— Il y a forcément méprise, Velemir ! trancha Astasia d'une voix claire et autoritaire. Dame Nagarian est ma compagne et ma fidèle amie. Je ne vous permettrai pas de l'arracher à mon affection !

— En vérité, ceci ne vous concerne en rien, Altessa, répondit le comte, glacial et dédaigneux.

— Au moins, donnez-moi les motifs de mon arrestation ! s'écria Elysia, sincèrement effrayée…

… Et tout aussi déterminée à ne pas trahir sa détresse face à un homme comme Velemir.

— Votre fils, ma dame, a attaqué le prince et l'armée du Tielen en Azhkendir. Nous sommes en guerre.

— *Gavril* a attaqué ? (Oubliant sa fâcheuse situation, Elysia se cramponna au traîneau.) Comment cela ? Que voulez-vous dire ?

Karila poussa soudain un cri.

— Altesse ?

Se retournant, Elysia vit que l'enfant désignait un ciel sans nuages.

— Il arrive…, chuchota Karila. N'entendez-vous pas battre ses ailes ?

— Allons, allons…

Elysia l'enlaça et la serra contre elle. Tétanisée par la peur, la fillette ne réagit pas, ne semblant même plus sentir qu'une adulte l'étreignait.

— Descendez de la luge, ma dame, ordonna sèchement l'officier, et écartez-vous de la princesse.

Elysia lâcha Karila, qui fixait toujours le ciel, coupée de tout ce qui se passait autour d'elle.

Astasia fit mine de descendre elle aussi du traîneau en lançant :

— Vous pouvez ramener la princesse Karila à Swanholm, mais je ne quitterai pas dame Nagarian tant que je ne serai pas assurée que…

Velemir fit signe au cocher et le traîneau s'ébranla d'un coup, faisant retomber Astasia au milieu des fourrures.

— Arrêtez ! hurla-t-elle.

Le traîneau fila à toute allure sur la neige.

— Il est de mon devoir, hélas, de vous informer que le prince a ordonné votre exécution, ajouta l'officier.

— Mon exécution ? répéta Elysia, incrédule.

Il déroula un document et le lut d'un ton sec :

— « Au moindre acte hostile dirigé contre l'armée du Tielen, tous les otages azhkendis devront être passés par les armes. Eugène »

Épouvantée, Elysia fixa le comte, les yeux ronds.

— Féodor ? Vous allez les laisser m'exécuter sans rien faire ?

— Je suis désolé, Elysia, répondit-il, le regard fuyant. Vous me voyez désarmé.

Il remonta en selle et s'élança à la suite de l'attelage.

Était-ce là tout ce que leur amitié avait pu signifier à ses yeux ? Toutes ces protestations de confiance, ces fausses confidences, ces moments d'intimité… et il ne pouvait vraiment rien faire maintenant pour lui venir en aide ?

— *« Désolé ! »* cracha-t-elle dans le dos du cavalier, d'un ton vibrant de mépris. Épargnez-moi vos piètres excuses, Féodor.

L'officier posa une main sur l'épaule de la condamnée.

— Venez, ma dame.

Velemir talonna vigoureusement son cheval, suivant le traîneau sur le sol verglacé.

La bise lui engourdissait le visage – sans apaiser le tumulte de ses pensées.

Quand il fut à la hauteur de la fille du grand-duc, celle-ci en appela à ses sentiments :

— Comte Velemir… Vous ne pouvez pas permettre une telle ignominie ! Vous savez aussi bien que moi qu'elle est innocente !

Le diplomate ne répondit pas, mais ces remarques pesaient lourd sur sa conscience.

Il s'était fait à l'idée de trahir son pays. Il s'était persuadé que le seul moyen de ramener une paix durable au Muscobar serait de déposer les Orlov – ces sombres incompétents – et de leur substituer Eugène comme empereur appelé à régner sur tout un continent.

Quant à Elysia Nagarian… C'était une autre histoire. Lui nuire en quoi que ce fût n'était jamais entré dans ses intentions. Il n'avait pas prévu qu'Eugène l'utiliserait de façon aussi implacable sur son échiquier du pouvoir…

Dès leur première rencontre, il s'était senti indéniablement attiré par cette femme. Même s'il avait tout fait pour ne pas se laisser inconsidérément séduire au point d'entamer une liaison ou une intrigue amoureuse, quelle qu'elle fût, avant qu'Eugène soit intronisé empereur…

Et maintenant, lui qui s'était tant enorgueilli de cultiver à l'égard de tout cela un souverain détachement, il n'avait plus de pensées que pour la façon inique dont il avait abusé Elysia, la traînant jusqu'ici pour qu'elle expire au milieu d'étrangers, dans cette contrée du froid et de la grisaille, si loin de la chaleur de sa Smarna natale…

Karila poussa un autre cri en désignant un ciel toujours dégagé. Elle retomba au milieu des fourrures de son siège, les yeux fixés sur quelque vision atroce qu'elle seule percevait.

— Prenez soin de la princesse, Altessa ! ordonna sèchement Velemir avant d'éperonner sa monture pour dépasser le traîneau.

Il devait exister un moyen d'empêcher cette exécution, de retarder la brutale efficacité de la machine militaire d'Eugène…

Le ciel du Tielen était bleu et dégagé, l'air intensément vivifiant sous la morsure du froid. Gavril apercevait sa propre ombre ailée, plus noire qu'un nuage, filant au-dessus des champs et des collines enneigés. Il était de plus en plus fatigué, épuisé par son long vol. Mais tant qu'il ne l'aurait pas retrouvée, il ne pourrait pas faire halte.

Mère, où es-tu ?

Il cherchait à déceler sa présence, son esprit contaminé par le Drakhaoul faisant preuve de nouveaux talents.

Pourvu que je n'arrive pas trop tard… Par pitié !

Les cavaliers entraînèrent la condamnée dans la cour de la caserne et lui lièrent les mains dans le dos. Austère dans sa bure gris anthracite, un prêtre tiel marmonna les paroles d'une prière tirée de son missel.

Étaient-ce donc là les derniers rites applicables aux condamnés ?

Les fenêtres vides du mur pignon du palais semblaient dévisager Elysia de leur morne regard. Désormais, elle était seule au monde. Même Astasia ne pourrait pas la sauver, au point où elle en était.

Choquée, elle arrivait à peine à comprendre ce qui lui arrivait. Si vite…

— J'exige la présence d'un avocat ! s'écria-t-elle. J'ai des droits. Je suis citoyenne smarnane !

Carabine à l'épaule, des soldats défilèrent en rang et au pas dans la cour. Sur ordre de leur officier, ils firent halte et se tournèrent vers la prisonnière.

Un peloton d'exécution.

Astasia parcourut le palais au pas de course, dans une ultime quête désespérée d'une personne – n'importe laquelle – faisant assez autorité pour intervenir. Elle tambourinait furieusement aux portes, se moquant de susciter la désapprobation par son comportement. D'abord surpris, le personnel du palais lui opposa vite une indifférence polie. Nul ne semblait comprendre ses requêtes. À Swanholm, l'informa le secrétaire privé du prince, personne ne pourrait lui venir en aide. Seul le chancelier Maltheus aurait en l'occurrence été habilité à révoquer l'ordre d'exécution. Or, il se trouvait bien loin de là, en pleine séance parlementaire dans la bonne ville de Tielborg…

Soudain, le ciel s'assombrit.

Marta, la nourrice de Karila, surgit dans le bureau du secrétaire.

— Elle n'est plus là ! La princesse a disparu !

Un bandeau entre les mains, l'officier s'approcha d'Elysia et le lui noua maladroitement sur les yeux, en s'excusant de sa gaucherie. Elle capta un peu de son odeur corporelle, mélange de sueur et de savon. Il était sans doute aussi jeune que son fils Gavril et se trouver ainsi plongé dans des affaires d'État qui le dépassaient largement le laissait dans une grande agitation.

Ce n'est pas la fin ! se répétait-elle obstinément. *Tout ne peut pas se terminer comme ça !*

— Soldats, présentez armes ! aboya l'officier.

Elysia entendit le déclic caractéristique des carabines qu'on arme.

— Prêts… à mon signal…

— Gavril, chuchota-t-elle, où es-tu ?

Loin en contrebas s'étendait un vaste édifice aux lignes gracieuses, en pierre pâle et en ardoise grise, saupoudré de neige.

Le palais d'Eugène ?

Il amorça une descente par paliers, tournant lentement en cercle, laissant le Drakhaoul contrôler le vol.

Puis la descente s'accéléra. Il vit des bosquets dénudés sur sa droite, et un lac, plus loin devant lui. Tel un miroir aux reflets verdâtres, l'étendue d'eau était couverte d'une pellicule cristalline de givre. À présent, Gavril distinguait des terrasses, des colonnades et des balustrades en encorbellement.

Swanholm…

Il détecta du mouvement, dans une des nombreuses cours qui s'étendaient derrière la belle façade sculptée du palais. Une caserne jouxtait les écuries, les orangeries et les cuisines.

Et… qu'était cela ?

Dans la dernière cour, des soldats en rang, leurs carabines braquées sur un personnage solitaire…, une femme ligotée à un poteau, les yeux bandés…

Mère !

Astasia et Marta dévalèrent quatre à quatre les marches… et se heurtèrent à un flot de serviteurs et de soldats qui fonçaient en sens inverse. Tous braillaient un seul mot…

« Dragon ! »

Astasia lança un coup d'œil à Marta. Un dragon ? Karila n'avait cessé d'en parler, dans le traîneau… La princesse avait-elle su ce qui allait se produire, avait-elle « vu » par avance quelque terrible désastre naturel ?

— N'allez pas par là ! beugla un laquais. Pour l'amour du ciel, fuyez !

Volontaire, Astasia joua des coudes pour fendre la foule affolée, plus résolue que jamais à retrouver la fillette. Dans cette folle ruée, elle courait à tout instant le risque d'être jetée à terre et piétinée à mort. Elle arracha un mousquet à un garde et réussit à prendre pied dans la cour, se dirigeant vers la caserne. Marta la suivait à grandes enjambées pleines de vigueur.

Son ombre assombrissant le ciel, Gavril piqua du haut des nuées et bloqua la lumière du soleil.

Choqué, il se heurta soudain à une barrière invisible, aussi douce que de la soie – et plus résistante encore. Un puissant champ de force avait été activé pour l'empêcher d'aller plus loin. Le corps meurtri, Gavril fut déboussolé.

Il y a là sorcellerie sous roche !

Une sombre colère lui broya le cœur.

Ces chiens allaient abattre sa mère et ils osaient prétendre l'empêcher d'intervenir !

Il prit du recul avant de plonger la tête baissée sur l'obstacle. Il sentit la barrière soyeuse vibrer… et se déchirer.

Il était passé.

— Attendez !

Dans le froid mordant de cette matinée, Elysia entendit une voix masculine crier cet ordre. Quelqu'un traversait la cour en courant. Les talons d'élégantes chausses en vogue à la cour martelaient le pavé.

— Ne tirez pas !

— Féodor…, chuchota-t-elle, émue. Vous êtes revenu…

Au même instant, elle perçut malgré le bandeau qui l'aveuglait une grande noirceur et capta un battement d'ailes dans la cour.

Les soldats hoquetèrent, incrédules.

— Feu ! hurla leur officier, cédant à la panique.

Elysia s'arma de courage.

Feu !

Cette fois, même l'intervention de dernière minute du comte ne la sauverait pas. D'une seconde à l'autre, les balles allaient la faucher et plus rien n'aurait d'importance.

Mais les tirs – quand ils éclatèrent – ne la visèrent pas. Une créature poussa un beuglement de rage – un cri ni humain ni animal, et pourtant étrangement familier…

— Gavril ? s'écria Elysia. C'est bien toi ?

En pleine descente, aussi noir qu'un nuage d'orage tourbillonnant, le Drakhaon effleura de la pointe de ses ailes la tête des soldats.

Les hommes firent volte-face en le prenant pour cible. Les balles en plomb le frôlèrent. D'une chiquenaude des ailes et de la queue, il expédia les soldats à des mètres à la ronde, déviant largement leurs tirs qui bombardèrent les bâtiments environnants. Les fenêtres volèrent en éclats.

Il ne voyait que la femme aux yeux bandés et aux mains ligotées dans le dos, attendant la mort. Il reconnaissait les reflets roux de sa chevelure aux tons de l'automne… Un tourbillon de colère et de chagrin le submergea, le poignardant au cœur. Voilà comment ces chiens osaient traiter sa mère… pour le punir, lui !

— Mère !

Il se posa dans la cour, s'interposant entre Elysia et les soldats terrifiés. Il irradiait par tous les pores de sa peau une terrible colère noire.

Du coin de l'œil, il surprit un mouvement. Quelqu'un avait osé bouger…

Un homme… Il s'approchait d'Elysia.

Ne comprenaient-ils donc rien ? Au premier qui toucherait encore à un cheveu de sa mère, il les tuerait tous !

Féodor Velemir leva les yeux vers le Drakhaon. Et se tétanisa.

À sa grande surprise, il réalisa qu'une frayeur mortelle s'était emparée de lui. Alors que, de toute sa vie d'adulte, il n'avait jamais connu la peur.

Tels les démons ailés tout droit surgis de ses cauchemars d'enfant, cette créature avait fondu du haut du ciel avec les intenses yeux bleus d'un homme littéralement fou de chagrin… Un chatoiement noirâtre irradiait de tout son corps.

Le secret de l'invulnérabilité et de la puissance de l'Azhkendir se dressait brusquement devant lui, Velemir.

— Magnifique ! murmura-t-il malgré lui.

En l'entendant, le Drakhaon tourna le museau dans sa direction, les naseaux frémissants. Un instant, le comte sentit se river sur lui toute l'intensité de cet ardent regard bleu, habité par une lueur de démence, comme le flambeau purificateur de la douleur dardé sur la scène.

Comme venu de très loin, il entendit le cri d'une femme.

— Non, Gavril, non !

Alors, il commença à brûler.

Karila se faufila sous l'arche qui ouvrait sur la cour de la caserne et découvrit le tableau. Dans la confusion qui régnait, personne ne remarqua la fillette, tapie dans l'ombre.

Il était là ! Le dragon des ténèbres aux yeux de feu, qui hantait ses rêves… Marta lui avait expliqué que ses cauchemars étaient de simples mauvais rêves, qu'ils n'avaient aucune prise sur la réalité… Mais Marta se trompait !

Marta se trompait !

La cour éclata sous l'effet d'une terrible déflagration. Un homme était la proie des flammes. Elle entendit ses cris de terreur. Muette d'horreur, elle vit les flammes le dévorer vif dans un embrasement d'un bleu incandescent. Au cœur de l'enfer, un squelette calciné s'effondra sur le sol, réduit à un petit tas de cendres.

Le silence reprit ses droits. Karila entendait battre son propre cœur, qui cognait contre ses côtes, tandis que la cour se remplissait d'une épaisse fumée malodorante.

Les soldats s'interpellèrent.

— Qu'on aille chercher le canon !

Ils ne comprenaient *toujours* pas ? Le dragon n'était pas venu les détruire. Fou de chagrin et de confusion, il avait l'esprit aussi tordu qu'elle l'était de corps… Karila captait la colère terrible qui l'animait, d'un bleu-noir rappelant une tête d'orage. Si les hommes le prenaient pour cible, ils ne feraient qu'attiser les flammes de sa rage.

— Dragon ! l'appela-t-elle à haute voix.

Et elle sut qu'il l'avait entendue, qu'il avait soudain pris conscience de sa présence.

— *Drakhaoul,* la corrigea une voix noire comme la suie.

Elle avança à découvert dans la cour.

— J'arrive, Drakhaoul. Je viens t'aider.

Sous l'épaisseur du bandeau qui l'aveuglait, Elysia capta la brillance de l'immolation de Velemir, sans ressentir pourtant – ou à peine – la chaleur dégagée. Elle fut sous le choc.

Cette créature qui était – sans l'être – son fils venait de tuer un homme en le brûlant vif. D'un coup, elle revécut avec une clarté implacable toutes les atrocités commises par Volkh, qu'il avait tenté de lui cacher, tout ce qu'elle s'était efforcée d'oublier pendant tant d'années…

Mon fils est devenu un monstre…

Alors, elle sentit sur son visage et son cou le souffle chaud – et non plus brûlant – du Drakhaon. Il avait cette fois la chaleur d'une caresse. Et un être des ténèbres parla avec les intonations bien-aimées de Gavril – en esprit ou à voix haute, elle n'aurait su le dire.

— *Mère, nous devons quitter cet endroit. Monte vite sur mon dos !*

— Je… ne peux pas ! bafouilla-t-elle. J'ai les mains liées.

L'ombre la domina de toute sa masse et elle sentit quelque chose – une griffe de Drakhaon ? – cisailler avec douceur ses liens jusqu'à ce qu'elle recouvre sa liberté de mouvements.

Elle massa ses poignets endoloris, puis trouva le courage d'enlever son bâillon pour regarder en face ce qu'elle redoutait tant. Mais elle le devait.

Le Drakhaon se dressait devant elle, protecteur, les ailes déployées. Le chatoiement sombre qui suintait comme de la fumée de ses naseaux enveloppait l'ombre-dragon. Plus loin, elle vit les soldats braquer sur eux un canon, qu'ils étaient en train d'armer.

— Gavril, ils vont ouvrir le feu…

Elle espéra qu'il la comprendrait.

— À mon signal ! brailla un officier.

Soudain, Elysia vit une petite silhouette traverser la fumée de la cour, venant à leur rencontre.

Une fillette en robe blanche.

— La princesse ! hurla l'officier. Ne tirez pas !

Le Drakhaoul capta la présence de l'enfant avant de la voir, humant la fragrance pure et douce de son jeune corps.

Le corps de Drakhaon qu'il avait modelé pour l'homme qu'il possédait s'affaiblissait, ses ressources entamées par le long vol nocturne et par le feu qu'il venait de cracher. La faim le pousserait bientôt à chercher du sang frais, humain…

Pourtant, cette fillette-là était différente. Elle avait beau être contrefaite, son esprit brillait d'un éclat tout particulier, aussi vif et pur que le scintillement des étoiles. Et elle avait conscience de l'horrible solitude qui le tenaillait, lui. De la douleur qui le taraudait.

— Drakhaoul ! lança-t-elle de sa voix grave et pure d'enfant.

Marta sur les talons, Astasia dévala quatre à quatre les marches en pierre qui débouchaient sur la cour de la caserne, et, emportée par son élan, elle faillit trébucher sur un grand canon.

Aussitôt des gardes lui barrèrent le chemin.

— En arrière, Altessa !

Ils s'affairaient à charger le canon de poudre et de mitraille.

Des filaments fumeux planaient dans la cour. Une fumée scintillante… L'odeur atroce de la chair brûlée empuantissait l'atmosphère. Astasia fut frappée par la fournaise qui régnait en ces lieux.

— Que se passe-t-il ? (Elle chercha à forcer le barrage des soldats.) Laissez-moi passer ! Je veux voir par moi-même…

Soudain, elle repéra Karila. Une enfant, seule et vulnérable, les yeux levés vers le démon des ténèbres qui la fixait de toute la folie de ses prunelles d'un bleu ardent…

— Karila ! hurla-t-elle en s'élançant sans réfléchir.

— Altessa, non ! rugit l'officier.

Il tenta de la retenir mais, rompue au jeu du chat et de la souris qu'elle avait tant pratiqué avec Andrei, elle évita habilement les bras tendus de l'homme et fonça dans la cour.

Lentement, la créature tourna le museau vers elle, ses naseaux frémissants exhalant des fumerolles bleu indigo.

Il la vit.

Astasia.

Combien de fois avait-il redessiné de mémoire l'ovale de son doux visage, tentant de se remémorer avec exactitude les moindres détails… Et voilà que ce regard si tendre et si velouté, qui avait tant hanté ses rêves, était maintenant écarquillé sous l'effet du choc et de l'incrédulité.

Il vit la jeune fille bouger les lèvres pour articuler un son, un nom.

— Gavril…, dit-elle dans un grand silence.

Elle le reconnaissait. Même sous cette monstrueuse apparence, elle l'avait reconnu.

Ce qui, chez le Drakhaon, subsistait de Gavril se rappela qui il était et fut pris de remords.

Qu'elle le voie ainsi, sous cette forme hideuse…

La douleur lui serra le cœur comme un étau. Les rêves de leur amour, ceux qui lui avaient permis de survivre à l'interminable hiver de l'Azhkendir et à son désespoir, retombèrent en poussière, balayés par cet instant cruel. S'ouvrait d'un coup devant lui un avenir froid et sans amour…

D'une voix basse et pressante, sa mère lui parla à l'oreille :

— Gavril, ils sont en train de braquer leur canon sur nous…

L'imminence du danger le ramena à la réalité. Épuisé et blessé comme il l'était, il devait emmener Elysia en sécurité, loin du Tielen. Mille et une flammèches dansèrent… Ce n'était plus qu'une question de secondes avant que le canon ne crache la mort.

La fillette se tourna alors vers les soldats terrifiés, qui s'étaient regroupés derrière leur artillerie lourde.

— Vous devez les laisser partir, ordonna-t-elle de sa petite voix limpide. Et ne pas tirer.

De sa démarche boitillante, elle se rapprocha du dragon pour l'implorer du regard.

— En arrière, Kari ! lança Astasia, affolée.

— Emmène-moi avec toi, Drakhaoul, demanda l'enfant. Je veux voler comme toi. Je veux être libre.

Elysia tendit une main tremblante et la posa sur les écailles chaudes de la créature – qui était son fils sans l'être –, espérant l'atteindre et l'apaiser par son contact, par la parole… Au mépris de toute considération pour sa propre sécurité, elle voulait simplement s'assurer qu'il ne ferait pas de mal à la petite Kari.

— Gavril, murmura-t-elle, ne la touche pas, ne la laisse même pas t'approcher. Tu n'as plus tous tes esprits, tu ne peux pas risquer de faire quelque chose que tu regretterais ensuite…

Le Drakhaon ne lui répondit pas. Elle sentait son trouble et le savait imprévisible. La moindre distraction pourrait de nouveau l'inciter à réagir par la violence.

Derrière Kari et Astasia, à l'ombre des arcades de la cour, les amorces brillèrent et la nervosité gagna les soldats qui guettaient l'ordre de tirer. De renvoyer au néant le monstre et sa mère…

— Allons-y, Gavril. Nous devons fuir pour sauver nos vies tant que nous le pouvons encore.

Toujours aucune réaction… L'avait-il seulement entendue ? Et si oui, prêterait-il la moindre attention à ce qu'elle disait ? Il paraissait fasciné par la petite princesse, qui se rapprochait encore. Il gardait les yeux rivés sur elle.

— Gavril !

De désespoir, la voix d'Elysia se fêla. Elle agrippa la créature par ses grandes épaules osseuses et, ses jupes maladroitement remontées sur ses genoux, se hissa tant bien que mal sur son dos écailleux.

— Nous devons filer !

Alors seulement, elle s'avisa qu'un autre personnage venait de rejoindre les témoins terrifiés de la scène. Silencieux, penché à une fenêtre ouverte, Linnaius considérait Gavril de ses yeux gris comme l'ombre. Elle le vit lever des mains si diaphanes qu'on distinguait les phalanges sous la peau fine, des doigts squelettiques concentrant tellement d'énergie en eux que l'air, tout autour, parut se troubler…

Le cœur d'Elysia s'emballa sous l'effet de l'effroi. La liberté leur ouvrait les bras…

— Gavril, *maintenant !* rugit-elle.

Réduite à l'impuissance, Astasia vit Karila s'approcher du Drakhaon.

L'esprit en ébullition, elle était le jouet de la peur, de l'incrédulité et… d'un sentiment aigu de trahison.

Pourquoi personne ne l'avait-elle prévenue que Gavril n'était plus humain ? D'après les allusions voilées d'Elysia à propos de « changements » chez son fils, elle n'aurait jamais pu imaginer une métamorphose si hideuse.

Comme en rêve, elle vit Elysia se hisser sur le dos luisant du monstre et Karila s'en approcher en boitant, les bras tendus. Et elle entendit Elysia hurler :

— Maintenant !

Le Drakhaon parut se ramasser sur lui-même avant de bondir dans les airs, les ailes grandes déployées.

— Ne pars pas ! cria Karila.

Alors que le Drakhaon s'élevait dans le ciel, des pulsations lumineuses le parcoururent : bleues, vertes et noires comme le pétrole.

Les battements de ses ailes accrurent encore la chaleur qui régnait dans la cour.

Les bras désespérément tendus, Karila pivota sur elle-même pour suivre du regard le Drakhaon qui volait en cercle dans le ciel azur.

Sous les yeux d'Astasia, l'enfant se pétrifia soudain, l'index pointé vers une fenêtre.

— Linnaius ! hurla-t-elle d'une voix rauque. (À la fenêtre, le vieillard gardait les mains braquées sur le Drakhaon en vol.) *Non !* Je vous l'interdis !

Il hésita. La princesse et lui échangèrent un long regard. Puis, lentement, il baissa les bras.

Noire comme de la fumée à la dérive, la voix du Drakhaon leur parvint :

— Un jour, je reviendrai pour toi, Karila.

— Je sais !

Soudain, la fillette tomba à genoux sur les pavés, déchirée par d'amers sanglots. Astasia se précipita pour l'étreindre. L'enfant se cramponna à elle.

— Allons, allons, Kari, tout va bien, l'horrible dragon est parti. Il ne te fera pas de mal, jamais je ne le laisserai t'en faire…

Hoquetant, Karila leva vers Astasia son visage baigné de larmes.

— Non, vous ne comprenez pas… Aucun d'entre vous ne comprend !

« Je reviendrai pour toi. »

Astasia avait entendu les sombres paroles du Drakhaon se répercuter dans la cour. Était-ce une menace ou une promesse ? Et pourquoi s'était-il uniquement adressé à l'enfant, sans daigner lui adresser la parole ?

— Je veux… partir avec eux, sanglota Karila, inconsolable. Je veux voler !

Chapitre 41

Désorientée, Kiukiu errait sans but dans les pièces délabrées du château du Drakhaon.

De temps à autre, elle croisait des survivants, aux traits blanchis par la poussière de plâtre et blêmes de frayeur. Beaucoup d'entre eux restaient assis au milieu des décombres, le regard perdu dans le vague. Personne ne semblait être en mesure de tendre la main à ses compagnons d'infortune.

Le pilonnage implacable avait cessé au moment où le Drakhaon avait attaqué les soldats du Tielen.

Alors, elle les avait sentis mourir… Tant d'âmes renvoyées au néant d'un simple souffle mortel, tellement d'espérances, de craintes, d'aspirations… Sous l'assaut de l'onde de feu, le ciel vira au blanc incandescent avant de passer au noir du firmament troublé par une fumée scintillante.

Submergée par le choc, elle avait été entraînée jusqu'au portail même de l'Autre Monde. Se débattant dans la marée noire suffocante, elle avait dû mobiliser toutes ses forces pour revenir à la lumière.

Elle avait rouvert les yeux et découvert qu'il faisait nuit. Un froid vif régnait. Une légère bise dévidait sa complainte à travers les murs écroulés. La jeune fille avait les joues glacées sous ses pleurs séchés.

Elle avait dû rester loin de son enveloppe charnelle pendant de longues heures.

Sur le coteau calciné, elle vit briller des lanternes dont la lumière vacillait autant que des flammèches-cadavres. Attirée malgré elle, Kiukiu se surprit à enjamber les gravats et les poutres effondrées, se dirigeant vers la brillance.

Au loin, à l'est, l'horizon virait au rose. L'aube se levait sur le champ de bataille. Déambulant au milieu des cendres, les moines de Saint-Sergius cherchaient d'éventuels survivants.

Des encensoirs oscillaient pour chasser les miasmes ambiants, les religieux aspergeaient les défunts d'eau bénite en psalmodiant les derniers sacrements.

Mais en dépit des doux arômes distillés par les encens angéliques, il persistait une affreuse odeur de chair brûlée qui piquait les yeux de la jeune fille, lui faisant monter les larmes et l'étouffant à demi. Elle se couvrit les narines et la bouche de son écharpe et poursuivit obstinément son chemin. Elle se força à regarder les atrocités perpétrées par le seigneur Gavril. De temps à autre, à la périphérie de la frappe ignée, elle apercevait une dépouille carbonisée à peine humaine. Tout juste reconnaissait-on des orteils calcinés saillant d'une botte ou un poing crispé pratiquement brûlé jusqu'à l'os…

Gavril, Gavril, chuchota-t-elle dans les replis de son cœur si lourd, *comment as-tu pu commettre pareille horreur ?*

— Vous êtes vivante, Kiukiu ! s'écria Yephimy en l'apercevant. (Il prenait appui sur son bâton d'abbé.) Nous craignions de vous avoir perdue.

— Je venais à la rescousse, mais…

— Il n'y a plus rien à faire pour sauver ces pauvres âmes, à part prier.

— Seigneur abbé, par ici !

L'appel venait d'un peu plus haut, sur la colline.

Yephimy se retourna et partit dans cette direction d'un bon pas, à travers des lambeaux de brume. Tenant ses jupes relevées d'une main, Kiukiu se hâta à sa suite.

Sur la crête de la colline, elle découvrit la toile calcinée d'un amas de tentes militaires, les vestiges brûlés d'un étendard tiel flottant encore au-dessus d'un pavillon. On aurait dit que le souffle mortel du Drakhaon avait simplement roussi tout ce qui se trouvait à une certaine distance des canons. En fait, toute sa rage s'était concentrée sur l'artillerie lourde déployée le long du premier tiers des coteaux environnants.

En approchant, Kiukiu vit des moines chuchoter à voix basse, visiblement intimidés. Ils n'avaient tout de même pas trouvé des survivants dans cet orage de feu cataclysmique ? Impossible !

Alors, la jeune fille entendit un grognement. Très faible, il provenait indubitablement d'une gorge humaine.

— Allongez-le sur le brancard ! lança le frère hospitalier. Doucement, doucement…

Kiukiu se rapprocha subrepticement.

— De l'eau…, supplia un filet de voix rauque.

Elle jeta un coup d'œil entre les moines rassemblés, qui entreprirent de verser quelques gouttes d'eau dans la bouche du miraculé. Ce que lui révéla la lumière de la lanterne lui fit fermer les yeux d'horreur. Le Feu du Drakhaon avait brûlé le visage et le cou du rescapé. Il n'avait plus de cheveux et un côté de sa face n'était plus qu'une masse sanguinolente indistincte, tout comme la main tremblante qu'il leva en direction de l'abbé.

Le frère hospitalier donna un coup de coude à son camarade.

— Regardez, chuchota-t-il. La chevalière… (Kiukiu les vit échanger un regard.) Qu'en pensez-vous, seigneur abbé ?

Yephimy baissa des yeux pensifs sur le brûlé.

— Est-ce vraiment lui ? murmura le frère hospitalier.

Sans répondre, l'abbé s'agenouilla près du brancard. Kiukiu vit le survivant tendre faiblement sa main tordue vers lui.

Et de ses lèvres brûlées, il lutta pour articuler le nom du religieux :

— Yephimy...

— Votre Altesse... Quel jour terrible pour l'Azhkendir...

— Et pour... le Tielen...

La voix d'Eugène était à peine audible.

— Avec votre permission, Altesse, nous vous emmènerons à Saint-Sergius. Le frère hospitalier dispose de baumes et d'onguents qui apaiseront vos souffrances.

Alors que les moines soulevaient le brancard en douceur, le blessé gémit. Kiukiu se mordilla les lèvres, se refusant à imaginer quelles souffrances Eugène devait endurer tandis qu'on le transportait vers un chariot.

Yephimy secoua la tête.

— Je ne comprends pas... Tous ont péri, sauf le prince. Comment a-t-il pu survivre ?

— Cet homme est le prince Eugène ? demanda Kiukiu, en oubliant qu'elle n'était pas supposée écouter. Vous allez le soigner ? Après ce qu'il nous a fait ?

Yephimy pivota vers elle. Sous ses sourcils gris broussailleux, ses yeux luisaient d'un éclat dur.

— C'est un homme comme un autre. Il a besoin d'aide. Dieu seul le jugera.

Un cavalier était apparu au sommet de la colline. Immobile, il contemplait la scène de désolation. Le soleil levant jouait sur ses boutons polis, ses épaulettes et ses boucles d'éperon. Un éclaireur du Tielen...

— Regardez ! s'écria Kiukiu. Des renforts !

En contrebas, elle aperçut Askold, qui s'évertuait à battre le rappel de ses maigres troupes dans la cour du château. Lui aussi avait repéré le cavalier solitaire, sur la crête. Les quelques druzhina restants se tenaient épaule contre épaule, brandissant en guise d'armes tout ce qui leur était tombé sous la main : des fourches à foin, des haches, des maillets...

Le cavalier descendit de cheval et rejoignit les moines d'un pas lent. Kiukiu dévisagea l'homme imberbe à l'uniforme immaculé.

— Où est le prince ? demanda-t-il en commun.

— Là, bougonna-t-elle de mauvaise grâce.

Elle le vit ôter son tricorne et s'agenouiller près du brancard. À la surprise de la jeune fille, il ne trahit aucune émotion. Il semblait aussi guindé qu'à la parade. Ne voyait-il pas à quel point son maître était touché ?

— Un message urgent du maréchal Karonen, Altesse.

— Lisez-le-moi..., lieutenant...

— « Mirom a capitulé. Attendons vos instructions. »

Un léger soupir... De satisfaction ?

— Dites à Karonen de... prendre la cité...

Pour la première fois, le jeune messager hésita.

— Mais... Qui commandera à votre place ?

— Dites-lui... que je l'y retrouverai... là-bas...

— Et l'Azhkendir ?

Le lieutenant n'avait pas une seule fois mentionné les régiments d'Eugène, alors qu'il sentait forcément l'odeur de la mort et de la défaite dans la fumée qui montait encore du versant calciné. Kiukiu retint son souffle, se demandant ce que le prince allait répondre. Donnerait-il l'ordre d'exterminer la population ? Les Azhkendis n'avaient plus de Drakhaon pour les défendre.

— Il n'y aura plus... de résistance, dit Eugène. Et plus... de représailles...

— Il est épuisé, intervint le frère hospitalier. Il doit se reposer.

— Mais pas ici.

Se relevant, le lieutenant affronta le moine. Le brancard se trouvait entre eux deux.

— En effet, pas ici. En notre monastère, où je pourrai le soigner au mieux de mes capacités.

— Est-ce là la volonté de Son Altesse ?

— Ça l'est..., assura faiblement Eugène.

— J'enverrai une escorte.

Relevant les yeux, Kiukiu vit que d'autres cavaliers avaient pris position au sommet de la colline. Pour parer à tout problème ultérieur avec le château du Drakhaon, les hommes d'Eugène devaient monter la garde, leurs pistolets armés.

D'une main gantée de gris, le lieutenant leur fit signe et, progressivement, les cavaliers rejoignirent le groupe.

— Pas de représailles, répéta fermement l'abbé. Vous avez entendu Son Altesse.

— Une escorte, c'est tout.

Le lieutenant remonta en selle, indiquant à ses hommes de le suivre.

Sous le regard de Kiukiu, les cavaliers s'alignèrent derrière le chariot des moines, qui s'ébranla en direction de la forêt. Le front plissé, l'abbé Yephimy qui s'apprêtait à fermer la procession se tourna vers la jeune fille.

— Retournez-vous au monastère avec nous, Kiukiu ?

Elle scrutait le ciel pâle.

— Pas encore. J'attends quelqu'un.

— Ce n'est plus le Gavril que vous avez connu, la prévint-il, comme s'il lisait dans ses pensées. Cette créature des ténèbres a pris possession de son âme.

— Alors, je l'exorciserai, proclama-t-elle, pleine de défi. Et j'en libérerai le seigneur Gavril.

Yephimy lui jeta un long regard troublé.

— Je dois fermement vous déconseiller de le tenter, mon enfant. Car personne, pas même le Guslyar le plus doué, n'est parvenu à cet exploit.

Las, le Drakhaon volait en direction de l'Azhkendir. Chaque puissant battement d'ailes, désormais, lui coûtait. Tout son corps était soumis à une forte tension.

Il remarquait à peine l'éclat hivernal du ciel du Tielen ou le manteau de neige qui couvrait les collines.

Il ne voyait qu'Astasia – Astasia, remplie de révulsion et de crainte en le découvrant ainsi devant elle… À présent, elle avait vu son vrai visage, elle savait qui il était réellement. Un monstre… Le jouet d'un démon des ténèbres, corrompu et dévoyé.

Elle devait l'avoir vu prendre des vies. Et, loin de s'agir d'un duel honorable entre adversaires de même valeur, ç'avait été l'acte enragé d'une créature devenue complètement folle… Quoi d'étonnant à ce que la jeune fille ait été aussi horrifiée !

Maintenant, le Drakhaon survolait la mer gelée, vaste étendue chatoyante de gris et de blanc. Il était à ce point mortellement fatigué, avait tellement le cœur lourd, qu'il ne voyait même plus la nécessité de continuer.

— Remue-toi, Kiukiu ! grogna sèchement Sosia. Il y a encore beaucoup de soupe à distribuer et Dieu sait s'il nous reste peu de provisions !

On avait allumé des feux de cuisson dans la grande cheminée du hall. Peu importait qu'à cet endroit, la toiture trouée laissât entrevoir le ciel… Toujours pleine d'ingéniosité, Sosia avait récupéré dans les décombres des cuisines des légumes et des morceaux de porc salé. Une soupe concoctée à la diable mijotait maintenant dans un chaudron cabossé posé sur l'âtre, et les servantes en remplissaient des bols, voire des heaumes quand les récipients venaient à manquer.

Kiukiu leva les yeux vers le ciel qu'on apercevait par la brèche. Quelque chose avait changé… Une irisation, bleue comme le givre, miroitait dans l'atmosphère. La cuillère pendant au bout de sa main, oubliée, la jeune fille frissonna.

— Mais qu'as-tu donc à la fin ?

— Il revient, répondit-elle dans un murmure. Ne le sens-tu pas ?

— Qui ? Pas Eugène, à Dieu ne plaise ! s'écria Sosia en resserrant les pans de son châle sur sa gorge.

— Le seigneur Gavril !

Lâchant la cuillère dans le chaudron, Kiukiu sortit en courant dans la cour dévastée.

Loin au-dessus du château, elle l'aperçut. Il fut d'abord à peine une volute de fumée noire. Puis, à mesure qu'il se rapprochait, elle vit chatoyer dans les airs sa livrée d'écailles et l'éclat d'obsidienne de ses serres féroces. Elle sentit bientôt la chaleur que dégageaient le grand corps ailé et son souffle ardent…

— Il y a quelqu'un avec lui ! s'écrièrent les Azhkendis en émergeant du château délabré.

Ils formèrent de petits groupes, chuchotant et montrant du doigt.

Kiukiu vit bientôt ce qu'ils désignaient : une silhouette battue par les vents se cramponnait au cou du Drakhaon qui volait maintenant en cercle.

Une silhouette féminine…

Le Drakhaon perdit encore de l'altitude et atterrit avec un jet de vapeur dans les jardins enneigés. La femme se laissa glisser de son dos. Elle atterrit à quatre pattes sur le sol verglacé. Les serviteurs échangèrent des regards gênés, ne sachant que faire.

— Qui est-ce ? demanda Ilsi.

Kiukiu n'avait d'yeux que pour le Drakhaon. Elle se forçait à contempler le sombre démon qui possédait le seigneur Gavril, alors même que sa seule vue lui brûlait les pupilles…

Sa queue fouettant les airs, le grand dragon convulsa.

Le Drakhaon s'enveloppa de ses ailes d'ombre formant comme un cocon… et rapetissa sous le regard de la jeune fille, se diluant comme de la fumée.

Dans la vaste empreinte ailée qui subsistait sur le manteau neigeux apparut un homme.

Au mépris de toute prudence – et de toute convenance –, Kiukiu se précipita, et glissa sur les genoux à ses côtés. Il était pratiquement nu. Quelques lambeaux de vêtements le couvraient à peine.

La femme qu'il avait prise sur son dos s'agenouilla de l'autre côté et lui caressa le front.

— Gavril ?

De quel droit *osait-elle* porter la main sur lui ? Kiukiu décocha à sa rivale un coup d'œil jaloux et, dans les rides de son visage pâle, dans les mèches grisonnantes de ses cheveux châtain-roux, elle vit qu'il s'agissait d'une femme d'âge mûr. Trop vieille, certainement, pour être sa maîtresse ?

— Qui êtes-vous ? demanda Kiukiu.

— Je suis Elysia Nagarian, répondit l'inconnue, d'une voix épuisée. La mère de Gavril.

Malusha se crispa en humant le vent. Ça sentait les ennuis…

— Puissant…, chuchota-t-elle. Ah, tellement puissant…

Elle hâta le pas en direction de la cour du monastère, les yeux rivés sur le ciel.

— Malusha ?

Elle s'aperçut qu'elle venait presque d'entrer en collision avec l'abbé, en route pour la chapelle.

Il se pencha pour l'aider à retrouver l'équilibre.

— Quelque chose ne va pas ?

— Pourquoi faut-il qu'il arrive maintenant ? dit-elle, irritée, en s'écartant de la main tendue de l'abbé.

— De qui parlez-vous ?

— Vous n'auriez jamais dû amener ici ce prince étranger, Yephimy. Regardez !

Dans le ciel nuageux cinglait un bâtiment comme Malusha n'en avait encore jamais vu – ni imaginé – de toute sa longue existence…

— Au nom de Sergius…

Yephimy porta une main en visière à son front.

— Un petit vaisseau céleste…, murmura Malusha.

À mesure qu'il approchait, elle entendait son gréement grincer, le rugissement des vents surnaturels qui le propulsaient… Le navire en lui-même était à peine plus grand qu'un coracle d'osier lacustre, léger et fin. Mais il était surmonté d'un vaste ballon de montgolfière. Et Malusha aperçut à la barre un homme solitaire au crâne protégé par un bonnet en cuir ajusté, tout simple, à la jugulaire bouclée sous le menton.

Quand l'engin volant perdit de l'altitude pour atterrir, Yephimy et sa compagne furent presque jetés à terre par le tourbillon que la manœuvre générait. Le vaisseau descendit lentement en cercle au-dessus des tours du monastère avant de se poser enfin dans la cour, au terme d'une longue glissade sur le sol verglacé. Avec un sifflement sonore, le ballon de la montgolfière se vida progressivement de sa réserve d'air, puis s'affala comme une voile par temps calme.

Lorsque Malusha le rejoignit, le marin des nuées avait attaché son vaisseau à un poteau et enlevait son bonnet.

Ils se dévisagèrent longuement, se jaugeant. Surprise, elle découvrit qu'il était beaucoup plus vieux qu'elle, quelques rares cheveux blancs vaporeux s'accrochant encore à son crâne lisse et en pain de sucre. Pourtant, en dépit du nombre des années et de son abord calme et posé, elle sentit en lui un esprit froid, aiguisé et calculateur –, l'essence même qu'elle venait de capter. Il en émanait une aura glaciale de sorcellerie triomphatrice.

— Vous n'êtes pas le bienvenu ici.

— Où est le prince Eugène ?

Il parlait d'une voix suave et basse – d'autant plus dangereuse sous sa tessiture ordinaire des plus trompeuses.

Les moines émergèrent de la chapelle. Yephimy se dirigea aussitôt vers l'étranger.

— Vous avez troublé nos prières matinales. Qui êtes-vous et que voulez-vous ?

— Mon nom est Linnaius et je suis l'artificier en titre du prince Eugène. (Il désigna le vaisseau aérien.) Je suis venu pour le ramener en son palais.

— Artificier ?

Yephimy fronça les sourcils.

— Un érudit en sciences naturelles, si vous préférez, répondit calmement Linnaius.

— Quel embrouillamini de belles paroles ! cracha Malusha. Moi, je sais qui vous êtes !

L'étranger pouvait se donner des titres d'érudit, d'artificier et autres calembredaines visant à épater le bon peuple, mais elle reconnaissait un collègue quand elle en croisait un…

Un sorcier !

— Je suis venu pour le prince Eugène, répéta Linnaius.

— Je vais vous mener à lui. Cependant, vous constaterez par vous-même qu'il est trop souffrant pour être déplacé, je le crains.

Le prince Eugène occupait une cellule à l'infirmerie.

Quelle carrure..., songea Malusha. *J'imagine que la nature lui avait offert un beau physique, avant qu'il croise le chemin du Drakhaon... S'il s'en remet, il nourrira un tel ressentiment contre l'Azhkendir que j'ose à peine imaginer la vengeance qu'il concoctera contre nous tous...*

Le visage et les mains brûlés du prince avaient été enduits d'un onguent luisant. Son odeur âcre remplissait les lieux.

Alors que Linnaius et Yephimy s'approchaient du lit, Malusha vit le patient ouvrir des yeux d'une pâleur choquante, par contraste avec le rouge vif de ses paupières gonflées et de son épiderme flétri.

— Altesse..., dit Linnaius de sa voix calme.

— Linnaius... ? chuchota-t-il. Que faites-vous... là ? Karila... ?

— La princesse va bien, Votre Altesse. Je viens vous conduire où vous voudrez. En votre palais de Swanholm ou vers la victoire, à Mirom.

— Morts ? répéta Lilias. Comment ça, tous morts ?

Les régiments qui étaient restés au fond de la gorge, dans l'attente des ordres du prince, observaient un silence choqué tandis que l'officier transmettait la nouvelle de la défaite. Ils avaient vu la lumière incandescente crépiter contre le ciel, faisant passer les rocs enneigés du blanc au bleu éclatant. Tous avaient senti une énergie folle se déchaîner, secouant l'Azhkendir sur ses fondations... Et ils en mesuraient maintenant seulement toute la portée.

— Tous ont péri à l'exception de Son Altesse, que Dieu, dans Son infinie bonté, a préservée.

Un murmure parcourut les rangs des hommes assemblés.

— Le prince Eugène ordonne que nous poursuivions notre route vers Mirom. Nous rejoindrons nos camarades au Muscobar.

À côté de Dysis, Lilias serrait sur son sein le petit Artamon. Les soldats s'affairaient déjà à démonter leur campement.

— Et nous, alors ? Vous n'allez pas nous abandonner là ?

L'officier haussa les épaules. D'évidence, il avait bien mieux à faire que de se soucier du sort de deux femmes et d'un petit braillard dans ses langes.

— Le prince m'a promis sa protection ! Il me l'a promise !

L'homme hésita.

— Vous pourrez vous dénicher une place dans les chariots du convoi. À vous de vous débrouiller ensuite pour assurer votre subsistance.

Rauque et vibrant de souffrance, le cri d'un homme se répercuta le long des murs du château. Tranchant comme une lame de couteau, il poignarda Kiukiu au cœur.

— Personne ne sait donc quoi faire ? répéta-t-elle, pivotant tour à tour vers Sosia et Askold.

— Seul le bogatyr le savait, répondit Askold, d'une brutale franchise. Et il est mort.

Ils avaient enfermé Gavril dans la tour Kalika, de crainte qu'il se blesse lui-même – ou qu'il nuise à quiconque l'approcherait.

— Quelqu'un doit bien s'en souvenir ! Il vient de nous sauver la vie, à nous tous, et nous ne pourrions *rien* faire pour l'aider ?

— Quand le seigneur Volkh succombait à une de ses crises de démence, Kostya Torzianin était l'unique homme qu'il laissait l'approcher.

Un autre cri aigu retentit dans le château dévasté, rauque de désespoir.

— Le docteur Kazimir en ce cas, dit Kiukiu. Qu'en est-il de son élixir ?

Sosia émit un petit claquement de langue en signe de désapprobation.

— Il semblerait que le bon docteur se soit servi d'un autre genre d'élixir, répondit Askold, caustique. Il a dû ramper dans un recoin du cellier pendant le bombardement. À en juger par son état, il en a encore pour des jours à cuver, avant de se réveiller.

— La Drakhys, sa mère ?

— Laissons la pauvre dame dormir encore un peu, dit Sosia. Elle est épuisée ! Et as-tu vu dans quel état sont ses mains ? Quasiment écorchées... Je leur ai appliqué un onguent, mais il faudra du temps pour que les plaies guérissent.

Un autre hurlement de souffrance éclata.

Kiukiu se mordilla les lèvres. Comment pouvait-on rester là, à débattre calmement de la situation, pendant que le seigneur Gavril souffrait mille morts ? Elle commença à s'écarter subrepticement.

— Et où comptes-tu aller comme ça, ma fille ? la tança aussitôt Sosia.

Elle avait instantanément deviné ses intentions. Elle se campa devant sa nièce et, la saisissant par les épaules, plongea dans le sien un regard perçant.

— N'y pense même pas !

— Mais personne...

— C'est parce qu'aucune femme sensée ne se risquerait à l'approcher avant qu'il ait un tant soit peu repris ses esprits.

La soif. Inextinguible, féroce... La bile lui obstruait la gorge, lui remplissait la bouche.

Gavril tenta de se traîner vers le bol d'eau qu'on lui avait laissé. Chaque mouvement lui coûtait, tous ses tendons froissés le lançaient comme autant d'étincelles douloureuses lui parcourant les veines. Il avait l'impression d'avoir subi le supplice du chevalet, d'avoir les bras et les jambes déboîtés...

Il plongea le visage dans l'eau fraîche et l'aspira à grandes goulées, la sentant se répandre dans sa gorge brûlante.

L'instant suivant, plié en deux, il rendit la viscosité bitumeuse puante qui lui sclérosait les poumons et l'estomac.

Gémissant, il se rallongea à même le sol. Des larmes d'apitoiement sur son sort coulèrent de ses yeux, brûlantes comme des sources de soufre, et ruisselèrent sur ses joues.

— *Tu es faible,* chuchota la voix du Drakhaoul, pleine d'un sombre mépris. *Tu n'as pas de volonté. Tu es indigne d'être Drakhaon.*

Une autre vague de nausée submergea le jeune homme. Convulsant de nouveau, il vomit la bile visqueuse et chaude qui lui encombrait les voies respiratoires. Enfin, le spasme passa et il roula sur le dos, à bout de souffle. Il avait la gorge sèche comme du papier de verre ou comme le désert ardent que martèle un soleil de plomb… Il ne lui restait pas une once d'humidité dans les veines. Il était une momie vivante, desséchée sur pied.

— *Toujours soif ?* ironisa le Drakhaoul.

— Vous le… savez bien…

— *Et tu crois que l'eau étanchera ta soif ?*

— Qu'y a-t-il… d'autre ?

— *Tu te rappelles les jeunes gens qui posaient habituellement pour toi, à l'université ? Leur nudité artistiquement étalée en une pose si séductrice, et que tu couchais sur la toile jour après jour, lors des cours de dessin d'après modèle ? Tu te souviens de la douce fragrance ensorcelante de leur éclatante jeunesse ?*

Gavril se remémora comment la lumière, l'été en Smarna, allumait des reflets d'or dans la chevelure de feu d'Amalia, celle qui posait pour les étudiants. Il revit ses épaules et sa gorge mouchetées de taches de rousseur, ployées à la façon de lis tigrés, et pourtant si douces, si soyeuses au toucher…

— Amalia…

— *Tu es en train de mourir, Gavril. À petit feu…*

— De mourir… ? répéta le jeune homme.

Sa propre voix lui paraissait si faible, si lointaine…

— *Si tu veux vivre, tu dois reprendre des forces. Tu sais ce dont tu as besoin. Va et prends-le.*

— Non, murmura Gavril, ne sachant que trop de quoi il retournait. Je ne peux pas. Ne m'y obligez pas…

Il y eut le grincement métallique d'une clé qui tourne dans une serrure… La porte s'ouvrit.

Une jeune fille se découpa sur le seuil.

Kiukiu cilla. La pièce de la tour puait tant qu'elle en eut les larmes aux yeux. Du vomi et de la poix brûlante se mêlaient aux vapeurs ambiantes.

Les cheveux poisseux de bile, les vêtements en lambeaux, le seigneur Gavril était dans un piètre état. Le premier élan de la jeune fille fut de reculer. Mais elle se força à rester où elle était. La scène n'avait de toute façon rien de bien nouveau pour elle – surtout par les longues nuits d'hiver et lors des solstices, quand les druzhina s'abrutissaient d'alcool et de liqueurs. Était-ce la faute de Gavril s'il était malade à ce point ? Non sans hésiter, elle fit un pas en avant.

— Kiukiu ?

Elle reconnut à peine sa voix dans ce chuchotement rauque et âpre, venu du tréfonds de son être ardent. Elle n'osait imaginer à quels feux Gavril était en train de se brûler…

— Va-t'en… Pour l'amour du ciel…, ne reste pas là !

Ainsi... Il avait honte qu'elle le voie dans cet état. Au moins, ça prouvait qu'il n'était plus dominé par le Drakhaoul.

— D'abord, nous allons vous nettoyer ! lança-t-elle en tâchant de prendre un ton ferme, sans trembler.

Il était temps de passer aux choses pratiques. Elle avait rapporté des cuisines un seau d'eau chaude, du linge propre et du savon.

— Ne m'approche pas. (Il tenta de s'écarter, de se tasser dans un coin.) Je ne suis pas encore... maître de moi-même...

— Il n'y a pas de quoi avoir honte, assura-t-elle en le rejoignant. Au château, j'ai nettoyé bien du vomi d'hommes malades dans ma vie. Naturellement, si vous étiez Ivar ou Semyon, je vous dirais d'aller vous plonger la tête sous la pompe une bonne demi-heure au moins...

— Tu... ne comprends pas...

Il ne cessait de secouer la tête.

— Chut...

Kiukiu commença par humidifier un des carrés de linge avec de l'eau chaude savonneuse et, agenouillée près du jeune homme, entreprit de le débarbouiller avec des gestes doux mais fermes. La chemise souillée était tellement déchirée que mieux valait en débarrasser son propriétaire.

— Voilà ! ajouta-t-elle vivement, comme si elle parlait à un enfant malade. C'est déjà mieux, non ?

Il restait recroquevillé sur lui-même, les genoux serrés contre sa poitrine, et frémissait au moindre contact du linge mouillé comme s'il avait la fièvre. Outre une respiration précipitée, il avait le regard luisant, brûlant d'un bleu stellaire, sous des paupières marbrées.

— Il n'est pas encore trop tard, insista-t-il de sa voix rauque. Tu peux t'en aller. Je t'en prie, Kiukiu, pars !

Devant le ton pressant qu'il avait adopté, la jeune fille hésita.

— Vous voulez être seul ? Mais peut-être que la solitude ne vous vaut rien ?

— Seul ? (Un rire amer échappa à Gavril.) Mais je ne le serai plus jamais, seul ! Jusqu'à mon dernier souffle...

Accroupie sur ses talons, Kiukiu lui jeta un regard incertain. Ce rire... teinté de mépris... Peut-être avait-on raison. Ce n'était plus le Gavril qu'elle avait connu...

— Vous voulez dire...

— « Drakhaoul. » C'est le nom qu'il se donne... Et c'est ce que tu as vu. Mon propre démon...

Ses prunelles luisaient toujours dans la pénombre. Bleues. Danger... Ces yeux, qui n'avaient plus rien d'humain, étaient étrangement fendus et rappelaient du bleu cobalt émaillé de fines veines d'or fondu. Pourquoi ne l'avait-elle jamais remarqué jusque-là ?

— Les démons peuvent s'exorciser ! répondit-elle, la voix pleine de défi. Pourquoi n'essayerais-je pas ?

— Toi ?

L'ombre d'un espoir passa sur la mine défaite du jeune homme. Elle revit en un éclair un peu du Gavril qu'elle avait connu – un Gavril blessé et terriblement vulnérable. Mais l'instant de grâce se dissipa à une vitesse confondante.

— Non. Inutile. Pour moi comme pour mon père, il est trop tard. C'est devenu une partie de moi. Il s'est trop enraciné en moi.

— Est-ce vous qui parlez, seigneur Gavril, ou votre démon ?

Il ne répondit pas. Mais elle l'entendit inspirer entre ses dents serrées. La douleur devait le tenailler.

— Ça ne va pas ?

Elle posa une main sur son épaule. Et le trouva brûlant. Elle retira vivement les doigts comme si elle venait de les roussir.

— Ah !

Les yeux fermés, il serra les poings en secouant la tête, comme s'il luttait pour réprimer un spasme.

— Seigneur Gavril, qu'est-ce qui ne va pas ?

Plié en deux, les bras frileusement serrés sur la poitrine, les genoux remontés, il se débattait visiblement contre la douleur. Alarmée, supportant à peine de le voir souffrir autant, elle s'écarta.

— Je vais chercher de l'aide !

— Oui. Pars. *Maintenant !*

Elle se releva et traversa la pièce en hâte. Sur le pas de la porte, la jeune fille hésita, jetant un regard en arrière. Le voyant affalé sur le sol, elle sut ce qu'il lui restait à faire.

Elle revint vers lui, s'agenouilla et lui releva la tête, la calant contre sa poitrine.

— Pourquoi… reviens-tu ? chuchota-t-il.

— Je sais ce qu'il vous faut, répondit-elle simplement.

— Non, Kiukiu. (Il tenta de la repousser.) Je ne me contrôle pratiquement plus… Je ne veux pas te blesser…

— Je suis jeune. Je suis forte. Laissez-moi vous aider !

Il détourna le visage.

— Non… Je ne peux pas faire ça… Je refuse !

Elle lui caressa la joue, puis lui effleura les lèvres comme pour endiguer ses protestations.

— Gavril…

Là. Elle avait osé prononcer son prénom. Comme s'ils étaient égaux.

Soudain, les prunelles du jeune homme s'embrasèrent. Un feu follet bleuté, dans les ombres qui s'épaississaient… De ses mains griffues, il lui saisit les épaules, se redressa et plaqua ses lèvres sur les siennes. Elle sentit la chaleur anormale de ce baiser et du corps pressé contre le sien. La vivacité et la violence de sa réaction prirent au dépourvu la jeune fille, qui faillit céder à la panique.

Des visions surgies du passé, les Fiancées des Drakhaons d'antan s'agrégèrent dans les replis de son esprit… De tendres chairs d'albâtre striées de traînées écarlates, des yeux morts lui lançant un avertissement par-delà la mort...

Mais n'était-ce pas ce que Kiukiu avait toujours voulu ? Lui appartenir ?

— *Bois. Prends-lui ce qu'il te faut.*

La voix fumeuse brûlait les méandres de l'esprit de Gavril, faisant s'évaporer à son contact toute pensée rationnelle.

— *Veux-tu mourir ? Sans le sang de la fille, tu mourras. D'une mort lente et horrible, celle de la consomption... Or, je ne peux pas te laisser dépérir.*

Les lèvres arides de Gavril passèrent de la bouche de Kiukiu à son cou vulnérable, en quête de la douce miséricorde promise par le Drakhaon.

Il lui suffit de goûter au sang qui sourdait déjà de la tendre peau entaillée – et un nectar rafraîchissant se déversa dans son corps desséché, lui apportant la bénédiction d'un liquide vital. Ce fut plus fort que lui. Il devait en avoir plus.

— *Plus !* souffla le Drakhaoul.

Alors, il sentit Kiukiu frémir entre ses bras. Il releva la tête de ses seins et vit les yeux de la jeune fille rouler dans leurs orbites. Elle s'évanouit, ses cheveux défaits lui caressant la poitrine comme un écheveau de soie dorée, de la couleur pâle des ors automnaux.

Le choc rendit ses esprits à Gavril.

— Kiukiu ?

Elle ne réagit pas.

— *Tu n'as pas pris assez.*

— J'en ai beaucoup trop pris !

Il avait du sang sur les lèvres. Celui de Kiukiu. Qu'avait-il fait ? Faible comme il l'était, il ne pouvait même pas imaginer à quel acte obscène il venait de se livrer...

— *Elle s'est abandonnée à toi. De son plein gré. Pourquoi refuses-tu de prendre ce qu'elle t'a librement donné ?*

— Non !

Faible et nauséeux, Gavril tenta d'ignorer la voix reptilienne du Drakhaoul :

— *Prends-la !*

Gavril sentit le Drakhaoul se dresser dans son esprit, sa sombre puissance menaçant de dominer sa volonté défaillante.

Il fit appel à ses dernières forces.

— Je ne peux pas ! Et vous ne pouvez pas m'y obliger ! Je refuse de continuer à être votre pantin !

— *Je dois survivre ! Et pour cela, j'ai besoin de ton corps...*

La tête lui tourna. Ses oreilles bourdonnèrent. Il allait perdre conscience... Soudain, une vérité toute simple s'inscrivit en lettres de feu dans les replis de son cœur.

— Je... je l'aime ! chuchota-t-il. Et... je ne vous laisserai pas la détruire. Sans elle..., je ne suis plus rien.

— *Alors, ne sois rien.*

Rien… Épuisé par ce duel de volontés, Gavril se sentit aspiré par le vortex du néant.

Rien…

L'aube, glaciale comme du gel… Au réveil, Gavril contempla la fenêtre d'où filtrait une lumière de plomb. Il se demanda où il se trouvait et pourquoi les carreaux étaient presque tous brisés.

Près de lui, des éclats de verre jonchaient le sol. Et des lambeaux de souvenirs dérivèrent dans les abysses de sa mémoire…

Le château était assiégé. Les canons et le mortier du Tielen avaient soufflé les tours, ébranlant l'édifice sur ses fondations…

Retenant son souffle, Gavril tendit l'oreille. À présent, le silence régnait.

Tout était donc fini ?

Il découvrit qu'il se trouvait dans l'étude de son père. Kiukiu gisait inanimée en travers de ses jambes.

— Kiukiu ? chuchota-t-il.

Il se redressa en appui sur les coudes et lui toucha les cheveux, lui caressant le visage.

Un coup de canon contre la tour les avait-il tous deux rendus inconscients ? Il était presque nu. La détonation avait dû être très violente pour lui arracher ainsi ses vêtements… Quant à Kiukiu… Sous le long voile doré de sa chevelure, il vit que sa chemise de lin était déchirée.

— Kiukiu ! répéta-t-il, plus fort.

Pourquoi ne répondait-elle pas ? Elle était un poids mort, échouée sur lui, comme si…

— Kiukiu !

Il se pencha pour la retourner doucement sur le dos. Sa tête blonde dodelina contre l'épaule du jeune homme. En découvrant le cou et les seins blancs dénudés de son amie évanouie, il posa des yeux horrifiés sur les lacérations où perlait encore du sang, d'un rouge choquant contre la pâleur de la peau…

Une chair douce et blanche, si merveilleuse à embrasser, à goûter…

— Oh, non, non, non…, murmura-t-il.

La grande lacération courait à l'endroit même où il avait posé ses lèvres brûlant de désir, en quête de salut…

Il approcha une oreille de la bouche de la jeune fille, cherchant à percevoir le moindre souffle, puis il étreignit son corps inerte.

Qu'ai-je fait ?

Chapitre 42

Des ailes de colombe battent dans les bois sombres des rêves de Malusha, blanches comme l'innocence.

— Viens à moi, ma jolie petite..., murmure-t-elle, mains tendues pour attraper la colombe au vol.

Mais avant que l'oiseau passe à sa portée, des yeux bleus luisent dans la pénombre. Une créature des ténèbres surgit des ombres épineuses et attrape la colombe entre ses griffes, déchiquetant ses tendres chairs.

— *Non !* hurle Malusha.

Trop tard. Une plume blanche ensanglantée volette jusqu'à elle...

— Kiukiu !

Réveillée en sursaut, Malusha se redressa d'un coup sur sa chaise. Dame Fleur de Neige, qui se reposait sur le dossier du siège, couina de surprise et fusa dans les airs à tire-d'aile.

— Elle a des problèmes ! l'informa Malusha. Je le sens. Pauvre gamine, aussi idiote que son père... Sa grand-mère a beau multiplier les avertissements, elle est irrésistiblement attirée par ces maudits Nagarian...

Tout en parlant au hibou, elle se drapa les épaules d'un châle épais, enfila des bottes de marche et mit en bandoulière le sac brodé contenant le gusly.

La blanche colombe se débat entre les anneaux du serpent aux écailles luisantes. Ses plumes arrachées s'éparpillent comme des flocons de neige sur les feuilles mortes. Ses ailes battent encore faiblement alors qu'elle lutte désespérément pour sa vie...

— S'il a touché à un cheveu de ma petite-fille, je les enverrai, son démon et lui, tout droit en enfer !

Gavril allongea doucement Kiukiu sur son lit. Il fit glisser le jeté brodé couvert d'une pellicule de poussière de plâtre sous la jeune fille, puis la recouvrit d'un drap en lin fin.

Toutes les vitres des fenêtres avaient été soufflées et il faisait un froid glacial.

Ne sachant que faire, Gavril s'agenouilla près de Kiukiu et lui caressa la main tout en parlant – comme s'il pouvait la ramener à la vie par la seule grâce de la parole.

— Pourquoi ne m'as-tu pas écouté, Kiukiu ? Je t'avais dit de fuir… Pourquoi es-tu restée ?

La peau de la jeune fille était si blanche qu'elle en paraissait translucide. Une pâleur d'os…

Des larmes de chagrin et de culpabilité brûlèrent les paupières de Gavril.

Je l'ai tuée !

Les pleurs qui ruisselaient sur ses joues l'empêchèrent de voir le visage inanimé de Kiukiu.

Aveuglé, il se pencha et déposa un baiser sur les lèvres inertes.

Était-ce bien un soupir, à peine perceptible, qui s'en échappa ?

— Kiukiu ! (L'espoir retrouvé fit vibrer sa voix.) Oh, Kiukiu, je t'en prie, ouvre les yeux…

Soudain, il comprit qu'il ne restait qu'une seule solution. Peu importait ce qu'il lui en coûterait, il irait jusqu'au bout.

— Si c'est là ce que veut dire être Drakhaon, je m'y refuse !

Mais d'abord, il lui faudrait faire le vide dans sa tête. Car si le monstre percevait ses intentions, il mobiliserait toute sa puissance pour l'en empêcher.

Gavril passa hâtivement un pantalon, une veste, puis enroula avec tendresse le drap autour de Kiukiu.

Il la prit dans ses bras et emprunta l'escalier délabré pour atteindre le sommet de la tour Kalika.

Il eut vaguement conscience des cris qui résonnaient en contrebas et des gens qui pointaient le bras dans sa direction.

Malusha… Il lui ramènerait sa petite-fille de la façon la plus rapide qu'il connaissait.

Le vent lui mordant le visage, il avança jusqu'au bord de l'abîme.

Ne me déçois pas maintenant, Drakhaoul !

Les yeux fermés, Kiukiu serrée contre lui, il prit une profonde inspiration…

… Et fit un pas dans le vide.

— Malusha ?

À la chiche lumière du petit matin, l'abbé fronçait les sourcils en la toisant.

Elle jura tout bas. Pourquoi fallait-il donc qu'il s'en mêle ? Elle était certaine qu'il tenterait de l'en empêcher.

— Où allez-vous de si bon matin ?

— Au château du Drakhaon. Kiukiu a besoin de moi.

— Si vous grimpiez avec nous en chariot ? La route est longue.

Malusha renifla de dédain.

— Je ne peux pas attendre que votre chariot soit prêt ! Elle a besoin de moi maintenant !

Sentant soudain une présence inconnue approcher à la vitesse d'un vent d'orage, Malusha s'arrêta. Et frémit. Des frissons caractéristiques, qu'elle ressentit jusque dans la moelle de ses os…

L'abbé se pencha pour l'aider à conserver l'équilibre.

— Qu'y a-t-il ?

Le ciel s'assombrit.

Malusha leva les yeux vers les nuées turbulentes.

— Il est déjà trop tard, l'abbé ! Il est là…

Le Drakhaon tournait en cercle autour des bâtisses blanches du monastère. Il cherchait où se poser. Des moines apparurent en le montrant. Des éclats de voix et des cris d'alarme lui parvinrent à mesure qu'il perdait de l'altitude.

La fille inconsciente serrée sur son cœur, il vint atterrir devant la chapelle de Saint-Sergius, ses griffes crissant sur le sol verglacé.

Les moines le cernèrent. Certains lui jetèrent de l'eau bénite à la tête, d'autres brandirent des pelles, des haches, des houes et toutes sortes d'instruments du quotidien reconvertis pour l'occasion en armes de fortune pour défendre la terre consacrée.

— *Imbéciles !* (La voix aride du Drakhaoul résonna dans la tête de Gavril :) *Croient-ils pouvoir nous vaincre avec leurs outils de jardinage ?*

Son bâton au poing, Yephimy fendit le groupe compact en criant :

— N'attaquez pas ! Ne voyez-vous pas qu'il tient la jeune fille ?

— Kiukiu !

Une vieille femme menue bouscula l'abbé pour venir se planter devant Gavril, les poings sur les hanches. Dans son visage ridé, ses yeux lançaient des éclairs de colère. Elle seule n'avait pas peur de lui.

— Rends-moi ma petite-fille, Drakhaon !

— *Détruis cette vieille femme !*

— Non !

Gavril lutta pour se ressaisir. L'ombre et la fumée lui brouillaient les idées. Pourtant, il n'était pas venu de si loin sans raison… Il le savait. Le salut de son âme immortelle en dépendait.

— Je dois lui parler.

— *La vieille femme est dangereuse. Puissante. Elle cherche à nous blesser.*

— Ma… Malusha ! hoqueta Gavril. Aidez-moi à me débarrasser de ce démon…

— *Gavril !*

Le rugissement du Drakhaoul tétanisa l'esprit vulnérable du jeune homme comme un éclair.

Il savait maintenant ce que Gavril avait en tête. Et il s'y opposerait jusqu'au bout.

Malusha tendit les bras.

— Rendez-moi ma petite-fille.

Kiukiu… Gavril la tenait toujours contre lui. Avec son aura blanc et or, or et blanc, une flammèche si faible…

Il sut alors qu'il restait une chance – à condition qu'il risque le tout pour le tout.

— *Détruis-la !*

— Non !

Mobilisant toutes ses forces, Gavril verrouilla son esprit au Drakhaoul. Il lutta pour repousser le démon aux ailes noires qui l'emprisonnait. Il devait s'en débarrasser à la façon d'un serpent muant, d'une libellule qui émerge de sa chrysalide.

— Kiukiu…

Il luttait aussi pour que l'aura de la jeune fille illumine son propre esprit et en dissipe les restes d'ombres. Les grandes ailes se fondraient dans son corps et disparaîtraient à leur tour. Le voile de chaleur qui lui brouillait la vue se leva.

Redevenu humain, il tomba à genoux, serrant Kiukiu toujours contre lui.

— Vite ! souffla-t-il. Le temps presse…

Lâchant son bâton, Yephimy se pencha pour prendre la jeune fille.

— Emmenez le seigneur Gavril au sanctuaire, ordonna Malusha, et ligotez-le. Le démon nous combattra jusqu'au bout.

Dans l'esprit du jeune homme, un coup de tonnerre éclata. Des étoiles bleu et noir de souffrance brillèrent… Les mains crispées sur ses oreilles, Gavril lutta farouchement pour empêcher le Drakhaoul de reprendre le contrôle.

— *Pourquoi me trahis-tu ?* (Chaque syllabe s'inscrivit en lui en lettres de feu.) *Nous ne formons plus qu'un maintenant. Sépare-nous et tu sombreras dans la folie.*

— Voilà un risque que… je prends volontiers pour… me débarrasser de… vous ! hoqueta Gavril.

Sous les yeux de Malusha, les moines se jetèrent sur le nouveau venu avec un bel ensemble et le ligotèrent. Sous l'emprise du démon, Gavril se débattit comme un beau diable, grognant, griffant et mordant. Mais il finit par succomber sous le nombre et se retrouva pieds et poings liés. Pris d'une frénésie féroce, il continua à remuer la tête de tous les côtés.

Il fut traîné devant l'autel de Saint-Sergius, pendant que Malusha sortait le gusly de son sac.

Impassible, elle regarda ensuite les moines attacher le jeune Drakhaon à une dalle en pierre.

L'avait-elle mal jugé ?

Il était venu de sa propre initiative – en prenant des risques fous – pour la supplier d'exorciser le Drakhaoul. Il renonçait volontairement à de formidables pouvoirs pour lesquels d'autres hommes tueraient sans hésiter.

Kiukiu avait peut-être raison… Celui-ci n'était pas comme ses aïeux.

Malusha tira une première note discordante de son instrument, écoutant les échos se répercuter longuement autour de l'autel éclairé à la bougie.

Gavril sentit sa conscience se dissocier de son corps et des lieux. L'éclat des bougies refluant lentement à l'arrière-plan, il se retrouva en train de flotter sur des nuages neigeux. Une blancheur de ouate zébrée d'or, dans un état atemporel.

Malusha se dressait face à lui – sauf qu'elle n'avait plus rien d'une vieille femme décatie. C'était à présent une beauté élancée dans la fleur de l'âge, sa chevelure châtain foncé ondulant au gré de la brise de cet autre plan, en deçà du monde des vivants.

— Je peux le contrôler un tout petit peu seulement, avertit-elle. Faites ce que vous devez et vite.

En baissant les yeux, Gavril eut l'impression que son propre corps devenait translucide…

Et il *le* découvrit, lové autour de son cœur à l'instar d'un serpent. Des filaments vibrant d'un bleu stellaire rayonnaient dans tout son corps et son cerveau, formant une délicate toile d'araignée. Cela s'était insinué dans chaque fibre de son être, s'y mêlant de manière inextricable.

S'armant de courage, Gavril plongea les mains dans son propre torse pour s'emparer du Drakhaoul.

C'était comme se lacérer soi-même, se déchiqueter de ses propres doigts, arracher sa chair et ses tendons… Dès qu'il referma les mains sur la créature, un grand choc le secoua tout entier. Une douleur aiguë lui vrilla l'esprit, d'un bleu-blanc apparenté au Feu du Drakhaon.

— Ne lâchez pas prise ! cria Malusha.

Le Drakhaoul s'adressa à lui ; sa voix douce vibrait de souffrance :

— Gavril… pourquoi veux-tu ma perte ? Je suis le dernier de mon espèce. Peux-tu vivre avec ma mort sur la conscience ?

— Ne l'écoute pas !

— Je t'ai rendu fort. Je t'ai rendu puissant. Sans moi, tu n'es rien !

— Je préfère… n'être rien.

Gavril persévérait, tirant, sentant les filaments se rompre un par un sous ses doigts en desserrant lentement leur emprise.

Les dents serrées, le jeune homme redoubla d'efforts. Soudain, il sentit le Drakhaoul lâcher complètement prise et il tomba, prisonnier des anneaux d'une immense ombre démoniaque.

— Malusha ! hoqueta-t-il, suffoquant à demi. *Maintenant !*

Malusha contemplait le Drakhaoul.

Elle le voyait dans toute sa splendeur inhumaine, terrible et pourtant non dénué d'une aveuglante beauté… Une créature-esprit issue de l'Autre Monde, une entité isolée, abandonnée en un univers qui n'était pas le sien et se retrouvant aux antipodes de ses semblables… Malusha était comme pétrifiée de tristesse devant un tel destin.

Puis, elle se souvint. Elle avait sous les yeux le démon qui avait ruiné sa vie, éliminant son seigneur et tout son clan avec lui... Elle avait devant elle le démon qui, depuis des siècles, régnait sur l'Azhkendir par la terreur.

Elle ouvrit la bouche et une longue note monta de sa gorge, sombre et puissante à vriller les tympans, aussi intensément crépitante qu'un roulement de tonnerre.

En un battement d'ombre, le Drakhaoul se redressa, tel un serpent sur le point de frapper. Ses yeux bleu et or scrutèrent l'ennemie, qui frémit. C'était comme s'il venait de refermer ses griffes sur l'esprit de Malusha, ramenant à la lumière ses pensées les plus intimes.

Gavril persévéra.

— Je ne tiendrai plus... très longtemps !

Alors, elle visa juste. La hauteur de ton très précise où vibrait l'être même du Drakhaoul, sa quintessence... Brusquement, elle était en parfait accord avec lui. Brusquement, *elle* dominait la situation.

La lumière fut aspirée et des ténèbres bourdonnantes engloutirent Gavril. Des éclats d'un bleu phosphorescent griffèrent les ombres. Il ne respirait plus, il suffoquait...

Une convulsion parcourut les anneaux du Drakhaoul, en passe d'étouffer sa proie.

Il entendit le monstre crier :

— *Ah, Gavril... !*

Un ululement terrible de fureur et de mort, se répercutant longuement dans l'esprit du jeune homme...

La créature le rejeta, avant d'être inexorablement aspirée par un vortex obscur de nuages et d'étoiles.

— Va-t'en !

Un bras levé, Malusha se dressait devant lui.

Et l'ombre-vortex moirée fila à travers le ciel, lacérant les nuages dans son sillage, en faisant autant de plumes voletantes.

Chapitre 43

Dès l'instant où Gavril rouvrit les yeux, en reconnaissant les fresques de l'autel de Saint-Sergius, il se sut libéré du Drakhaoul.

Il était épuisé. Complètement vidé.

Abattu.

Il ne voyait plus le monde à travers les yeux perçants du Drakhaoul. Lui parti, tout paraissait à présent morne et terne au jeune homme.

Son gusly dans les bras, Malusha se tenait devant lui.

— Vous pouvez le détacher. Il n'est plus une menace pour nous, vous savez.

Des moines réapparurent et entreprirent de défaire les cordes qui entravaient les mouvements de Gavril. Le jeune homme s'assit en se frottant les poignets et les chevilles.

— M'a-t-il vraiment quitté, Malusha ?

— Oh, ce que je suis lasse…

S'asseyant sur un banc, elle posa le gusly à côté d'elle.

— J'avais peur qu'il ne vous ait blessée…

— Qui cela, moi ? (Elle releva la tête, ses yeux bruns lançant des éclairs.) Non, il en faut plus que ça pour m'abattre ! En outre, tout le mérite ou presque vous en revient, Gavril Nagarian. Cela demandait du courage. Beaucoup de courage.

Il eut un élan de culpabilité, assorti d'un sentiment aigu de perte. Il l'entendait encore…

« Je suis le dernier de mon espèce… »

— Où a-t-il filé ? Où l'avez-vous renvoyé ?

— En toute franchise, je l'ignore. Loin d'ici. *Très* loin.

Gavril se leva – il se retrouvait seul pour la première fois depuis de nombreux mois.

— Je vous dois tant, dit-il d'une voix coupée par l'émotion.

Il vit alors que le gusly était brisé, ses cordes détendues et ses antiques décorations calcinées.

— Votre instrument…

— Vous pouvez commencer par le faire réparer, répondit Malusha avec lassitude. Et pas n'importe comment, d'accord ? Cet instrument me vient de ma mère et de ma grand-mère.

— Nul autre que le plus doué des artisans d'Azhgorod n'aura le droit d'y toucher, je vous le promets.

Kiukiu reprit connaissance et vit le seigneur Gavril assis à son chevet. Pâle, émacié, mal rasé, il avait des cernes noirs sous les yeux. Mais des yeux d'un bleu soutenu, celui qu'elle se souvenait avoir vu dans le portrait, le bleu d'un océan qu'elle n'avait jamais connu mais dont elle rêvait pourtant si souvent... Il n'y brillait plus aucune lueur inquiétante. Seule s'y reflétait maintenant l'assurance de celui qui vient de subir une grande perte sur le plan personnel...

— Seigneur ? dit Kiukiu, perplexe.

Il sursauta.

— Kiukiu ? Comment ça va ?

Distraitement, sans prêter attention à ce qu'elle faisait, elle palpa la plaie aux lèvres déchiquetées, à la base de son cou. Puis elle hocha la tête.

— Je suis en voie de guérison... Oui, je m'en remettrai.

— Je... t'ai blessée, balbutia-t-il. Te faire du mal n'a jamais été dans mes intentions, Kiukiu.

— Je sais. (Elle lui tendit la main.) Je sais.

Hésitant, il baissa les yeux sur les doigts qu'elle lui tendait. Puis il les serra avec fougue.

— Le Drakhaoul est... parti ? dit la jeune fille, stupéfaite.

— Parti pour de bon.

Et, oubliant sa faiblesse, Kiukiu n'eut plus conscience que d'une chose : tous deux avaient survécu... Et une vague de bonheur la submergea.

C'était un curieux retour en arrière, songea Elysia en sortant de sa chambre pour s'aventurer dans les couloirs poussiéreux, comme elle l'avait si souvent fait dans ses rêves. Jadis, jeune épouse, elle avait été la châtelaine de ce domaine de la désolation, tout en ombres et en neiges. À présent, les tours du château étaient écroulées, en ruine, soufflées par les canons d'Eugène. Et, avec elles, c'étaient les souvenirs de toute une vie passée, aux côtés de Volkh, qui s'étaient écroulés.

D'après Sosia, elle avait dormi plus de deux jours et deux nuits d'affilée, tant le voyage depuis Swanholm l'avait épuisée. La fuite l'avait vidée. À force de se cramponner au dos écailleux du Drakhaon, elle avait la peau des mains toute râpeuse. Des mains encore endolories et raides, alors que Sosia les avait enduites d'un baume avant de les panser.

Elysia ne voulait qu'une chose : s'assurer une fois de plus que Gavril allait bien. Mais personne ne semblait savoir où il était passé.

Au bout du hall poussiéreux, deux personnages apparurent : un homme et une jeune fille, main dans la main. Un homme qui, même à contre-jour, lui parut des plus familiers.

— Gavril ? lança-t-elle en hésitant.

À la vue d'Elysia, le visage de l'homme s'éclaira et il courut vers elle, tendant les bras pour l'étreindre avec fougue.

Puis il s'écarta en plongeant son regard dans le sien.

— Regarde-moi, mère, je suis guéri ! Le Drakhaoul est parti !

Elle leva ses mains bandées vers le visage de son fils, en quête de signes attestant du contraire. Elle n'en décela aucun. Il paraissait las et était sale – un bon bain chaud lui ferait du bien ! – mais elle reconnaissait en lui le fils tant chéri. Voulant s'assurer qu'elle ne rêvait pas, elle le serra une nouvelle fois dans ses bras – et sut qu'il disait la vérité. Sans l'aide de l'élixir, d'une façon ou d'une autre, il avait réussi à s'affranchir de l'emprise du démon et à redevenir lui-même.

Elle se souvint brusquement que son fils et elle n'étaient pas seuls. La jeune fille blonde se tenait toujours à côté de Gavril, un peu en retrait.

— Qui est-ce ? s'exclama Elysia en décochant un sourire à l'inconnue.

Son cœur lui soufflait qu'il existait un rapport privilégié entre les deux jeunes gens.

— Voici Kiukiu. Je lui dois la vie.

Elysia tendit les mains à Kiukiu qui, non sans hésiter, s'avança pour lui permettre de l'embrasser. Des larmes de soulagement lui picotant les paupières alors que son regard volait de l'un à l'autre, Elysia les prit chacun par un bras pour les attirer sur son cœur.

Elle n'osa pas ajouter un mot, de peur d'éclater en sanglots. Il y avait tant à dire, tellement de questions à poser… Mais tout cela pouvait désormais attendre.

Épilogue

Un tourbillon orageux survola les étendues nordiques de l'Azhkendir, dévastant tout sur son passage et bloquant la pâle lumière hivernale. À midi, il était brusquement minuit.

En un chatoiement électrique caractéristique des phénomènes climatiques du Nord, des pinceaux bleus balayèrent de leur luminosité singulière la mer gelée de Saltyk et vrillèrent le Tielen.

Les témoins de ces violentes manifestations célestes devaient par la suite comparer les hurlements du vent à ceux d'une âme en peine appelant son salut éternel à grands cris… Certains affirmèrent même avoir entendu des paroles…

La princesse Karila se concentrait sur son point de croix. Marta et elle travaillaient à un cadeau de noces portant la bénédiction : « Santé et longue vie ».

Captant soudain un frémissement noir dans les airs, l'enfant sursauta et se piqua le doigt. Une goutte de sang tacha le lin immaculé.

— Je vais devoir tout reprendre ! Je hais les travaux de couture !

Elle repoussa son ouvrage froissé, avec l'écheveau de fil de soie bleu roi, et boitilla jusqu'à la fenêtre.

— Il fait si sombre…, commenta-t-elle, les yeux levés vers le ciel. Et il n'est pas encore l'heure du thé.

Marta soupira.

— Une nouvelle tempête de neige se prépare, Altesse. Voilà tout.

Karila eut la chair de poule ; son fin duvet blond se dressa sur ses avant-bras. Elle fut prise d'une sensation de froid intense.

— Drakhaoul…, chuchota-t-elle. Drakhaoul, qu'est-ce qui ne va pas ?

Elle tendit des mains implorantes. Il était libre. Libre, et pourtant rempli de rage et de confusion… Il ne comprenait pas le concept de liberté. Rejeté d'un monde qui lui restait étranger, il savait seulement qu'il se retrouvait seul – et vulnérable.

Comment aurait-il pu appréhender les vives aspirations de la petite princesse ? Car elle ne rêvait que de cela : s'élever sans limites dans les airs, ne plus être la victime de ce corps tordu et déformé, mais au contraire tutoyer les nuées avec autant de liberté et de grâce que les blancs cygnes sauvages…

Le ciel s'assombrit au point qu'on aurait pu croire la nuit tombée et la bise souffla entre les branches dénudées des arbres du parc.

Observant les nuages d'orage, Karila vit des yeux bleus électriques briller en leur sein.

— Sers-toi de moi, Drakhaoul ! Laisse-moi t'aider !

— *Que je me serve de toi ?* éclata une voix vibrante de dédain dans l'esprit de l'enfant. *À quoi pourrais-tu me servir ? Tu es trop petite, trop faible pour survivre à ma puissance !* (Karila capta le désespoir et la frénésie de l'entité mourante.) *Je te réduirais en cendres !*

— Un risque que j'accepte avec joie pour te sauver du néant, chuchota l'enfant avec une parfaite sincérité.

Mais le Drakhaoul moribond s'était déjà éloigné.

Les joues baignées de larmes de frustration et de pitié, Karila le regarda disparaître.

À la fenêtre de son laboratoire, quelqu'un assista également à cette agonie.

L'œil rivé à son télescope, Kaspar Linnaius suivit le vol du Drakhaoul jusqu'à la ligne d'horizon.

Puis il retourna à sa Vox Æthyria pour rétablir le contact avec Mirom.

— *Chancelier Maltheus ? J'ai des nouvelles pressantes pour l'empereur. Dites-lui que le seigneur Gavril n'est plus Drakhaon. L'Azhkendir est sans défense.*

Steph Swainston

L'ANNÉE DE NOTRE GUERRE

Jant est le Messager.

Il fait partie du Cercle, une assemblée de cinquante immortels au service de l'empereur. Mais de ces immortels, et de tous les hommes vivants, il est le seul capable de voler.

Il vole au-dessus d'une guerre interminable. L'empereur à la tête du Cercle a offert son aide aux humains contre les hordes d'Insectes géants qui dévastent le pays depuis des siècles, engloutissant les villes sous leurs nids colossaux, dévorant tout, êtres et choses, sur leur passage.

Mais rivalités et querelles opposent également les immortels. En tant que Messager, Jant est naturellement placé au cœur des heurts qui opposent ses pairs, des êtres exceptionnels aux souvenirs séculaires. Ironique et amer, il est aussi dépendant d'une drogue qui lui ouvre une porte vers un monde parallèle, où se trouve peut-être la clé de la victoire et de la paix…

Mais Jant, l'enfant prodige, l'ange en perdition, le sait pertinemment : nos pires ennemis sont nos propres démons.

Steph Swainston a 29 ans et est originaire de Bradford (G.-B.). Après des études d'archéologie à Cambridge, elle a mené cette activité pendant trois ans, avant de se consacrer à la recherche dans des domaines aussi divers que la phytothérapie et la défense. L'Année de notre guerre*, son premier roman, est un récit foisonnant, à la fois épique et intimiste, fort de grandes figures héroïques et d'un style alliant la splendeur baroque et l'efficacité acérée du roman noir. Une œuvre saluée comme l'une des plus importantes et novatrices de ces dernières années.*

Lois McMaster Bujold

LE FLÉAU DE CHALION

PALADIN DES AMES

Prix Locus 2004 « meilleur roman de Fantasy »
Prix Hugo 2004

A la veille du Jour de la Fille, dédié à la Dame Printemps, un homme au corps et à l'esprit brisés avance lentement sur la route de Valenda. Ancien soldat et courtisan, Cazaril a survécu à l'indignité et à d'horribles tortures comme esclave à bord d'une galère ennemie. Aujourd'hui libre, tout ce qu'il cherche, c'est un travail subalterne dans les cuisines de la Douairière Provincara, dans la noble maison où il servit comme page durant sa jeunesse. Mais les dieux ont d'autres plans pour cet homme humble. Accueilli chaleureusement, vêtu et nourri, il est nommé, à sa grande surprise, secrétaire personnel et tuteur de la Royesse Iselle – la sœur, belle et obstinée, du garçon impétueux destiné à devenir le prochain seigneur du pays. Mais ce poste placera Cazaril à l'endroit qu'il craint plus encore que la mer : la cour royale de Cardegoss, où règnent l'intrigue et la trahison.
A Cardegoss, les puissants ennemis qui avaient jeté Cazaril aux fers d'une rame riknari occupent à présent les positions les plus élevées du royaume, juste en dessous du Roya. Pourtant quelque chose de plus sinistre encore que leurs plans machiavéliques pend comme une épée au dessus de la famille royale : une malédiction sanguine qui touche non seulement ceux qui règnent mais également leur entourage. Le futur d'Iselle et de la Maison de Chalion semble compromis. La seule solution pour Cazaril est d'avoir recours à la plus noire des magies, mais pour cela, il devra sacrifier sa vie…

En 1986 Lois McMaster Bujold débarque sur la scène de l'Imaginaire avec la série des Miles Vorkosigan, l'un des plus populaires Space Opera de notre temps. Et avec Bujold, populaire rime avec qualité, puisqu'elle collectionne aussi les prix littéraires (Hugo et Nébula). Le Fléau de Chalion *n'est pas simplement un nouveau tour de force, mais également un roman qui fourmille d'inventions et qui la propulse directement au premier plan de la scène Fantasy. Les maîtres du genre n'ont plus qu'à bien se tenir…*

Ange

AYESHA

La légende du peuple turquoise

« La trilogie la plus ambitieuse et la plus réussie de la Fantasy française. »
LE MONDE

Dans les royaumes orientaux de Tanjor, le Peuple turquoise est réduit en esclavage depuis des millénaires. Mais il chérit une légende qui lui donnera un jour le courage, l'étincelle qui lui manquent pour se révolter : la légende d'Ayesha, la déesse qui commandera aux étoiles et rendra la liberté à ses enfants condamnés.

Marikani, la reine déchue et pourchassée, est-elle l'incarnation d'Ayesha ? Est-elle celle qui doit allumer le feu de la révolte et devenir la guide de milliers d'hommes, de femmes et d'enfants, jetés sur les routes en quête d'un refuge, à travers le chaos et la guerre ?

Ceci est l'histoire d'une femme indomptable, de ceux qui l'ont aimée et de ceux qui l'ont trahie. C'est l'histoire d'une révolution.

Ange, alias Anne et Gérard Guéro, sont des scénaristes à succès. Ce volume est l'édition intégrale et révisée de leur trilogie Les Trois Lunes de Tanjor. *Tragédie grandiose sur le fanatisme religieux, le racisme et l'intolérance à travers une poignante histoire d'amour, ce récit a bouleversé des milliers de lecteurs. En effet, par son ampleur, son intelligence et sa puissance dramatique,* Ayesha *transcende le roman historique, l'aventure et la Fantasy. Un chef-d'œuvre.*

Achevé d'imprimer sur rotative
par l'imprimerie Darantiere
à Dijon-Quetigny
en janvier 2006

Dépôt légal : janvier 2006
Numéro d'impression : 25-1631
4956-1

Imprimé en France